A DELL BOOK

POPULAR LIBRARY

PB BOOKS

CURTIS BOOKS

ACE

CPH

pb

35¢

PERMA BOOKS

BOOKS·TO·KEEP

A GRAPHIC MYSTERY

A DELL BOOK

PLAYBOY PAPERBACKS

AVON 25¢ POCKET-SIZE BOOKS

SIGNET 25¢ BOOKS

PINNACLE BOOKS

A BANTAM BOOK

NOT ONE WORD CUT!

AN

Lion Library

35¢

25¢

AVON

私のペイパーバック

Paperbacks

ポケットの中の25セントの宇宙

小鷹信光

早川書房

私のペイパーバック

――ポケットの中の25セントの宇宙

Two-bit Universe in My Pocket

My Paperback Hunting Odyssey for 50 Years

by

Nobumitsu Kodaka

目次

第3部

第4部

装幀／山崎多郎デザイン室
（P131擬音効果、P293・P349扉デザインを含む）
折り込み口絵・カラー口絵・
本文デザイン／早川書房デザイン室

はじめに／ペイパーバック散歩

二〇〇八年五月下旬。早川書房で本書の刊行スケジュールについての打ち合せのあと、神保町界隈の古書店街をめざして歩きだした。大きな期待こそしていなかったが、こんなふうに一軒ずつ見て歩くという行動そのものが久しぶりのことだったので気分が高揚している。

目的はもちろんアメリカのペイパーバック。しかも年代物《ヴィンテージ》の本にかぎられる。私にとっては六〇年代末までに刊行された本、かぎられたシリーズ物について例外を認めてもせいぜいが七〇年代半ばまでの本に限定される。そんなペイパーバックがまだ神保町で生きのびているのだろうか。

昔懐かしいブックブラザー（源喜堂書店）をまずのぞいてみるが、やはりもうペイパーバックは置いてなかった。この日の散歩の最終目的地は友人Tに教えてもらった靖国通り沿いの@Wという店（神保町二丁目）だが、その途中、すずらん通りの二筋先の通りにあるY書店（神保町一丁目）に立ち寄ってみた。「若い店主が少し気むずかしい」と、ここも注意書きつきでTが教えてくれた店の一つだった。ペイパーバックの道では若い頃から私の先を行っていたTだが、昔ならライヴァルの私に〝穴場〟を明かしたりはしなかったろう。

Y書店ではブレット・ハリデイのマイク・シェイン・シリーズ（ロバート・マッギニス装画本）二点、ポケット・ブック初期二点（クリスティーとフランシス・アイルズの『犯行以前』）、デル小型版三点（マップバック一点）、パーマ、エイヴォン、バンタムの小型版各一点など合計十三点。値段はネット古本市よりやや高めだが郵送料はゼロだからありがたい。「とりおきの約束はできませんよ」と念を押されたが、リチャード・パワーズ装画本と思しき三点のデータを店主の顔色をうかがいながら控えさせてもらった（三点ともパワーズ本だったこと

を確認し、後日入手。本は私が置いた場所にそっくりそのままあった）。

目あての@W店ではE・S・ガードナーばかり七点を購入。〈軍隊文庫〉（第三部第一章）の『五人目のブルネット』は通常のヨコ長版ではなく、普通のペイパーバックと同じタテ長版。これはめずらしい。ミッチェル・フックス装画の『寝ぼけた妻』はカージナル版。他の五点はポケット・ブックのいずれも年代物。すべて初版だが、正真正銘の初版初刷は五一年刊の『うしろ向きの騾馬』のみ。

その日この店で見かけて一番びっくりしたのはジェイムズ・ガンの『男より怖い（仮）』のシグネット初版。そんな版があることさえ知らなかったが、あまりの高値のため手がでなかった（帰宅後ただちにネット古本市で見つけ、郵送料もふくめてほぼ半値で入手。書影を218ページ上左に掲げた）。

のんびりとしたペイパーバック買物散歩の夢のようなボーナスが待ちかまえていたのは@W店のすぐ近くに店を構える洋書の老舗K書店だった。高価本がずらりと並んでいて、昔は敷居の高い店という感じがしたが、それはいまも変わっていない。本来はペイパーバック漁りの対象になるような店ではないのだ。

期待もせずに二階にあがり、入口に並べられているペイパーバックの均一価格本（百円から二百円）の山から数点を選んで、店内をあいさつがわりにぶらっと一巡。と、そのとき、奥の帳場のわきの大きなデスクの上に……なんと、まだ値づけもされていないが、ひと目で年代物とわかるペイパーバックが約二百点、整然と積みあげられていたのである。

温厚で寛大な店主の諒解をとり、その二百冊の本の山から、私は吟味もせずに買いたい本を抜きだしていった。表紙に見憶えがあるか否かだけで中身は問わずに選んでいったのである。こんなふうにして最後にペイパーバックを一気に買い求めたのは二〇〇七年九月のオレゴン以来のことだった（第一部第二章）。快感が甦った。一冊一冊に大きな楽しみと刺激を秘めたペイパーバックを、きわめて妥当な価格で手当たりしだいに買ってゆく。それがなによりも大きな愉悦だった大昔のことも私は思いだしていた。

K書店でのその日の収穫は合計百十七点。目方にすると十五キログラム。駐車場までタクシーで運ぶより宅配便を利用するほうがめんどうもなく安上りなので、梱包して送りつけてもらう手つづきをその場ですませた。

翌々日に届いた荷をとき、初めて収穫の点検にとりかかった。重複本十四点、欠陥本二点。ゴールド・メダルはドナルド・ハミルトンの西部小説（195ページ上左）などPBO三点のみ。ミッドウッド他のお色気本五点（めずらしいエピック銘柄のアマゾネス物にはネット古本市で四十ドルの高値がついていた）。エイス・ダブルはSFが一点。バンタム十六点にはロバート・マガイア初装画の『トムボーイ』（ハル・エルスン、133ページ）がまじっていた。その他、エイヴォン十四点、シグネット十六点、デル六点（マップバック本の書影を126ページ中左に掲げた）。そのほかバートという珍銘柄や〈軍隊文庫〉二点もあったが、主力はクイーンの『ハートの4』（249ページ）など二十点のポケット・ブックと十四点のカージナル版（第三部第二章）だった。

小さな幸運とともに訪れたまとめ買いの快感に魅せられて、ペイパーバック収集の新たな旅がはじまった。《ハヤカワ・ミステリマガジン（HMM）》での三年間の連載とともにつづいていたその旅はしだいに大きく育ち、やがて本書となって実った。

アメリカン・ペイパーバックの晴れ姿に乾杯！

ペイパーバック　折り曲げやすいやわらかめの〝紙〟にくるまれた略装本の総称。ソフトカヴァーともいう。対語はハードカヴァー。アメリカでは一冊二十五セントの均一価格から出発したために〝廉価本〟というイメージが強い。初期のサイズは日本の文庫本よりほんのわずか背が高かったが、やがてほとんどの銘柄が日本の新書版とほぼ同じサイズに統一された。

PBO　ペイパーバック・オリジナルの略。〝文庫書き下し〟と同義。それまで大半がハードカヴァーのリプリント版、廉価な〝普及版〟の役割りに甘んじていたペイパーバックは、PBOという出版形式によって大きく変身した。その先陣を切った一九五〇年創業のゴールド・メダル・ブックの初期二百数十点を折り込み付録でご鑑賞いただきたい。

#2『逃亡の顔』

#3『犯罪組織』

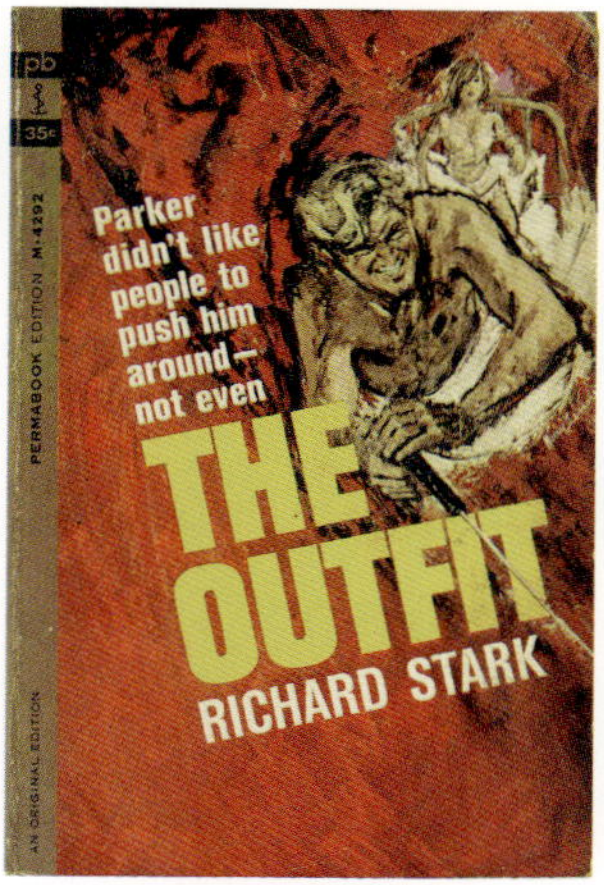

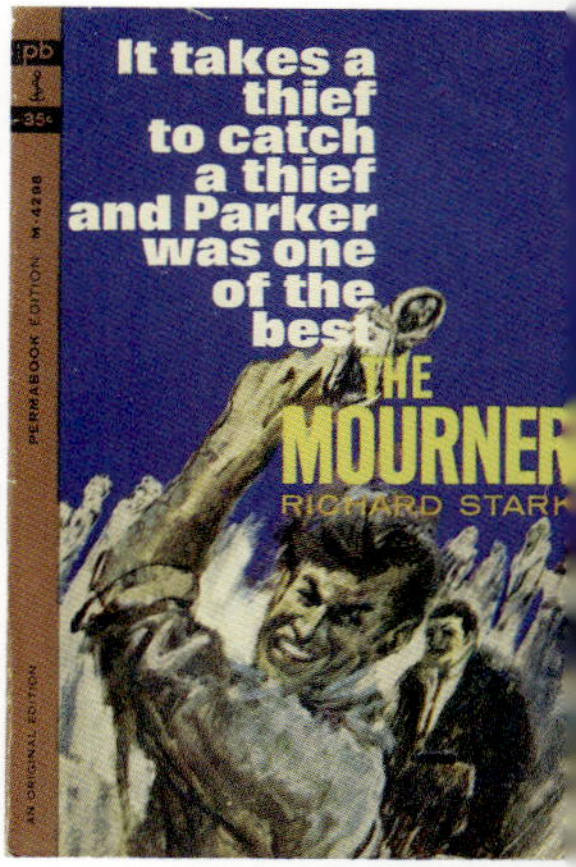

#4『弔いの像』

リチャード・スターク
悪党パーカー
シリーズ初期8作

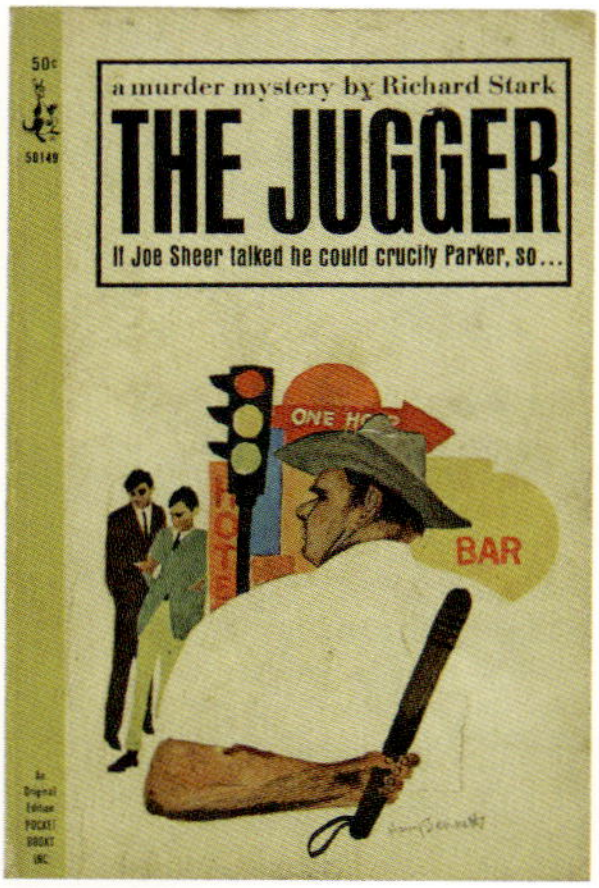

#6『死者の遺産』

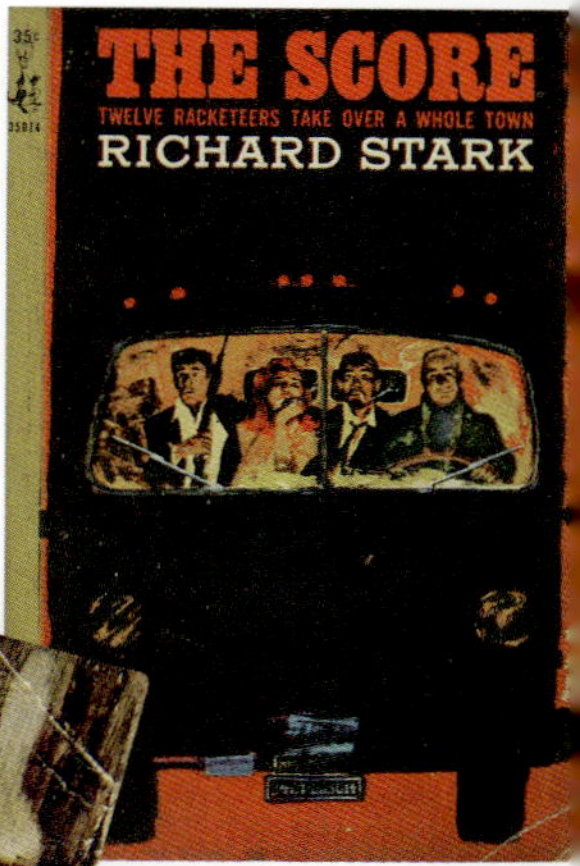

#5『襲撃』

#1『人狩り』PBO（1962）

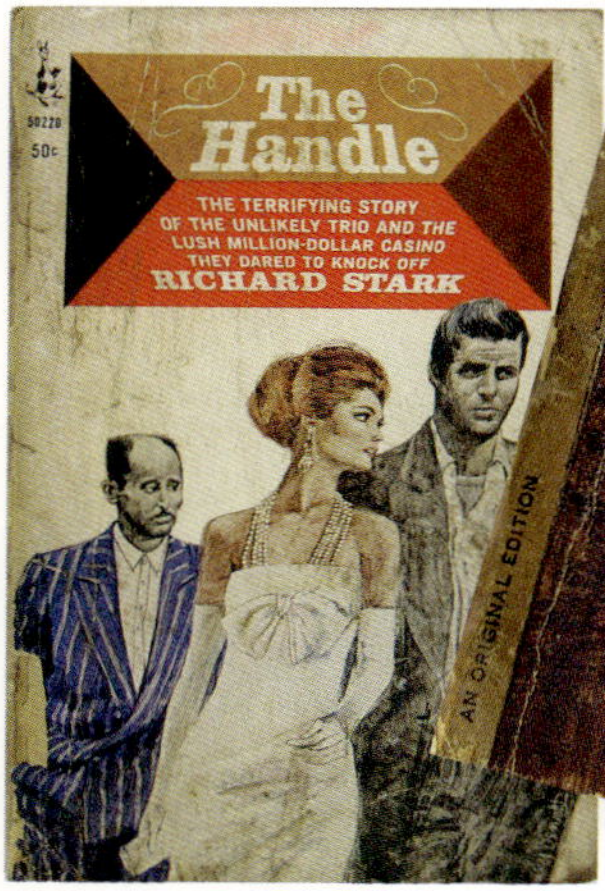

#8『カジノ島壊滅作戦』

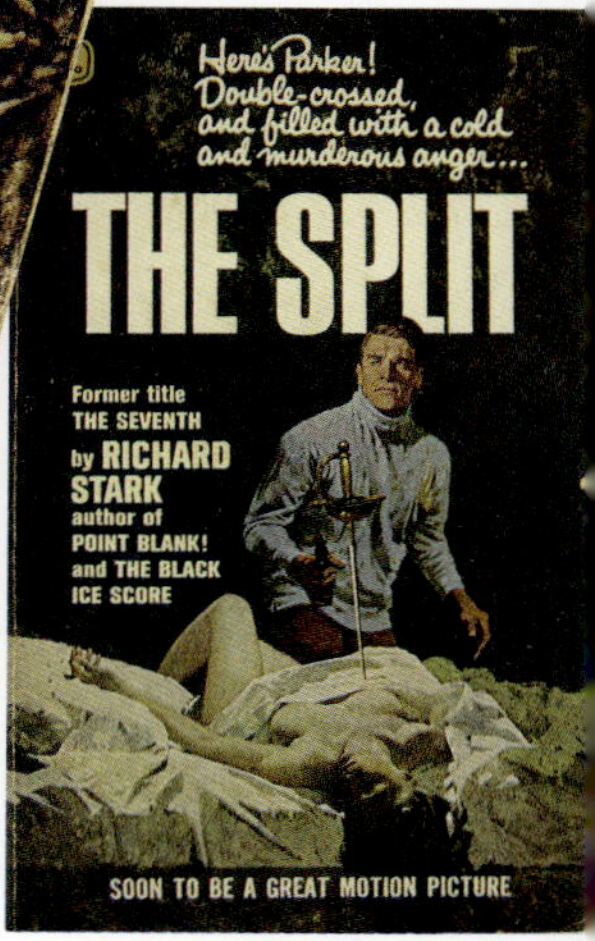

#7『汚れた七人』

ダシール・ハメットの遺産

ポケット・ブック版『マルタの鷹』につけられた
再販用のダスト・ジャケット
（装画／スタンリー・メルツォフ）

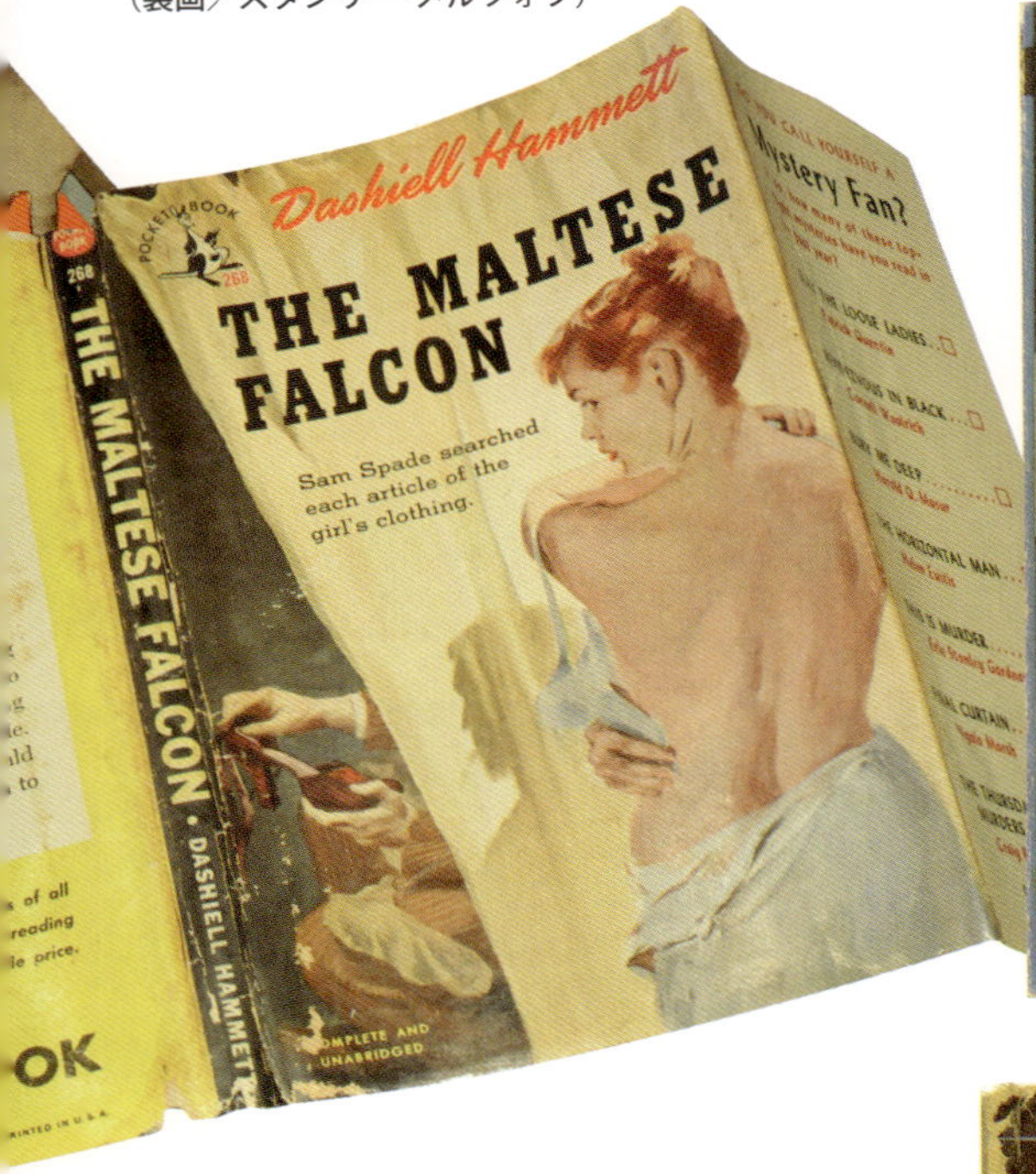

装画／ジェラルド・グレッグ
（1945）

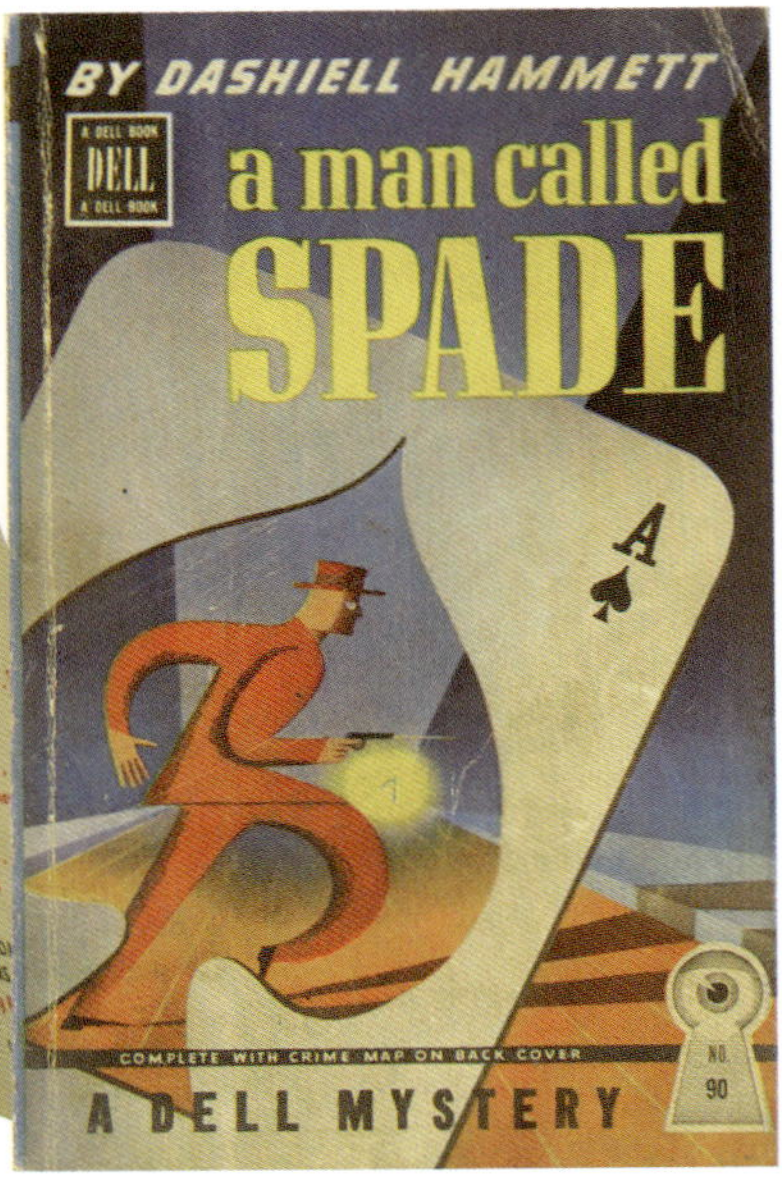

スペードの中にサム・スペードが……

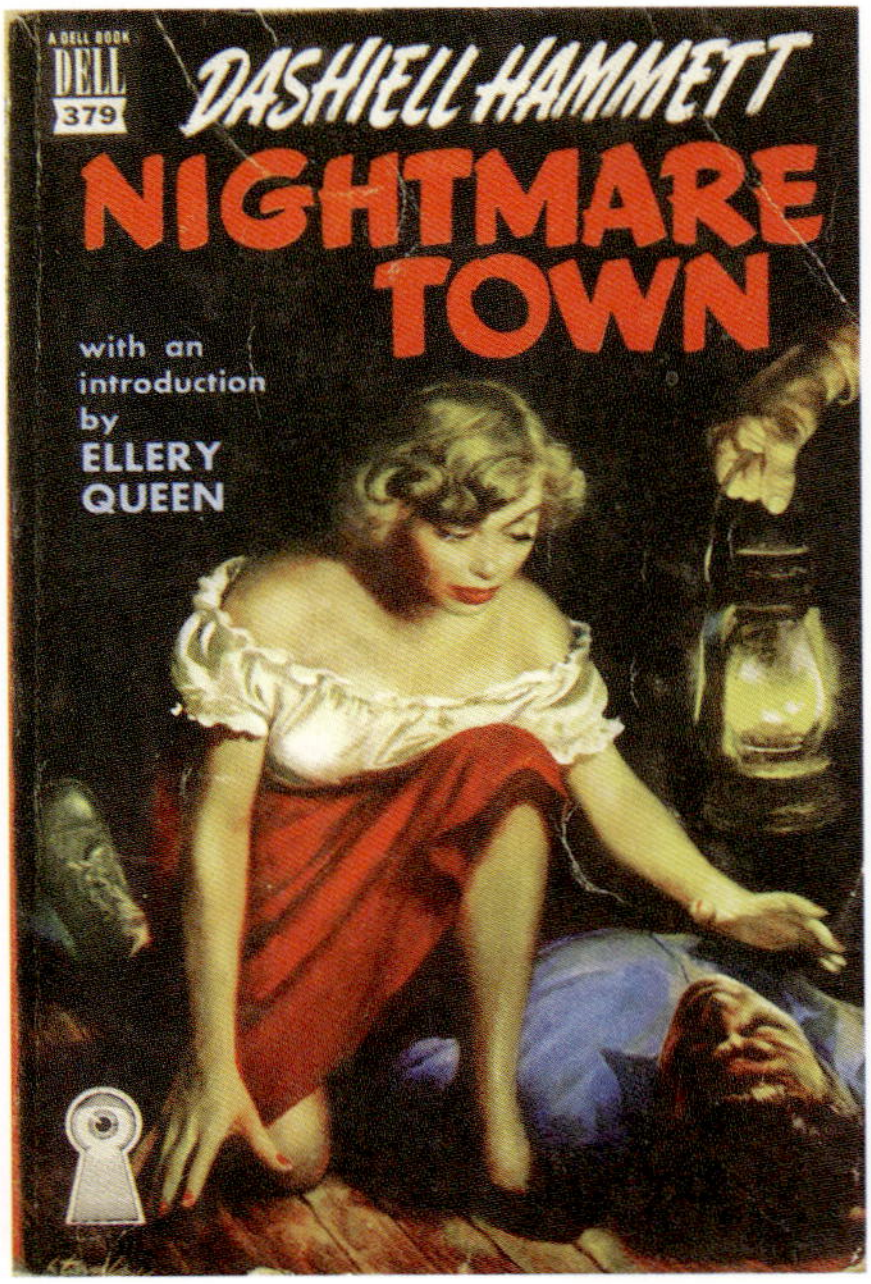

装画／ロバート・スタンリー
（1950）

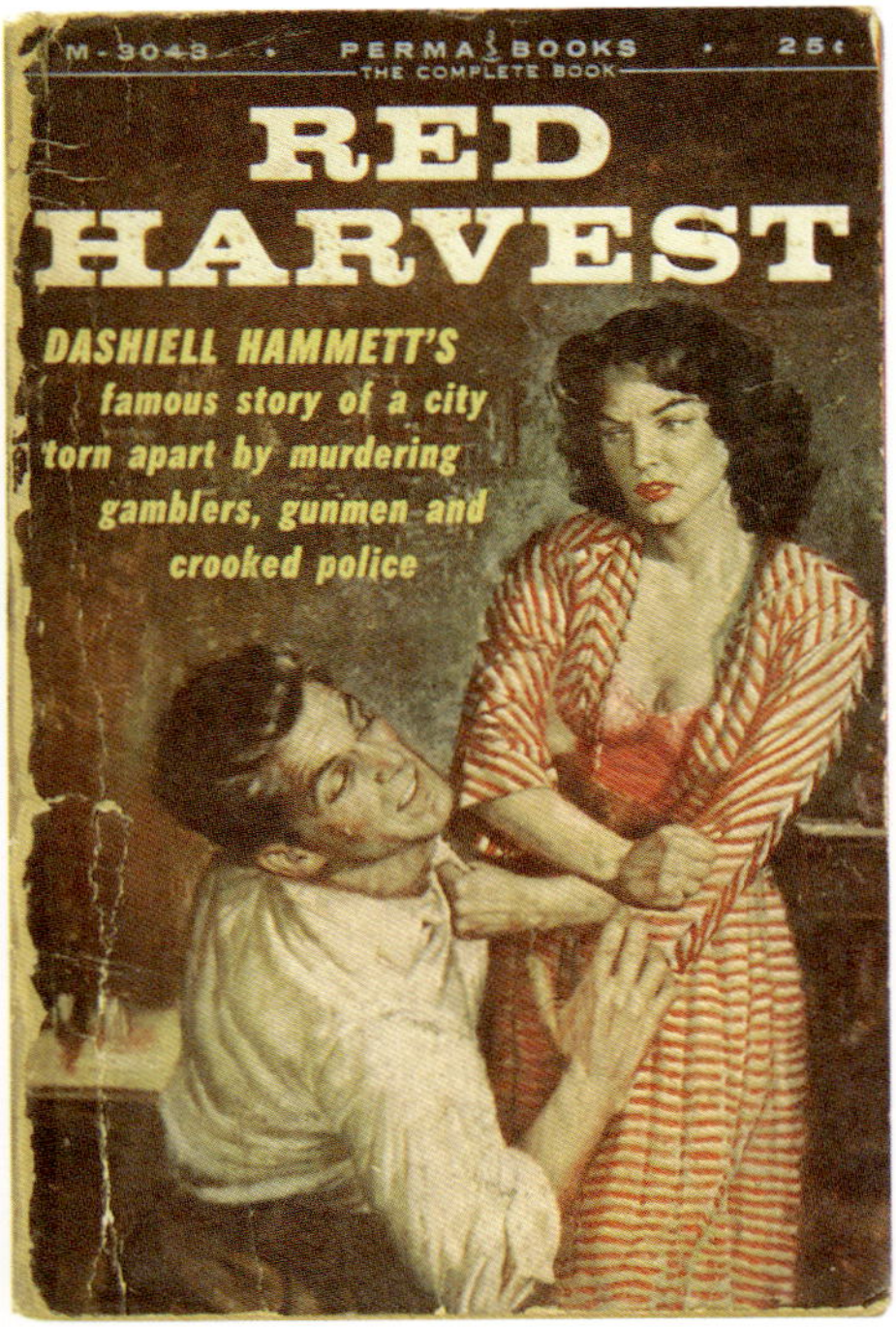

デビュー長篇『赤い収穫』
装画／ルー・マーシェッティ
（1956）

デル・ブックのハメット短篇集
（全点初版）

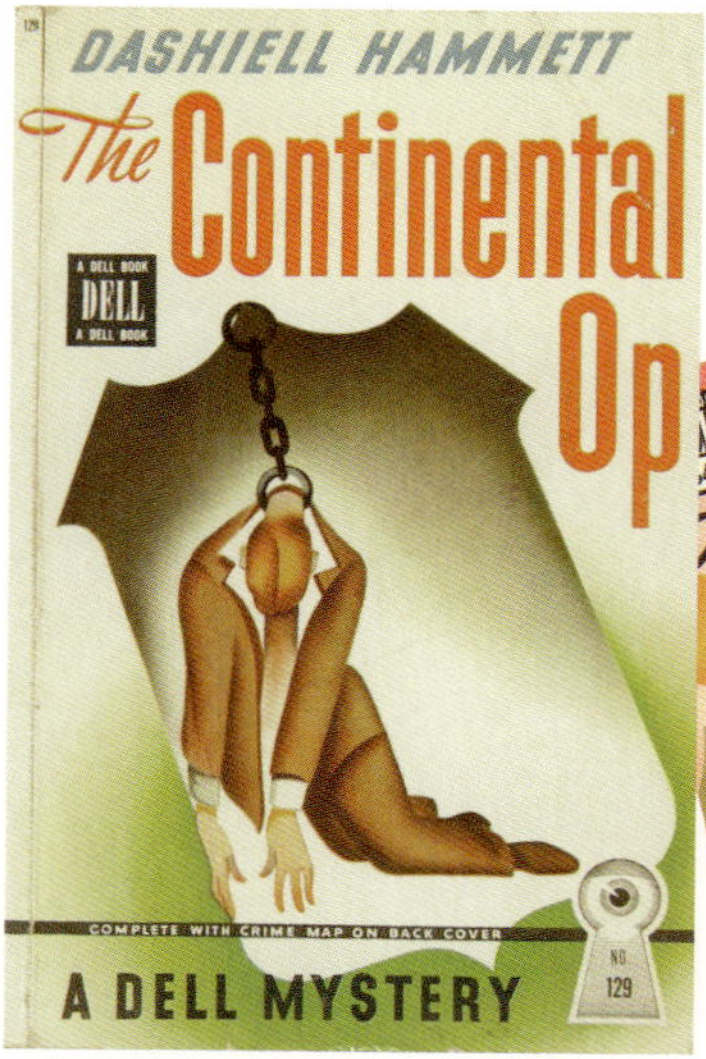

（1946）

（1947）

コンチネンタル・オプ
短篇集（正・続）

（1948）

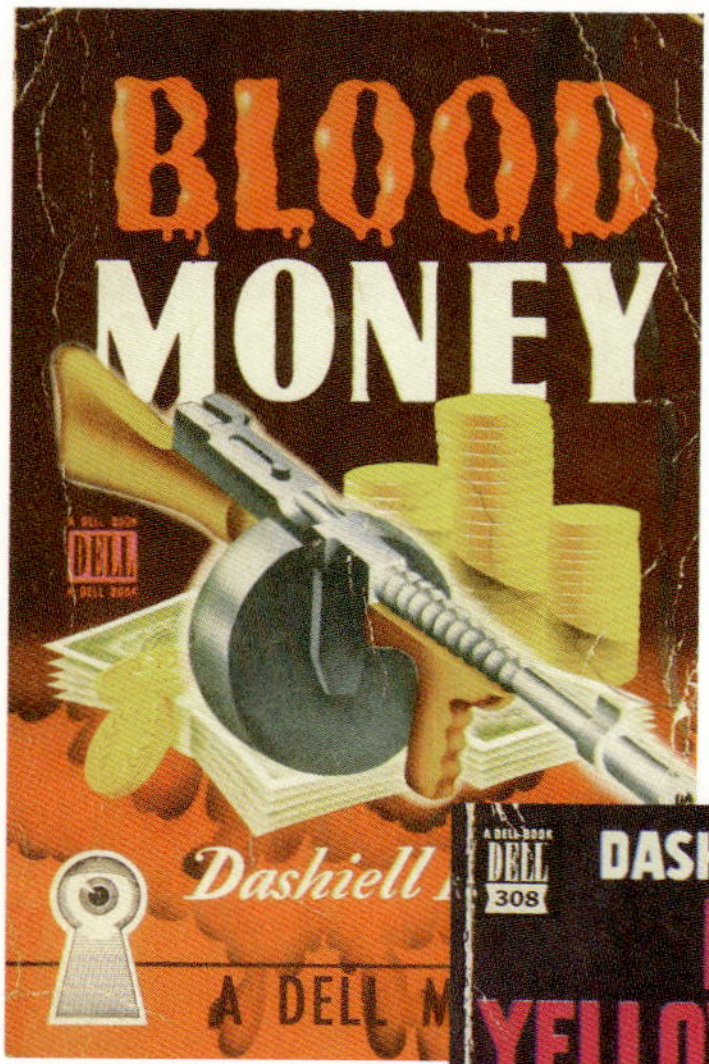

中篇『ブラッド・マネー』
（1950）

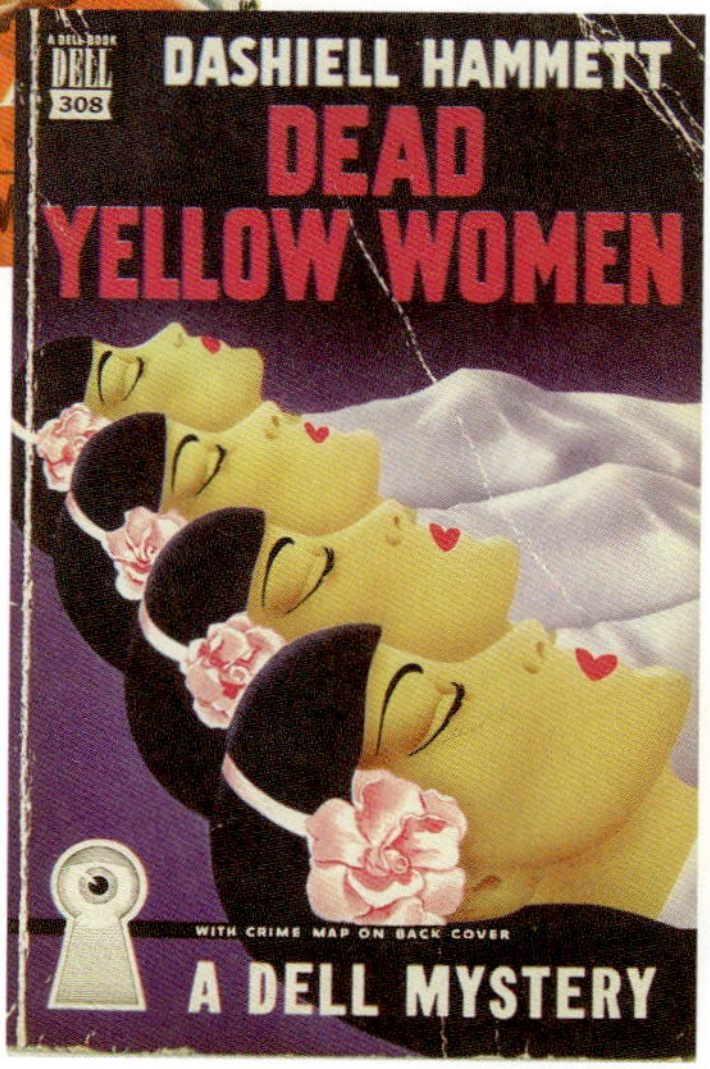

（1949）

（1951）

装画／右下の1点をのぞいて
全点ジェラルド・グレッグ

装画／ロバート・スタンリー

1『大いなる眠り』
画／ダーシー

RAYMOND CHANDLER'S
THE BIG SLEEP
A luscious mantrap leads Philip Marlowe to a West Coast murder wave!
25¢

#2『さらば愛しき女よ』
装画／H・L・ホフマン

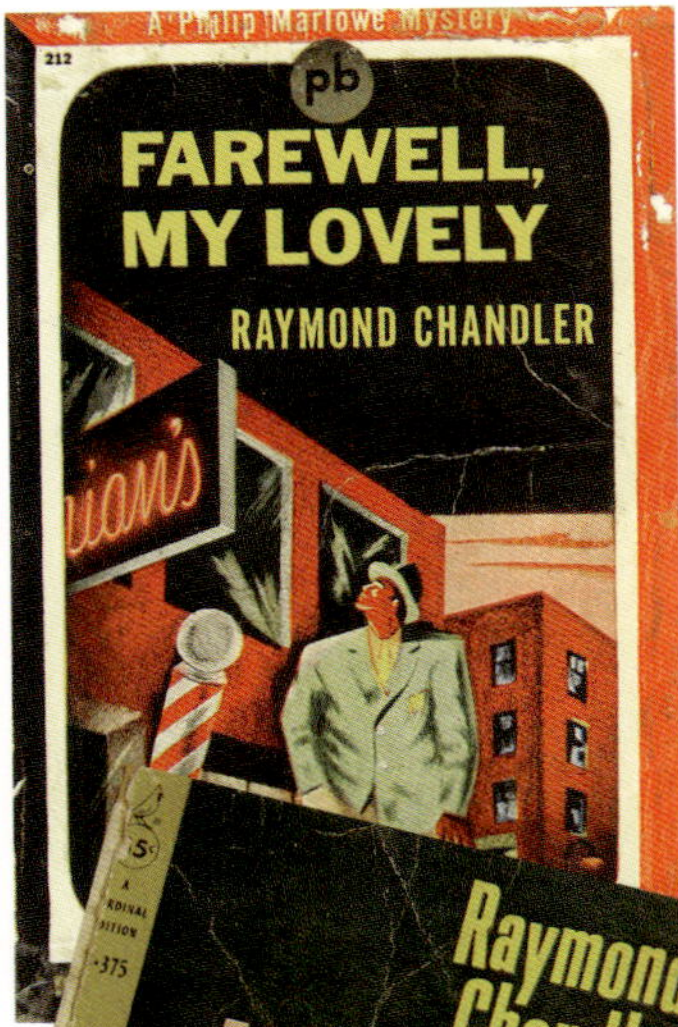
A Philip Marlowe Mystery
pb
212
FAREWELL, MY LOVELY
RAYMOND CHANDLER

#3『高い窓』
装画／ジェイムズ・ミース

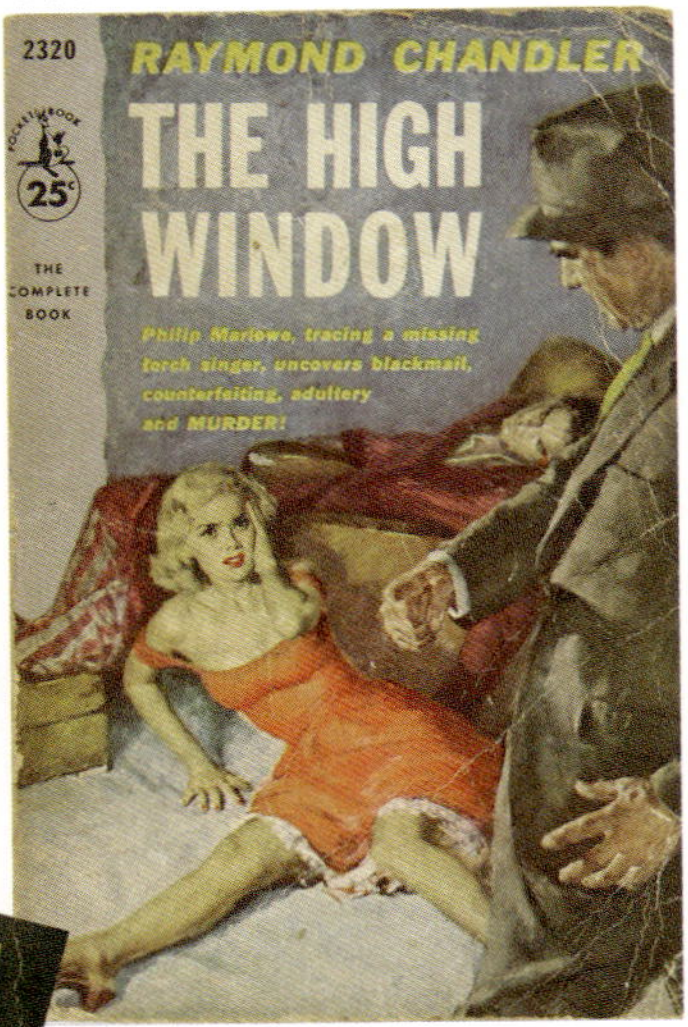
2320
RAYMOND CHANDLER
THE HIGH WINDOW
Philip Marlowe, tracing a missing torch singer, uncovers blackmail, counterfeiting, adultery and MURDER!
25¢
THE COMPLETE BOOK

フィリップ・マーロウ シリーズ 全7作

いま甦る！ レイモンド・チャンドラー

Raymond Chandler
playback
Here is PHILIP MARLOWE at his best—steel-tempered, tough and true!

#7『プレイバック』
装画／ビル・ローズ

ージナル版（1959）

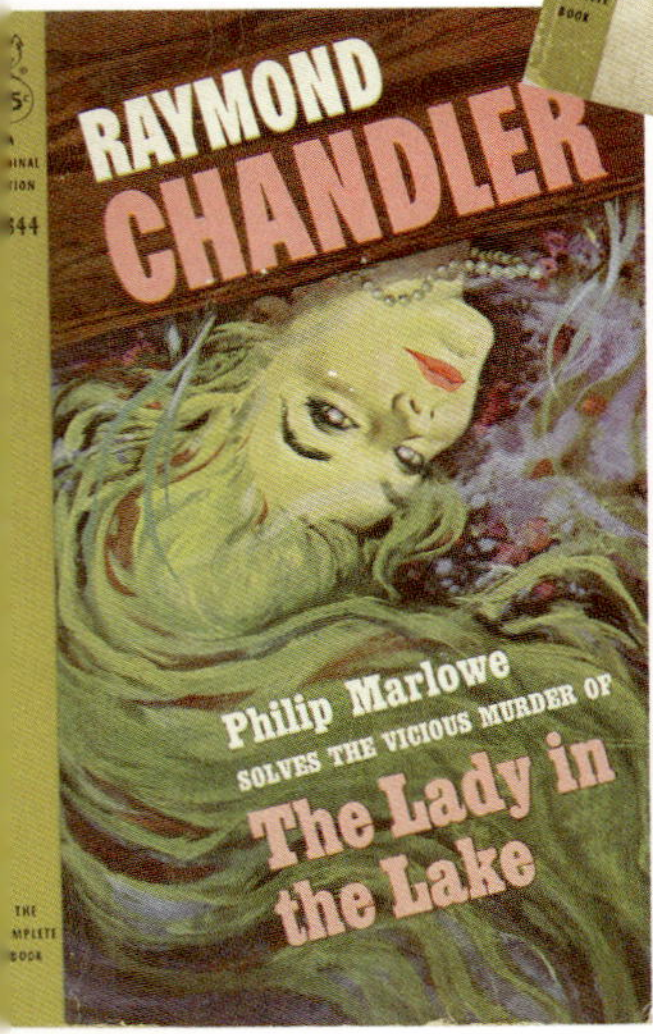
RAYMOND CHANDLER
Philip Marlowe
SOLVES THE VICIOUS MURDER OF
The Lady in the Lake

#4『湖中の女』
装画／モーガン・ケイン

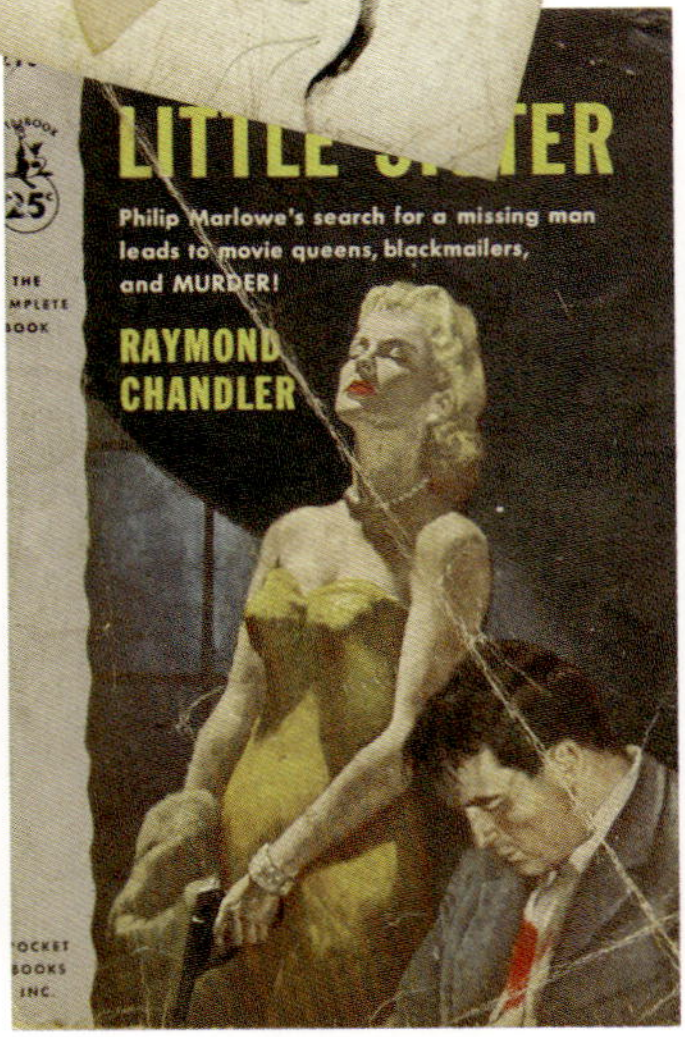
Philip Marlowe's search for a missing man leads to movie queens, blackmailers, and MURDER!
RAYMOND CHANDLER
25¢

#5『かわいい女』
装画／チャールズ・ビンガー

1044
The newest Philip Marlowe murder-mystery by
RAYMOND CHANDLER
The Long Goodbye
She had six husbands, money—and one lover too many.
25¢

#6『長いお別れ』→『ロング・グッドバイ』
装画／トム・ダン

『フィンガー・マン』
エイヴォン(1950)

『ファイヴ・シニスター・キャラクターズ』
エイヴォン(1946)

『トラブル・イズ・マイ・ビジネス』
ポケット・ブック(1951)

装画／ハーマン・ガイロン

チャンドラー短篇集 アラカルト

装画／ホイッスリング・ディキシー

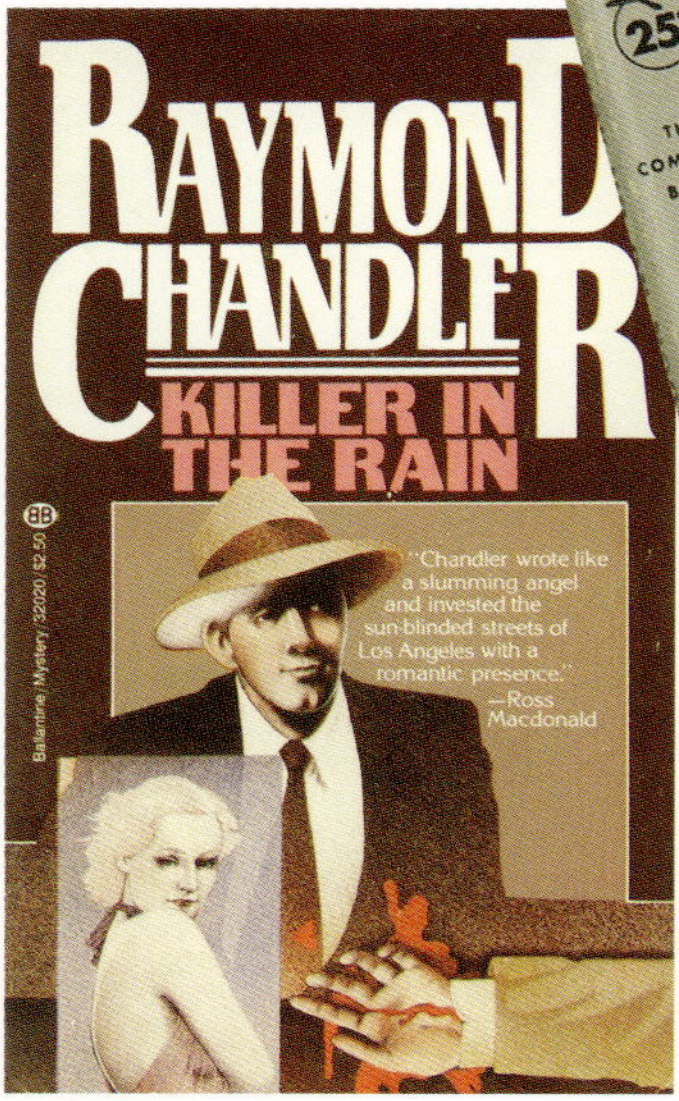

『キラー・イン・ザ・レイン』
バランタイン(1984)

『ヌーン街で拾ったもの』
ポケット・ブック(1957)
装画／ロバート・マガイア

装画／ジョージ・メイヤース

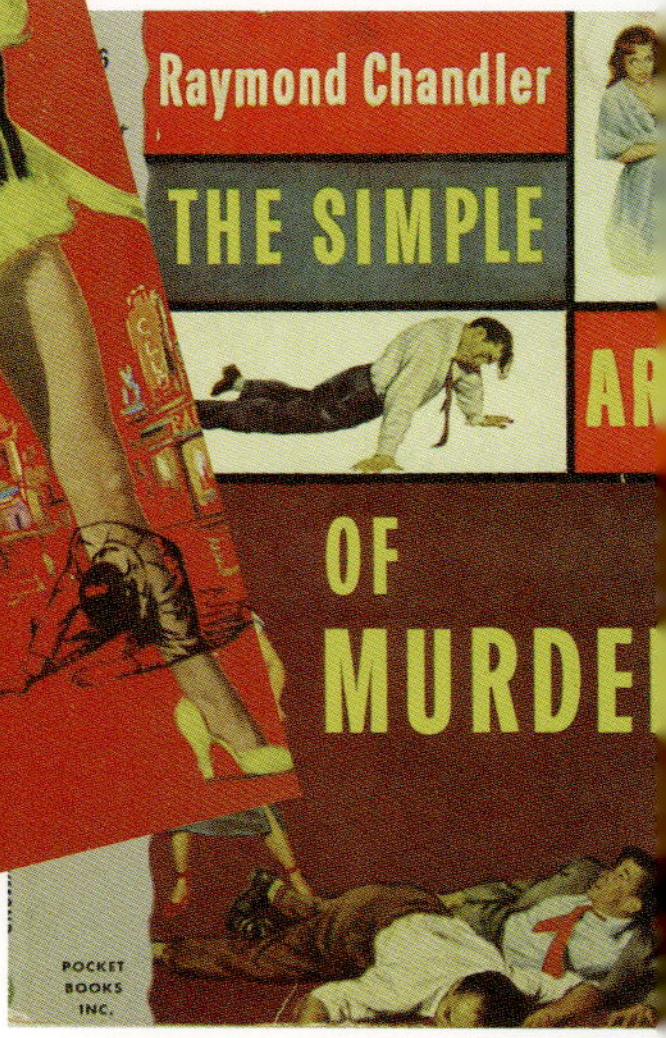

『シンプル・アート・オヴ・マーダー』
ポケット・ブック(1953)

THE KILLER INSIDE ME
BY JIM THOMPSON
"Probably the most chilling and believable first-person story of a criminally warped mind I have ever encountered."—Stanley Kubrick
"Jim Thompson is the best suspense writer going, bar none."—George Milburn, THE NEW YORK TIMES
⑥
HE THE FALL GUY A WOMAN'S DEADLY PLOT?
WILD TOWN
JIM THOMPSON
A SIGNET BOOK Complete and Unabridged
⑧
He kept a deadly vendetta — only to fall in love with the widow of the man he had killed.
JIM THOMPSON THE TRANSGRESSORS
⑦
Three bank robbers on the run... prepared to kill rather than face capture.
A HELL OF A WOMAN
JIM THOMPSON
She lured him into the world's oldest trap
④
HEAVEN
JIM THOMPSON
"Jim Thompson must be ranked in the top bracket. I strongly urge you not to miss a one of his books." ANTHONY BOUCHER, The New York Sunday Times
TEXAS BY THE TAIL
from Houston to Fort Worth and steal Dallas in the bargain. She was the girl who had
A NOVEL BY JIM THOMPSON
"...the best suspense writer going, bar none..."—GEORGE MILBURN THE N.Y. SUNDAY TIMES
NOVEL BY THOMPSON
hompson must be in the top bracket. y urge you not to ne of his books."
Anthony Boucher, N.Y. SUNDAY TIMES
⑪
POP. 1280
1277 of the citizens were just plain folk— thieves, simpletons, cheats. It was those other 3— Myra, Amy, and Rose —who made Pottsville the hottest town this side of the Equator
POTTSVILLE POP 1280
⑨
THE KILL-OFF
JIM THOMPSON author of HELL OF A WOMAN
①
NOTHING more than MURDER
JIM THOMPSON
Child of Rage
JIM THOMPSON
DRIVEN BY THE TORMENTS OF THE WHITE WOMAN WHO BORE HIM, HE MADE EACH DAY AN ACT OF REVENGE!
HE CRAMMED 20 FURIOUS YEARS INTO THE SEARCH FOR NEW THRILLS
Bad Boy
JIM THOMPSON
A LION ORIGINAL NOT A REPRINT
③
IRONSIDE Jim Thompson
The NOTHING MAN JIM THOMPSON
The GOLDEN GIZMO JIM THOMPSON
THE ALCOHOLICS Jim Thompson BLACK LIZARD BOOKS
POP. 1280 Jim Thompson Black Lizard/CREATIVE ARTS
CROPPER'S CABIN JIM THOMPSON
THE CRIMINAL Jim Thompson BLACK LIZARD BOOKS

ノワールの孤狼
ジム・トンプスン

マイク・ハマーは俺だ!

ミッキー・スピレイン 栄光の初期7作

#7『燃える接吻』 装画／ジェイムズ・ミース

#6『寂しい夜の出来事』

#1『裁くのは俺だ』

#3『復讐は俺の手に』

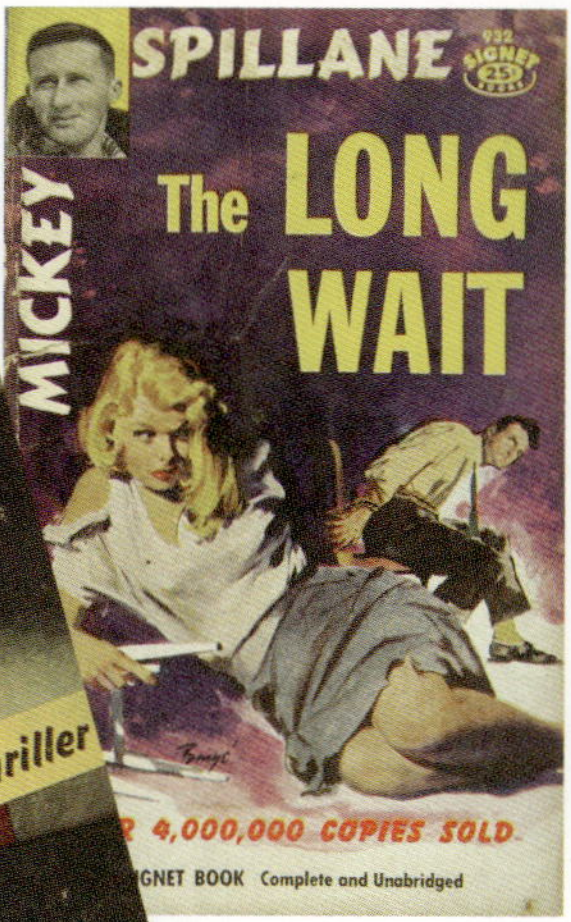

#5『果たされた期待』(非ハマー物) 装画／バリー・フィリップス

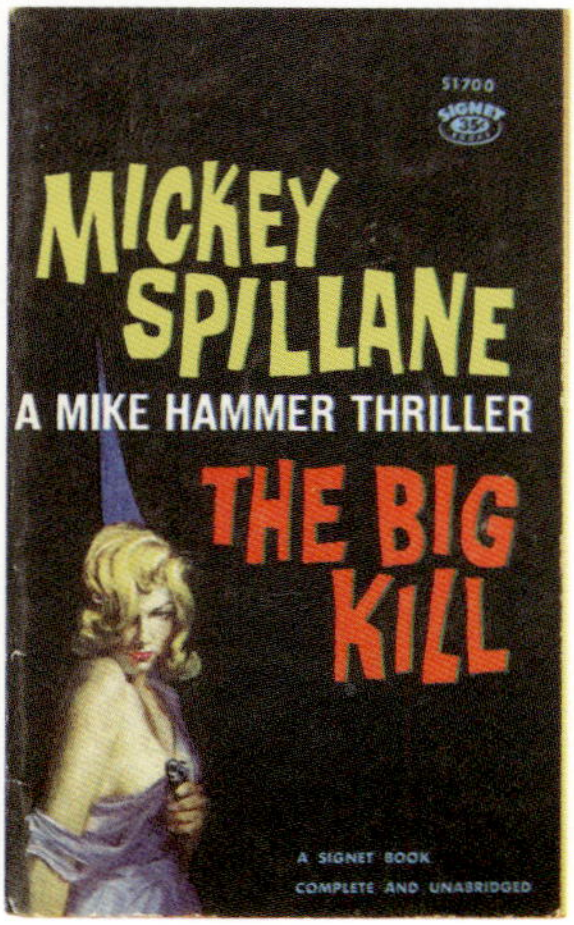

#4『大いなる殺人』 装画／ジェイムズ・アヴァーティ

#2『俺の拳銃はすばやい』

装画4点／ルー・キンメル
#1 #2 #3 #6

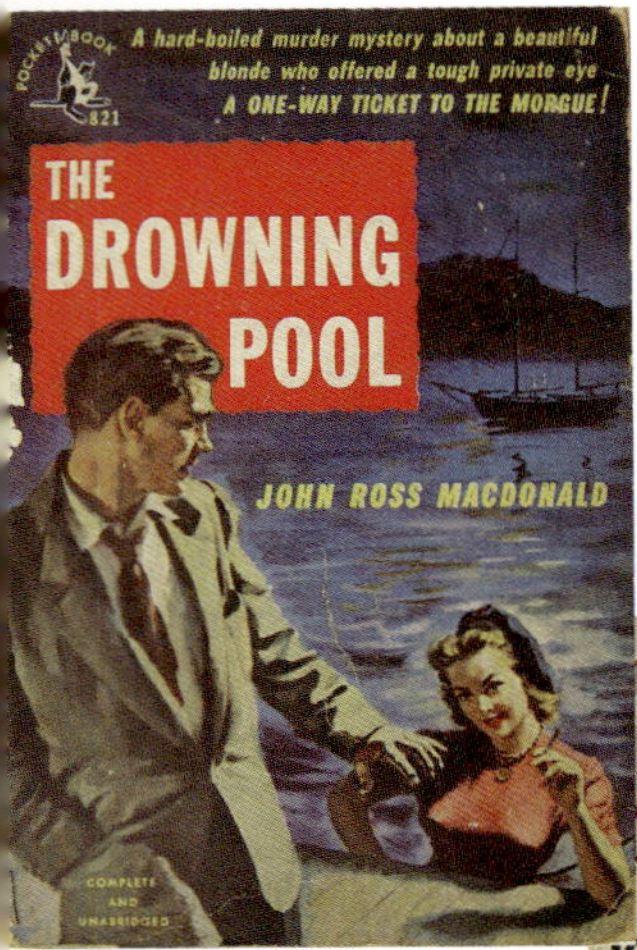
POCKET BOOK
821
A hard-boiled murder mystery about a beautiful blonde who offered a tough private eye A ONE-WAY TICKET TO THE MORGUE!
THE DROWNING POOL
JOHN ROSS MACDONALD
COMPLETE AND UNABRIDGED

#2『魔のプール』
装画／レイ・アップ

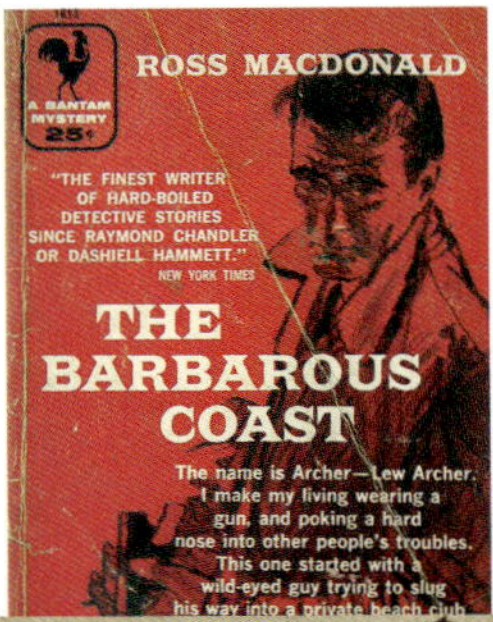
A BANTAM MYSTERY 25¢
ROSS MACDONALD
"THE FINEST WRITER OF HARD-BOILED DETECTIVE STORIES SINCE RAYMOND CHANDLER OR DASHIELL HAMMETT."
NEW YORK TIMES
THE BARBAROUS COAST
The name is Archer—Lew Archer. I make my living wearing a gun, and poking a hard nose into other people's troubles. This one started with a wild-eyed guy trying to slug his way into a private beach club

#6『凶悪の浜』

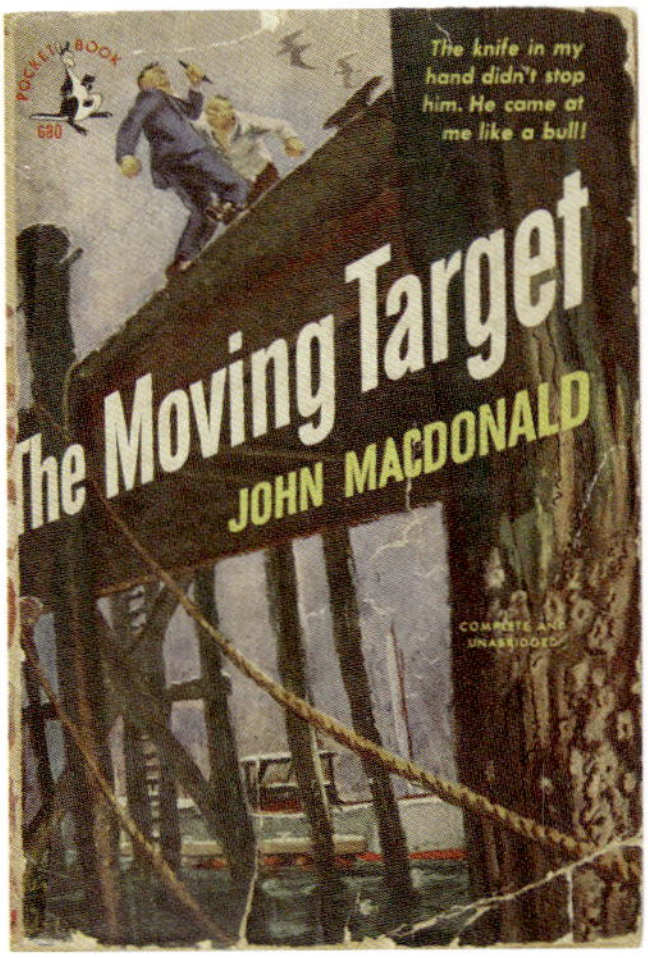
POCKET BOOK
680
The knife in my hand didn't stop him. He came at me like a bull!
The Moving Target
JOHN MACDONALD
COMPLETE AND UNABRIDGED

#1『動く標的』
装画／ハーヴェイ・キッダー

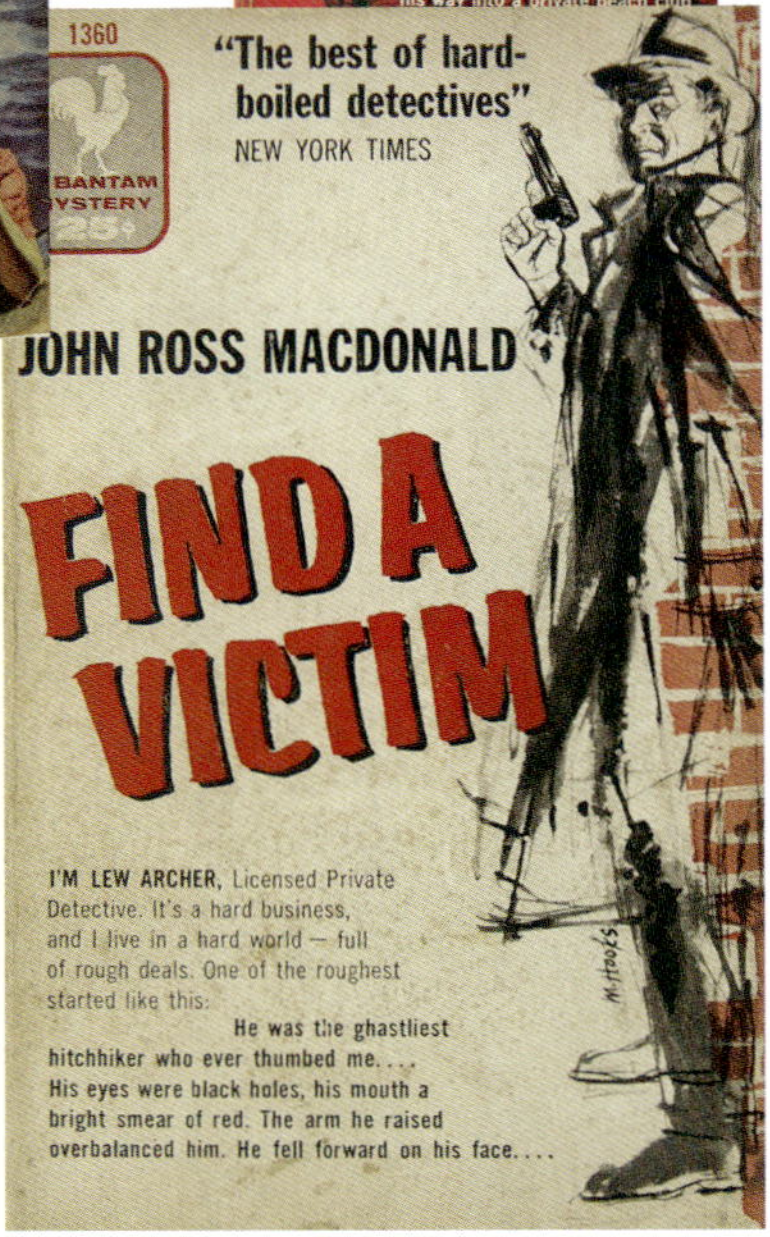
1360
BANTAM MYSTERY 25¢
"The best of hard-boiled detectives"
NEW YORK TIMES
JOHN ROSS MACDONALD
FIND A VICTIM
I'M LEW ARCHER, Licensed Private Detective. It's a hard business, and I live in a hard world — full of rough deals. One of the roughest started like this:
He was the ghastliest hitchhiker who ever thumbed me....
His eyes were black holes, his mouth a bright smear of red. The arm he raised overbalanced him. He fell forward on his face....

#5『犠牲者は誰だ』
装画／ミッチェル・フックス

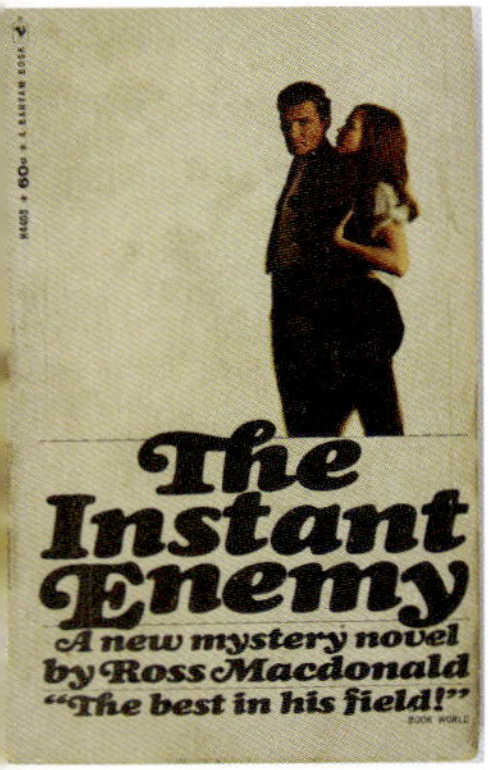
The Instant Enemy
A new mystery novel by Ross Macdonald
"The best in his field!"

#15『一瞬の敵』

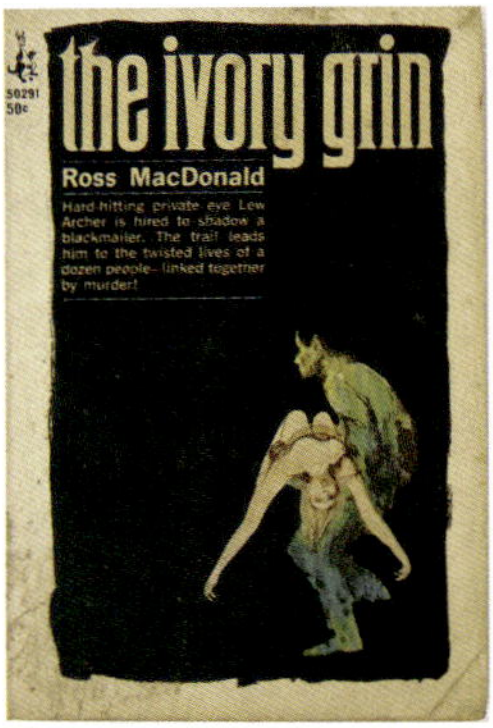
the ivory grin
Ross MacDonald
Hard-hitting private eye Lew Archer is hired to shadow a blackmailer. The trail leads him to the twisted lives of a dozen people—linked together by murder!

#4『象牙色の嘲笑』

私立探偵小説界の盟主
ロス・マクドナルド

リュウ・アーチャー物語

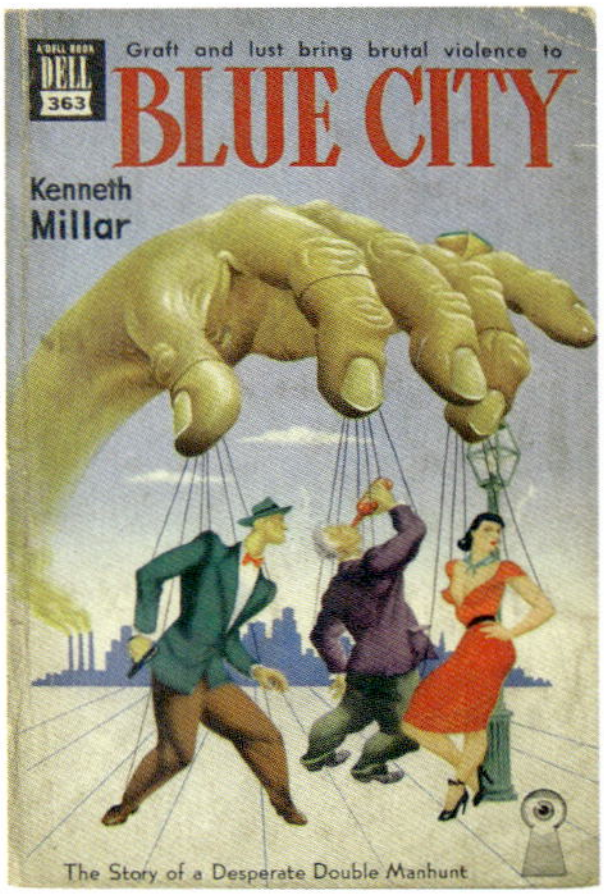
DELL
363
Graft and lust bring brutal violence to
BLUE CITY
Kenneth Millar
The Story of a Desperate Double Manhunt

非シリーズ物『青いジャングル』

The Chill
By Ross Macdonald
A dazzling and unpredictable new novel of murder, obsession and revenge by America's great mystery writer

#12『さむけ』

The Wycherly Woman
By Ross Macdonald
A new mystery by an old master—with the shocking power of a scream in the night

#10『ウィチャリー家の女』

ペイパーバック界の雄
ジョン・D・マクドナルド

ゴールド・メダルPBO初期初版集

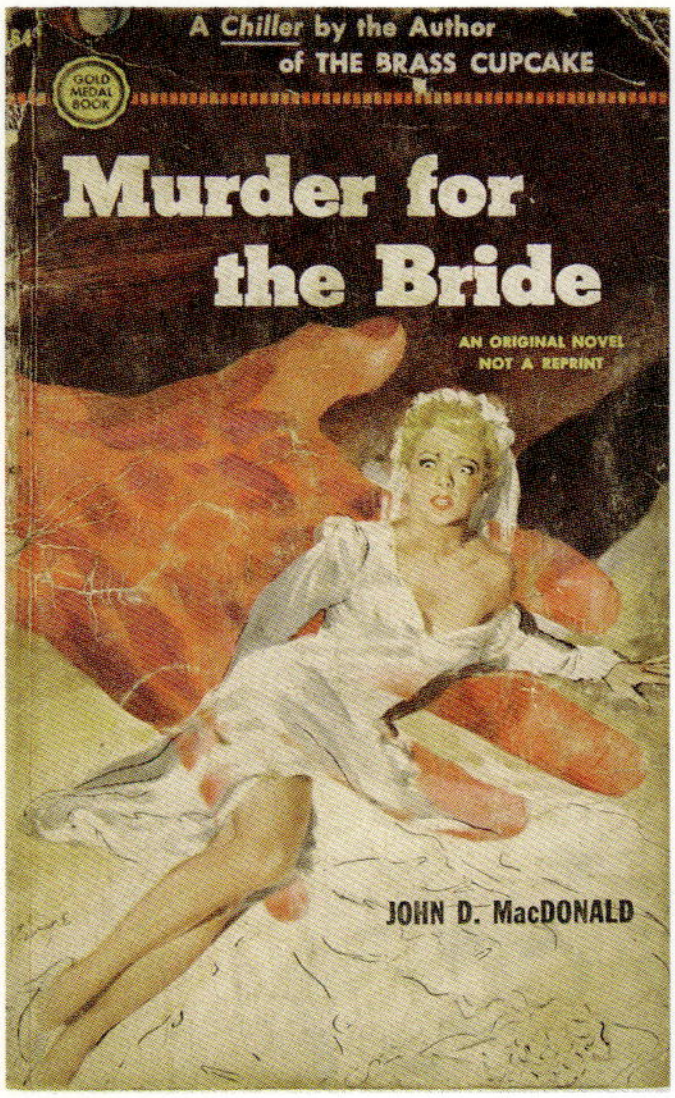
A Chiller by the Author of THE BRASS CUPCAKE
GOLD MEDAL BOOK
Murder for the Bride
AN ORIGINAL NOVEL NOT A REPRINT
JOHN D. MacDONALD
未訳(1951)
装画／バリー・フィリップス

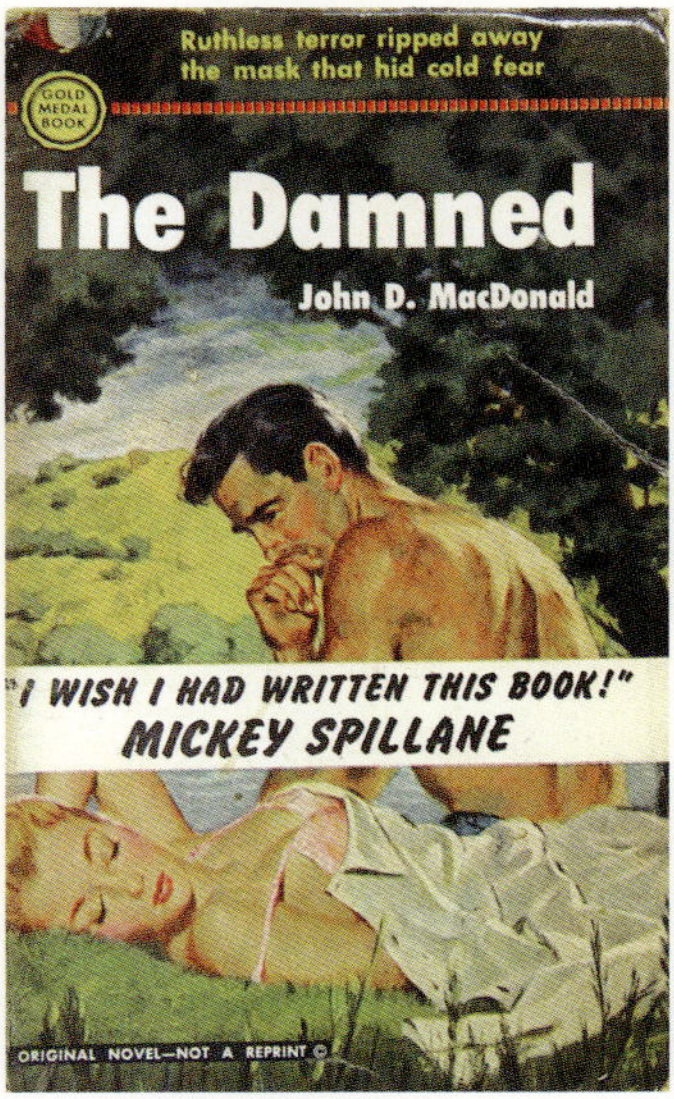
Ruthless terror ripped away the mask that hid cold fear
GOLD MEDAL BOOK
The Damned
John D. MacDonald
"I WISH I HAD WRITTEN THIS BOOK!" MICKEY SPILLANE
ORIGINAL NOVEL—NOT A REPRINT
『呪われた者たち』(1952)

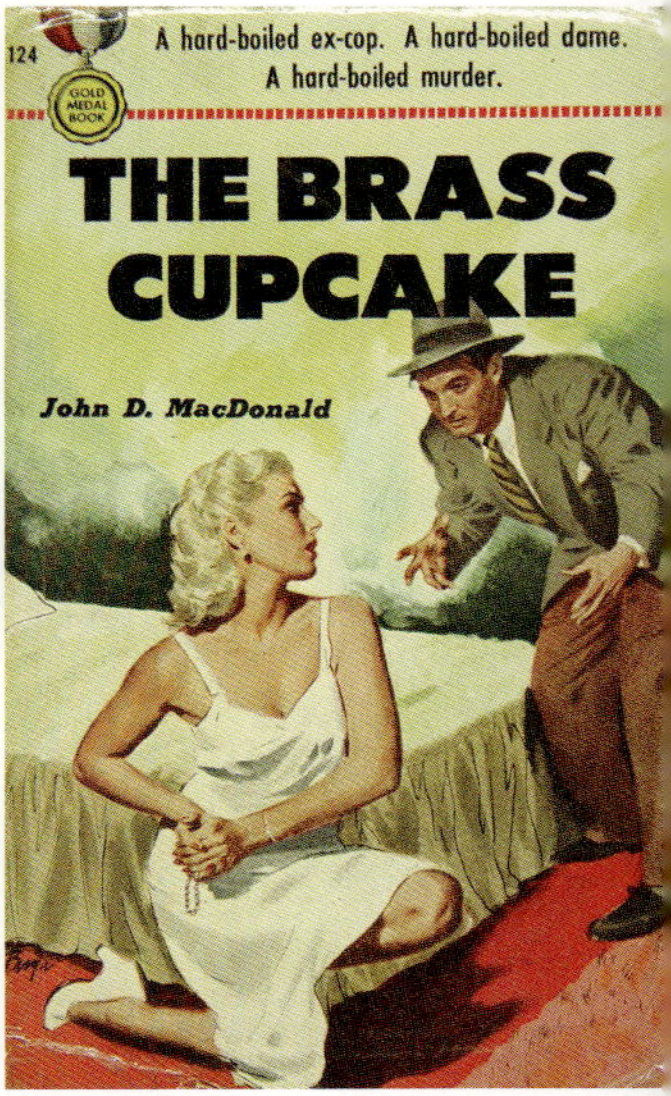
124
A hard-boiled ex-cop. A hard-boiled dame. A hard-boiled murder.
GOLD MEDAL BOOK
THE BRASS CUPCAKE
John D. MacDonald
未訳(1950)
装画／バリー・フィリップス

JOHN D. MACDONALD
25¢
A Bullet for Cinderella
She was hard to find, hard to get, hard to kill
デル(1955)
『シンデレラの銃弾』
装画／ジョージ・グロス

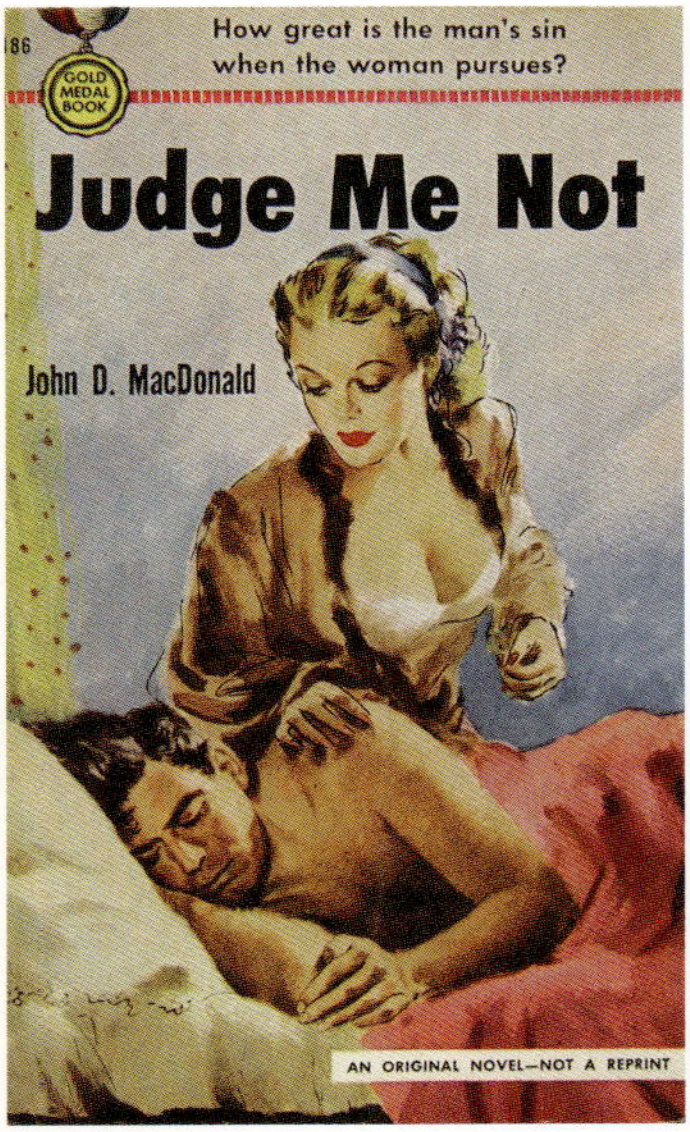
186
How great is the man's sin when the woman pursues?
GOLD MEDAL BOOK
Judge Me Not
John D. MacDonald
AN ORIGINAL NOVEL—NOT A REPRINT
未訳(1951)
装画／バリー・フィリップス

40¢
A BRILLIANT NEW SERIES BY
JOHN D. MACDONALD
"One of the first-rate craftsmen of crime." —N. Y. TIMES BOOK REVIEW
"I automatically buy every John D. MacDonald as it comes out . . ." —IAN FLEMING
THE DEEP BLUE GOOD-BY
Meet TRAVIS McGEE Non-conformist, boat bum, knight in slightly tarnished armor—as he sets out on a wild journey through the wreckage of a woman's soul
トラヴィス・マッギーのデビュー作
『濃紺のさよなら』
装画／ロン・レッサー

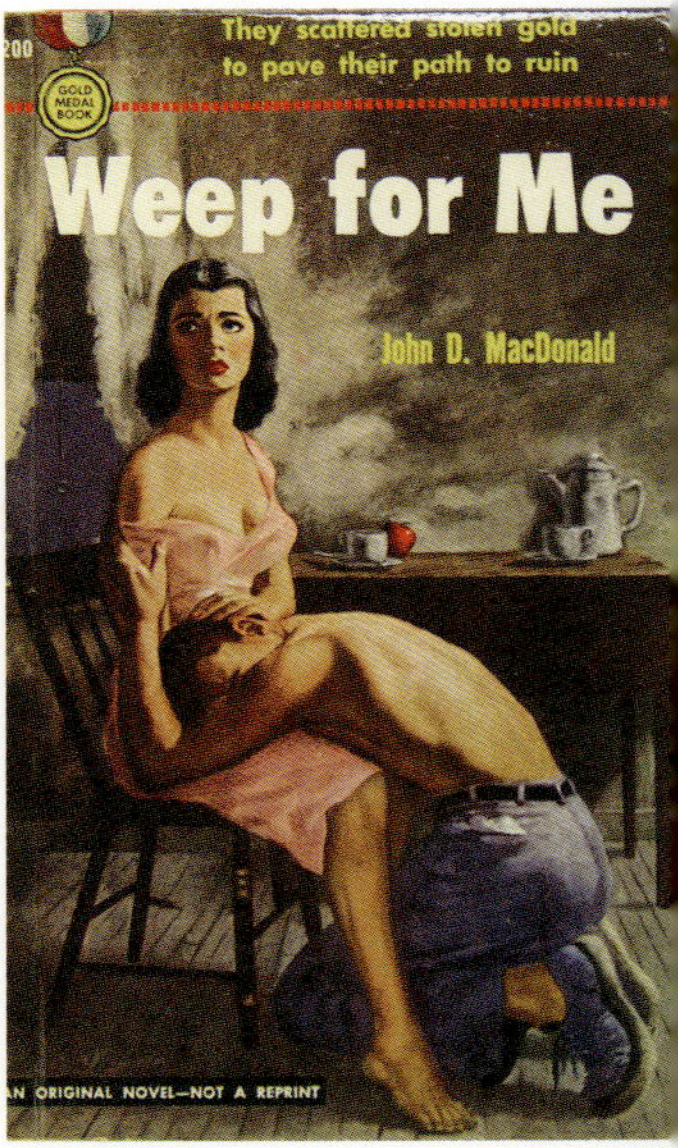
200
They scattered stolen gold to pave their path to ruin
GOLD MEDAL BOOK
Weep for Me
John D. MacDonald
AN ORIGINAL NOVEL—NOT A REPRINT
未訳(1951)
装画／オーウェン・キャンペン

天下無敵の七人衆

サム・デュレル

シェル・スコット

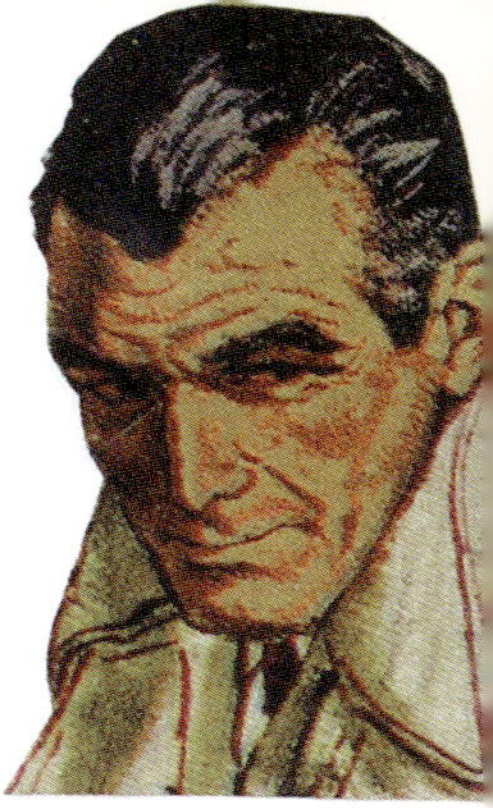
マット・ヘルム

トニー・コステイン

アール・ドレイク

バート・マッコール

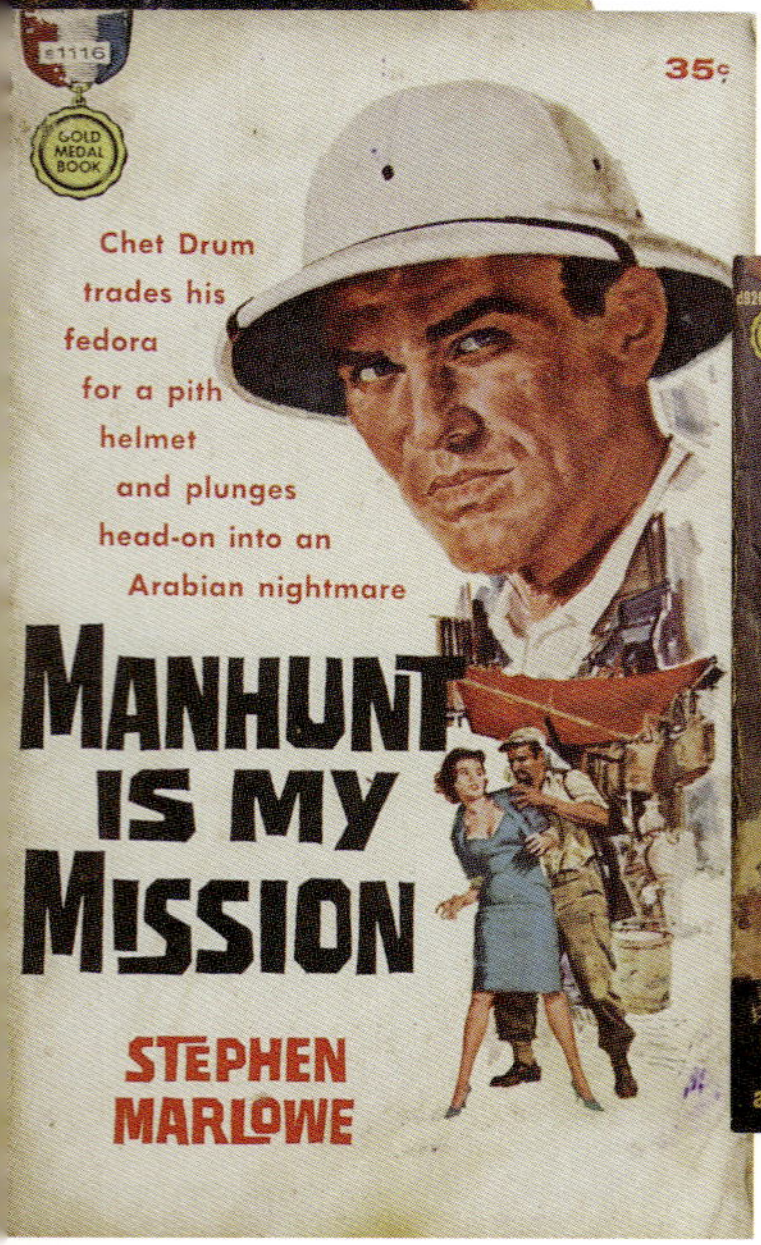

スティーヴン・マーロウ
諜報員シリーズ

２横綱の競演作

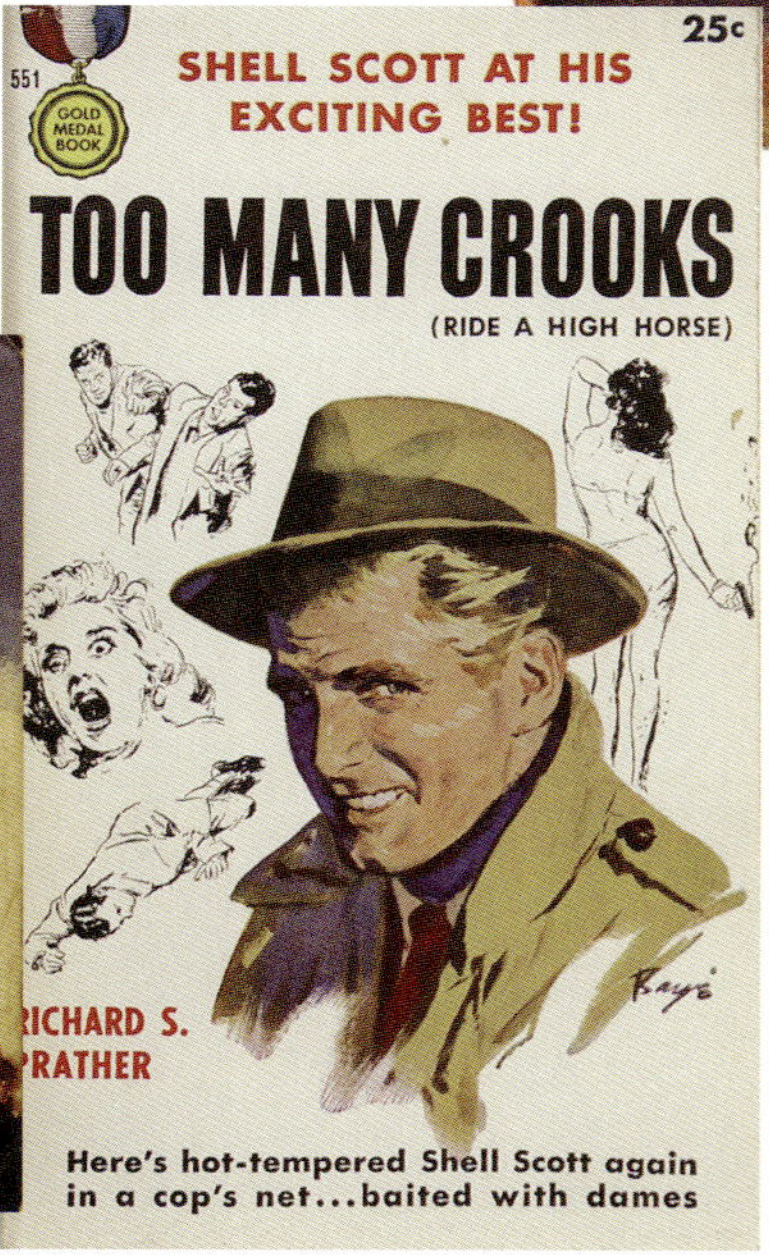

リチャード・Ｓ・プラザー
銀髪のＰＩシェル・スコット・シリーズ

装画／バリー・フィリップス

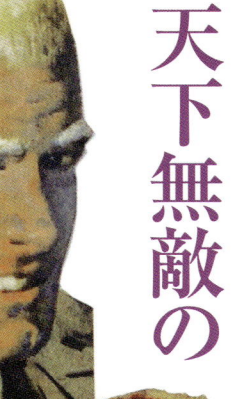

ゴールド・メダル・ブックの シリーズ・ヒーローたち

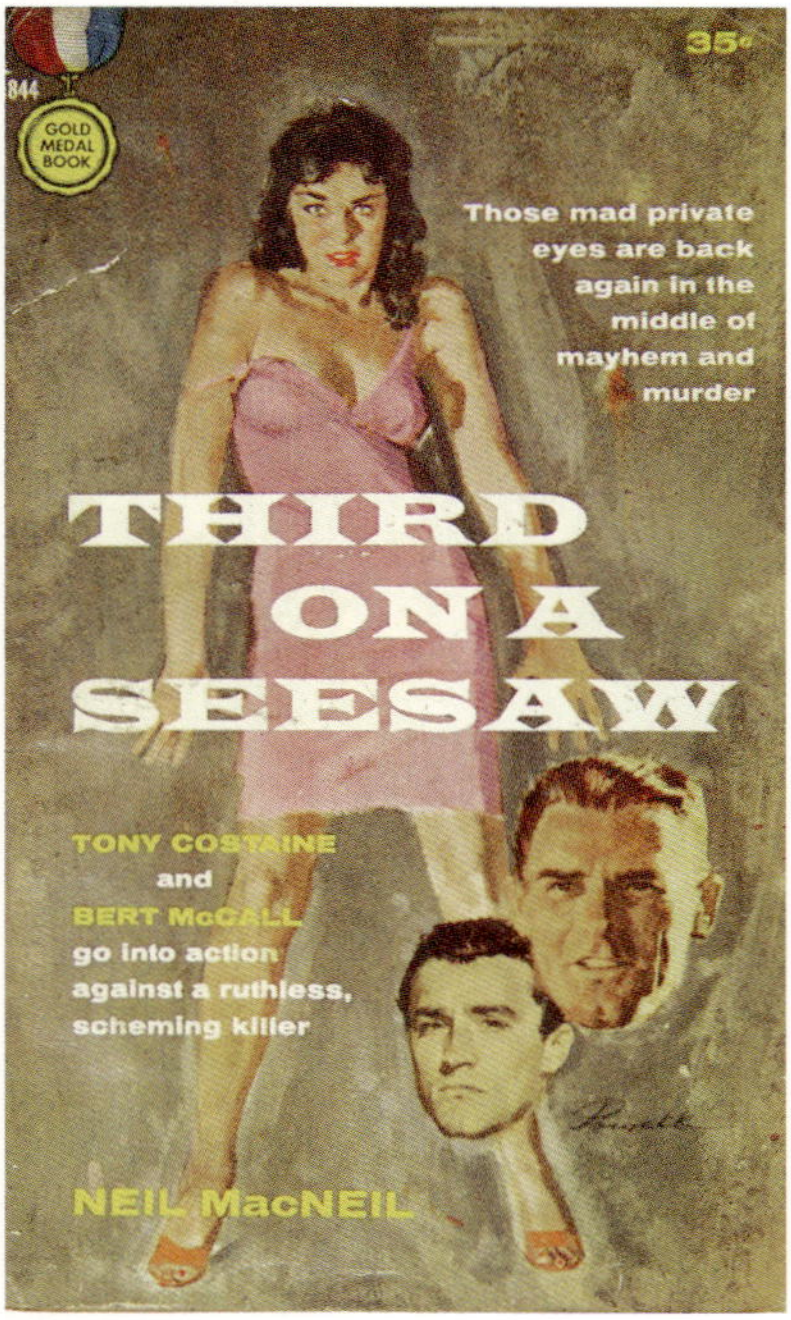
35¢
844
GOLD MEDAL BOOK
Those mad private eyes are back again in the middle of mayhem and murder
THIRD ON A SEESAW
TONY COSTAINE and BERT McCALL go into action against a ruthless, scheming killer
NEIL MacNEIL

ニール・マクニール
陽気なコンビ探偵シリーズ
装画／ゲリー・パウエル

35¢
GOLD MEDAL s1184
DAN J. MARLOWE
THE NAME OF THE GAME IS DEATH
He had enough guts for three guys, enough lives for nine cats
TELEPHONE

ダン・J・マーロウ
オペレーション・シリーズ『ゲームの名は死』
装画／バリー・フィリップス

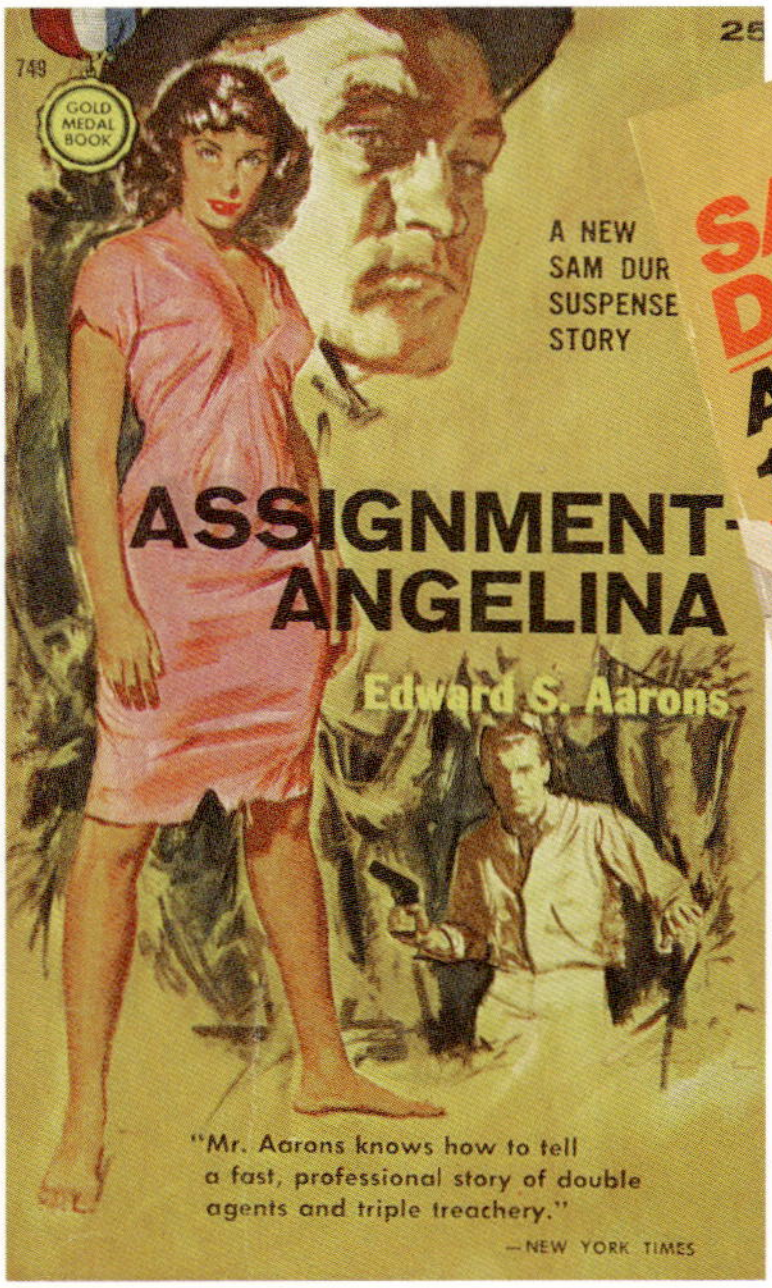
25
749
GOLD MEDAL BOOK
A NEW SAM DUR SUSPENSE STORY
ASSIGNMENT-ANGELINA
Edward S. Aarons
"Mr. Aarons knows how to tell a fast, professional story of double agents and triple treachery."
—NEW YORK TIMES

エドワード・S・アーロンズ
秘密指令シリーズ

装画／ゲリー・パウエル

FAWCETT GOLD MEDAL
SAM DURELL
Assignment 13th Princess
WILL B. AARONS
SAM CHALLENGES AN ARMY OF MIDEAST ASSASSINS AND SAVES A STRANGE YOUNG PRINCESS....

ゴーストライターによる
秘密指令シリーズの新作

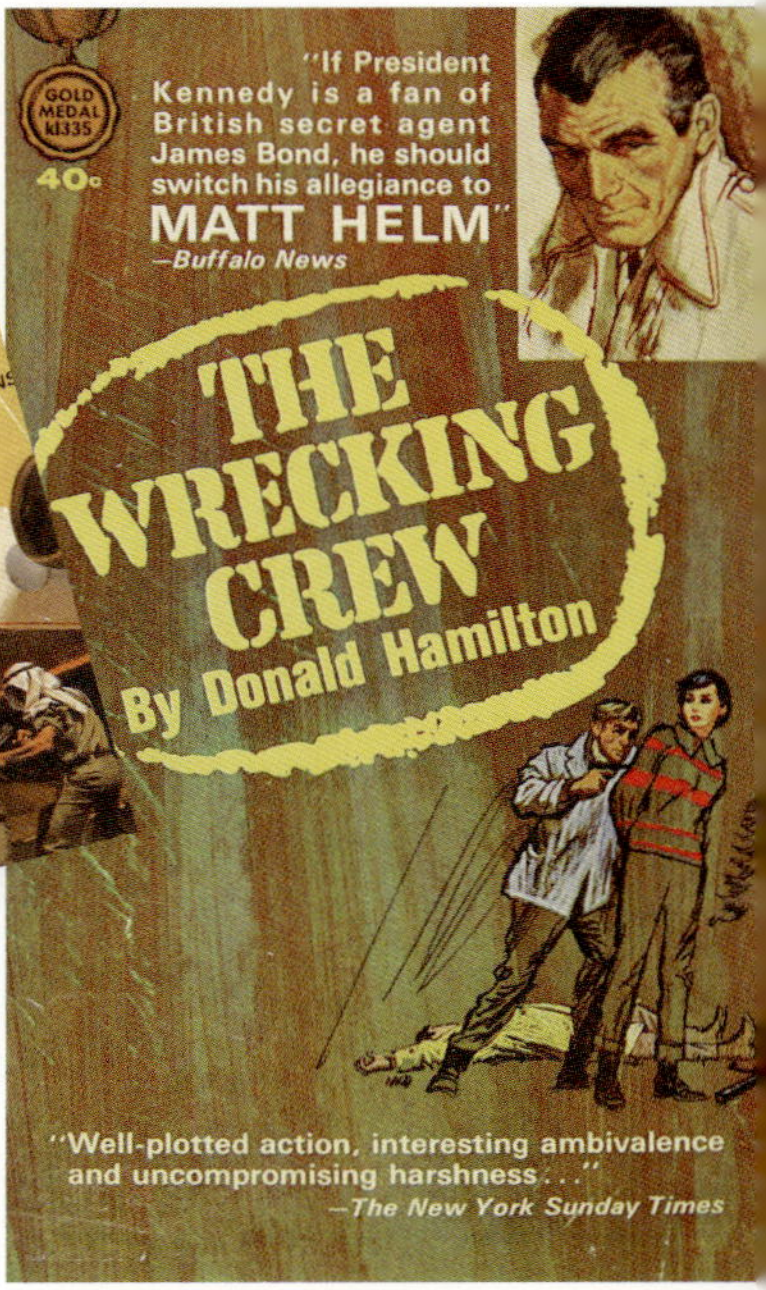
GOLD MEDAL k1335
40¢
"If President Kennedy is a fan of British secret agent James Bond, he should switch his allegiance to MATT HELM"
—Buffalo News
THE WRECKING CREW
By Donald Hamilton
"Well-plotted action, interesting ambivalence and uncompromising harshness..."
—The New York Sunday Times

ドナルド・ハミルトン 部隊シリーズ
『破壊部隊』

タフガイが1ダース

エイスPBO（1957）
マイクル・アヴァロン『でぶのベティ』
エド・ヌーン

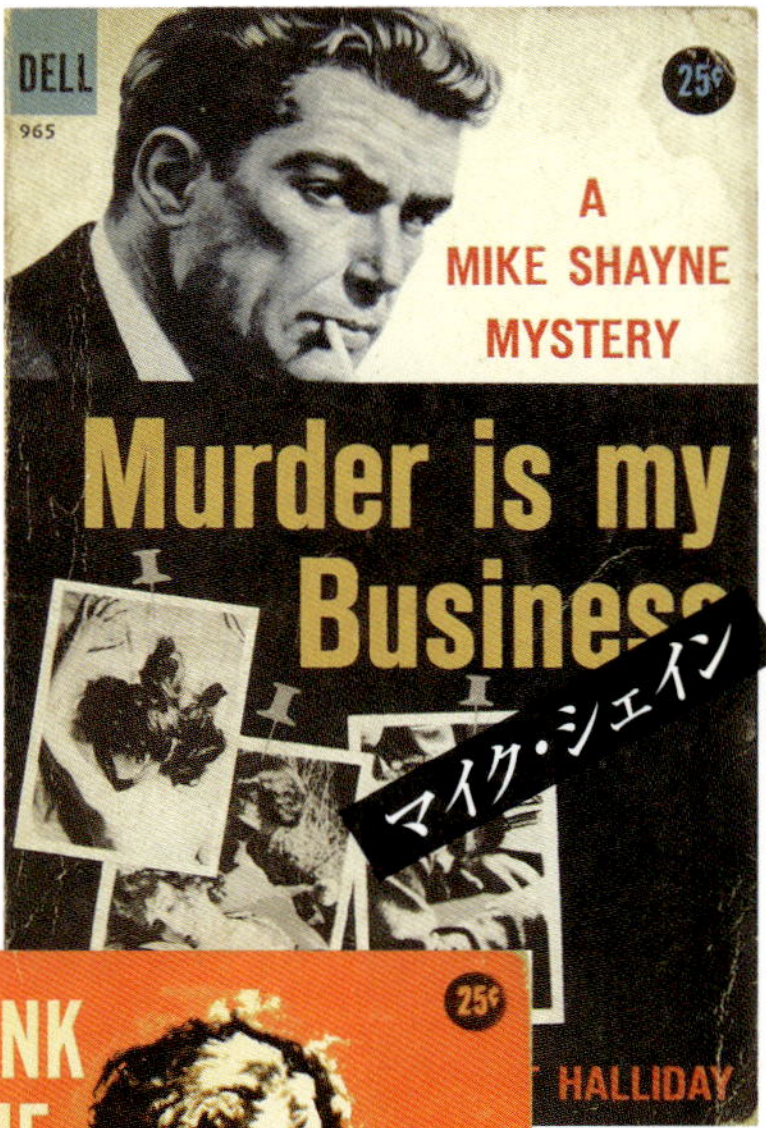

デル（1957）
ブレット・ハリデイ『殺人稼業（仮）』
装画／ロバート・スタンリー
マイク・シェイン

シカゴのマック
装画／ジェイムズ・ミース
トマス・B・デューイ『非情の街』

装画／ヴィクター・ケイリン
ジョニー・リデル
フランク・ケイン『死の四人組（仮）』
デル（1958）

装画／ミルトン・チャールズ
カート・キャノン
『よみがえる拳銃』
ゴールド・メダルＰＢＯ

装画／ロバート・マガイア
ピート・チェンバース
ヘンリー・ケイン『俺の仕事は殺し（仮）』
エイヴォン（1954）

懐かしの50年代私立探偵ヒーロー

ダニー・フォンテイン

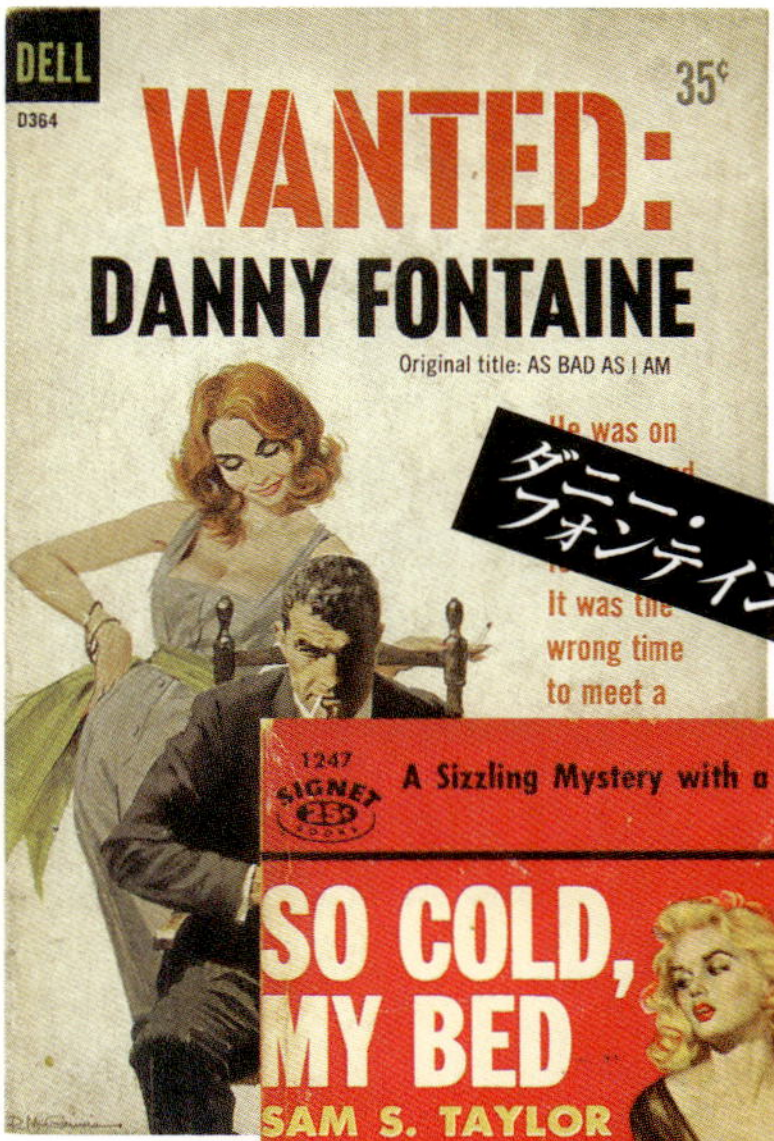

デル（1960）
ウィリアム・アード作『指名手配（仮）』 装画／ボブ・マッギニス

マックス・サーズデイ

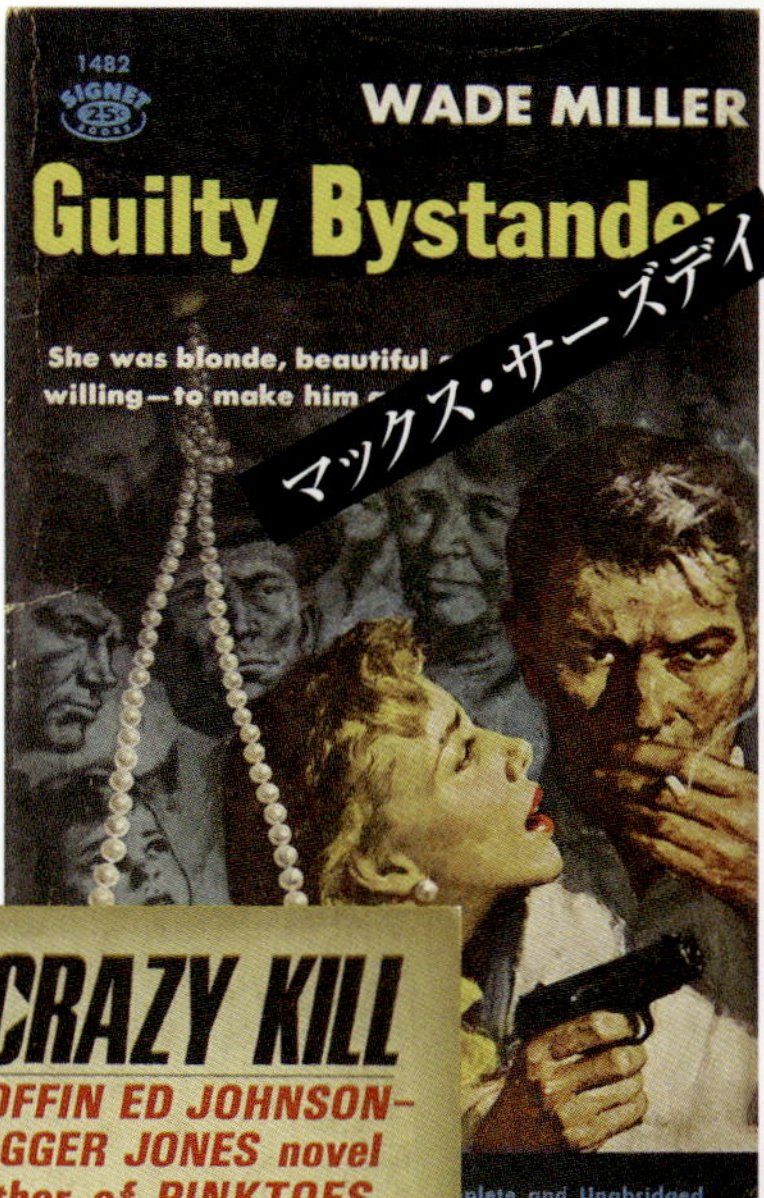

シグネット（1958）
ウェイド・ミラー『罪ある傍観者』
装画／テッパー

ニール・コットン

サム・S・テイラー
『冷たきわがベッド（仮）』
シグネット（1955）
装画／ロバート・マガイア

棺桶エド＆墓掘りジョーンズ

チェスター・ハイムズ
『狂った殺し』
バークリー（1966）
装画／ハリー・ベネット

ベン・ゲイツ

装画／ボブ・マッギニス
ロバート・カイル『殺しは後払い（仮）』
デルＰＢＯ（1960）

マイロ・マーチ

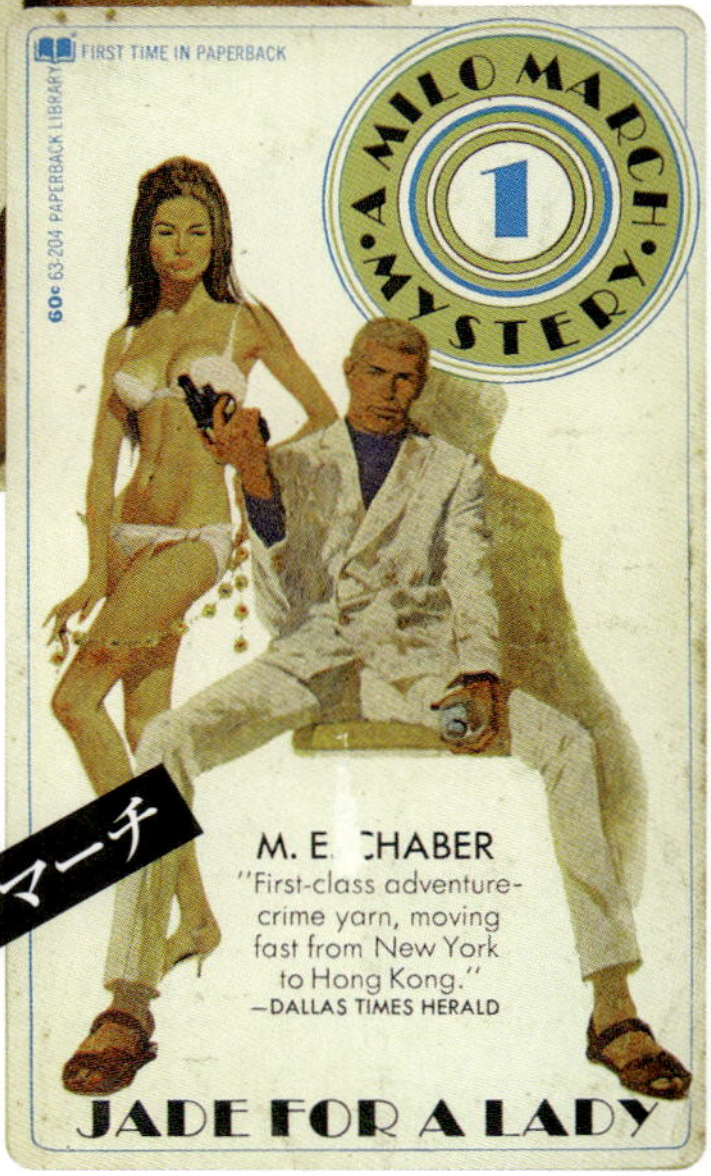

装画／ボブ・マッギニス
M・E・チェイバー『レディに翡翠を（仮）』
ペイパーバック・ライブラリ（1970）

ハードボイルド・アンソロジー選

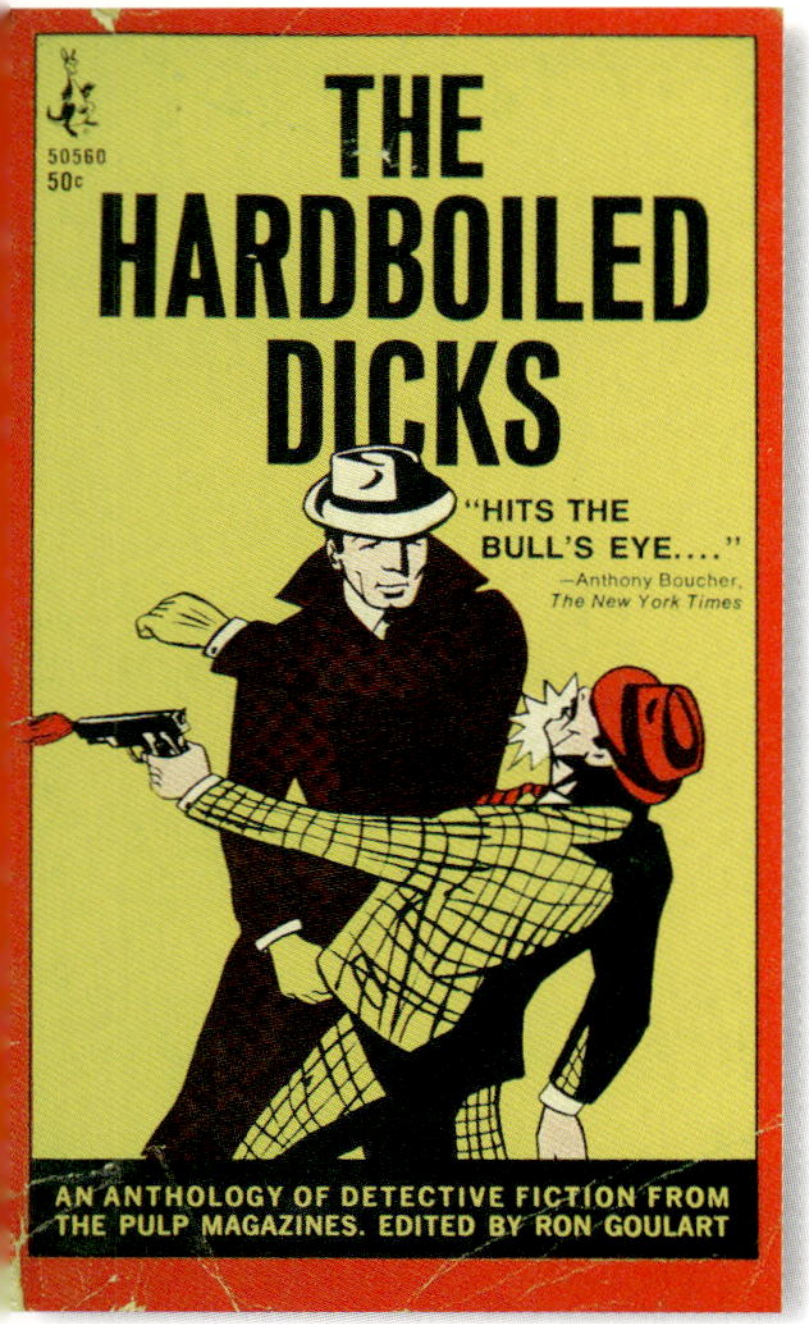

ロン・グーラート編　ポケット・ブック（1967）

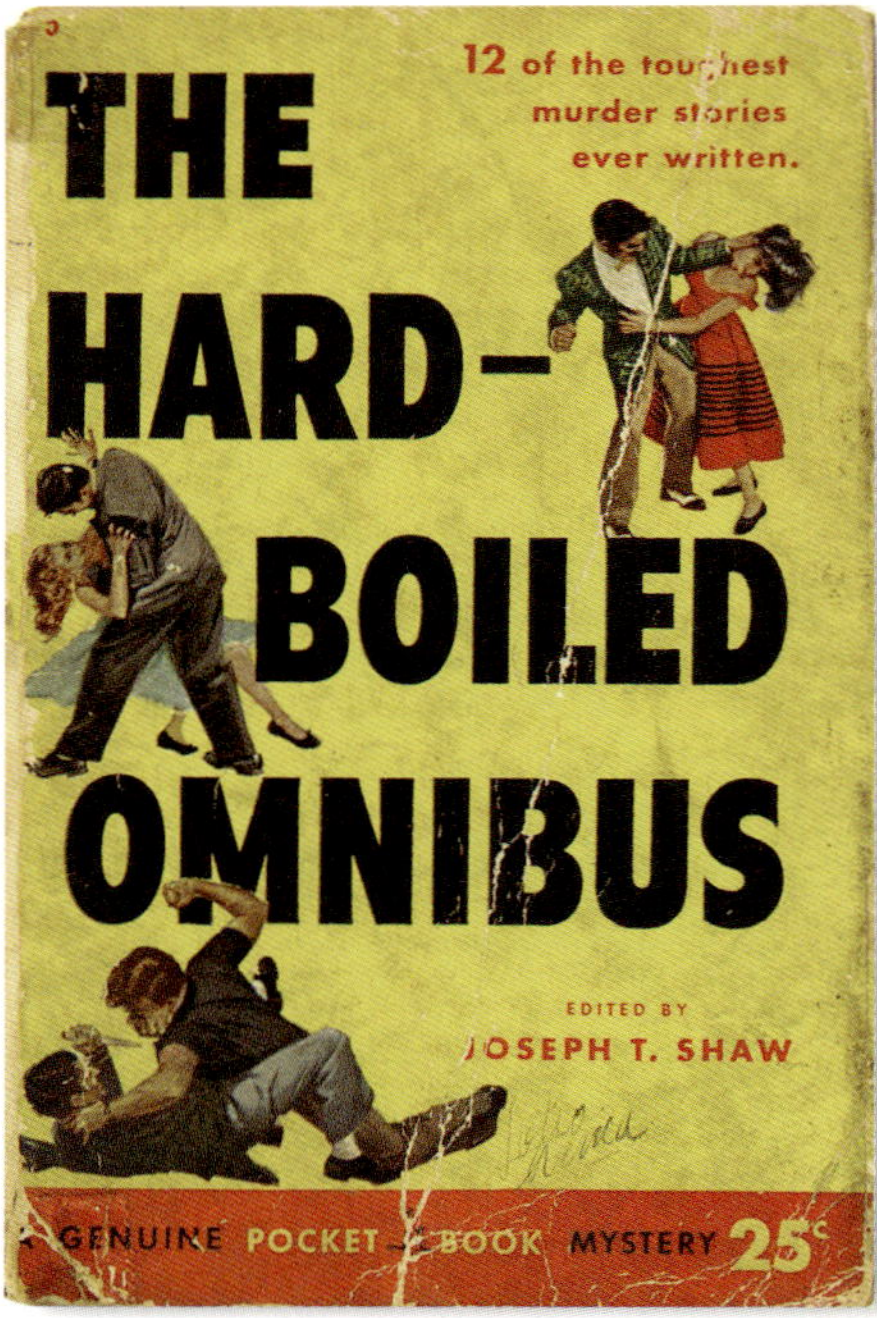

ジョゼフ・T・ショー編　ポケット・ブック（1952）
装画／モーリス・トマス

《マンハント》傑作選

スコット＆シドニー・メレディス編
パーマ・ブックPBO（1958）
装画／アーネスト・チリアカ

《ブラック・マスク》傑作選

ハーバート・ルーム編
ヴィンテージPBO（1977）

『わが名はアーチャー』

PI短篇集対決

『わが名はチェンバース』

G569
PYRAMID
PB
35¢
HENRY KANE
The girls are willing–
The job is dangerous–
THE NAME IS CHAMBERS
"A phenomenally generous volume of tales neatly plotted and blithely told"
–Anthony Boucher, The New York Times

ヘンリー・ケイン短篇集
ピラミッドPBO（1960）
装画／ハリー・シャー

1295
A BANTAM MYSTERY
25¢
The case-book of a tough private eye by
JOHN ROSS MACDONALD
THE NAME IS
ARCHER
... Lew Archer, private detective in the land of dreams–California;
in the land of peaches and honey, misery and murder–male and female!
The name is Archer and don't get me wrong–It's not that women are greedier than men ...
TURN PAGE

ロス・マクドナルド短篇集
バンタムPBO（1955）
装画／ミッチェル・フックス

25¢
Twelve lively ladies–
twelve deadly dolls!
FIRST EDITION
77
DANGEROUS DAMES
SELECTED BY
MIKE SHAYNE

マイク・シェイン編
デルPBO（1955）
装画／ロバート・スタンリー

"A SIZZLING COLLECTION..."
–Focus Magazine
Lion Books
25¢
from the
John D. MacDONALD
Brett HALLIDAY
Ellery QUEEN
Rex STOUT · Bruno FISCHER
edited by Harold Q. MASUR
DOLLS are MURDER

MWAアンソロジー
ハロルド・Q・マスア編
ライオンPBO（1957）
装画／モート・カンスラー

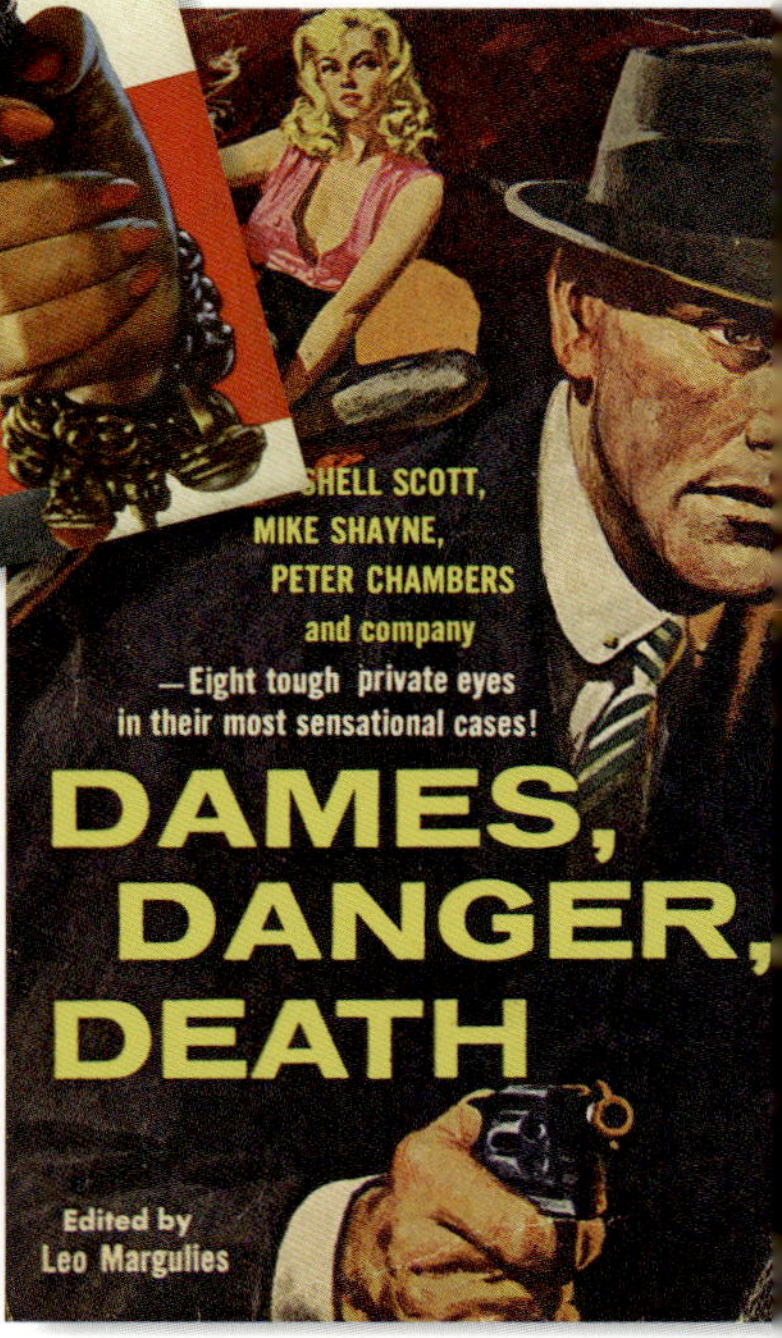
SHELL SCOTT,
MIKE SHAYNE,
PETER CHAMBERS
and company
–Eight tough private eyes
in their most sensational cases!
DAMES, DANGER, DEATH
Edited by
Leo Margulies

リーオ・マーガリーズ編　ピラミッドPBO（1960
装画／ハリー・シャー

ジェイムズ・L・ルーベル
『女には向かない仕事（仮）』
ゴールド・メダル（再版1958）

イーライ・ドノヴァン

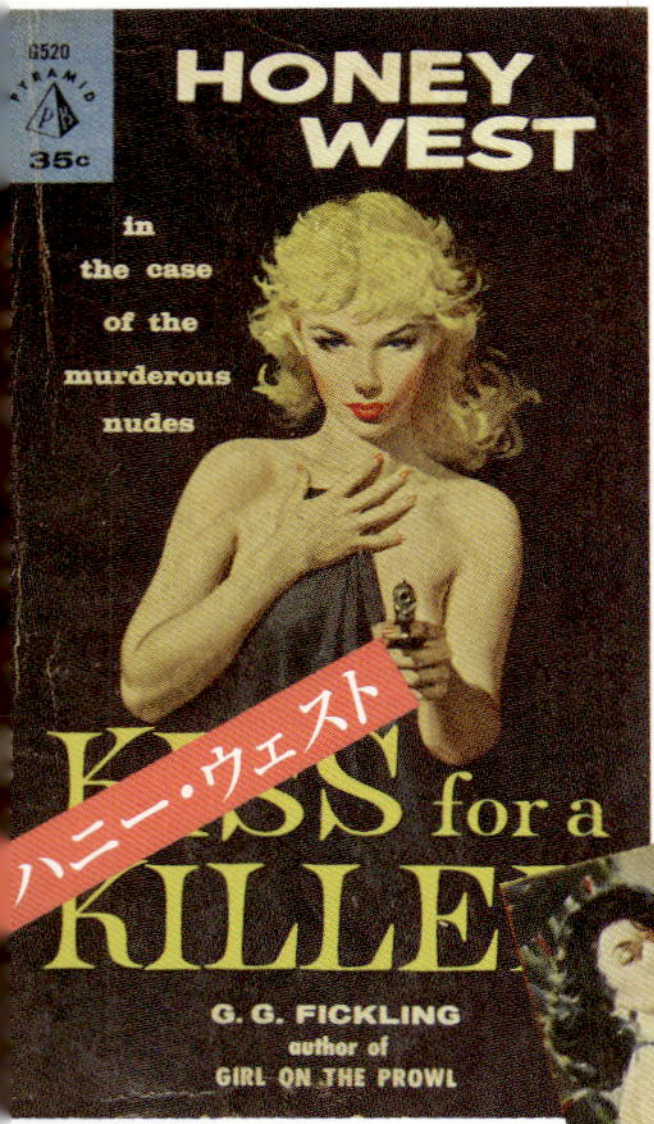

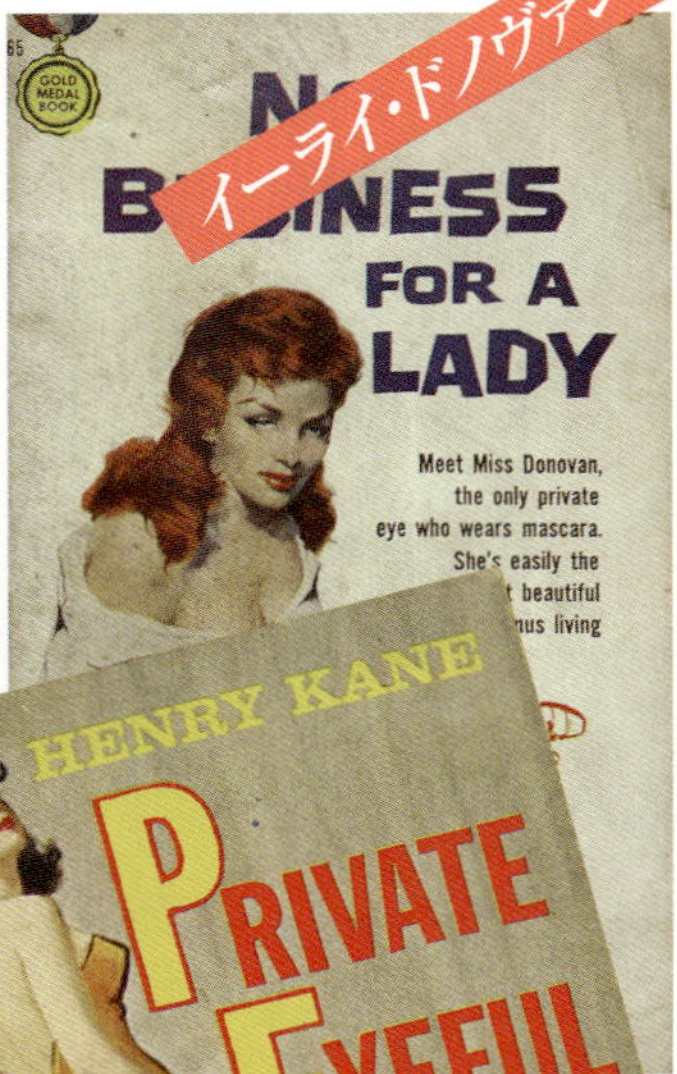

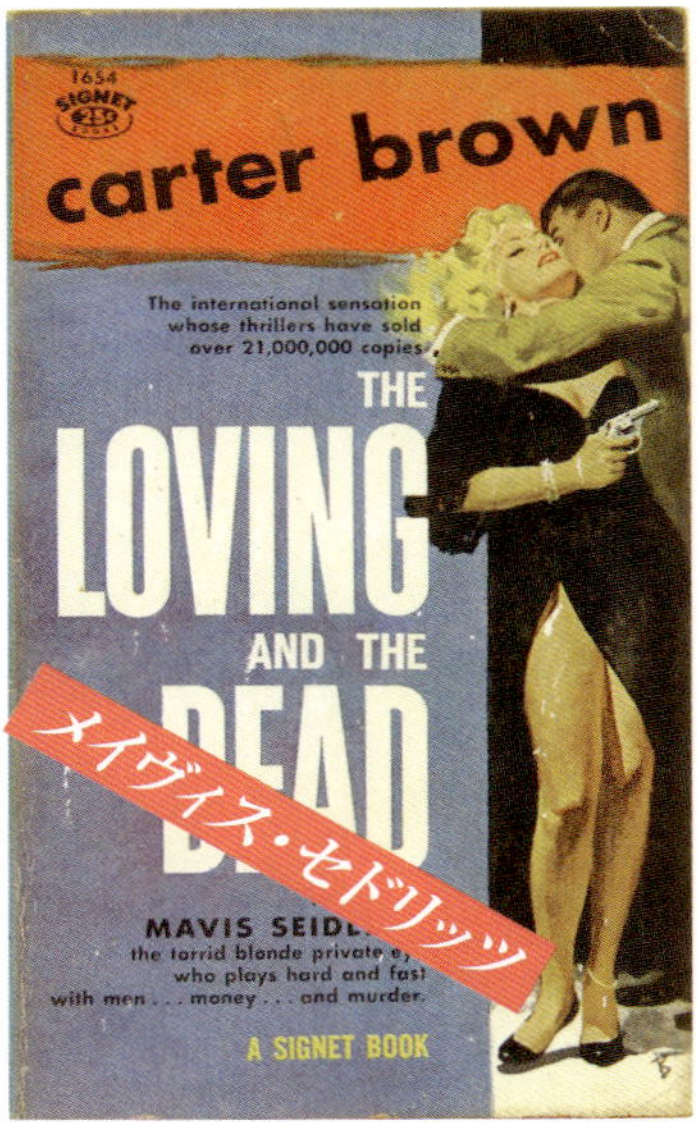

カーター・ブラウン
『女ボディガード』シグネット（1959）
装画／バリー・フィリップス

メイヴィス・セドリッツ

G・G・フィックリング
『ハニーに死の接吻』
ピラミッドPBO（1960）
装画／ロバート・マガイア

元祖女私立探偵

6人の艶姿

ヘンリー・ケイン『女探偵（仮）』
ピラミッドPBO（1959）
◀装画／ロバート・マガイア
▼装画／モート・エンゲル

マーラ・トレント

アナスターシャ

フィリス・スワン『シェリを探せ（仮）』
メジャー・ブックPBO（1979）

シュガー・シャノン

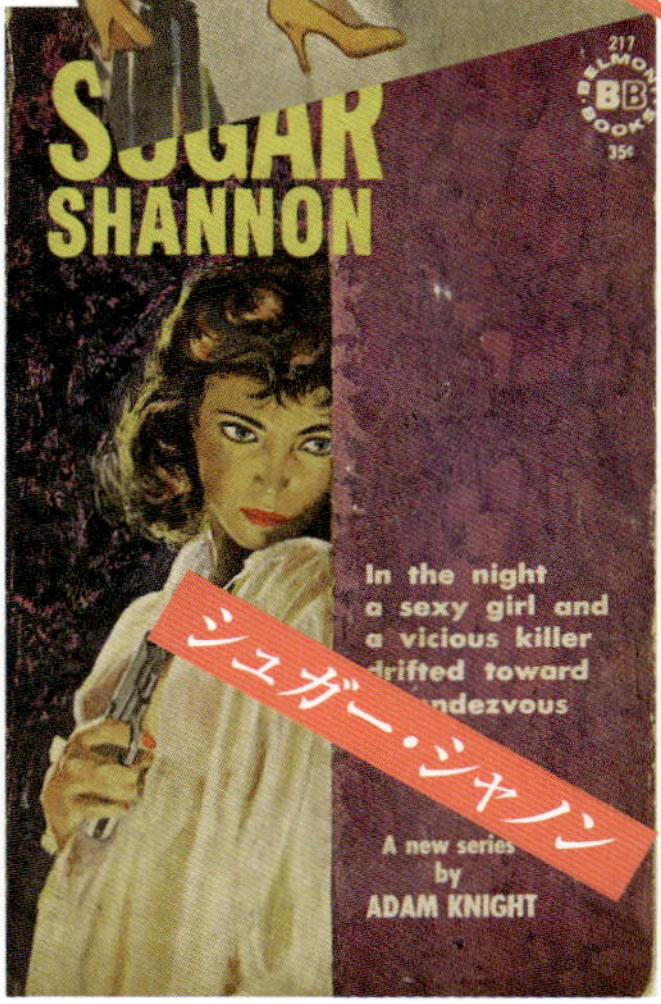

アダム・ナイト『シュガー（仮）』
ベルモントPBO（1960）

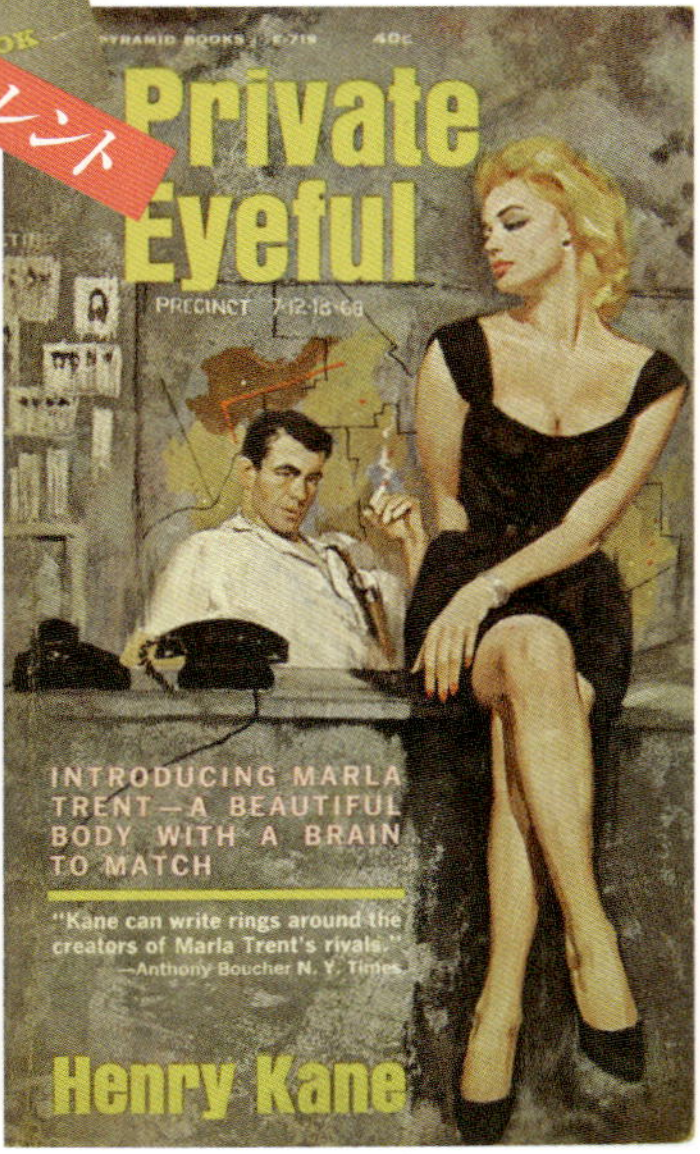

口絵解説Ⅰ

巻頭はリチャード・スタークの悪党パーカー・シリーズ初期八作。二〇〇八年の大晦日に旅行先のメキシコで急死したご本尊、ドナルド・E・ウェストレイクへの〝弔花〟のようになってしまった。この八点中七点はパーマ・ブック（『人狩り』『犯罪組織』『弔いの像』）およびポケット・ブックの初版で装画はすべてハリー・ベネット。『汚れた七人』のみ改題され（原題は *The Seventh*）、ロバート・マッギニスの装画に変わったゴールド・メダル版を掲げた。ベネット装画による同書のポケット・ブック版は巻末のカヴァー・アーティスト名鑑に載せた。

〈ハメットの遺産〉の見開きページの主役は『マルタの鷹』のポケット・ブック版につけられためずらしいダスト・ジャケット（のちにパーマ版に流用された）。ハメットの長篇五作のポケット・ブック版初版の書影は前に『ペイパーバックの本棚から』のカラー口絵におさめたので、ここではデル・ブックのハメット短篇集初版を八点並べた。

レイモンド・チャンドラーは見開きの右ページに長篇七作、左ページに短篇集を配した。長篇は『さらば愛しき女よ』と晩年の二作（『ロング・グッドバイ』『プレイバック』）の三点のみポケット・ブック初版を掲げたが、他の四点はいずれも五〇年代後半に刊行されたのちの版を採った（『かわいい女』だけは〈ブック・ビン〉［第一部第二章参照］で入手したカージナル版）。短篇集のほうはエイヴォン、ポケット・ブックのほかに比較的新しいバランタインのアールデコ調の再版（七七年刊）を掲げた。

〈ノワールの孤狼〉ジム・トンプスンのPBOはできるだけ多くお見せしたかったのですし詰めになってしまった。①デル、②⑨⑩⑪ゴールド・メダル、③⑤ライオン、④ピラミッド、⑥⑦⑧シグネット、⑫ランサー。平積みにされているのは新しい大判のブラック・リザード版。有名アーティストによる装画は③モート・カンスラー、④モート・エンゲル、⑤ビル・ローズ、⑥ロバート・マガイア、⑦ボブ・アベット、⑨ロバート・マッギニス、⑩バリー・フィリップスによるもの。

ミッキー・スピレインは定番の〝栄光の初期七作〟をすべてシグネット版で掲げたが、いつも初版の表紙ばかりでは芸がないので、本命のルー・キンメル（中央、上右、中左、下右の四点）だけでなく、他の三人のカヴァー・アーティストの装画にも登場してもらった。ルー・キンメル以外でただ一人初版の装画を描いたジェイムズ・ミース（上左）、超ベテラン・イラストレイター、バリー・フィリップス（中右）、そして高名なアーティストであるジェイムズ・アヴァーティ（下左）の三人である。

次の見開きページは二人のマクドナルド。一方は、『動く標的』から『ブルー・ハンマー』まで四半世紀にわたって十九篇のリュウ・アーチャー物語を書き継いだ戦後派ハードボイルド私立探偵小説界の盟主、ロス・マクドナルド。私自身に一度だけ翻訳のチャンスがめぐってきた『一瞬の敵』のペイパーバック版（バンタム・ブック）はモデルを起用した味気のない写真表紙だったが、本名ケネス・ミラー時代のサスペンス小説のデル版の表紙は絶品だった。他方の〝ジョン・D〟は数点の例外（『ケープ・フィアー』や『生き残った一人』）をのぞいて一九七三年まで、ほとんどハードカヴァーで小説を刊行しなかったペイパーバック界の雄。六四年に『濃紺のさよなら』でデビューしたトラヴィス・マッギーのシリーズが広く知られているが、『呪われた者たち』を筆頭にゴールド・メダルで書き下した多数の作品や『シンデレラの銃弾』（デル→ゴールド・メダル）などが懐しい。

ジョン・D・マクドナルドのトラヴィス・マッギーの先輩にあたるゴールド・メダルのヒーローたちを次の見開きで紹介した。この七人衆の最古参はいうまでもなく五〇年にR・S・プラザーの『消された女』で初登場のシェル・スコット。そのあとに同じ五五年に相前後してデビューしたチェスター・ドラム（スティーヴン・マーロウ作）と『秘密指令―破滅』のサム・デュレル（原作者、E・S・アーロンズの没後もゴースト・ライターによって甦った）、ベテラン作家、W・T・バラードがニール・マクニール名義で五八年にデビューさせた私立探偵コンビ、トニー・コスティン&バート・マッコール、そのあとにドナルド・ハミルトンの『誘拐部隊』で世に出たマット・ヘルムと『ゲームの名は死』のアール・ドレイク（ダン・J・マーロウ作）がつづいた。

そして次には、タフな私立探偵ヒーロー群のなかからとびきりこわもてのタフガイどもを一ダース、一堂に集めた。ここでの古参組は戦前派のマイク・シェイン（ブレット・ハリデイ作）と戦後まもない四七年にそろってデビューした二人のケインによるジョニー・リデル、ピート・チェンバース、マックス・サーズデイ（ウェイド・ミラー作）、シカゴのマック（T・B・デューイ作）の四人衆。五〇年代に入って、マイクル・アヴァロンのエド・ヌーン、カート・キャノン（長篇は五八年作『よみがえる拳銃』のみ）、マイロ・マーチ（M・E・チェイバー）、チェスター・ハイムズの棺桶エド&墓掘りジョーンズのコンビ（『イマベルへの愛』『狂った殺し』など）がつづく。そのほかマッギニス装画によるベン・ゲイツ（ロバート・カイル作）とダニー・フォンテイン（ウィリアム・アード作）、ロバート・マガイア装画のニール・コットン（サム・S・テイラー作）などがひかえている。これらのヒーローたちが主役をつとめるアンソロジー群についで、ひと昔前の女私立探偵たちにも勢ぞろいしてもらった。ただし名が知られているのはメイヴィス（カーター・ブラウン作）とハニー（G・G・フィックリング作）の二人だけだ。

第I部

Part I A Joy of Paperback Hunting

1. Reader's Oasis Books, Quartzsite, AZ
2. Book Bin, Salem, OR
3. Hunting Gold Medal Books #101～#2100

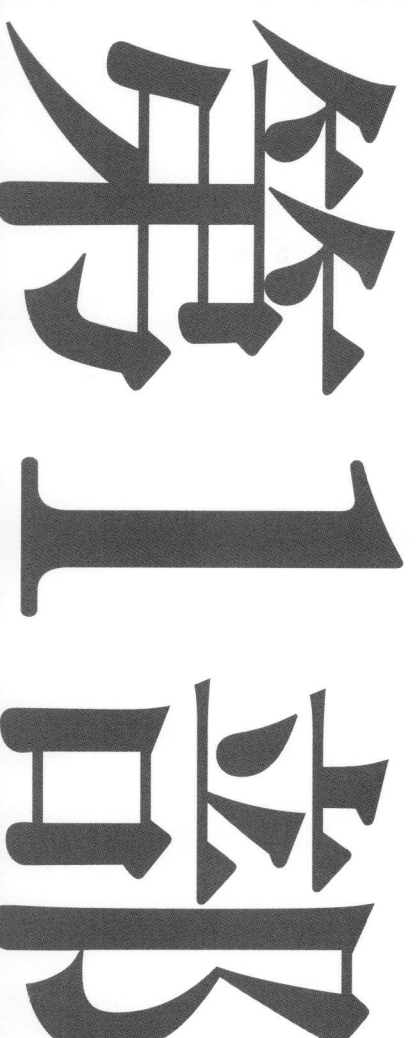

1 砂漠のオアシスでめぐりあった七冊のヴィンテージ本

ヌーディスト古書店主登場

二〇〇七年の四月末から五月上旬にかけて、カリフォルニア、ネヴァダ、アリゾナの三州をひと回りしてきた。起点（と終点）はロサンジェルス。総走行距離約三千キロ。三年ぶりに〝里帰り〟したスコッツデイル（アリゾナ州）でのんびりと一週間過ごしたあと、ロング・ドライヴになってしまったのは一気に六百キロ走ったLAまでの帰路だった。

このロング・ドライヴの中間でひと休みした州境いの町、アリゾナ州クォーツサイトで私は砂漠のミラージュに遭遇した。フリーウェイをおり、閑散とした大通りを走ってゆくと、いきなり〝BOOKS〟という看板が荒地のまっただなかに出現したのである。

砂利を敷いた広い駐車スペースに車をとめ、大きな屋台のような店の入口に目をやったとき、奇妙な人影が視界をよぎった。陽に焼けた丸裸の男の姿だった。

うず高く積みあげられた古雑誌、所狭しと並べられたペイパーバックの山に惹きつけられて、私はおずおずと店内に足を踏み入れた。夢の中で何度も体験してきたことが、現実となって目の前にあらわれたような気分だった。

そのとき、奥のほうでまた人影が動いた。小柄な痩せたひげ面の男だった。股間に細長い小さな布袋を吊り下げているだけで、ほかには何も身につけていない。

ここは彼の居城であり、これが彼の好みのライフ・スタイルなのだ。ここにとどまりたければ、客はその事実をうけいれるしかない。一時間後、私は彼の名前がポール・ワイナーであり、冬期のノミの市（アメリカ全土から何万人ものキャンパー族が集結する）で知られるこの町の名物ヌーディストであることを知り、総額百二十数ドルに達した買物を、オフ・シーズンを理由に半額割引きにしてもらった。

ホレス・マッコイ『屍衣にポケットはない（仮）』

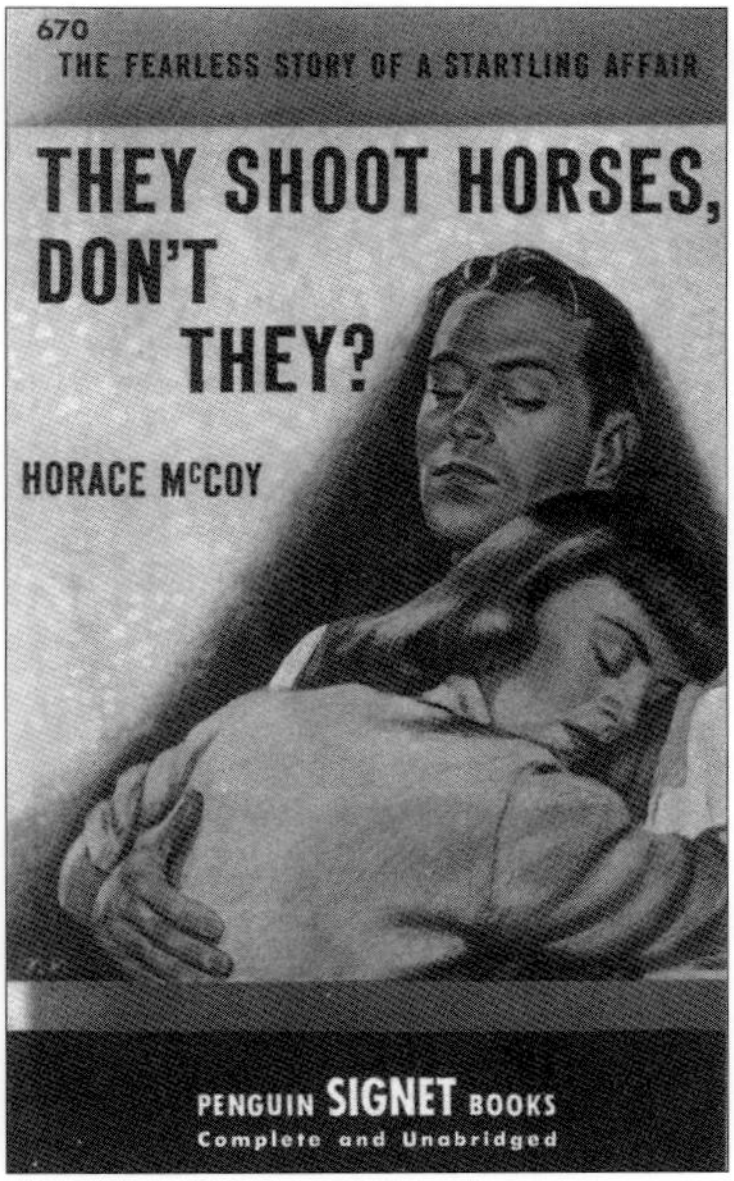

ホレス・マッコイ『彼らは廃馬を撃つ』

装画／トニー・ヴァラディ（左右とも）

ロバート・パーカー『忘却へのチケット（仮）』

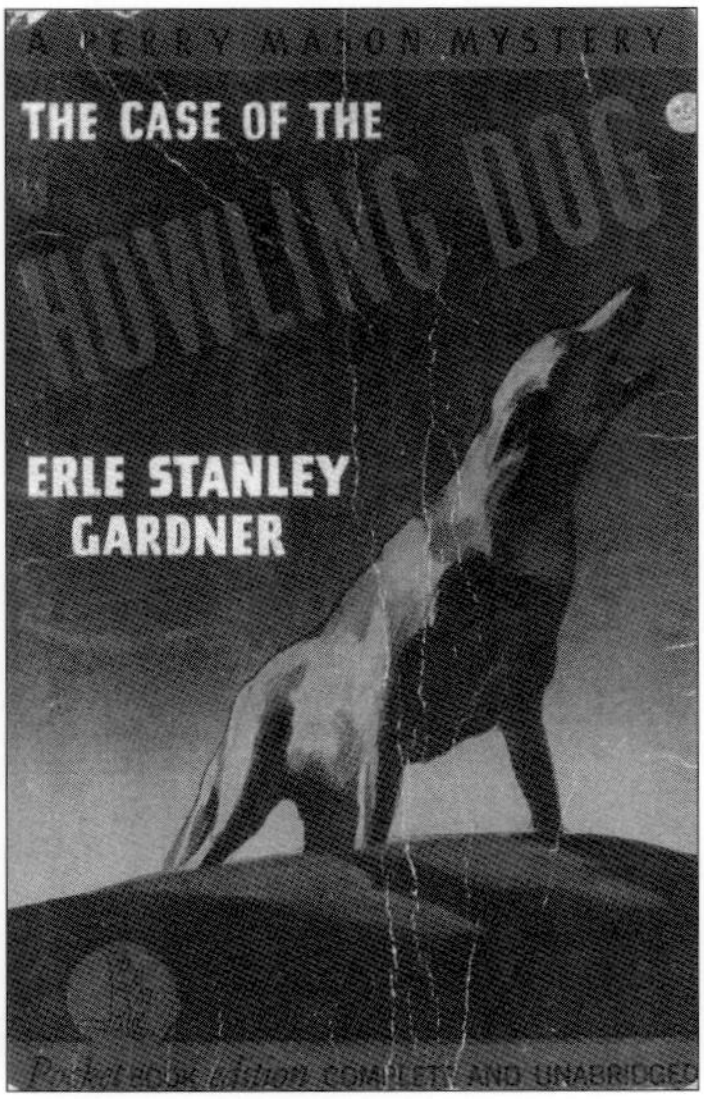

E・S・ガードナー『吠える犬』

一九九一年に初めて小さな屋台に古本を並べて以来十六年、いまや蔵書数八万点を超えるポールの〈読者のオアシス　Reader's Oasis〉書店は、ウェスタン、軍事、映画の三本柱が中心だが、ミステリ・ジャンルの古いペイパーバックやＳＦ、ファンタジーのパルプ・マガジンもかなりそろっていた。ハードカヴァーのめずらしい映画本を五、六点選び、パルプ・マガジンは《サイエンス・フィクション・クォータリー》一九五七年八月号を一冊買っただけにしておいたが、ペイパーバックは貴重な掘り出し物を七点入手した。

その収穫についてはのちほどくわしく紹介することにして、ポールとのやりとりの中でとくにおもしろかったことをまず二つ三つ記しておこう。

ポール・ワイナーは当時六十七歳。実際の年齢より若く見えるが、私が自分の歳を教えると、「あと三年ぐらいで追いつけそうだな」とのたまった。思いきって買ってしまいたい本はほかにもたくさんあったが、支払いは「キャッシュ以外おことわり」と言われてあきらめねばならなかった。そのとき私の懐にはキャッシュは百数十ドルしかなかったのだ。

クレジット・カードを信用しないポールはもちろんコンピュータの類とも関りをもたない。だが、店にある本はほぼすべて記憶している。「いまはインターネットで簡単に本が手に入るようになったね」と水を向けてもまったく乗ってこなかった。「こうやって、客と面と向かって話をしながら本を売るのが楽しみなんだ。だから、この商売をやっているのかもな」。

「また必ず来るからね」と告げると、ポールは丸裸でポーズをとっている写真カードの裏に、「もし本が衣服なら、おれはいい身なりをしていると褒められるだろう。読書を楽しんでくれ」と書いてくれた。

この古本屋〈読者のオアシス〉が砂漠のミラージュではなかった証しとして、いま目の前に、ポールが半額割引きにしてくれた数十冊の本の中から選んだ七冊のペイパーバックが並んでいる。どれも貴重な年代物ばかり。旅の道すがらふらっと立ち寄った古本屋の屋台でこんなヴィンテージ物にめぐりあえるなんてことが、百に一回ぐらいの確率でまだあり得るのだ。では品定めといこう。

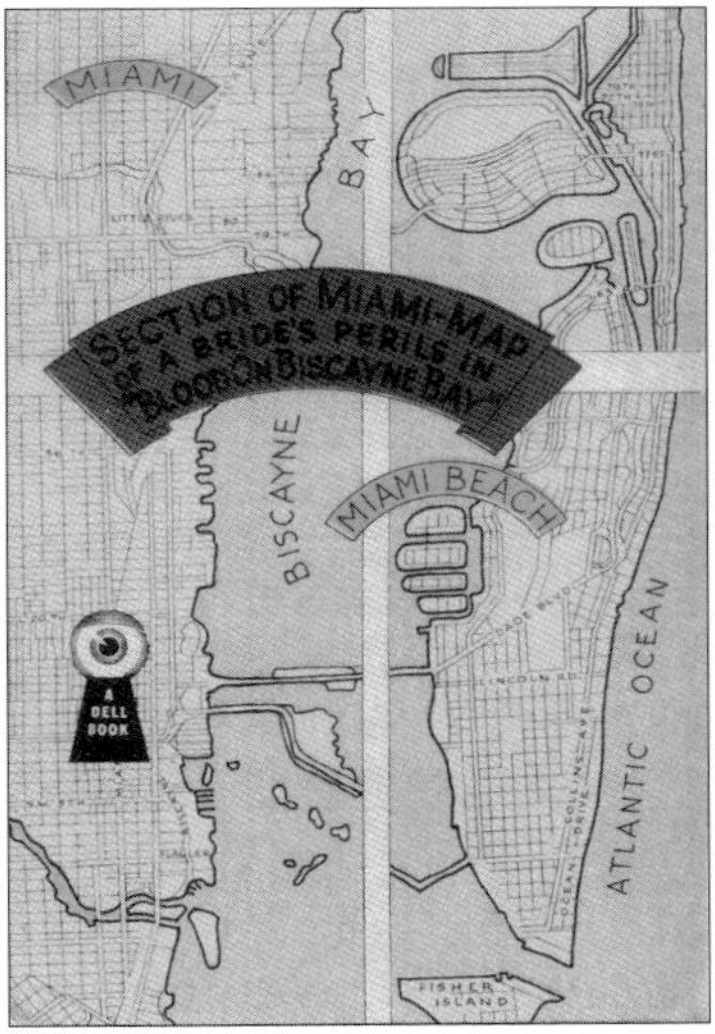

マイアミ市街図（マップバック）

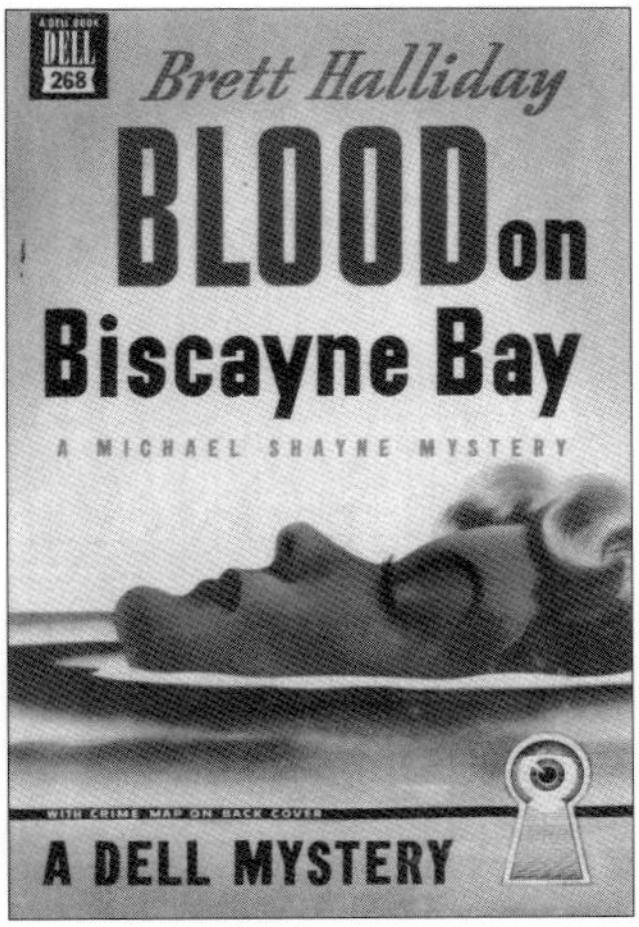

装画／ジェラルド・グレッグ

ブレット・ハリディ『ビスケーン湾の殺人』

装画／ロバート・スタンリー

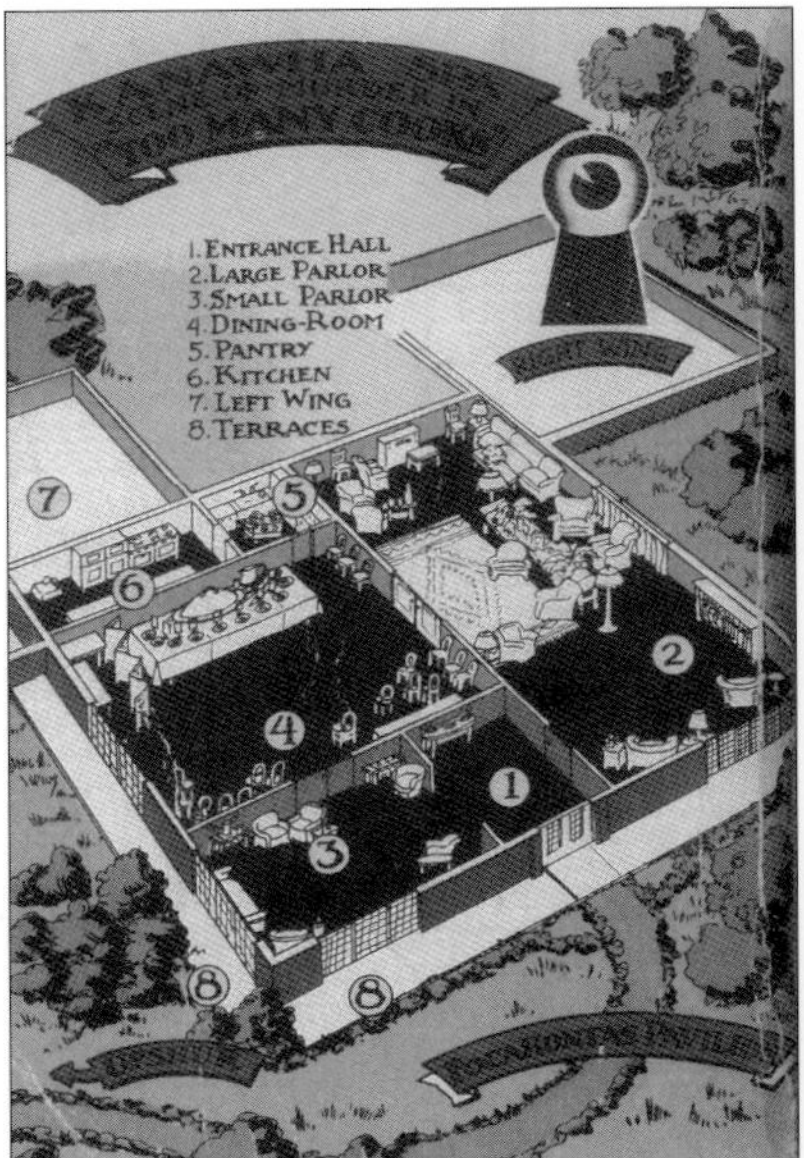

装画／ルース・ビリュー

初版マップバック

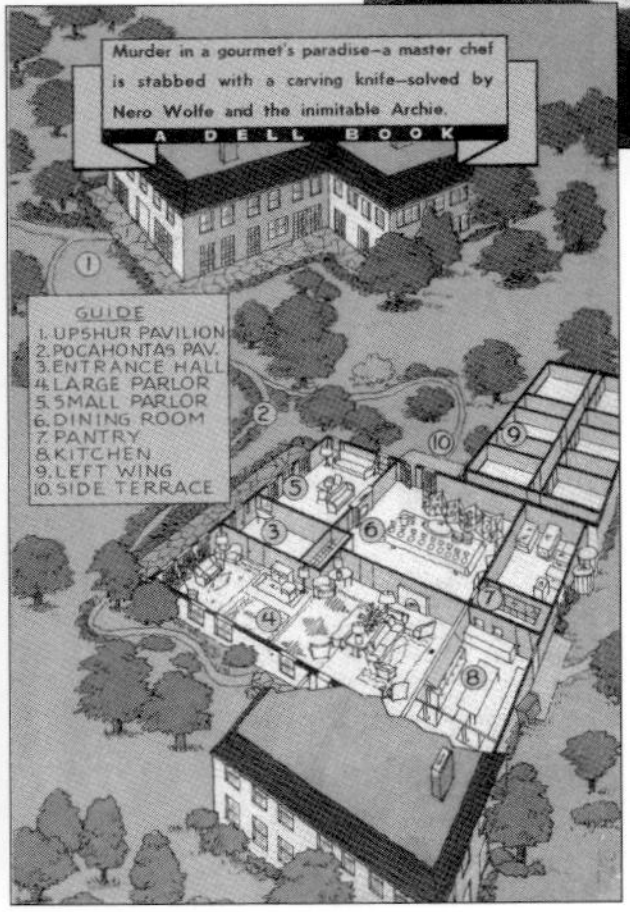

レックス・スタウト『料理長が多すぎる』

掘り出し物の品定め

一冊めはレイモンド・チャンドラーの『指さす男』。ルーレットで一山当ててにっこりしているブロンド女の表紙絵で知られたエイヴォン版（13ページ上左）。一九五〇年刊。三短篇一評論からなるこの短篇集のほんものの初版はおなじエイヴォンの《マーダー・ミステリ・マンスリー》というダイジェスト・サイズ版としてまとめられた***Finger Man and other stories***（1947）だが、こっちは純然たるペイパーバック本の初版である。

二冊めはE・S・ガードナーの『吠える犬』のポケット・ブック版（以下、本章に書影を掲げた）。前付（奥付）を見ると、ポケット・ブックの「初版」は一九四一年八月刊で、私が入手したのは一九四三年三月刊の「第八版」。

と、ここまで記して、記述上の重大な誤りに気づいた。いま「初版」と記した箇所は正しくは「初版初刷」、「第八版」のほうは「初版八刷」とすべきだったのだ。初版初刷の一年半後に印刷された八刷だが、本番号は同じで表紙も変わっていないはずだ。中身が何も変わらないかぎり、いくら増刷しても「初版」は変わらないが、逆に一字でも訂正を加えれば、「版」も変わる（これが正道であることを、ごく最近、H氏からきびしく教えられた）。

アメリカのペイパーバックの前付の表示には不明確な箇所が多い。しかも銘柄ごとに異っていることが多い。ことのついでに、すぐさま思いつく疑問点を挙げてみよう。

- ●〈Published in ～〉（～年～月刊）という表示と〈Printed in ～〉（～年～月印刷）という表示がともに記されていることがあり、しかもその日付が二カ月もはなれていることがある（刊行年が翌年になることもある）。
- ●表紙も中身も同じなのに増刷時に本番号だけを変える銘柄がある。
- ●中身は同じだが、表紙を変えるたびに本番号を変える銘柄が多い。

●銘柄が変わると、他社の旧版についての記載はきわめておろそかになり、中身が改変されていてもほとんど明示されない。旧版をネットで入手して確かめたドナルド・ハミルトンの『殺しの標的』（195ページ）を例にとると、一九六四年にゴールド・メダルから再版された新版では、ヒロインの夫は「ベトナム」で行方不明になっているのに、デル・ファーストから出た一九五五年刊の旧版（初版）ではこれが当然のことながら「コリア」となっていた。

さて三冊めは、ホレス・マッコイの『彼らは廃馬を撃つ』だ。このあとに同じシグネットからつづけて刊行された第二作『屍衣にポケットはない（仮）*No Pockets in a Shroud*』、第四作『明日に別れの接吻を』、第五作『外科用メス（仮）*Scalpel*』は持っているが（第三作のシグネット版は未入手）、このマッコイの記念すべき処女作のシグネット版初版にお目にかかったのは初めてだった。資料本でさえ書影を見たことがなかった年代物のペイパーバックに、砂漠のまんなかでばったり出会おうとは！

シグネット版のマッコイ本の装画はこれと第二作が「T・V」の略号で知られるトニー・ヴァラディ、第四作と第五作が高名なジェイムズ・アヴァーティ（第四部第三章参照）によって描かれている。

そして四冊めが、ロバート・パーカーという作家名がおもしろくてつい買ってしまった『忘却へのチケット（仮）*Ticket to Oblivion*』というパリを舞台にした冷戦下のスパイ小説。裏表紙には「エリック・アンブラーにひけをとらないキビキビしたリアルな小説」という地方紙に載った褒め言葉が記されていた。こういうブラーブ（惹句）を真にうけてさっそく読み始めるとたいていの場合は裏切られることになっている。

アレン・J・ヒュービンの書誌（ミステリ総目録）によると、このロバート・パーカー（一九五五年没）にはほかにもスパイ小説が二冊あり、そのうちの一冊『危険へのパスポート（仮）*Passport to Peril*』はデルにおさめられている（なんのはずみか、ごく最近友人Tからもらった一山のペイパーバックの中にそれがまじっていた。偶然は重なるものらしい）。ヒュービン書誌にはパーカー姓のミステリ作家がぜんぶで十七人ひろわれているが、ロバート名には、一九七四年に探偵スペンサーをデビューさせた現代作家ロバート・B（ブラウン）・パーカーと、いま出てきたロバートのほかにもう一人、ロバートの愛称のボブ・パーカーという作家がいる。ロバート・B・パーカーはこの二人のミドル・ネームなしの先輩の存在に気づいてミドル・ネームの「B」を加えたのかもしれない。

残り三冊の掘り出し物は三冊ともデルのマップバックだ。「裏表紙に地図あり Map on Back Cover」を略してマップバック。ミステリの場合はこれに「クライム」がついて「犯行現場」となる（本書のジャケット参照）。

クイーンの序がついているハメットのオプ物の短篇集（11ページ上左）の裏表紙に載っていたのは、三つの短篇でオプが動き回るサンフランシスコのダウンタウンの詳細な市街図だった。オプの動きを追ってサンフランシスコの街を歩き回るのも一興だ。

つぎのブレット・ハリデイのマイク・シェイン・シリーズの一点『ビスケーン湾の殺人』の裏表紙はマイアミ・ビーチの地図がお座なりに載っているだけであまり芸がない。三つめはレックス・スタウトのネロ・ウルフ・シリーズ第五作『料理長が多すぎる』。これのマップバックは、殺人が起こるポカホンタス・パヴィリオンの間取り図だ。物語を読みながら、この図を参考にして推理をはたらかせることができる。ただしマップバックは、のちに入手した初版（220ページ上中）につけられていたオリジナル版のほうが出来がいい。33ページに並べて掲げた二つのマップバックの仕上りぶりを見比べればおわかりいただけるだろう。

こんな具合にデルのマップバックは、眺めているだけで興趣が増してくる。砂漠の古本屋王、ポール・ワイナーが言う読書の楽しみの中には、こういうこともふくまれているのだろう。年代物のペイパーバックにはこういうオモチャとしてのオマケがついていたのである。

砂漠の中で思いもかけずに〈読者のオアシス〉にめぐりあったこの一件には、じつは、次章の後半に収めた後日談がある。ごくまれに、同じ楽しいことが二度起こることもあり得るというオマケのオマケ話だ。

2

〈ブック・ビン〉で年代物ペイパーバックを一気買い

オレゴンのセイラムでめぐりあった古本屋

「はじめに」の中で記した東京の神保町でのまとめ買いよりさらに八カ月ほど前の話だが、年代物のペイパーバックをやはり一気に七十冊買ったことがあった。久しぶりの一気買いを一年以内のあいだに二度も経験したことになる。そういう機会にめぐりあえること自体がめずらしくなっていたので、少しおどろいた。あるいはなにかの〝予兆〟だったのかもしれない。

いま、〝年代物〟という言葉を用いたが、これはいったいどの時代のものを指すのだろう。「はじめに」に書いたように私は六〇年代前半までのペイパーバックでなければ、〝ヴィンテージ本〟とはみなさない。

自分のコレクションを、作家別、ジャンル別、銘柄別、あるいは最近のめりこみ始めたカヴァー・アーティスト別などに分類、整理しているうちに、ペイパーバックがモノとしておもしろかった時代が、四〇年代半ばの草創期から、六〇年代の前半までの約二十年間だったということをあらためて感じるようになった。

ゴールド・メダル（GM）・ブックのペイパーバック・オリジナル（PBO）だったジム・トンプスンの『ポップ1280』の初版の刊行は六四年の上半期である（14ページ中央）。郵便受けから取り出した手紙を立ったまま読む田舎町の質素なワンピース姿の若い女を描いたボブ・マッギニスの装画は逸品だ。背景に「ポッツヴィル　人口1280」と記された粗末な看板があしらわれている。その三年後に出た同じトンプスンの『天国の南（仮）』になると表紙下部にテキサスの荒野の写真が配されただけの、心の躍らない平凡な装幀に変わってしまう。

バンタム・ブックで言えば、ロス・マクドナルドの『わが名はアーチャー』の表紙の装幀も時代の変遷を如実に伝えている。五五年二月刊の初版ではそれから何度も版を変えて用いられることになるリュウ・アーチャーのいかつい似顔絵（109ページ上右、装画／ミッチェル・フックス）が大きくつかわれているが、六六年五月刊の第三版では表紙は男女のモデルによる品のいい写真に変わってしまう。

年代物という表現をもっと限定して用いれば、極めつきの年代物は、ポケット・ブックなら、額縁（角を丸めた長方形の枠）つきの表紙デザインを採用していた四五年末まで（#340前後まで）、バンタムは五二年末までの小型サイズ版（#1080前後で大判化）、そしてデルはマップバック時代（五一年末まで）のものということになる。

「一気に七十冊」に近いことはごく最近も二、三日がかりで経験しているがこれはネット古本市での買い物。学生時代のコレクター仲間からまとめて数百冊引き取ったこともあるが、これは「買った」というより譲りうけたというほうが正しい。神保町でペイパーバック漁りをやっていた四十年前にあるいは一気に百冊買いをしたことがあったかもしれない。ただしこれは、本を買うというよりゴミ集めのようなものだった。

そんなわけで、まさに久しぶりの七十冊一気買いだったのだが、買ったのは日本でもネット上でもなかった。二〇〇七年の九月中旬にふらっと訪れたオレゴン州の有名な二軒の古書店での出来事だったのである。

そのうちの一店〈パウエルズ Powell's〉はポートランド周辺にいくつも支店をだしているが、ダウンタウンの本店には行かずホーソン通りの支店をのぞいて、グラフィック（エドワード・ロンズとミルトン・K・オザキ各一点）、ポケット（四五年刊のゾラの『ナナ』など）、GM、クレスト、バンタム、エイスの年代物を狙い打ちして約十五点。シグネットは、ジェイムズ・アヴァーティ装画本とリチャード・パワーズの非SFものの装画本を各二点ずつ入手。

ところがもっと大きな収穫は州都セイラムの〈ブック・ビン Book Bin〉で待っていた。「ビン」は大箱、貯蔵所（とくにブドウ酒）、俗語で精神病院の意もあるが（この意味が一番ふさわしいかもしれない）、二階もあってとにかく広大なスペースを有している。年代物のペイパーバックを探していると告げると、一般の客は入れない二階のチェーンつきの広い一室に案内された。カモは逃がさないという構えだ。この部屋の四方の壁と中央二列の書棚に著者別および銘柄別にずらりと年代物のペイパーバックが並んでいた。

午後九時の閉店時刻までの約二時間、半ば夢見心地で私は買い物カゴ二杯分を一気にまとめ買いした。エイス・ダブル五点、ライオン一点、チャンドラーの未入手版（ポケット、本章扉のカージナル）、マッギニス装画本二点、パワーズ装画本二点、ロバート・ジョナス装画本四点（本章扉に掲げた米ペンギンとペンギン・シグネットのアースキン・コールドウェルなど）、アヴァーティ装画本二点など。そして最大の収穫はデルのマップバック約三十点（一冊平均三ドル。合計百八十七ドルは安い！）。

マップバックの話のついでにちょっと寄り道になってしまうが、次ページに書影を掲げたエロール・フリンの『梁端（仮）*Beam Ends*』という珍本はそのときの収穫の一冊ではなく、少し前にネットで購入したモノである。エロール・フリンはこの自伝風の海洋冒険ノンフィクションを、ハリウッドで活劇スターとしてデビューを果たした二年後の一九三七年に刊行したが、人気スターとしての盛りをすぎていた一九四六年には『対決（仮）*Showdown*』という、やはりニューギニア周辺を舞台にした海洋冒険小説も物している。『梁端』の舞台はオーストラリア東岸、グレート・バリア・リーフからパプア島にいたる一帯だが、『対決』も同じように若い頃、アイリッシュで血の気の多いエロール・フリンが暴れまわっていた南洋の海を舞台にしている。マップバックおなじみの登場人物一覧表には、冒険好きな女優クレオ、南の島の若い尼僧ギャニス、ピグミーの首狩り族の族長、その腹心の野心的な部下、トム・カナカなどの名前が並んでいる。ヒーローは長身でシャイなアイリッシュ青年、シェイマス・オテイムズだそうだ。

ことのついでにそのとき一緒に注文して入手したのが『エロール・フリン秘話（仮）』と題された暴露本だった。エロール・フリンには五九年刊のいくぶん眉唾物の自伝（*My Wicked,Wicked Ways*）があるが、フリンの死後二十年たって刊行されたユダヤ系作家、チャールズ・ハイアムの伝記本は、この自伝をこきおろしているだけでなく、フリンがナチのスパイだったこと、両性愛者だったこと（タイロン・パワーやトルーマン・カポーティと一夜をともにしたという）などをあばき立てた。今でもネット古本市にペイパーバックが一ドルで出まわっているところを見ると、かなりの印刷部数だったのだろう。

アガサ・クリスティー『ゴルフ場殺人事件』
装画／アル・ブルーレ

エロール・フリン
『梁端（仮）』
装画／アール・シャーワン

装画／アール・シャーワン

H・G・ウェルズ
『月世界旅行』

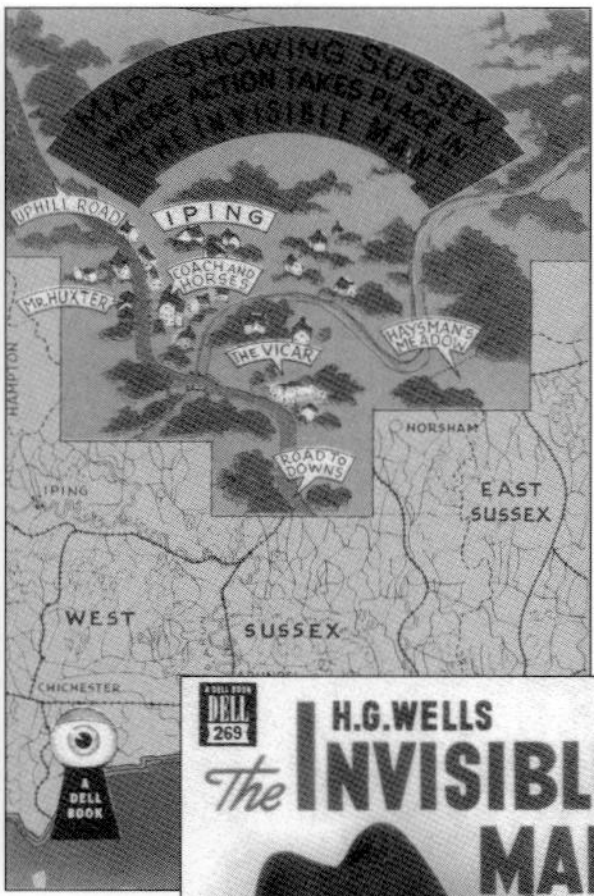

H・G・ウェルズ『透明人間』

装画／
ルース・ビリュー

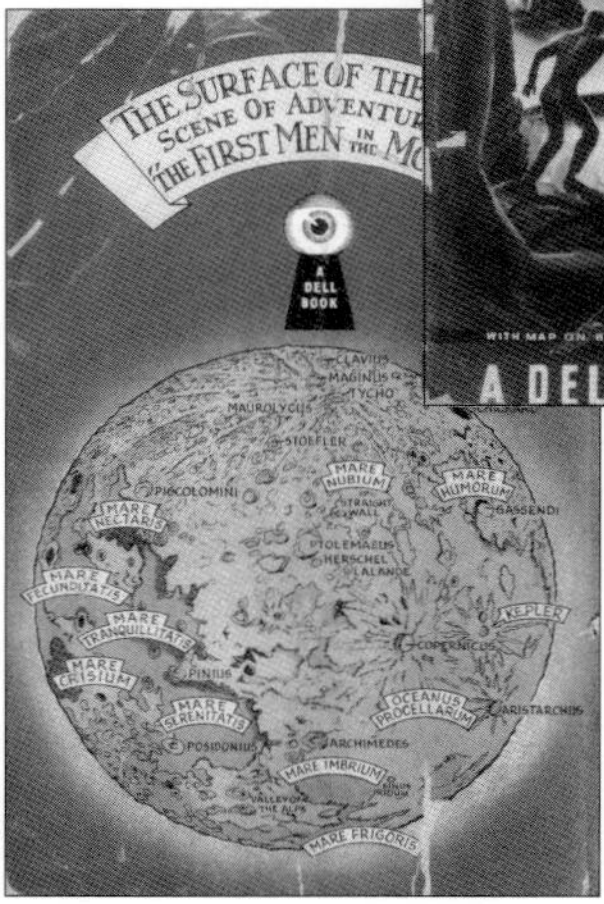

装画／ジェラルド・グレッグ

エロール・フリン（一九五九年没）と言っても、もう若い人たちにはピンとこないだろうが、私好みの映画ベスト5は、「ロビンフッドの冒険」「サン・アントニオ」「無法者の群」「カンサス騎兵隊」「ヴァージニアの血闘」。最近、深夜映画で観てがっかりしたので「海賊ブラッド」は選外。もうひとつどうでもよいことだが、エロール・フリンの『梁端』は江戸川乱歩の蔵書目録『幻影の蔵』のカラー口絵に載っている。同書の〈外国人作家（洋書）〉の索引に名前がないのは、〝作家〟ではなかったためだろうか。

道草のついでにデル・マップバックの話をもう少しつづけよう。

前ページに書影を掲げたアガサ・クリスティーの『ゴルフ場殺人事件』の表紙にはデビュー二作目のポアロのご尊顔まで配されているが、私の狙いは彼ではない。マップバックに描かれているゴルフコースのスケッチ画をお見せしたかったのだ。『ゴルフ場殺人事件』のマップバック左中央には、死体が発見されるバンカーが示され、わざわざ〝墓場〟という注記がついている。

ところが、同じゴルフコースのマップバックでももっと出来のいいお宝本を私はセイラムの〈ブック・ビン〉で発見した。それが126ページ（上左）に掲げた『なぜ、エヴァンズに頼まなかったのか？』である。ポアロものではないが、ゴルフコースと殺人との関係を確認するためにひろい読みをせねばならなくなった。

ちなみに両書のデルでの初版部数は、前者が三十万部、後者が十七万部。クリスティーはアメリカのデル版でも売れっ子作家の筆頭クラスだった。

おまけとしてマップバック珍本市の典型も二点掲げた。このH・G・ウェルズの『月世界旅行』と『透明人間』も、いったいどんなマップバックなのだろうという好奇心から買い求めたものだった。この手の珍本はほかにもハガードの『洞窟の女王』、バローズのターザン（いずれも267ページ）や『石器時代へ行った男』など色とりどり。

さて、話を〈ブック・ビン〉での買物に戻そう。ここでの収穫には先ほどのクリスティー本もふくめて私も初めて目にするすぐれたマップバックが多かった。

ケリー・ルースのトロイ夫妻シリーズ『おびえる死体（仮）』

H・W・ローデン『あなたは一度しか首を吊れない（仮）』

カーター・ディクスン『一角獣殺人事件』

アリス・ティルトン『冷たい盗み（仮）』

〈ブック・ビン〉でまとめ買いしたデル・マップバック
装画（全点）／ジェラルド・グレッグ

絵柄のユニークなものをいくつか紹介すると、まずスチュアート・パーマーのユーモア・パズラー、オールドミスの教師、ヒルデガード・ウィザーズ・シリーズの第四作、『銀色のペルシャ猫の謎（仮）』に出てくる、島の上に建つディンサル城の図。オナラブル・エミリーのスイートの間取り図も配されている（126ページ上中）。ローレンス・G・ブロックマンの『深夜の航海（仮）』では、主要舞台となる日本の客船〈クモ丸〉の断面図が描かれていた。この作家は『クイーンの定員』に選ばれた第一短篇集『診断／殺人（仮）』が有名だ。夫婦合作でしかもユーモラスな素人夫婦探偵トロイ夫妻ものを連作したケリー・ルース（夫、ウィリアム、妻、オードリー）のシリーズ第一作『殺しの化粧（仮）』のマップバックもユニークだ。どうやらオフ・ブロードウェイのコロニー劇場が殺人の舞台になるらしい（同上右）。もちろんこのデビュー作では、ヘイラとジェフはまだ結婚していない。

この三人の作家のうち、スチュアート・パーマーのヒルデガード・ウィザーズ・シリーズの第一作『ペンギンは知っていた』（新樹社）だけは翻訳されたが、名前もある程度知られ、短篇や中篇はそれぞれ翻訳されている残り二人のミステリ作家の長篇はついにただの一作も日本で翻訳されなかった。私の好みから言って残念なのはケリー・ルースが未紹介に終わったことだが、オレゴンでの買い物の中には未入手だったトロイ夫妻ものの一作『おびえる死体（仮）』の古いマップバック版が一冊まじっていたし、既訳の中・短篇を漁っていたらまっさきにトロイ夫妻ものの初短篇にでっくわし、しかもそれがゴルフ・ミステリ「打ちそこなったゴルフボール」（《エラリイ・クイーンズ・ミステリマガジン（ＥＱＭＭ）》五七年十一月号）だったなんていうオマケまでついてきた。

前ページに〈ブック・ビン〉でまとめて入手したデル・マップバックのヴィンテージ本からジェラルド・グレッグ装画によるベスト4の書影をひとまとめにしてみた。

いま記したケリー・ルースのトロイ夫妻ものとカーター・ディクスンの『一角獣殺人事件』、ほとんど馴染みのないＨ・Ｗ・ローデンとアリス・ティルトンの四冊をどれも差別なしに一冊三ドルか四ドルで売ってくれる

〈ブック・ビン〉のような古本屋にまたいつかどこかで出会いたいものだ。

砂漠のオアシスでのバーゲン・セイル

のどかな草原を流れる清流の川岸に大きなテントを張り、無数の雑誌とロマンス小説をあたりかまわず雑然と並べ、積みあげている店があった。その店のたたずまいがいまもときどき脳裏に甦るが、所在地はアイダホだったのか、ユタだったのかも思いだせない。

アメリカでの気ままな旅の道すがら、ふと目にとまって立ち寄った古本屋、アンティーク・ショップ、ジャンク・ショップ、そしてガレージ・セイルやヤード・セイルまで加えればその数はゆうに百を超えるにちがいない。しかし私の旅の基本は一期一会。最初の出会いだけが確かなものだという思いこみがある。

そうは言ってもアリゾナ州クォーツサイトにある〈読者のオアシス〉には必ずもう一度足を運ぶことになるという予感はあった。「また必ず来るからね」というポール・ワイナーとの約束も半ば本気で口にしたのだ。

二〇〇八年の九月。前年と同じようにＬＡを起点（と終点）にして、カリフォルニア、アリゾナ、ユタ、ネヴァダの四州を大きく周回する旅の途中で、私は〈読者のオアシス〉を再訪するスケジュールを立てた。四人の同行者をモニュメント・ヴァレーに案内するのがこのツアーの最大の目玉商品だったのだが、丸裸の古本屋を見たらもっとおどろくのではないだろうかというひそかなたくらみも秘めていた。

ところが砂漠の中の〈読者のオアシス〉に向かう前に私にはもう一つ別の古本屋を訪ねる約束があった。ネットで発注した約二十点のゴールド・メダル・ブックを直接引きとりにゆく手はずを整えていたのだ。たまたまこういう段どりになったのだが、とにかく初めての経験だった。「本は自分の目で見、手で触れてから買うものだ」というポールの教えどおりに、その店がどんなつくりの店なのかを実際に確かめたいと思ったのである。

ツアーの準備や体調を整えるためもあって私は同行者たちより一日早くＬＡに入り、めざす古本屋に直行した。

ツアーの予定の進路とは逆方向のヴェントゥーラにある〈バンク・オヴ・ブックス Bank of Books〉という店だった。翌日到着するツアーの仲間を自分の都合で逆方向に一時間近くひっぱりまわすわけにはいかなかったためでもある。

ＬＡ名物の大渋滞にまきこまれ、あやうく午後五時の閉店時間までにたどりつけなくなりそうなサスペンスまで味わいながら、とにかくとりおきの二十冊はなんとか手に入れた。

〝なんとか〟というのは、担当の女店員シンディが早退していたために、私のためにとりおいてくれた一山の行方がなかなかつきとめられずに手こずったからだ。ヴェントゥーラの閑静な古い住宅街に大きな店を構える立派な古本屋だったが、並んでいる本もリッパな書物ばかりで、ペイパーバックの類は地下の一隅にほんのわずかしか置かれていなかった。どうやら私が注文したゴールド・メダルは別の場所にある〝倉庫〟からシンディが苦労してみつけだしてくれたものらしい。のぞいてみたかったのはそっちのほうだったのだが、その時間はなかった。その倉庫に行きつけなかったのもまた一つの運ということなのだろう。

翌朝、あらかじめ調べておいたサンタモニカ周辺の古本屋を二つ三つのぞいてみた。仲間たちを空港に迎えに行く時間が迫っていたので長居はできなかったが、私のめあてのペイパーバックや古雑誌を置いている店には出会わなかった。

「そういう店はみんなやめてしまったよ。経営がなりたたないんでね」

鍵のかかった書棚に高価なハードカヴァーの古書を並べている店の主人にそう教えられた。

それはそれで仕方がない。私には〈読者のオアシス〉がある。ペイパーバックと古雑誌をこよなく愛するポールが待っていてくれる。彼を一目見たときの私の同行者たちのおどろきの反応は予想以上だった。同行者の一人（女性）の要望に応えて、ポールは記念撮影にもよろこんでポーズをとってくれた。

暑い日射しをさえぎるさしかけ小屋で、ポールがふるまってくれた冷たい飲物を飲みながら仲間たちがランチ（前日泊まったパームスプリングスのモテルで私が持参の炊飯器を使ってつくったおにぎり）を食べているあい

ポケット・ブックの第一号
ジェイムズ・ヒルトン『失われた地平線』

装画／イザドア・スタインバーグ

ブルノー・フィッシャー『冷たき肉体（仮）』
装画／バリー・フィリップス

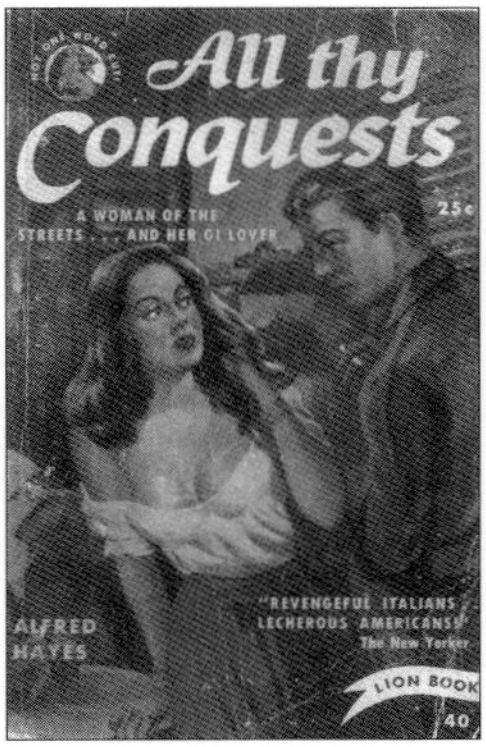

ライオン・ブック＃40
アルフレッド・ヘイズ『汝が得たもの（仮）』

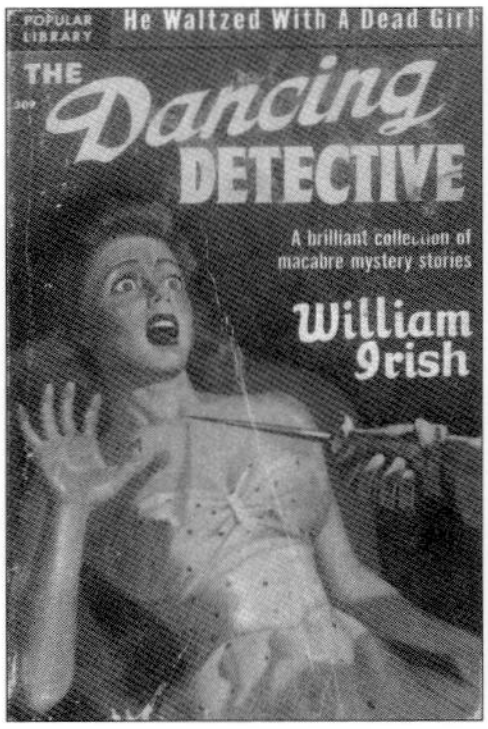

アイリッシュ短篇集『踊り子探偵』

ジャック・カーニイ『タフ・タウン（仮）』

装画／ノーマン・ソーンダース
ハリー・ホイッティントン『悪に惹かれて（仮）』

だに、私は暑い店内で〝宝物〟を掘りつづけた。

まさに宝の山だった。ポールの話では、ごく最近、同じ売り手からまとめて買いとったという年代物のペイパーバックが店の奥に山のように積まれていたのである。こんなことが、近々起こるのではないかという〝予兆〟が適中したのだ。

ペイパーバックの古書相場が年々高騰していることなど、おそらくポールは知りもしないし、気にもかけていないのだろう。保存状態のよいSFにたまに二ドル五十セントとか三ドル五十セントという丸い値札を貼りつけるだけで、今回入手した雑本はどれも一冊一ドルか五十セントで売ってくれるという。

こうなれば、持っていない本はすべて、持っているか否かあやふやな本もできるだけ多く、手当たりしだい買ってしまうしか道はない。一冊ずつ吟味しているひまはなかった。いくつかの買物カゴ（スーパー・マーケット用のもの）の中に値段別に本を投げこみながら、心臓の鼓動は刻一刻高まっていった。初めて目にする、思いもかけない本が、積みあげられた山の中からひょっこり顔を出してくる。そのとき入手した本の約半数は226ページに載せたが、中央に置かれているジェイムズ・ヒルトンの『失われた地平線』の現物に手を触れたのはそのときが初めてだった。

ペイパーバック最古参のポケット・ブックの記念すべき第一号。表紙の上左隅に小さく「1」と記されている。ペイパーバックのプライス・ガイド本にはこの本の初版初刷（一九三九年五月刊）の価格は三百五十ドルから程度のよいもので七百ドルと記されているが、私が〈読者のオアシス〉で見つけたのは初版十八刷（四二年四月刊）だった。初刷には高値がついているが、二刷以降の版は「ほとんど無価値」というただし書きがプライス・ガイド本には記されている。だが私にとっては文字通り〝プライスレス〟の貴重な一冊だった。

ペイパーバックを集め始めて五十数年、そのそもそもの第一号に、こうやって砂漠の中でひょっこりとめぐりあうことができたのだ。なにものにも替えがたい喜びの一瞬だった。

〈読者のオアシス〉でそのとき入手した本は合計で約百二十冊。そのうちの五点を『失われた地平線』と並べて前ページに書影を掲げた。五点とも刊行年は一九五〇年から五二年まで。一人の売り手からまとめて買ったという話もうなずける。売り手というより、四〇年代からペイパーバックを読むようになり、棄てることができずについためこんでしまった一人の本好きがいたということだ。その人物がどうにも処分に困って、集まってしまった千冊くらいの本をポールに引きとってもらったのだろう。当人が亡くなって、遺族が処分したのかもしれない。

書影を掲げた五点は銘柄が重複しないように選んだ。最も古いのはライオンの#40、初版初刷。見返しにカリフォルニア州ポートラにある〈ブック・コラル〉というペイパーバック専門の古本屋さんの判が押されているのをあとになって知った。まだ店をだしているのだろうか。もう一つ、いまごろ気づいたのは遅きに失したと言われそうだが、当時ライオン・ブックはエンパイア・ステイト・ビルディング内にオフィスを構えていたようだ。

次に古いのはいずれも五一年一月刊のポピュラー#309（アイリッシュ短篇集。ネット古本市で八十ドル）とシグネットの#833。ブルノー・フィッシャーのサスペンス小説にバリー・フィリップス（第四部第一章参照）の装画。これはフィリップスのシグネットでのごく初期の仕事である。四点めはピラミッドの#31（初版二刷）、最後の一点はエイスのダブル・ブック#5。一九五二年の創業年に刊行された六点の一冊で、ハリー・ホイッティントン作、ノーマン・ソーンダース装画。そのためもあってかネット古本市では五十ドルから百二十ドルの値がついている。ライオンやエイス・ダブルのごく初期のめずらしい本に店頭で偶然めぐりあえるなんてことはめったにある話ではない。

226ページに掲げたSFの額縁の内側にも多様な銘柄がそろっている。四〇年代末のシグネットや『失われた地平線』を筆頭にポケット・ブックの古いものも多い。デルはマップバックが数点。SFはリチャード・マシスンをふくめて九点。

ここにすべての書影は掲げられなかったが、入手した百二十点のうち、じつはSFが約七十点を占めていた。ポールの専門がウェスタン、軍事、映画だということは前章で紹介したが、SFのかなりめずらしい本にとりたてて高値をつけていなかったのはそのためだろう。それで、門外漢であるにもかかわらずエイスのFシリーズなど、七十点ものSFを買い占めるハメになったのだ。

内訳はエイス（二十点）、バンタム（十点）、シグネット（九点）、DAW（七〇年代の七点）、エイヴォン（六点。この中にはメリットの『ムーン・プール（仮）』の美麗本がまじっていた）、バークリー（四点）、デル（三点）のほか、ピラミッド、モナーク、ポケット、パーマ、クレスト、ポピュラー、バランタインなどのSF本もあった。おまけに未入手のリチャード・パワーズ装画本があいついで見つかる快感まで味わわせてもらえたのだからコレクター冥利に尽きる。

あてにしていたゴールド・メダルには一冊も遭遇せず、その他の非SFの収穫はポケットの#260（*The Pocket Book of Games*）の美麗本と米ペンギンのエドナ・ファーバー本（ロバート・ジョナス装画）ぐらいのものだったが、小一時間の一気買いについに私はピリオドを打った。このままつづけていると砂漠でミイラになってしまうかもしれない。

三つの買物カゴに積みあげた本の山をポールに預け、同行者たちがひと休みしていたさしかけ小屋に駆けこんだ。汗をダクダク流し、目を血走らせている私の形相を見て仲間たちは呆然としたのだろう。しばらくは声もなかった。

〈バンク・オヴ・ブックス〉での二十冊と〈読者のオアシス〉での百二十冊を合わせると、ペイパーバックのかさはゆうにスーツケース一個分になってしまう。目方は二十キログラム近い。しかも旅は始まったばかりだ。こんなにかさばる買物をしてこの先どうするのか、仲間たちはそんな疑問もいだいたのかもしれない。

だがその心配は無用だった。支払いをすませたあと（総額は今回も百ドル以下！）、私はポールから手頃なダンボール箱を二つと丈夫な細紐の束をもらった。百四十冊のペイパーバックをこれできちんと梱包し、帰路、カウンターでチェックイン時に、携行品として預けてしまえばなんの手間もかからない。預ける荷物はほかにはハーフ・セットのゴルフバッグだけだ。こういうときのために私の旅はいつも〝トラヴェル・ライト〟（軽装）に決まっている。だがさすがにこの旅では三十ドルの超過料金をとられてしまった。ま、仕方ないか、それくらいは。

3

ネット古本市を超えて
ゴールド・メダル大作戦始末記

Many thanks to Paul, Teddy, Jim, Doug, Mark, Scott, Sueo and Mr. Graham Holroyd

Shinya Nakajima
A.K.A. Nobumitsu Kodaka

ゴールド・メダル初期二千点全巻収集計画

ゴールド・メダル・ブックの専用棚に本があふれはじめ、ついに収めきれなくなってしまった。所蔵点数が半年ほどのあいだに、倍以上にふくれあがってしまったからだ。五十冊が百冊になった程度ならどうということはないが、七百五十点が千六百点を超えてしまったのだから手に負えない。

事の起こりは二〇〇八年三月末の片岡義男さんの来宅だった。私のゴールド・メダル・ブックの書棚を一瞥して、「いっそのこと二〇〇〇番ぐらいまで、ぜんぶ集めてしまったらどうかな。壮観だと思うよ」と片岡さんはこともなげにのたまった。

「ぼくが持ってるのはみんなあげるからさ」とそそのかされて、ついその気になりかけたのだが、「待てよ」

「本気でやるの？」と頭を冷やしてそのあと何度自分にブレーキをかけたことか。

たとえばの話、私はすでにゴールド・メダルの主要作家の本はあらかた入手ずみだった。しかし、調べ直すまでもなく、その大半は五〇年代後半以降に神保町界隈の古本屋で手に入れた〝再版〟のはずだ。五〇年代前半の最初の五年間に刊行された初版本は持っているほうがきっと少ないだろう。

ゴールド・メダル・ブックの初期二千点全巻を揃えるという〈大作戦〉を開始すれば、再版を持っている本の初版をわざわざ探しまわって買い求めねばならない。読みもしない西部小説を山のように買いこまねばならない。そのことにいったいどんな意味があるのか。

「再版はともかく初版本を全巻揃える、ということ自体に意味があるのではないか」

「初版本には再版本とは異なる表紙がついているかもしれない。表紙絵の変遷の研究にとっても重要なことだ」

「二千点揃えているコレクターはまだ数少ないだろう。いまが完璧な資料本をつくるチャンスだ」

そんな悪魔の囁きが聞こえてきた。ふんぎりがつかないまま、私はゴールド・メダル・ブックのリストの精査を始めた。二千点中、再版本の数は正確に何点なのか？　とりあえず初版本を全点集めるとすると、未入手の点数はどれくらいなのか？

こたえを先に記してしまおう。ゴールド・メダル・ブック初期二千点（#101～#2100）の内訳は、

初版本　千三百六十三点（非PBOのリプリント版もふくむ）

再版本　六百三十五点（改題本もふくむ）

欠番　二点（#1812、#1973。グレアム・ホルロイドのプライス・ガイド本（232ページ上左）には#1318が二種記載されているが、そのうちの一点は刊行されなかったらしい）

これで合計二千点。ところがあらためて所蔵本を点検してみると、私の手元には初版本は七百点そこそこしかないことが判明した。つまり、六百六十数点を探しだして入手し、表紙が変わっているかもしれないので、未入手の再版本もできるかぎり買い揃えねばならないということになる。気が遠くなるような話だ。

たとえ本が見つかっても、総経費はいったいどれくらいになるのだろう。ほとんどはネット古本市で購入することになるのだから、たとえ本の値段は一冊数ドルでも手数料こみの郵送料が平均して十二、三ドルかかる。〈エイブブックス Abebooks〉のネット古本市で買う場合は代金を一点ずつ即金で請求されるので、郵送料だけで約八千ドルという法外な予算を組まねばならない。高値本もまじっているので、本代のほうもほぼ同額が必要になるはずだ。

それでも少しずつ廉価本から先に注文をしはじめたところでハッと正気に返り、大作戦からの撤退を真剣に考えはじめた。そのとき、思いもかけない出来事が発生した。ネット古本市でのオートマティックな味気のないショッピングを超える新しい世界が私の前に一気に開けたのである。

私を本格的に〈ゴールド・メダル大作戦〉に駆り立てたきっかけとなる出来事とは何だったのか。

二〇〇八年の八月上旬、私はレスリー・チャータリスのセイント本を二点、デラウエア州ミルズボロにある〈ローテーション・ブックス Rotation Books〉に注文した。本の値段はどちらも二ドルだったが、郵送料プラス

ジョン・D・マクドナルド

装画／ロバート・マッギニス

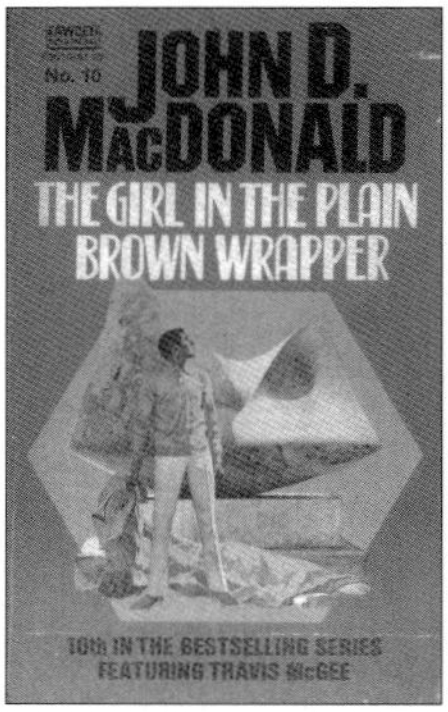

#10　未訳（1968）

#2『桃色の悪夢』（1964）

#4『赤い雌狐』（1964）

#７　未訳（1966）

#8『黄色い恐怖の眼』（1966）

#6『オレンジ色の屍衣』（1965）

#5『琥珀色の死』（1965）

〝マイアミの回収屋〟トラヴィス・マッギー・シリーズ

#11（左右とも）未訳（1969）

#13　未訳（1972）

#14　未訳（1973）

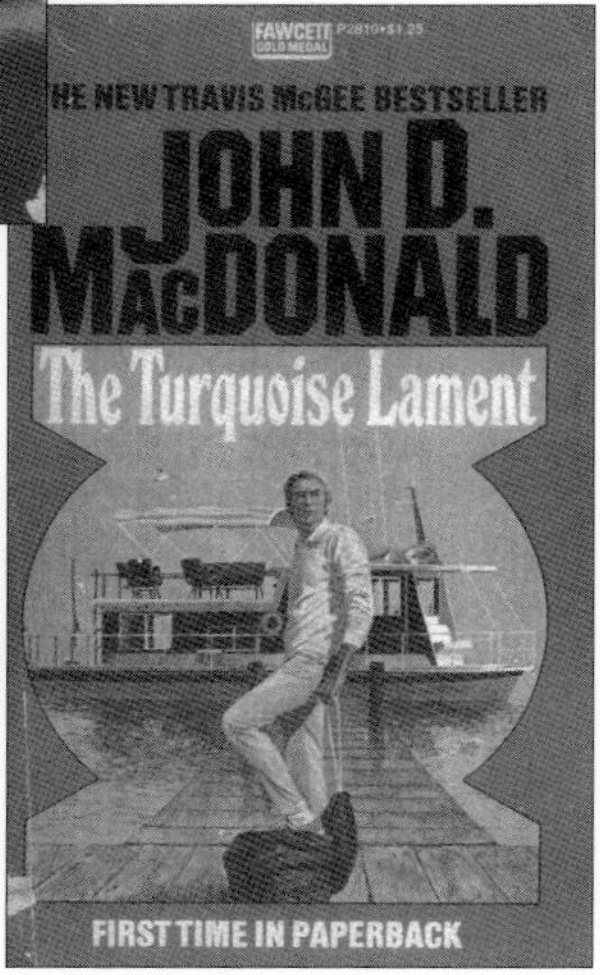

#15『紺碧の嘆き』（1973）

#12　未訳（1970）

#16『レモン色の戦慄』（1974）

手数料をそれぞれ十一ドルずつ自動的に請求された。

私はいつものようにおとなしくネット相手の人間味のない事務的な取り引きに対応した。何の配慮もあてにしなかった。だから、注文後しばらくして、当の売り手から私あてにEメイルによる私信が届いたときはびっくりした。そして文面に目をやったとき、ささやかな感動がじわっとこみあげてきた。

「私に注文した二冊の本をまとめて一緒に送れば十一ドル節約できます。どうしますか？　ジム」

ただそれだけの文面だったが、ネットの向こう側から暖かい人間の肉声が伝わってくるような気がした。

私は喜んでジムの提案に応じ、一方の本のみせかけのキャンセルの方法など、そのあとに発生したいくつもの厄介事をメイルのやりとりで乗り越え、二冊のセイント本を二人のもくろみどおりに無事うけとった。

「一冊のほうはただでいいのかな」「ミルズボロの町にはいまも水車《ミル》があるのかい」などとバカ話をしているうちに、やがて彼が持っているゴールド・メダル本を四十点ほどまとめて買うことになり、「九月末にアリゾナへ行くが、本が詰まった靴箱を二つ受けとりにデラウエアまでは行けない」といったメイルを送ったりもした。

ジムは店も構えていないネット専門の小さな本屋なのでクレジット・カードによる支払いには応じてくれない。それで〈PayPal〉という〝安全・簡便〟な送金方法を習った。彼から学んだ実際的なノウハウはほかにもたくさんある。〈ゴールド・メダル大作戦〉にとってとくに役に立ったのは、個人間の直接取り引きによるまとめ買いに応じてくれる業者がいることを知ったことだった。そしてめぐりあったのが、ネット古本市の大手〈グリーン・ライオン〉のマーク、〈コミック・ワールド〉のダグたちだった。

ジムに教えてもらった最大の教訓は、メイルの向こう側に本好きな生身の人間がいるというささやかな発見だった。電話帳のように分厚いプライス・ガイド本をまとめたグレアム・ホルロイド氏ともいま、ネット取り引きを超えた会話がはじまった。この人はけっこう気むずかしい。

それでもこの人たちとのやりとりのおかげで、ネットで本を買うのもまんざら悪いもんじゃないという気になってきた。私のペイパーバック・ハンティングの新たな門出だった。

重要指名手配本7点

数点の書店を中心にしたまとめ買い作戦がびっくりするほどうまく運び、未入手の初版本の点数はみるみるうちに少なくなっていったが、複数の相手とのやりとりにはかなりの手間と配慮が必要だった。

試行錯誤をつづけているうちに、まずわかったのはネット上に一ドル本をずらずらと並べて掲げている書店は概してまとめ買いに応じないことだった。メイルで打診しても返事がこないのだ。

同じ廉価本でも、ホルロイド氏はきわめて良心的に対応してくれ、大作戦に入った初期の段階で彼から一点八ドル以下の初版本を三百点以上まとめ買いすることになった。同じように大量に購入したのは前記〈ローテイション・ブックス〉のジムからの四十点、〈イージイ・チェア〉のスコットからの六十五点。

二〇〇八年の十月下旬には、＃２１００までの初版本の未入手本の数は二百四十点にまでしぼられていた。〈PayPal〉の取引きを信じない業者がいること、本番号を確認して発注したのに、別番号の再版本を送ってくる業者がまれにいることなども知ったが、さらなる難関はそのあとに待っていた。

その時点で、まとめ買いの取り引き相手は二店にしぼられ、おたがいのやりとりに微妙なかけひきが生じ始めた。私は自分の欲しい本のリスト（want list）を同時に二店に提示していることを公正を保つために両者にしらせ、自分の条件に合致するほうを私が選ぶことも伝えた。これが二店を競わせることになってしまったのだ。

リストの提示方法でまずおたがいにルールを設けた。＃１０１から＃２１００を四分割し、四分の一ずつ順にまず私がリストを提示し、先方がそれに値づけをしてくるという手順だ。あまりにも広範囲にわたると本を探しにくいという整理上の理由がどちらにもあるらしかった。とにかくこの時点では、著者名でも作品名でもなく、たんなる本番号で棚から本を探す作業になっていたのである。

値づけの問題もあった。一方の業者は、私がこれまでに注文した本の価格から推測して、中級程度の保存状態

サム・デュレル・シリーズ　装画／ロバート・マッギニス

既訳は＃1 ＃2 ＃3 ＃11のみ

FAWCETT GOLD MEDAL
A masterful SAM DURELL adventure by
EDWARD S. AARONS
ASSIGNMENT KARACHI

16

FAWCETT GOLD MEDAL
Durable SAM DURELL—
up to his ears in blondes and murder.
EDWARD S. AARONS
ASSIGNMENT STELLA MARNI

4

GOLD MEDAL
35c
EDWARD S. AARONS
ASSIGNMENT-SORRENTO SIREN
She was a tramp with a title, a countess with a killer instinct. Between her and an International Incident stood C.I.A. agent SAM DURELL

17

A novel by EDWARD S. AARONS
ASSIGNMENT THE GIRL IN THE GONDOLA

19

FAWCETT
She offered her beautiful body as the bribe for SAM DURELL's silence.
EDWARD S. AARONS
ASSIGNMENT CARLOTTA CORTEZ

8

Caught in a seething guerrilla war, SAM DURELL pursues a deadly and traitorous double agent —with strict orders to bring him back alive
A great new novel of espionage
EDWARD S. AARONS
ASSIGNMENT CONG HAI KILL

23

Peking and Moscow were as baffled as Washington and London. Who was looting the best brains in the world ...in order to blow it up?
A SAM DURELL espionage thriller by EDWARD S. AARONS
ASSIGNMENT THE CAIRO DANCERS

21

FAWCETT
"The 'assignments' of CIA Agent Sam Durell...are among the best modern adventure stories of espionage and international intrigue."
EDWARD S. AARONS
ASSIGNMENT LOWLANDS

13

エドワード・S・アーロンズ〈秘密指令〉

原作者没後もハウスネイムとなって
＃45まで書き継がれた

48 HOURS TO LIVE... That's what the world had left. There was only one man who could change the timetable—Sam Durell...
EDWARD S. AARONS
ASSIGNMENT
TOKYO

#31

A Fawcett Gold Medal Book
SAM DURELL faces the most surprising double-enemy of his career—his own woman and the U.S. Government
A novel by
EDWARD S. AARONS
ASSIGNMENT
SCHOOL FOR SPIES

#22

#29

A Fawcett Gold Medal Book
R2262
60¢
Sam Durell couldn't tell his friends from his enemies. He wasn't even sure he could trust himself...
A SUPERB NEW SUSPENSE ADVENTURE BY
EDWARD S. AARONS
ASSIGNMENT
WHITE
RAJAH

FAWCETT
Sam Durell had never met a woman deadlier than Madame Hung. Which is why he had killed her. Now suddenly she was alive again... and waiting for Sam.
EDWARD S. AARONS
ASSIGNMENT
MALTESE MAIDEN

#34

A Fawcett Gold Medal Book
50¢
EDWARD S.
AARONS'
BRAND-NEW
novel of intrigue
ASSIGNMENT-PALERMO
A huge criminal network is insidiously turning into an apparatus for international espionage. CIA Agent Sam Durell had only one slender (but lovely) lead: A racketeer's willful mistress

#24

#30

FAWCETT
GOLD MEDAL
T2653・75¢
Sam Durell sets a trap for a gang of international hi-jackers—with himself as bait
SPELLBINDING SUSPENSE ADVENTURE BY
EDWARD S. AARONS
ASSIGNMENT
STAR
STEALERS

#37
FAWCETT
GOLD MEDAL
Sam Durell challenges a terrifying formula for death!
EDWARD S. AARONS
ASSIGNMENT
AMAZON QUEEN
The New Sam Durell Adventure

#37

A Fawcett Gold Medal Book
name was Tanya and he had returned from the moon to become the most sought after girl in the world... So Sam Durell was assigned to find her
ASSIGNMENT
MOON
GIRL
EDWARD S. AARONS

#26

の本でも満足するのかとたずねてきた。同じ本でも、保存状態によって少なくとも三段階の価格がつけられている。「古書価値」はゼロでも、読めさえすればよいという状態の本のことを〈reading copy〉と呼ぶこともこのやりとりでおぼえた。読めさえすればよいというのが本来私の主義だったのに、同一本で価格のちがう本があることを教えられると、少しでも状態のよいものが欲しくなるというジレンマにおちいるようになった。

ライバルがいることを知った一方の業者は注文の日どりを早めて欲しい、提示した本の半数以下しか注文がなかったときは、次の分割区分の本に移らないなどと告げてきた。両者の提示が重複した本について、私が選択をしていることに当然気づいていたからだろう。

そんな競り合いの中で、未入手の初版本の数はますます減ってゆき、十一月下旬にはついにその数は三十点ほどにしぼられた。その大半は、一点三十ドルから九十ドルまでの本で、私が注文を最後までひかえていた高値本だった。もっと安い本がネット上にあらわれないか、ずっと探しつづけたあげくについにあきらめて、それらの高値本もさし値で買うことにした。

そのあげくにあとに残ったのが、当初予想もつかなかった最大の難関となる八点の初版本だった。ホルロイド氏やマークやダグでさえ見つけだせない八点の本があったのだ。私はそれらを当初〈Most Wanted 8〉と名づけた。参考までにその八点の書名を掲げておく。

#1219　*Fun with Double Crosstics*　クロスワード・パズル本。
#1454　*1964 Pro Football Almanac*　三点ずつ刊行されたプロ・フットボールとプロ野球年鑑の一点。
#1779　*Woman's Day Cookbook Favorite Recipes*　《ウーマンズ・デイ》の料理本。
#1898　アリステア・マクリーンの『ナヴァロンの要塞』。非PBO。同じデザインの再版本は二種入手したが初版だけみつからない。
#1902　*It's All in the Stars*　星座運勢本。
#1910　*So You Think You Know Baseball*　野球トリヴィア本。

#1990　W・C・ハインツ作『外科医（仮）*The Surgeon*』。ハードカヴァーのリプリント本。
#2042　*Scram-Lets*　内容不明。カートゥーン本か。

クロスワード、フットボール、料理、星座、野球、カートゥーン（？）と六点までが正真正銘の雑本で、私と同じ〝大作戦〟を展開させているコレクター以外にはほとんど関心ももたれない本ばかりだ。だから私は私だけの〈重要指名手配本〉と名づけたのである。この指名手配書を数店に配布後しばらくたって、〈グリーン・ライオン〉のマークが#1990の『外科医』という小説本を見つけてくれた。こんな本でも、ゴールド・メダルの初版本コレクターはかなり必死に探しているらしい。

「ほかにも欲しがっている客が二人いるが、あなたを優先しました」とマークはやさしいことを言ってくれた。これで指名手配本はあと七点。彼に言わせると〈Most Wanted 7〉と呼ぶより〈Elusive 7〉と呼ぶほうが似つかわしいらしい。「ひっそりと隠れている」「うまくつかまらない」という意味だ。焦っても手の打ちようがない。『ナヴァロンの要塞』のゴールド・メダル初版本は日本の古本屋の片隅で私を待っているような気配もある。残りの六点はのんびりと追いつづけることにしよう。

行方をくらましたいたずら者の七点をのぞいて、ゴールド・メダル大作戦がいよいよ終局にさしかかった。

ところが本書の折り込み付録作成準備にとりかかり、千三百六十点近い初版本を実際に順番どおり書棚に並べる楽しい作業にとりかかったとき、二つのことに気がついた。一つは、西部小説の占める比率が予想以上に高かったことだった。本番号だけで本を買いつづけるという異常な買い方をしているときは気づかなかったのだが、実際に並べてみると四冊か五冊に一冊は必ず西部小説が収められていた。折り込み付録に収めた#331までの二百三十一点中、西部小説の数は四十六点（再版五点をふくむ）である。

そしてもう一つ気づいたのは、指名手配中の七点のほかにも、現物がみあたらない初版本が八点もあったことだった。リストの処理が不充分だったり（買ったと思いこんで印をつけてしまった例もあった）、初版を注文したのに届いたのが再版だった（ルイス・ラムーアの『土地を馴らす（仮）』など）など、理由はいろいろだがとにかく八点も欠けていることが判明したのだ。さいわいなことにこの八点は、ホルロイドのネット上の本棚に全点そっくり収まっていることがわかったので、値段も確かめずにただちに発注。それが今年の正月六日のことだった。そしてその最後の八点は、私が例年一月のハワイ・ツアーに出発する二日前に無事到着した。

出発の前日、丸一日がかりで、大作戦で入手したゴールド・メダル・ブックを書棚に並び変えた。専用棚が二十四段埋まった。やはり壮観だった。

私が手に入れたのはモノだけではなかった。〈ローテイション・ブックス〉のジムとのやりとりで始まったネット古書業者との個人的親交はいまも深まりつつある。カナダのマニトバ州に住む〈コミック・ワールド〉のダグとは、送ってくれた本の詰め物に使われていた現地の新聞の天気予報の話から私的な会話が始まった。ハワイに出発する朝は、「悪いな、アイスマン。こっちはこれから一週間、ハワイで天国暮しだ」とメイルを送った。帰国後の彼への最初の注文はE・S・アーロンズのマッギニス装画本十三点のまとめ買いだった。

〈グリーン・ライオン〉のマークは、私に読書ガイドまで始めるようになった。彼にすすめられ（ペンギン版も買わされて）、読みだしたのがジョン・フランクリン・バーディンの *The Deadly Percheron* だったが、少しだけ感心して読了したあと、この本が晶文社から『死を呼ぶペルシュロン』として訳されていたことに気がついた。

グレアム・ホルロイド氏だけは、あいかわらず気むずかしい。彼のプライス・ガイド本に、私が気づいただけでも十数カ所の誤認があると教えたところ、「世界中のコレクターからすでに千件以上の誤認箇所を指摘され、正直言って、これにどう対処すべきか頭をかかえている」という返事がきた。新版の刊行は何年後になるのか、ご本人にも見当がつかないのだ。ホルロイド氏だけは、最近になっても、けっしてメイルの結びにファースト・ネイムを記したりはしない。これもなにか考えがあってのことなのだろう。

ゴールド・メダル大作戦をほぼ完遂したいま、私の夢は、この大作戦で知り合ったペイパーバック好きの男たちの店を、一つずつ順に訪ねる古本屋ツアーを計画することに変わった。その夢をはたしてこの世で叶えられるだろうか。

第2部

Part II　My Favorite Authors

1. Cornell Woolrich / William Irish
2. Dashiell Hammett
3. John Evans / Howard Browne
4. Craig Rice
5. Frank Gruber
6. Kenneth Millar / Ross Macdonald
7. Frank Kane
8. Carter Brown
9. Jim Thompson
10. Richard S. Prather
11. Harlan Ellison
12. Donald Hamilton
13. Leslie Charteris
14. George Harmon Coxe
15. Mickey Spillane

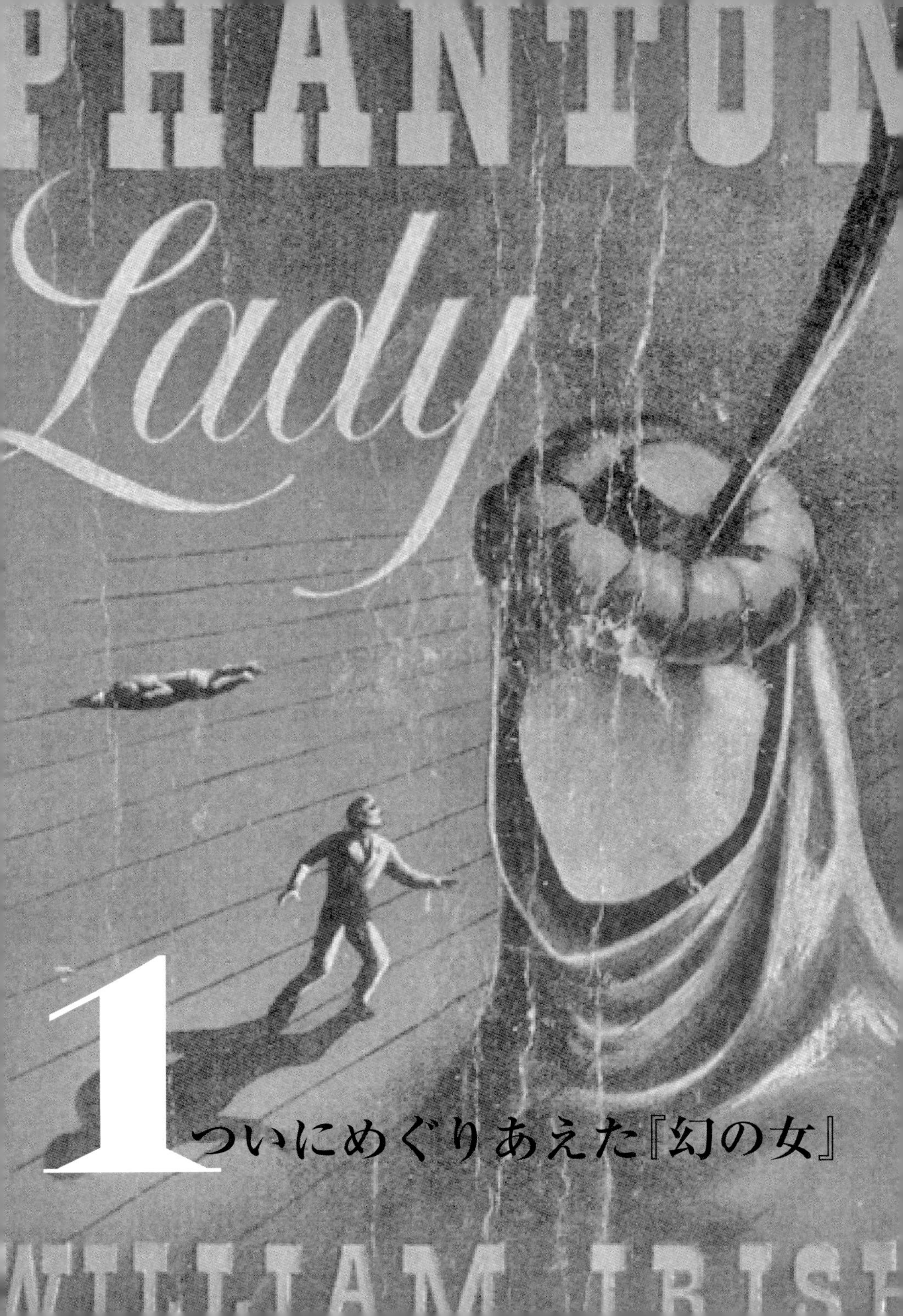

1 ついにめぐりあえた『幻の女』

初めてのアンソロジー本

私家版というより〝手造りの〟というほうがより正確だが、私が初めて翻訳ミステリのアンソロジー本をつくったのは、高校を卒業した年、昭和三十年（一九五五年）のことだった。

その年から翌年にかけて（つまり二年間の浪人時代に）七、八冊つくったおぼえがあるが、現在私の手元には第二巻、第六巻の表示のある二冊しか残っていない（カレンダーから切り抜いてきた2と6の数字がボール紙の表紙の左下隅に貼られている）。

翻訳ミステリ本がまだ少なかっただけでなく、私がつくったこのアンソロジーがきわめてめずらしいものだったので、貸したまま戻ってこなかったのだろう。どの巻も一冊きりの手造り本だから失くなってしまえばそれっきりだ。もともとミステリ好きの友人たちのあいだで回し読みをするためにつくった本だった。

それ以前に新聞小説を毎日切り抜いて本をつくったこともあったが、それは一冊も残っていない。挿し絵に惹かれて切り抜いた記憶がある。時代小説だったのかもしれない。翻訳ミステリのアンソロジー本のほうはおもに《宝石》《別冊宝石》《探偵倶楽部》などに掲載された作品から好きな作家のものだけを切りとり、これが四、五篇たまると、文字どおりノリとハサミを用いて造本したのである。

手元に残った二冊の中身を見てみると、第二巻は〈スピレイン＆チャンドラー〉の豪華特集、第六巻は四短篇をまとめた〈アイリッシュ〉特集号だった。収録作品は、

〔第二巻〕ミッキー・スピレイン「私は狙われている」黒沼健訳《オール讀物》一九五三年十一月号／十二月号〔これについていた黒沼健氏の解説の一部を『私のハードボイルド』の第三章で引用した〕

《マンハント》本国版一九五三年一月創刊号から四回連載の〝Everybody's Watching Me〟の翻訳分載。一九五九年に三笠書房の《スピレーン選集》第六巻に短篇「垣の向うの女」とともに収められた。深い因縁があったのか、

一九七一年に私も創元推理文庫の『スピレーン傑作集』に「狙われた男」「高嶺の花」の題名でこの二篇を収めた。

レイモンド・チャンドラー「事件屋商売」都筑道夫訳《宝石》一九五五年七月号、「ヌーン街で会った男」平井イサク訳《宝石》一九五五年七月号、「猛犬」妹尾アキ夫訳《宝石》一九五五年八月号〔第六巻〕ウイリアム・アイリッシュ／コーネル・ウールリッチ「死は歯医者の椅子に」平井喬訳《宝石》一九五四年二月号、「義足をつけた犬」黒沼健訳《宝石》一九五四年八月号、「裏窓」大門一男訳《宝石》一九五四年十一月号、「抜け穴」松岡春夫訳《探偵倶楽部》一九五六年四月号

「抜け穴」のみウールリッチ名義。訳者松岡春夫は都筑道夫さんのペンネームの一つ。

この二冊を見るだけで私の偏向ぶりがよくうかがえる。《オール讀物》はもちろん《探偵倶楽部》なども、おめあての作品を切りとったあとは棄ててしまったにちがいない。《宝石》《別冊宝石》だけは長いあいだバックナンバーを保存していたので、たぶん同じ号を二冊買い求め、一冊を切り抜き用にしたのだと思う。いずれも西武池袋線の江古田から池袋経由で板橋の北園高校に向かう電車通学とともに習慣となった古本屋めぐりで入手したセコハン雑誌で、値段は一冊十円から三十円まで。映画雑誌も三、四誌買いつづけていたし、やがてペイパーバックも目にとまるようになってくるのでおカネのやりくりはたいへんだった。そんなこともあって手造り本を思いついたのだろう。

〔セコハンは secondhand の略。中古品＝古本、古雑誌の意。雑誌の場合は通常 back number（バックナンバー）あるいは back issue（バックイシュー）、書籍は used book（ユーズド・ブック）という〕

何度も書いてきたことだが、私とアメリカのハードボイルド・ミステリとの活字を介しての出会いは《別冊宝石》のチャンドラー特集号だった。『聖林殺人事件』（かわいい女）、『ハイ・ウィンドォ』（高い窓）、『湖中の女』の三つの長篇を一挙にまとめ、一九五〇年の十月に刊行されたこの特集号を、たぶん私は一年か二年後に

古本屋の店頭で見かけて手に入れたのにちがいない。双葉十三郎訳『大いなる眠り』の初訳はやはり《別冊宝石》として、パーシヴァル・ワイルドの『インクェスト』との抱き合わせで一九五一年の八月に刊行されているが、この号もほぼ同じころに入手していた。

だが私はその頃からすでにハードボイルド一辺倒だったわけではない。新しいアメリカの作家には一様に関心を抱いた。とりわけ惹かれたのはコーネル・ウールリッチ／ウイリアム・アイリッシュだった。これは、手造り本の一冊が個人短篇集だったことからも推察できる。

ウールリッチ／アイリッシュとの出会い

では、私とウールリッチ／アイリッシュとの出会いはいつだったのだろうか。

門野集訳『コーネル・ウールリッチ傑作短篇集1』（白亜書房、二〇〇二年刊）の巻末リスト（これは労作！）などを参照すると、ウールリッチの短篇の日本初紹介は昭和二十三年（一九四八年）。その年の《旬刊「ニュース」》の九月増刊号に黒沼健訳の「さらば紐育」（一九三七年の作品）が載っている。そのあとが《宝石》一九四九年一月号の「弾道学」（同じく黒沼健訳）。その年には《マスコット》にも三篇翻訳されたが、私が古本屋めぐりを始めた頃にはもうこの雑誌は店頭に積まれていなかった。ごく初期に紹介されたこれらの短篇を読んだ記憶も残っていない。

その後五〇年代の半ばになって《宝石》や《探偵倶楽部》に掲載されたウールリッチ／アイリッシュの短篇に接する前にこの作家の名前を私に教えてくれたのは江戸川乱歩の『随筆 探偵小説』だった。初版は一九四七年だが、現在手元にある一九四九年刊の再版もかなり昔から私の貴重なアンチョコ（「安直」の変形。便利な解説書のこと）だったからだ。

となれば、アイリッシュ名義『幻の女』（一九四二年刊）を知ったのも乱歩の随筆を通じてだったということ

『死はわが踊り手』 装画／エド・シュミット

『黒衣の花嫁』 装画／H・L・ホフマン

『野性の花嫁』 装画（二点とも）／バリー・フィリップス

になる。第二次大戦中（真珠湾攻撃の翌年）に刊行されたこの作品のことを、戦後乱歩はかなり早い時期にあちこちで紹介した。それらがほとんどすべて『随筆探偵小説』に収められている。

戦争中登場したアメリカの新作家ではウールリッチに最も心酔している代表作『幻女』を一読した時私は驚異をすら感じた。

《旬刊「ニュース」》一九四六年四月上旬号

ところがこの三カ月後には、

……『幻女』を一読した時には、本の扉に〝世界十傑に伍すべし〟などと書入れ、他の雑誌（雄鶏通信、旬刊「ニュース」、宝石）にもその読後感を書いたが、今では少し熱がさめて〝十傑〟といふほどには考へてゐない。

といくぶん調子を落としつつもくわしく梗概を記し、アリバイ探しの探偵小説という評価をくだしている

《ぷろふいる》一九四六年七月号）。

……彼の作品は長篇三冊、短篇一冊しか読んでいないが……サスペンスの作家といはれるだけあって……一種異様な恐怖感を伴う清新な名文は……フランス味に近いが、謎と論理がさほどでない……『幻女』のほかでは『夜明けの死線』短篇「さらばニューヨーク」など訳されてよい……『幻女』は際立って優れている。筋に……独創があり、サスペンスと恐怖と異常性に富み……

〈軍隊文庫〉版『暁の死線』

短篇集『青ひげの七人目の妻』
（表題作）

短篇集『悪夢』（表題作）
ＲＣＬ（リーダース・チョイス・ライブラリ）版
装画／ウエイン・ブリッケンスタッフ

ジョージ・ホプリー名義『恐怖』
装画／ルドルフ・ベラースキー

これは同じ年の九月に《新大阪》という新聞に掲載されたものだった。新鮮でおもしろいミステリを少しでも早く読者に読ませたいという思いが、このすぐれた水先案内人の心のうちにたかまっていたのだろう。

乱歩が強い関心を示したことによってウールリッチ（アイリッシュ）はつぎつぎに日本で翻訳された。『黒衣の花嫁』は《宝石》一九五〇年九月号と十月号に分載後、五三年にポケミスにおさめられたが、それ以前にもすでに三作が単行本になっていた。

奥付記載によると、最初が『恐怖の冥路』、つぎが『黒衣の天使』（いずれも新樹社の〈ぶらっく選書〉）、そして『幻の女』（汎書房）の順序になる。『幻の女』は、五四年刊の『暁の死線（夜明けの死線）』につづいて五五年にポケミスに収録されたが、初版の汎書房版は私も実物は未見である。

戦後のこんなに早い時期に、水先案内人を買ってでた乱歩はいったいどこで新しいアメリカの探偵小説を手に入れたのだろう。先ほどの《ぷろふいる》の記事には、一九四六年の三月に、「進駐軍将校に知合いができたりして、アメリカの前線文庫を相当読むことができた」とあり、ウールリッチ（アイリッシュ）の『幻女』『黒衣の花嫁』『夜明けの死線』および短篇集『晩餐後の物語』の四冊の書名が挙げられている。そしてほかにも前線文庫で読んだ作品として、クレイグ・ライスの『すばらしき犯罪』、レックス・スタウトの『ゴム紐』、チャンドラーの『大いなる眠り』、ジョナサン・ラティマーの『モルグの麗人』などの書名も掲げられている。

ここで小さな疑問が生じた。乱歩が用いた〈前線文庫〉という用語はいったい何を指していたのだろう。もしこれを〈軍隊文庫〉（Armed Services Edition＝略してＡＳＥ、第三部第一章参照）だけに限定すると、少しおかしなことになる。長篇デビュー作であるウールリッチ名義の『黒衣の花嫁』はＡＳＥには収録されておらず、初のペイパーバック化はこの作品のポケット・ブック版（四五年二月刊、書影参照）だった。ＡＳＥには、長篇『暁の死線』（書影参照）一作のみがおさめられ（ほかに *I Wouldn't Be in Your Shoes* と *After Dinner Story* の二短篇集）、『幻の女』はＡＳＥには入らなかった。同じことはラティマーの『モルグの女（モルグの麗人）』、ライスの『すばらしき犯罪』、レックス・スタウトの『ラバー・バンド（ゴム紐）』についてもいえる。

では、乱歩のいう〈前線文庫〉とは何だったのか。その謎を解く前に、『幻の女』にまつわる二つの有名なエピソードを紹介しておこう。それを紹介する中で〈前線文庫〉の謎のこたえもおのずと明らかになるかもしれない。

『幻の女』にまつわる二つのエピソード

一つめは《別冊宝石》の江戸川乱歩還暦記念号（一九五四年十一月刊）に載った春山行夫さん（一九九四年没／詩人・文芸評論家）の「本を淩われた話」という愉快なエッセイだ。終戦直後《雄鶏通信》の編集に携っていた春山さんは「なにしろ本をすっかり焼いたあとなので／外国の本を集めることが急務だった／進駐軍のポケット・ブック（兵隊文庫）をヤミで探してくる青年と古本屋の二つのルート」をつくる一方、マメに古本屋めぐりをしていらっしゃった。そして、一九四五年末、《アンコール》という雑誌の九月号に紹介されていたアイリッシュの『幻の女』の原書を神田の巌松堂で発見！　ところがひとまわりして戻ると、預けておいた本をちゃっかり持ち去った人物がいた。それが江戸川乱歩だったというのである。

くわしい記述がないのでなんともいえないが、この原書というのは、いまも乱歩の『幻影の蔵』に所蔵されている二冊の『幻の女』のどちらかにちがいない。一冊はポケット・ブック版の初版（一九四四年三月刊）、もう一冊はおそらく同じ版の赤十字用の Reader's League of America 版のはずだ。これには前付はなく、表紙にも出版社名、銘柄名は刷りこまれていない。つまりこれも乱歩がいった〈前線文庫〉、つまり〈軍隊文庫〉の一種なのである。

戦場や基地に無料で送られる戦時版の本はＡＳＥ以外にも Overseas Edition（いくぶん横長の変形版）やペイパーバック各社が赤十字を経て寄付した版などがあった。

乱歩が所蔵していた『幻の女』のポケット・ブック版初版は、長いあいだ私にとって資料本で書影を見かけるだけの〝幻の女〟だった。だから当然《HMM》二〇〇六年五月号掲載時の本章のタイトルは〈ついにめぐりあえなかった『幻の女』〉となっていた。この初版本（217ページ下左および本章扉）が私の手元にひょっこり流れついたのはその直後のことである。なんとも奇妙なめぐりあわせだ。

もう一つのエピソードは作家の大岡昇平さんが亡くなる十年前に《EQ》七八年七月号の誌上で明かしたものである。

「一九四五年フィリピンで米軍の俘虜となった時、衛生兵や収容所付きサーヂャントから、オーバーシー・エディションを貰って読んだ。クイーン／クリスティ／ハメット『ガラスの鍵』『デーン家の呪』などが記憶に残っているが、一番の驚きだったのは、アイリッシュの『幻の女』だった」とあり、そのあと「……乱歩先生ははじめて読んだ時の感激を、早川ミステリ『黒衣の花嫁』のあとがきに書いている。〝昭和二十一年二月二十日読了〟と書いてあるのはほほえましい」とつづき、「私が読んだのは昭和二十年夏か秋／つまり、乱歩先生より半年早かった」というのがオチになっている。

偉大な先達たちも、遊びの世界では人に一歩先んずることを無上の喜びとしたのだ。

2

私はいつ ハメットと出会ったのか

初めてのハメット

二〇〇六年十一月に刊行された『私のハードボイルド―固茹で玉子の戦後史』は「ハードボイルド」という言葉をミステリ用語として初めて用いたのは誰だったのか、「ハードボイルド派」を最初にもちだしたのは誰か？といった言葉の源泉を探る作業からとりくみはじめた仕事だった。意外な発見に何度もでくわしたりしてとても楽しかったのだが、下手をすると出口のない藪の中に迷いこんでしまうおそれもあった。

私は、ダシール・ハメットの小説を、いつ初めて読んだのか？　その作品は何だったのか？　こういったことも自分史にとっては欠かせないのだが、答えは簡単に手に入るのだろうか？

ハメットの短篇が日本で初めて翻訳されたのは昭和七年（一九三二年）。〈コンチネンタル・オプ〉シリーズの最後の一篇「死の会社」が「恐ろしき計画」という題名で《新青年》に掲載された。訳者は大江専一（伴大矩のペンネームもあった）。「続・欧米推理小説翻訳史」の第一回で長谷部史親は「初出誌にもとづく／完訳といってもさしつかえない」翻訳と記している。初出誌というのは《ブラック・マスク》（一九三〇年十一月号）のことだが、私がまだ生まれていない戦前のこの時期に、アメリカのパルプ・マガジンを手に入れて読んでいた先人たちがいたのである。大江専一もそうだが、江戸川乱歩に「英米探偵小説通」と一目置かれた井上良夫という翻訳家兼評論家の大先輩も雑誌《ぷろふいる》に早くも昭和八年（一九三三年）頃、ハメットやキャロル・ジョン・デイリイのことなどを紹介している。

〔井上良夫氏のこの方面での研究については『私のハードボイルド』の研究篇でもう少しくわしく紹介した〕

《新青年》にはハメットの短篇が四篇紹介されたが、戦後まで細々とつづいたこの雑誌を古本屋で見かけたことはほとんどなかった。のちに《マンハント》で私に初めて連載ページをもたせてくれた中田雅久編集長が、戦後《新青年》が終刊を迎えたとき、版元の博文館新社の編集部に籍を置いていたことを知ったのもつい最近のことである。《マンハント》の原点は《新青年》だったのだ。

戦後、ハメットの短篇を一番早く紹介したのは、前章にも登場した春山行夫さんだった。春山さんが初代編集長をつとめた《雄鶏通信》（昭和二十年十一月創刊）の昭和二十一年九月号に「トルコ街の家」を載せたのである。訳者名は記されていないが、前出の長谷部史親氏の判断ではおそらく砧一郎であろう。戦後の早い時期に、ハメット紹介に最も力を入れた翻訳家が砧一郎さんだった。戦前、映画雑誌《スタア》に分載されたことのある『影なき男』の戦後の初訳も砧さんである（〈おんどり・みすてりぃ〉一九五〇年刊）。その後私が入手した《雄鶏通信》の復刻版合本を見ると、短い解説のあとすぐに本文に移り、五段組で六ページにわたってびっしり組まれている。

ハメットの短篇は戦後派の短命なミステリ誌《ウィンドミル》（昭和二十二年十二月創刊）と《マスコット》（昭和二十四年一月創刊）の二誌にも登場し、合計で九篇が紹介された。

古い記憶をたどると、そのうちの一篇「謎の大陸探偵」（原題“Corkscrew”）が掲載されている《ウィンドミル》をワセダ・ミステリ・クラブ時代に知り合った島崎博氏の書架で閲覧させてもらったおぼえがある。ハメット翻訳書誌の作成にとりかかっていた頃の話だ。だが私が古本屋めぐりを始めた高校時代には、《ウィンドミル》も《マスコット》も店頭には残っていなかった。

ハードボイルドの日本再上陸

となると、ハメットとの出会いは《宝石》か《探偵倶楽部》かポケミスかということになる。ペイパーバック（ポケット・ブック）やクイーンが編んだダイジェスト・サイズ誌のハメット・アンソロジーのほうが先だった可能性もなきにしもあらずだが、本格的な洋書漁りはもう少し先になってからのはずだ。

「ダイジェスト・サイズの雑誌形式のハメット・アンソロジーは《ベストセラー・ミステリ》から四点、《ジョ

Bestseller Mystery
The
CONTINENTAL OP
by
DASHIELL HAMMETT
Introduction by ELLERY QUEEN
"Dashiell Hammett gave us the first truly American detective story; he is our most important modern originator" - Ellery Queen
25¢

Dashiell Hammett
A JONATHAN PRESS MYSTERY
The Return of the Continental Op
Introduction by Ellery Queen
Dashiell Hammett is without question one of the great writers of mystery fiction and the leader in our generation.

エラリイ・クイーンの序文つきコンチネンタル・オプ短篇集（正続）。右はベストセラー・ミステリ、左はジョナサン・プレス・ミステリ

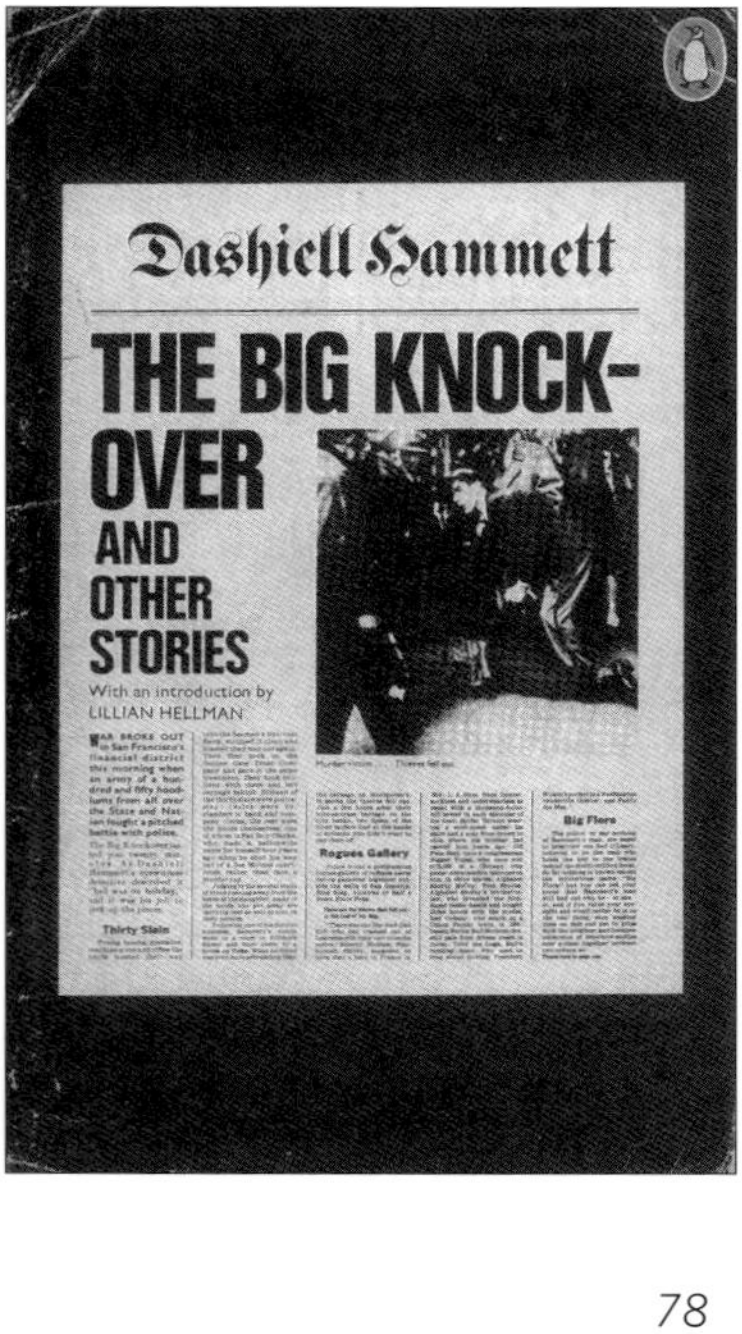
Dashiell Hammett
THE BIG KNOCK-OVER
AND OTHER STORIES
With an introduction by
LILLIAN HELLMAN

DELL · 0628 · 60c
DASHIELL HAMMETT
THE BIG KNOCKOVER
"To read Hammett is to marvel at his originality, his knowledge of the underworld... the hard-boiled dames, the insight into violence. It is easy to see why Andre Gide could compare his dialogue to the best of Hemingway."
—THE NEW YORK TIMES
INTRODUCTION BY LILLIAN HELLMAN

リリアン・ヘルマンの序文入りハメット短篇集。右はペンギン版（英）、左はデル版

ナサン・プレス・ミステリ》から六点、《マーキュリー・ミステリ》から二点の計十二点が一九四三年〜一九五一年のあいだに刊行され、最後に《マーキュリー・ミステリ》から〈A Man Named Thin〉が一九六二年に刊行された。いずれも現在、ネット古本市で五十ドル〜百五十ドル。私の手元には書影を掲げた三点しかない」

しかし、前章で紹介した手造り本の生き残りの二冊にはハメットは収められていなかった。当然ハメットの短篇も切りとって、もしかすると独自のハメット短篇集をこしらえていたかもしれないのだが、何を選んだのかを知る手がかりもない。

《宝石》で言えば、「身代金」（一九五五年五月号／妹尾アキ夫訳）とか、《HMM》六〇一号記念特大号に木村二郎訳で久しぶりに収められた「蠅取り紙」（一九五五年十一月号／能島武文訳）、「王様稼業」（一九五六年四月号／小山内徹訳）などが古いところだ。

《探偵倶楽部》のほうは、「午前三時路上に死す」「一時間の冒険」「うろつくシャム人」「焦げた顔」「甘いペテン師」の五篇が一九五六年に、そのあと五七年に四篇、五八年に五篇、合計十四篇が掲載された。都筑道夫訳がペンネーム（谷京至も都筑さんだと思う）をふくめてこのうち六、七篇、久慈波之介（稲葉明雄）も二篇に顔をだしている。

《EQMM》の創刊号（一九五六年七月号）にも「雇われ探偵」（鮎川信夫訳）が載っている。だがこれが私の初ハメットだったとは思えない。おそらく私が高校を卒業した五五年に《宝石》に掲載された二篇のどちらかがそうだったのではないか。そしてそのうちの一篇だった「蠅取り紙」が初めて原文で読んだハメット短篇であったことはまちがいない。ジョゼフ・T・ショー編のアンソロジー『ハードボイルド・オムニバス』に収められていたのがこれだったのだ。『ペイパーバックの本棚から』の「ハードボイルド事始め」の章で紹介したこの本（22ページ上右）が出たのは一九五二年だが、私が入手したのは五九年の末だったらしい。

ウールリッチやチャンドラーやハメットの短篇を賑やかに並べている《探偵倶楽部》のバックナンバーのページを繰っても、初めて読んだハメットがどれだったのかを思いだす手がかりは得られなかった。入手時期がはっきりしないからだ。妙な愛着心に駆られ、ごく最近古書ハンターに探してもらった号もかなりまじっている。

それにしても、当時ハメットの短篇が毎月のように《宝石》か《探偵倶楽部》か《ＥＱＭＭ》に載っていたというのはちょっとした見物だ。三十年遅れで生粋のハードボイルドが日本に再上陸を果たしたのである。

だが、ほんとうに私のハメット初体験はこれらの短篇のいずれかだったのだろうか。ふっと気づいたのだが、一九五〇年刊の『影なき男』は別格としても（この本は書影でしか知らない）、ハメットの残り四つの長篇も刊行が一九五三年と五四年の二年間に集中していて、短篇より先にこっちのほうを手にとった可能性もある。しかしこれも推測にすぎない。人に貸したままになってしまったとも考えられるが、私の書架には砧一郎訳の三冊のポケミスのハメットが一冊も見当たらないのだ。私の手元にある砧一郎訳のハメットは『探偵コンティネンタル・オプ』と題された短篇集（六興出版部刊）ただ一冊である。ただし刊行年は一九五七年。これが初ハメットでなかったことだけは確かだ。

初めてハメットに接したとき、私はどんな感想をいだいたのだろう。いったい何がおもしろいのか、さっぱりハメットがわからなかったのではないか、という気もする。

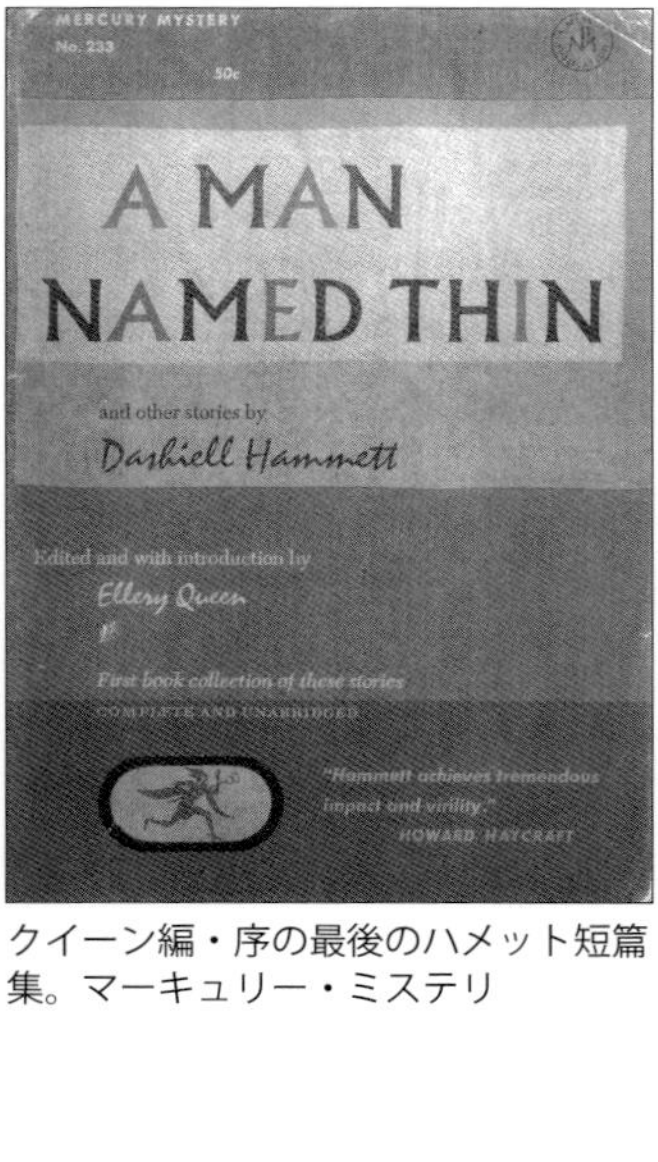

クイーン編・序の最後のハメット短篇集。マーキュリー・ミステリ

3

四十六ぶりの栄光

THE TASTE OF ASHES
HOWARD BROWNE

HOLLYWOODLAN
IMPOSSIBLE
PLAYHOUSE 90
77
SUNSET S
Paramount
20
CENTURY
FOX
INCREDIBLE INK HOWARD BROWNE
INCREDIBLE INK
Adventure
HOWARD BROWNE

ミステリ紹介の掟破り

五月。雨のシカゴ。
私は教区の僧正を訪れた。彼にしてみれば私は初めての私立探偵だろうが、私にとっても僧正なんていうのは生まれて初めてだ。

これはワセダ・ミステリ・クラブの会誌《フェニックス》第十五号（一九六〇年三月刊）に載せた「行動派探偵小説小論」の第二回で、ジョン・エヴァンズの『悪魔の栄光』を私がくわしく紹介した一文の書き出しである。「行動派」という用語はとうにすたれてしまったが、元はE・S・ガードナーが用い始めた言葉だった。また私は同じ号の「三行時評」というコラムで、
「本誌の雑誌評はマンハトとかいう雑誌を評する価値なしときめつけているが、せめてその理由だけでも明らかにしてほしい」
という発言もしている。当然どちらも本名名義で、ペンネームはまだ用いていなかった。

五月。雨のシカゴ。私は教区のマクマナス僧正に呼ばれた／話はバカでかい。ワーツという男が、キリストの真筆を二千五百万ドルで売りたいというのだ。

そしてその二年半後、大学を卒業した年から連載記事を書きだした《マンハント》の一九六二年十月号、「行動派ミステリィ作法」の第四回で、私はエヴァンズの『悪魔への後光』をこの一節をイントロダクションにしてまたしてもくわしく紹介した。

で、なにを言おうとしているのかというと、私のくわしい内容紹介のためにこのエヴァンズの〈栄光《ヘイロー》〉シリーズ第二作の翻訳刊行が今日まで実現しなかったのではないか、ということだ。すでに不文律はあったはずなのに、ネタ明かしをしてはならないというミステリ紹介の掟をおかまいなしに踏みにじって、どんでん返しも売りの一つになっているこのハードボイルド私立探偵小説の筋立てとからくりを、私は克明に記してしまったのである。

〔『悪魔の栄光』はご存じのように二〇〇六年五月に論創海外ミステリ46として刊行された（佐々木愛訳）。同書刊行の〝仕掛人〟と思しき作家、法月綸太郎さんの思い入れたっぷりな巻末解説も楽しめる〕

ポケミスに収められた『血の栄光』『真鍮の栄光』のあと、本名のハワード・ブラウン名義で発表されたシリーズ最終作『灰色の栄光』（一九五七年作）がアメリカン・ハードボイルド・シリーズ（河出書房新社）の一点として翻訳されたのが一九八五年。そこから数えても二十年ぶり、私が《フェニックス》に初紹介した時点から数えるとじつに四十六年ぶりのシリーズ（翻訳）完結ということになる。《マンハント》初紹介から翻訳書刊行までに四十一年（一九六二→二〇〇三年）かかったW・R・バーネット作『リトル・シーザー』の先例をさらに五年も上回るわけだ。これだけ長い歳月がたっているのだから、私のネタばらしも大目に見てもらって、未読の方は最後の〝栄光〟を大いに楽しんで味わっていただきたい。

一つだけ弁明をさせていただくと、当時私が熱心に紹介につとめていたハードボイルド系のマイナーな作品にはめったに翻訳書刊行のチャンスはめぐってこなかった。いくら太鼓持ちをしても陽の目を見ることはないのだから、いっそのことストーリーを丸ごと紹介する〝抄訳〟風の記事にしてしまおうという腹だった。ハードボイルドのファンはいても、なかなか原書では読まないということもわかっていた。嘆いてもはじまらないが、この傾向は近来ますます顕著になっているようだ。

皮肉なことに昨今は原書の入手が昔とは比較にならないほど容易になっている。インターネット上の古本市経由でたいていの本があっさりと手に入るからだ。あまりの容易さに拍子ぬけして味気ない思いをしたり、バカげたミスをやってつまらない買物をしてしまうこともあるが、現物に触れずに情報だけを頼りに購入して思わぬ拾い物をすることもたまにある。

ジョン・エヴァンズについてもこんなことがあった。『世界ミステリ作家事典』（国書刊行会）の編者、森英俊さんの解説を読んでずっと気になっていた二冊のハードカヴァー（***Incredible Ink*** と ***Pork City***）を注文したついでに私は、手持ちの本がボロボロになってしまった旧作のリプリント版を二冊注文した。

定価七・九五ドルのものが古書市場で半額以下になっていた『灰色の栄光』と『真鍮の栄光』の二冊である。すぐさま送られてきたその二冊を手にとって、私は唖然とした。いわゆるソフトカヴァーの粗雑なつくりで、表紙絵はみごとなまでに稚拙なものだった（書影参照）。五〇年代、六〇年代の三流お色気本のペイパーバックでもこれほどひどいのは見たことがない。それともこれが現代風のカヴァー・アートなのか。

文庫になったジェイムズ・クラムリーの『明日なき二人』（解説・野崎六助）のハードカヴァー原書の表紙につかわれているあまりにお粗末な車のイラストレイションを見たときも私はのけぞったおぼえがある。あれを描いたクリストファー・ザカロウというのは有名なイラストレイターなのだろうか。それともミズーラの飲み仲間の一人なのか？

ところが、である。この二冊の粗製ペイパーバックにはオマケが三つもついていた。一つは、巻末の短い自己紹介文だ。これが二冊とも同文なのでかえってホッとした。***Incredible Ink*** に収録されている、かつてSF誌に載せたいくつものウソっぱちの自己紹介文と比較するとおもしろい。

二つめはそれぞれの本につけられている著者序文。どちらも一九八八年三月にカリフォルニア州カールスバッドで記したとある。一つめの自己紹介の弁とこの二つの序文をさらにふくらませた長い回想記が ***Incredible Ink*** の巻頭を飾っている。

そして三つめは、一九八八年にこの二冊を復刊した〈デニス・マクミラン〉という出版社の所在地がクラムリーが住むあのモンタナ州ミズーラだったのを知ったことである。

この所在地のことはこれまでうっかり見すごしていたが、オットー・ペンズラーが《ＨＭＭ》二〇〇六年五月

ジョン・エヴァンズ
栄光《ヘイロー》シリーズ三部作

大判3点はバンタム・ブックの新版（1958年刊）

初版初刷（50年刊）

『血の栄光』

探偵は身のまわりに
数冊の本と酒が
数瓶あればいい。
――ポール・パイン

『悪徳の栄光』

初版初刷（1946年刊）

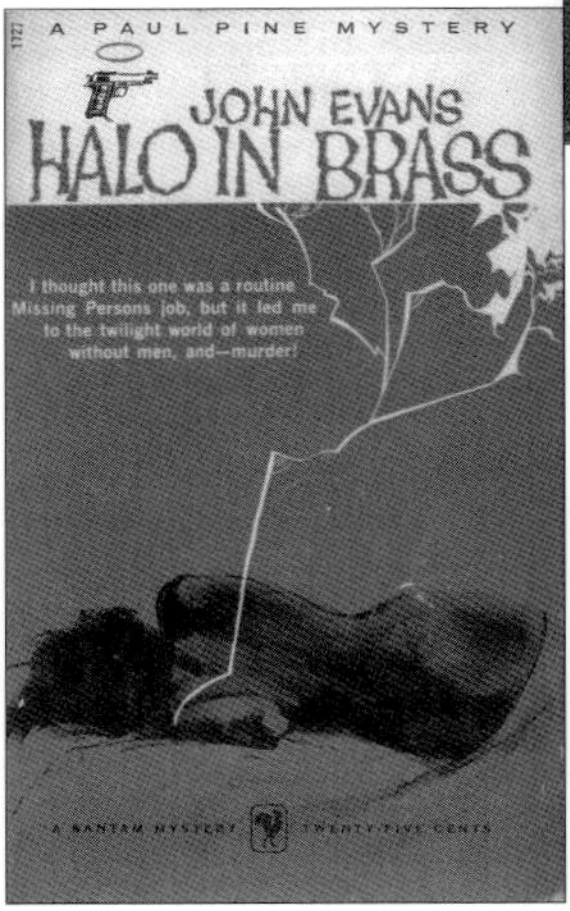

『真鍮の栄光』

初版初刷（1950年刊）
装画／マイク・ラドロウ

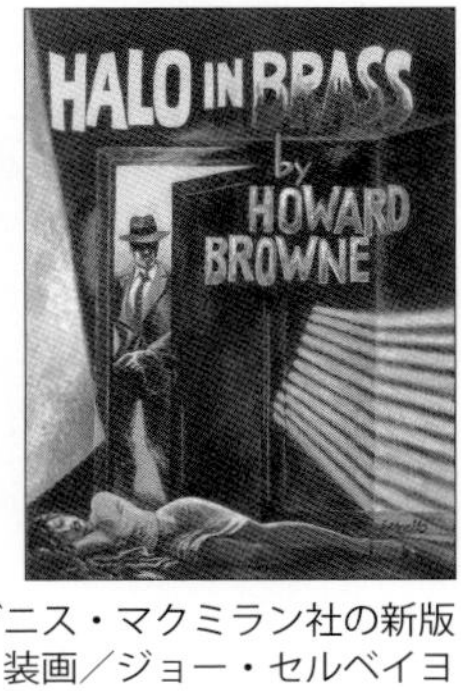

デニス・マクミラン社の新版
装画／ジョー・セルベイヨ

号のクライム・コラムでも紹介していたように、デニス・マクミランは現代のノワール出版界の腕ききの出版人だ。クラムリーの短篇集『娼婦たち』を出したのもこの男である。

『娼婦たち』の原題は *Whores*（八八年刊）。長篇『友よ、戦いの果てに』の序章の原型および表題作をふくむ八篇の短篇小説、八五年におこなわれたインタビューおよびエッセイ一篇を収録（大久保寛・松下祥子訳、早川書房、九三年刊）。その後、短篇「泥んこ川」（大久保寛訳、《HMM》八六年七月号）などを加えた新版も同じ〈デニス・マクミラン〉から刊行された（九一年）。

私にとってはいろいろと因縁のあるジョン・エヴァンズとジェイムズ・クラムリー（二〇〇八年九月没）の二人だけでなく、デニス・マクミランは、フレドリック・ブラウンのパルプ探偵小説シリーズ、ロバート・レスリー・ベレム、ロジャー・トリー、クリーヴ・F・アダムズといった懐かしい顔ぶれの古典ハードボイルド・シリーズも復刊してくれた。しかし、エヴァンズ＝ブラウンの回想記つきの豪華な短篇集 *Incredible Ink* を一九九七年に刊行した時にはすでに所在地はアリゾナ州ツーソンに変わっていた。

謎を解明してくれた回想記

さて、尻取りゲームのような話の進め方になってしまうが、三百五十部限定出版の *Incredible Ink* の巻頭に載ったエヴァンズ＝ブラウンの回想記は、三十数年来私が頭を悩ませてきたある謎を克明に解明してくれた。

「私が唯一翻訳したエヴァンズの中篇小説は、なぜミッキー・スピレイン名義になったのか？」

これがその謎だ。もっとくわしく説明すると、七〇年代の初めに創元推理文庫から刊行された『スピレーン傑作集』（全二巻）の第二巻に収録されている「ヴェールをつけた女」という中篇がその問題の一篇である。原題は“The Veiled Woman”といって、SF誌《ファンタスティック》の一九五二年十一／十二月号に掲載された（この作品は《ハードボイルド・ミステリィ・マガジン》一九六三年九月号に、亡くなった矢野徹さんの翻訳で初紹介されている)。

『スピレーン傑作集』第二巻の解説で私は「ヴェールをつけた女」を徹底分析し、「ハマー・シリーズに終止符を打つ傑作中篇」と断じると同時に次のような裏話も記している。

「……《アメイジング・ストーリーズ》一九七一年五月号に明記されたテッド・ホワイトの編集前記によると、本編は同誌の当時の編集長ハワード・ブラウンが代作したものだという。代作がどのようにしておこなわれ、どのような形でスピレインが最終オーケーを出したのかは判然としない」

その謎を解いてくれたのが前記の回想記だったのである。〈栄光《ヘイロー》〉シリーズを三作書きあげたあと古巣のパルプ出版社ジフ・デイヴィスに戻ったエヴァンズは、本名で《ファンタスティック》の編集長をつとめていた頃、売れっ子のミッキー・スピレインの名前で誌面を飾れと社長から無理難題をふっかけられた。そして運良く探しあてたのが、どの雑誌からも掲載を拒否されていた「緑色の肌の女」というゲテモノのSF短篇だった。

「編集上必要な最低限の改変を認めること。稿料は買い切りで千ドル」という条件でエージェントを言いくるめ、スピレインの原稿を手に入れると、「ハシにも棒にもかからないシロモノをくずかごに放りこみ」、ブラウン＝エヴァンズは丸二日間で「ヴェールをつけた女」を書きあげた。二倍半の長さのすさまじいハードボイルド中篇(ただし、緑色の肌の美女も登場する)にみごと焼き直してしまったのだ。

スピレインの名前を大きく表紙に刷りこんだ掲載号は三日間で三十万部を完売。中身を知って激怒したご本尊からすぐさま激しい抗議の電話がブラウン編集長にかかってきた。

「契約違反はしてない。しかもあなたはつい先日、あの短篇の粗筋を《ライフ》のインタビューの中でしゃべってしまったでしょう。あのまま掲載はできなかったんです」

「だが、あの中身は……」

「あなたの文体をできるだけ忠実に真似たつもりです、私も物書きのはしくれなので」

「ほう、で、どんな物を書いたんだ?」

「ジョン・エヴァンズのペンネームで……」

「えっ！　あの〈栄光《ヘイロー》〉シリーズのことか？」

「ま、そんなところだが」

「あれならおれの本棚にも二、三冊あるよ」

　こんな具合にそのあとはプロ作家同士の会話になった、という。なかなかいい話だ。

　スピレインとエヴァンズの因縁話にはつづきがある。じつはこの二人は、ウエントワース&フレックスナーの有名なスラング辞典（第三版が一九九八年に刊行）で共演しているのだ。スピレインは一作、エヴァンズは〈栄光《ヘイロー》〉シリーズの初期三作が辞書づくりの原材料に選ばれ、かなりの数の語句が用語例として引用されている。

　最近ついに一九六〇年刊のこのスラング辞典の初版五九五ページの手造り検索を完了し、最も多く引用されているのがレイモンド・チャンドラーだということを確認したが、エヴァンズは、ジェイムズ・M・ケインに次いで、ミステリ分野（ほとんどがハードボイルド系）の作家の中で、W・R・バーネットをしのぐ第三位。なんと七十もの語句が引用されている（ハメットは、前にざっと数えた時よりも倍近く引用されていた）。

　かつて私はエヴァンズを〝イミテーション・ゴールド〟にたとえたことがあるが、このスラング辞典の権威ある二人のアメリカ語学者は〈栄光《ヘイロー》〉シリーズが大のお気に入りだったようだ。これに対して、対象作品が一作に限定されたこともあり、スピレインの『大いなる殺人』からは、エヴァンズの三分の一に当たる二十三の語句しか引用されていない。

　代作事件で一まわり年下のスピレインに嚙みつかれたブラウン＝エヴァンズは一九九九年に他界したが、スラング辞典への引用語句数でははるかにスピレインを上まわっていたことを知っていたのだろうか。

　たぶん知っていた、と私は思う。

4 《タイム》の表紙を飾った女流ミステリ作家

クレイグ・ライスとの馴れ染め

クレイグ・ライスという、ファースト・ネームが男名前の女流ミステリ作家との作品を通してのつき合いは半世紀前に始まった。一九三九年に作家としてデビューし、戦後まもなく《タイム》の表紙（章扉参照）を飾るほどの盛名を馳せながら、ストレスとアルコール依存症がもとで一九五七年に四十九歳で世を去った作家なので、出会いが大昔なのは当然だが、当人が亡くなったあとも、あれやこれやとかかわりが生じた作家だった。死後三十年たって、なにかのはずみで原本を発掘した未訳のデビュー作と第二作を自分で翻訳する機会にめぐまれたほどだから浅からぬ因縁があったのだろう。

そもそもの馴れ染めはどの作品だったのだろうか？　愉快な二人組が演じる道化ミステリだったような気もするし、ママさんが探偵役になるコミカルなドメスティック・ミステリが最初だったようにも思う。

だが、ビンゴ（ちゃっかり者の街頭写真屋）と相棒のハンサム（頭は鈍いが超人的な記憶力の持ち主）のコンビが大いに笑わせてくれる『セントラル・パーク事件』がポケミスにおさめられたのは、ライスの没年だったから時期的に遅すぎる。

古いポケット・ブックで読んだ記憶もない。その後手当たりしだいに読んだフランク・グルーバーの道化コンビ物と混同している可能性もある。

〔そのあと『七面鳥殺人事件』にも登場したこの道化コンビの三つめの事件が、エド・マクベインが遺稿をもとに完成させた『エイプリル・ロビン殺人事件』だった〕

となると、有力なのは『甘美なる殺人』だ。原題は *Home Sweet Homicide*（章扉参照）とシャれていて（ホミサイドという単語もこれで覚えた）、『セントラル・パーク事件』のすぐあとポケミスで出たときは『スイート・ホーム殺人事件』となったが、《宝石》での初訳時の題名は『甘美なる殺人』だった。

では私はこれを《宝石》で読んだのか？　掲載号は一九五〇年六月号でかなり古い。当時私は中学生で古本屋通いもまだ始まっていなかった。高校に入学後、《宝石》のこのバックナンバーにめぐりあったということなのだろうか。

〔『スイート・ホーム殺人事件』のポケット・ブック版の書影に刷りこまれている最上部の数字に注目。この一億五千万台の数字は一九三九年の創業以来の印刷部数の通し番号なのだ。ちなみにこの書影の本は初版三刷で四六年七月に刊行された〕

『甘美なる殺人』の翻訳が出た一九五〇年、つまり昭和二十五年は、クレイグ・ライスの実質的な日本デビュー年だった。《宝石》の同年一月号にまず〈弁護士マローン〉シリーズの第七作『素晴らしき犯罪』が初お目見えし、新樹社の〈ぶらっく選書〉からは同作と『怒りの審判』（シリーズ第五作）、『第四の郵便屋』（シリーズ第九作）の三作が刊行された。

この新樹社の〈ぶらっく選書〉には一九四九年十二月刊の『怖るべき娘達』（パット・マクガー）から五一年六月刊の『Zの悲劇』（クイーン）まで十八点がおさめられたが、私にとっては非常に貴重な選書だった。クイーンの『災厄の町』、XYZの三部作、ウールリッチの『恐怖の冥路』『黒衣の天使』、ジョナサン・ラティマーの『盗まれた美女』などはみんなこの選書で読んだ。

その二年後の一九五三年にスタートした早川のポケミスにももちろんその当時からお世話になっている。なにしろこっちは、スピレインとハメットから始まったシリーズだった。

ところが奇妙なことに、手にとって読んだはずの〈ぶらっく選書〉や初期のポケミスが私の手元に一冊も残っていない。かなり後になって入手したり、まぎれこんできたものは何点かあるが、初めて読んだときの現物が残っていないのだ。

貴重な本はめったに処分せずにここまでやってきたのに、読んだ本がなぜ手元にないのか。貸しっぱなしになってしまった、という認識はほとんどない。前に紹介した手造り本ではなく、古本屋でなにがしかのカネを払っ

クレイグ・ライス

ビンゴ＆ハンサム・シリーズの
遺稿を元にエド・マクベインが
完成させた
『エイプリル・ロビン殺人事件』
装画／ロバート・マッギニス

＃２『死体は散歩する』

＃５『怒りの審判』
（『暴徒裁判』）
装画／リーオ・マンソー

＃３『大はずれ殺人事件』

装画（２点とも）
Ｈ・Ｌ・ホフマン

＃４『大あたり殺人事件』

『マローン弁護士の事件簿』
装画／ロバート・パタースン

J・J・マローン
ジェイク＆ヘレン・シリーズ

て手に入れた本はその頃の私にとっては宝物のようなものだった。

このことをしばらく考えているうちに思い当ったのが、なんとこれまで忘れかけていた貸本屋の存在だった。いま挙げた本の大半を、私は貸本で読んだのだ。そうにちがいない。

〔充分な調査はできなかったが、当時の貸本屋についていくらかわかったことを『私のハードボイルド』の第三章に記した〕

ある作家の、どの作品を、いつ初めて読んだのかを毎回追跡調査しても始まらないので、ライス初見についての話はこれで打ち止めにしよう。いずれにしろ、一九五五年に《別冊宝石》でシリーズ第六作と第八作が紹介され、そのあとポケミスに『大はずれ殺人事件』『大あたり殺人事件』（シリーズ第三、四作）がおさめられ、五七年刊の前記二作、五九年刊の『マローン御難』（シリーズ最終作）およびビンゴ&ハンサムの二作め『七面鳥殺人事件』まで出そろった頃には、ライスはすっかり私のお気に入りの作家になっていた。

長篇の翻訳が出始める前に、クレイグ・ライスを日本の読者に初めて紹介したのはいうまでもなく江戸川乱歩だった。

初紹介はたぶん《雄鶏通信》の一九四六年四月下旬号だ。女流新人としてただ名前だけを記している。軍隊文庫でライスの存在を知ったようだが、女流だということをどこでつきとめたのか。軍隊文庫におさめられたライスの四点の一つには、アントニー・バウチャーが「ミス・ライスは……」と記した評言が裏表紙に載っている。乱歩の『幻影の蔵』をのぞくと、その本はまぎれもなく蔵書目録に記されていた。だが、乱歩がいつその本を入手したのかは定かでない。バウチャーの評言についての言及も見当らない。謎は残る。

あるいは乱歩は、このときすでに《タイム》の一九四六年一月二十八日号に載ったクレイグ・ライス特集を見ていたのかもしれない。

『探偵小説四十年』（光文社文庫）収録の乱歩日記によると、同年三月七日に《タイム》の特集号のことを知り、「春山君（春山行夫）の《雄鶏通信》へ書いたアメリカ探偵小説の近況にも、ライスのことを全く抜かしていたのであわてた」とあり、それを書き入れるために翌三月八日、「春山君を自宅に訪ね、原稿取戻し。《タイム》一月二十三《ママ》日号を借用」と記されている。

このあと《雄鶏通信》の次号や《宝石》創刊第二号（四六年五月号）での乱歩のライス紹介の筆づかいはきわめて滑らかになる。ライスのことだけでなく、この《タイム》の特集は戦時中の空白期間を埋める貴重なミステリ情報をもたらしてくれた。まさに鬼に金棒の特集記事だったのだ。

しかしこの時点では乱歩はまだ実際には一冊もライスを読んでいなかった。それで自分の意見は保留し、〝純アメリカ型〟〝道化探偵小説〟といった言葉を引用したり、『驚異の犯罪』『激情の審判』『甘味なる犯罪』『母、死体を発見す』などと題名を紹介するにとどめている。

ストリップ界の女王の代作事件

ところで、この《タイム》の特集記事の中に、その後現在にいたるまで事の真偽をめぐって結着がつかない一つの謎を生むある記述がまぎれこんでいた。

> クレイグ・ライスは、ダシール・ハメットによって創りだされた純アメリカ型の探偵小説の一派に属する事実上ただ一人の女性作家である――唯一の例外は、『ママ、死体を発見す』と『素晴しき犯罪』を執筆中にコネチカットでひと夏を共に過ごしたジプシー・ローズ・リーだろうか……

これがその問題の一節だ。《雄鶏通信》の四六年八月号で、読了したばかりのライスの三作について触れ、とりわけ『素晴らしき犯罪』を賞賛したあと（謎とトリックのある本格〔の要素もある〕爆笑探偵小説）、乱歩は「前号には《タイム》の記事により、『母、死体を発見す』をライスの作と記したが、ポピュラア・ライブラリ叢書のリストを見るとジプシイ・リーの作として出ている」という、どっちつかずのあいまいな注釈をつけている。そのときはまだ代作のことやジプシー・ローズ・リーがストリップ界の女王だということを知らなかったのかもしれない。

このあと乱歩は《婦人春秋》の四六年八月号に、クレイグ・ライスについての長文の解説をまとめ、それ以降は彼女について新しい発言はほとんどしていない。

ここで話は一気に六十年後の二〇〇六年に飛ぶ。この年の四月に論創海外ミステリの第四十八巻として『ママ、死体を発見す』が刊行されたのだ。そしてこの作品の著者名が、なんと大胆不敵にもクレイグ・ライスとされていたのである。これではあまりに勇ましすぎるという配慮からか、ジャケットの袖にはクレイグ・ライスとジプシー・ローズ・リーの二人の名前が並び、リーの『Gストリング殺人事件』と本作は「クレイグ・ライスによる代作と言われている」というただし書きがつけられていた。

これはルール違反だ。

大勢はライス代作説に傾いているとはいえ、確証もないまま未解決になっている謎のケースに、いきなりこういう形で結着をつけるのはフェアじゃない。代作説に疑問を投げかけたジェフリー・マークスのクレイグ・ライス伝（*Who Was That Lady?*）もきちんと紹介した上で再反論を展開している森英俊さんの解説だけで充分だろう。〔それにしても二〇〇一年刊のこのライス伝についている索引ページのミスと混乱はひどすぎるぞ！〕

ライスの死後、私が仕事がらみで彼女の作品と接するようになったきっかけは《マンハント》だった。大学在学中の一九六〇年の初めからこの雑誌の編集部に出入りを許されるようになった私が、まずまっ先にやったのが本国版のバックナンバーの整理とリストづくりだった。

いまも手元に残っているこの「秘帖」の話は『私のハードボイルド』でも書いたが、肝腎なのはクレイグ・ライスの話だ。彼女の短篇小説は《マンハント》本国版に十六篇載っていた（一篇をのぞいてすべてマローン物。死後掲載の四篇は旧作の改題再録）。ところがその時点で既訳はそのうちのたったの四篇だということが作成しなんと七篇も誌上を飾ることになった。

　これがリストに付した私のコメント。進言が実って翌一九六二年には岩田宏（小笠原豊樹）訳のマローン物がたリストで判明したのだ。

「大家だから、故人だから、本誌向きでないからなどの理由で掲載しないのはもったいないかぎりだ」

　そしてそれからさらに二十数年後にめぐってきたのが、長いあいだ未訳だったマローンとジェイク&ヘレンのトリオが大騒ぎをするシリーズ第一作を光文社の《EQ》で翻訳するという大仕事だった。***8 Faces at 3*** というわけがよくのみこめなかった原題を『マローン売り出す』と勝手に改題し、《EQ》分載後、光文社文庫におさめられたこの本にはかなり恥ずかしい思い出がある。大役であるのにいくぶん軽く見て、熱心な下訳者の翻訳に充分手を加えずに活字にしてしまった訳文に大小いくつものミスがあったことが、のちに創元推理文庫に『時計は三時に止まる』と改題して改訳することになったときに明らかになったのだ。

　そのあとがシリーズ第二作『死体は散歩する』。これも《EQ》分載後、創元に入れてもらったが、この本のあとがきを久しぶりに読み返して二つのことを思い出した。

　一つは原書の入手経路に関してSさんのこと。今ならインターネットの古本市で手軽に入手できるが、当時は非常にめずらしかったこの本の原書を私に提供してくださったSさんはしばらく後に早世された。もう一つは、「ライスがジプシー・ローズ・リーの代作をやった」と私自身が断定している一文があとがきのなかにあったこと。人のことをあれこれ言える筋合いではない。

5

二流の大家の値段

THE PULP JUNGLE
THE PULP JUNGLE
By FRANK GRUBER
"Facts hitherto unpublished about writers whose names today are household words.
—Erle Stanley Gardner
MASK
FRANK GRUBER
DETECTIVE
MAGAZINE
DIME DETECTIVE

贈り物の馬の口をのぞくな

フランク・グルーバーの『もらいものの馬（仮）*The Gift Horse*』を二週間かけてやっと読み終えた。長篇デビュー直後の四〇年代初め、最も多作だった頃のグルーバーが長篇一冊を書き上げるのに要したという十六日よりは少し短いが、こっちは読むだけなのになぜこんなに手間どったのか。全二十章、百八十六ページの手頃の厚さだから、昔ならひと晩で簡単に片づけていただろう。手の内がわかりすぎているので、かえって退屈してしまったのかもしれない。就眠儀式用にはもってこいだったのだ。

ニューヨークのクイーンズにあるジャマイカ競馬場に出かけたお馴染みのジョニー・フレッチャーと力持ちのサム・クラッグのコンビが、混雑の中で車の接触事故を起こしてしまう。事故の相手の小型クーペをサムが軽々と持ちあげてわきにどかしたついでに、ジョニーがお定まりの口上をまくし立て、一冊二ドル九十五セントのボディビル教本を五冊売りさばいたところに会場整理の警官があらわれ、二人はあわてて逃げ出すという、これもお定まりの展開が快テンポでつづく。

その夜二人は、少し前にジョニーが地下鉄の線路に転落しかけたのを助けてやった馬主に会いに、郊外の厩舎つきの屋敷を訪ねるが、ここで早くも第一の死体の登場。顔面を馬に蹴られた馬主の無惨な遺体が発見され、残された遺書には、命の恩人であるジョニーに、馬主を殺した全戦全敗の三歳馬が贈られると記されていた。

これがとんだプレゼントとなり、二人は大がかりな八百長がからむ陰謀にまきこまれ、マンハッタン中を逃げまわる。「贈り物の馬の口をのぞいた」（人の好意にケチをつけるの意）ために散々な目にあいながら、例によって素人探偵ジョニーはかなり複雑な謎の真相に迫り、真犯人をつきとめる。

『もらいものの馬』を読み終えたあと、私はもう一冊のグルーバーにも目を通した。ついにポケミスから翻訳が出た、これは正味一週間で書きあげたと言われるフレッチャー＆クラッグ・シリーズのデビュー作『フランス鍵の秘密』（仁賀克雄訳）である。ワセダ・ミステリ・クラブの〃同期の桜〃でもある仁賀氏のような古株によるお墨つきの企画だからこそ刊行の運びとなったのだろう。その粘り強さには感服する。

六十年以上前に書かれたグルーバーの旧作のページをたてつづけに繰ってみたのは、いつもの初見追跡の悪癖がまた首をもたげたためだが、この二冊からは「昔、読んだような気がするなあ」という懐かしさしか甦らなかった。『フランス鍵の秘密』のほうは手元にペイパーバックの原書さえ見当たらない。

入手時期がかなり古く、今も手元に残っているのは『もらいものの馬』以外ではシリーズ第七作の『力持ちの大まぬけ（仮）*The Mighty Blockhead*』やシリーズ第十三作の『びっこのガチョウ（仮）*The Limping Goose*』のバンタム版（五六年刊）など。どれが初見だったかを知る手がかりは残っていない。

今挙げたシリーズ第七作の原題名が指しているのはどうやらサム・クラッグのことらしいが、じつはこの本のペイパーバック本には謎があった。戦時下の一九四五年にミリタリー・サーヴィス・パブリッシング社から〈Superior Reprint〉として刊行された元版にダスト・ジャケットをつけた新版（103ページ上）が存在したのである。のちにケヴィン・ハンサーのプライス・ガイド本（232ページ中右）で知ったのだが、〈Superior Reprint〉は一九四四年から四五年にかけて二十一点が刊行され（戦時文庫の一種）、戦後一九四八年にそのうちの八点がバンタム・ブックのダスト・ジャケットにくるまれて再版された。グルーバーの本はもう一冊『海軍拳銃』（シリーズ第四作）が同じ扱いをうけている。

このめずらしいダスト・ジャケットつきのペイパーバックはハンサーのプライス・ガイドでもすでに高値がついていた。いまは保存状態のよいものには百二十五ドルの値がつけられている。ペイパーバックといえども侮れない。

さて、初見追跡の旅をつづけよう。こっちの記憶があてにならないのなら、事実を検証するしか方法はない。

諸種の資料によるとグルーバーの日本初紹介は《宝石》五五年四月号訳載の短篇「凶銃ものがたり」（初出は《ウィアード・テイルズ》）、次が《探偵倶楽部》同年十一月号に載った掌篇「カメラが見ていた」（街道写真屋のペテン話。のちに同じ都筑道夫訳・解説で「写真は嘘をつかない」と改題されて《EQMM》に転載)、ついで同年十二月刊《別冊宝石》五十一号の「ハードボイルド三人集」に収められたシリーズ第二作『笑う狐』(のちにポケミスに収録)。

このあとに五六年刊の西部小説『六番目の男』(早川書房)や五七年刊の『海軍拳銃』(ポケミス)がつづく。《EQMM》にはサム・クラッグ単独出演の短篇「お金を千倍にする法」、《探偵倶楽部》には四篇が訳載された(大半が《EQMM》に再録された旧作)。このデータを見るかぎり、どうやら私のグルーバー初見は例によって《宝石》か《探偵倶楽部》か《別冊宝石》だったということになりそうだ。そして、新しい翻訳が待ち切れずにペイパーバックを漁り、手当たりしだいに読み始めたという筋書きだったのだろう。

手元にある《別冊宝石》の「ハードボイルド三人集」には六十円という古本屋がつけた価格がついている。ところが六〇年三月刊の《別冊宝石》九十七号「F・グルーバー篇」のほうは四十五円。これにはシリーズ第十作『レコードは囁いた……』が収録されているが、オマケとして載っていたのが、都筑道夫さんの「フランク・グルーバー論」だった。

都筑道夫のグルーバー批判

これを読み返して気づいたのだが、意外なことに都筑さんはグルーバーをあまり高く買っていない。このグルーバー論も渋々筆をとったような言い訳から始まり、「思いつきはいいが一気に書き流す」「話が展開していく段階はおもしろいが、結末をつけるやりかたがおそまつ」「話をひろげることはうまくても、つぼめることがうまくない」のは探偵小説としては致命傷だという辛口の指摘につながってゆく。

都筑さんのグルーバー論の中で一番おもしろかったのは、あれこれ批判を加えながらもグルーバーの読みやすさと軽さをほめつつ、「つまり、ぼくにいわせると、二流の大家である」と断じている箇所だ。

フレッチャー&クラッグ・シリーズ#6
『もらいものの馬（仮）』

サイモン・ラッシュ・シリーズ
『バッファロー・ボックス』

同#2『笑うきつね』

同#5『しゃべる時計（仮）』
装画（左右とも）／ロバート・ジョナス

そうか、フランク・グルーバーは〝二流の大家〟だったのか、と妙に納得させられた。そう言えば一九六七年に刊行された自伝『パルプ・ジャングル』（章扉参照）もパルプ・マガジンの時代をどう生きのびたかが話の中心になっていて、出てくるのはおカネの話ばかりだった。いつも最後の一セントまで財布の底をのぞいて計算しているジョニー・フレッチャー（あるいは彼の前身である人間百科事典オリヴァー・クエイド）の生き方をまさに地でいっていた時期が長かったのだろう。同一商品の二度売り、三度売りもお手のものだった。

この自伝にしても、その読ませどころの大半は前年（六六年）刊行された短篇集『ブラス・ナックルズ』の巻頭につけられた長い序文と重なっている（この序文は「パルプ小説の生命と時代」として《HMM》六七年十二月号から三回分載で紹介された）。しかも元はと言えば一九六〇年頃、グルーバー自身が経営していた業界誌に六十四週つづけて少しずつ書きためた短文をまとめたものだった。話は断片的で、しかも四〇年代中頃までの話しか出てこない。しかし、《ブラック・マスク》の仲間の作家たちとのこと、自慢話、苦労話を語るあけすけな口調はとても楽しい。

前出の序文には出てこないが、自伝の中でグルーバーはレイモンド・チャンドラーを殴り倒しそうになったやりとりのことも明らかにしていた。

一九四六年、ハリウッド時代にグルーバーとチャンドラーは同じ代理人と契約していたのでよく顔を合わせることがあったが「彼はいつもわたしを無視した」という。ところが「湖中の女」の脚本の件でチャンドラーとスティーヴ・フィッシャーとのあいだにいさかいがあり、そのあと映画「ブルー・ダリア」（「青い戦慄」）の宣伝パーティで顔が合ったとき、チャンドラーがくどくどとフィッシャーの悪口をきかせるので、「彼はわたしの親友だ。これ以上悪口は言うな」ときっぱり言ってやったというのである。

「その頃チャンドラーは六十歳になりかけていた。一方わたしは健康そのものの四十二歳。それ以上悪口をつづけているとどうなるかを察したのか、彼はきゅうに姿を消してしまった」とグルーバーは記している。

グルーバーが晴れて《ブラック・マスク》作家たちの仲間入りをしたのは、ソリが合わなかった名物編集長、

M655
A JOHNNY FLETCHER MYSTERY
THE MIGHTY BLOCKHEAD
BY
FRANK GRUBER
COMPLETE and UNABRIDGED
25c
A SUPERIOR REPRINT

フレッチャー&クラッグ・シリーズ#7
『力持ちの大まぬけ（仮）』（戦時文庫）

144 Muscle-Man! Dizzy Dame! Trunk Murder!
THE MIGHTY BLOCKHEAD
FRANK GRUBER
COMPLETE AND UNABRIDGED

右につけられたバンタム版のダスト・ジャケット

M649
THE NAVY COLT
FRANK GRUBER
COMPLETE and UNABRIDGED
25¢
A SUPERIOR REPRINT

同#4『海軍拳銃』

1488
A BANTAM MYSTERY
25¢
The little guy is Johnny Fletcher—he can talk his way out of almost anything—
The big lug is Sam Cragg, "strongest man in the world," with a muscle-bound brain—
Here they are up to their ears in a melange of murder, mystery and blondes in
the Limping goose
FRANK GRUBER

同#13『びっこのガチョウ（仮）』
装画／バリー・フィリップス

ジョゼフ・T・ショーが同誌を去ったあと（一九三七年）だったから、そっちのほうでもチャンドラーは先輩にあたるのだが、グルーバーは、フィッシャーが彼の親友だということを承知の上で悪口を言う先輩を許せなかったのだ。

グルーバーについてはほかにもいくつか書き残したことがある。一つは《ブラック・マスク》での活動。一九三七年以降、彼はこの雑誌に十四篇を寄稿。そのうちの十篇は人間百科事典オリヴァー・クエイド物だった。このシリーズが彼の売りだった。デビューは《スリリング・ディテクティヴ》（全五篇）だったが《ブラック・マスク》に移籍後、相棒としてチャーリー・ボストンが登場し、前出の短篇集にまとめられたのである。《ブラック・マスク》に載ったクエイド&ボストン物の短篇「クエイド、馬券を買う」（《HMM》六八年九月号）に対抗して、〈フレッチャー&クラッグ〉シリーズにも競馬場を背景にしためずらしい未訳の短篇『競馬場の殺人』があることも記しておかねばならない。長篇『もらいものの馬』はニューヨークだったが、五五年作のこの短篇の舞台はカリフォルニア。ただしボディビル教本を売り始める冒頭シーンは例によって例のごとし。

翻訳家の村上博基さんと知り合った頃、彼が吹き替え用の翻訳台本を書いていた連続TVドラマ「ショットガン・スレード」（スコット・ブラディが西部の探偵に扮した）の原案および脚本（十二本）がグルーバーだったこともついでに記しておこう。

そして最後に〝二流の大家〟の値段。アメリカの古書市場で最高値がついているグルーバー本はミステリではなく、一九三八年刊の処女長篇西部小説『ピース・マーシャル（仮）』（映画「硝煙のカンサス」の原作）のハードカヴァー初版で、価格は千ドル。西部小説の分野でも一流とはみなされなかったのだろうか。

6

ケン・ミラーからの一通の便り

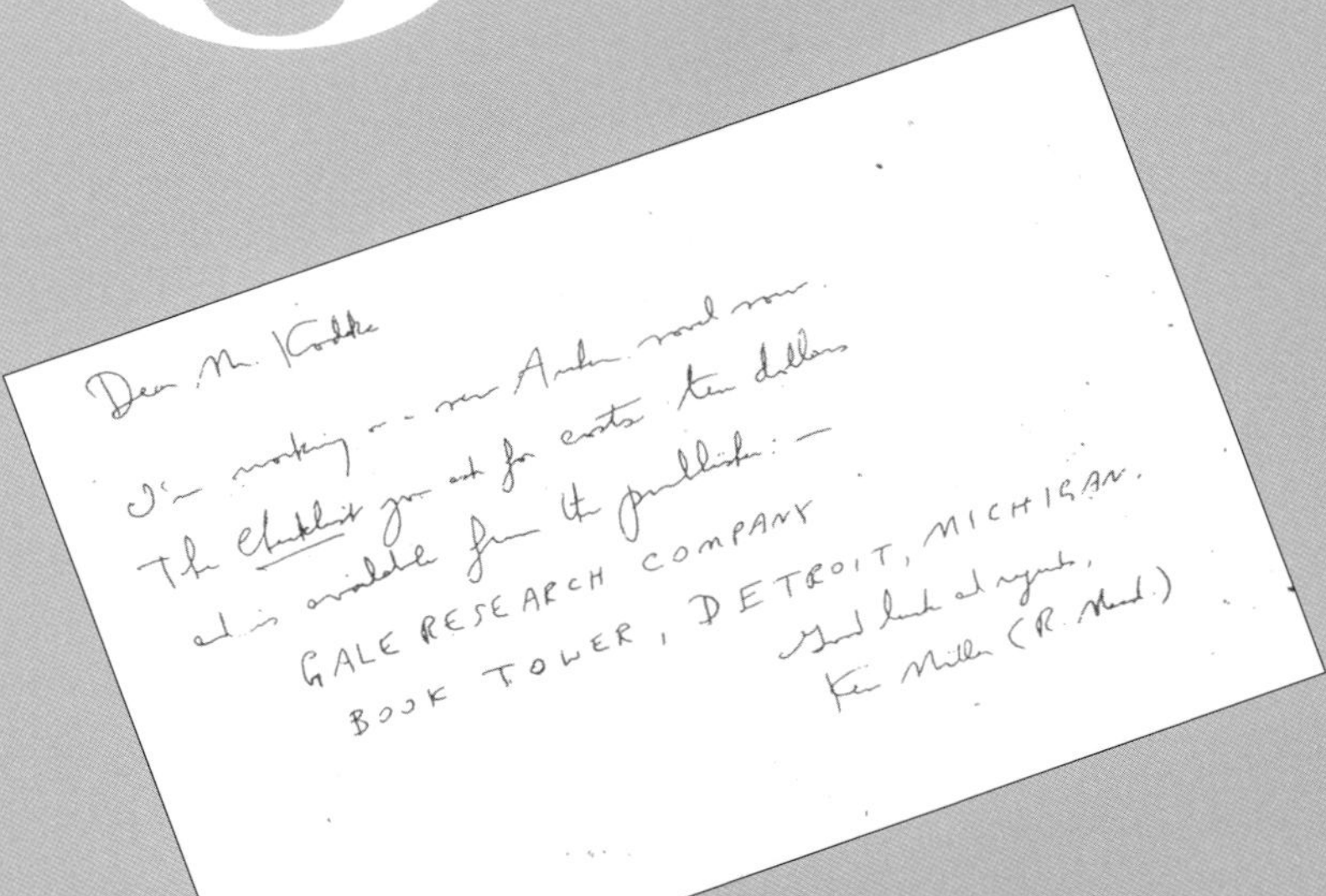
Dear Mr. Kodke

I'm working on a new Archer novel now.
The Checklist you ask for costs ten dollars
and is available from the publisher: —
GALE RESEARCH COMPANY
BOOK TOWER, DETROIT, MICHIGAN.

Good luck and regards,
Ken Millar (R. Macd.)

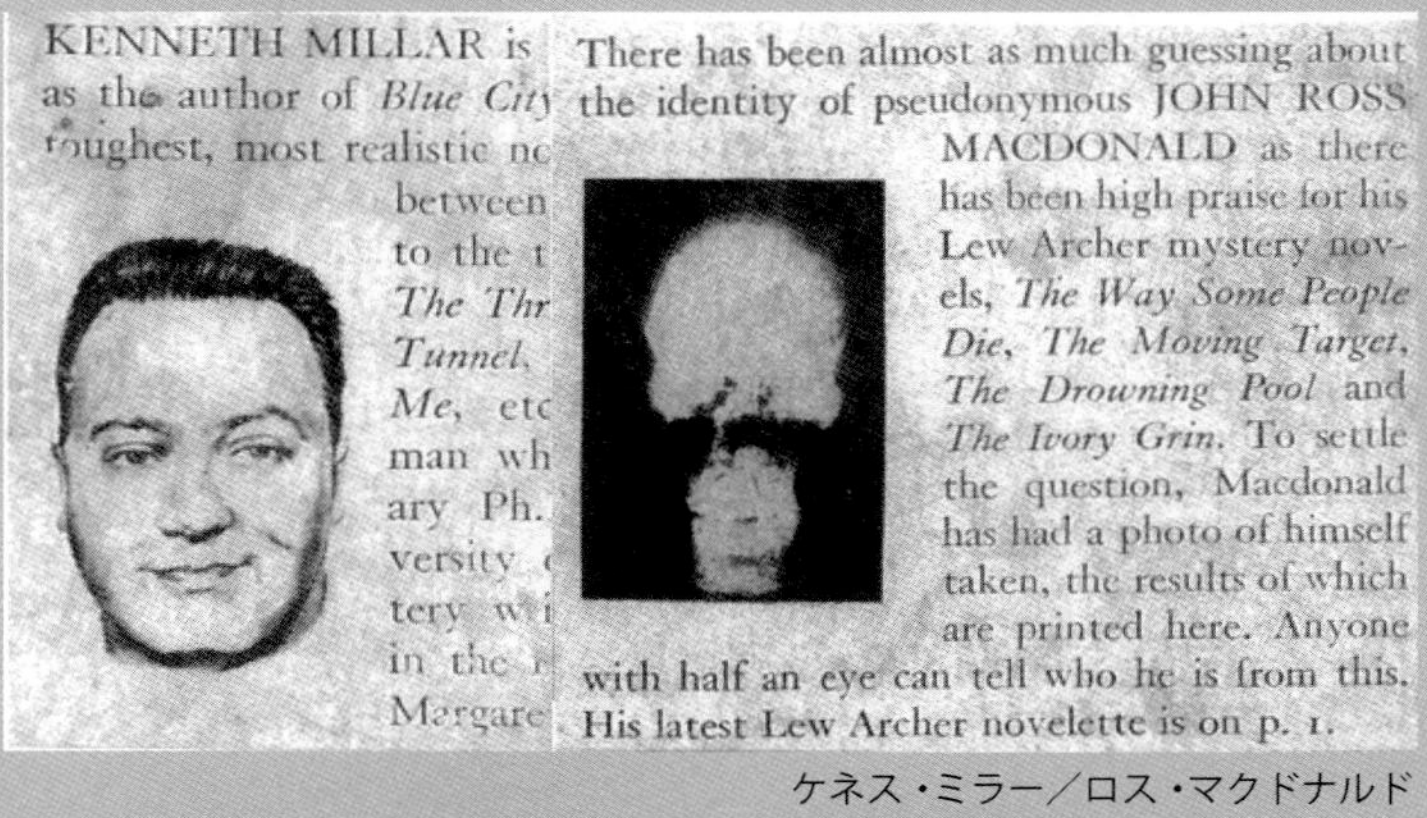
KENNETH MILLAR is
as the author of *Blue City*
toughest, most realistic no
between
to the t
The Thr
Tunnel,
Me, etc
man wh
ary Ph.
versity
tery wi
in the
Margare

There has been almost as much guessing about the identity of pseudonymous JOHN ROSS MACDONALD as there has been high praise for his Lew Archer mystery novels, *The Way Some People Die, The Moving Target, The Drowning Pool* and *The Ivory Grin.* To settle the question, Macdonald has had a photo of himself taken, the results of which are printed here. Anyone with half an eye can tell who he is from this. His latest Lew Archer novelette is on p. 1.

ケネス・ミラー／ロス・マクドナルド
Kenneth Millar / Ross Macdonald

サンタバーバラでの高い買物の内訳

二〇〇五年末からとりかかった『私のハードボイルド』のまとめの作業は結局二〇〇六年の秋までつづいたが、そうは言ってもその間ずっと仕事ばかりやっていたわけではない。六月はハワイで一週間、その前は三月末から四月にかけて、これも一週間だったがサンフランシスコとモンタレイで骨休みをとり、モンタレイのスタインベックゆかりの〈缶詰横丁〉のはずれでは〈アンティーク・モール〉という宝の山を発見したりした。お目当ての古い絵葉書だけでなく、ニューズ誌や読物雑誌のバックナンバーがうず高く積まれていたのである。

その気になれば毎年でも足を運べるので、それほど熱を入れずに、雑誌類は《サタデイ・イヴニング・ポスト》を二冊（これが一番高くて、私より歳をとっている一九三二年のものが二十四ドル、私と同い年のものが十九ドル）、第二次大戦終結直後に刊行された《リバティ》を二冊（一冊は五ドル、若いビング・クロスビーが表紙を飾っているほうは八ドル）、そして《アメリカン・マガジン》のおもに四〇年代末のものをすべて一冊四ドルで五冊。〆て約一万円の買物だった。

このとき買った《アメリカン・マガジン》の中に、ケネス・ミラー作「ひげのある女」を掲載した一九四八年十月号がまじっていた！　となると、話は出来すぎだ。ところがずっと以前にこの号を入手した経緯が判然としない。値段は「20.」となっていて、日本の古本屋の表示とはちがう。二十ドルということだろう。手に入れたのは十年近く前のような気がする。あちらの古本屋の店頭で、中身を確かめて買ったおぼえがある。中身を確かめずにこんな雑誌に二十ドルも投じるはずがない。この「ひげのある女」に登場する私立探偵の名前を知ることだけが目的で私は大金を支払ったのだ。

《アメリカン・マガジン》掲載時の「ひげのある女」の探偵名は、サム・ドレイクだった（前にジェイムズと誤記したことがある）。これがのちのリュウ・アーチャーである。

短篇七篇をおさめた『わが名はアーチャー』では主人公の私立探偵名はすべてリュウ・アーチャーになっているが、雑誌初出時に名前がちがっていたのはこの第二作と《EQMM》に載ったデビュー作「女を探せ」（探偵名はロジャース）の二篇のみ。そしてこの二篇の著者名はロス・マクドナルドではなく本名のケネス・ミラーだった。

デビュー時のロス・マクドナルドは、小説でも実生活でも、ほぼ同時にデビューしたミッキー・スピレインの派手な人気の前で割が悪かった。一九五三年一月からスタートした雑誌《マンハント》でも、創刊号から四号までデカデカと表紙を飾ったのはミッキー・スピレインの名前だった（『私は狙われている』四回分載）。創刊号には似顔絵（章扉参照）も添えられたケネス・ミラー名義の短篇、第二号にはジョン・ロス・マクドナルド名義のアーチャー物「まぼろしの女」が巻頭に載ったにもかかわらず影は薄かった。

［このロス・マクドナルドより三歳若かったミッキー・スピレインは二〇〇六年に世を去った。六十七歳で亡くなった先輩より二十年以上も長く生きた計算になる。幸せな一生だったのだろう］

《マンハント》の創刊第二号でおもしろいのは、著者紹介欄のロス・マクドナルドの顔写真に頭部のレントゲン写真が載せられたことだった。ケネス・ミラーとロス・マクドナルドが同一人であることは、この時点ではまだ公表されていなかったのである。

ロス・マクドナルドにからむ高い出費と言えば、彼の没後三年めの一九八六年に、彼が長く住みつづけたサンタバーバラの書店での買物があった。

一九八六年のアメリカ西海岸の旅はミステリとはほとんど関係がなく、二人のゴルフ仲間と一緒にサンディエゴからメキシコのティワナ郊外、パームスプリングス、ラスヴェガスなどを転々とする自主ゴルフ・ツアーだった（無念なことにそのとき一緒だった二人の同い年の男はもうこの世にいない！）。そして二週間の旅の終わりはサンタバーバラ。ここで締めくくる旅程を私はあらかじめ立てていたらしい。一九七一年の二度目のアメリカ旅行のとき初めて立ち寄り、その後もミステリの仲間たちと何度も訪れたことのある馴染み深い街だった。ぜんぶで十回は訪れているだろう。この三十数年間のこの街の移り変りを自分の目で見続けてきたことになる。

さて、本題はサンタバーバラでの高い買物。その現場は街の目抜き通り（ステイト・ストリート）の九百三番地にある〈提供人ジョゼフ〉というこぢんまりとした古書店だった。前に一度見かけたことがあり、そのときは充分時間をかけて物色できなかったので、あらためて挑戦という段どりだったのだと思う。そしてもちろん店主とは、三年前にこの地で亡くなった名士、ケネス・ミラー＝ロス・マクドナルドの思い出話を交わしたはずだ。

そうでなければこんなに高い買物をするきっかけは得られなかったろう。五月三十日の日付があるその店の領収書には、

1　直筆原稿（書評「一九七六年の三冊の本」）……一五〇ドル
2　写真三葉……三五ドル
TAX……一一ドル
3　著書 *Inward Journey* ……二五ドル
合計二二一ドル

と記されている。おそらく本人が亡くなったあと、遺族か関係者が処分したものの一部だったのだろう（すぐれたサスペンス小説の作家だった妻のマーガレット・ミラーは目を患っていたので処分には直接かかわらなかったのかもしれない）。

1の直筆原稿は有名なスパイラル・ノートから破りとられた一ページで、とりあげられている書物は、フランク・マクシェインの『レイモンド・チャンドラーの生涯』とエズラ・パウンドの評伝（ドナルド・デイヴィ著）、カナダ出身のフレデリック・フィリップ・グローヴの書簡集の三冊。マクシェインの本については「かのアングロ－アイリッシュ－アメリカン作家の小説群への明晰かつ重要な言及」という短評が寄せられている。署名は

ROSS MACDONALD
The Drowning Pool
NOW A MAJOR FILM FROM WARNER BROS. STARRING PAUL NEWMAN
1295
A BANTAM MYSTERY
25¢
The case-book of a tough private eye by
JOHN ROSS MACDONALD
THE NAME IS ARCHER
... Lew Archer, private detective in the land of dreams–California;
in the land of peaches and honey, misery and murder–male and female!
The name is Archer and don't get me wrong–It's not that women are greedier than men...
TURN PAGE
His newest—his best yet
The coast-to-coast bestseller
Ross Macdonald
The Blue Hammer
A LEW ARCHER NOVEL
10391-1 ★ $1.95 ★ A BANTAM BOOK
Ross Macdonald
... it looked clean on top but underneath it festered, all the way from Mr. Big down to the lowest, blackmailing woman-seller.
A shocking story of evil, big-city corruption, and murder, by one of today's undisputed masters of the crime novel.
blue city

『魔のプール』映画タイアップ版（英・フォンタナ）

『わが名はアーチャー』バンタムPBO（1955年刊）

装画（3点）／ミッチェル・フックス

リュウ・アーチャー・シリーズ最終作『ブルー・ハンマー』

『青いジャングル』再版（1958年刊）

「ロス・マクドナルド」。

2の三葉の写真はきわめて私的なもので、これまでどんな関連出版物にも収録されていないオリジナル・プリントだ。三葉のうち二葉は砂浜を歩く姿とポートレートだが、ここに初紹介する集合写真は、キチナー実業高校弁論部の、なにかの折の記念写真の一部である（本章末尾に掲げた写真の左右にさらに五人ずついる）。同い年のマーガレットも在部中で、このとき二人はまだ十八歳、結婚したのはこの五年後だった。

私が買ったこの集合写真には〝弁論部員〟という説明文しかついていない。ケネス（後列右端）とマーガレット（前列左端）を〝特定〟したのもたんなる〝推定〟にすぎない。とくにマーガレットのほうはあやしい。人相、骨格を鑑定する専門家に見てもらう必要がありそうだ。

私が『一瞬の敵』を訳した頃

ほかにもおぼつかないことが一つある。売り手に代金を支払って入手したのだから、これらの直筆原稿や私的な写真のプリントは物としては私に所有権があることはまちがいない。しかし、見せてしまってからではどうせ手遅れなのだが、このような私物を印刷物上で公開する権利が果して私にあるのだろうか。

そう言えば私は、ロス・マクドナルドから送られてきた直筆の手紙（章扉）も一通持っている。

コダカ殿
いまアーチャーの新作にとりかかっています。（あなたが）お訊ねの（私の）チェックリストは下記出版社で十ドルで入手できます。
（出版社名、アドレス略）
幸運を祈って

ケン・ミラー（ロス・マクドナルド）

この手紙は前にも一度、差出人の許可を得ずに公表してしまったおぼえがあったので、あちこち探しまわった結果、書いたのは私が一冊だけ訳した彼の長篇『一瞬の敵』のポケミス版（七五年刊）のあとがきの中だったことが判明した。

　昨年のことになるが、ロス・マクドナルドあてに送った私の手紙が、封筒だけいれかわって返送されてきました。タイプした私の手紙の最下欄に、細いペン字で彼の返信が短く書きこまれていたのです。

このやりとりがあったのは一九七四年の八月。そのときとりかかっていた新作というのは遺作となった『ブルー・ハンマー』（七六年刊）のことである。『一瞬の敵』のポケミス版のあとがきを読み返してわかったのだが、この作品は一九七二年に早川の世界ミステリ全集第六巻に初訳がおさめられ、ポケミスに再録するために私はかなりの手入れをしたようだ。懐かしの一冊だが、こまかなことはこんな機会でもなければ思いだせない。

そのあとロス・マクドナルド研究にべったりのめりこみ、一九七七年には長文の解説や資料つきの傑作集（創元推理文庫）も編んだが、受け身の一読者としての初見はいつだったのかを例によってちらっと探ってみよう。

ロス・マクドナルドの日本初輸入は、一九五四年十月にポケミスから出た『人の死に行く道』（江戸川乱歩解説）である。そのあとに『象牙色の嘲笑』がつづいた。中田耕治と高橋豊によって紹介されたこの二つの訳書のどちらかが私の初体験であったことはほぼまちがいない。

そして、ペイパーバックの話がとうとう最後になってしまったが、最初に原書で読んだのはケネス・ミラー名義の *Blue City*（『青いジャングル』）だった。ただし読んだのは五八年刊のバンタム・ブック版で（著者名はロス・マクドナルド）、デルのユニークなマップバック版（四九年刊）ではなかった（16ページ下右）。

だが、七〇年代の初めにはこのめずらしいマップバック版をすでに入手していたことは確かだ。というのは、《HMM》一九七〇年十二月号から始まった私の連載コラム「ミステリ随想・パパイラスの舟」の第一回にこの『青いジャングル』のデル・ブック版の後ろ姿がはっきりと載っていたからだ。書影は表紙ではなく、マップバック、つまり裏表紙の〝地図〟だったのである。

おカネの話がつづいたついでに、本章の結びは『ミステリ引用句事典』のロス・マクドナルドの項目から引用を三つ。

ほかの価値あるものを失ったとき、人はカネに狂い始める。
——『動く標的』

セックスとカネ——二叉の悪の根。
——『魔のプール』

カネは高くつく（Money costs too much.）
——『別れの顔』

7

盗作何するものぞ

#4『弾痕』デル新版（1968年刊）装画／トニー・デスティファーノ

ゴーストライターの謎

《マンハント》でかつて活躍した硬派私立探偵ヒーロー、ジョニー・リデルの生みの親、フランク・ケインをとりあげることにしたのは、《HMM》二〇〇六年十一月号にインタビューが載ったオーストラリアのカーター・ブラウン研究家、トニ・ジョンスン＝ウッズの口から由々しき発言が飛びだしていたことに気づいたからだ。ペイパーバック・ライターのフランク・ケインが「なんと四十冊もカーター・ブラウン名義で書いているのよ……『じゃじゃ馬』や『欲情のブルース』は、この人が書いたもの」といずれも六〇年作の題名まで挙げていたのである。

同発言の真偽は定かではないが（追記参照）、とにかく今のところは、カーター・ブラウン（CB）とフランク・ケインとの関係は、五八年から始まったアメリカのシグネット版の担当編集者としての役割しか公にはなっていない。その役割については、トニ自身が、「カーター・ブラウンにまつわる奇怪な出来事——このオーストラリア作家にとどめをさしたのは誰か？」という評論の中で記したのが最初で、そのときはまだはっきりとゴースト・ライティングという表現はされていなかった。

おそらく、フランク・ケインの編集者としての役割は、カーター・ブラウンのアメリカ版のための補筆、書き直しの指示などから始まり、やがて新しいプロット案にまでなったり、「あの作品はほとんど私が書き直した」という例も実際に何度かあったにちがいない。しかし、ケインが、カーター・ブラウンを四十作もゴースト・ライティングしたということはないと思う。

トニ・ジョンスン＝ウッズの評論で知ったのだが、シグネット版を絶やすことなく刊行するためにカーター・ブラウンに課せられたまるでタコ部屋のような苛酷な執筆条件は悲惨なものだった。前出のインタビューには「カーター・ブラウンの光と影」というタイトルがついているが、こうなると暗い影の部分のほうが妙にきわだってしまう。そんな隠された流行作家の楽屋裏など知りたくもなかった、というのが私の本音だ。

さて本題は、カーター・ブラウンを四十作も公然と〝盗作〟したと言われたフランク・ケインである。彼のニューヨークの私立探偵、ジョニー・リデルのシリーズは私の大のお気に入りだった。《マンハント》連載の「行動派ミステリィ作法」の第八回（六三年三月号）では「ジョニー・リデルの事件簿」をくわしく紹介した。ところがその記事を書いてから五年後の六八年末に、ケインは五十六歳で早逝。その最後の五年間に彼はジョニー・リデル・シリーズを十一作も書いた。年二作のペースだ。くわしい話は知らないが、一種の過労死だったのかもしれない。まさかCBのゴーストライターをやったために寿命を縮めたのではないだろう。

ケインが亡くなったあと、私は一度だけ彼について短い記事を書いた。七九年刊の『ハードボイルドの探偵たち』（パシフィカ）に載せた「作家略伝」の一つである。この約四百字の紹介文の中で、私は致命的なミスを犯した。ついに彼の長篇は一作も翻訳されなかったと記してしまったのだ。《マンハント》の版元である久保書店が六五年から断続的に刊行をつづけていたQTブックスの一冊としてだされた記念すべきシリーズ第四作『弾痕』をうかつにも見落としたのだ。なにが記念すべきかというと、宮仕えをしていたジョニー・リデルが、初めて独立開業したのがこの『弾痕』だったのである。

QTブックスは六五年十二月刊のピーター・チェイニイ『おんな対FBI』（田中小実昌訳）から始まり、七九年末までにぜんぶで四十巻が刊行された新書版シリーズだった。

初期の頃は企画にも若干からみ、ハワード・スコーンフェルドの『恐怖からの収穫』などには解説も書いているのだが、『弾痕』のときはその解説の仕事さえ回ってこなかった。SFが中心になってからは寄贈本も届かなくなっていたので、私が古本屋でこの本を入手したのはかなり後になってからだった。ひいき作家のたった一冊きりの翻訳長篇だったのに解説も書かせてもらえなかったのは無念である。

いずれにしろ、六八年に亡くなった作家なので新しい資料として追加すべきことはそれほど多くはない。私が見落としていたとすればそれはフランク・ケインが〝盗作〟された事件である。

『私のハードボイルド』を書いていた途中で気づいたのだが、大藪春彦の盗作事件というのが一九六〇年にあった。私が結核性の眼底出血のため左目がほとんど見えなくなった状態のまま、早稲田の英文学科の卒業論文に取り組んでいたさなかに起きた出来事だったために私自身はほとんどおぼえていないが、《週刊文春》が〝野獣恥ずべし！〟というタイトルの特集を組んで大スキャンダルとなった事件である。

大藪春彦の盗作事件

あらためて知っておどろいたのは、盗まれた作品が《マンハント》に載ったフランク・ケインの当時未訳だった短篇（本国版五四年三月号掲載）だったことである。それが《講談倶楽部》五八年三月号に載った大藪春彦の「街が眠る時」に化けていたのだ。しかもこの一篇は五八年十月刊の『野獣死すべし』に「揉め事は俺に任せろ」とあわせて収録された作品で、映画化の話ももちあがっていた。ちょうどそのとき、それまで未訳だったフランク・ケインの問題の一篇が「特ダネは俺に任せろ」という題名で日本版《マンハント》の六〇年七月号に訳載され、盗作事件に発展したのである。つまり、翻訳さえ出なければ発覚しなかったというお粗末な話だった。

じつはこの一件、先ほども記したように、発生当時は私の前を素通りしていった。詳細を知ったのは、野崎六助の『獣たちに故郷はいらない』（八五年刊）による。その一節を引用させていただこう。

《週刊文春》の）記事は、両方の書き出しと結末を上下二段に対照した表を含む念入りなものであり、極めつきの一方的な検事論告のスタイルをとっている。

記事のコメントでまともなことを述べているのは、大藪自身を別にすれば、三島由紀夫ぐらいなもので……三島の意見の要点は、人殺し強盗の小説書きなのだ、他人の作品ぐらい盗んでも当り前だ、頼もしいくらいだ、面白ければそれでいいのだ、という健全なものであるが、《週刊文春》の）記者は、三流ライター

ニューヨークの私立探偵、ジョニー・リデル・シリーズはダジャレ好き

DELL FIRST EDITION A126
FRANK KANE
25¢
KEY WITNESS
Murder in a sunlit street . . . and one witness who couldn't shut his eyes— and wouldn't shut his mouth

非シリーズものの『重要証人（仮）』

DELL
FRANK KANE
25¢
GREEN LIGHT FOR DEATH
A JOHNNY LIDDELL MYSTERY

#2『死の緑のライト（仮）』

装画／ヴィクター・ケイリン（左右とも）

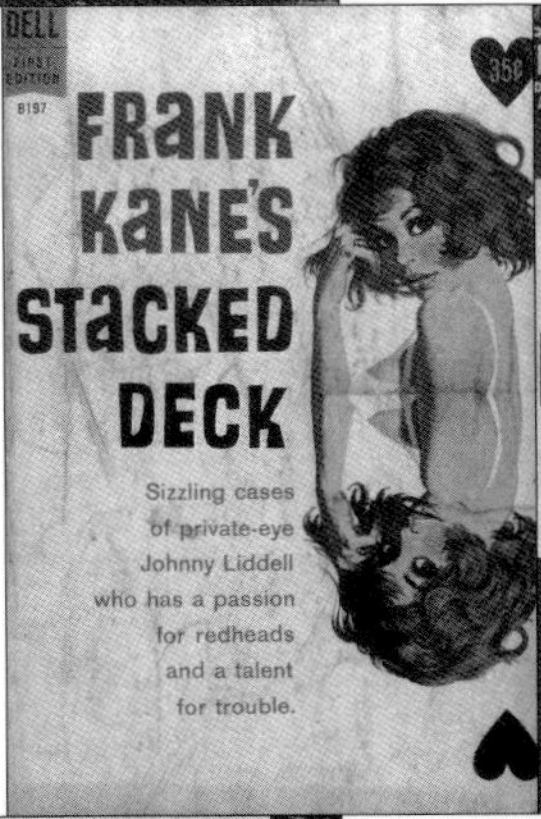
DELL FIRST EDITION B197
35¢
FRANK KANE'S STACKED DECK
Sizzling cases of private-eye Johnny Liddell who has a passion for redheads and a talent for trouble.

装画／ロバート・マッギニス

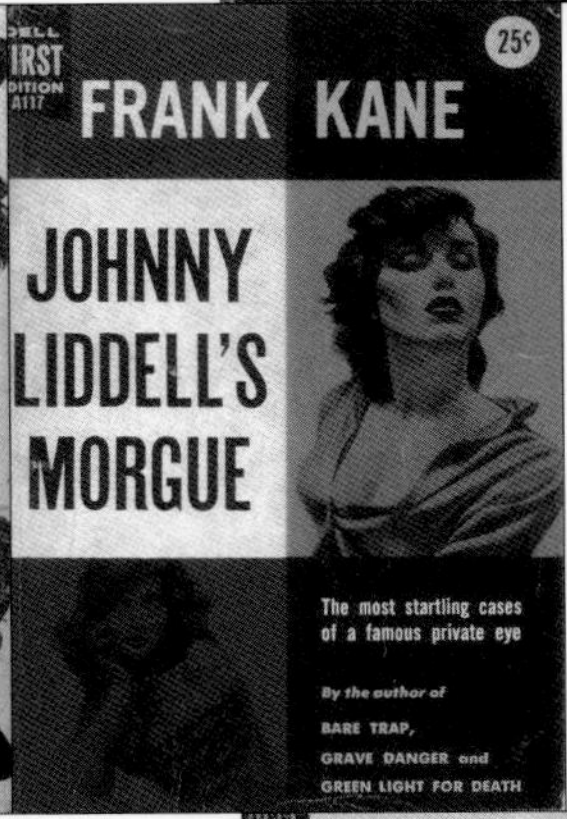
DELL FIRST EDITION A117
25¢
FRANK KANE
JOHNNY LIDDELL'S MORGUE
The most startling cases of a famous private eye
By the author of
BARE TRAP, GRAVE DANGER and GREEN LIGHT FOR DEATH

装画／ロバート・スタンリー

短篇集

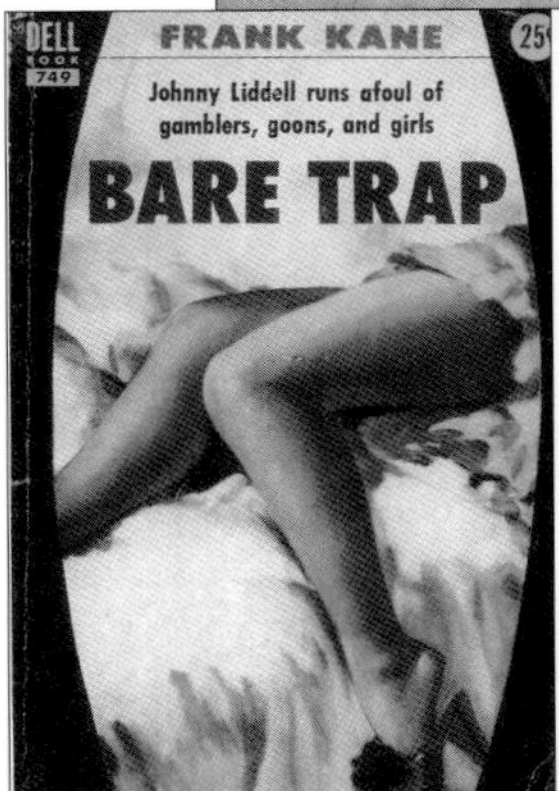
DELL BOOK 749
FRANK KANE
25¢
Johnny Liddell runs afoul of gamblers, goons, and girls
BARE TRAP

#『ベアの罠（仮）』
“裸《ベア》”“熊《ベア》”のダジャレ・タイトル
装画／カール・ロバーツ

DELL FIRST EDITION B150
35¢
Her body brought the same question to every man's mind— but Liddell just wanted the answer to murder.
A SHORT BIER
A JOHNNY LIDDELL MYSTERY
FRANK KANE

#12『ショート・ビア（仮）』
“棺《ビア》”と“ビール”の語呂合わせ
装画／ハリー・ベネット

を侮蔑する一流作家というニュアンスを加味して提出してくる……

《週刊文春》の記事によると大藪春彦自身は、「罪を認めるも反省の色なし」「盗作は盗作でも自分のもののほうが面白いからいいのだ」と開き直っているかのような態度を示したという。

大昔の話を今になって蒸しかえしたのにはわけがある。この一件に何かウラ話が秘められているのではないかと思った私は、二人の当事者に当時のことを振り返ってもらったのだ。

一人めは《マンハント》の中田雅久元編集長。

「妙なことになったので、その大藪という作家のところへ行ってこいと社長に命じられ、会いに行ったが、相手はモゴモゴと口を濁すだけで、それ以上コトを荒立てても仕様がないので引きあげてきた」

もう一人は、フランク・ケインの問題の短篇を訳した山下諭一さん。

「《週刊文春》がえろー長く、おれの翻訳した文章を載せたんで、いい原稿料をもらえるんかと思ったが、何もくれへんかった。あいさつもなし……しばらくあと、乱歩さんにどっかで会ったとき、まあ、穏便にしてやってくれというようなことを言われたで」

たいした秘話は出てこなかったが、それにしても大藪春彦の英語力はスゴい。二年後に出た翻訳とそっくりな日本語で小説を書いたことが実証されたということは、山下訳に負けない翻訳能力の持ち主だったということである。あるいは、山下諭一が〝盗作〟を見破り、大藪春彦の「街が眠る時」を逆にそっくり真似た訳文を仕立てあげたのだ、なんていう〝真説〟が浮上してきたらおもしろかったのだが、まさかそんな裏話はなかったんだろうね、諭一さん。

最後にフランク・ケイン＝ジョニー・リデルに関する新ネタを二つ。

出し遅れの証文もいいところだが、ジョニー・リデルの経歴その他については次のようなことが新たに判明した。

生年月日は一九二一年七月十九日。父の名はジョン、母の名はアン（一九五〇年の時点で両親とも故人）。ニューヨークの市立短大を卒業後、ＦＢＩの警察学校に在籍。犯罪専門の新聞記者を経て、アクメ探偵社に入社。独身。一九五〇年に独立、開業。事務所は西四十二丁目五十番地。

このデータの出所はアントニー・バウチャーが編纂にあたった一九五〇年刊のＭＷＡアンソロジー*Four-and-Twenty Bloodhounds*の解説記事である。比較的新しいミステリの名探偵（素人探偵や教授探偵もふくむ）を二十四人集めたアンソロジーの一篇にパルプ・マガジンに載ったフランク・ケイン作のジョニー・リデル登場作品も選ばれ、最終ページにつけられていたのがこの「略歴」だった。著者の略歴ではなく、架空の探偵の略歴を載せたところがミソといえる。

DELL
0451
A Johnny Liddell Mystery
35¢
BULLET PROOF
"Kiss me again,"
she told him.
"It won't kill you. Besides—
can you think of
a better way to die?"
FRANK KANE

#4『弾痕』デル再版（1961年刊）
装画／ハリー・ベネット
〝弾丸《ブリット》〟と〝ビルト（作られた）〟の掛け言葉

DELL
2409
45¢
A NEW
JOHNNY LIDDELL
THRILLER
Esprit De
Corpse
"I think I just
signed my own
death warrant,"
Liddell told her.
"Am I entitled
to a last wish?"
FRANK KANE

#25（1965年刊）

装画（2点とも）／ロン・レッサー

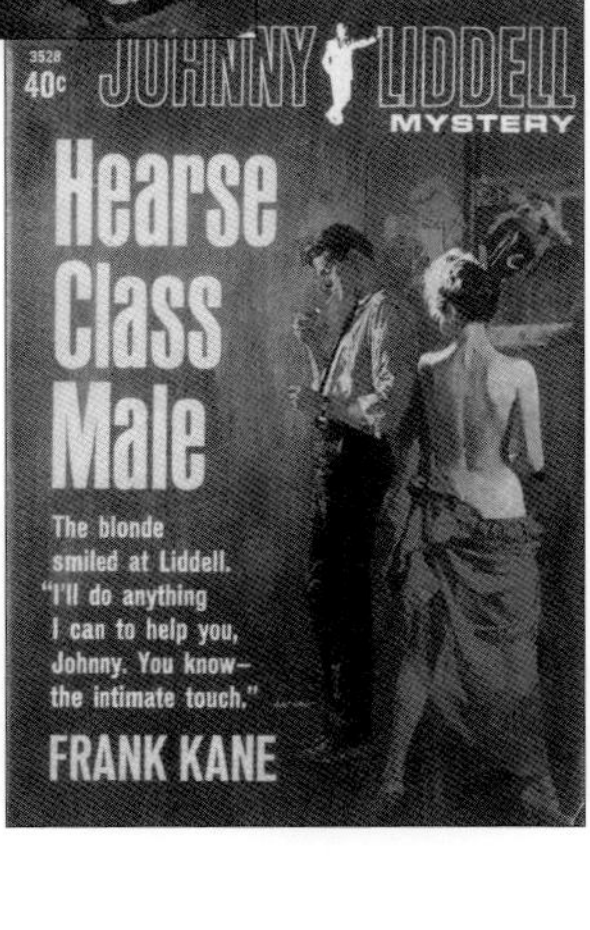
DELL
3528
40¢
JOHNNY LIDDELL
MYSTERY
Hearse
Class
Male
The blonde
smiled at Liddell.
"I'll do anything
I can to help you,
Johnny. You know—
the intimate touch."
FRANK KANE

#20（1963年刊）

上はcorps（団結心）とcorpse（死体）、下はどうやら〝第一種郵便〟のダジャレらしいもう一つの新ネタはネット上で見つけたもの。〈Authors and Creators〉というサイトにモーラ・フォックスという女性がフランク・ケインに関する興味深い記事を載せていた（〇六年九月十二日付）。その書き出しの一行は「フランク・ケインはわたしの祖父です」――つまり、孫娘の回想記だったのである。それによるとフランク・ケインはニューヨーク市立短大を卒業し、セント・ジョンズ大学法学部に進学した十九歳のときに最初の娘ジュディが産まれ、生計を立てるために《ニューヨーク・プレス》でコラムを書いたり、業界紙の編集の仕事をやり始めたという。そのあと二人めの娘モーリーン（モーラの母）、三人めの娘デビーも産まれ、手っ取り早く稼がねばならない立場に追いこまれたようだ。

これまでに知られていた正式の「略歴」では「一九三九年、アン・ハールヒイと結婚。三子あり。一九三五年～三七年、《ニューヨーク・プレス》でコラム担当。セント・ジョンズ大学法学部の夜間部に一九三九年から四一年まで在籍」となっていた。孫娘の記憶とはいろんなことが大幅にくいちがっている。正しいのはどっちだ？

もう一つおまけに、ネット古本市でのフランク・ケインのお値段。古書相場を高いほうから調べてみると、最高値がつけられているのはジョニー・リデル・シリーズの第七作『未知の毒薬（仮）』と第八作『重大な危険（仮）』のハードカヴァー初版、著者サイン入りで百三十七・五ドル。高くてもこの程度なのだ、このケインさんは。

〔追記〕オーストラリアのカーター・ブラウン研究家、トニ・ジョンスン＝ウッズが、再来日時に私の〝めりけん図書館〟の見学に来られた。シグネットのマッギニス装画本全百点を見たかったらしい。その折に確かめたのだが、フランク・ケインが実際に書き直したのはアメリカ・デビュー作の『コール・ガール』および『死体置場は花ざかり』『悩ましい死体』『ちか目の人魚』『この女百万ドル』の五作だったそうだ（《HMM》〇八年四月号のトニ女史会見記参照）。

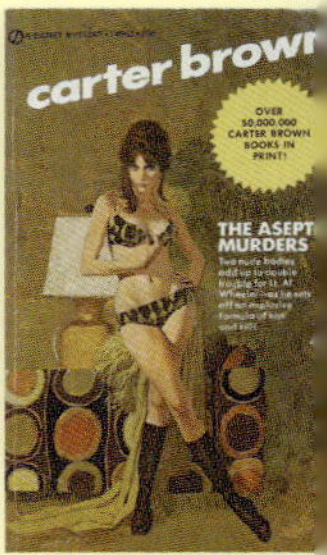

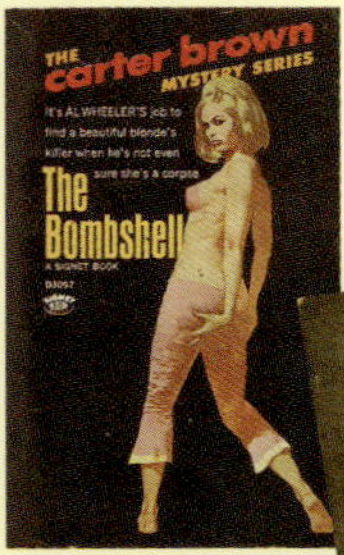

カーター・ブラウン
carter brown

ロバート・マッギニス装画本 101

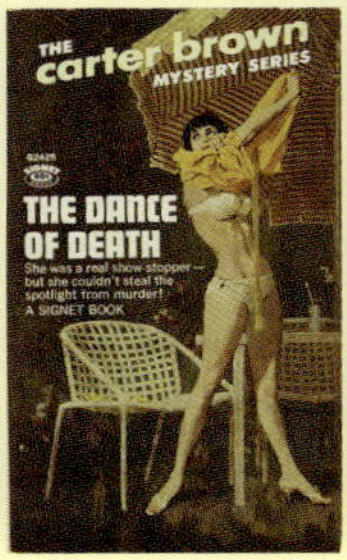

carter brown
THE FLAGELLATOR
carter brown
THE EXOTIC
THE carter brown MYSTERY SERIES
THE DUMDUM MURDER
carter brown
Die Anytime, After Tuesday!
THE carter brown MYSTERY SERIES
The Desired
carter brown
THE DEEP COLD GREEN
carter brown
THE carter brown MYSTERY SERIES
The Hammer of Thor
carter brown
Had I But Groaned
THE carter brown MYSTERY SERIES
THE GUILT-EDGED CAGE
carter brown
A GOOD YEAR FOR DWARFS?
THE carter brown MYSTERY SERIES
GIRL IN A SHROUD
carter brown
carter brown
the ice-cold nude
THE carter brown MYSTERY SERIES
THE ICE-COLD NUDE
carter brown
HOUSE OF SORCERY
THE carter brown MYSTERY SERIES
The Hong Kong Caper
carter brown
carter brown MYSTERY SERIES
LONG TIME NO
EOLA
THE carter brown MYSTERY SERIES
LAMENT FOR A LOUSY LOVER
carter brown
THE LADY IS TRANSPARENT
THE carter brown MYSTERY SERIES
THE LADY IS TRANSPARENT
THE carter brown MYSTERY SERIES
THE LADY IS AVAILABLE
THE carter brown MYSTERY SERIES
THE JADE-EYED JUNGLE
carter brown MYSTERY SERIES
MURDER IN THE KEY CLUB
carter brown
MURDER IN THE FAMILY WAY
carter brown
The Mini-Murders
THE carter brown MYSTERY SERIES
THE LOVING AND THE DEAD
THE carter brown MYSTERY SERIES
LOVER, DON'T COME BACK!
THE carter brown MYSTERY SERIES
The Lover

THE carter brown MYSTERY SERIES
SIGNET 35¢
S 2094
Angel!
Police lieutenant AL WHEELER falls under the spell of a luscious lass named Angel— a good-luck charmer who becomes an omen of murder.
A SIGNET BOOK

carter brown
Angel!
Police lieutenant AL WHEELER falls under the spell of a luscious lass named Angel— a good-luck charmer who becomes an omen of murder.

『エンジェル！』

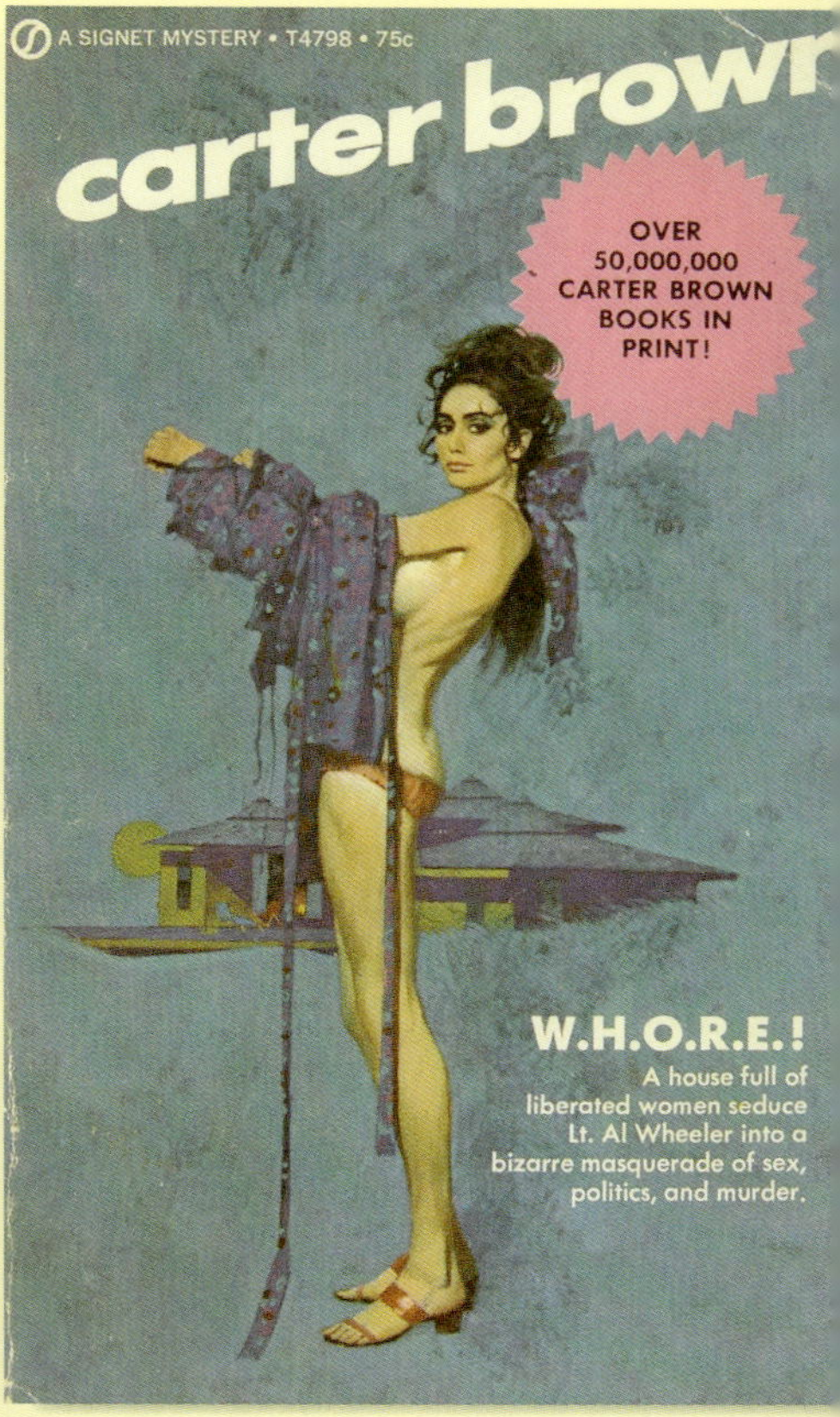
A SIGNET MYSTERY • T4798 • 75c
carter brown
OVER 50,000,000 CARTER BROWN BOOKS IN PRINT!
W.H.O.R.E.!
A house full of liberated women seduce Lt. Al Wheeler into a bizarre masquerade of sex, politics, and murder.

carter brown
S2033
SIGNET 35¢
Zelda
She was Hollywood's goddess of love: provocative, passionate, excitingly alive. Five men wanted her . . . dead. A SIGNET BOOK

『ゼルダ』

from A to Z

新発見の101点目！

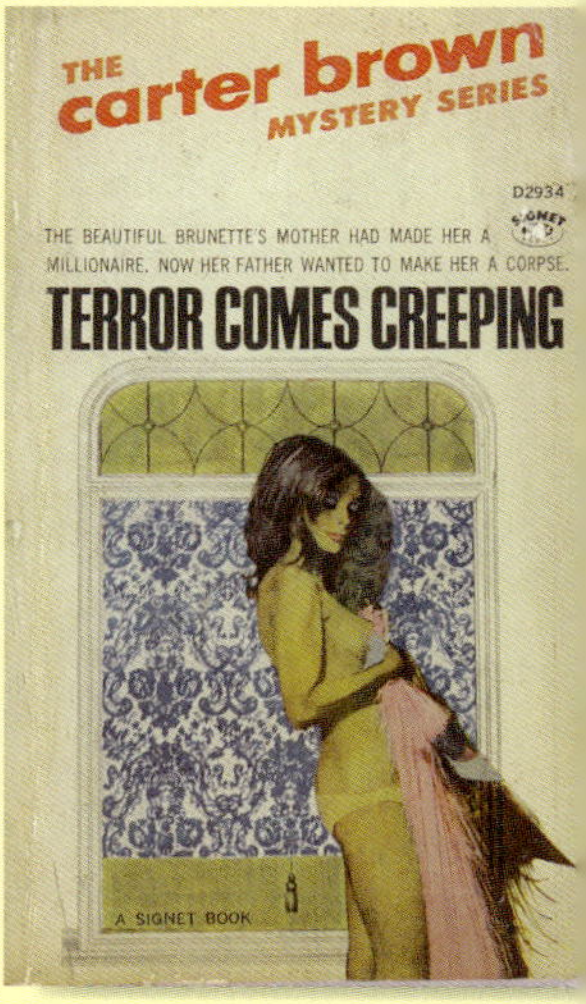
THE carter brown MYSTERY SERIES
D2934
THE BEAUTIFUL BRUNETTE'S MOTHER HAD MADE HER A MILLIONAIRE. NOW HER FATHER WANTED TO MAKE HER A CORPSE.
TERROR COMES CREEPING
A SIGNET BOOK

『恐怖が這いよる』

carter brown
MURDERER AMONG US
THE carter brown MYSTERY SERIES
A MURDERER AMONG US
Troubleshooter Rick Holman is hired to clear a volatile, big-money actress of a murder charge—before the murder happens!
A SIGNET BOOK
THE carter brown MYSTERY SERIES
MURDER WEARS A MANTILLA
A SIGNET BOOK
carter brown
MURDER IS THE MESSAGE
carter brown
OVER 50,000,000 CARTER BROWN BOOKS IN PRINT!
MURDER IS SO NOSTALGIC!
THE carter brown MYSTERY SERIES
MURDER IS A PACKAGE DEAL
carter brown MYSTERY SERIES
NYMPH TO THE SLAUGHTER
THE carter brown MYSTERY SERIES
NUDE—WITH A VIEW
A SIGNET BOOK
THE carter brown
NO TEARS FROM THE WIDOW
who's so merry it's murderous!
THE carter brown MYSTERY SERIES
NONE BUT THE LETHAL HEART
THE carter brown MYSTERY SERIES
AN ORIGINAL
No Blonde Is an Island
THE carter brown MYSTERY SERIES
A Rick Holman Thriller
THE NEVER-WAS GIRL
A SIGNET BOOK
carter brown
A NEW AL WHEELER MYSTERY
The Plush-Lined Coffin
carter brown
PLAY NOW... KILL LATER
THE carter brown MYSTERY SERIES
THE PASSIONATE PAGAN
A SIGNET BOOK
THE carter brown MYSTERY SERIES
THE PASSIONATE
carter brown
Only the Very Rich
Private eye DANNY BOYD likes his women wealthy and willing—but the price tag on this one was $M-U-R-D-E-R!
carter brown
NYMPH TO THE SLAUGHTER
carter brown
carter brown
THE SEVEN SIRENS
THE carter brown MYSTERY SERIES
SEIDLITZ AND THE SUPER-SPY
A SIGNET BOOK
THE carter brown MYSTERY SERIES
the scarlet flush
A SIGNET BOOK
carter brown
THE SAVAGE SALOME
carter brown
OVER 20,000,000 CARTER BROWN BOOKS IN PRINT!
THE SAD-EYED SEDUCTRESS
carter brown
OVER 20,000,000 CARTER BROWN BOOKS IN PRINT!
TRUE SON OF THE BEAST!
carter brown
THE STRIPPER
The strawberry blonde did a real H-O-T-strip ... until a corpse chilled the show.
carter brown
The Streaked-Blond Slave
THE carter brown MYSTERY SERIES
SO WHAT KILLED THE VAMPIRE?
THE carter brown MYSTERY SERIES
The Sometime Wife
A Danny Boyd Mystery
THE carter brown MYSTERY SERIES
the Silken Nightmare
A SIGNET BOOK

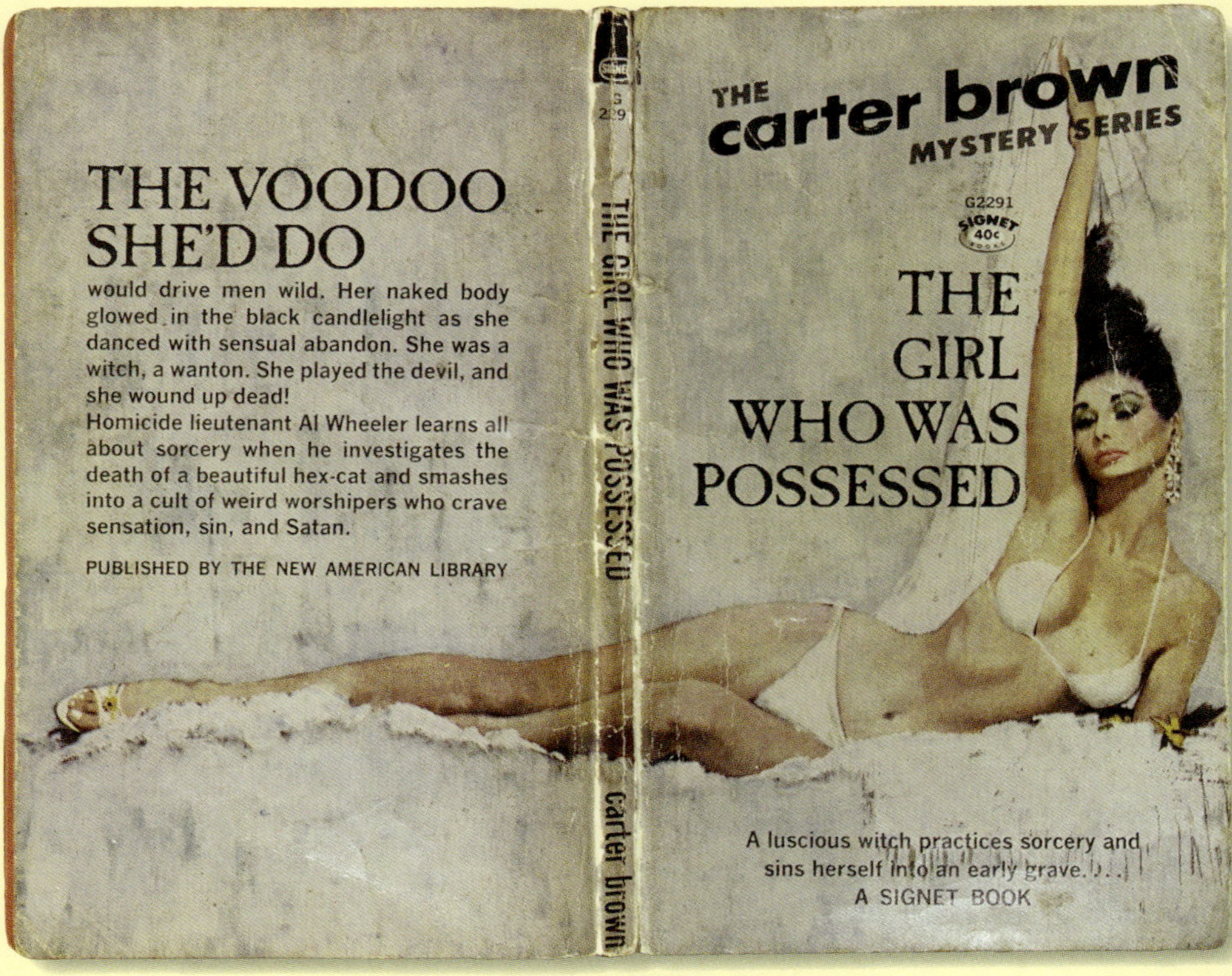

唯一の"ラップアラウンド"表紙　『死体はヌード』

アガサ・クリスティー『なぜ、エヴァンズに頼まなかったのか?』

ウェールズのゴルフリンクス

マウント湾のディンサル城

オフブロードウェイのコロニー劇場

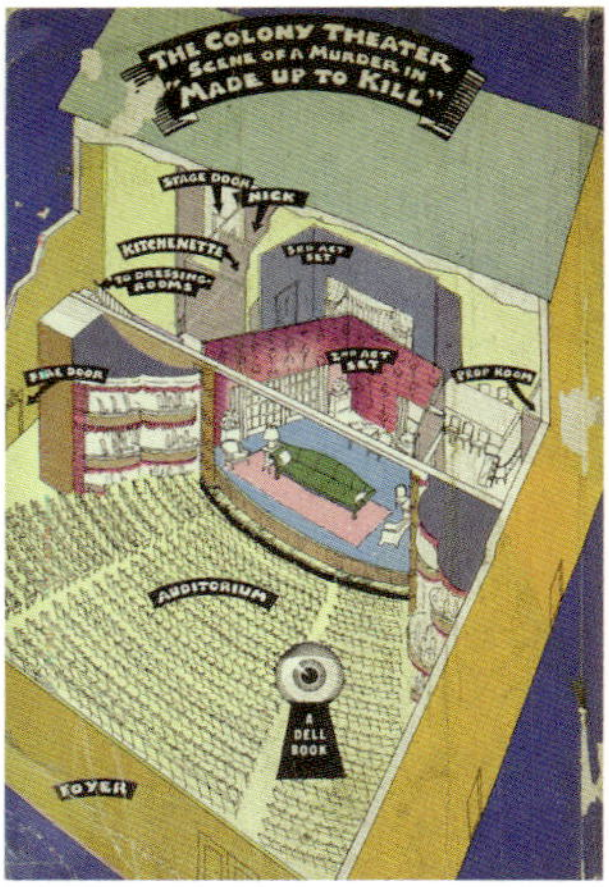

マサチューセッツ州の海辺の町レインポート

オークヴィルのカントリーハウス

デル・マップバック

装画／ルース・ビリュー（上中をのぞく）“表”の表紙（左ページも）装画／ジェラルド・グレッグ

クレイトン・ロースン『首のない死体』

サーカスのショウ

ベヴァリーヒルズの邸宅

セントラルパークの池

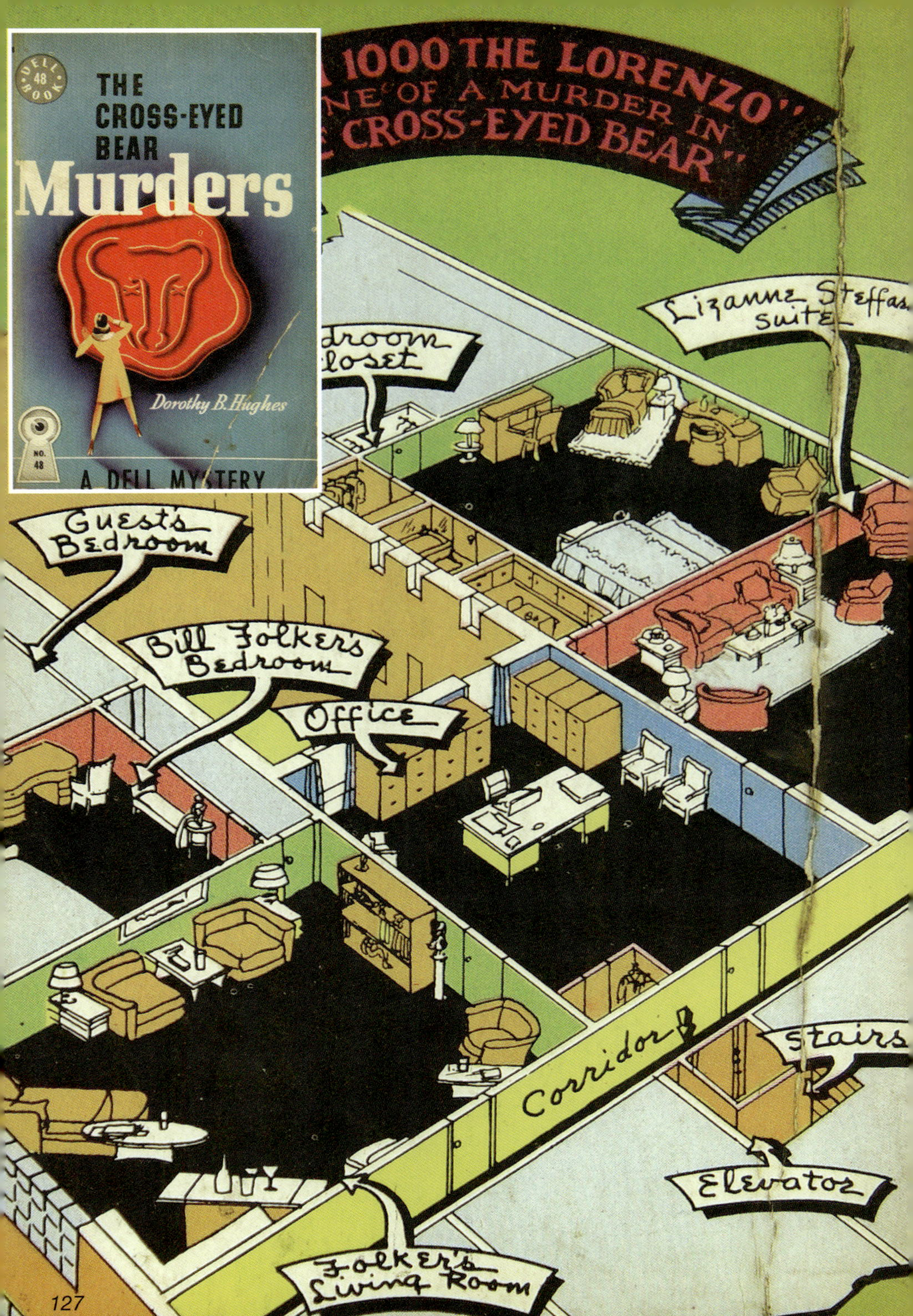
DELL BOOK 48
THE CROSS-EYED BEAR
Murders
Dorothy B. Hughes
NO. 48
A DELL MYSTERY
1000 THE LORENZO"
OF A MURDER IN
CROSS-EYED BEAR"
droom
loset
Lizanne Steffas
suite
Guest's Bedroom
Bill Folker's Bedroom
Office
Corridor
Stairs
Elevator
Folker's Living Room

STEVE BEN
THR
CU
FO
LO
BY
ROBE
HE M
MICHAEL SHAYNE
By BRET
HALLIDAY
MISSING
SIN)
—Her Story
Anonymous
CIRCUMSTANCES
Murder
was
breaking
down th
Hollywo
star
system—
star by s
Patrick
Quentin
Big City Girl

ペイパーバック・カヴァーの美人画集

ローレンス・ブロック『緑のハートを持つ女』

装画／ロバート・マッギニス（ハードケイス・クライム、2005）

紙表紙を飾る七人の悪女たち

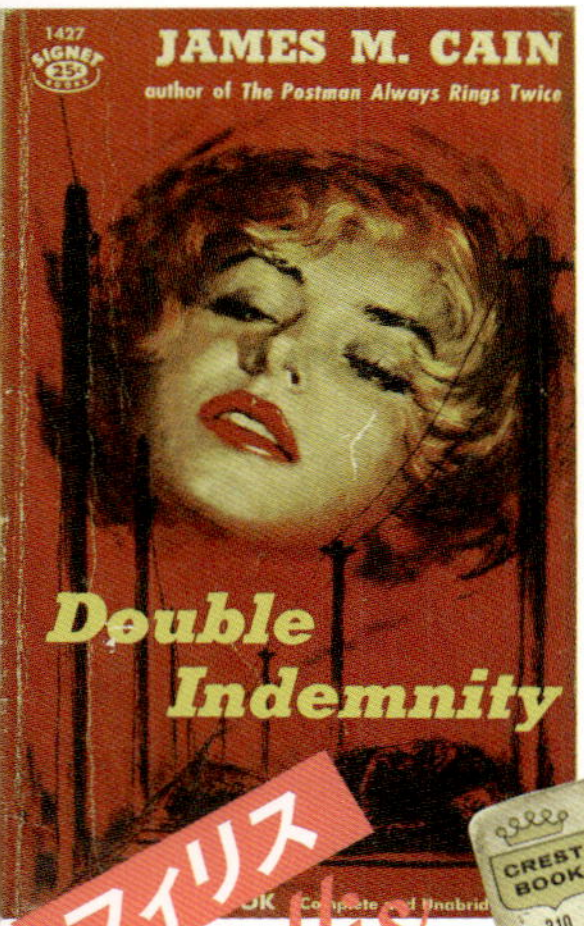

フィリス Phyllis
JAMES M. CAIN『倍額保険』
Double Indemnity

モナ Mona
ローレンス・ブロック『モナ（仮）』
MONA — LAWRENCE BLOCK

ルース Ruth
ジャック・ウェッブ『悪いブロンド（仮）』
THE Bad Blonde — JACK WEBB
装画／ロバート・マガイア

ヴィヴィアン Vivian
ギル・ブルワー『赤いスカーフ（仮）』
the RED SCARF — GIL BREWER
装画／ロバート・マガイア

マミー Mamie
THE REVOLT OF Mamie Stover — WILLIAM BRADFORD HUIE
装画／ロバート・マガイア

ベティ Betty
ウィルスン・タッカー『囲うか殺すか（仮）』
TO KEEP OR KILL — WILSON TUCKER
装画／ロバート・マガイア

スージー Susie
ロバート・O・セイバー『まぬけの餌（仮）』
SUCKER BAIT — A GRAPHIC MYSTERY

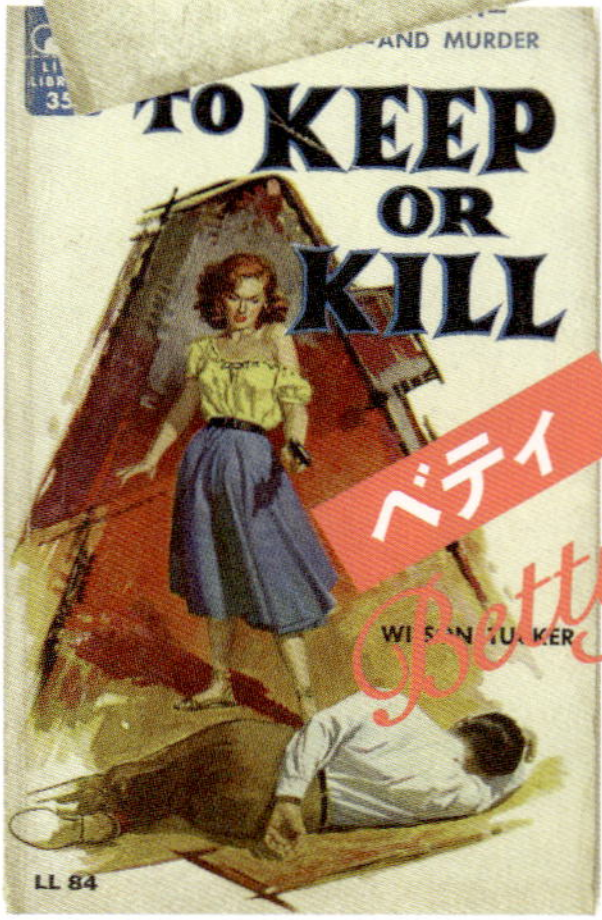

POCKET BOOK
714
A double cross blew their chance for a million-dollar pay-off!
The Asphalt Jungle
W.R.Burnett
SMACK!
Raymond Chandler
POCKET BOOK
212
FAREWELL, MY LOVELY
I smashed the bed-spring against his cheek.
COMPLETE AND UNABRIDGED
A1463
BUDD SCHULBERG
HIS GREAT NOVEL ABOUT THE FIGHT RACKET
A BANTAM GIANT
35¢
The Harder They Fall
The shocking and unforgettable novel of the ring world—of a heavyweight champion created, then betrayed and destroyed, by the men who boss the prizefight racket.
"... Brilliant saga of the ring." NEW YORK TIMES
OOOPS!
THUD!
35¢
POCKET BOOK
6006
THE BIG
BLACKOUT
Drunk two years—and now his life depended on what he couldn't remember
DON TRACY
THE COMPLETE BOOK
UGH!
WHACK!
POCKET BOOK
756
A GENUINE POCKET BOOK MYSTERY
IT'S A CRIME
RICHARD ELLINGTON
My gun-butt smashed his skull!
COMPLETE AND UNABRIDGED

上左　W・R・バーネット
　　　『アスファルト・ジャングル』
下左　ドン・トレイシー
　　　『真暗闇（仮）』

中央　元祖『殴られる男』
　　　原作／バッド・シュールバーグ
　　　装画／ジョージ・ベロウズ

上右　レイモンド・チャンドラー
　　　『さらば愛しき女よ』
下右　リチャード・エリントン
　　　『それは犯罪だ（仮）』
装画／（2点とも）ポール・クレッス－

殴る男と殴られる男

警察小説名作集

エド・マクベイン 87分署シリーズ

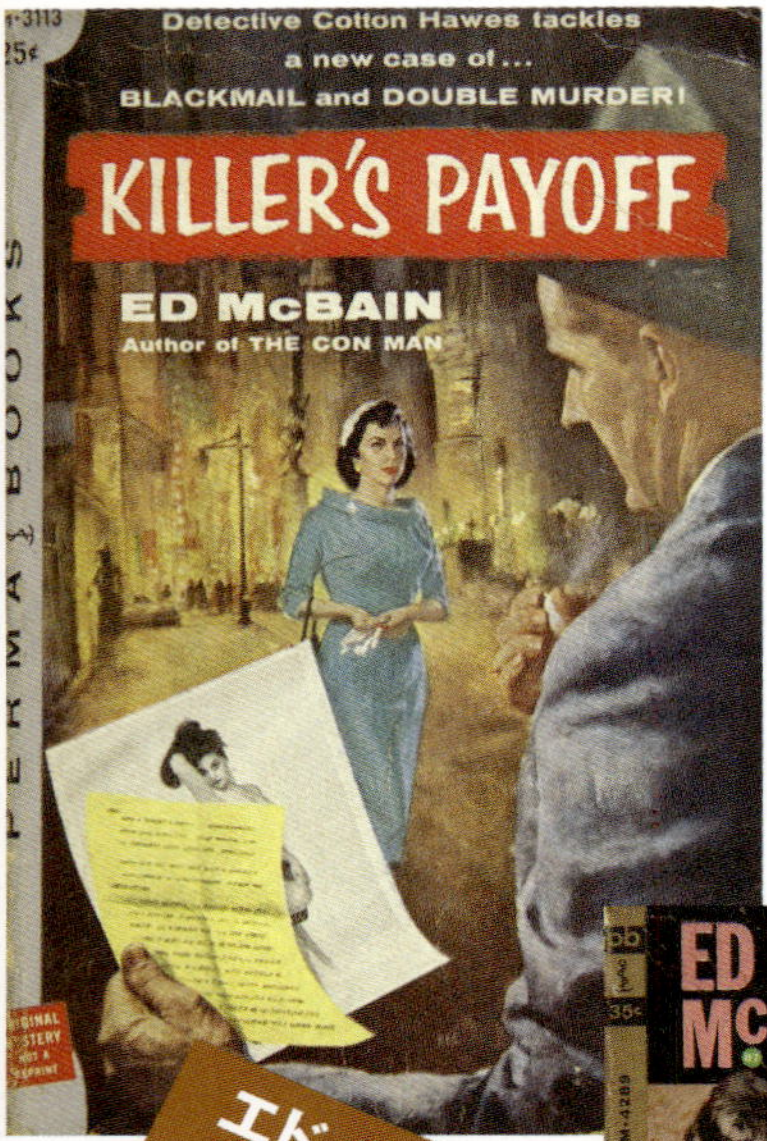

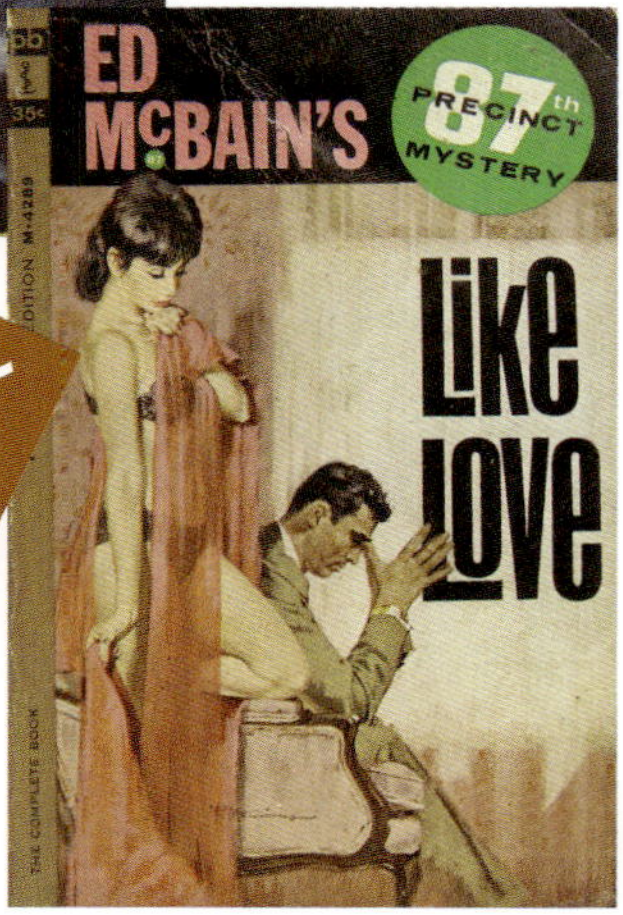

『たとえば、愛』
装画／ロバート・マッギニス

装画／アル・ロッシ
ベン・ベンスン ウェイド・パリス刑事部長シリーズ

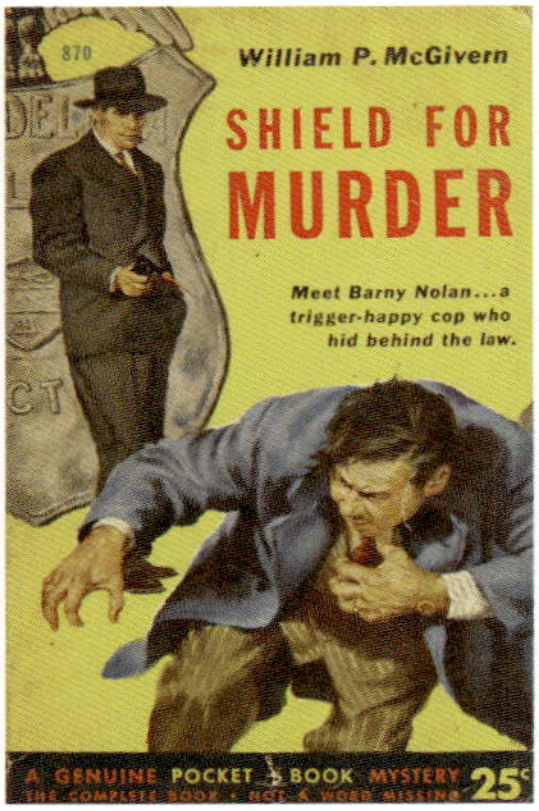

装画／ジョージ・メイヤーズ
マッギヴァーン『殺人のためのバッジ』

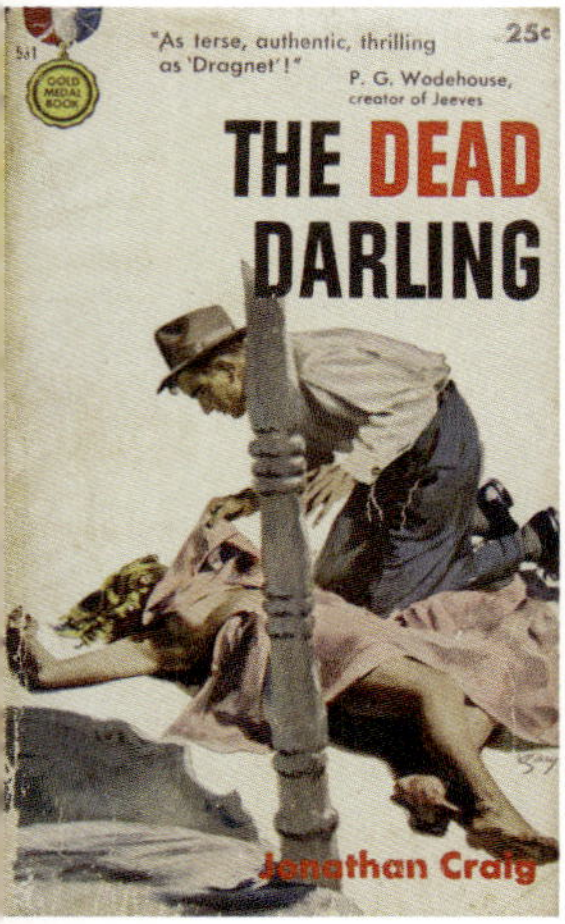

装画／バリー・フィリップス

分署シリーズ　ローレンス・トリート
装画／ロバート・スタンリー

刑事リー・ヘイズ・シリーズ　エド・レイシイ『褐色の肌』

少年非行小説選

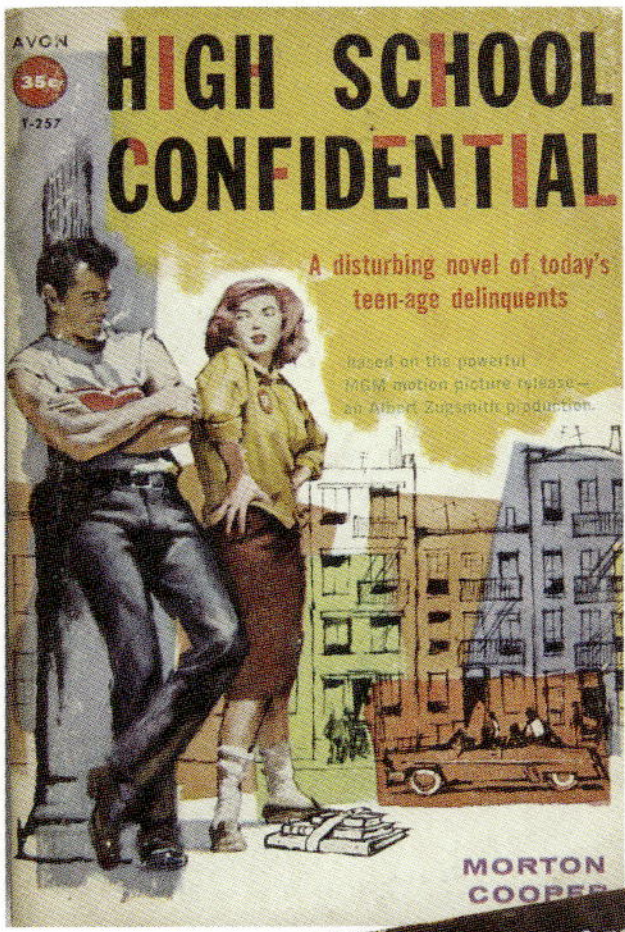
AVON
35¢
T-257
HIGH SCHOOL CONFIDENTIAL
A disturbing novel of today's teen-age delinquents
MORTON COOPER

MGM映画のノベライゼーション(モートン・クーパー)

AVON
35¢
T-217
"IT IS ABRUPT AND SHOCKING AS LIFE ITSELF"
says the Los Angeles Herald Express
JUVENILE DELINQUENTS
(THE LOWER PART OF THE SKY)
Lenard Kaufman
AN AVON RED AND GOLD EDITION

レナード・カウフマン『少年非行(仮)』

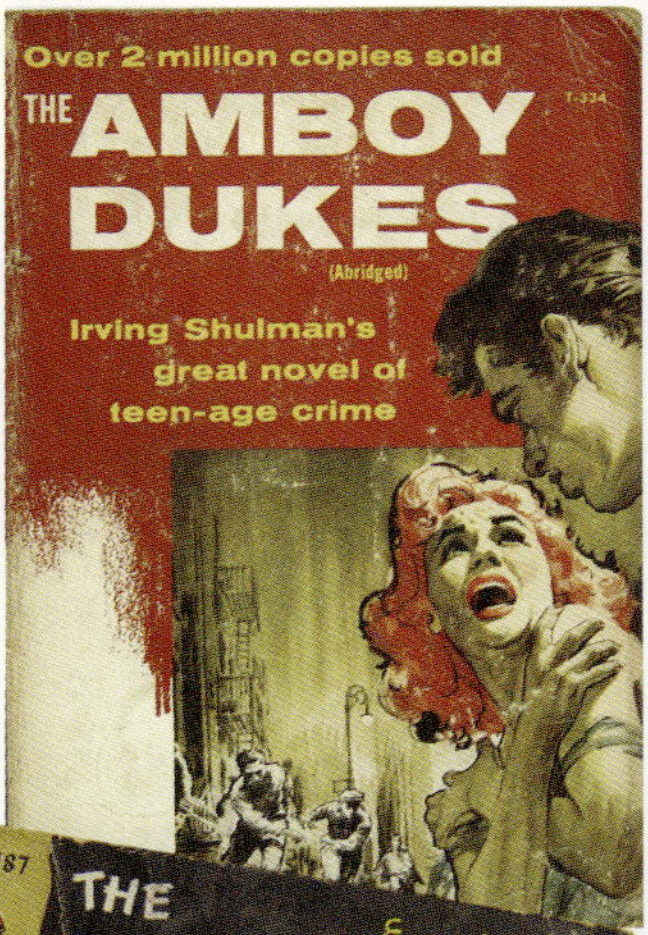
Over 2 million copies sold
THE AMBOY DUKES
(Abridged)
Irving Shulman's great novel of teen-age crime

装画／ダーシー

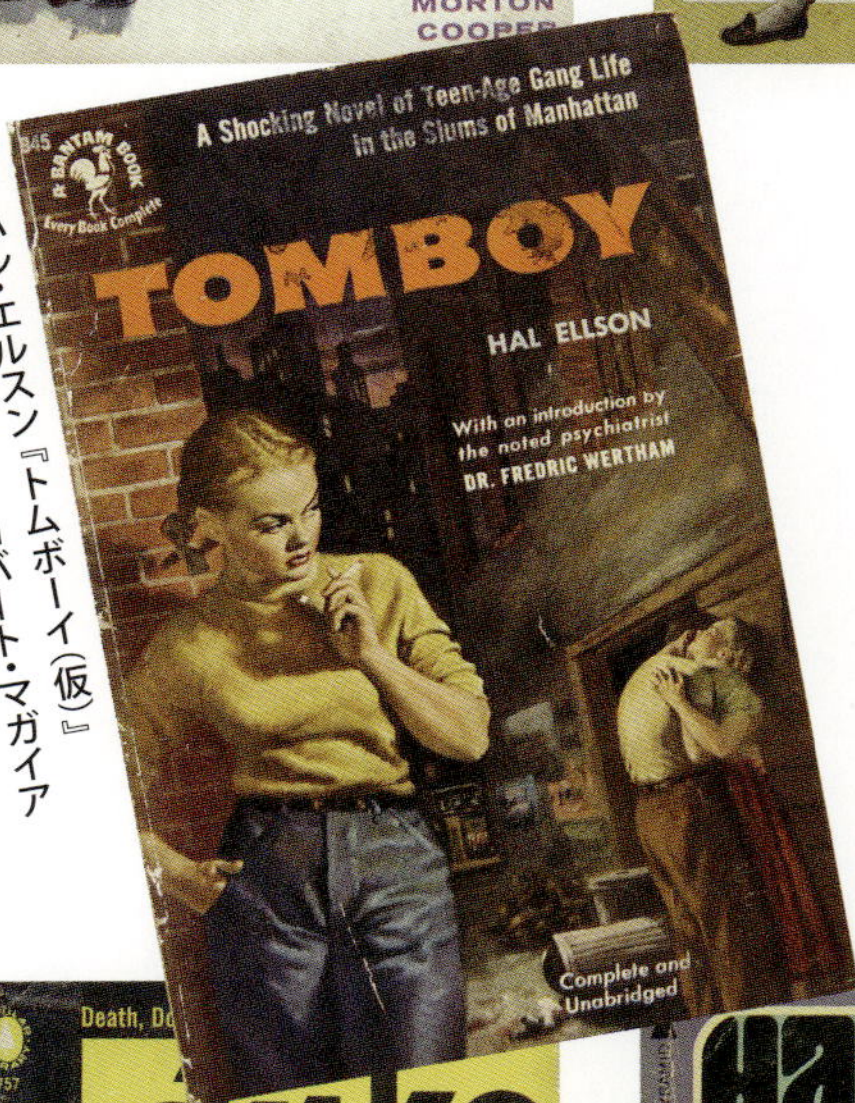
A BANTAM BOOK
Every Book Complete
A Shocking Novel of Teen-Age Gang Life in the Slums of Manhattan
TOMBOY
HAL ELLSON
With an introduction by the noted psychiatrist DR. FREDRIC WERTHAM
Complete and Unabridged

ハル・エルスン『トムボーイ(仮)』
装画／ロバート・マガイア

C-187
35¢
A CARDINAL EDITION
THE BLACKBOARD JUNGLE
Evan Hunter
A novel of juvenile delinquents

ヴァン・ハンター(クラーク・ハリングズ)『暴力教室』

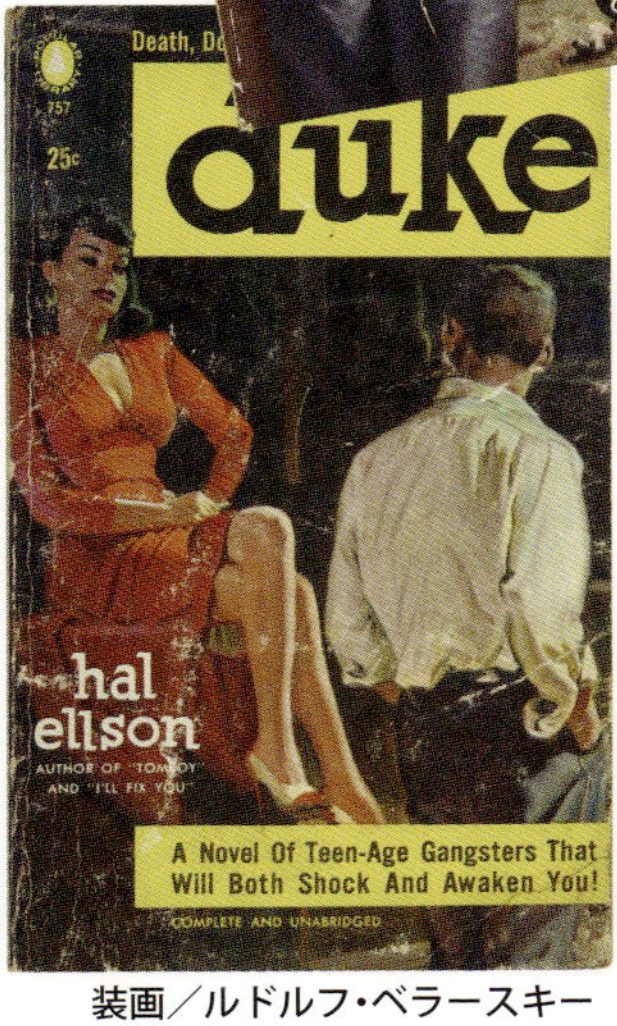
757
25¢
duke
hal ellson
AUTHOR OF "TOMBOY" AND "I'LL FIX YOU"
A Novel Of Teen-Age Gangsters That Will Both Shock And Awaken You!
COMPLETE AND UNABRIDGED

ハル・エルスン『デューク(仮)』
装画／ルドルフ・ベラースキー

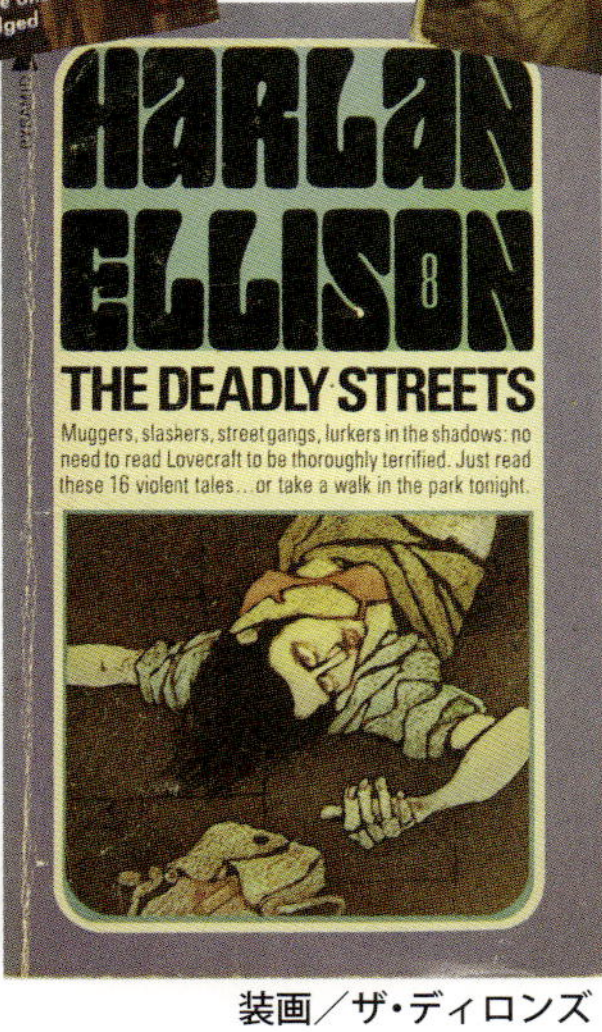
HARLAN ELLISON
THE DEADLY STREETS
Muggers, slashers, street gangs, lurkers in the shadows: no need to read Lovecraft to be thoroughly terrified. Just read these 16 violent tales... or take a walk in the park tonight.

ハーラン・エリスン短篇集
装画／ザ・ディロンズ

35¢
young and deadly
10 searing stories from today's Kingdom of Hell—America's teen-age jungle

リーオ・マーガリーズ編アンソロジー

”リーラのような女に会ったのは初めて

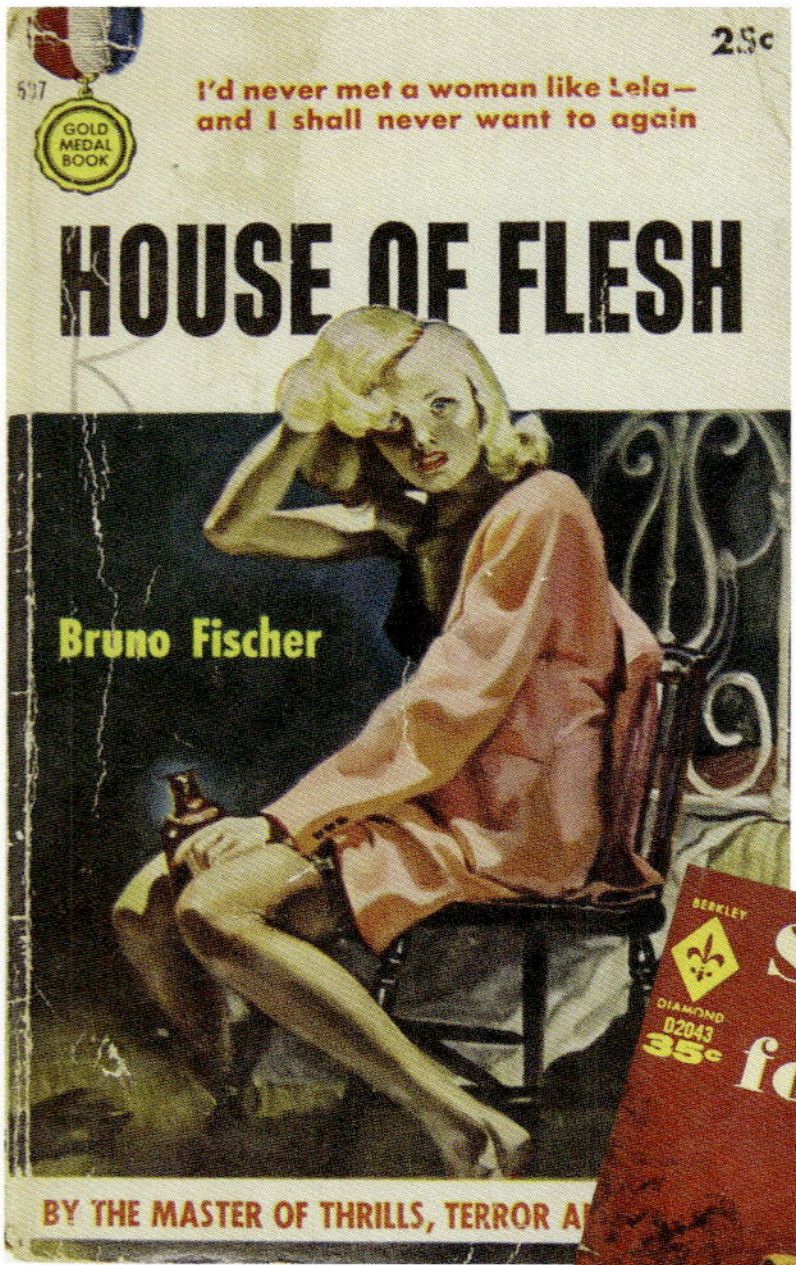
25¢
GOLD MEDAL BOOK
I'd never met a woman like Lela— and I shall never want to again
HOUSE OF FLESH
Bruno Fischer
BY THE MASTER OF THRILLS, TERROR A

ブルノー・フィッシャー『肉体の館（仮）』

装画／C・C・ビール

デイ・キーン『悪魔と同衾（仮）』

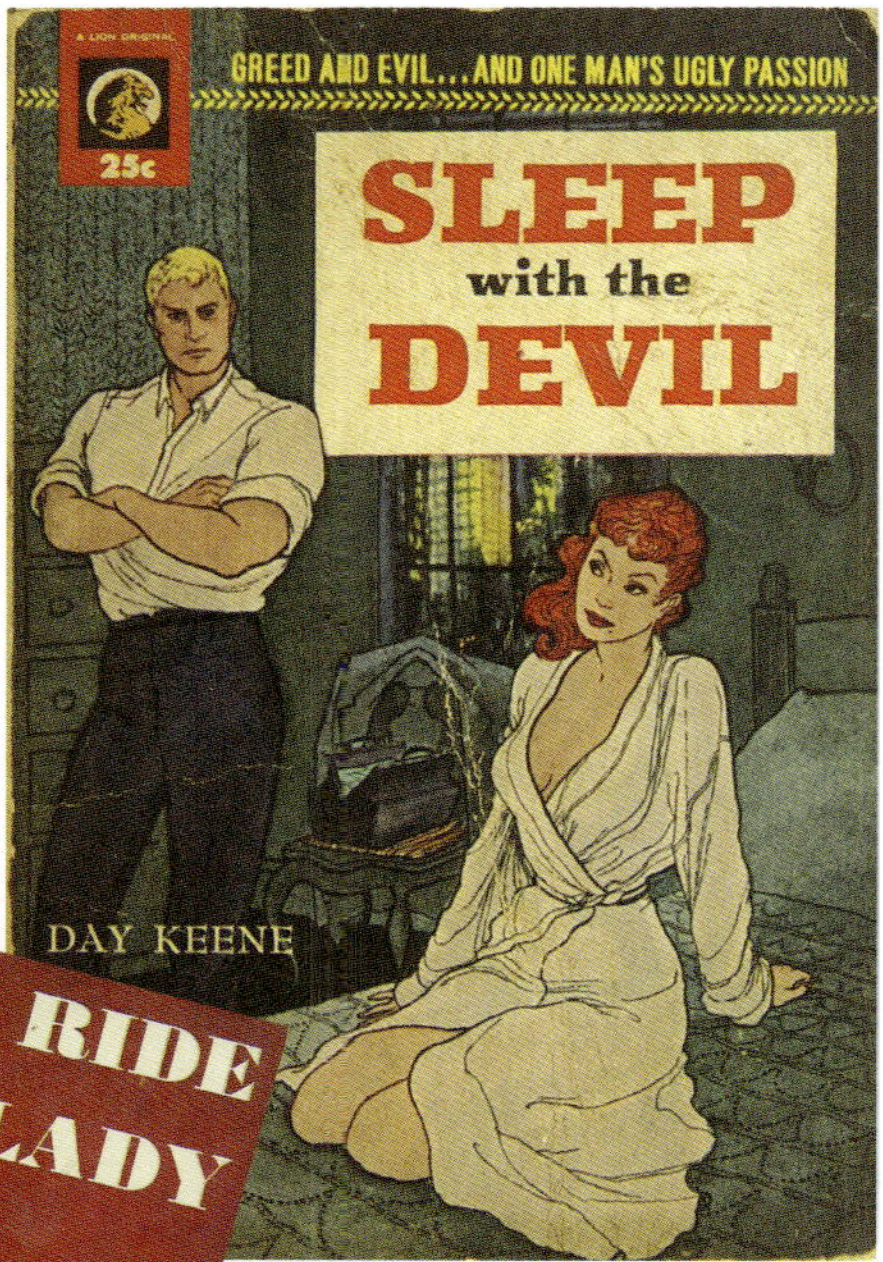
A LION ORIGINAL
25¢
GREED AND EVIL...AND ONE MAN'S UGLY PASSION
SLEEP with the DEVIL
DAY KEENE

”貪欲と邪悪……ある男の醜い熱情”

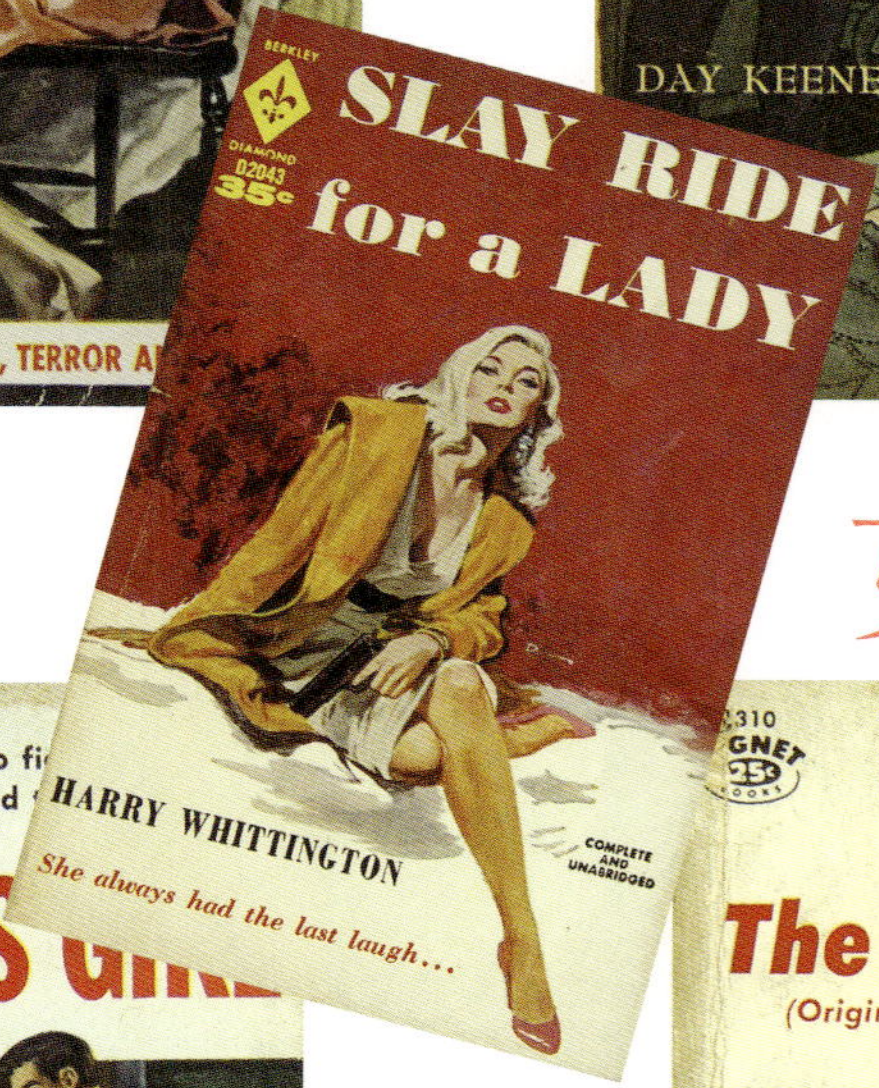
BERKLEY DIAMOND
D2043
35¢
SLAY RIDE for a LADY
HARRY WHITTINGTON
She always had the last laugh...
COMPLETE AND UNABRIDGED

上の　　女たち

”女は男に、闘い合い、一緒に飲み、愛し合うことを求めた”

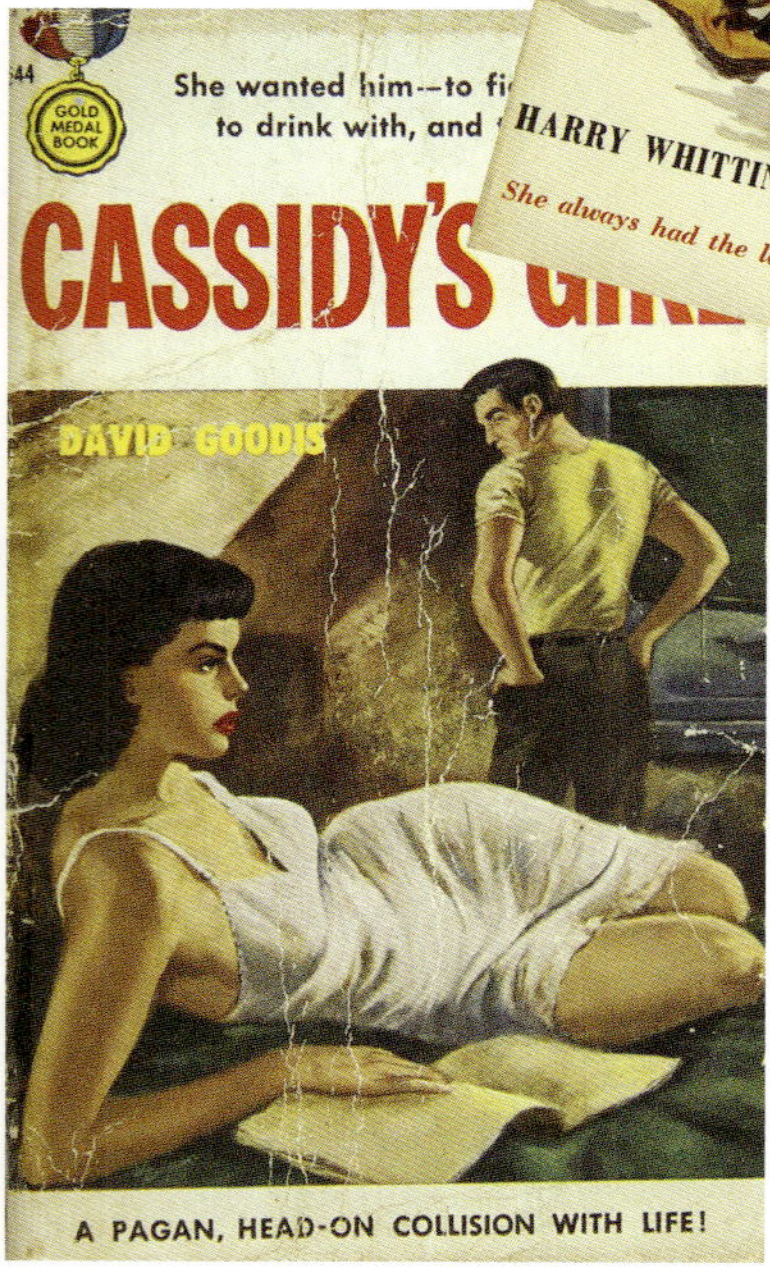
GOLD MEDAL BOOK
She wanted him—to fi
to drink with, and
CASSIDY'S GIRL
DAVID GOODIS
A PAGAN, HEAD-ON COLLISION WITH LIFE!

装画／オーウェン・キャンペン

デイヴィッド・グーディス『キャシディの女（仮）』

▲ハリー・ホイッティントン『レディに殺し（仮）』

ライオネル・ホワイト『逃亡と死と』

SIGNET BOOKS 25¢
"Packed with hard-boiled action and suspense. One of the best thrillers I've read in this or any season." —JACK WEBB
The Killing
(Original title: Clean Break)
LIONEL WHITE
The Killing is a United Artists film release starring Sterling Hayden
A SIGNET BOOK
Complete and Unabridged

装画／ロバート・マガイア

”ハードボイルド調アクションとサスペンスがいっぱい”

ベッドの

装画／ロバート・マッギニス

〝女はノーと言えなかった。たとえそれが人殺しでも……〟

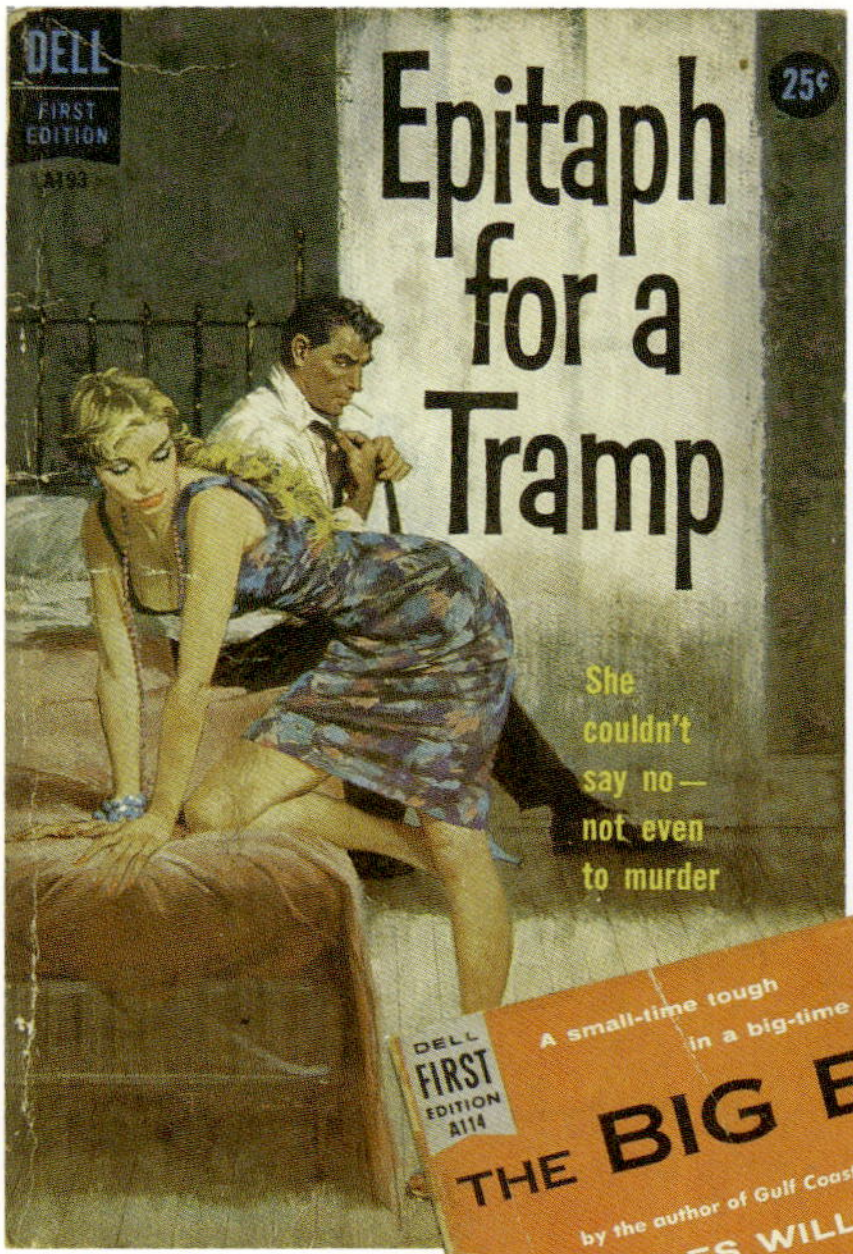

デイヴィッド・マークソン『あばずれへの墓碑銘（仮）』

装画／ルディ・ナッピ

ミルトン・K・オザキ『拾った女の死（仮）』

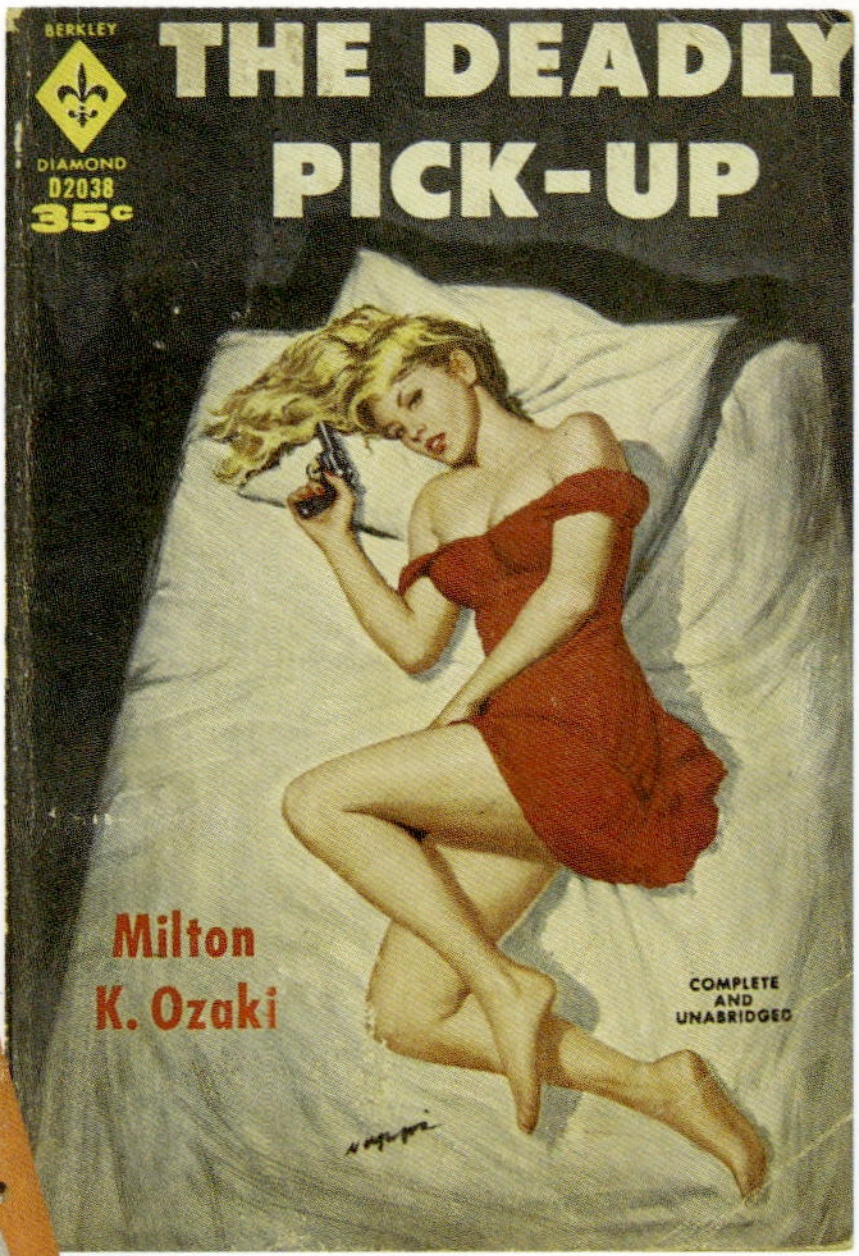

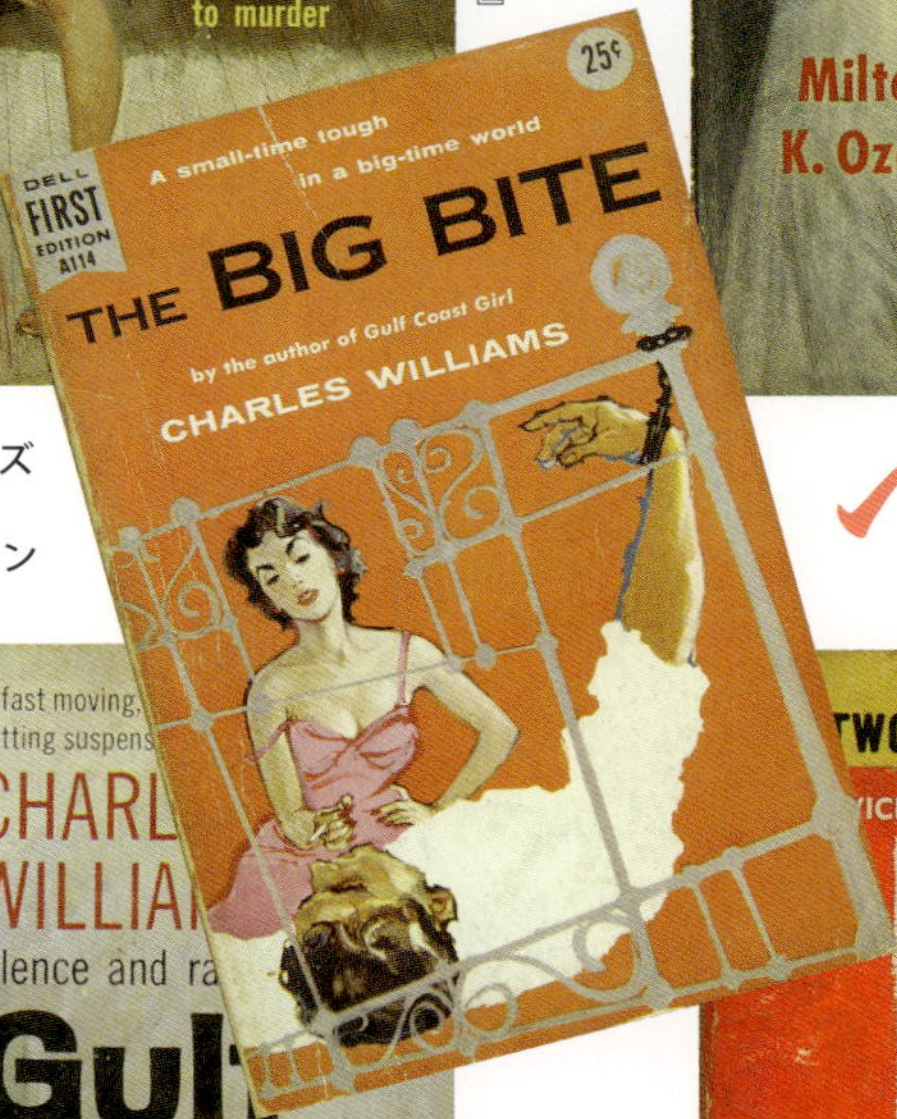

チャールズ・ウィリアムズ『大仕事（仮）』
装画／アーサー・サスマン

〝暴力と恍惚の世界への船出〟

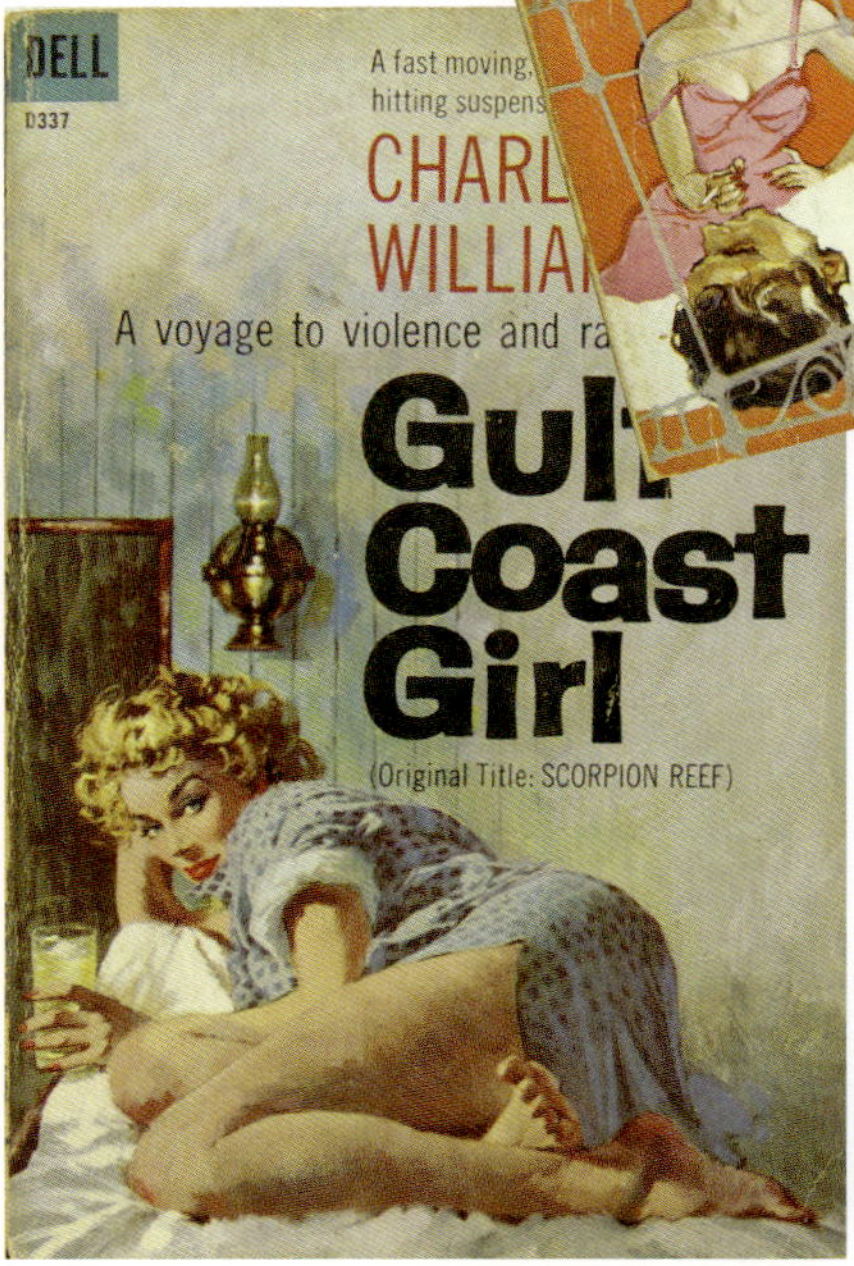

チャールズ・ウィリアムズ『スコーピオン暗礁』

装画／ロバート・マッギニス

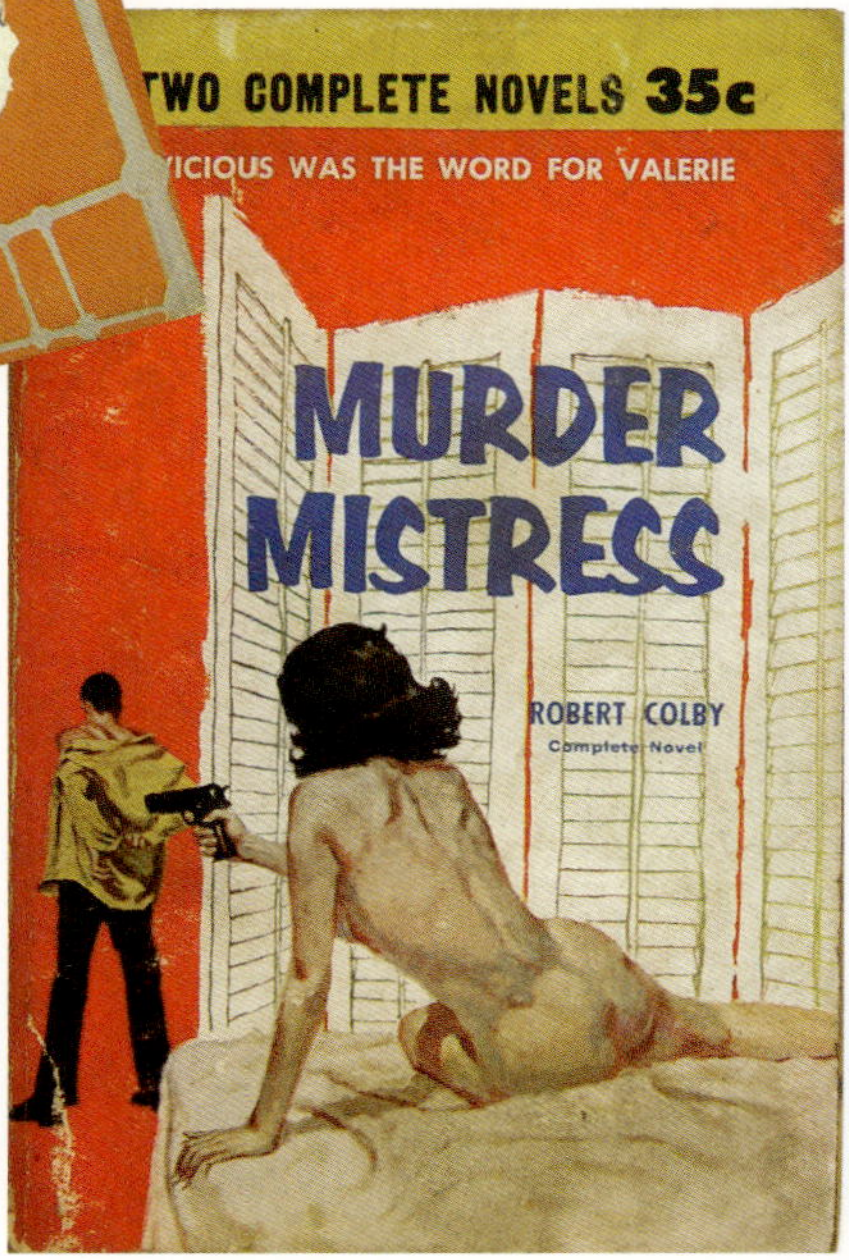

ロバート・コルビー『情婦を殺せ（仮）』

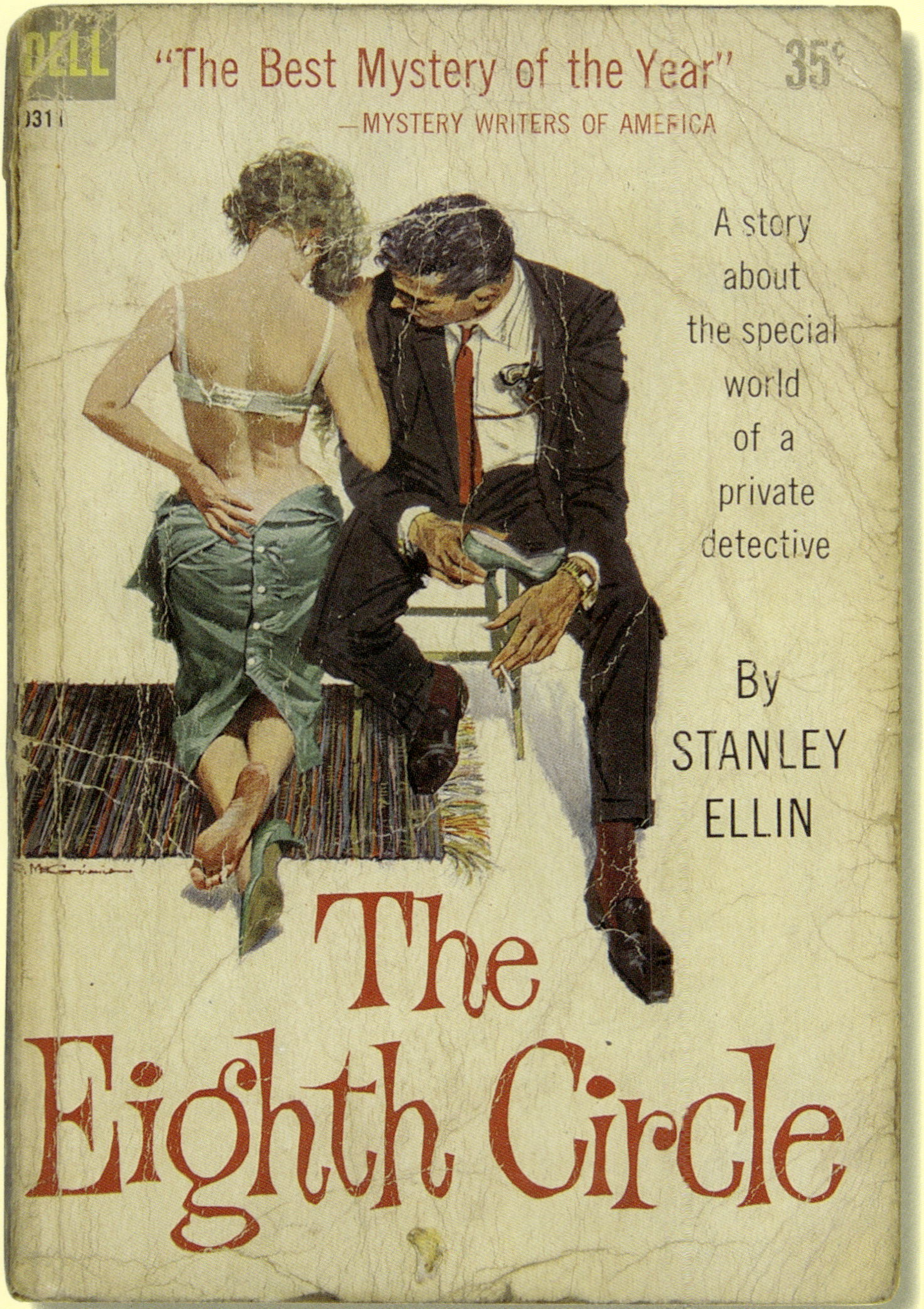
DELL
D311
"The Best Mystery of the Year"
—MYSTERY WRITERS OF AMERICA
35¢
A story about the special world of a private detective
By STANLEY ELLIN
The Eighth Circle

スタンリイ・エリン『第八の地獄』　装画／ロバート・マッギニス（デル、1959）

口絵解説Ⅱ

このセクションの巻頭五ページはカーター・ブラウン&ロバート・マッギニスの特集である。カラー口絵のすぐあとにつづく第二部第八章がカーター・ブラウンについての長話なので、あわせてお楽しみいただきたい。

実際にはこの「解説」よりずっと早くに書き終えていたその章の序文で私はマッギニス装画の百一点めのCB本について報告しているが、そのときの心配事は無事解決された。つまり、問題の百一点めの表紙はめでたくこのカラー口絵の三ページめ(123ページ下右)に掲載できたのである。

五ページで百一点を見せるために大半の書影はかなり小さくなってしまったが、全点一斉公開という世界初の〝快挙〟に免じておゆるし願いたい。小さな書影しか載せられなかった本の配列は原題のABC順になっている。「AからZまで」ということだ。それでトップバッターの『エンジェル!』は少し大きめに新旧二点(どちらもマッギニス装画)を並べた。『エンジェル!』の主役はアル・ウィーラー警部だが、トリをつとめるZの『ゼルダ』の主役は私立探偵のリック・ホルマンだった。このページの右上は未訳の一作だが、仮想モデルはまぎれもなくオードリー・ヘップバーン。それで扱いが大きくなった。同じく大きめの横長の二点は『死体はヌード』の〝ラップアラウンド〟より、タイトルや著者名の英字がタテになったように見える口絵巻頭ページの『男たらし』のデザインがめずらしい。

さて、このうちポケミスで翻訳されていないのはどれとどれか? この難問にアンチョコなしでこたえられる人は、まあ、たぶんいないだろう。それにしても、中身にまったく関係のない美人画を百一点も描いたマッギニスはエライ。それを容認した編集者はもっとエライのかな。

ブラウン&マッギニス特集につづく見開き二ページはデルのマップバック小特集。両方のページに載っている三点の〝表〟の表紙の装画はいずれもジェラルド・グレッグの作品。右ページには一対のしゃれこうべを配した。そしてマップバックは上中の一点をのぞいてすべてルース・ビリューによるものである。劇場、孤島の城、ゴルフリンクス、カントリーハウス、海辺の町、セントラル・パーク、ベヴァリー・ヒルズの邸宅、サーカス(ニューヨーク州ウォーターボロのマイティ・ハナム・ショウ)など色とりどりの殺人現場を集めてみた。

既訳の作品のほうが少ないので、原作者をここで順に紹介すると上右と下右の二作がケリー・ルース、上中がスチュアート・パーマー、中右がメアリイ・ロバーツ・ラインハート、中左はゼルダ・ポプキン。下中は女流ラング・ルイスのリチャード・タック・シリーズの一篇である。そして左ページはドロシイ・B・ヒューズの『寄り目の熊殺人事件（仮）』。死体はいったいどの部屋で発見されたのだろう？

次なる見開きの右ページは、私が選んだ〈ペイパーバック・カヴァー・ガール〉の最終予選に残ったベスト7だ。ブロンドが四人に対して黒髪が三人。あなたが選ぶベスト1はどのカヴァー・ガールだろうか。

少し意地悪なクイズになってしまうが、この七点の美人画のアーティストをあなたは何人特定できるか。

てっとり早くこたえを記してしまうと、装画家は、左上から時計まわりに、ロン・レッサー、ロバート・マッギニス、ロバート・マガイア、一人ぬかして下左がバリー・フィリップス、そしてその上がテッド・ココニス（巻末のアーティスト名鑑参照）。中央の混血娘と右下の妖艶ブロンド女は残念ながら装画家不詳。肝腎の作家名、作品名のほうはわずかに見える文字を手がかりに推理していただこう。この七人に対抗する左ページの十等身赤毛嬢は老マッギニスの新作装画シリーズの一つ。

カラー口絵はこのあとテーマ別に四ページつづく。最初は七人のカヴァー・ガールの悪女篇だが、このテーマでは定評のあるロバート・マガイアの装画を四点選んだ。残念なことに既訳はジェイムズ・M・ケインの『倍額保険』のみ。ローレンス・ブロックの『モナ』、ギル・ブルワーの『赤いスカーフ』ぐらいどこかで翻訳をだしてくれないものだろうか。

なお、美女篇と悪女篇には峻別せねばならない理由はとりたてて。美女篇の七人の中にもきっと可愛い悪女はたくさんいるはずだ。

次のページはバッド・シュールバーグの名作『殴られる男』（ハンフリー・ボガート主演で映画化）にちなんで、殴る男と殴られる男の四景。ポール・クレッスィの二点の装画がいい。とても痛そうだ（擬音効果／山崎多郎）。

つづいて、警察小説と少年非行小説の小特集。どちらも一ページではとても収めきれないテーマなので、代表作にのみ登場してもらった。五〇年代の少年非行小説のヴィンテージ・ペイパーバックにはネット古本市でなぜか高値がついているものが多い。ここに掲げたもののうち四作は私が早稲田での卒業論文の題材に選んだ作品である。

最後の見開きは、題して〈ベッドの上の女たち〉。四十数年前にこれとそっくりなページを《マンハント》で構成したおぼえがある。つまり、まったく成長がないということ。

最終ページのエリン『第八の地獄』の装画は、私が最も愛する〈ザ・ベスト・オヴ・ザ・ベスト〉。もちろんマッギニスの作品だが、所蔵本の汚れもそのまま再現した。まっさらに修正するよりも、こういう〝年増〟カヴァーのほうがずっと愛着がある。

8 カーター・ブラウン月報1～4

カーター・ブラウン
Carter Brown

セリ・ノワール版『エンジェル！』

カーター・ブラウン事始め

いまざっと数えたところ、私が所持するカーター・ブラウン本の総数はすでに二百点を超えている。この二年間で最も増殖したのはどうやらこのCB本のようだ。確実に四十点以上増えた勘定になる。

「新・ペイパーバックの旅」の連載第十回（二〇〇七年一月号）から第十三回まで、四回かけてカーター・ブラウンのおさらいをやったのが二年前のことだった。その四回分を若干整理し、〈カーター・ブラウン月報〉としてこのあとにほぼ初出時のまま再録するが、四回分載の最終回で、「ついでのことにボブ・マッギニス装画版も全点集めてしまおうと、いま私は邪道に走りかけている」と記している。つまり私は、その邪道を二年間走りつづけてしまったということだ。

バリー・フィリップス装画版で入手ずみだった本に新たにマッギニスの表紙絵がつけられた再版本十九点を、私はネット古本市で手間ひまかけて追いつづけ、ついに全点手に入れてしまった。ボブ・マッギニス資料本のリストにある点数は合計百点。その成果をお見せしたいばっかりに、カラー口絵を五ページ、ブラウン＝マッギニスの名コンビの特集にあてた。

この二年間で私が入手したCB本はそれだけではない。ロン・レッサー装画本も四点、カーター・ブラウン研究家のトニ女史からお土産で一冊もらった本国版（ホーウィッツ）も十冊ほど購入。ほかにもセリ・ノワール版、ドイツの〈クリミナルロマン〉叢書などにも手を出してしまった。

そしてなんと、いままた一冊、たいへんなものを発見した。マッギニス資料本が見落としていたシグネット#2934（ダニー・ボイド物の『恐怖が這いよる』の再版）の装画がマッギニスによるものだと、グレアム・ホルロイドのプライス・ガイド本が教えてくれたのだ。ネット古本市で慎重に選び、本番号と〝装画マッギニス〟を明示している品物をすばやく注文。さて、この百一点めのブラウン＝マッギニス本はいつ届くのか。表紙の出来栄えはどうか。カラーでお見せするスペースがいまから用意できるのだろうか。

月報1　USAデビューの頃

私の手元にある七〇年代前半までのペイパーバック・コレクションの中で、全巻がほぼ完全にそろっている有名シリーズを年代順に挙げると、

1　ミッキー・スピレイン　初期七作（一作のみ非マイク・ハマー物）シグネット・ブック（ハードカヴァーのリプリント版一九四八〜五三年、初版三点）

2　リチャード・S・プラザー　シェル・スコット・シリーズ初期十八作　ゴールド・メダル（PBO　一九五〇〜六四年）

第一作『消された女』、第二作『おあついフィルム』、第三作『人みな銃をもつ』、第四作『傷のある女』、第五作『スキャンダルをまく女』の五篇のみ既訳。第二作は《マンハント》から中央公論社の新書におさめられた田中小実昌訳、第三作は《別冊宝石》訳載で単行本にはなっていないが、残りの三篇はすべてポケミスの六三年刊。初期十八作のPBO中、シリーズ第十六作 ***Kill the Crown***（六二年作）が欠けている。第七作の ***Ride a High Horse***（五三年作）も改題された ***Too Many Crooks*** しか手元にない。初版は比較的刊行年の新しい六点のみ。

3　エドワード・S・アーロンズ　サム・デュレル・シリーズ初期二十九作、ゴールド・メダル（PBO　一九五五〜六九年）

第一作『秘密指令—破滅』、第二作『—叛逆』、第三作『—自殺』および第十一作『—ゾラヤ』の四篇がポケミスで既訳。六〇年代末までの二十九作中二作が欠けているが、一点をのぞいてすべて初版がそろっている。このシリーズは七〇年代以降も七六年刊の遺作（第四十一作め）までつづいた（原作者アーロンズは七五年六月没）。

4　ジョナサン・クレイグ　ニューヨーク六分署　ピート・セルビイ刑事・シリーズ　全十作　ゴールド・メダル

（一九五五〜六六年）

この地味な作家の分署シリーズは短篇が《マンハント》で紹介されただけだったが、PBOの長篇十作はすべて初版でそろっている。

だが、数の上から言うと群を抜いているのはシグネット・ブックのカーター・ブラウンだ。たまたま、オーストラリアから「日本語版の調査」のために来日したCB研究家、トニ・ジョンスン＝ウッズのインタビュー記事（前章参照）が話題になったりもしたので、もう一度CBのことをおさらいしてみたい。トニ女史が二〇〇四年の十月にオーストラリアの学術誌《オーストラリアン・リテラリー・スタディーズ》の第二十一巻第四号に発表した評論の興味深い内容についても少しずつ紹介してゆくつもりだが、まずはカーター・ブラウンのアメリカ上陸頃の話を引用させてもらおう。

ハウス・ネイムであるカーター・ブラウン名義の読物小説を量産していたオーストラリアのホーウィッツ出版社の社主スタンリー・ホーウィッツが一九五七年に、スピレインで大ヒットを飛ばしたアメリカのシグネット・ブックに売り込みをかけたのが発端だった。五七年十二月に、シグネットの共同設立者、ヴィクター・ウェイブライトとホーウィッツとのあいだで商談成立。「カーター・ブラウン」なる人物は実際には存在しなかったので、契約はこの両者間で交わされた。その内容は、一年間に新作を十作、ただし「改訂にふさわしい内容であれば旧作も可」というあいまいな条件がつけられた。さらに、「カーター・ブラウン」名義の読物小説の主要な書き手であるアラン・ジェフリー・イエーツが別の名前で書いた作品のアメリカでの出版権も有するという条件もつけ加えられた。それでいながら、印税はすべてホーウィッツに支払われ、それをホーウィッツがイエーツに一九五一年に結んだきわめて苛酷な三十年契約に基づいて支払ったというのがコトのあらましのようだ。

シグネット版のカーター・ブラウン第一作『コール・ガール』が世に出たのは一九五八年の七月だった。「これまでにすでに一千七百万部が売れた国際的に話題になっているスリラー作家」と紹介され、「ロンドンに生ま

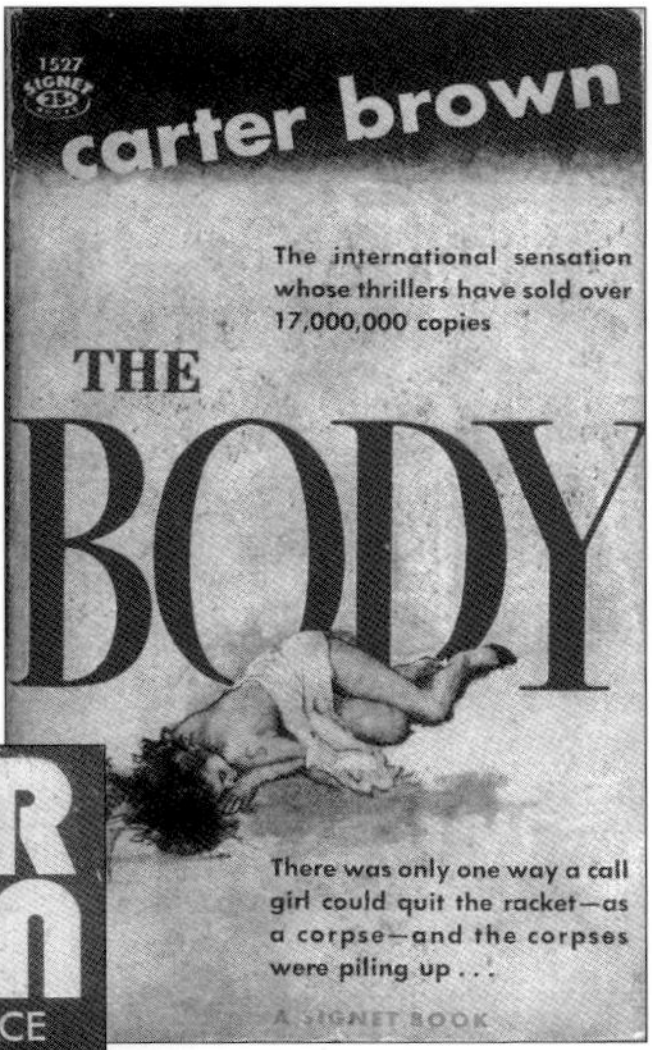
1527
SIGNET
carter brown
The international sensation whose thrillers have sold over 17,000,000 copies
THE BODY
There was only one way a call girl could quit the racket—as a corpse—and the corpses were piling up . . .
A SIGNET BOOK

シグネット#1『コール・ガール』

1565
SIGNET
carter brown
The international sensation whose thrillers have sold over 18,000,000 copies —author of THE BODY
THE BLONDE
The blonde knew too much — and talked too much — so someone decided to silence her—permanently.
A SIGNET BOOK

同#2『ブロンド』

CARTER BROWN
OVER 50,000,000 CARTER BROWN BOOKS IN PRINT!
GIRL FROM OUTER SPACE

同#12『宇宙から来た女』

装画／バリー・フィリップス
（中央を除く）

carter brown
the VICTIM
Another AL WHEELER thriller by the international sensation whose books have sold over 20,000,000 copies.
A SIGNET BOOK
He was less than a grand husband alive—and worth more than fifty grand, dead!

同#6『カモ』

1767
SIGNET
carter brown
THE BOMBSHELL
It's Al Wheeler's job to find a beautiful blonde's killer when he's not even sure she's a corpse . . .
A SIGNET BOOK

同#16『じゃじゃ馬』

れ、セールスマン、コピー・ライター、映画技師などをやりながら世界を放浪し、現在はオーストラリア在」という略歴がつけられていた。

この略歴や、第二作『ブロンド』から裏表紙に載るようになる著者の写真（タバコを指にはさみ、タイプライターに向かっている、眼鏡をかけた若いやさ男。本章扉参照）があれこれ取り沙汰されることになるのだが、それはまたあとのお話。

この写真の人物、つまりアラン・ジェフリー・イエーツは、『コール・ガール』のアメリカ発売の時期にいそいそとニューヨークに赴き、シグネットから、毎月新作を一作、旧作のリライトを一作というきびしいスケジュールを申し渡される（結局シグネットからは、五八年の三冊のあと、五九年十一冊、六〇年九冊、六一年十冊、六二年九冊のペースで継続的に刊行された）。

当時取り交わされた手紙などによると、イエーツは八月一日にロサンジェルスに向かう前に第四作『恋人』を完成させるはずだったのに遅れが生じていた。しかも第五作『ミストレス』はシドニーへ帰る船旅のあいだに最終手入れを完了させねばならなかった。一方、書き下しが間に合わないと見越したホーウィッツの編集者は三つの旧作をシグネットに送りつけたが、そのうちの一篇はボツにされ、二篇が書き直し後に第六作『カモ』と第十六作『じゃじゃ馬』として陽の目を見た。と、ここまでがアメリカ・デビュー時のウラ話である。

私自身は二十数年前に《HMM》のカーター・ブラウン追悼特集号（八五年九月号）で、「カーター・ブラウン・チェック・リスト」を作成したことがある。ジョン・M・ライリーとアレン・J・ヒュービンの書誌を参照しながら、手持ちのシグネット・ブック（および八〇年代以降のタワー・ブック）を基にしたほぼ完璧に近いアメリカ産「カーター・ブラウン」書誌だった。

そのあと、二〇〇三年に出た森英俊編の『世界ミステリ作家事典』の「ハードボイルド・警察小説・サスペンス篇」には、オーストラリアのジョン・ローダーによる書誌を基にした新たな書誌が発表された。ライリーもヒュービンも記していない一九五一年刊のオーストラリア版にまでさかのぼるくわしい内容だった。

ところがアメリカのシグネット版のみを対象とした私自身が作成したリストをあらためて仔細に見てみると、いま挙げた三つの書誌には記されていないあるデータが盛りこまれていたことに気づいた。シグネット版の刊行年月がすべて明示されていたのである。これはじつはたいへんなことなのだ。ヒュービンの書誌は作品をアルファベット順に配列しているので影響はないのだが、発表年代順に並んでいるライリーの書誌には、刊行順の誤りがひんぱんにみうけられる。同じ年に数点が刊行される多作家の場合は刊行月まで確かめなければ正しい配列はできない。

それを確かめる最も手っ取り早い方法は現物に当たることだ。

つまり私の「カーター・ブラウン・チェック・リスト」に刊行年月が記されているのは、すべて現物に当たったという意味なのである。

ざっと刊行順に流れを追ってみると、『コール・ガール』でアメリカ・デビューを果たしたパイン・シティのアル・ウィーラー警部（オーストラリア版のみの作品が五六年と五七年に各一作ある）は、そのあと『ブロンド』『変死体』『恋人』『ミストレス』『カモ』とつづき、ここで少し目先を変えて、女探偵メイヴィス・セドリッツの『女ボディガード』とニューヨークの私立探偵、ダニー・ボイドの『しなやかに歩く魔女』が登場。早川のポケミスは、シグネット版の順序どおりには刊行されなかったので、その次にふたたびウィーラー警部の出番となった『死体置場は花ざかり』で、田中小実昌が初登場する。

これは、ぼくがさいしょに訳したカーター・ブラウンの作品だ……わざとでなく、おもおもしい文章しか書けない作家もあるだろうが、ぼくはかるい文章が好きだ。おもおもしいよりも、かるがるしいほうがいい。（中略）そんなぼくの好みが、カーター・ブラウンの作品にはむいていたのだろう。今でも、だれかにあって、ああ、カーター・ブラウンを訳したコミさんですか……と言われたりする。

（同書文庫版あとがきより）

ぜんぶで二十六作も訳すことになるコミさんのカーター・ブラウン初訳の弁である。
こんな具合に、あと数回のんびりとカーター・ブラウンの話をつづけていこう。
昔話だけでなく、新発見も一つあった。私の手元にある百四十冊ほどのカーター・ブラウン本は、ほんの数作をのぞいてすべてが初版本だったのだ。これはどういうことなのか？

月報2　USA改訂版の謎

現在〔二〇〇六年末〕私の手元にあるカーター・ブラウンのアメリカ産ペイパーバックは百三十七点。この中には、旧作を二作ずつまとめた合本が三点と、七九年と八〇年にベルモント・タワーから出た十点がふくまれている。それらを除外すると残りはすべてシグネット版の百二十四点となる（ベルモント・タワー版を除外する理由は、それがなんと純然たるハードコア・ポルノ・ミステリだからだ！）。

全巻きっちりと百二十八ページにおさめられたこの百二十四点が、シグネット版カーター・ブラウンのすべてかというと、じつは残念なことに私のコレクションには欠本が六点ある。タイトルもわかっているので、ことのついでに今すぐこの六点はネット古本市で注文してしまおう。シグネット版カーター・ブラウンのチェックリストを完成させるためにも、全巻をそろえる必要がある。前にも記したように、刊行年月を現物で確認しないかぎり、刊行順序を確定できないからだ。

「計画生産されたカーター・ブラウン本の場合は表紙に記されている〝本番号〟の順序が実際の刊行順序と前後することもあった」

さてここで、月報1の結びでもちだした謎の解答。百二十四点のシグネット版CB本のほとんどが〝初版〟だったのはなぜか？

私がマニアックな初版本コレクターだったからでは断じてない。だが偶然そうなったわけでもなく、むしろ必然的にそうなったのだ。月刊一点のペースで刊行されたCB本の多くはじつは初版しか出なかったのではないか。再版を出せば翌月の新作と共食いになってしまう。つまり月刊誌並みの売り方をされたCB本はよほどの事情がないかぎり、大半が初版のみで消えていったのだと思う。これがこたえだ。

ただし、例外もある。手元にあるCB本のほとんどが初版だと記したが、正確にいえば初版は百二十四点中の百七点。残りの十七点は、数年後（三年から十年）に出た二刷ないし三刷（表紙はたぶん初版と同じ）、および七〇年代になって年間十点の計画生産に無理が生じたときに員数をそろえるために再版された新版（表紙が写真に変わった）の二種類にわけられる。しかし、いずれにしても三刷どまりで、それ以上版を重ねたものはたったの一冊しか手元にない。それが、前付に第十二刷（七三年刊）と記された『宇宙から来た女』（初版六五年刊、山下諭一訳、ポケミス六八年刊）だ。ハリウッドのもめごと処理屋、〈リック・ホルマン〉シリーズの一冊で、SFとホラーの要素が盛りこまれている。そのために版を重ねたのかもしれない。とにかく、CB本で十二刷というのはまさに稀覯本といえるだろう（143ページ書影中央）。

八一年と八四年にベルモント・タワーから出た五点のポルノ版も私のコレクションの欠本だが、このポルノ版とも細い糸でつながっていたらしいアラン・G・イエーツが八五年に亡くなったあと、CB本は完全に息絶えた。それからすでに二十年！

シグネットから刊行された百三十点（百二十四プラス欠本六）のCB本中、本国版に大きな改訂が加えられたアメリカ版が十五作ある（『女闘牛士』をのぞいて残り十四作はすべて改題され、『変死体』はオーストラリア版ではダニー・ボイドが主役だったのに、シグネット版はアル・ウィーラーに変わった）。

改訂についてのデータは十五作中八作がシグネット版の前付に明記されているが、残りの七作は森英俊編『世界ミステリ作家事典』におさめられているジョン・ローダー書誌に基づくと思われる書誌（森＝坂田信→森書誌と略す）に拠った。

だがここに未調査の大きな謎がある。オーストラリアのホーウィッツ版を改訂してシグネットから刊行された十五冊の中身が実際にどのように〝改訂〟されたのか、その吟味である。これをやるには両方の版を仔細に比較検討するしかない。そこで思い出したのが、私の〝めりけん図書館〟になぜか一冊だけまぎれこんでいたホーウィッツ版のCB本のことだった。しかもその一冊がたいした手間もかけずにひょっこり見つかった。たぶん私に見つけてもらいたがっていたのだろう。書影を示したように五七年刊のその『ブロンドの性悪美人 ***Blonde, Bad and Beautiful***』は正味百二十八ページのダイジェスト・サイズの〝本〟だった。これが、五年後の六二年九月にシグネット版の『ホンコン野郎』に変身する。どこが、どんなふうに変えられたのか、冒頭の部分を比べてみよう。

背の高い、むっちりしたブルネット。ふっくらした下唇。これくらいふっくらしている女は埋もれた秘宝のほかにもなにか下心を隠しているはずだ。

（オーストラリア・ホーウィッツ版）

東洋の夢のように妖しい女。美しく、香わしく、この世のものとも思えない。みごとなプロポーションのおからだにぴっちりまとわりつく、燃えるようなオレンジ色にきらめく絹のチョンサンをまとったブルネット女。深く切れあがったスカートのスリットから、むっちりと引き締まった太腿があでやかにのぞいている。（中略）ごく自然にすねたように突きだされたふっくらした下唇は心の中のたくらみを隠しきれなかった。

（USA・シグネット版）

元の文章が三倍強に水増しされているだけで、肝腎な部分（むっちりブルネット、突きでた下唇、秘めたたくらみ）はまったく同じだ。さらに、このあとにつづくセリフのやりとりもほぼ原形のままである。

「セックスのことしか頭にないの？」彼女は訊いた。
「そのとおり」マジでこたえた。

（ホーウィッツ版）

「セックスのことしか頭にないの？」彼女は低いうなり声を発した。
「起きてるときは、まさに」マジで告げた。

（シグネット版）

冒頭の部分は三倍に引きのばされていたが、そのあとはほとんど原形どおりに物語は進行し、結局仕上りは同じ長さにおさめられている。この本に関するかぎり、〝改訂〟といってもこの程度のことにすぎない。アラン・G・イエーツの名誉のために言うなら、カーター・ブラウン節《ぶし》は原形のままでもみごとに発揮されていたのである。

『ホンコン野郎』のホーウィッツ版をじっくりと観察して気がついたことがほかにもいくつかあった。一つはペンネームについて。アレン・J・ヒューービンが書誌で追跡しているように、カーター・ブラウンというペンネームは、最初は Peter Carter-Brown と記され、ついで Peter Carter Brown となり、一九五八年にシグネット版で Carter Brown として売り出されたあと、本国オーストラリアでもすっきりと「カーター・ブラウン」に変えられたという経緯がある。ペンネーム改変の時期と重なったためか、『ホンコン野郎』のホーウィッツ版では表紙は Carter Brown だが、背表紙と扉は Peter Carter Brown と古いままのペンネームが記されている。

こんな細かいことまではさすがのヒューービンも記していない。全点を現物で確認することが出来なかったのだろう。現物を確認できなかったために生じた誤認、誤記はいずれの書誌にもみうけられる。ジョン・M・ライリー書誌は同一年に刊行された作品の刊行順序に大きな混乱が生じている。また、ライリー書誌もヒュービン書誌も、森書誌に示された五一年刊、五二年刊、および五三年刊の一部の作品を収録していない。

三つの書誌の記載事項の差異も目につく。ヒュービン書誌ではPeter Carter-Brown名義で一九五三年に刊行されたと記されている作品の多くが、森書誌では五四年刊となっている。どちらが正しいのかを知るには、現物を入手して確認するしかない。ついでに指摘しておくが、森書誌の#58に記されている『無防備のヴィーナス（仮）*Venus Unarmed*』（五四年刊。ヒュービン、ライリーは五三年刊）のタイトルは#109と重複している。これは同じ本の改題なのか、ほかにも例のある同題異本なのか、森書誌のネタ本であるジョン・ローダー書誌も未確認のままだったのかもしれない。完璧なカーター・ブラウン書誌が完成するまでには、まだ遙かな道のりが予想される。

ホーウィッツ版の裏表紙に載っていたアラン・G・イエーツの二点の顔写真（152ページ参照）も大きな収穫だった。シグネット版のお馴染みの顔写真以外にイエーツさんのご尊顔を拝したのはこれが初めてだ。こっちのほうが、なぜかキツい目つきをしている。苛酷な契約条件で彼を束縛しているホーウィッツをうらんでいたのかもしれない。

タイプライターを前ににこやかに笑っているシグネット版のほうの写真は、五八年にアメリカを訪れたとき撮影してもらったものなのだろう。シグネット版第二作『ブロンド』から裏表紙に載りはじめたこの顔写真は、六〇年二月刊の『ハワイの気まぐれ娘』まで載りつづけ、そのあとぱったりと裏表紙から消えてしまった。本国版でもちょうどその頃から顔写真が載らなくなったらしい。著作権についての話だが、本国のオーストラリア版もアメリカのシグネット版も、著作権所有者はすべてシドニーのホーウィッツ社となっている。ところが一九六二年の初めから、アラン・G・イエーツの名前が前付に記載されるようになった。ただし、著作権者としてではなく"By arrangement with～"という表記だった。一種の〝復権〟だったのだろう。そのへんのことは現在注文中のアラン・G・イエーツの自伝（八三年刊）が教えてくれるかもしれない。

月報3　エッセイ風自伝の中身

カーター・ブラウンのUSAデビューは一九五八年七月刊の『コール・ガール』だった。そしてシグネット・ブックでの最終作は一九七六年十月刊の未訳のダニー・ボイド物（*The Pipes Are Calling*）。このあとも七七年から八〇年にかけて、旧作二点ずつをおさめた〈ダブル・ミステリ〉という合本が少なくとも六冊刊行された。この合本を除外すると、シグネットでの純然たるCB本は百三十点、と前回報告したが、じつは除外した合本の一点に収録されていた未訳のアル・ウィーラー物（*W. H. O. R. E.* 七一年刊）を数え落としていたので、正しくは百三十一点になる。これをふくめて七点だった欠本のうち六点はすでに入手ずみ。残りの一点も発注ずみなので、公約どおり、シグネット版CB本全巻入手作戦の終局は秒読みにさしかかっている。これほど容易にコトが運ぶのは、いうまでもなくインターネット古本市のおかげだ。ことのついでに同時刊行されていたオーストラリアのホーウィッツ版ペイパーバックや英国のシグネット版（New English Library）も手に入れてしまった。この国際版の内容がUSA版と完全に同じであることをただ確認するための買い物だった。

今回のCB関連本の買い物でいちばん驚いたのはアラン・G・イエーツの自伝（*Ready When You Are, C. B.!*）だ。こんな本が存在することさえ、最近まで私は気づかなかった。まぎれもなくこれは〝カーター・ブラウン〟名義で物を書きつづけたイエーツのエッセイ風自伝だった。ただし、ダジャレとお色気描写が売り物だった軽快・軽薄な作風とはうらはらに、ユーモア味のない平凡なエッセイ（家族との海外旅行のエピソードとか）であり、カーター・ブラウン伝説の内幕や裏話がほとんど出てこない気のぬけた半生記にすぎない。期待していたのだが、印税をめぐるホーウィッツ社との確執のような話もまったく出てこなかった。研究者や書誌学者がこの伝記を資料的に無視しているのも当然だといえる。

斜め読みをして少しだけおもしろかったのは、一九五八年五月を皮切りに三度ほど妻子を連れて憧れのアメリ

アラン・G・イエーツ（カーター・ブラウン）の自伝風エッセイ集（1983年刊）

装画／ロバート・マッギニス

ホーウィッツ版
『ブロンドの性悪美人』
→シグネット版『ホンコン野郎』

ホーウィッツ版『可愛い子ちゃんの死』
→シグネット版『欲情のブルース』

ホーウィッツ版『冷たく暗い時』（1958年刊）

カを車で走りまわったときのエピソード。まさしくお上りさんのように無邪気に楽しんでいる。シグネットから〝アメリカナイゼーション〟のために手を入れる必要があると告げられたことはちらっと出てくるが、手入れの程度や具体的な事例への言及は皆無、ゴースト・ライティングをやったというフランク・ケインの名前はどこにも出てこない。親しくなったアメリカ作家としてマイクル・アヴァロンの名前が挙げられているだけである。

章末にときどき顔を出して茶々を入れる「A・W」（アル・ウィーラー）のコメントもそれほど効果はあげていない。また、書名の最後についている「C・B」は映画監督セシル・B・デミルにひっかけたものだが（あるカメラマンの台詞だそうだ）、「用意はいつでもできてるよ」という意味なのだろうか。その台詞とこの本との関係もいまひとつピンとこなかった。しいて言うなら収穫は、世界各国で刊行されたCB本の書影がカラーで十二点おさめられていること。本国のホーウィッツ版、アメリカのシグネットとベルモント・タワー版、ドイツやフランスのCB本などにまじって早川書房のポケミス『殺人は競売で』の表紙も大きく載っている。

この日本版についてのイエーツの反応がちょっと風変わりだった。世界中のどの国でも表紙絵はセクシー美女がお定まりだったのに、日本版だけが抽象画だったので、「原画が欲しい」と早川書房に連絡したところ、「原画は譲れないが、同じ絵をもう一枚、二十ポンドで描きましょう」という返事があり、「一枚っきりの原画でなければ意味がない」と断わったというのだ。

ここで、オリジナルのオーストラリア版CB本についての実地検証を三つ報告しよう。

一つめは各種の書誌に「その他の作品」としてひろわれている『冷たく暗い時（仮）*The Cold Dark Hours*』と題されたホーウィッツ版の変型ペイパーバック本。刊行年は一九五八年だが並みのCB本とはちがって、①中身はミステリではなくPRマンを主人公にしたビジネス小説、②ページ数は二百二十二ページ（CB本の二倍弱）、③著者名は背表紙と扉がA. G. Yatesで、表紙には「カーター・ブラウン物の著者A・G・イエーツ」と記されている。イエーツの名前が表紙を飾った唯一の本のようだが、前付の著作権者はいつもどおり、「ホーウィッツ社」のままである。この本の裏表紙に載っていた顔写真はいくぶんハンサムに映っているが、これまでの二種の写真の人物と同一人物であることはまちがいなさそうだ。ということは、この人物がイエーツ氏ご本人であり、〝カーター・ブラウン〟の作者だという証拠でもある。

物語の主人公はアルでもダニーでもリックでもなく、シドニーのテレビ受像機製造会社のPRマン、キース・カークランド。新商品の故障がつづき、画期的な宣伝方法で会社の信用を回復させるために抜擢されたキースは、アストン・マーティンを買うのが夢というありふれたサラリーマン。最初の難関を突破し、出世もするが、明日はどうなるかわからない不安をかかえたまま物語は終わる。おそらくコピー・ライター時代の体験を盛りこんだ半自伝風の小説に仕立てあげるつもりだったのだろう。この小説を三分の一まで読んで、イエーツが縁石(curb)をkerbと記し、エレベーターをliftと書いているのを発見した。こういう英語表現がそのまま活字になっていたら、アメリカの読者は違和感を感じるにちがいない。

違和感ということで思いだしたが、カーター・ブラウン人気がアメリカよりもむしろアメリカ以外の国（日本もふくめて）で高かったのは、アメリカ人にとってはニセモノっぽく感じられる〝アメリカ〟が、ほかの国ではたいした違和感なしにうけいれられたからだ、という説がある。この見方は正しいと思う。カーター・ブラウンとジェイムズ・ハドリー・チェイスがセリ・ノワール収録作品数の第一位と第二位を占めたのもうなずける。戯画化されためりけんミステリが喜ばれたのだ。

二つめは、『欲情のブルース』の元版に当たる『可愛い子ちゃんの死』(*Death of a Doll*　一九五六年刊)。ダイジェスト・サイズの雑誌形式の単行本で（百二十八ページ）、章の数は十五（シグネット版は十一）、主人公は映画会社のおかかえ探偵バーニイ・スレイド（シグネットではダニー・ボイド）となっているが大筋は改訂版とほとんど変わりない。変えられたのは細かなことだけだ。たとえば、捜す相手の居所をたずね、「海岸《コースト》沿いのどこかよ」と教えられたあとのやりとりはこうなっている。

「もう少し調べやすくしてもらえないかな。海岸といってもどっちのほう？　東か西か？」「東だと思うけど」「それだけ？　アラスカからずっと下って行けというのかい？」

（ホーウィッツ版『可愛い子ちゃんの死』）

「東だと思うけど、あまり自信がないの、ボイドさん」「つまり、アラスカから始めてずっと下まで行って、反対側の海岸をこんどは上までのぼれっていうのかい？」

（シグネット版『欲情のブルース』）

どうやらイエーツ氏はアメリカの東海岸がどっち側にあるのかご存じなかったようだが、シグネットの〝改訂仕事人〟は「アラスカ」をそのまま生かしてなんとかツジツマを合わせる涙ぐましい作業をやっている。しかし、この程度の手入れを〝ゴースト・ライティング〟とは呼ばない。それは言い過ぎというものだ。

三つめの実地検証は、シグネット版におさめられなかったアル・ウィーラー物の一冊、『可愛い子ちゃんへの贈り物（仮）*Booty for a Babe*』。書誌データを見直してみると、シグネットにおさめられなかったオーストラリア原産のウィーラー物は全部で六点ある。五五年刊のデビュー作、五六年刊の三作のあと、五七年に出た二作の一つがこの作品だった。熱狂的なＳＦファンのコンベンション会場となったホテルで講演中の教授が八十人の聴衆の面前で射殺（凶器はタングステン合金の矢）され、ついでホテル探偵が犠牲者になるという発端。赤毛とブルネットとブロンドの美女もあいついで登場し、とてもにぎやかなお膳立てなのに、なぜシグネットに入らなかったのか合点がいかない。

「オーシャン・ビーチで不法な手段で入手したオースチン・ヒーリー」やパイン・シティのレイヴァーズ保安官、アームストロング、エリントン、ペギー・リー、プレスリー、シナトラのＬＰもふんだんに出てくるし、「何の講演？」とたずねて「伸縮性次元よ」と教えられ、「何それ？　下着のこと？」と切り返すお得意のやりとりもとびだす申しぶんのない仕上がりなのだ。気になった英語表現は〈realise〉という綴り一つだった。

月報4　カーター・ブラウン訳者たち

カーター・ブラウンのシグネット版ペイパーバックは一作をのぞいてすべて私の手元に集まった。ついでのことにボブ・マッギニス装画版も全点集めてしまおうと、いま私は邪道に走りかけている。

ところが、ふと書架に目をやると、六十四点も出ている国産ポケミス版のカーター・ブラウン本は、私自身が「解説」を書いた『エンジェル!』をふくめてたったの四冊しかない。そのほかに文庫版が数点。ということはつまり、私は翻訳本ではほとんどカーター・ブラウンを読んでいないということだ。

これではコミさんを筆頭に、名だたるカーター・ブラウン訳者たちに申しわけが立たない、というわけで、今回はこの人たちのCB翻訳体験を紹介させていただこう（屈指の書誌マニア、森下祐行さんにポケミス版のあとがきをすべて見させてもらった）。

まずは田中小実昌さん。『死体置場は花ざかり』のあとがきでコミさんは、「訳しだしたら、かなしくなった。だじゃれはつづくし、固有名詞はボロボロでてくるし」とボヤいている。CBの翻訳はみかけほどたやすくはなかったということのようだ。でも『チャーリーの使い』では、「カーター・ブラウンは、もうたくさん訳したから、いくらかあきたでしょう、と心配してくれるひとがいるけど、ぼくはちっともあきない」と書いていらっしゃる。苦労は多かったけれど、性に合った作家だったのだろう。

コミさんのお弟子さんに当たる山下諭一先輩は師匠に負けないくらいボヤいている。『墓を掘れ!』のあとがきにはこんな話がでてくるのだ。「校正刷りをひととおり見終って、どうしてもっとフザケた訳ができなかったんだろうと、ぼくはいまいささか悲しい気持になっている」

そのあと『女闘牛士』では症状はさらに悪化し、「カーター・ブラウンの翻訳ばかりつづけていれば、病気になってしまうかもしれない……僕も一度くらいは、まじめで冷たいハードボイルド小説を書いてみたいと、そんな夢を持っているのだが、ブラウンを翻訳するたびに、なぜだか理由は知らないけれど、その夢が張りを失って、しぼみ気味になってしまうのだ」と告白なさっている。軽薄・軽快が身上のCBはかなりの翻訳者泣かせの作家でもあったのだ。

超ベテランの矢野徹さんも『あばずれ』のあとがきで、「読みとばすにはスピードがあげられるが、これの訳となると、ちょいと頭をかかえる場所が、ごろごろ出てくる」と音をあげていらっしゃるし、森郁夫さんも『変死体』のあとがきに、「カーター・ブラウンの英語は、謂わば国籍不明語であって、全く訳者泣かせの代物である」と記していた。

オーストラリア原産のあやしげなめりけん英語に、シグネット・ブックの編集者がアメリカナイゼーションのための手を加えた人工培養小説だったことを、日本の翻訳家たちもうすうす気づいていたのかもしれない。コミさんでさえお手上げになった固有名詞の連発は、アラン・G・イエーツのオリジナルではなく、アメリカ版の編集部の入れ知恵だったのではないだろうか。

そのあたりのことまで考慮に入れると、カーター・ブラウン研究はまだスタート地点にさえついていない助走中ということになりそうだ。いっそここらで大がかりな『カーター・ブラウン読本』の企画でももちだしたいところである。

そんなことを思いついたのも、つい最近遅まきながら入手した次なる二冊の資料本に刺激をうけたからだ。一冊めはフランス・ミステリのすぐれた研究家、平岡敦さんに教えられた『セリ・ノワールの作家たち』、もう一冊は、『世界ミステリ作家事典』のCBの項に参考資料として記されていたジョン・ローダーの『オーストラリアのクライム・フィクション』、この二冊である。

このどちらにも、『私のハードボイルド』の資料篇の中で私が調査を徹底させずにまとめてしまったカーター・ブラウンとセリ・ノワールについてのデータのオマケがたくさん詰まっていた。たとえば前者には、一九七四年までにCB本は合本百二十一点がセリ・ノワールにおさめられたこと、そのあとカレ・ノワールにさらに三十九点が入り、しかもその中にはハードコア・ポルノ・ミステリ化したベルモント・タワー版のCB本までふくまれていることも記されていたのである。おどろいたことに、そのうちの二点は、ライリー書誌にもローダー書誌にもひろわれていない新しい英文題名の作品だった。

〔この二点をふくめ、ベルモント・タワー版の未入手本七点をネット古本市で追跡したがそのうち一点しかみつからなかった〕

前出のポケミスの初期の解説中で早くも触れられていたことに気づいたのだが、セリ・ノワールにはアメリカのシグネットに入らずにオーストラリア・オリジナル版から直接フランス語に訳された作品も多い（五八年刊までのもので十三点もある）。逆に、シグネットに入ったのにセリ・ノワールにはおさめられなかったものも多数ある。セリ・ノワールには独自の方針があったということだ。

セリ・ノワールのあとのカレ・ノワール版をふくめるとフランス語版CB本の総数は百六十点となり、ベルモント・タワー本十七点（不明の二点も含む）とシグネット版百三十一点の合計百四十八点のアメリカ版の総数を上まわることになる。

一方、ローダー書誌には、イエーツ名義でアメリカのエイスから出たSF作品や、妻のデニーズ・シンクレア名義でシグネットからもSFが一冊出たらしいという情報があり、テックス・コンラッドおよびトッド・コンウェイ名義で西部小説も発表していたことが記されている。このトッド・コンウェイというペンネイムが、かつてトロイ・コンウェイと混同して誤認される原因になったようだ。この二冊の資料本のデータを私なりに精査する作業はこれからの仕事ということになる。

厄介な書誌の仕事に比べれば道楽のようなものだが、冒頭に記したボブ・マッギニス装画版のコレクションもそうたやすい作業ではない。一九六一年八月刊の『ストリッパー』からCB本の表紙を飾りはじめたマッギニスの美人画（中身とは無関係）は、同年四点、六二年十一点、六三年十一点という具合にCB本全作の初版の表紙に登場し、六四年以降はボツボツと旧作の再版の表紙にまで使われるようになった。しかも同一作品で、版によ

『オーストラリアのクライム・フィクション』

『セリ・ノワールの作家たち』

ホーウィッツ版
『可愛い子ちゃんへの
贈り物（未）』

『金髪のオンザロック』（ホーウィッツ版）

ドイツ・クリミナルロマン叢書
（原題 *Sometime Wife* 未訳）

って表紙が異なるものが八点あり、マッギニス装画によるCB本の合計は百点になる〔正確には百一点〕。シグネットのCB本は一九七四年の半ば頃から百四十四ページ、あるいは百六十ページになった（再版は百四十ページ以下、ベルモント・タワー版は大半が百四十四ページ）。ただし、活字も大きくなっているので、実際のボリュームはたいして増えていないと思う。

資料としてとりよせた『セリ・ノワールの作家たち』のおかげで、『私のハードボイルド』の巻末資料の不備や誤記もいろいろと気づいた。カーター・ブラウンのセリ・ノワール収録作品が百二十一点（第一位）であることは前述のとおり。そのあと二位（J・H・チェイス）、三位（A・ドミニク）には変動はないが、それにつづく単独四位にウェストレイク（全四十三作）が進出。十三位だったM・H・アルバートが合計二十九作で七位に急上昇。同じ十三位だったJ・M・フリンについての記述中に「ヒューピン書誌には九作のみ」とあるのは単純な数えまちがいだったことも判明した。

また、『私のハードボイルド』の中で私が「マキシム・デラメア」と記したマクシム・ドラマール（一九七三年没）はグアテマラのフランス大使館で文化担当官を務めたことのあるれっきとしたスパイ小説作家だったことがわかった。もう一人、びっくりしたのは、ヒューピン書誌に五作しか挙げられていないのにセリ・ノワールに八作おさめられていたクリフトン・アダムズの正体が、かなり有名な西部小説作家だったこと。セリ・ノワールに入った作品はすべて西部小説だったのである。

JIM
THOMPSON
HEED THE
THUNDER
With a new introduction by James Ellroy

9
ジム・トンプスンが三十四センチ

純文学風のデビュー第二作

ジム・トンプスンの最新訳『失われた男』（二〇〇六年刊、扶桑社ミステリー）は中身がシンどくて読み終えるのがやっとだった。ハードボイルドの戦後史をおさらいしているさなかに、その対極にあり、むしろアンチ・ハードボイルドに徹したトンプスンを読もうという計画がそもそも無謀だったのだ。五〇年代後半から六〇年代にかけて、私がきわめて選別的に、本能的に忌避したペイパーバック・オリジナル（PBO）が、トンプスンやグーディスやチャールズ・ウィリアムズのノワールの一群だったらしい。それなりにせっぱつまった状況の中でそれ以上落ちこんだ気分になるような読物を私は意図的に拒絶したのだろう。

未訳のトンプスンにまだ掘り出し物は残っているのか。とりあえずそれだけを確かめようと、山のように積み上げたトンプスン本を片っ端から〝つまみ読み〟してみたが、予想外のひろいものには結局ぶつからなかった。

一九四六年に書かれた純文学調と評されているデビュー第二作『雷に気をつけろ（仮）*Heed the Thunder*』はオクラホマ州の小さな谷間にある無人駅に列車が到着するシーンから始まる。まだ薄暗い午前五時。汽車から降りた、男の子連れの気丈な女が意地の悪い車掌と言い争う。運賃を支払わなくてよい年齢かどうかでモメているのだ。プラットフォームで転んだ女が、そのことで難くせをつけ、言い争いを引き分けにもちこむ。車掌はあきらめ、列車は出発する。少年は、汚い屋外便所に行かされ、水洗じゃないと文句をいう。普段はいい暮しをしていたのだろう。やがて二人は、少年の祖父の家に向かう。「父親に会えるのか」と少年は尋ねる。「そのはずだ」と母親はこたえる。

ここで第一章が終わる。この先に何が待っているのかを暗示する描写はいくつかあるが、異常さも狂気もまだ姿を現わしていない。文章の乱れもない。きわめてリアリスティックな客観描写に徹している。ことによれば、このまま読みつづけられるのかもしれない。

二冊めにつまんだ『犯罪者（仮）*The Criminal*』（ライオン・ブック／一九五三年刊）は一人称記述だが、語り手が章ごとに変わる多視点小説。同じ趣向の一人称十二視点で書かれた『キル・オフ（仮）』はミステリとしての体裁をとどめていたが、こっちはその試作品でちょっとついていけない。

同じ一人称記述でも、最後の破滅的な結末まで語り手が変わらない『小作人の小屋（仮）*Cropper's Cabin*』（ライオン・ブック／一九五二年刊）は少しましな語り口になっているが、話のほうはどうにも暗そうで読みすすむ気になれない。ずっとあと、七〇年代に入ってから書かれた『怒りの子（仮）*Child of Rage*』の一人称のほうが物語に入ってゆきやすい（語り手は美しい白人の母親と流れ者の黒人とのあいだに生まれた黒い肌の少年）。

そして四つめか五つめに選んだのが、やはりライオンから一九五四年に出た『ゴールデン・ギズモウ（仮）*The Golden Gizmo*』だった。

「トディがしゃべる犬と顎なし男にでくわしたのはそろそろ仕事を切りあげようと考えていた午後三時のことだった。金細工の品物を買い集める戸別訪問バイヤーの就業時間は……」

これが書き出しの一節。読んでみようかと思わせるだけの小道具は充分にそろっている。しゃべる犬？　顎なし男ってのは何者なんだ？

その手にひっかかって、私は就寝前に二章ずつ読みすすめ、暗黒の迷路をさまよう悪夢の二週間をすごすハメになってしまった。及第点はとてもあげられない。

気分転換にここらでトンプスンに関するコレクター情報をいくつか。

未読だったトンプスンをあれこれ〝つまみ読み〟できたのは、ネットを通じて、なるべく安上がりに、トンプスン本を一気に完全入手する計画を立て、その計画を八〇パーセント以上達成したためである（14ページ参照）。純文学調の第二作がアームチェア・ディテクティヴ・ライブラリ版のハードカヴァーだったこともあって（厚さはペイパーバック三冊分）、積み重ねたトンプスン本の原書は高さ三十三センチになった。冊数は二十六。これには評伝はふくまれていないが、トレード・ペイパーバックと呼ばれる大判のブラック・リザード叢書七点がふくまれている。『ゲッタウェイ』と『ポップ1280』はPBOの初版と新版がダブっているので、実数は二十四作。

この結果、未入手のトンプスン本は一九四二年刊のデビュー作（*Now and on Earth*）と注文ずみだが未着の『リコイル（仮）』および『鬼警部アイアンサイド』以外の二冊のノヴェライゼーション、そして七三年作の『キング・ブラッド（仮）』のみとなった。

トンプスン本の相場価格

〝ノワールの孤狼〟トンプスン本のネット市場価格はどうなっているのか？　まず言えることは二極化がますます顕著になっていること。ブラック・リザードやヴィンテージのリプリント版はゾッキ本並みに価格が落ちこんでいるので（一冊二ドルから六ドル程度）中身だけが目的なら気軽に購入できる。実際に私が入手したのも大半がそれだった（高くつくのはすべてが自動的に航空便扱いにされるためで、二ドル五十セントの本に十四ドルの郵便料金プラス手数料が追加されてしまうこともある）。

それとは逆にPBOの初版の値段は高騰をつづけている。ライオン・ブックの初版の中で高値がついているのは、『内なる殺人者』（おれの中の殺し屋）が九百五十ドル、『死ぬほどいい女』が四百五十ドル。今回私は大奮発して、これのピラミッド版を三十九ドルで購入した（そういうときはなぜか郵便料金が六ドルになる）。同じライオンでも大判のライブラリ版に入っている『キル・オフ』が三百十九ドル。その他ほとんどのライオン・ブックのトンプスン本が二百七十五ドルから四百ドルで入手可能。ただしこの値段はそれぞれの本の中で最も保存状態のよいものにつけられた値段である。品質を落とせば数十ドルでも入手できる。

ライオン・ブック以外のPBOの初版で高値がつけられているのは、シグネットの『ゲッタウェイ』（四百五十ドル）、ゴールド・メダルの『ポップ1280』（三百五十ドル）と『天国の南（仮）*South of Heaven*』（五百

THE GOLDEN GIZMO
"Jim Thompson was the most hard-boiled of all the American writers of crime fiction."
JIM THOMPSON

『ゴールデン・ギズモウ（仮）』
（ミステリアス・プレス版）

『ポップ1280』

POP. 1280
Jim Thompson
Pottsville—pop. 1280—the hottest town this side of the equator.

THE NOTHING MAN
"My favorite crime novelist—often imitated but never duplicated—is Jim Thompson."
—Stephen King
JIM THOMPSON

『失われた男』
（ミステリアス・プレス版）

ブラック・リザード版
（中央と下段）
装画／カーワン

『アルコール依存症（仮）』

"This is satire with a bludgeon."
—The New York Review of Books
THE ALCOHOLICS
Jim Thompson

『小作人の小屋（仮）』

CROPPER'S CABIN
JIM THOMPSON

『犯罪者（仮）』

THE CRIMINAL
Jim Thompson
Harlot—Killer—Mother—Judge—all tied together, all good, all rotten. Rape and murder was only the tip of the iceberg. This was the Real World, and nobody was innocent.

七十ドル）。後者に最高値がついているのはハリウッドの映画監督プロデューサー、トニー・ビル（「スティング」の共同製作者）がインクで書きこんだ百五十語のメモがついている本だからだそうだ。刊行年は新しいのに高値がつけられているのはランサー版の『怒りの子（仮）』で二百七十五ドル。たまたまこれは日本の古本屋に出まわったときに手に入れていたので、高いネット本を買わずにすんだ。

ちなみにネットの古本市の最大手〈エイブブックス〉でジム・トンプスンを検索すると、最高値がついているのは『雷に気をつけろ』のハードカヴァー初版（ニューヨークのグリーンバーグ社／一九四六年刊）で三万七千五百ドル！　ハメットの『マルタの鷹』（十一万二千七百五十ドル）、チャンドラーの『大いなる眠り』（四万五千ドル）には及ばないが、ミステリ・ジャンルではかなり上位にくいこめる価格だ。その次に位置しているのはデビュー作（ニューヨークのモダン・エイジ社／一九四二年刊）で一万七千五百ドル。三位が『取るに足らない殺人』のハードカヴァー初版、同じく一万七千五百ドル。

ＰＢＯ初版でびっくりするような高値がつけられているのは前出の『怒りの子』で、「フレディへ。私を二重殺人者にしないでほしい。この本を人にあげたりしたら、きみたち二人を手にかけることになるからね、ジミー。ジム・トンプスン」というサインつき書きこみがあって、七千五百ドル。

ほかに高値がついているめずらしい出版物は、三〇年代末にトンプスンがディレクターとして働いていたオクラホマ州のＷＰＡ（ワークス・プログレス管理局）が出した二点のパンフレット。一点は『石油王国ガイド＝タルサ篇』、あと一点は『オクラホマ行事暦』で、どちらにもトンプスンの短篇小説が収録されている。ただそれだけのことで、値段は各五千ドル。まさにコレクターズ・アイテムだ。

先ほどのサイン本は別格として、ＰＢＯで最高値がついているのは『グリフターズ』の千五百ドル。これはライオンでもゴールド・メダルでもなく、一九六三年刊のリージェンシー版。意外なところにお宝が隠れているものだ。

まあ、こんなところがジム・トンプスンのお値段だが、私の〝つまみ読み〟テストでは合格点に達している未

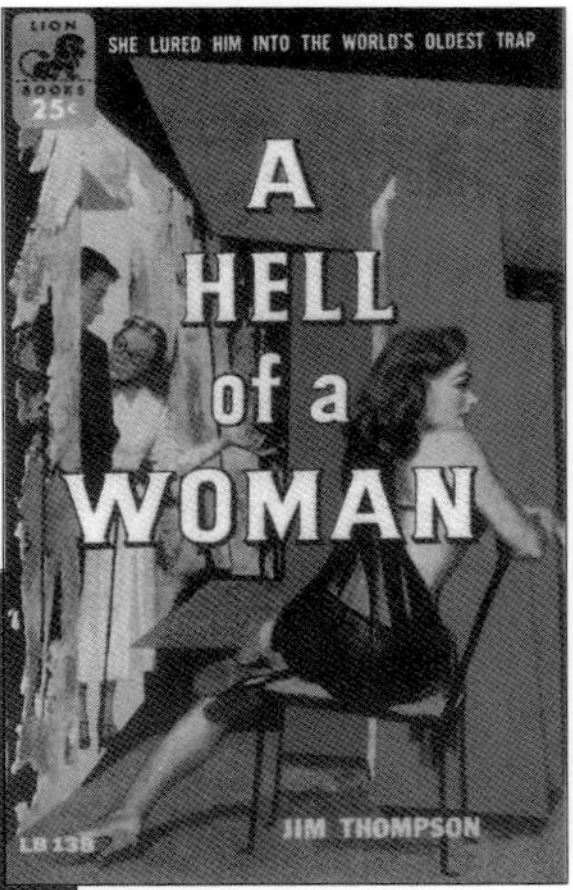
SHE LURED HIM INTO THE WORLD'S OLDEST TRAP
LION BOOKS 25¢
A HELL of a WOMAN
JIM THOMPSON
LB 138

『死ぬほどいい女』
（ライオン、1956年刊）
装画／モーガン・ケイン

A BANTAM BOOK
THE BLOODIEST CROSS-COUNTRY RUN SINCE BONNIE & CLYDE...
THE MOST BREATH-TAKING CHASE SINCE THE FRENCH CONNECTION!
THE GETAWAY
BY JIM THOMPSON
THE EXPLOSIVE NOVEL! NOW A MAJOR MOTION PICTURE!

『ゲッタウェイ』新版（バンタム、1973年刊）

60-2244
60¢
IRONSIDE
BY JIM THOMPSON
A powerful novel of a crime beyond belief—introducing Robert Ironside, detective extraordinary
NOW A HIT NBC-TV SERIES STARRING RAYMOND BURR

『鬼警部アイアンサイド』
ＴＶドラマのノベライゼーション（1967年刊）

ロバート・ポリトーのジム・トンプスン伝（1995年刊）

SAVAGE ART
ROBERT POLITO
SAVAGE ART
a biography of
Jim Thompson
ROBERT POLITO
—James Ellroy
—Thom Gunn
—Andrew Vachss
—Donald E. Westlake

訳本はなかった。いくぶん自伝風の『アルコール依存症（仮）』や『ワル（仮）*Bad Boy*』などはいかにも地味だ。扶桑社のシリーズからは『失われた男』の前に『荒涼の町』がでたが、ゴールド・メダルで六五年に書き下した読物風のギャンブル小説（*Texas by the Tail*）あたりを口直しに翻訳する手もあるだろう。もちろんトンプスン・ファンには口直しなどは無用ともいえる。霜月蒼さんが『ジム・トンプスン最強読本』（二〇〇五年刊）でこう断じていたではないか。

……正負を問わず、ロマンティシズムなどどこにある？　トンプスン作品にあるのは単なる負への指向性、ろくでなしを虚無に導く愚行だけだ……

〔追記1〕私はずっと長いあいだ（三十年以上も）、『ゲッタウェイ』のセリ・ノワールでのタイトルは *Piece a tiroirs*（筋の一貫していない戯曲）だと思いこんでいたのだが、これはじつはカーター・ブラウン物の一作だった。それを気づかせてくれたのは中条省平さんがどこかでさりげなく記してくれた資料だったのだが、『ゲッタウェイ』のセリ・ノワール題名は *Le lien conjugal* が正しい（夫婦の絆という平凡な意味）。

〔追記2〕『リコイル』は未入手のままだが、ライオンに入っていた『ワル』（五三年刊）をネット古本市でみつけ、装画がモート・カンスラー（パルプ・メンズ・マガジン全盛期の売れっ子イラストレイター）なのを知って、高値（六十ドル）にもめげずに購入（14ページ下右）。トンプスン本を平積みにした高さは三十四センチになった。ただし、本章の書影にあるライオン・ライブラリ版の『死ぬほどいい女』は実物ではなく〝絵葉書版〟なので高さには貢献していない。

10
不死身のタフガイの死

《キャヴァリア》1960年10月号　装画／バリー・フィリップス

『ペドラー』5度めの新版（2006年刊）装画／ロバート・マッギニス

リチャード・S・プラザーに会いに行こう

『私のハードボイルド』のまとめの作業が追いこみにさしかかっていた二〇〇六年の九月、なにかのはずみで、LAの陽気な私立探偵シェル・スコットの生みの親、リチャード・S・プラザーのホームページにゆきあたった。ついでにいくつもの関連ページをひらき、同年八月に行なわれた長いインタビューも目にとまった。このインタビューについてはあとでまた触れるが、まもなく八十五歳になるプラザー老がアリゾナのリゾート地セドナで健在、新作を執筆中という情報を得て、私はあることを思いついた。

この仕事から解放されたら、久しぶりにアリゾナへ戻り、セドナまで足をのばしてプラザー老を訪ねよう。なんと言っても、原書を楽しく読みとばす習慣を最初に教えてくれたペイパーバック・ライターの最古参なのだ。私が読んだゴールド・メダルの初版本を山のように持参し、五十年も前に、ぼくはこれでシェル・スコットを読んだんですよと話しかけたら、なんとこたえてくれるだろうか。そんなことを夢見たのである。

シェル・スコットのシリーズは、日本ではまず《マンハント》で短篇が評判になり、同誌が終刊を迎えた一九六三年に、シリーズ第一作『消された女』、第四作『傷のある女』、第六作『スキャンダルをまく女』の三作がポケミスにおさめられ、第三作『人みな銃をもつ』が同年八月刊の《別冊宝石》（百二十一号）に掲載された。

ごひいきだったこの作家とシェル・スコットのことを、私は大昔の「ペイパーバックの旅」でとりあげ、『ペイパーバックの本棚から』にも付記とともにおさめたが、二人のことは少しずつ世間から忘れられていった。そして日本デビューの二十年後、前に《マンハント》に載ったシリーズ第二作『おあついフィルム』に訳者の田中小実昌さんが手を入れた完訳本が八三年に中央公論社から刊行された。そして、それからさらにまた二十年。物好きな論創海外ミステリがシリーズ第二十五作『ハリウッドで二度吊せ』を二〇〇四年に出してくれた。これで新しい読者も生まれるかもしれない。

だがなによりもうれしかったのは、私の〝師匠〟ともいうべきプラザー老がまだ〝現役〟だと知ったことだった。

私は彼に新たな関心をいだき、彼のホームページに教えられて〈ハードケイス・クライム・ブック〉の新刊案内にたどりつき、旧作『ペドラー（仮）*The Peddler*』の新装本（章扉参照）をボブ・マッギニスの表紙絵につられて注文した。そのマッギニスのペイパーバック装画集のリストを参照して、未入手だったシリーズ第二十作『道化師を殺せ（仮）*Kill the Clown*』も追加注文した。

その矢先にとびこんできたのが、なんとご本尊の訃報だった（二〇〇七年二月十四日）。自宅のベッドでの大往生だったらしい。

この二〇〇二年刊のマッギニス装画集に序文を寄せたのがほかならぬリチャード・S・プラザーだった。マッギニスにペイパーバック版の表紙を描いてもらった作家の筆頭は、百一点のカーター・ブラウンが群を抜いている。それにつづくのがブレット・ハリデイで、マイク・シェイン・シリーズ（デル・ブック）を中心に八十七点。この二人に迫っていたのはジョン・D・マクドナルドの六十二点（ゴールド・メダルとデル）。そのあとをE・S・ガードナー（A・A・フェア名義もふくめて三十九点）、エドワード・S・アーロンズ（二十六点）、M・E・チェイバー（二十五点）が追い、十八点のリチャード・S・プラザーは数の上からはそのあとの第七位。だがその当時、存命作家はプラザーただ一人。白羽の矢が立ったプラザー老は大張り切りで、マッギニスの美人画に讃辞を献じた。

トレードマークとなるシェル・スコットの横顔を描いたバート・フィリップスが長いあいだ彼の本の表紙を飾っていたのだが、プラザーはいつの日か、マッギニスにも自分の本の表紙を描いてもらいたいと願っていたという。その願いが叶ったのは、古巣のゴールド・メダルからポケット・ブックへ移籍後の一九七〇年頃のことだった。ゴールド・メダルがそれから五年間かけて、プラザーの旧作をマッギニス装画によって十八点再版してくれたのである。

デイヴィッド・ナイト名義で初めて書かれたシェル・スコット・シリーズの幻の〝第一作〟『殺人のパターン（仮）』

『パニックのパターン（仮）』（のちにシェル・スコット・シリーズに改変された）　装画／ポール・レイダー

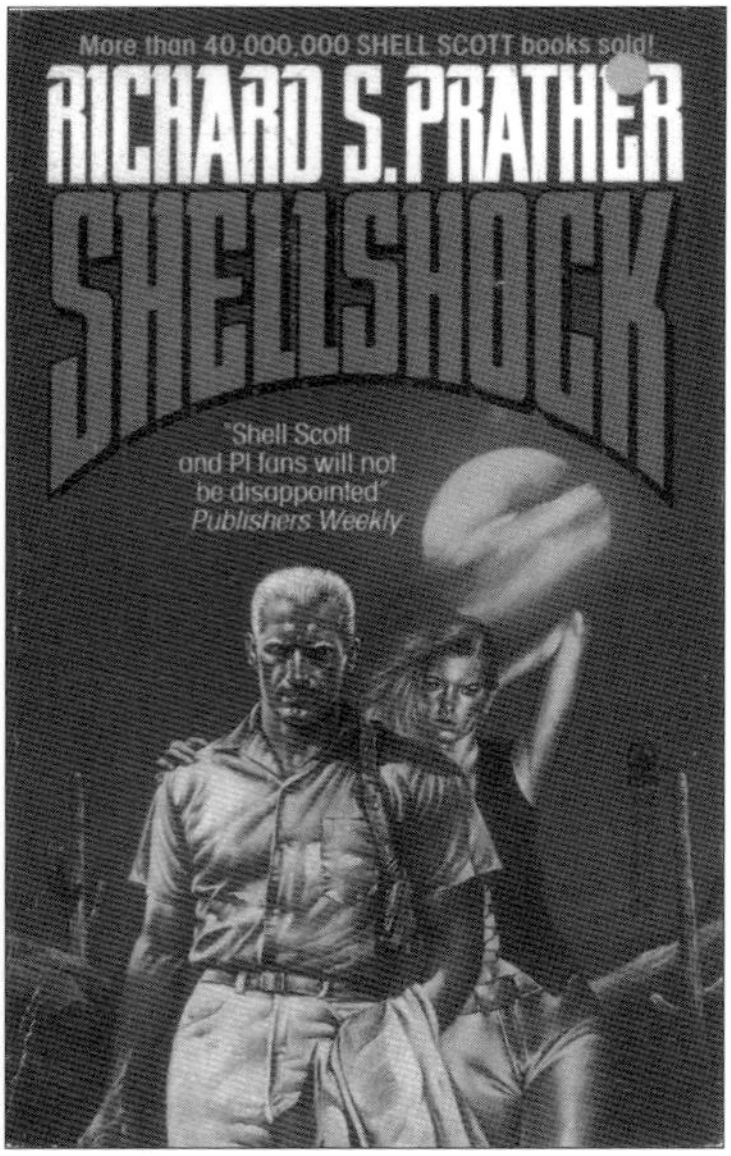

最終作『シェルショック』（1987年刊）
装画／マレン

シリーズ#20『道化師を殺せ』新版
装画／ロバート・マッギニス

「この十八点すべてが、私の最高のお気に入り」だと、プラザーはマッギニス装画集の序文に記した。その中にはマッギニスの装画によって甦った非シリーズ物の『ペドラー』もふくまれていたが、それがなんと三十年後に〈ハードケイス・クライム・ブック〉の一冊として再版され、当のマッギニスがふたたび新しい装画を贈ったのである。それが二〇〇六年末。プラザー老の最期にぎりぎり間に合ったということだ。

シェル・スコット・シリーズの長篇の数は？

一九二六年生まれのボブ・マッギニスの絵筆は齢八十にしてますます艶っぽさを増している。だが、彼の装画を心から愛した七人衆の最後の作家もついにこの世を去ってしまった。

ネット上のインタビューは、これまで知られていなかったプラザー情報をいくつか教えてくれたが、ネットでしかもインタビューとなると、そのままうのみにはできない。そんなことを踏まえて、いくつか孫引きをすると、彼の実際上の第一作は四九年に書かれた『殺人のパターン（仮）*Pattern for Murder*』だった。二年半後に刊行の運びとなったグラフィック版はデイヴィッド・ナイト名義（172ページ上右）で、主人公名はシェル・スコットとなっている。実際に書かれた順序から言うとこれがシリーズ第一作ということになる。

しかし刊行順でいえば、シリーズ第一作の『消された女』に始まって第五作までが、五二年までにゴールド・メダルから売り出されていた。しかし、初期九作の初版本にはまだトレードマークの笑顔は描かれていなかった。

プラザーは一九五二年、愛妻ティナと一年間メキシコ・シティで暮し、その地で三冊の本を仕上げたり、移籍したポケット・ブックと契約上の問題で長い期間もめていた七〇年代にはカリフォルニアでアボカド栽培業をやっていたという。好きな作家はチャンドラーとデイモン・ラニアン。新しいミステリ作家はディック・フランシスぐらいしか読まないとこたえていた。

ところで、シェル・スコット・シリーズはぜんぶで何作か？　各種の書誌がネット上で誤情報を競い合っているが（惑わされないようご用心！）、前出のインタビューでプラザー本人は四十作とこともなげに言ってのけている。

この数字はある数え方をすれば正しい。まず「四十作」ではなく「四十冊」と数える。つまりこの中には、スティーヴン・マーロウと合作した五九年刊の『二人でもめごとを（仮）*Double in Trouble*』（シェル・スコットがチェスター・ドラムと共演）と四冊の中・短篇集がふくまれているからだ。しかも奇妙な生り立ちの長篇も二冊まじっている。ゴールド・メダルに遠慮し、主人公名をシェル・スコットから別の名前に変えて他社から出した作品を、のちにゴールド・メダルに戻したとき名前も元に戻した、とプラザー自身が言っている二冊の本だ。

そのうちの一点は『パニックのパターン（仮）*Pattern for Panic*』で、これは現物で私も確認できた。ネットの古本市で七十五ドルの値がついているハードカヴァーの最初のペイパーバック版（バークリー、五五年刊）では主人公名はクリフ・モーガンとなっていたが、六一年にはシェル・スコット名でゴールド・メダルに返り咲いた（題名も同じ）。こういう例は、どっちの刊行年をシリーズの順番にすればよいのか判断がわかれる。

もっとややこしいのは五二年に〈ファルコン〉というペイパーバックにおさめられた『肉体の短剣』のほうだ（188ページ参照）。私の手元にあるのは五六年刊のクレストのペイパーバック（フォーセット社）だが、これの主人公は、プラザー自身も言っているようにマーク・ローガンである。しかしプラザーは前出のインタビューで、「これもあとでシェル・スコットに変えた。だがどこを探してもマーク・ローガン版しか見つからない。妙だな」と洩らしていた。ところが、ほんとうにそんなヴァージョンが存在するのか、ためしにネットで検索すると確かにみつかったのである。

この『肉体の短剣』をシリーズの一冊として認めると、シェル・スコット物の長篇は合作一作をふくめて全三十六作ということになる。インタビュー時に「すでに千ページ分まで書いたが版元が決まっていない」とこたえていた遺作『死の神々（仮）*The Death Gods*』にははたしてシェル・スコットが登場するのだろうか？

いくつか値段の話が出たついでにリチャード・S・プラザーのネット古本市の相場表を見てみると、最高値は

初期シェル・スコット・シリーズ

（装画／バリー・フィリップス）

これ以前の６作の書影は折り込み付録にある

六二年刊の『カードのジョーカー（仮）*Joker in the Deck*』と六五年刊の『死者の道（仮）*Dead Man's Walk*』の二作の英国版ソフトカヴァーでいずれも九百九十七ドル。アメリカ産ペイパーバックの最高値は一九八六年にトア・ブックから出た十一年ぶりの新作『アンバー・イフェクト（仮）*The Amber Effect*』の著者サイン入り本。

ああ、ゴールド・メダルの初版本を山のように携えて、ただちにプラザー老を訪ね、サインをねだってさえいたら……！

〔追記〕『肉体の短剣』に主人公をシェル・スコットに改変した版があるはずだという情報（発信元は亡くなった当のプラザー老だった）にまどわされて、ネット古本市でいくつもの版を注文し、何度も空振りを続けたあげくに私がたどりついたのは「ネット上のシェル・スコット版の書影は真赤なニセモノ」という結論だった。

もう少し正確に記せば、私がネット古本市で買った安手の〝電子ブック版〟の『肉体の短剣』には、ネット上でみかけたのと同じシェル・スコットの似顔絵と「偉大なるシェル・スコットの冒険譚の一篇」というキャッチフレーズを刷りこんだ表紙がつけられていたが、中身の物語の主人公はマーク・ローガンのまんまだったというお粗末なお話。まさに看板に偽りありである。という次第で、シェル・スコット・シリーズの長篇総数は、プラザー老の証言とは異なり、三十六作ではなく合作一作をふくめて三十五作が正解ということになる。

11
ハーラン・エリスンの特別料理

SPIDER KISS
SIMPLY PUT, THIS IS THE BEST. THE MEANEST ROCK NOVEL EVER WRITTEN. THAT'S WHY IT'S THE ONLY ONE ENSHRINED IN THE ROCK AND ROLL HALL OF FAME. BUY IT. . . IT BITES BACK.
HARLAN ELLISON
HARLAN ELLISON SPIDER KISS

『蜘蛛のキス（仮）』新版（2006年刊）
装画／ロバート・マッギニス

エリスンはハメットを読んでいた

そもそものきっかけはロバート（ボブ）・マッギニスだった。彼の装画によるカーター・ブラウン本の百点目を入手し、ついでにリチャード・S・プラザーの〈シェル・スコット〉シリーズの新装版を注文したりしていた過程のどこかで、ハーラン・エリスンの『蜘蛛のキス（仮）*Spider Kiss*』の新装版の表紙にまでマッギニスの新しいイラストレイションが使われていることを知ってしまったのである。

知ったとたんに注文してしまったその本が手元に届いた頃、もう一つの出来事が発生した。異色作家短篇集の新しい第十八巻『狼の一族』が刊行されたのだ。そしてその中に編者・若島正がエリスンの「どんぞこ列車」を収録していることがわかった。ご自分で初訳にあたったこの短篇に若島さんは、「SF作家として評判になる前の、一九五〇年代後半から一九六〇年代前半に、ハーラン・エリスンはそれこそ山のような短篇をあちこちの雑誌に書きまくっていた。特に彼が得意にしたのは、男性雑誌に載せたクライム・ストーリーである」という解説をつけていた。

この「どんぞこ列車」（原題"Riding the Dark Train Out"）という短篇にはおぼえがあった。大昔に「新・パパイラスの舟」で紹介した作品の一つだったはずだ。記憶をたよりにバックナンバーをたどっていくと、旅人ファンタジー選の中で「人情話風／ホロッとさせる」と評した短篇だということが判明。これだけ偶然が重なれば、もういくしかない。という次第で、これまでの路線とはかなり毛色の異なるハーラン・エリスンの登場ということになった。

そんな縁もあって〈異種格闘技対談〉とも呼ばれた当の若島正さんとのトーク・ショー（二〇〇七年三月三十日開催）でも当然エリスンの話は出たが（《HMM》二〇〇七年六月号掲載）、ここではもう少し手前勝手なエリスン話のあれこれをしゃべることにしよう。たとえば彼は、ダシール・ハメットをどう思っていたのかといった話を……

ボブ・マッギニス装画による『蜘蛛のキス』の新装版を手にとってまず気づいたのは、これが昔、ゴールド・メダルから出た『ロカビリー』の改題本だということだった。この野暮ったい原題が七五年刊のピラミッド版、八二年刊のエイス版ですでに『蜘蛛のキス』と改められていたのにも気づかずに、プレスリーをモデルにした安直なロック小説と思いこんでページも繰らずに放ってあったのだが、これでやっと読む機会がめぐってきた。そして、毎晩就寝前に読みつづけ、一週間がかりで読了したこの小説は類型を積み重ねることによって固有の高みに達しているクールでヒップな極上のロック小説だったことを悟った。

一気に成功の頂点にのぼりつめたあと急転直下、奈落の底に堕ちるカリスマ的な若いロック歌手（芸名スタッグ・プレストン）の栄枯盛衰の物語が中年の芸能マネージャーの三人称一視点で描かれるのだが（幕切れのあとの最終章の余韻が秀逸）、おどろいたのは中ほどの第十四章にいきなりダシール・ハメットの名前がでてきたことだ。マネージャーがスタッグにこんなことを教えるシーンがあったのである。

「……ハメットは、この町じゃ大物だった……ところが愚かしい政治活動にまきこまれて血祭りにあげられた……」

「アカだったのか、自業自得さ……」

「能無し連中がハメットを血祭りにあげたんだ。それまでの彼は大物で、ビクともしない名声を保っていた。最高の探偵小説作家だった。その男に、この腐った町が何をしたか！　彼は六カ月前にニューヨークで死んだ。この数年間、誰も消息を耳にしていなかった。私自身、とうの昔に死んだものと思っていた。六カ月前まで生きていたと知ってショックだった。人が落ち目になると、この町はどう出るか。大型のダンプカーで轢き殺しちまうのさ」

装画／ミッチェル・フックス（中央）
装画／リーオ＆ダイアン・ディロン（左右）

HARLAN
ELLISON
11
LOVE AIN'T NOTHING
BUT SEX MISSPELLED
First time in paperback! Appearing in the theater of your mind: See sin, love, lust skewered before your very eyes. 16 poisoned arrows from fantasy's most improbable Cupid—including the best Hollywood novella since Day of the Locust.

ピラミッド版短篇集（1976年刊）

35c
Stag Preston, idol of millions—
whose private life was wilder than
any of the songs he sang
GOLD MEDAL BOOK
ROCKABILLY
HARLAN
ELLISON

『ロカビリー』（『蜘蛛のキス』の元版、1961年刊）

6
A fabulous rock novel of the Funky Fifties. In the days when Elvis hadn't yet been on the Ed Sullivan Show, when nobody but blacks dug Otis, B.B. and Chuck, Janis and Jimi were 12 years old, & the superstar was a ratfink with a voice like a
SPIDER KISS

『蜘蛛のキス』ピラミッド版（1975年刊）

エイス・ダブルのＳＦ（ＰＢＯ、1960年刊）

ACE
TWO COMPLETE NOVELS 35c
D-413
He Mastered the Maze of the Cosmos
The Man With Nine Lives
HARLAN ELLISON
Complete Novel

ACE
TWO COMPLETE NOVELS 35c
D-413
A TOUCH OF INFINITY
HARLAN ELLISON

少年非行ものの短篇集
エイス（1958年刊）

D-312
35c
THE DEADLY STREETS
Tense Tales of Juvenile Terror
Harlan Ellison

この町とはいうまでもなく、エリスンもメシの種にしたハリウッドのことだ。このセリフはエリスン自身のまさに同時進行形の肉声とみなしていいだろう。

だが一つだけ不可解なことがある。ハメットの死は六一年一月。エリスンがこの本の序文を書いたのは六一年四月。となると、ハメットは「六カ月前に」死んだという記述が時系列を狂わせる。半年遅れでハメットの死に気づいたエリスンが刊行直前の最終校正時にこのセリフのやりとりを急遽挿入したということなのだろうか。

『蜘蛛のキス』の短篇版の読み方

ここであらためてハーラン・エリスンをきわめて常套的に紹介しておこう。

ハーラン・エリスン（一九三四〜）

オハイオ州に生まれ育ち、創作講座の教授に反抗してオハイオ州立大を一年半で退学……SFファンジンの編集に携わったあと一九五五年にニューヨークに……五八年までに、SFの短篇小説や記事を百五十本量産。ブルックリンの非行少年グループに十週間仲間入りして五八年に長篇第一作『ランブル（仮）*Rumble*』を書きあげた。五九年、陸軍除隊後、シカゴに移り、男性雑誌《ローグ》の編集者兼常連執筆者となった。六二年以降ロサンジェルスに住み、ハリウッド・ライターとして活躍。その頃から独自の〝SF〟世界を世に問いはじめ……栄あるヒューゴー賞（「世界の中心で愛を叫んだけもの」など）、ネビュラ賞（「少年と犬」など）をあいついで受賞、自作のジャンルわけを拒否する短篇小説の鬼才と評されている……

これは、メンズ・マガジン《ギャラリー》の七四年九月号に掲載され、同年度のMWA賞を受賞した「鞭打たれた犬たちのうめき」に私自身が付した著者紹介のほぼ全文である（『エドガー賞全集』下巻、八三年刊）。二十年以上前に書いた紹介文の中身などもちろん記憶に定かではなかったが、エリスンに対する個人的な関心ということであれば、二、三追記すべきことがある。

一つめは長篇第一作『ランブル』について。このチンピラ時代の自伝風の話は、七五〜七六年の新版でエリスン大売り出しを図ったピラミッド版では『街の蜘蛛の巣』（*Web of the City*）と改題され、八二〜八三年のエイス版の第二次大売り出しにも収められた。

二つめは《ローグ》とのかかわりについて。私自身はほとんどのメンズ・マガジンを五〇年代後半から生で読んできたが、この雑誌について言えば、現在手元にある最も古い号は五九年八月号（第四巻第六号）。巻頭にはエリスンの名前が副編集長（associate editor）として記載され、ＤＪを主人公にした短篇（"This Is Jackie Spinning"）も掲載されている。副編集長としてのエリスンの名前は翌六〇年十月号以降には見当たらないので、《ローグ》での在籍期間は約一年ということになる。ただし、短篇や記事は六二年の半ばまで寄稿をつづけた。初めに紹介した「どんぞこ列車」（六一年五月号）や皮肉なオチがつけられている〝悪魔との契約〟譚（"Deal from the Bottom"）、三つのショート・ストーリーからなる「トリオ」（六二年六月号）など、短篇集未収録作品をふくめて未訳のショート・ストーリーが数多く残っている。

三つめはこれに関連して、エリスンの非ＳＦ／ファンタジー系の短篇について。エリスン自身は「ジャンルわけを拒否」しているが、既訳のクライム・ストーリーの中で私好みのベスト3は、《マンハント》に一篇のみ掲載された「ネズミぎらい」、数年前にヘンリイ・スレッサー追悼号に載った「すすり泣き」（スレッサーとの合作。初出はスレイ・ハースン名義）および「どんぞこ列車」といったところ。今後、エリスン風クライム・ストーリーの未訳の山から埋もれた傑作を発掘する作業が楽しみだ。

たとえば「どんぞこ列車」を収録した短篇集（*Love Ain't Nothing But Sex Misspelled*）のピラミッド版（七六年刊）に追加収録された「おれが雇われ用心棒だった頃」（"When I Was a Hired Gun"）という短い回想記（《ロサンジェルス・フリープレス》に七三年に連載された記事の一つ）のページを題名につられてひらいたとたんに目

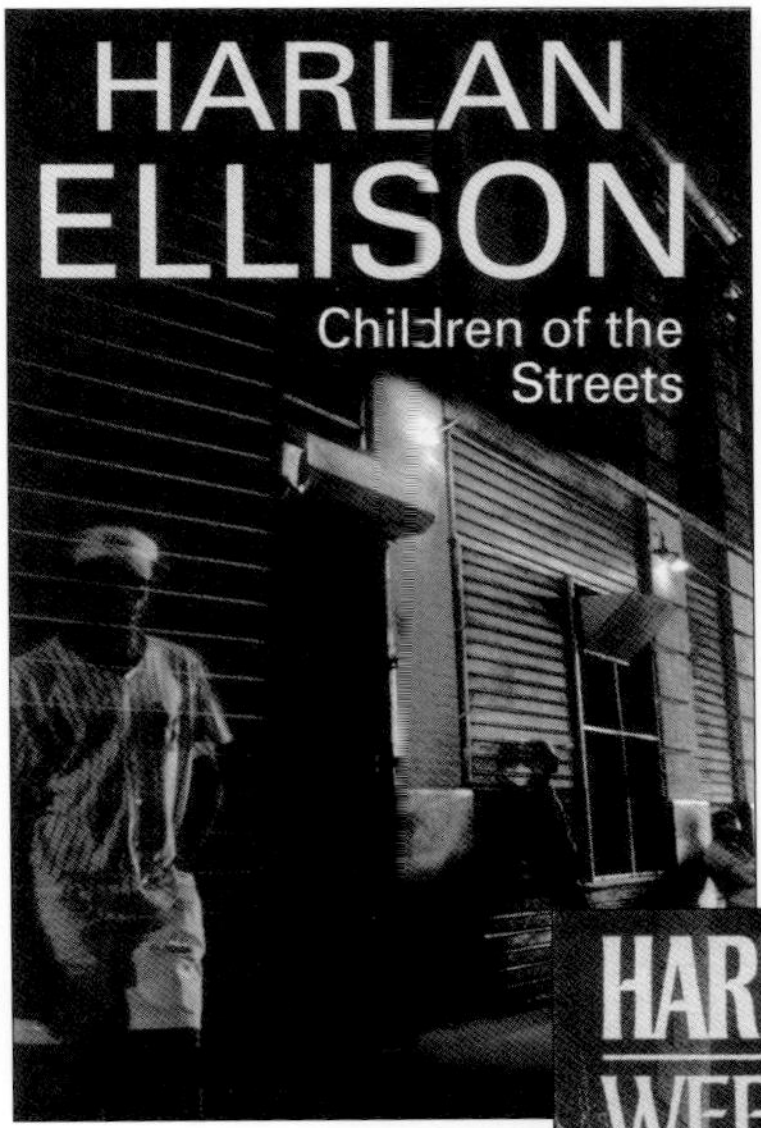

右の改題版（2004年刊）

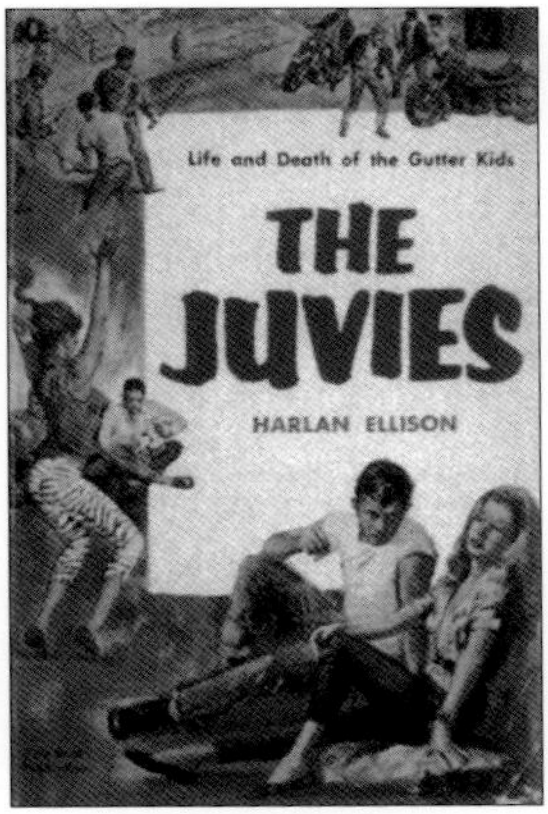

『少年非行（仮）』
エイス（1961年刊）

Collectible Paperback より

右の改題版
エイス（1983年刊）

『ランブル（仮）』（出入り）
ピラミッド（1958年刊）
装画／ルディ・ディレイナ

『ランブル』再版（1963年刊）
装画／アール・メイヤン

に飛びこんできたのが、またしてもハメットの名前だったのである。

〝ハーデスト・ボイルド私立探偵〟サム・スペードが登場するダシール・ハメット物語のスタイルで、さあ読んでもらおうか。

おれは昔、拳銃を持った雇われ用心棒だった……

ハーラン・エリスンがハメットのハードボイルドを読んで育ったことがこれでわかった。この短い回想記の中身は、強がってみせているだけでかなり他愛のないものだったが、エリスンのクライム・ストーリーには残酷風味をきかせた作品が多い。クールなロック小説『蜘蛛のキス』の原型となった「マティネーの牧歌」（"Matinee Idyll"）という作品もその一つだ。この一篇は少年非行の話ばかりを集めた『街の子（仮）』（*Children of the Streets*）という短篇集に収められている。マティネー（昼興業）には〝昼下がりの情事〟の意もあるが、いずれにしろこの〝牧歌〟というタイトルとはうらはらに、この短篇小説にはきわめて残酷な結末が用意されていた。

若い頃から自作に序をつけたり解説をつけたりするのが好みだったエリスンは一九五八年に《トラップト》というダイジェスト・サイズのパルプ・ミステリ誌に発表（一九五八年。月号不詳）したこの作品にも、短篇集収録時に長めの序をつけている。「一年がかりで書き上げた私の小説が数カ月後に刊行される。あるロック歌手と、そのような虚像のアイドルを育む現代の病巣を観察した社会派小説だ」と、六一年刊の『ロカビリー』（改題『蜘蛛のキス』）の明らさまな前宣伝をやっているのだ。

読みだしてすぐに気づいたのだが、この短篇小説は超人気歌手として頂点をきわめたスタッグ・プレストン（長篇も同じ）が犯す決定的な過ちを描いた長篇の第十六章として、ほとんどそのまま使われていた。熱狂的なファンの中から一人だけ選ばれ、スイートルームに連れこまれた純情な小娘がスタッグの〝魔手〟から逃れようとしてバルコニーから転落死するエピソードである。

長篇ではこの〝事件〟は、カネとコネの力でなんとかもみ消されるが、短篇では簡単には読み解けない奇妙なオチがつけられている。転落死した娘の女友達が大挙してロック歌手の部屋に殺到し、てんでに記念の土産を歌手からむしりとり始める。マネージャー（語り手）も手の施しようがない。一人の手がシルクのドレッシング・ガウンの襟にかかる。絹の裂ける音。みんなが手をのばす。歌手の頬に長い爪を立てる娘。四本の真紅の筋。歌手の悲鳴。

私はドアを開け、廊下に出た。彼のシャツが引き裂かれる音を聞き、振り向くと、彼が床に倒れるのが見えた。娘たちの一人が踏みつけようと脚をあげた。

彼がまた叫んだが、私はドアを閉めた。

私は〝メシの種〟を失くした。つまり失職ということだ。こんなもんさ、人生なんて。

腹の奥底の深いところでは、どうなろうと大して気にもしていなかった。部屋に押し寄せてきた娘っ子たちは一人残らず土産品を手に入れたのだから。

この結末は、熱狂的なファンの女の子にもみくちゃにされ、衣類をむしりとられ、爪を立てられ、床に転がされ、足蹴にされたロック歌手が最後に息の根までとめられた、と暗示しているのだろうか。

歌手がこのスキャンダルのために落ち目になり、それでマネージャーは職を失ったという解釈はまだるっこしい。〝メシの種〟を失くした、という表現は、やはりそのときその場で歌手は殺された、と読むべきではないか。

だが、この深読みを成立させるための決定的な言葉や暗示的表現がわずかに不足していることも明白だ。残酷な結末を想像することは許されても、それを決定づける二語か三語の補いが足りない。エリスン自身の意図はどうだったのだろう。そこのところをきちんとおさえていたら、この短篇はエリスンの〝特別料理〟になっていたかもしれない。

少年非行への関心

残酷な幕切れということで言えば、同じ短篇集に収められている「悪ガキたち」（"The Rough Boys"）のほうがずっと切れ味が鋭く、明確だ。こっちは《ギルティ》というパルプ・ミステリ誌の一九五六年十一月号に載ったものだから、かなり初期の作品ということになる。

物語は、ひと仕事終えたあと、ブロードウェイの八十丁目台の下宿屋にじっと身をひそめ、謝礼金の到着を待っている二人の若者の描写から始まる。二人の〝仕事〟はプロの殺し屋。朝鮮戦争を体験しているテリーは火炎放射器で敵兵七人を焼き殺したときに、口の端に小さな傷を負い、勲章をもらった。この道に入って五年。一方のヴィンスはこの道八年の先輩格。二人ともカレッジ卒のいわばインテリやくざだ。

エリスンは二人のクールな若い殺し屋たちを、徹底したクールな書きっぷりで描いていく。部屋には読み捨てられたペイパーバックが散乱している（題名は不明）。二人はひまつぶしに最近見た映画の話を始める。テリーは「バラの刺青」がよかったと言う。ヴィンスが、新聞広告に出ていた九十五丁目のアート・シアターでやっているフェルナンデルの映画「五本足の羊」（The Sheep Has Five Legs）を見に行こうと言いだす。テリーは渋るが、結局二人は思い切って外出し、映画を観たあと、暗い路地を隠れ家に向かう。その途中、八十八丁目あたりの路地で石段にポツンと座っている少年を見かけ、五ドルの駄賃をエサに（真二つに切ってその一方しか渡さない）、食べ物を買いに行かせ、届け先のアドレスを教える。

二人は無事隠れ家に戻り、食べ物が届くのを待つ。やがて合図のノックの音。そしてそれまで静かに進行していた物語は一気に血まみれのエンディングへとなだれこむ。先ほどの純情そうな少年に手引きされて部屋に乱入した革ジャンのチンピラたちは、拳銃と飛び出しナイフを構えて容赦なく、無慈悲に獲物に襲いかかる。

エリスンが用意した極めつきの〝特別料理〟は、じつはこの「悪ガキたち」だった。二人のインテリやくざのユニークな人物造形で読者（つまり私のこと）の気を惹いておいて、いきなり有無を言わせぬ暴力描写で足もとをすくう手口はおみごとと言うしかない。

この短篇小説と『ロカビリー』の原型などを収録した短篇集の原題名は『少年非行（仮）』（*The Juvies* = juvenile delinquencies）だったが、エリスンに言わせると、これは版元のエイスが流行語をそのままタイトルにしたもので、彼自身はもともと『街の子』と名づけていたのだという。チンピラ・ギャング団に入っていた時の経験をもとにして書いた処女長篇『ランブル』（出入り）をのちに『街の蜘蛛の巣』と改めたのも同じ理由からだったようだ。そのほかエリスンには一九六一年刊の少年非行をテーマにした自伝風の長篇小説（*Memos from Purgatory*）もある。

ニューヨーク時代のエリスンが、クライム・ストーリーの中でもとりわけ少年非行に強い関心を抱いていたことは『街の子』につけられている謝辞からもうかがえる。献辞を捧げた何人かの人物の一人にハル・エルスン（Hal Ellson）の名があり、「私のペンネームの一つではないかとしばしば混同された（先方も同様に）」という注記がつけられているのだ。

このハル・エルスンという作家は早稲田での私の卒業論文「現代アメリカ未成年犯罪小説論」でとりあげた三人の作家の一人だった。あとの二人はエヴァン・ハンターとアーヴィング・シュールマン。私の卒論にはハーラン・エリスンは登場しなかった。

〔追記〕本書には、私自身が実際に所蔵しているペイパーバックの書影しか掲載しないというのが大原則だが、必要に迫られて本章には他書から四点の書影を借りた。『少年非行』と『凶悪な街（仮）*The Deadly Streets*』のエイスの初版二点とピラミッドの『ランブル』の初版と再版である。この初版の表紙が載っていた豪華なピクトリアル（*The Great American Paperback* 230ページ上参照）の中で、私はめずらしい三点のペイパーバックの表紙絵と出会った。一点はエヴァン・ハンターの『邪悪な眠り（仮）*The Evil Sleep!*』（五二年刊の幻の処女作。古書価格四百五十ドル)、次はリチャード・S・プラザーの『肉体の短剣』の初版本。どちらも版元はファルコン・ブック(Falcon Book)というペイパーバックだが、私の手元にはこの銘柄の本は一冊もない。一九五二年から五三年にかけて二十四点刊行されたマイナーな銘柄で、別の資料本にはダイジェスト・サイズのペイパーバックと記されている。そしてもう一点はロス・マクドナルド(ケネス・ミラー名義)の『トラブルはわが影法師』のライオン・ライブラリ版だ。改題名が『夜汽車』(*Night Train*)となったのがこのライオン版だったのである。

ケネス・ミラー『トラブルはわが影法師』

改題版　装画/サムソン・ポーレン

エヴァン・ハンターの幻の処女作

リチャード・S・プラザー『肉体の短剣』

初版。装画/ルドルフ・ナピ(?)

(*The Great American Paperback*より)

12

三十三年かけて振り出しに戻った長寿シリーズ

〈部隊〉シリーズスタートの頃

二〇〇六年の十一月二十日に、生まれ故郷スウェーデンの介護施設で大往生をとげた（享年九十）アメリカ・スパイ小説界の老雄、ドナルド・ハミルトンをとりあげようと思いたったのは、ネット上にかなり遅れて彼の死が報じられ始めたときだった。

全二十七作の〈部隊〉シリーズの欠本が十一点あることを確認後、ただちにネット古本市で十点を注文。二十五ドルという高値を知ってしばらく迷っていた最終作も数日後に思いきって追加注文した。一九九三年刊の比較的新しいペイパーバックに定価の五倍もの高値がついているのは印刷部数がきわめて少なかったためだという。デビュー以来三十数年間、不死身のスーパー・ヒーロー役を演じてきたマット・ヘルムの人気にも、最終作刊行当時、さすがにかげりが見えはじめていたということだろう。思えば、よくぞそこまで生きつづけたものである。ざっと見渡したところ、これほどの長寿スパイ・ヒーローは他に類を見ない。

第一作『誘拐部隊』から三十三年後の最終作までペイパーバック・オリジナル（ゴールド・メダル）で出しつづけたというのも、原作者ハミルトンがヒーローと同じほど頑固で律儀な男だったことの証しと言える。長寿ということで肩を並べられるのはジョン・D・マクドナルドの〈トラヴィス・マッギー〉シリーズだが（一九六四年から二十一年間に二十一作）、こっちのほうはデビュー十年後にハードカヴァーに出世してしまった。しかしどっちみちハードカヴァーに縁の薄い私にとっては、マッギーが最後までマット・ヘルムの向こうを張るゴールド・メダル・ヒーローの横綱であり続けてくれたことに変わりはない。

もちろん仕事上でのかかわりということなら、ハミルトンのマット・ヘルム・シリーズのほうが格段に上をいっている。なにしろこの道に入って初めて刊行された私の翻訳書が〈部隊〉シリーズ第二作『破壊部隊』だった。《マンハント》に書き始めたのは一九六一年の初めだったが、翻訳が単行本になったのはその三年後の一九六四

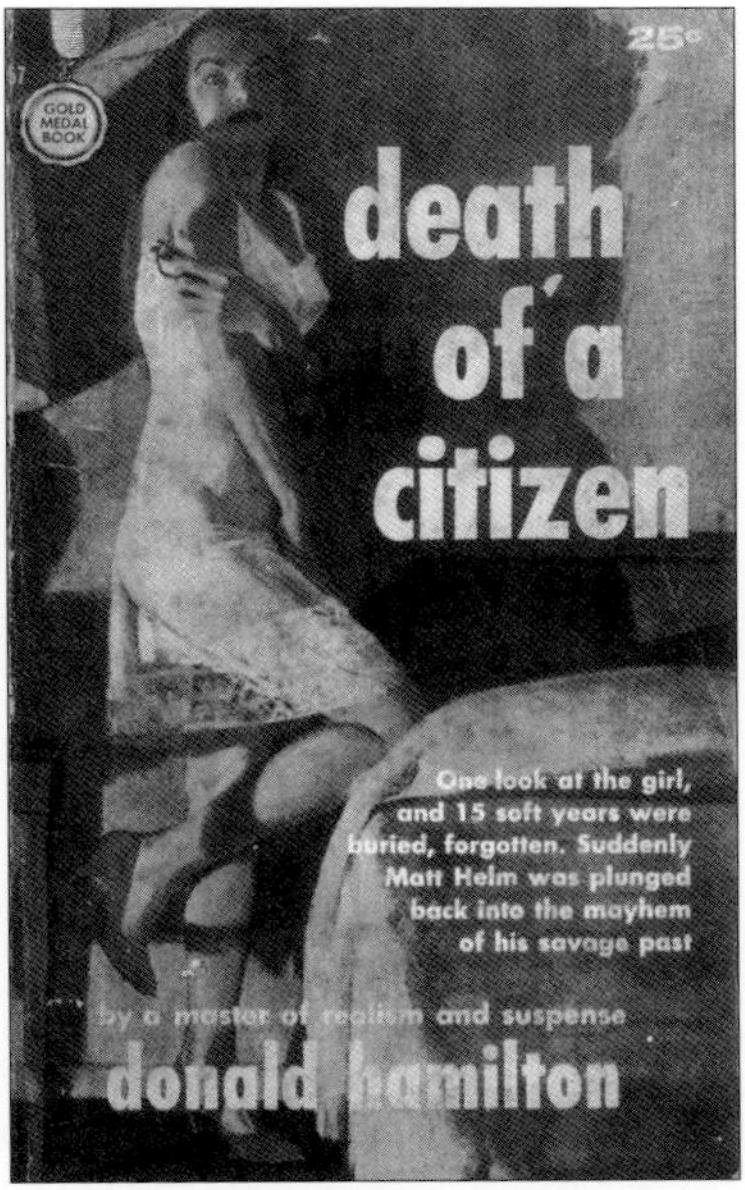
25¢
GOLD MEDAL BOOK
death of a citizen
One look at the girl, and 15 soft years were buried, forgotten. Suddenly Matt Helm was plunged back into the mayhem of his savage past
by a master of realism and suspense
donald hamilton

#1『誘拐部隊』（原題『ある市民の死』）

35¢
GOLD MEDAL BOOK
THE WRECKING CREW
I had only ten seconds and a gun I'd never used before—not very good odds against the toughest target of my career
DONALD HAMILTON
A Matt Helm story by the author of DEATH OF A CITIZEN

#2『破壊部隊』初版

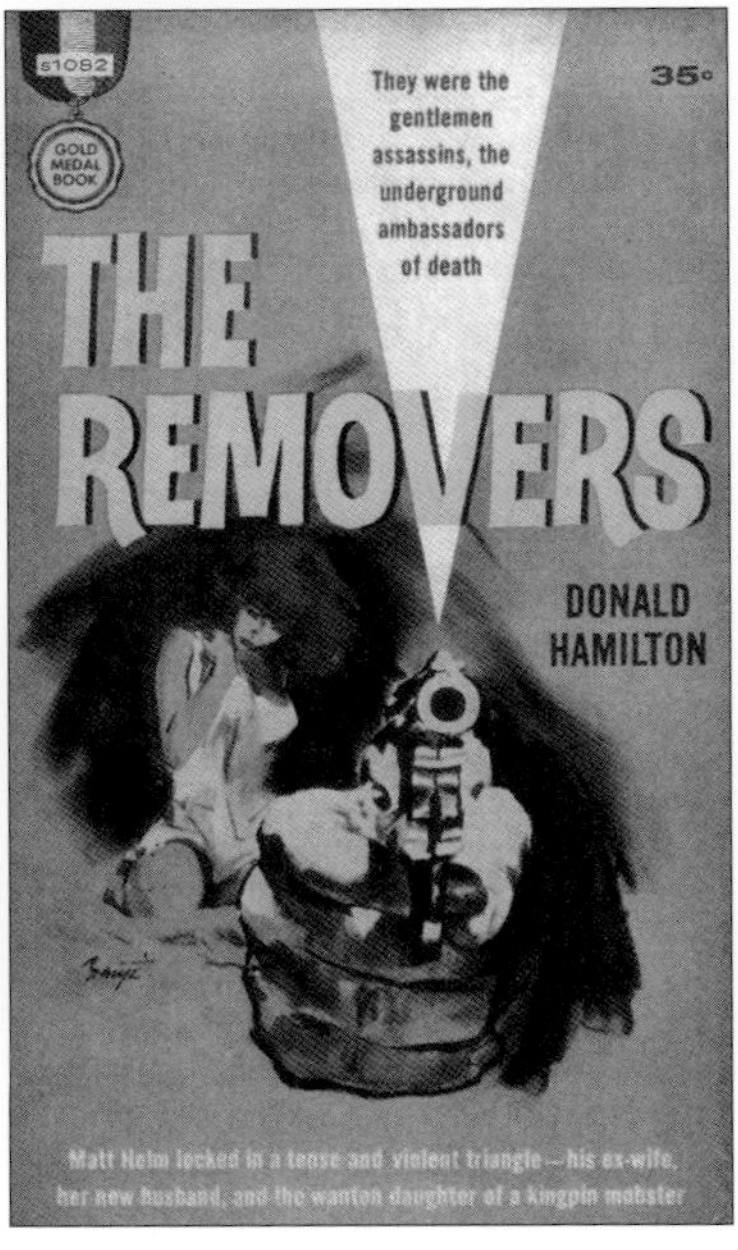
35¢
GOLD MEDAL BOOK
They were the gentlemen assassins, the underground ambassadors of death
THE REMOVERS
DONALD HAMILTON
Matt Helm locked in a tense and violent triangle—his ex-wife, her new husband, and the wanton daughter of a kingpin mobster

#3『抹殺部隊』装画／バリー・フィリップス

部隊シリーズ
全27巻　1960〜1993

最終作
#27『障害部隊（仮）』

Donald Hamilton
THE DAMAGERS
This yacht's a magnet for murder, and it needs a skipper. Calling Matt Helm....

Matt Helm
DONALD HAMILTON
THE RETALIATORS

#17『報復部隊（仮）』

年――スパイ小説の大ブームの最中だったのである。
このシリーズはポケミスで十二作翻訳され（一九六四～一九七〇）、ディーン・マーティン主演で喜劇映画仕立てになってしまった初期四作中の三作は、のちにミステリ文庫にもおさめられた。いまはもうネット上もふくめて古書店で入手するしか道はないのだろうが、当時はかなり売れたシリーズだった。とにもかくにも私にとっては物書きとして独立する大きなきっかけになってくれた仕事だった。『破壊部隊』が十五年後に文庫におさめられたとき、私は「あとがき」にこんな楽屋話を記している。

この部隊シリーズが……こんどミステリ文庫に順次収録されることになった……そして、第一作を訳した田中小実昌さんが、その当時のことを「あとがき」に書いている。一人称の代名詞をどう訳すかということが問題になり、小実昌さん一人が「おれ」でいこうとがんばったのに、結局「私」にしようということでみんなの意見が一致したので、小実昌さんだけは苦労して「私」も「おれ」も用いないホンヤクを試みたというのだ……

このみんなというのは、第三作『抹殺部隊』を訳した故青木日出夫、『沈黙部隊』の山下諭一、『待伏部隊』の故矢野浩三郎などの各氏のことにちがいない。直弟子、山下諭一や後輩どもがこぞって反旗をひるがえしたのだ。もちろん私も、このシリーズを「おれ」で訳すのには反対だった。
〈部隊〉シリーズはぜんぶで十二作翻訳されたが、訳者の数は九人、私といま出てきた矢野さん、そして、やはり亡くなられた村社伸さんの三人がそれぞれ二作ずつ訳している。
このシリーズに単独の訳者を立てずに手分けして翻訳をすすめたのは刊行スケジュールがきびしかったためだろう。原作も一筋縄ではいかない難解なもので（すくなくとも当時の私には荷が重すぎてたいへん苦労させられたのをおぼえている）、とても一人の訳者で次々にすらすらとこなせるシリーズではなかった。「おれ」で訳させてもらえなかったのが原因かどうかは知らないが、トップ・バッターのコミさんがおりてしまったので、あとは若い連中で継投策ということになったのである。

翻訳者の分担のことだけでなく、〈部隊〉シリーズは内容上の問題もかかえていた。第一作『誘拐部隊』の原題名は『ある市民の死』(*Death of a Citizen*)。これは、引退後結婚し、三人の子供をつくり、西部小説を書きながら平穏な市民生活を送っていた三十代後半の元諜報部員が昔の仕事に狩りだされ、非情な殺人を犯す現場を妻に目撃されてしまい、平凡な一市民としての人生にピリオドを打たねばならなくなるという設定に合わせた題名だった。つまり、マット・ヘルムは、スパイ稼業に戻りたくなかった元スパイという形でデビューしたのである。当初はシリーズ化などもくろんではいなかったのだろう。

ところが二作めの『破壊部隊』では舞台は北欧に移り、かなり本格的な国際諜報活動をとりいれたハードコアなスパイ小説に変身。結末近くで、別れた妻のベスから、子供たちも愛してくれる牧場主と再婚し、しあわせに暮らしているという手紙も届く。なんの気がねもせずにスパイ稼業に専念してくださいというお墨つきをもらったわけだ。

しかし三作めの『抹殺部隊』でまたモタついてしまう。三人の子供を連れて再婚したベスから救いを求める連絡が入り、マットはリノに赴き、テロリストとの戦いを強いられることになる。全篇が別れた妻との葛藤を軸に展開するドメスティック・サスペンスに逆戻りしてしまうのだ。しかも新旧二人の夫の前でベスがテロリストに犯されるシーンまで用意されている。

　(ベスの泣き声が)耳ざわりだった。ハードボイルドぶってるわけじゃないが、とるに足らないことで騒ぎ立てているだけのことだ……どうあがいたって、彼女はもうすぐ犯されるのだ……

ここでドナルド・ハミルトンが文中で用いた「ハードボイルド」は、「強がる」「非情にふるまう」の意である。六〇年代の初めにこの言葉が小説の中で有効につかわれていた一例として〝採集〟しておこう。

ハミルトンの作家としての律儀さ

〈部隊〉シリーズが定型を備えたスパイ小説シリーズとして足場を固め、再スタートしたのは『沈黙部隊』『殺人部隊』のあたりからだった。私が二つめの翻訳をうけもつことになった第八作『掠奪部隊』には、ある子持ちの女性との濡れ場を子供たちに邪魔されるシーンで、マットが「私の中からいわば父親的な感情はなくなりかけていた」というコメントを洩らす箇所があった。

未入手だった十一点を注文したあと、私は二十年以上も積んだままにしてあった未読の作品の中からシリーズ第十七作の『報復部隊（仮）*The Retaliators*』を選んで、すぐさまあっさりと読了した。〝ハミルトンはけっこう難しい〟という先入観がウソのようだった（実際に翻訳するとなると話はちがってくるのかもしれない）。一つにはこの作品の舞台が、私にも土地カンのあるバハ（カリフォルニア半島）だったせいかもしれない。この作品には七〇年代半ばのラパスやカボサンルーカスが出てくる。私の〝新・探偵物語〟の短篇の一つ「ロス・カボスで天使とデート」（『わが名はタフガイ』光文社文庫に収録）はその二十年後のカボが舞台だった。

とはいえ、ミステリ作家の中でバハに最初に足を踏み入れたのはハミルトン＝マットではない。ペリイ・メイスン・シリーズの生みの親、E・S・ガードナーは一九四七年に早くも第一回のバハ探険旅行に出かけている。だが、その時はまだハミルトンが作品の中でとりあげた強大なアメリカ資本の侵略はバハ南端の桃源郷には達していなかった。

話を元に戻すが、シリーズの未入手本が届き始め、積み上げてみて最初に気づいたのはページ数が異様に増していることだった。三百四十ページを超えている作品が四点もある。活字もいくぶん大きめになって読みやすい体裁になっているが、ページ数の悪しき〝肥大化〟の影響をうけているのは明らかだ。

装画／レイモンド・ピース

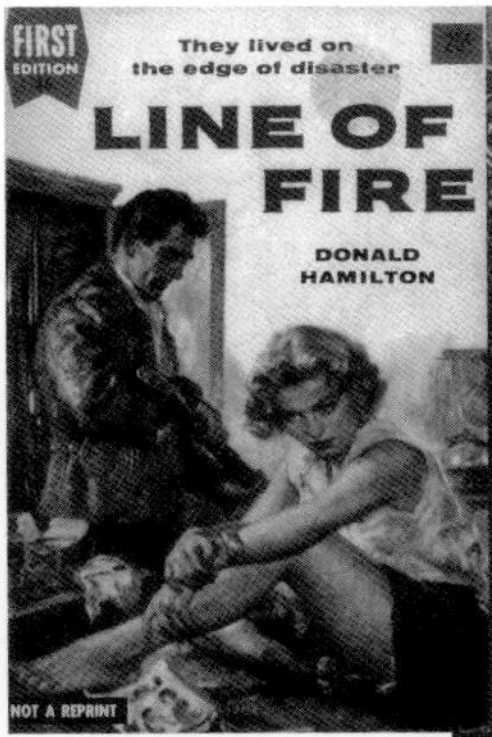
FIRST EDITION
They lived on the edge of disaster
LINE OF FIRE
DONALD HAMILTON
NOT A REPRINT

『殺しの標的』
（デル・ファースト版。1955年刊）

GOLD MEDAL
40c
LINE OF FIRE
A great novel of suspense by the author of the MATT HELM Series
DONALD HAMILTON

『殺しの標的』
（ゴールド・メダル新版。1964年刊）

西部小説（1960年刊）

GOLD MEDAL BOOK
25c
TEXAS FEVER
Bushwhackers and Indians had cut their number down—now a bunch of damyankees, still fighting the war, wanted to finish the job
DONALD HAMILTON

ドナルド・ハミルトン編による西部小説アンソロジー（1967年刊）

Edited by the Creator of Matt Helm
DONALD HAMILTON
IRON MEN AND SILVER STARS
An unforgettable treasury of blazing Western fiction by
LUKE SHORT
TOM W. BLACKBURN
WAYNE D. OVERHOLSER
THOMAS THOMPSON
DONALD HAMILTON
and many others

装画／スタン・ギャリ

銃と狩猟についてのエッセイ集
（1970年刊）

A Fawcett Gold Medal Book
T2299
75c
Donald Hamilton—creator of Matt Helm, hero of many famous novels and the motion picture series
DONALD HAMILTON
ON GUNS AND HUNTING

分厚い未読本の完読はしんどいので、裏表紙の梗概などを参考に斜め読みをしているうちに、シリーズ第二十四作の『粉砕部隊（仮）*The Demolishers*』がマット・ヘルムの過去の私生活にかかわりのある設定の作品だということに気づいた。二十六年前に刊行された『抹殺部隊』に登場したときは八歳だった長男が、フロリダのパーム・ビーチでテロリストが仕掛けた爆弾によって殺されるという事件を発端にした作品だったのである。成人した長男は、義父の名前ではなく、マシュー・ヘルム・ジュニアと名乗っていた。そのあたりを泣かせどころにして、もう一度マットに過去と対面させることにしたのだろう。これもハミルトンの作家としての律儀さのあらわれである。

そして、いま最後に読み始めたシリーズ最終作『障害部隊（仮）*The Damagers*』（これは二百八十二ページと比較的短い）には、なんとローランド・カシーリアスという男が、最強の殺人集団の一員として姿を現わす。第二作『破壊部隊』でマット・ヘルムにとどめをさされたあのラウル・カシーリアスの忘れ形見という設定なのだ。つまりこの最終作では、敵側の標的はマット・ヘルムその人だということだ。

三十数年かけてドナルド・ハミルトンは長い長いスパイ物語をやっと振り出しに戻してくれたということかもしれない。

つけたしだが、ハミルトンにはシリーズ以外の作品もあり、そのうちの二点（佳作『殺しの標的』と『裏切り者の顔』）は創元推理文庫に入っている。ハミルトンの大のファンである鎌田三平さんも当然〝二作翻訳者〟の仲間入りを果たしたことになるが、じつを言うと私自身は三つめの〈部隊〉シリーズを前に訳していた。ジョン・L・ブリーンのパロディ集『巨匠を笑え』収録の「延期部隊」である。これはたったの九ページだった。

13

セイントは007の生みの親

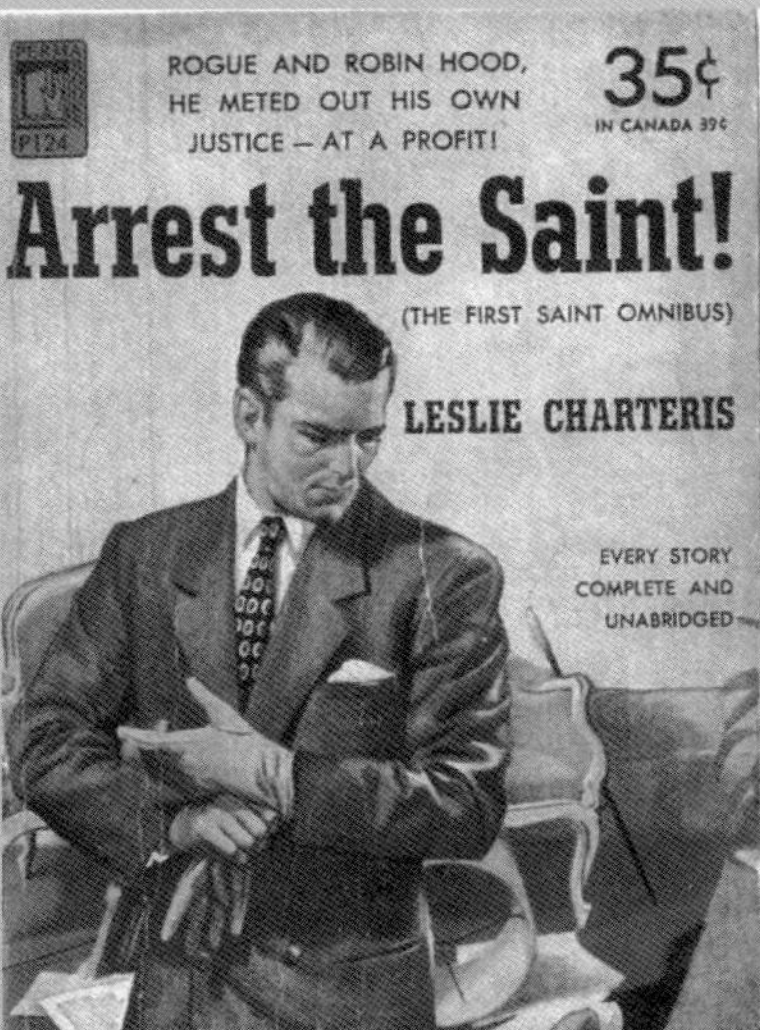

聖者の掟とは？

――僕は聖者だ、僕は自分で裁判をする。きょうの午後、約束した通り、アーボールは死んだ。僕は法律以上の男だよ、ウェリノ。そのうえ、買収された判事などを持ってはいないんだ。今夜、君は死ぬんだ。

昭和三十二年（一九五七年）にポケミスにおさめられたレスリー・チャータリスの長篇『聖者ニューヨークに現わる』の第三章で、ニューヨークに乗り込んだ聖者《セイント》が、みずから死刑の宣告を下した三人めの男に引導を渡す直前の台詞がこれだ。

訳者は、《荒地》の詩人であり、酔いどれ新聞記者だった中桐雅夫（八三年没）。宮田昇『戦後翻訳風雲録』の巻頭で紹介され、《荒地》の同人、鮎川信夫（八六年没）の項にも〝奇妙なライバル〟として登場するツワモノ翻訳者である。

冒頭に掲げた訳文は、半世紀前のものだから〝賞味期限〟はとうにすぎているということになるのだろうか。いや、そんなことはない。いまでも充分に通用する。ただ、「自分で裁判をする」がちょっとひっかかったので原文を見てみると“I have my justice.”となっていた。うーむ、これは厄介だ。

聖者の my justice（正義、司法、処罰）とは何か？

言うまでもなく〈my〉は「私が定めた、私なりの掟」という強い意志表示になっている。『裁くのは俺だ』のミッキー・スピレインも戦時中、航空隊で（実戦は経験していないらしい）、映画にもなっていたこの本のエイヴォン・ブック版（初版は四四年刊）を読んでいたかもしれない。セイント・シリーズに一貫して流れているこの精神は、原作者レスリー・チャータリスの信念でもあった。

聖者《セイント》シリーズ

長篇全12作
（短篇数百本！）

〈クイーンの定員〉に選ばれた短篇集
『陽気な掠奪者（仮）』

＃6『聖者ニューヨークに現わる』
エイヴォン版短篇集（1955年刊）

＃9『戦争の序曲（仮）』

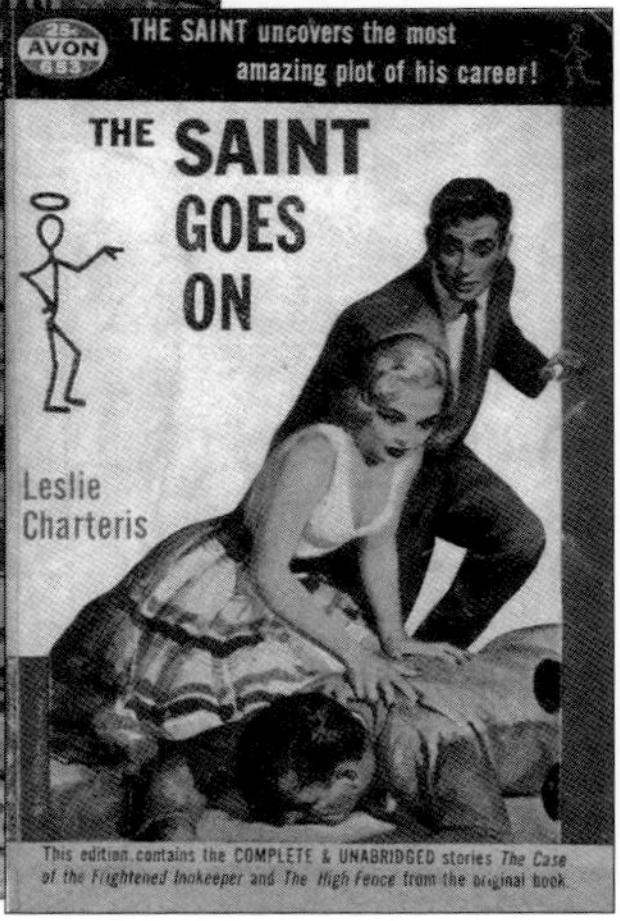

一九〇七年、シンガポールに生まれ（父は中国人、母はイギリス人）、イギリスで育ち、のちに（四六年）アメリカに帰化したレスリー・チャータリスが二十一歳のとき（二八年）デビューさせた〈現代のロビン・フッド〉、伊達男の冒険児、聖者《セイント》ことサイモン・テンプラーは、以来半世紀以上にわたって人気を保っている不滅の青年ヒーローといえる／『代表作採点簿』の評者（H・R・F・キーティング他）は、「明るくキビキビした文体と、わずかにしか描きこまれていない舞台背景とによって……あっというまに古びて消えてゆく運命を免れている」とうがった見方をしている。セイント自身にいわせると、「私はこの生ぬるい時代に飽き飽きしている。私が望むのはもっと本質的なもの、男にとって正直なもの、つまり、戦いであり、殺人であり、突然の死であり、うまいビールと危難に陥った美女たちなのだ」。

これは《EQ》八四年十一月号に訳載された中篇「セイント、パリへゆく」（汀一弘訳）に私が付した五百字紹介文から百字分を省き、いくつか注釈を補ったものである。

いまごろいきなりセイント譚をもちだしたのにはわけがある。ペイパーバック出版の最古参組の一つであるエイヴォン・ブックの話をまとめようと例によって基礎資料をそろえたり、所持本のチェックをしながら書棚を眺めていたときひときわ目についたのが、セイント・シリーズだったのである。

ネット古本市でセイント本をまとめ買い

ところが調べてみると、このシリーズの重要本（ファシズムの台頭を予兆している長篇『戦争の序曲（仮）』など）がいくつも欠けていることがわかった。チャータリスの作品は、英国ではホッダー&スタウトン、アメリカではダブルデイ（クライム・クラブ）から全作ハードカヴァーで刊行されたが、ペイパーバック版はほぼすべてがエイヴォンにおさめられた。

ネット古本市で急いで買い求めた十点ほどの中で、とりわけ気になっていたのは『聖者西部へ行く（仮）』。本来は中篇三本をおさめた中篇集だが、エイヴォン版には〝アリゾナ篇〟が収録されていなかったので、〝ハリウッド篇〟は敬遠し、近々久しぶりに訪れる予定の〝パームスプリングス篇〟を読んでみた（速読四十五分）。これが正解だった。この中篇に関連して、おもしろいネタをいくつもひろうことができたからだ。

お話のほうは、セイントが一日千ドルという破格の報酬を約束されて大金持のプレイボーイのボディガード役をひきうけるところから始まる。サンハシントーの山麓の豪邸で起こる密室風の凝った殺人計画（意外な犯人と動機）に、美女三人が色どりを添える。全裸で泳ぐのが大好きな栗毛のエスター、お転婆な赤毛のジニー、本格謎解き小説ファンのブロンドのリサ。

ちなみに、表紙絵の寝乱れ姿の女性がそのリサさんで、着ているのは「肌色のガウンに見えたが、よく見ると肌が透けて見えるナイトウェア」だった（222ページ下右）。

「背景はわずかにしか描きこまれていない」と皮肉られていたが、この中篇には目抜き通りに繰りだした一行がハシゴをする〈ドル・ハウス〉〈チチ〉〈クバーナ〉といった名物クラブやバーの名前がたくさん出てくる。チャータリスは六年間つづけてこの街で冬を過ごし、いつも西部の伊達男の装束を楽しんでいたそうだ。

ただし、バール・ベアラーの研究書（チャータリスの没年に刊行。章扉参照）によると、パームスプリングスの街は大きく様変わりして、チャータリス＝セイントが遊んでいた四〇年代初めの店はほとんど代替わりしてしまった。〈ドル・ハウス〉は〈ソレンティノ〉に、〈ロイヤル・パームズ〉は〈ライアンズ・イングリッシュ・グリル〉に。これはびっくり！　なんと私はこの店を二度訪れている。いまは亡きアーサー・ライアンズがこの店の共同経営者だった頃の話だ。

セイント・シリーズは一九三八年から四三年にかけて、ルイス・ヘイワード（「聖者ニューヨークに現わる」一本）とロヒゲのヒュー・シンクレア（二本）にはさまれてジョージ・サンダースの主演で五本、合計八作がRKOのかけ値なしのB級映画になった。〝パームスプリングス篇〟もその一本だが、原作題名のクレジットがあるだけで中身はまったくの別物。チャータリスが激怒したというエピソードが伝えられている。このＲＫＯのセイント・シリーズは日本では一作も劇場公開されなかった。それほど出来が悪かったのだ。

未訳の〝パームスプリングス篇〟や既訳の短篇数本と『聖者ニューヨークに現わる』を通読、再読して感じたのは、文章と筋立てが単純明快でじつに読みやすい仕上がりになっていること。英国風味が強いような気がして《セイント》誌の再録ものや新作もなんとなく食わず嫌いで通してきたのだが、ハドリー・チェイスほどの〝めりけん調〟ではないことにも好感をもった。

英国版なら英国版と対象を限定しないとセイント・シリーズの書誌は処理が難しい。改題や中短篇集の場合は、収録作品の異同がひんぱんにみられる。だが長篇の数は予想よりずっと少なく十二作にすぎない。既訳はシリーズ第三作『聖者の復讐』（三〇年作）と前出の『聖者ニューヨークに現わる』の二作のみ。『クイーンの定員』の＃８６に選ばれた短篇集『陽気な掠奪者（仮）』は十五篇中（エイヴォン版は十一篇のみ）、「贋金つくり」「セイントと因業家主」「セイント、油揚げをさらう」「詐欺師セイント」「聖者の金儲け」「盲点」「オーナーズ・ハンディキャップ」「五千ポンドの接吻」の八篇が既訳。

セイント・シリーズの短篇は戦前《新青年》でも二篇紹介され、昭和五〇年代半ばには《探偵倶楽部》で「お聖人《しょうにん》の長者征伐」など七篇（原題不詳）の〈征伐シリーズ〉が翻訳されたが、その後のロジャー・ムーア主演の連続ＴＶドラマ「セイント」（日本テレビ、六五年、二十六話）の人気はいまひとつだった。

アメリカでは、英国で制作されたこのＴＶシリーズ（ロジャー・ムーア主演の第一期に全百十六話がつくられた）が、はじめは小規模なネットワークで公開されたが（六三年）、六七年には大手ＮＢＣが放映を開始し、英国調がかえって受けて高視聴率を稼いだ（ムーアが００７に変身後、二代目、三代目のセイントが登場）。

まさにムーア＝セイントはジェイムズ・ボンドの〝生みの親〟か〝兄貴〟に当たるヒーローなのに、日本では不遇のまま終わってしまった。当たり外れのサイコロの目だけは誰にも予知できないということだろう。

14

二人のカメラマン探偵

1941年9月号

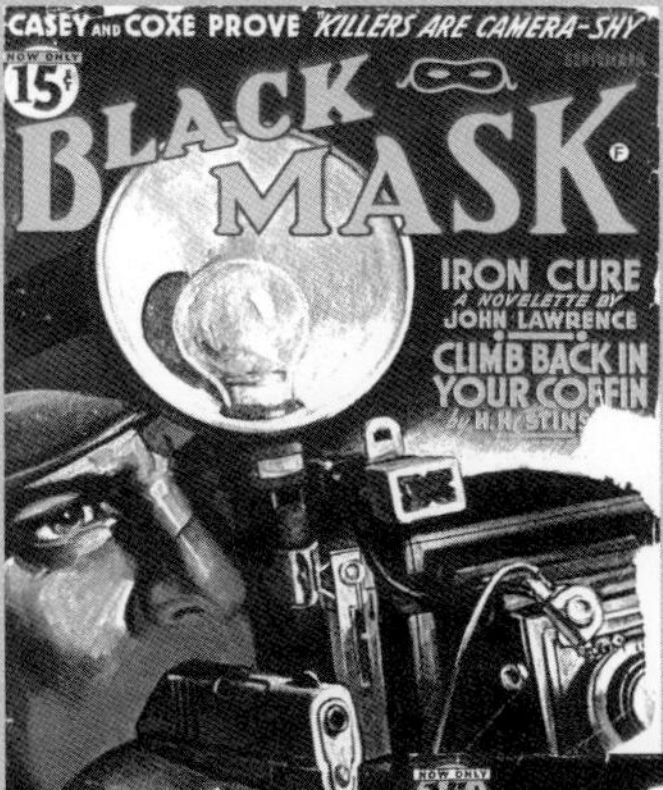

装画／ミルトン・ルーロス

フラッシュ・ケイシー・シリーズをカヴァー・ストーリーにした《ブラック・マスク》

1942年6月号

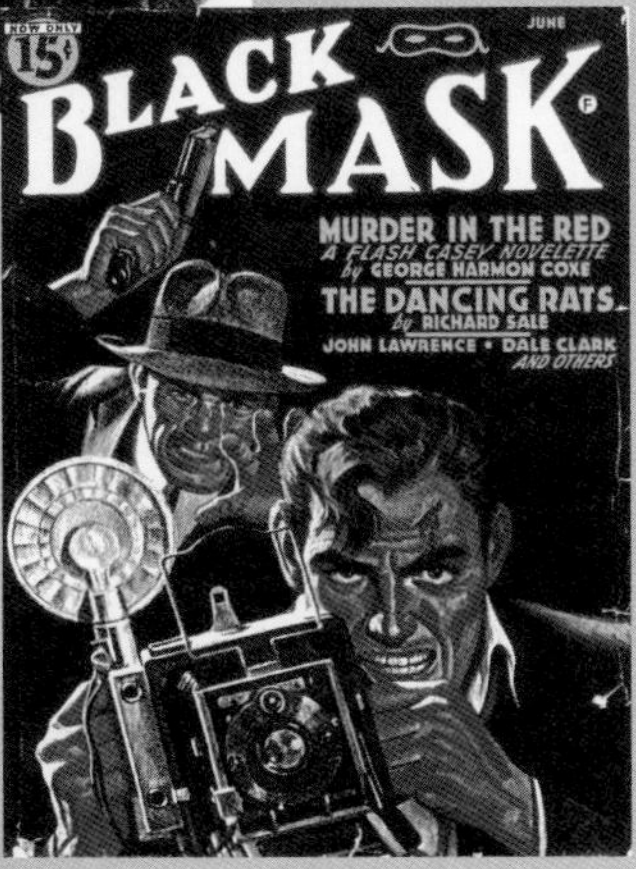

装画／ラファエル・デソート

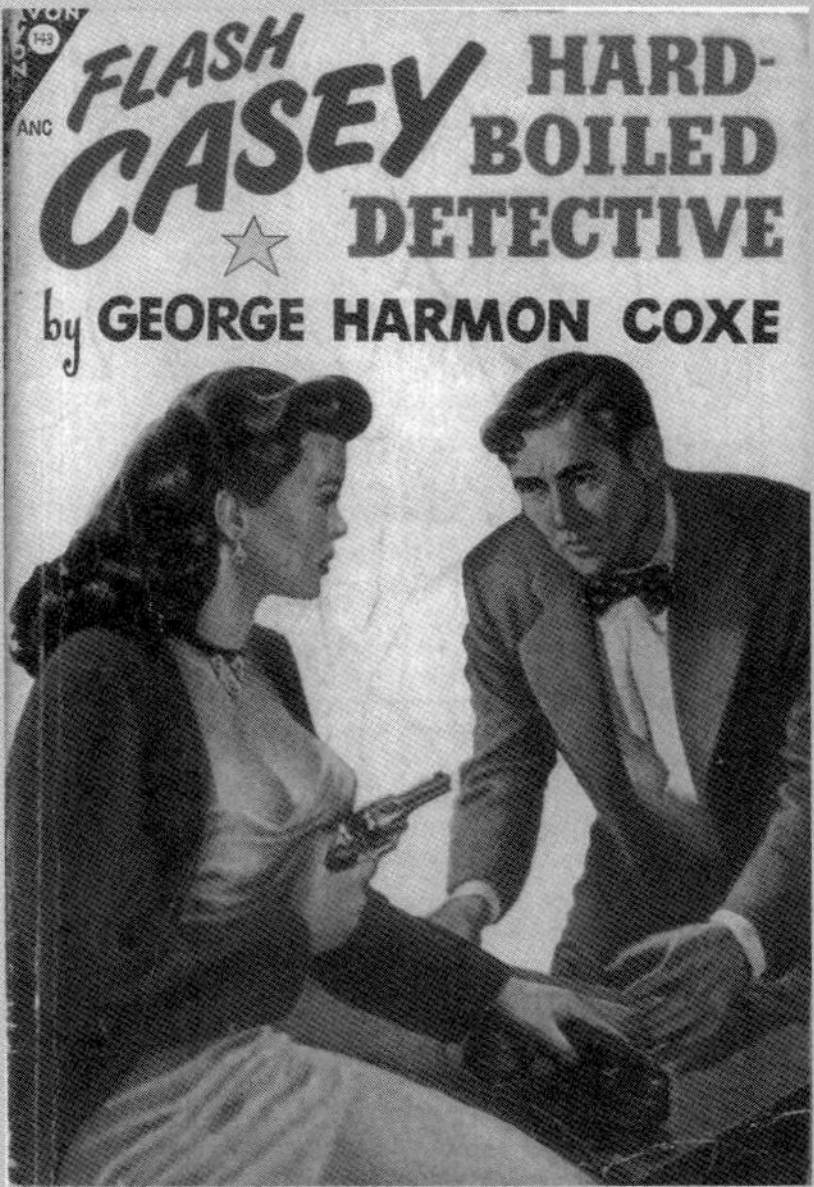

短篇集。
エイヴォン（1946年刊）

曰くつきのケント・マードック・シリーズ

マップバック時代からデル・ブックの看板作家だったジョージ・ハーモン・コックス（一九八四年没）の本をやっと何冊かひろい読みする機会にめぐまれた。彼についての追跡調査はまだじゅうぶんとはいえないが、ネット情報で、長篇が六十三作だとか短篇が十篇既訳だとかいったことはすぐにわかるし、数種の資料本をもとに短篇総リストの原型（プロ・デビューは、内容不明の若書きを除外すると《クルーズ》一九三三年二月号掲載の短篇）もほぼ完成した。昔、《アームチェア・ディテクティヴ》に四回連載された精密なジョージ・ハーモン・コックス論（ランドルフ・コックス）も初回を除く三回分が運よく見つかった。これには、ネット情報では及びもつかない詳細な書誌がついている。

書影を掲げたのは、ボストンのカメラマン探偵、ケント・マードック・シリーズの初期三作だが、デルでのこのシリーズの刊行順は実際の刊行順と大きく異なっている。マップバック第一弾として四三年に刊行された『四人のおびえた女（仮）*Four Frightened Women*』（220ページ上右）は実際にはシリーズ第四作。「ちょっとクセのある個性的な美人妻」ヘスターも、一緒にハネムーンに出かけたジョイスという二人めの女房のどちらも登場しないすっきりとした仕上りになっていたので、デルはこの第四作から刊行を開始したのだろう。

シリーズ第三作『カメラの手がかり（仮）*The Camera Clue*』のあとからデルで刊行されたデビュー作『写真つきの殺人（仮）*Murder with Pictures*』では、マードックは尻軽女の妻と本気で離婚しようと全篇悩みつづけ、浮気の現場をおさえるために私立探偵、ジャック・フェナー（のちに独立したシリーズ・ヒーローとなる）を雇う。そのために浮気の相手のアリバイを証明することになり、殺人事件の真相解明が錯綜してくるというシカケの謎解きミステリでもある。

この事件の容疑者の一人である人物の妹にあたるジョイスと知り合ったマードックはすっかりこのお転婆さん

報道カメラマン ケント・マードック・シリーズ

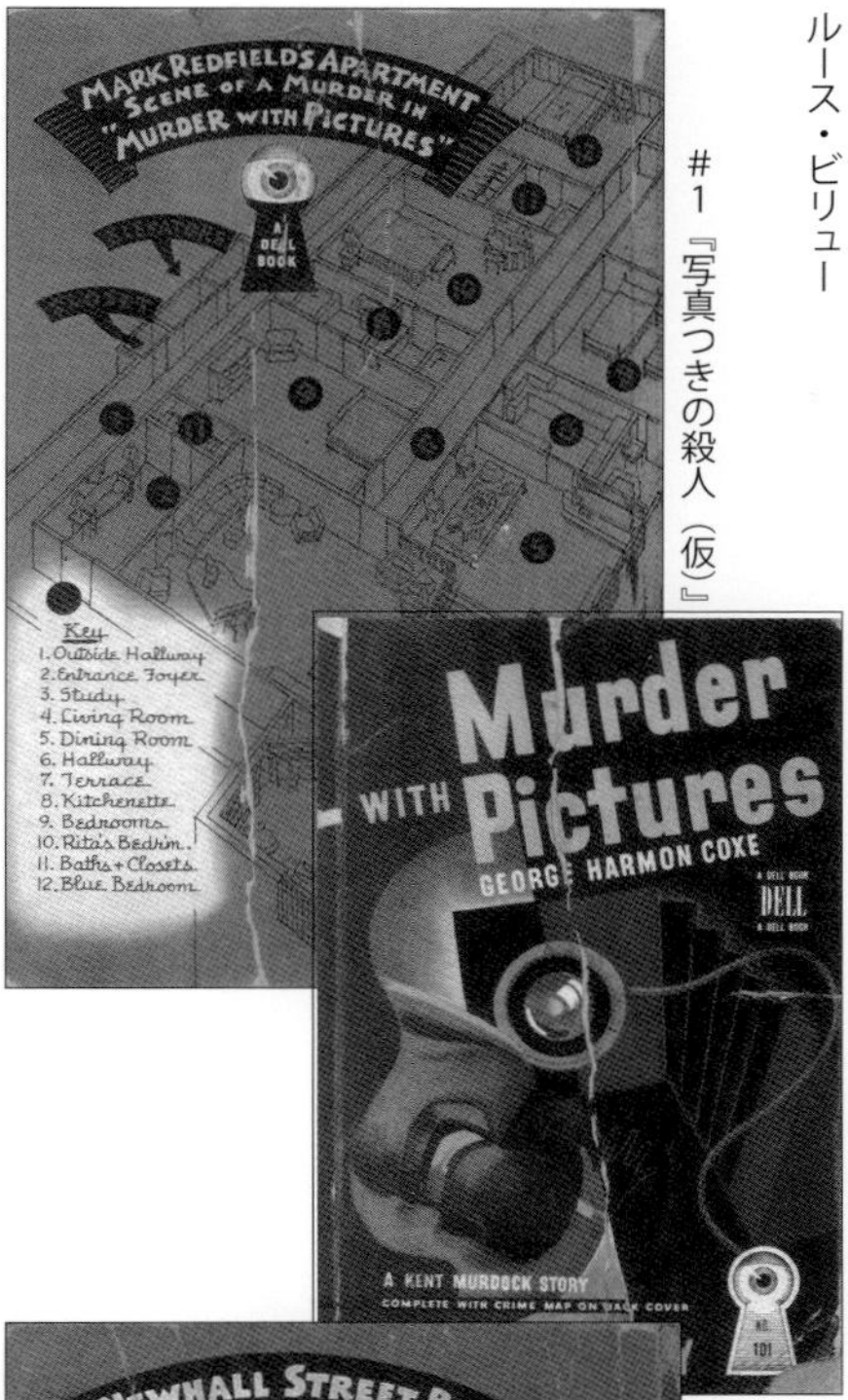

マップバック装画（左右2点）
ルース・ビリュー

#1『写真つきの殺人（仮）』

装画／ジョージ・F・フレデリクセン（？）

#2『マードックの試練（仮）』

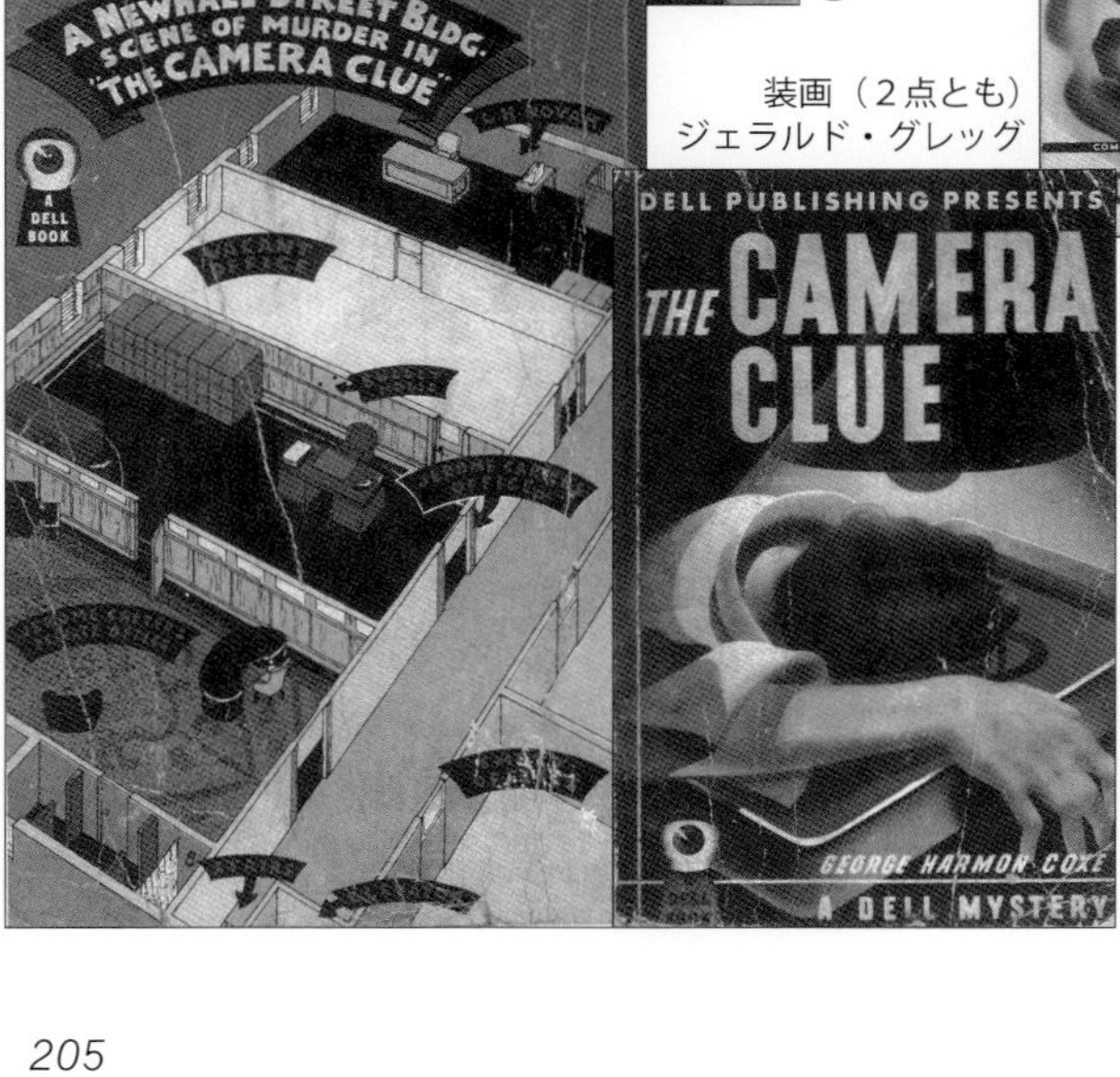

装画（2点とも）
ジェラルド・グレッグ

#3『カメラの手がかり（仮）』

に惚れこみ、求愛後、シリーズ第二作『マードックの試練（仮）*Murdock's Acid Test*』では早くもハネムーンに出発。このあたりは大成功をおさめたハメットの『影なき男』のニックとノラを筆頭にした夫婦探偵ものの隆盛ぶりから影響をうけたとも考えられる。シリーズ第三作では新婚旅行から戻った二人が良きコンビぶりを発揮。だがなぜか、前出のシリーズ第四作や第五作にはジョイスは登場しない。そしてシリーズ第六作『マードック夫人、事件を仕切る（仮）*Mrs. Murdock Takes a Case*』では題名通り、マードック夫人のジョイスが素人探偵役を振りあてられ、しかも大活躍をしてしまう。

前出のコックス論によると、このままジョイスを出しつづけるとご本尊の影が薄くなってしまうことを懸念して舞台裏にひっこませることになったという。第七作以降（全二十二作）、ジョイスの名前さえでてこないようだから徹底している。

パルプ・ヒーロー、フラッシュ・ケイシー

ブレット・ハリデイがデル・ブックの東の正横綱だとするとコックスは西の正横綱だった（第三部第三章参照）。だが三十万部を唯一突破した記念すべきコックスの『二人のための殺人（仮）*Murder for Two*』はそれまでのケント・マードック・シリーズではなく、同じボストンの報道カメラマン、フラッシュ（フラッシュガン）・ケイシーものの長篇第二作だった。クノップ社のハードカヴァーでまずお目見得する毛並みのいいマードックとは対照的に、ケイシーはパルプ・マガジンの雄《ブラック・マスク》でデビューした（一九三四年三月号）きわめて庶民的なパルプ・ヒーローだった。

残念なことにこの二人のヒーローはコックスの作品の中で一度も顔を合わすことはなかった。カメラマンとしての腕はどっちが上だったのだろう。コックスの短篇は〝ハードボイルドな殺人鬼〟が主人公の短篇「現場へ招待」など十篇が翻訳されているが、ケント・マードックが登場するめずらしい短篇は未訳。ケイシーのほうは

『ブラック・マスクの世界』の第二巻に「ウェイドを救え」一篇がおさめられているだけなので、日本の読者は比べようにも比べようがない。私自身はどちらかと言えば《ブラック・マスク》派のケイシーを贔屓にしている。

このケイシーものの四つの中篇を収録した一九四六年刊の短篇集（章扉参照）の表紙にはなんと〝ハードボイルド〟と大きく刷りこまれている。おそらくこれは〝ハードボイルド〟という単語のペイパーバック表紙デビューだったにちがいない。

ネロ・ウルフの七面相

次ページに掲げたのはレックス・スタウトが生んだ超肥満体の美食家探偵、ネロ・ウルフの七面相である。この似顔絵はすべてペイパーバックの表紙絵からとったものだが、年代順に見てゆくと、最も古いのが①『語らぬ講演者』（四六年作）でバンタムの#３０８（四八年刊）。次の②『料理長が多すぎる』（五一年作）はデルの再版で#５４０（五一年刊）。初版（220ページ上中）にはウルフの顔は描かれていない。

このあとの③から⑦の五作はすべて未訳。③はシリーズ第十三作『第二の告白（仮）』（四九年作）でバンタム#１０３２（五二年刊）。④は『最良の家族の中で（仮）』（五〇年作）、バンタム#１１７３（五三年刊）。⑤は『書物による殺人（仮）』（五一年作）、バンタム#１２５２（五四年刊）。⑥は『囚人基地（仮）』（五二年作）、バンタム#１３２６。⑦は『依頼人が多すぎる（仮）』（六〇年作）、バンタム#２２３４（六二年刊）。

ネロ・ウルフの風貌（体重も）の移り変わりがうかがえてなかなかおもしろい。②と⑦を比べると十年の年輪が深く刻みこまれているのがよくわかる。

ネロ・ウルフの七面相

装画は　①ハイ・ルービン　②ロバート・スタンリー　⑤メル・クレア　⑥バリー・フィリップス
その他は不詳

15

私のスピレイン・ノート

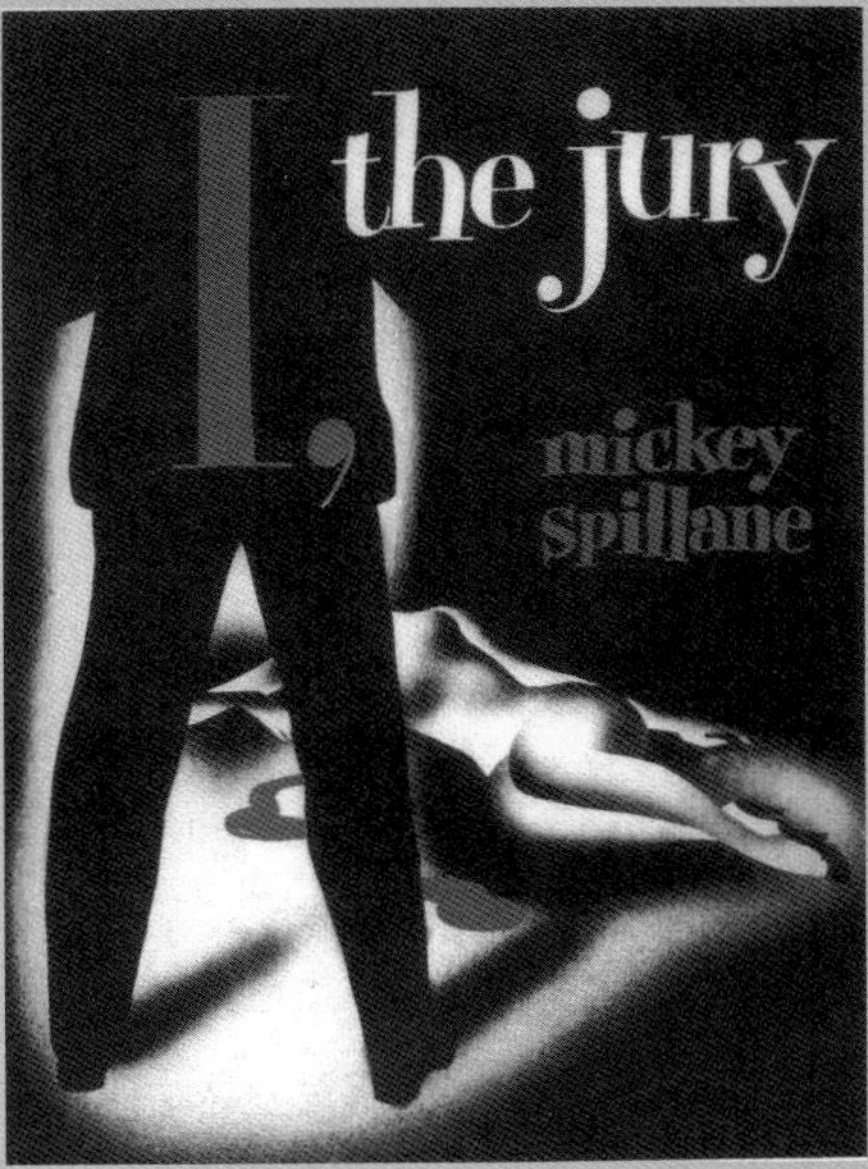

『裁くのは俺だ』幻のシグネット版初版
（1948年12月刊）
装画／ルー・キンメル
The Great American Paperback より

ハードボイルドはキーワードではなかった

二〇〇六年七月十七日、〝伝説の男〟ミッキー・スピレインが八十八歳で大往生を遂げた。

長篇小説をまったく発表しなかった、いわば休筆期間（高弟マックス・アラン・コリンズに言わせると干魃＝drought《ドラウト》の時期）が、それぞれ長期にわたって二度（一九五三年から六〇年および七四年から八八年）あったので、よほど熱心なファンでないかぎり、たとえばマイク・ハマーの長篇シリーズはぜんぶで何作刊行されたか、という質問にさえ即座にはこたえられないだろう。

正解は十三作。しかも第一作『裁くのは俺だ』（四七年刊）から九六年刊の最終作『暗い路地』（*Black Alley*《HMM》二〇〇七年一月号に短篇版訳載）までになんと五十年の歳月が経過している。初期七作がペイパーバックで驚異的なベストセラー、ロングセラーとなったために、ミッキー・スピレインは残りの五十年を悠々自適のゆとりある〝余生〟として、楽しんだのだと思う。恵まれた一生だった。

ベストセラー作家となった当時、スピレインは各方面から悪しざまに非難された。「ハードボイルド探偵小説」の最悪のサンプルという批判のされ方が多かった。だが、スピレインを大々的に売り出したシグネット・ブックは、「ハードボイルド」をキーワードにはしなかった。一つのコンセプトでまとめられた初期七作のカバー・デザインのどこにも「ハードボイルド」とは謳われていない。〝センセーショナルな新しいミステリ〟〝マイク・ハマー・スリラー〟といった呼称しか目につかないのだ。

ところが、ひょんなことから私は、スピレインがベストセラー作家になる以前に書かれた著者紹介文中に一カ所だけ「ハードボイルド」という用語が次のように使われていたのを発見した。

『裁くのは俺だ』（ダットン、一九四七年刊）はミッキー・スピレインの処女作である。この名前は私立探偵が登場する〝ハードボイルド・フーダニット〟の作家名にまことに似つかわしい――この小説はこれまでに書かれた最もタフな小説の一つと言える」

スピレインがまだ海の物とも山の物ともつかぬ時期に記された、きわめて控えめなこの紹介文を私はどこで見つけたのか。

こたえは『裁くのは俺だ』のシグネット版初版の裏表紙。表紙も本体も手元に見当たらないのに裏表紙だけが、ほかのペイパーバックにはさまって残っていたのである。

ミッキー・スピレインの訃報が届いたのは、『私のハードボイルド』の第三章で、ポケミスの創刊と日本でのスピレインの登場の頃の話をちょうど書き終えたときだった。そこで、その章の結びに「スピレイン没」にまつわる話をいくつか補うことになったのだが、当然のことながら同書ではスピレインの出番はもともと多かった。索引ページで頻度を見てみると、ハメット（約二百カ所）、チャンドラー（約百四十カ所）は別格として、そのあとにロス・マクドナルド、スピレイン、ヘミングウェイ、ジェイムズ・M・ケインの四人がこの順序でつづいている。ちなみに日本人のトップは映画評論家、双葉十三郎。そのあとに江戸川乱歩、稲葉明雄、都筑道夫、中田耕治、大藪春彦、田中小実昌とつづく。

私自身のスピレインに対する関心は、初期七作でほぼ完結していた。七〇年代の初めに創元推理文庫から出した二巻本の短篇集はいわば楽しいオマケのようなものだった。スピレイン自身が二度めの休筆期間に入ったあとは、なおさら関心が薄れてしまった。

充実したスピレイン研究書

そして、不勉強も重なり、『私のハードボイルド』収録の「資料篇」の中で、私はスピレインに関して大きな見落としをやってしまった。「ハードボイルド関連書目」に、マックス・アラン・コリンズ、ジェイムズ・L・トレイラー共著による評論書 *One Lonely Knight*（一九八四年刊）の名は挙げたが、次の貴重な四書をリストから

915
SIGNET
MICKEY SPILLANE
The Big Kill
A SIGNET BOOK

『大いなる殺人』初版（1951年12月刊）

FIRST TIME PUBLISHED IN THE U.S.!
Mickey Spillane
Killer Mine
She was a big, beautiful redhead from a high-class bordello, and when he found her, she was dead as doornails

短篇集『俺のなかの殺し屋』（1968年刊）
装画／ロバート・マッギニス

装画／ルー・キンメル
（2点とも）

932
SIGNET
Mickey Spillane
The Long Wait
The New Thriller by the author of THE BIG KILL
A SIGNET BOOK
Complete and Unabridged

『果たされた期待』
（非マイク・ハマー・シリーズ）
第六版（1953年1月刊）

SPILLANE
ME, HOOD!
He was a cop with a murder record—a cool-nerved killer on a mission of bloody vengeance

短篇集『おれはやくざだ！』（1969年刊）
装画／ロバート・マッギニス

Mickey Spillane
THE TOUGH GUYS
Scorching fiction by the hard-hitting writer who taught the world what action is all about!
First time in U.S. paperback
BEST SELLER

短篇集別版（1969年刊）

洩らしてしまったのである。

①*Tomorrow I Die*（一九八四年刊）

マックス・アラン・コリンズ編。短篇集。八篇収録。

②*Together We Kill*（二〇〇一年刊）

コリンズ、マックス・メイヤーズ共編。短篇集。八篇収録。

③*Hard-Boiled*（一九九五年刊）

ビル・プロンジーニ、ジャック・エイドリアン共編。年代別アンソロジー。三十六篇収録。ここにマイク・ハマーが登場するスクリプト"The Screen Test of Mike Hammer"がおさめられている（初出はパルプ・マガジン《メイル》五五年七月号）。

④*Byline: Mickey Spillane*（二〇〇四年刊）

コリンズ、メイヤーズ共編。《HMM》二〇〇七年一月号の追悼特集号に訳載された「殺す男」をふくめ、ルポルタージュ、記事、エッセイ、詩など多種多様な作品が収録されている。

もはや手遅れだが、『私のハードボイルド』の「ハードボイルド関連書目」に本来なら収録すべきだった四書である。

前出の評論書 *One Lonely Knight* とこの四書につけられた序、解説、書誌などを通じて、総数三十篇に満たないスピレインの中・短篇の全容もほぼ明らかになった。④には、一九五四年に発売されたMickey Spillane's Mike Hammer Storyというレコード盤のA面におさめられていた"Tonight, My Love"（スピレイン自身がマイク・ハマーになりかわってヴェルダとの出会いの頃を語るナレーション）のスクリプトも収録されているという。マイク・ハマーが十年ぶりに甦った『ガール・ハンター』（一九六二年刊）で語られたヴェルダの過去とのくいちがいを嫌って、これまで活字にすることを拒んでいた幻の一篇である。

第一期の干魃期間中に、おもに《マンハント》と《キャヴァリア》に発表した中・短篇は、私自身がその頃からペイパーバック漁りと並行してメンズ・マガジンも買い漁っていたために現物がいくつか見つかった。だが、まだ処分せずにガレージ内の書庫に保存している《サーガ》《スタッグ》《トルー》《メイル》《マンズ・マガジン》などのバックナンバーの山から、スピレインを掘り当てる作業は完了していない。ちょっとした宝捜しとして楽しみは先にとっておこう。

このようにアメリカ産の資料はミッキー・スピレインの生涯の仕事をほぼ完璧に追跡し終えた観がある。ところが、どんな資料にも記されていない小品が一篇、私が訳した短篇集第一巻におさめられていた。「慎重すぎた殺人者」という犯罪実話で、初出は《ジ・アメリカン・ウィークリイ》の五二年十月十九日号だと、巻末の私自身の解説に記されている。それをどうやって私はつきとめたのだろう？

創元推理文庫でロングセラーになった二巻本のこの短篇集には親版に当たる原典がない。おぼろげな記憶を頼りに思いおこせば、編集部から渡されたのは一篇ずつが初出誌からとった不ぞろいなコピー原稿だった。初出誌の記載がないものもあり、エージェントに問い合せて確かめたものもあった。だがいまは、コピー原稿そのものの行方さえわからない。

日本版のスピレイン短篇集にこの"The Too Cautious Killer"という犯罪実話が収録されていることをマックス・アラン・コリンズに教えてやったら、きっとびっくりするだろう。

ご本尊が亡くなったからといって古書相場に影響はまったく与えないだろうが、現時点での「スピレインのお値段」を確かめておこう。

最高値がつけられているのは『寂しい夜の出来事』の校正用本。"9-27-50"という日付と編集者あての「ミッキー」のサインがあり、数百カ所の訂正が書きこまれている。完成本でもないのに値段は一万五千ドル。

二番手は小説ではなく、ブルックリンのエラスマス高校の卒業年鑑（一九三六年度）とおぼしきハードカヴァー、九十四ページの出版物。一万四千五百ドル。彼の写真が載っているページにサインがしてある。オランダ生まれの有名画家デクーニングと結婚した同期生エレインのサインもあり、そのために高値がついているとも言え

パルプ・マガジンでモテモテのスピレイン

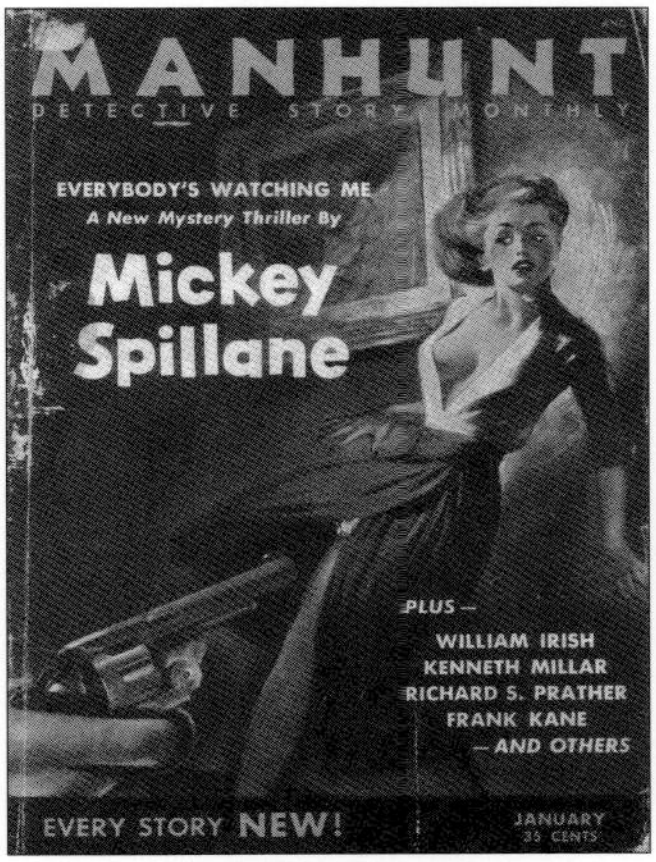

《マンハント》1953年1月創刊号

《マンハント》特別増刊号（1954年12月刊）

《キャヴァリア》
1960年７月号

「七年目の殺し」

《キャヴァリア》
1961年７月号

「蹴らずんば殺せ」

る。

そして三番手が長篇デビュー作『裁くのは俺だ』のハードカヴァー初版。著者によるサインと長い書きこみがあって、五千五百ドル。

二千ドル以上で売りに出ているハードカヴァーはすべて著者のサイン入り。ペイパーバックの初版の高値はサイン入りで百五十ドルから三百ドルどまり。あまりにも多く印刷されたので、サイン入りでなければ初版といえどもたいしたお値段はつけられませんということだ。

〔追記〕ミッキー・スピレインが執筆中だった未完の長篇小説『縮みゆく島（仮）*The Shrinking Island*』（マイク・ハマー・シリーズの第十四作）が『ゴリアテの骨』（*The Goliath Bone*）と題されて二〇〇八年に刊行された。スピレインの高弟、マックス・アラン・コリンズが遺稿をもとに完成させたものだが、どうやらコリンズは、マイク・ハマーと永遠の恋人、ヴェルダ・スターリングを結婚させてしまうようだ。

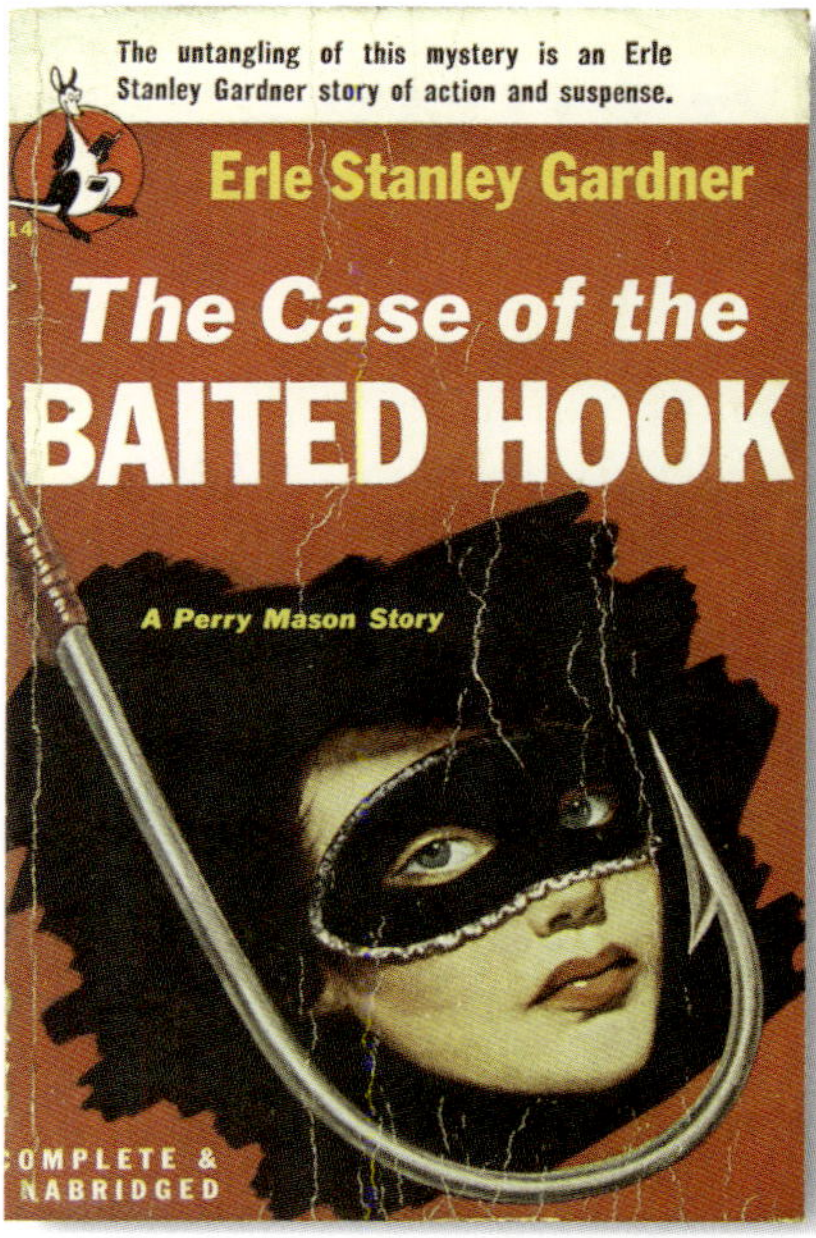

E・S・ガードナー『餌のついた釣針』

ジェイムズ・M・ケイン『郵便配達夫はいつも二度ベルを鳴らす』

装画／トム・ダン

ポケット・ブック（1939〜 ）

思い出のポケット・ブック（☞ 第3部 第2章）

ウイリアム・アイリッシュ『幻の女』

装画／リーオ・マンソー

クレイグ・ライス『素晴らしき犯罪』

Pocket Book (1939〜)

シグネット・ブック（1948〜 ）

シグネット・ブックの看板作家たち（☞第3部 第4章）

ジェイムズ・ガン『男より怖い（仮）』

装画／ジェイムズ・アヴァーティ

チェスター・ハイムズ『叫んだら放してやれ（仮）』

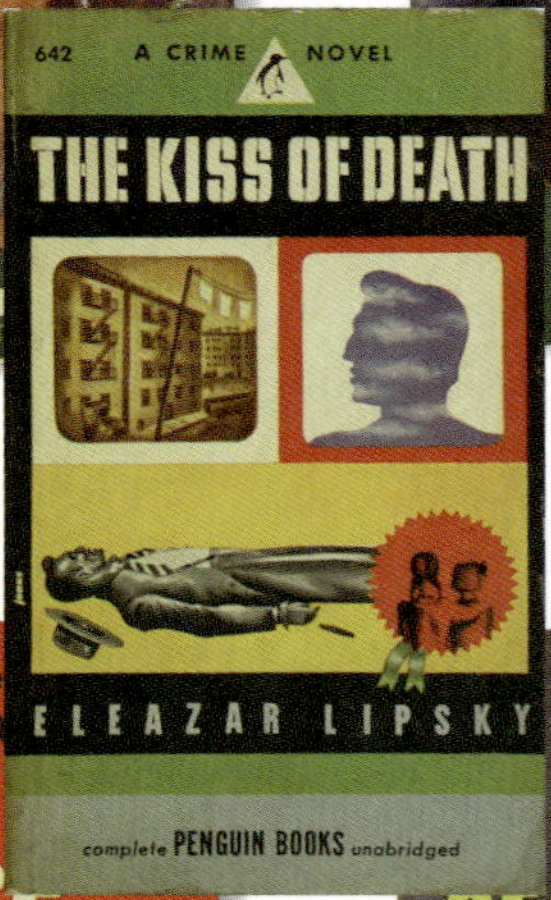

◀もう一つの『死の接吻』
（映画化題名）
原作／エリザー・リプスキー
装画／ロバート・ジョナス

アイラ・レヴィン『死の接吻』

装画／ロバート・マガイア

アール・ベイジンスキー『死は冷たく尖った刃（仮）』

Signet Book（1948〜 ）

バンタム・ブック（1945～ ）

バンタム雄鶏号の華麗な挑戦（☞ 第3部 第5章）

Bantam Book (1945～)

F・スコット・フィッツジェラルド『グレート・ギャツビー』 装画／エドガード・サーリン

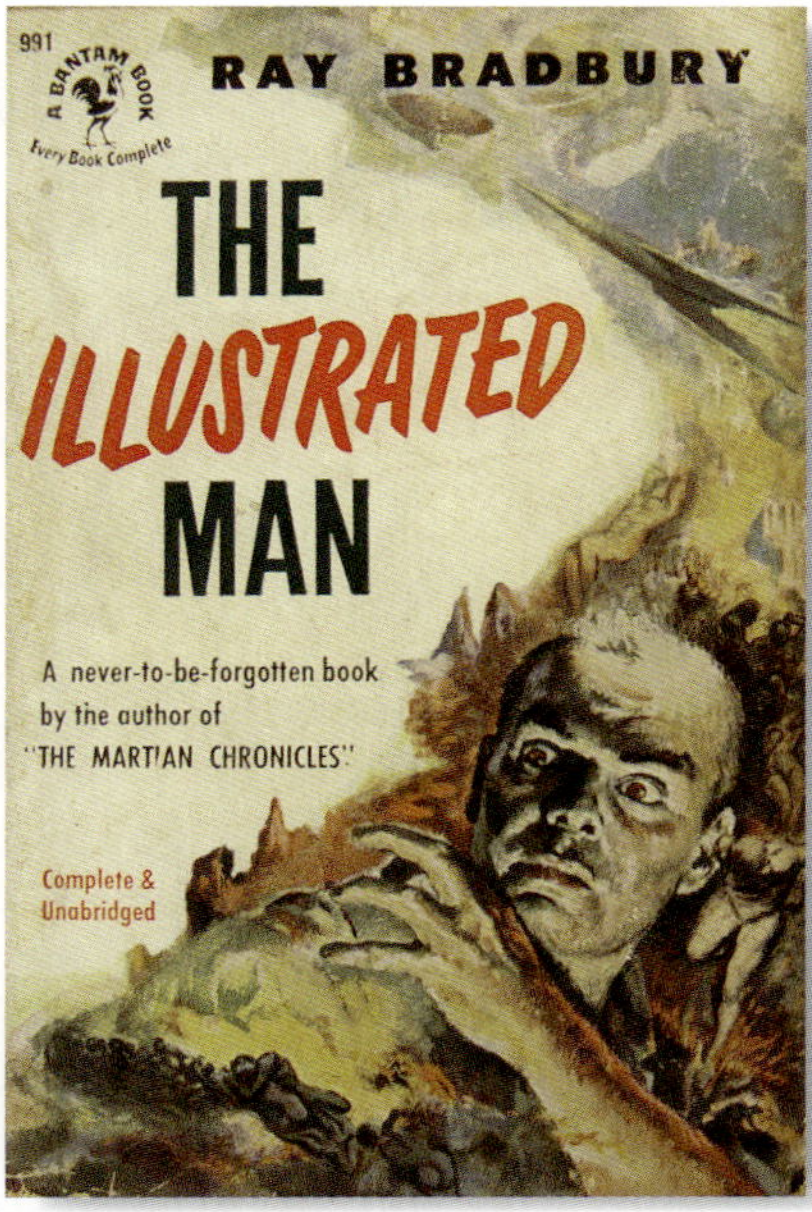

『刺青の男』 装画／

デル・ブック（1943～　）

マップバックから始まったデル・ブック（☞第3部　第3章）

装画／ジェラルド・グレッグ（全点）

Dell Book（1943～　）

Gold Medal Book (1950～)

ゴールド・メダル・ブック（1950～ ）

ゴールド・メダルの栄光（☞ 第3部 第7章）

What Today's Woman Should Know About
MARRIAGE AND SEX
THE BEST FROM
TRUE
The Man's Magazine
GOLD MEDAL BOOK
The Range Grabbers
Sidney Stewart
It took iron men and brave women to wrest a state from raw wilderness
An Original Gold Medal Novel
NOT A REPRINT
A Fawcett Gold Medal Book
SAM DURELL pushes the panic button in a hunt for a portrait that can bring on World War III
A Novel of Espionage by
EDWARD S. AARONS
ASSIGNMENT NUCLEAR NUDE
MAD RIVER
Boyd Cohoon came home to live by the knife or die by the gun
A great novel of the West by
DONALD HAMILTON
author of the
MATT HELM SERIES
north beach girl
Where did she belong, this kid called Erin? What did she want? Was it what Bruno had to offer? The casual kicks of San Francisco's Beatnik underworld...
john trinian

パイロット版（#100）1949年刊

パイロット版（#99）1949年刊

#377 1954年刊
（めずらしいラップアラウンド形式の表紙）

#2000 1968年刊
装画／ロバート・マッギニス

#1500 1964年刊

#1000 1960年刊
装画／ロバート・マッギニス

が1ダース（☞第3部 第6章）

ピラミッド（1949）

クレスト（1955）

ウィリアム・キャンベル・ゴールト／ジョー・ピューマ・シリーズ

装画／ルドルフ・ベラースキー

ポピュラー（1943）

ウイリアム・アイリッシュ『死刑執行人のセレナーデ』

バランタイン（1952）

装画／ジョー・マグナイニ

エイヴォン（1941）

レスリー・チャータリス『聖者西部へ行く（仮）』

装画／ハーリイ・ウッド

マイナー・ブランド

ハーレクイン
(1949)

ジェイムズ・ハドリー・チェイス『死者は無言(仮)』

エイス・ダブル
(1952)

フランク・グルーバーの西部小説二本立て

装画／ノーマン・ソーンダース

ライオン
(1949)

◀ジョナサン・クレイグ『路地裏の女(仮)』

▲◀装画／ロバート・マガイア

バークリー
(1955)

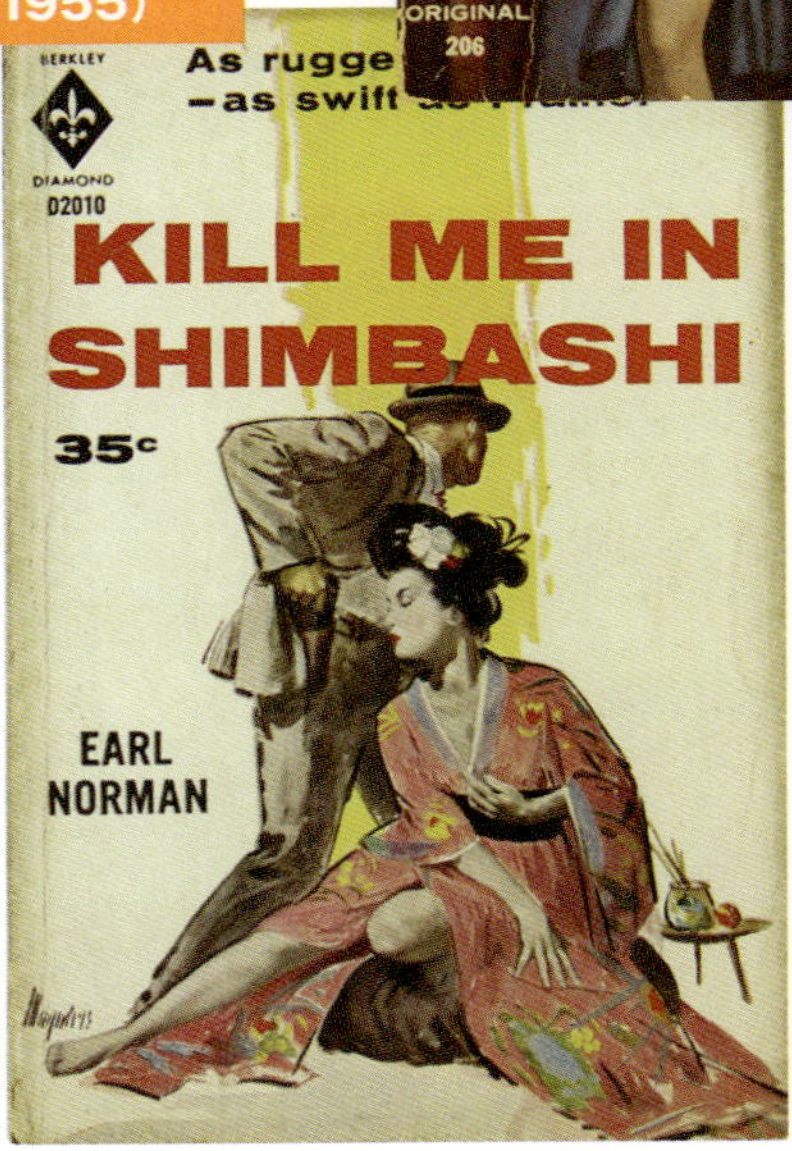

アール・ノーマンのバーンズ・バニオン・シリーズ『新橋で殺して(仮)』

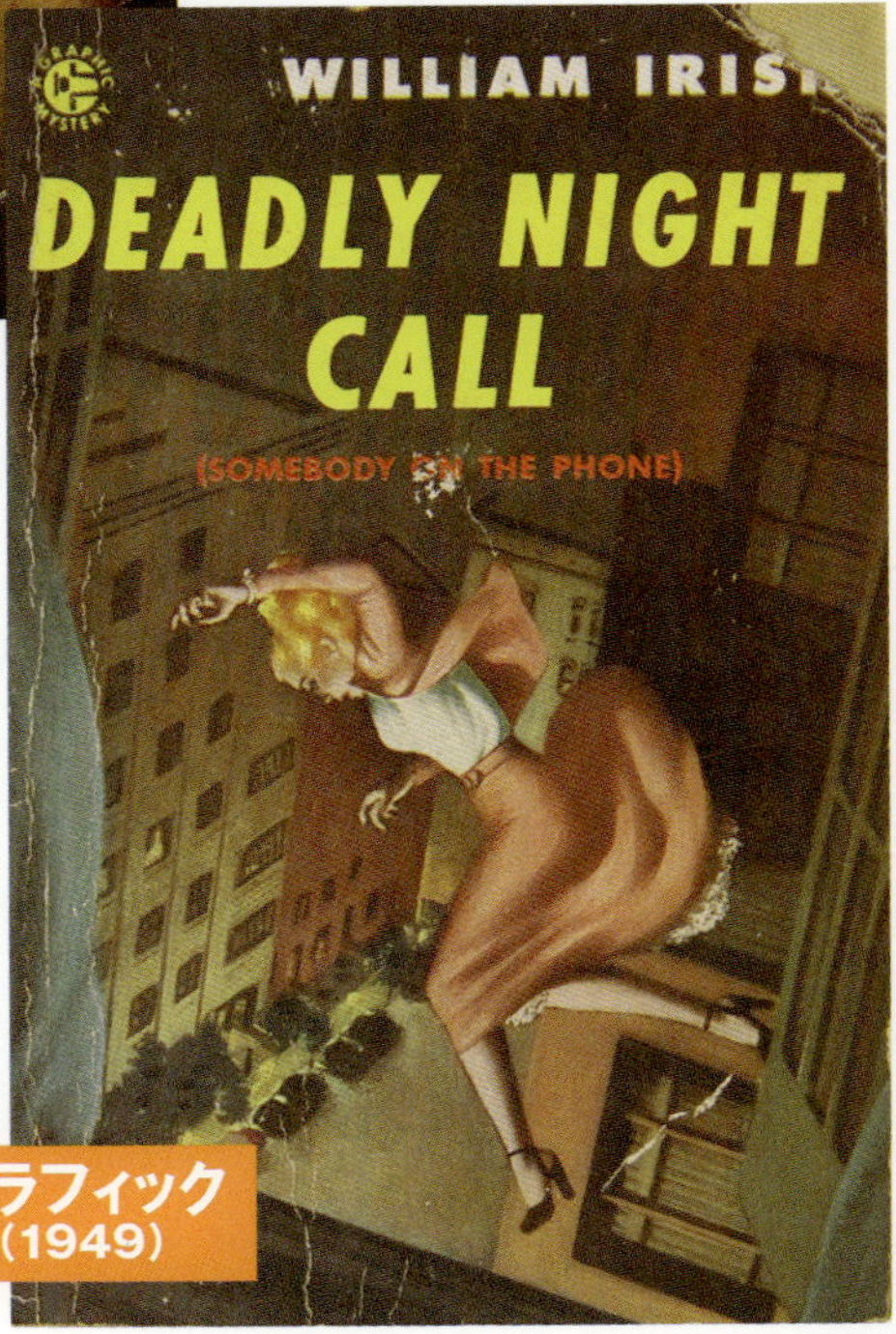

グラフィック
(1949)

ウィリアム・アイリッシュ短篇集『誰かが電話をかけている』

＊ブランド名のあとの(　　)内の数字は創業年

Esquire
AMERICAN INDIAN
GLASS KEY
RED HARVEST
THIN MAN
GREEN LIGHT FOR DEATH
SLEEP WITH THE DEVIL
TIME
PHOTOPLAY
BLUE CITY
The Instant Enemy
SILVER SCREEN
And Now Teddy
MARCIN TERROR
KILLER'S CHOICE
KILL ME IN TOKYO
OVER HER DEAD BODY
TRUE
DASHIELL HAMMETT'S MASTER MY
HEADLESS LADY

THE PRIVATE EYE
WANTED: DANNY FONTAINE
Esquire
Look
DEAD GAME
2 GUNS FOR HIRE
THE PEEPING TOM MURDERS
MONA
the RED SCARF
LOUIS BERETTI —NEW YORK HOODLUM
THE DEAD DARLING
IT'S A CRIME
THIS GIRL FOR HIRE
The FLESH was COLD
NIGHTFALL
GIFT HORSE
THE CORPSE CAME CALLING

沙漠のオアシスでの掘り出し物

裸女と拳銃
HONEY AND GUNNY
行動派ミステリィの"顔"談義

小鷹信光

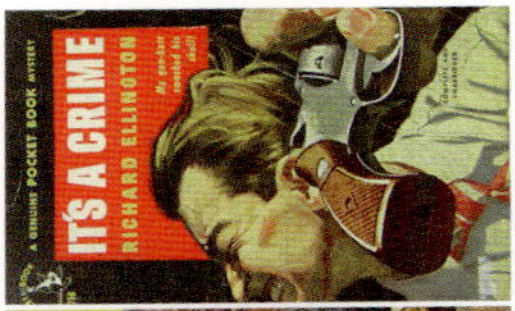

①「それは犯罪だ！」
リチャード・エリントン

②「誰もみなかった男」
ピーター・チェイニイ

出版屋のひとりごと

俺か？　俺は出版屋だ。ケチなペイパー・バック本の出版屋だ。ご時世も変わった、読者もふえた、出版社も質より量で勝負ってことになる。文学だ、芸術だ、啓蒙だなんてゴタクをならべていたのはひと昔まえのこと。俺たちはビジネスに徹して売りまくることしか考えていない。

それが俺たちの生きてゆく道なんだ。一冊25セントか30セント、当世コーヒー代にもならないハシタ金をかき集めるいわばゴミ屋みたいな仕事だ。

だがチリもつもれば山となるのたとえ、20万、30万部とまとまればたいした額さ。いまどきハード・カバーで二千部・三千部をけんめいに売るなんて、問題にならない。

内容が低俗だとか、悪影響をおよぼすとか、表紙が刺激的だなんて文句をつける筋もあるが、読者はけっこう楽しんでいるのさ。

なにも俺たちのつくるものを書物だなんて考えてもらわなくてもけっこう。

買って楽しんでゴミ箱にすてちまう、それでけっこうだ。俺たちは商売人だから難しいことはわからない。だが、書物なんてものはいずれそんなものになっちまうんじゃないかって考えている。

俺たちがいちばん気にしているのは、大衆の欲求、好み、時勢の移り変わりってところだけだ。それに応じて工夫しなければならないのはなんてったって表紙だ。

読者をつるには表紙がすごく重要になる。ペイパー・バック本の表看板。宣伝効果はすべて表紙にかかっているともいえる。

タイトル、なれあいの賞めことば、会社のマーク、おどし文句、おかかえの流行作家の名前、どれもこれも大切だが、俺たち商売人の腕のみせどころはカバー・ピクチュアってやつだ。こいつには苦労するよ、まったく。

俺たちが苦心して工夫した表紙の絵をどこかの物好きな野郎が分類したっていうんで、こんどはひとつその野郎のご高説とかを聞いてやろうと思う。ひとときまの仕事を分類して原稿料にしやがるなんてガメツイ野郎だが、ひょっとするとなんかの役にたつかもしれない。ガメツイのは俺たちも同じだ。なんしろ出版屋っていうのは、今や上昇株のひとつだからさあ仕事だ、仕事だ。

解説屋の前書き

——というところが先月号もお話したペイパー・バック本出版社のホンネではないでしょうか。こないだ来日したあちらの作家ローレンス・トリートもいっていました。多くの読者を楽しませるペイパー・バック本は近い将来出版界を手中におさめる勢力を築きつつあるって。

出版社側が口をとじ、作家側がいつも口にすることといえば、原稿料が安いという話。

古いハード・カバー出版社と強いつながりを持っていたやはり古い作家たちが、徐々に後退する一方新しい作家がペイパー・バック本にオリジナルを書くことになんのためらいも感じなくなるようになった現状を認めれば、ペイパー・バック本の出版屋の鼻息が荒くなるのも当然でしょう。

立派な書物を出版する使命感より、ビジネス第一主義がまかりとおっているのです。

書き手が山ほどいるとすれば、原稿料が安いのもまた至極当然。時勢の波にはさからえません。こういった傾向が正しいかどうか、それは批評家が決めるのではなく、大衆が決めることです。企業としての出版、マス・コミのなかの出版を正しい方向に導いてゆく指導者は、現代では見失なわれています。

さて、それではそろそろ本題、カバー・ピクチュアーの分類にとりかかることにいたしましょう。

③「野獣の時」
トマス・ウォルシュ

④「ご婦人が殺しにやってきた」
M.E.チェイバー

⑤「最後の殺人」
チャーリー・ウェルズ

⑥「競馬場の殺人」
ローレンス・ラライア

カバー・ピクチュアの三つの鍵

今回、カバー・ピクチュア分類の対象としたペイパー・バック本の総数は五〇〇冊(第1表)、手持ちの本のなかから無作為に選んだものです。アメリカでの発行部数の順序や差にあわせて選べばよかったのですが、計算上便利な冊数に統一しました。

数字とかパーセンテージというやつはややこしくってめんどうなものですが、根気よく調べるとなかなか興味ある結果がでてくるものです。

前回もお話しましたが、ペイパー・バック本のカバー・ピクチュアは抽象的であるより具体的、暗示的であるより簡潔・強烈・直接的に訴えかけるものでなくてはなりません。

おおまかにペイパー・バック本の表紙の絵の要素を分類すると暴力シーン、お色気シーン、恐怖シーンの三つになります。

もちろん、この三大要素はたがいに重なりあって表紙の効果をたかめているのですが、内容のもつ特定の傾向を手早くはっきり読者に伝える役目をもっています。

ときにはサディスティックなまでのアクションもの、野獣小説、暴力小説は暴力シーンで、お色気としゃれっ気を身上とするプレイボーイ探偵もの、セックスものはお色気シーンで、恐怖とサスペンスを売りものにするスリラーはおびえる女性や逃げまわる男、すきまからのぞく眼(8例1.6%)などの恐怖シーンでだいたいの傾向が示されます。

ここでもレディ・ファースト

映画にも大道具・小道具があるように、ペイパー・バック本のカバー・ピクチュアにも、それらがうまくつかわれています。

このなかで主役級の要素は、なんといっても半裸の女性です。女なしではじまらないのは古今東西を通じて誤まらない真理。ムクツケキ野郎どもがペイパー・バック本の読者の大部分とすれば、なおさらのことでしょう。

広告として男性の眼をひくものは女性の裸身、女性の眼をひくものはきらきら輝やくアクセサリー、と相場がきまっています。

精神科の患者のなかには裸体恐怖症(ジムノフォビイア)、婦人恐怖症(ジニフォビイア)なんて、男のカザカミにもおけぬとんでもない不心得者がいるそうですが、こんなのは例外、第2表でもおわかりのように全表紙のうち女性の登場するものは92.6%を占めています。

女性の登場しない7.4%の大部分は前回ご紹介した私立探偵ものや殺し屋のもの、今回の①②の暴力シーンが売りもののカバーです。また⑬のように、女性はでていても背景に小さくあつかわれているも

出版者名	冊数
GOLD MEDAL BOOK	75
POCKET BOOK	75
SIGNET BOOKS	75
AVON BOOK	75
DELL BOOK	75
BANTAM BOOKS	50
その他の出版社	75
総計	500
備考	手持ちのペイパーバック本から500冊を無作為に選んで対象とした。

第1表　調査対象出版社別内訳

色刷りで甦る《マンハント》(1961年9月号より)

のもあります。

第2表によれば、男性・女性各1の表紙が47.8%と圧倒的な割合を占めています。

この内には重要な部分を女性が受けもち、男は背景⑨⑭、前景⑥⑦⑧、死体⑮⑰、あるいはカットとして探偵の顔があらわれている⑯例など、いわばワキ役をつとめているものが多くみられます。

女性だけの表紙⑩⑪は23.4%、男女複数のもの⑨⑬21.4%と、ほぼ勢力が均衡しています。

人　数　別	例数	%
男性，女性各1名	239	47.8%
男性のみ（複数も含む）	37	7.4%
女性のみ（複数も含む）	117	23.4%
男性，女性複数	107	21.4%
総　　計	500	100.0%
備考	ポケット，バンタムは男だけの表紙が多く，複数はエイボン，その他に多い。女だけの表紙はデルに多い。	

第2表　表紙登場人物・人数別分類

全裸から正装まで

このようにカバー・ピクチュアの主役をつとめる女性の登場する表紙を服飾的見地から分類してみましょう。（第3表）

もっとも安あがりで、もっともショッキングな服装、生れたまんまの全裸のお女性が表紙につかわれているのは8.2%。⑭のリチャード・S・プラザーや、スチーブン・マーローでおなじみのゴールド・メダル・ブックや合本のエイス・ブックに多くみられます。

全裸といっても衣服以外の布地、タオルとかシーツのたぐいで身をかくした絵も含んでいるので、やや水増しされています。

ポーズもバックスタイルが多く、正面の場合は逆光写真なみに前面が暗くぼやかされています。しかし、どのようなポーズにしろ、脚にポイントをおいた絵が多い結果がでています。

ベッドの上の全裸身となると13例、2.6%。男女混合のカバー・ピクチュアが多いといっても、さすがに、ベッドの上で全裸の女性が男とレスリングをしているのはありません。

全裸の女性像はショッキングといっても広告の効果としてはあまりあるとは思えません。これと反対に女性のでない表紙や正装の女性23.2%もお色気はでてきません。

⑧「恐怖の限界」W.P.マッギバーン

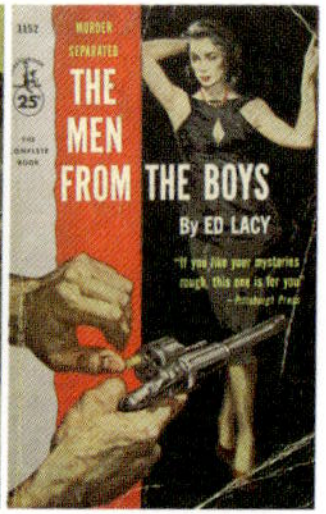

⑦「足を洗った悪徳警官」エド・レイシイ

正装女性となると、⑧の例のようにおびえている姿とか、顔だけのクローズ・アップで、お品の良いポケット・ブックの表紙に多くみられます。

まるはだかに対して、もっぱらチラリズムで対抗する半裸の女性は61.2%と圧倒的です。

なにも裸身をさらさなくても、痛めつけられたりおびえたりしている女性に、この上もないセックス・アピールを感ずる人種もいるそうですが、正常な男性なら、まあ半裸の女性の胸もと、内またといったところに気をそそられるでしょう。第4表は半裸の女性についての6項目のデータです。2項目以上にまたがる場合もあって、はっきりどこといえない場合も重なっていますが、身体各部を胸もと、脚、バックスタイルの三大部門にしぼってみますと、強調されているのは胸、脚、背中の順になっているのがわかります。

服　飾　的　分　類	例数	%
正　　装	116	23.2%
半　裸，略　装	306	61.2%
全　　裸	41	8.2%
女性の登場しないもの	37	7.4%
総　　計	500	100.0%
備考	正装には顔だけのものも含む。半裸には正装の露出過度を含む。全裸には布地（タオル・シーツ）を含む。ポケットには正装が多く，シグネット，ゴールド，その他に半裸が目立つ。	

第3表　女性の服飾的分類

例に用いた⑨⑩⑪はその例です。

⑨はぴったりした黒のタイツのお女性のバック・スタイル、着るところなのか脱ぐところなのか、ちょっぴり気にかかるブロンドさんです。バックを思いきって上下白くしたところが新鮮な感じです。

⑩はニュー・ヨークっ子の私立探偵、スチーブ・コネイカーの登場する『冷たい金髪娘』。胸の谷間をずり落ちそうな肩ひもがささえています。真ッ赤なタイトル、白ぬきの作家名、ブロンドの髪、小麦色の肌、うすねずみ色のスーツと背景。すっきりした構成と人の眼を惹く配色です。本書の献辞がふるっています。"To Larry, who is a softboiled egg."

⑪は『おさえつけておけない女』とでも訳しましょうか。黒いスーツのすそが割れてすんなりした内またがのぞけています。全体に暗いバックにタイトルの黄色が浮かびあがり、デイ・キーンの作品らしいにごった熱っぽいお色気を暗示しています。

アメリカ映画を象徴するいくつかの偉大なバストこそ、やはり男性の憧れのマトなのでしょう。⑤⑫も乳房が強調されている例です。

みずから胸をはだける露出狂の女性（スピレインの表紙など）、男の暴力でむきだしにされる乳房、チラリとみえる胸の谷間など種々様々ですが、映倫なみに"可愛いいサクランボ"の描写だけは遠慮されているようです。

胸から脚へ、脚から背中へ、興味の中心が最近やや移行しかけている傾向もうかがえます。③⑪となると眼は自然に脚に向きます。⑨⑭⑯となればシェル・スコットならずともニヤニヤしたくなる美しい背中にポイントが合わされてきます。

大道具さまざま

ところで、このような半裸の女性を引きたてるのはいくつかの大道具・小道具です。

⑫「危険な女ども」B.ハリデイ

⑪「おさえつけておけない女」デイ・ケーン

⑩「冷たい金髪娘」アダム・ナイト

⑨「お熱い乗り物」J.M.フレイン

まず第4表にもあるように暴力をふるう男性と共演するシーンが44例、8.8%。③とか⑤がその例です。ラブシーンは割合いに少なく20例。これはペイパー・バックの方針が強くあらわれているといえるでしょう。愛情シーンはペイパー・バックのミステリーものには不向きなのです。

大道具の一つが暴力をふるう男性だとすれば、あとの一つは死体です。

⑮⑰にもありますが、殺されるのはどうも男の方が多いとみえて、男の死体57例、11.4%に比して、女の死体は50例、10.0%となっています。男の死体はブザマだからでしょうか。⑮では線画、⑰では上半身のみになっています。

女性の死体もあるのですが、フェミニストの私にしてみれば、出すにしのびなかったわけです。

⑮はジェイムズ・L・ルーベルの作品。マスカラを塗り、素敵な曲線を秘めた女私立探偵のハシリとなったものです。（50年ゴールド）

⑰はペイパー・バック本でなく、本誌「マンハント」の本国版の表紙です。

多くのミステリー雑誌が、ペイパー・バック本にならって今でもこのようなカバー・ピクチュアーを使用していますが、ブラック・マスク誌以来の伝統といいますから、本来は雑誌のほうが先鞭をつけたのです。

ベッドとナイフ

小道具としてはベッドとナイフ、その他の武器があげられます。

自動車王国のアメリカにしては、車の登場がほとんどないのはどうしてでしょうか。⑨の背景、⑪の例などはほんの例外です。

小道具の第1はベッドで、総数63例 12.6%とかなりの割合を占めています。この内にはベッドにあら

強調部分とポーズ	例数
胸部	201
脚うち股	114
背中	27
男と斗うシーン	44
ラブ・シーン	20
ベッドと半裸の女性	48
備考	からだの各部は重複する場合もある。脚をかなり強調しているのはゴールドとバンタム。ベッドの多いのはエイボンとデル。

第4表　半裸女性のポーズ，強調部分

ずしてベッド本来の役目を果たす、大型椅子やソファも含めてあります。

ベッドとなれば、女性はつきもの、総数63の内訳は正装女性2、半裸身48、全裸身13となっています。ナイフその他の武器も小道具として効果を発揮していますが、今回はピストルを中心に集めてみましたので、刃物狂の読者にはあいスマない結果になってしまいました。

手に入らないピストルならともかく、ここ当分は刃物恐怖症（エイクモフォビィア）のご時世ですから、ご遠慮してデータだけにしておきます。

ナイフは17例、ハル・エルスンやモートン・クーパーなどチンピラものの作品に多くみられます。その他ではチェーン、手ぬぐい、首飾り、などを含む縛ったり吊ったりする縄のたぐいが21例、カバー・ピクチュアとしては興味あるものが二・三みられました。注射器、ハンマー、火かき棒、アイスピック、むち、蹄、手錠、鉤、といったところが変わりダネで毒蛇、猛犬などの表紙もあります。

出版屋のひとりごと

なるほど、解説屋だけあっていろいろ調べてやがる。だが肝心カナメのものを忘れてやしませんかっていいたいね。何かって？　そうよ、ガンよ、ピストルよ、拳銃よ。持てもできないくせに日本じゃたいしたブームだっていうじゃねえか。サービスのつもりじゃないが、ずいぶんピストルの絵も載せてるつもりなんだがね。ピストルが何丁載っているか教えてもらいたいもんだね。

ガン・ガンまたガン

「裸女と拳銃」と銘うちながら最後になってしまいましたが、おおせに従って次にピストルの分類をしてみましょう。

総数五〇〇冊のうちピストルの載っている表紙は191例、38.2％を占めています。（第5表）

小銃・ライフルはわずか5例で、大部分がピストルといってさしつかえありません。

カバー・ピクチュアのさし絵が不正確なので鑑別しにくい例が多いのですが、コルト・オートマチックとS＆Wのリボルバー、ブローニング・オートマチックの三社が普及しているだけに三横綱で、ちょっと変わったところといってもルーガーぐらいが関の山で、マニアには物足りないでしょう。

暴力シーンに用いられる拳銃①②⑨、おびえる女性を前に拳銃を握る男③⑥⑦⑧と、男がもつ拳銃が70％近くを占め、男と争う女性がもつ拳銃④⑤、死体を前にした女性の手の拳銃⑮⑰、狙いをさだめる女性の拳銃⑩⑫⑭と、女性と拳銃は20％強です。

火を吐く拳銃②④は割に少なく、14例でした。順に説明しながらピストルの鑑別をしますが、さし絵が不明瞭なものが多く、明快な判定にとまどうのですが、その正非は読者におまかせしましょう。

①リチャード・エリントン「それは犯罪だ！」（48）。ポケット・ブック版、私立探偵スチーブ・ドレイクのS＆Wミリタリ＆ポリス38口径のスクウェア・バットが、悪人の頬を殴りつけたところです。

②ピーター・チュイニイ『誰もみなかった男』（49）エイボン・ブック版、蒼白な男の顔、口元からしたたる鮮血、火を吐くコルト・45、オートマチック、スライドが反動でもどったところでしょう。部分的には多少ちがいますが、絵空事かもしれません。

③もコルト・オートマチックでしょう。『野獣の時』（58）。トマス・ウォルシュ、ミグネット版。

④はルーガー、インチバレルの9ミリ口径。火を吐く拳銃を握りながら金髪娘にキスをしようとしているのはM・E・チェイバーつくるところのミロ・マーチ、作品は『ご婦人が殺しにやって来た』（58）とでも訳しましょう。ポケット・ブックにしてはハデな表紙です。

⑤『最後の殺人』（55）。チャーリー・ウェルズ、

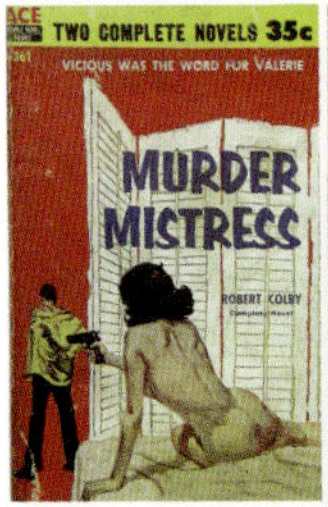

⑭「殺し屋婦人」ロバート・コルビイ

⑬「ラム（牡羊）の日」ビル・ゴールト

胸もあらわな美女の指先があわや引き金をひかんとしているところ。S＆Wのリボルバー。モデル'50・44口径でしょうか。

⑥も⑤と同じ型。銃身がやや長い。おびえる女性を前に交叉してピストルを奪いあう男の腕といった構図は力強い。win, placeは競馬用語で優賞・二着（あるいは入賞）の意味。直訳は難しいので『競馬場の殺人』としておきます。ハードボイルド派の多作家ローレンス・ライアの53年の作品、⑤と同じシグネット・ブック。

⑦The Men は警官、The Boys がギャング、『足を洗った悪徳警官』（56）ということになりますが、ハード・ボイルドの次代のチャンピオン、エド・レイシイの元警官ものです。拳銃はコルト・オフィシャル・スペシャル38口径6インチバレルでしょう。

⑧『恐怖の限界』（53）、W・P・マッギバーン。④と同じルーガーです。⑦⑧ともポケット・ブック版。

⑨以下はあまり大きくないので、はっきりしません。⑩はブローニングの小型オートマチック、⑫は正面なのでなんともいえません。写真をアレンジしたカバー・ピクチュアはゴールドやクレストにもありますが、この『危険な女ども』B・ハリデイのアンソロジー（55）は、なかなかすぐれています。

⑰「マンハント」本国版・59年4月号

⑮「レデイには向かぬ商売」J.L.ラベル

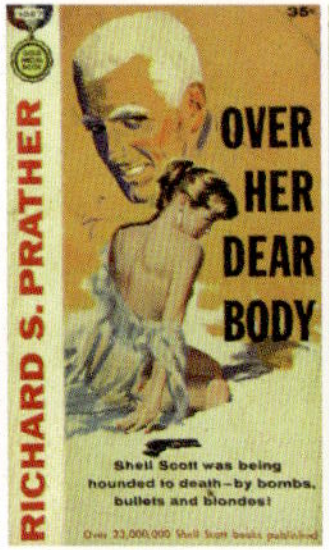

⑯「愛しき肉体を越えて」R.S.プラザー

⑬ビル・ゴールト『ラム（牡羊）の日』（56）。もとロサンゼルスのフットボール・チーム名ガードの私立探偵ブロック・キャラハンがわき腹のホルスターにリボルバーを収めている図です。バンタム・ブック。

⑭『殺し屋婦人』（59）　ロバート・コルビイ、エイス・ブック、いかに殺し屋でもコルト・45ガバンメントは重たそうです。

⑮『レディには向かぬ商売』の女私立探偵ドノバン嬢は本文ではワルサーP38とコルト・オートマチックを持っていることになっているのに、表紙ではS＆Wのリボルバーになっています。

⑯『愛しき肉体を越えて』R・S・プラザーの59年作品、⑰は『マンハント』本国版59年の4月号、いずれもブローニング・ハイ・パワー、9ミリ口径らしいのですが、ご婦人の手に比べてちょっと小さすぎるようです。

表紙画家は大あたり

ペイパー・バック本のカバーに載ったピストルは今回対象にした内だけでも191もあり、いずれ別の機会にご紹介することにいたします。

最後になりましたが、原稿料の安い作家に比べてけっこう良い商売をしているのは表紙の画家でしょう。描きまくっている流行児の商業画家の名前を挙げてみます。ベスト・テンに入る画家は、ロバート・マガィア⑤⑩、マイケル・フック⑬、ジェイムズ・ミース⑧、ボブ・マックギニス、ヴィクター・カーリン、ロバート・スタンレー、ハリイ・シャーレ、バリイ・フィリップス、ダーシイ、ボブ・アベットといったメンメンです。

今月はこれくらいにして、来月号はペイパー・バック本のタイトルの分類を、カバー・ピクチュアを楽しみながらお話しすることにいたします。

拳銃所持者	例数（火を吐くピストル）
男と拳銃	132(10)
女と拳銃	43 (4)
カットに用いられた拳銃	16
総計	191(14)
備考	出版社別にピストルのでてくる順位をみると，バンタム，シグネット，その他，ポケット，エイボン，ゴールド，デルになる。

第5表　拳銃のある表紙分類

The History of
Mystery and Paperback

イパーバックの

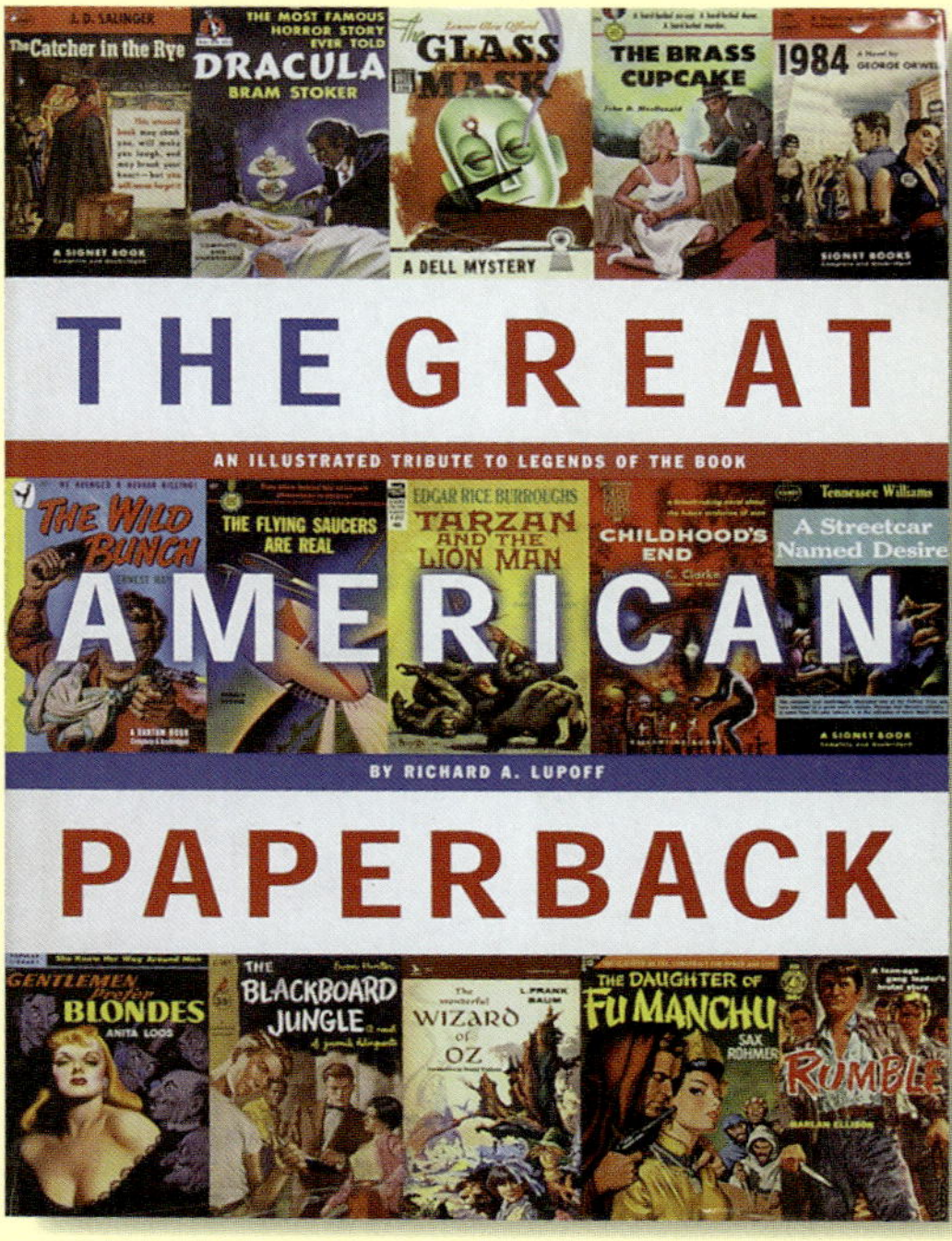

リチャード・A・ルポフ
『偉大なるアメリカのペイパーバック』
（2001年刊）

大判、320ページ、オールカラーの美麗本。第1章（前史）、第2章（カンガルーのガートルード）から第11章（未来は?）まで、アメリカのペイパーバック出版の歴史を豊富な資料と書影（雑誌をふくめて618点）で楽しく見せる。修正された書影がきれいすぎるのが少し気になる。ダスト・ジャケットつき。

ァート・スコット＆ウォレス・メイナード
ロバート・マッギニスのペイパーバック表紙集』
2001年刊）

ペイパーバック装画の新帝王が手がけたカヴァー・アートの完璧資料本。作家別、本番号つき全リストあり。ラー書影287点、原画コピー32点。144ページ。

リー・サーヴァー
『我が屍を乗り越えよ』（1994年刊）

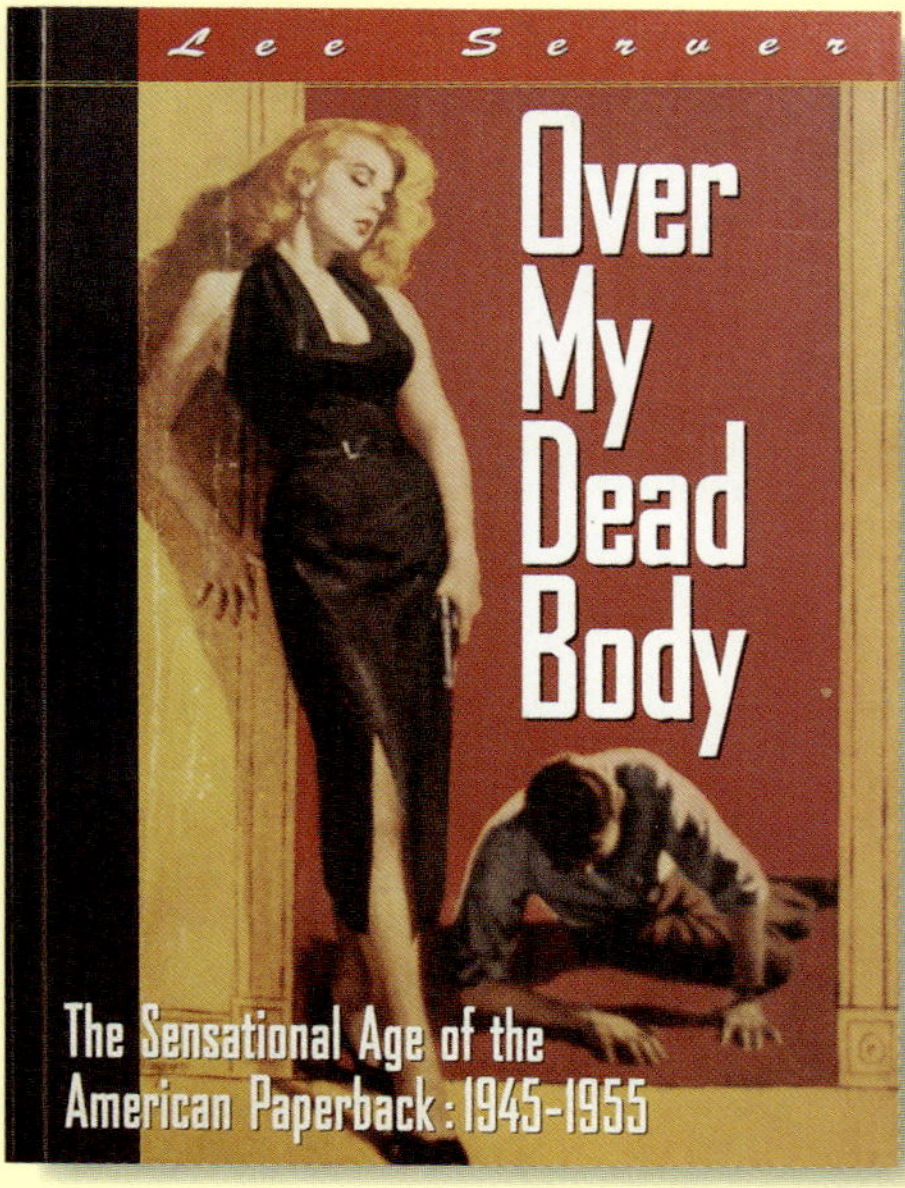

〝煽情時代〟と名づけた10年間（1945～1955年）に焦点をあてたテーマ別ペイパーバック論。カラー書影100点。108ページ。

写真で見る
ミステリとへ
歴史

マックス・アラン・コリンズ
『ミステリの歴史』(2001年刊)
大判、196ページ。一部二色刷、他はオールカラーの美麗本。第1章(コナン・ドイル)、第2章(パルプ・フィクション)から第6章(その他の容疑者)まで、ミステリ全領域の歴史を資料(挿し絵も)と書影(20世紀初頭のダイム・ノヴェルに始まってパルプ誌からペイパーバックまで約320点)で見せる。ダスト・ジャケットつき。

ジェフリー・オブライエン
『ハードボイルド・アメリカ』(1981年刊)

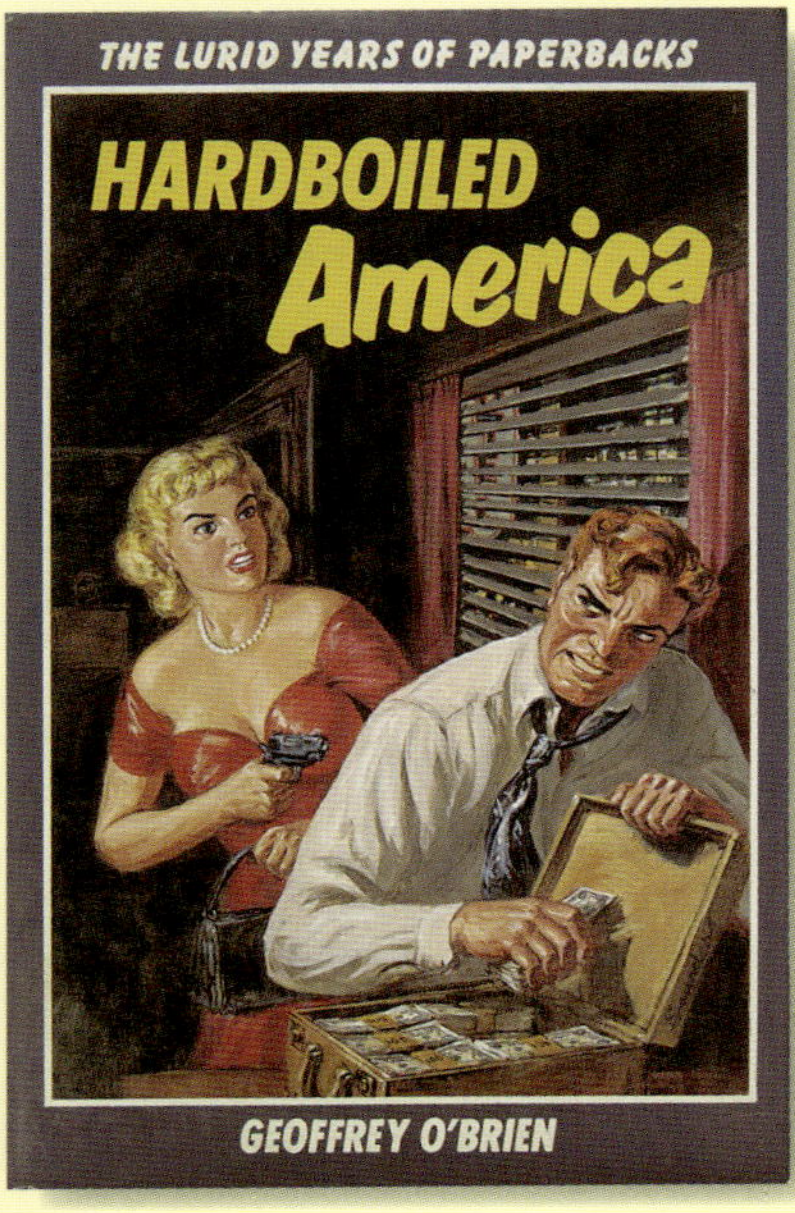

カラー口絵16ページ(書影約50点)入り144ページ。50年代末までのハードボイルド小説史とその周辺の研究書。ダスト・ジャケットつき。

カラー口絵24ページ(書影約100点)入り144ページのペイパーバック・ガイド。第1部(歴史)、第2部(表紙装画)、第3部(収集術)の三部構成。

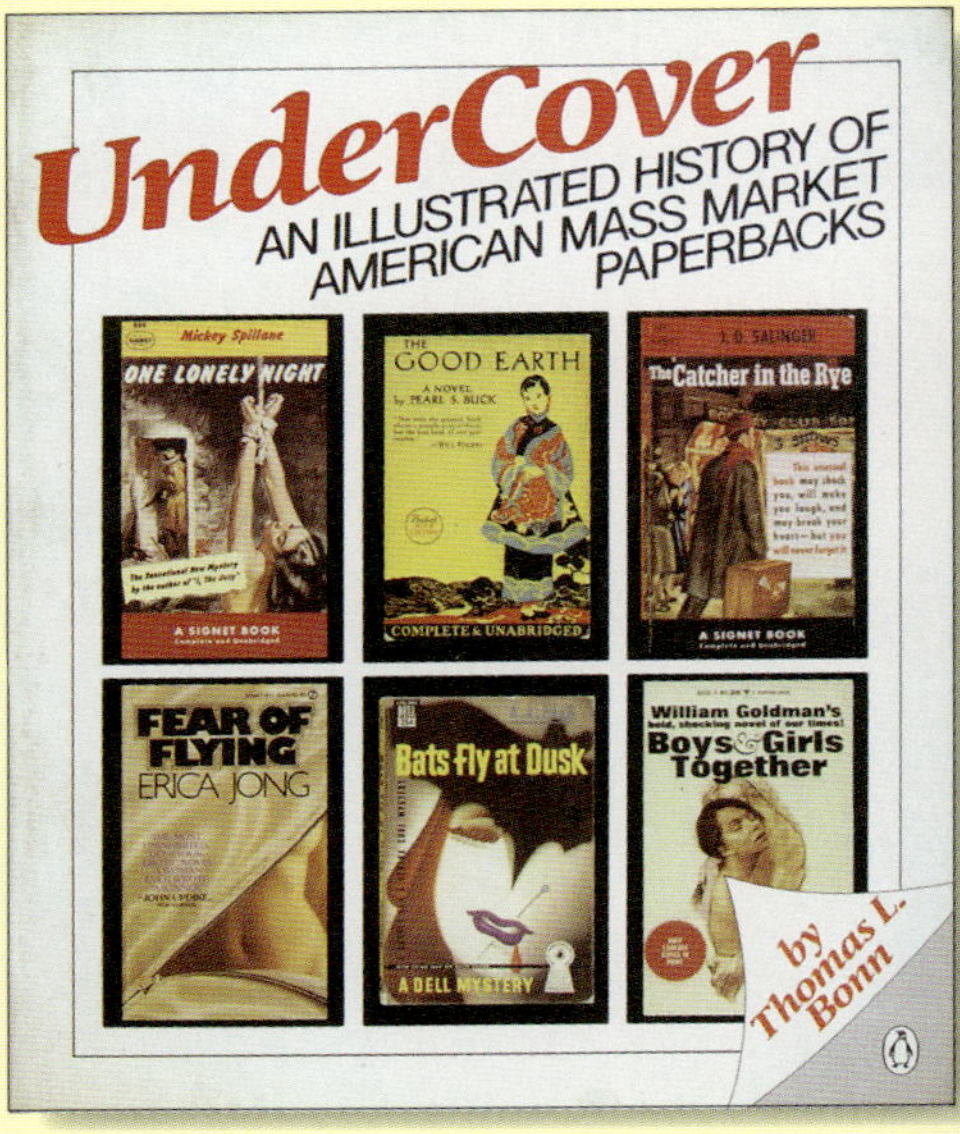

ペイパーバック・プライス・ガイド集

ヴィンテージ本の古本市が定着したのが一九八〇年だった！

ペイパーバック・コレクションの最初の水先案内人となったケヴィン・ハンサーのプライス・ガイド初版（1980年刊）（下は1990年刊の第3版）

グレアム・ホルロイドの決定版プライス・ガイド（2003年刊）電話帳サイズで760ページ。カヴァー・アーティスト索引つき。

『ペイパーバック大全』（英国版）ヴァージン・ブックス（ロンドン）1981年刊

ゲイリイ・ロヴィッスィのオールカラー300ページの美麗ガイド本（2008年刊）

ピート・スフリューデルス『ペイパーバック大全』（晶文社）ブルー・ドルフィン（カリフォルニア）1981年刊

口絵解説Ⅲ

このカラー・セクションの前半では〈ビッグ７〉と命名したペイパーバックの七つの大手ブランドとその他のマイナー・ブランドがページごとにまとめられている。

一番手は最古参のポケット・ブックだ。一九三九年の創業時に決めた小型版サイズを一番遅く（六〇年代後半）まで守りつづけたのも最古参の意地だったのだろう。自分が訳したケインの本、懐かしいライスとガードナー、そして〝ついにめぐり会えた〟アイリッシュの『幻の女』（第二部第一章）の四点を掲げた。

次の見開きはシグネットとバンタム。右ページのシグネットのクライム・ノヴェル選の中央に掲げたエリザー・リプスキーの米ペンギン版（シグネットの前身）『死の接吻』（名古屋の成田陶生さんからつい先日いただいた）と上左の『男より怖い（仮）』がめずらしい。昔読んだバークリー版より前にこれがあったことに気づいてネット買いをしたのはごく最近のことだった。そのシグネットの売れっ子、カーター・ブラウンの『乾杯、女探偵！』が特別出演（切り抜きポップ・アップ）している左ページには大好きなバンタムの表紙絵を二点並べた。

つづいてデルのマップバック。装画はすべてジェラルド・グレッグである。上右はマップバックの第一号。上左とあわせてジョージ・ハーモン・コックスの章（第二部第十四章）で紹介した。上中はレックス・スタウトの『料理長が多すぎる』の初版。第一部第一章に掲げた再版のリアルな表紙とはちがってデザインが重視されている。その傾向は中段の三点（スチュアート・ブロック、ブレット・ハリデイなど）にも顕著だ。下段三点はヘンリー・ケインのニューヨークの私立探偵、ピート・チェンバース・シリーズ（中央が『地獄の椅子』、左が『マーティニと殺人と』の親版）。《マンハント》調に言えば〝お美脚シリーズ〟である。

これと向きあう左ページには、ゴールド・メダルの二点のパイロット版、ラップアラウンド表紙（シドニー・スチュアートの西部小説）および初期二千点の刻み目として、#１０００、#１５００、#２０００を掲げた。下右は『地下室のメロディー』の原作者、ジョン・トリニアンの未訳の風俗小説、下中はマット・ヘルム・シリーズでお馴染みのドナルド・ハミルトンの西部小説、下左はエドワード・S・アーロンズの〈秘密指令〉シリーズの一篇（未訳）。

本書にはこのほかにもゴールド・メダルの特設ページが他のどのブランドより多く盛りこまれている。#１０１から#３３１までの書影を刷りこんだ折り込み（英語ではフォールド・アウト＝fold-outという）、カラー口絵パートⅠの二ページ、第一部第三章、

第三部第七章、第四部第二章および第二部第十章（リチャード・S・プラザーの章）などもお楽しみいただきたい。

つづく見開きページは、エイヴォン、ポピュラー、ピラミッドなどの古参銘柄もふくめて比較的小規模なブランドの代表作に勢揃いしてもらった。めずらしいのはハーレクイン版のジェイムズ・ハドリー・チェイスやライオンのジョナサン・クレイグ。懐かしいアール・ノーマンの〈キル・ミー〉シリーズは、バークリーでの七作のあと、八作めの『六本木で殺して（仮）』が〈アール・ブックス〉から刊行された（六七年）。どうやらこの版元は原作者が本シリーズの再版のためにつくった個人出版社らしい。所在地は港区麻布になっていた。

そのあとにつづく見開きは私の〝めりけん図書館〟中二階の西面である。手前の各十段二面のスライド式書棚にはハードボイルド系の作家がＡＢＣ順に配列されている。左上のアーロンズ、クリーヴ・Ｆ・アダムズ、ウィリアム・アードから始まって左の棚の最下段はドナルド・ハミルトン、右の棚はハメット（ハードカヴァーも数点）から二人のケイン、二人のマクドナルドらを経てジム・トンプスンまで。ここに収めきれなかったＴ以降の作家は北面のスライド式書棚にはみだしてしまった。

スライド式の書棚の奥は既成の奥行のある書棚で、隠れているところには《ブラック・マスク》その他パルプ・マガジンや各種のメンズ・マガジンが収められている。見えているのは《コリアーズ》や《エスクァイア》などの大判雑誌。いずれも三〇年代から六〇年代までのものに限定されている。

つづいて、〈読者のオアシス〉での掘り出し物（第一部第一、二章参照）。額縁に収められた本のまんなかに置かれているのが、ポケット・ブック第一号、ジェイムズ・ヒルトンの『失われた地平線』だ。額縁の代用にしたまわりの十二点の中にはリチャード・パワーズ装画のＳＦが八点まじっている（上右から時計の針と逆まわりに数えて八点めのアシモフの『裸の太陽』は資料本リストには載っていないが、ホルロイドのガイド本はパワーズ装画とみなしている）。

ここで本書の向きをヨコにし、ルーペをご用意していただかねばならない。ここから三ページつづいているのは、いまからなんと四十八年前の《マンハント》の誌面（六ページ）である。もちろん当時は誌面はモノクロだったが、そのときの表紙絵十六点がめでたく色刷りで甦った。本書中のほかのページと重複しているものが大半なのは仕方がない。この道五十年のなによりの証しと言えるだろう。

記事中の表を見ると、このエッセイの材料にしたペイパーバックの数は区切りよく五百点と記されている。ということは、収書数は当時まだ千点に達していなかったのかもしれない。

最後の三ページには資料本、ガイド本をまとめた。

第3部

Part Ⅲ　Paperback Brand Fair

1. Armed Services Edition
2. Pocket Book
3. Dell Book
4. Signet Book
5. Bantam Book
6. Avon, Popular Library and Others
7. Gold Medal Book

1

ハードボイルドを運んできた〈軍隊文庫〉

ハードボイルドと双葉十三郎

ふと思いついて西暦年号を日本の元号に置き換えてみたら、レイモンド・チャンドラーの生年が明治二十一年だということがわかった。ダシール・ハメットは江戸川乱歩と同じ明治二十七年生まれ。漱石や鷗外よりはずっと年下だが、それにしても大昔の人たちだ。

とはいえ、私がアメリカのミステリについて物を書き始めた頃には、チャンドラーもハメットもまだ存命だった。二人の死に際して追悼文をワセダ・ミステリ・クラブの会誌と雑誌《マンハント》に寄稿したのがついきのうのことのように思いだされる、なんてのは大ウソだとしても、それから四十数年がうたかたのごとく過ぎ去ったいまもまだ、この二人の作家について物を書いていられるというのは幸せなことにちがいない。

そんなわけでまず最初に登場するのは、私よりさらに二まわり年上の映画評論家、双葉十三郎さんと軍隊文庫(Armed Services Edition)の二冊のチャンドラー本である。

二〇〇五年末に『外国映画　ハラハラドキドキ　ぼくの５００本』という本を文春新書からだした双葉さんはそのあとも『愛をめぐる洋画　ぼくの５００本』『ミュージカル洋画　ぼくの５００本』『ぼくの特急二十世紀』『外国映画ぼくのベストテン50年』とつぎつぎに新刊を送りだしてきた。この超ベテラン映画評論家には、半世紀以上も売れつづけてきたロングセラーの翻訳書もある。言わずと知れたチャンドラーの『大いなる眠り』(創元推理文庫)だ。大久保康雄訳『風と共に去りぬ』という怪物翻訳書(初訳は一九三八年)を除いて、読物小説の分野で同一訳者による一種のみの翻訳書がこれだけの長寿を保った例はほかにはないだろう。

その双葉さんにお会いしてお話をうかがう機会があった。そのときの対話の一部をここで紹介させていただこう。

——二年前に昔話をいろいろうかがったとき一番感銘をうけたのが、「ハードボイルドを日本に初めて紹介したのはぼくだよ」という言葉でした。

双葉　《スタア》という雑誌に、外国の探偵小説を紹介する欄がありましてね。それまでは日本では、ハードボイルドというものは、その言葉さえ知られてなかったんです。

——その記事を図書館でみつけました。大判16ページの《スタア》復刊第二号で、編集長は南部圭之助さん。双葉さんは編集次長。〈新刊だより〉というコラムで、チャンドラーの『ビッグ・スリープ』を、ハードボイルドという用語を四回（作品紹介に入る前の書き出し部分の一回もふくめて）使って紹介していらっしゃいます。それを読んで江戸川乱歩さんが、話を聞きたいと連絡してこられたんでしょう。

双葉　それで会いに行きました。二度めは植草甚一さんと一緒に行って、乱歩さんに会わせました。

こまかなことではあるが重要でもあるので、一、二の事実をここで検証しておく。

双葉さんのチャンドラーに関する記事が載った《スタア》という映画雑誌は、戦前の一九三三年から一九四〇年までつづき、探偵小説の翻訳や紹介も多く、ハメットのサム・スペード物の短篇を一九三七年に掲載している。その《スタア》の復刊第二号（昭和二十一年四月号）で「洋書輸入がとだえていた空白期間中に刊行された著名作家ないしは新人の作品を紹介する」アメリカ新刊だよりのトップ・バッターとして双葉さんが選んだのがチャンドラーの『大いなる眠り』だった。

「……このスリラアはタイプとしては、ハアド・ボイルドな探偵を主人公とする系列に属し……文章が所謂ハアド・ボイルド作家の頂点にまで達している」といった具合に長い紹介文の中で双葉さんはほかにも「ハードボイルド」を注釈をつけずに二回使っている。

一方、江戸川乱歩が初めてチャンドラーに言及したのは《旬刊「ニュース」》昭和二十一年四月上旬号だった。「ピストルと女と酒と殺人」の項で乱歩は「純アメリカ型探偵小説ともいふべき一派」が大きな勢力となり「この傾向はダシール・ハメットが創始したものと云はれ、新人レイモンド・チャンドラアなどもこの派である」と記し、『大いなる眠り』の「エクセントリックな美しい令嬢などは酒に酔って真ぱだかになって写真をとらせたり、真ぱだかで青年探偵のベッドにもぐりこんだりする」とあきれている。

乱歩が「ハードボイルド」を文中で初めて用いたのは、双葉十三郎、植草甚一の両氏と会ったあとだった。『私のハードボイルド』でくわしく検証したように、まず《ぷろふいる》昭和二十一年七月号で「ハード・ボイルド型」、《赤と黒》同年九月号で「ハード・ボイルド」を用い、そのあと《ロック》の同年十月号掲載の記事では、「……アメリカでは近来ハメット、チャンドラアなどを代表とするいわゆるハード・ボイルド派が有力で……」と記している。

終戦の翌年に四月号として発売された《スタア》と《旬刊「ニュース」》の実際の発売日の先後まではつきとめていないが、「ハードボイルド」を最初に活字にしたのは双葉十三郎。だが、「ハードボイルド派」という言葉を先に使ったのは江戸川乱歩ということになる。

――《スタア》の記事で「ハードボイルド」という言葉を初めて使われたわけですが、いったいどこでこの言葉をお知りになったのでしょうか？

双葉　ポケットブックかなにかの裏表紙じゃないかな。

――やっぱりそうですか！　じつは、出所の可能性は、私が調べたかぎり、四つあります。第一はチャンドラーの『湖中の女』の軍隊文庫の裏表紙。ここにハードボイルドという言葉がでてきます。

双葉　その本は終戦直後に駐屯先の直江津の床屋で若いＧＩからもらった記憶がある。

――ハメットの『赤い収穫』の戦時用ポケット・ブック版（一九四三年刊）にも、惹句として用いられている書評の中にハードボイルドがでてきますが……。

双葉　それは見ていない。

〈軍隊文庫〉特選市

クレイグ・ライス
『セントラル・パーク事件』

レイモンド・チャンドラー　『大いなる眠り』

ドロシイ・ヒューズ
『青い青い小石（仮）』

O・ヘンリー短篇集

ジョン・コリア短篇集

フランシス・クレイン
『藍色のネックレス（仮）』

レイモンド・チャンドラー　『湖中の女』

クレイグ・ライス
『幸運な死体』

――クレイグ・ライスの特集をした《タイム》（一九四六年一月二十八日号）の記事にも一度だけ「ハードボイルド」が使われています。

双葉　《タイム》は当時購読していましたけど、その記事を読んだ記憶はないなあ。

〔注・書かれた内容から察するところ、双葉さんも乱歩も明らかにこの特集記事を読んでいるにもかかわらず、一度だけ出てくる「ハードボイルド」を見落とした可能性がある〕

――あと一つは《ＥＱＭＭ》の創刊号――真珠湾攻撃直前の一九四一年の秋に刊行されたのですが、巻頭にハメットの旧作が再録されていて、クイーンはその紹介文の中で〈hard-boiled fast moving story〉という具合に使っています。

双葉　それも見たおぼえはないなあ。

――ということは『湖中の女』の軍隊文庫版の裏表紙が正解、ということなのでしょうね。

双葉　そういうことにしましょうか。

六十年前の出来事を記憶で再現しようというのだから心もとない話だが、とにかく双葉さんと私とのあいだでは、「ハードボイルド」は軍隊文庫の裏表紙を介して日本に輸入された、という結論にいたった。

〔実際にはほかにもいくつか可能性はあったのだが、それらについては「ハードボイルド」という言葉の輸入史として『私のハードボイルド』のなかで詳述した〕

軍隊文庫についての基礎データ

さて本題の軍隊文庫だが、現在私の手元には実物は約六十点しかない。熱心に集めたおぼえはまったくなく、フィッツジェラルドの『グレート・ギャツビー』（281ページ下）やチャンドラーの二点（本章書影）がこの六十点の中にふくまれていたのは幸運としか言いようがない。ずっと遅くにどなたかから譲りうけたものだったのかもしれないが、それも定かではなくなっている。

『私のハードボイルド』にも収録した軍隊文庫に関する基礎データをもう一度記しておくと、

〔刊行時期〕一九四三年九月から第二次大戦終結後の一九四七年九月まで。従軍中の兵士に無料で配布する目的で、初めは毎月三十点（各五万部）、その後毎月四十点、部数も十五万部以上になった。

〔刊行点数〕千三百二十二点。このうち重版が九十四点あるので、実際には千二百二十八点。総部数は一億二千三百万部。

用紙節約と携帯の軽便さをはかるために、二つのサイズの版型が工夫された。一つはダイジェスト・サイズ（《リーダーズ・ダイジェスト》や《EQMM》の判型）の輪転印刷機で上下二冊を同時に印刷したあと半截する小型版（タテ十センチ、ヨコ十四センチ）。もう一つはパルプ・マガジン・サイズ（《ブラック・マスク》などの版型）で印刷し、半截する大型版（タテ十一センチ、ヨコ十六センチ）。こっちのほうはポケットにはちょっとおさまりにくいので、あまり点数は多くなかった。用紙はきわめて粗悪なパルプ紙を用い、角とじのほかに薄い本では丸とじ（ホッチキスとじ）もあった。また、まれに通常のペイパーバックと同じタテ型のものもあった。

アメリカ国内では入手が難しかったために、高額な古書価格がついているものもある。ちなみに、チャンドラーの二冊には、本の状態によって、三十ドルから四百ドルの値がつけられている。

刊行された本は西部小説が圧倒的に多く、ミステリがそのあとにつづく。これらの読物小説が全体の半数以上を占め、そのほかに、O・ヘンリーの短篇集、ジェイムズ・サーバーのユーモア・スケッチの類やノンフィクション、文芸作品がおさめられていた。

ミステリでは、ガードナーとロックリッジ夫妻が各七作、カー／ディクスン、ナイオ・マーシュが各四作、クレイグ・ライスとレックス・スタウト、アイリッシュが各三作。ハメットはないが、ハードボイルド系ではチャンドラーの二作と並んで、ジェイムズ・M・ケインの『郵便配達夫はいつも二度ベルを鳴らす』と『殺人保険』

もおさめられている。

日本にも軍隊文庫に類した出版物があり、乱歩の〝発禁本〟も入っていたそうだが、いわば姦通殺人メロドラマであるケインの二作などは検閲をまぬかれたのだろうか？　実物で確かめたところ『大いなる眠り』で乱歩が仰天したシーンは一語も削除されていなかった。

もちろんマーク・トウェインや『白鯨』のメルヴィル、『白い牙』のジャック・ロンドン、『怒りの葡萄』のスタインベック、ヘミングウェイ、フィッツジェラルド、フォークナーなどの有名作家も勢ぞろいしている。戦場で偉大なるアメリカ文学に初めて接した若いＧＩも数多くいたにちがいない。

そのＧＩの一人が、直江津の床屋で、チャンドラーの軍隊文庫版『湖中の女』を双葉さんに贈り、「ハードボイルド」が日本に伝えられたのだ。

2

思い出のポケット・ブック

商標のカンガルー“ガートルード”

私はなぜペイパーバックを読むようになったのか

高校生だった一九五〇年代半ばから、私はペイパーバックを読むようになった。なぜ読み始めたのか、なぜ好きになったのか。

私の場合は、この質問の目的語であるペイパーバックは「本」と同義ではない。本を読むという行為そのものが好きか、嫌いかという問いかけではない。その本がペイパーバックに特定されると同時に話はちがってくる。手元にある一万冊を超えるヴィンテージ物のペイパーバックのうち、本として読んだのは十分の一にも満たないだろう。しかも身を入れて読んだのはその半分。熟読、精読したと言えるのは、自分が訳した本を核にしてせいぜいが三百冊ぐらいのものかもしれない。

だがもちろん、ろくに英語も読めなかった高校生の頃からペイパーバックを読むようになったのは、本としての中身にも大きな関心があったからだ。

語学教育を通してつきあった英語が好きになったことは、私は一度もない。高校では英語はむしろ苦手だったし、大学では英文学科に籍を置きながら、語学として英語を学んだという実感がなかった。ところが中身に惹かれてペイパーバックを読み始めると、読むことによってさらに関心の度合いが高まり、門前の小僧のたとえどおりにしだいに理解度も増してくる。しかもペイパーバックの古本はセミヌード入りのメンズ・マガジンよりも安価だった。

では私にとって「ペイパーバック」とはいったい何だったのか。あらかじめ単純明快にこの問いにこたえれば、ペイパーバックは情報であり娯楽性の高いオモチャだった。そしてほどなく、生業として選ぶことになる物書き稼業の道標となり、道具となった。

とにかく大学は出て、すぐに結婚することになっていたとすれば、カタギの仕事に就くしか道はない。だが九時から五時までの宮仕えを一生つづけたくはなかった。そこでやっと六年めに二足のワラジを一足にはきかえてフリーランスの物書きの道を歩み始めたのが四十数年前の私だった。

男にとってのこういう筋書きは昔も今も大きな変わりはない。どっちの道を選ぶのも自由だが、その自由には、選んだ道をまっとうするという、自分自身に対する責任がついてくる。その責任をも回避するなら、落ちこぼれるしかない。これも単純な筋書きだ。

いまから四十数年前、ペイパーバックが持っていた情報価値は現在とは比べものにならないほど大きかった。インターネットどころか、役に立つ有効なリファレンス・ブックさえ存在しなかった時代だ。私がとりわけ好んだハードボイルド系を中心にしたミステリのペイパーバック・オリジナル（ＰＢＯ）についての情報は、一冊ずつのペイパーバックを経てしか手に入らなかった。あっというまに市場から消えてしまう泡のような存在だったからだ。そして中身より前にまずケバケバしい表紙絵そのものが、アメリカの匂いを伝えてくれる楽しいオモチャでもあった。

そのオモチャがやがて私に進むべき方向を示してくれる道標となり、モノを書くための道具となった。そうなったらもう集めつづけるしかない。それがすべての出発点だった。

中身だけでなくペイパーバックにはモノとしての価値があり、魅力があった。ノスタルジックなモノとしてのペイパーバックを、だから私はいまも集めつづけている。たんなるメモラビリア・コレクターにすぎないという一面もあることは認めよう。

これらのことが相乗効果をもたらし、〝私のペイパーバック道〟が始まった。いまにして思えば、自分の選択は正解だったと確信できる。ただしこの「道」は「道楽」の道だったのかもしれない。それはそれで、また良しとしよう。

必要性、あるいは実用性ということから言えば、人はこの先もう個人的に本を集めたりはしなくなるだろう。公共の図書館もあるし、電子化された情報は腐るほどこの世にあふれている（腐れた情報が大半を占めるとはいえ)。

ペイパーバックを集めることにまだ意味があった時代を生きてこられた私は幸運だった。じつは、いまのような時代でも、いまのような時代だからこそ、モノとしての古本を集める楽しさや意味はまぎれもなく存在する。だが、その楽しさや意味は自分で見つけるしかない。

話を振り出しに戻そう。私はペイパーバックのどんな中身に関心を持ったのか。私の好みは古典や純文学ではなかった。そのため、興味の対象はもっぱらゴールド・メダルのようなPBOに向けられた。名だたる古典や名作や純文学系の新作などのリプリント版(つまり文庫版)を中心にした布陣のポケット・ブックやその傍系のカードジナル版は、むしろ手にとるのを敬遠、もしくは後まわしにした銘柄だった。

ペイパーバック研究法

この章でとりあげるのは、このペイパーバック界の草分け、ペイパーバックの代名詞と呼んでもよいポケット・ブックである。創業は一九三九年。「ポケットに入れて持ち歩ける本」(創始者、ロバート・F・ディグラーフの弁)という趣旨をそのままブランド名にした均一価格(二十五セント)のリプリント叢書だった。パール・バックの『大地』をパイロット版に仕立てあげたあと、ジェイムズ・ヒルトンの『失われた地平線』を#1として刊行を開始、その後現在まで約七十年間たゆまず歩んできたポケット・ブックの足跡は、アメリカのペイパーバック出版の歴史そのものであると言ってもよい。

グレアム・ホルロイドのプライス・ガイド本は一九三九年刊の#1から一九六〇年刊の#1278までをポケット・ブックの第一期と呼んでいる(欠番は#198のみ)。私が所持している最も古いものは#20で、#25のスティーヴンスンの『宝島』も持っているが、これは五三年に刊行された第九刷である(ポケット・ブックは表紙が変わっても本番号は変わらない。だが表紙が何度変わったかはすべての版を確認しなければわからな

『掏替えられた顔』
初版９刷（1945年刊）
装画／リーオ・マンソー

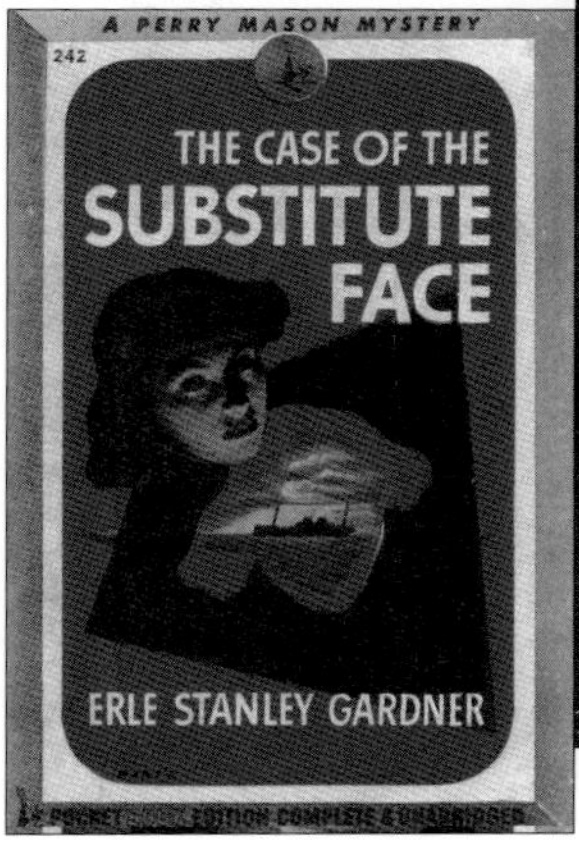

『カナリヤの爪』
〈軍隊文庫〉版

装画／Ｈ・Ｌ・ホフマン

エラリイ・クイーン
『ハートの４』
初版９刷（1945年刊）

Ｅ・Ｓ・ガードナー表紙集 （上右をのぞく）

Ａ・Ａ・フェア名義
『屠所の羊』
装画／モーリス・トマス
初版４刷（1953年刊）

装画／ジェイムズ・ミース

『片目の証人』
初版初刷（1955年刊）

『ビロードの爪』
装画／ロバート・マッギニス
32刷（1963年刊）

い)。第一期千二百数十点中、私の所持本は三百二十数点、やっと四分の一を超えているにすぎない、といったようなことを現物に即して話してゆくのが一番お手軽なのだが、ここでは少し趣向を変えて、みんなが楽しめるペイパーバック研究法に挑戦してみよう。

まずは調査の初歩、英文 Wikipedia で Pocket Books を見てみる。ポケット・ブックのミステリ部門の看板作家、E・S・ガードナーのペリイ・メイスン・シリーズ第一作『ビロードの爪』のカラー表紙がすぐに目に飛びこんでくる。本番号は#73だが、ここにでてくるのは五三年七月刊の第二十九刷だ(こういうこまかいことは現物がないと書けないんだけど)。

ポケット・ブック初期ガードナーの正真正銘の初版初刷は私の手元にもないが、刊行年が四〇年代のものは表紙は初版と同じだとほぼ断定できる。その根拠の一つは、長方形の枠の内側に四隅を丸くしたもう一つの窓をおさめた特徴的なデザインが共通していることだ(書影を掲げたエラリイ・クイーンの『ハートの4』のように絵が枠外にはみだす定型くずしもある)。

戦時中に刊行されたポケット・ブックの中には社名も前付(出版データ)も印刷されていないいわゆる戦時文庫版も多かった(ところが商標のカンガルー、ガートルードおばさんはちゃっかり顔をだしている)。

Wikipedia の記事には初代のオーナーたちが四四年にポケット・ブックを売却し、その後またサイモン&シュースター系の人物に転売された(五七年)という社史や、初期十点のタイトル、真珠湾攻撃の一九四一年に後を追って刊行を開始したエイヴォン・ブックを相手どってポケットがおこした訴訟の話もでてくる。この訴訟では「ポケット・サイズの出版物の独占出版権は認められない」という裁定が下り、エイヴォンだけでなく、デル、ポピュラーなどが追撃を開始した。

Wikipedia 以外にもポケット・ブックに関する情報はネット上に無数に存在する。書店まで歩いていかなくても本についての情報はいくらでも手に入るし(選別がたいへんだけどね)、注文もできる。もちろんポケット・ブックそのもののホームページも厖大な量の情報を提供してくれるが、つまるところ目的は自社刊行物のネット販売だ。

このホームページを開き、まず試しにMystery and Detectiveのカテゴリーをクリックすると、警察捜査小説とか女探偵ものなどにジャンル分けされているのでまよわずにハードボイルドをクリック。

そこでガックリさせられるのだが、この検索にひっかかったのはたったの六点。知っているのはマックス・アラン・コリンズただ一人。わかってはいたけれど、かつてはポケット・ブックの看板だったハメットもチャンドラーも目下品切れでございますというつれない意思表示なのだ。

ここで引き下がるのもシャクなので、六点の中にでてきたエイドリアン・マッキンティというアイリッシュ系作家を徹底追跡し、いつものネット古本市で六点を即時発注。殺し屋マイクル・フォーサイス日本初登場ということになればおもしろいのだが……

こんな具合にネットからだけでも関心さえあればペイパーバックのことをいろいろ調べられる。自分の専門領域だと過信している分野であっても、未知のことは数かぎりなく存在する。そんなことも教えられた。何事も謙虚に、初心に戻ろう。

ポケット・ブックのお気に入り

このポケット・ブックで、ごく早い時期に私がよく読んだ作家は、ミステリ・ジャンルでの一級品、弁護士ペリイ・メイスン・シリーズのE・S・ガードナーだった。

古本屋での当時のペイパーバックの値段は十円から高くても五十円。表紙絵と惹句の煽情度で値段が決まる。従って、たとえ一級品でもガードナー本には初めのうちは高値はつかなかった。そして、目につくたびに買い求めたポケット・ブックのガードナー本の一冊が『門番の飼猫』だった。私が生まれて初めて、一ページめから最後のページまで訳し通した長篇ミステリである。だが、大学ノートにびっしり書いた訳文も、テキストに用いたポケット・ブックも見当たらない。『私のハードボイルド』執筆のために、古い資料を年代順にきちんと整理し直したときから探しつづけているのだが、きっと未整理の資料の山のどこかに埋もれているのだろう。しかし、最後のページまで訳し終えたというのは、思い出の美化作用にすぎないのかもしれない。

たとえ見つかっても訳文は読めたものではないだろうし（作業をしたのが同書のポケミス刊行年である一九五五年だとしたら私の浪人一年めのことだ）、テキストに用いたポケット・ブックはボロボロになっていたにちがいない。

E・S・ガードナーの本は、ポケット・ブックには本命のペリイ・メイスン・シリーズだけでなく、ダグラス・セルビイの地方検事シリーズ（DAがdistrict attorneyの略だということをこれでおぼえた）やバーサ・クール／ドナルド・ラムのシリーズもおさめられた。書影を掲げた『屠所の羊』はクール／ラム・コンビの第一作で、このポケット・ブック版刊行時に初めてA・A・フェアがガードナーのペンネイムであることが公にされた（このシリーズは実際はデルの看板シリーズ）。

比較のために並べたジェイムズ・ミースとロバート・マッギニスによる二点のペリイ・メイスン本の新しい表紙デザインの特徴は、表紙左側の波線と直線のタテの帯。銀色で印刷されたこの帯は本の背から裏表紙までつづき、ある時期のポケット・ブックの定番デザインとなった。

その他、本書に掲げたその他のポケット・ブックの書影について少しだけ補っておきたい。カラー口絵のハメットのページ（10、11ページ）に載せたのは本邦初公開の『マルタの鷹』のダスト・ジャケット。四五年一月刊の初版三刷につけられたのだそうだが、実際には再販のためにすべての返本につけられたと推定される（その数は不明）。スタンリー・メルツォフの装画（ブリジッドが千ドル札を隠していないか裸にさせて、スペードが衣類などを調べているのだ！）はそっくりそのままのちにパーマ版に流用された。

ガードナーの『門番の飼猫』同様ボロボロ、バラバラになってしまったテキストの一冊がジェイムズ・M・ケインの『郵便配達夫はいつも二度ベルを鳴らす』の十一刷だ。表紙の上部に「アメリカの最も有名なハードボイ

ジェイムズ・M・ケイン
『郵便配達夫はいつも二度ベルを鳴らす』
11刷（1953年刊）
装画／トム・ダン（上下）

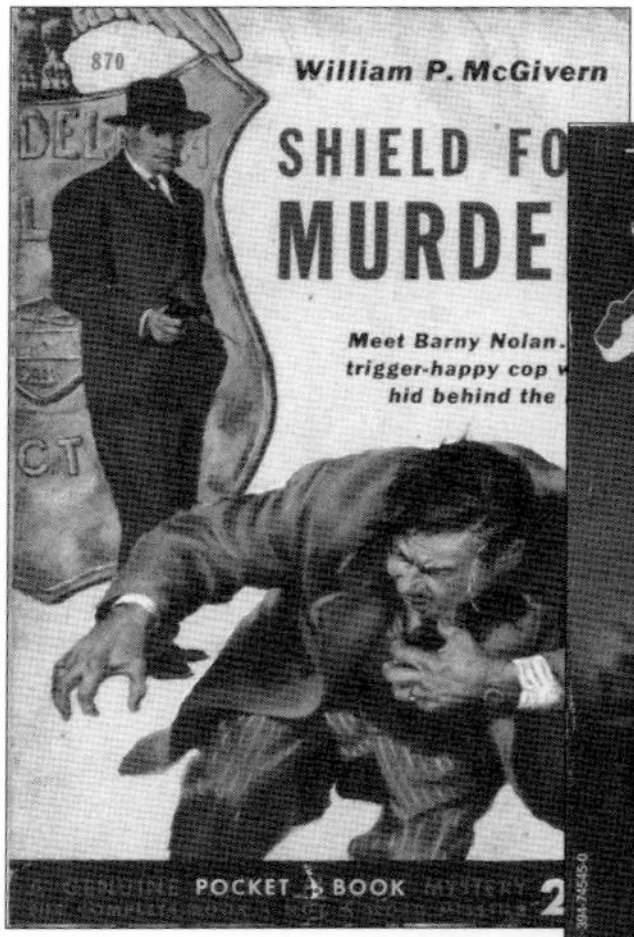

ウィリアム・P・マッギヴァーン
『殺人のためのバッジ』
初版初刷（1952年刊）
装画／ジョージ・メイヤーズ

映画タイアップ版
（1978年刊）

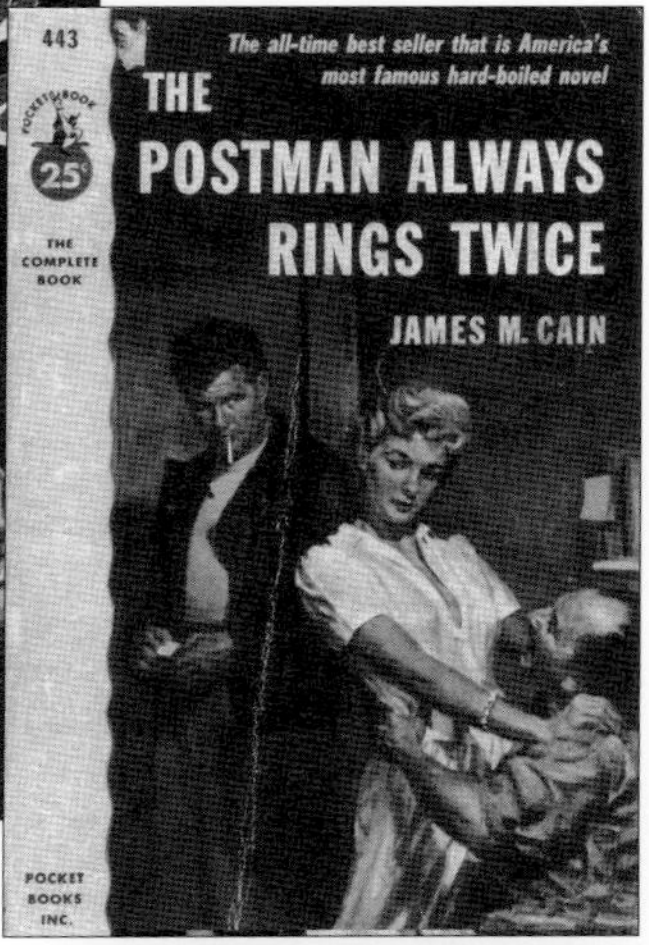

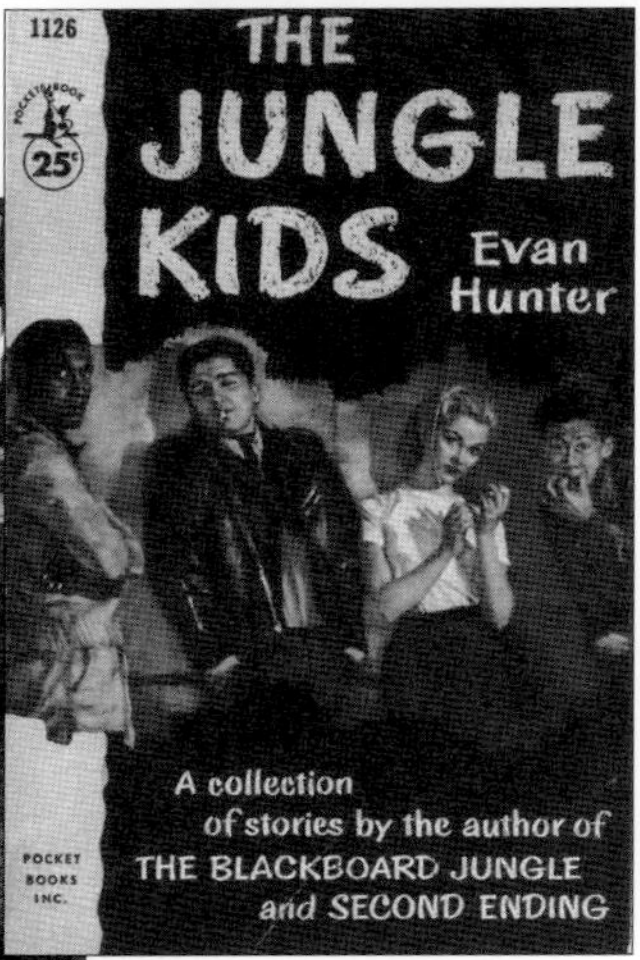

レイモンド・チャンドラー『湖中の女』

5刷（1954年刊）
装画／トム・ダン

初版初刷（1946年刊）

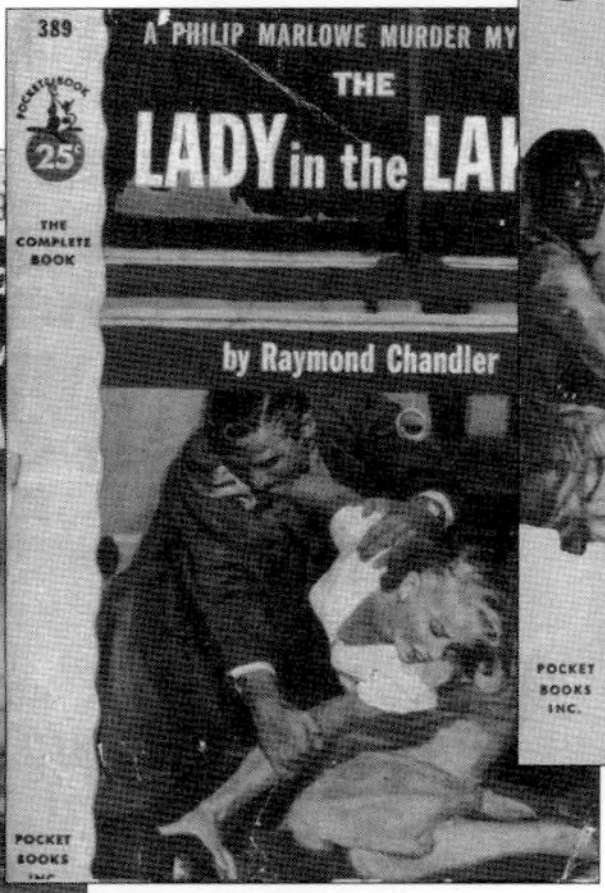

エヴァン・ハンター
『ジャングル・キッド』

〈名作に見る表紙絵の変遷〉

ルド小説」という惹句が読める。同じ本番号だがあとから入手したこの本の初版（217ページ上右）のほうは保存状態もよく書きこみもない。

ラナ・ターナーとジョン・ガーフィールド共演でＭＧＭがこの小説を映画化（四六年）したことは初版の裏表紙にすでに刷りこまれていた。初版も再版も、表紙絵のヒロイン（コーラ）はラナ・ターナーには似ていないが、胸元が深く切れこんだ白いドレスは共通している。八一年にアメリカで再映画化されたときは、主演のジェシカ・ラングとジャック・ニコルソンをあしらったポスターの一部を用いたヴィンテージ版が出まわった。こうなると、ほかにもまだいくつも刊行されているにちがいない別版を全部そろえたくなってくる。名作と謳われる作品ほど別版の数は多くなるので、コレクターにとっては話がややこしくなるばかりだ。

レイモンド・チャンドラーとポケット・ブックとのつき合いも長い。ポケットの初版刊行年は発表年順ではなく、まず最初に『さらば愛しき女よ』が戦時中の四三年に刊行され、そのあとに『高い窓』と『湖中の女』がつづき、デビュー作の『大いなる眠り』は『かわいい女』と同じ五〇年にポケット・ブックに収められた。『湖中の女』と『大いなる眠り』は四五年に先に軍隊文庫に収録され、海を渡りＧＩたちによって日本に流れついた（前章参照）。

『湖中の女』は、『ロング・グッドバイ』（ポケット・ブック版は五四年刊）、最終作『プレイバック』（ポケット・ブック版は見かけたことがない）と一緒にカージナル版にも入っているので（12ページ下左参照）、すでに四種類の版が私の手元にそろっている。だが同じ本番号でも表紙が異なるこの本のポケット・ブック版は、ほかにもいくつか存在するにちがいない。

カージナル版は五一年から約十二年間、ポケット・ブックと平行して刊行されたシリーズだった。総点数は約七百点。私の手元には百十点ほどしかないが、商標のカージナルの赤と左側のタテの金色の帯との取り合わせが、高級娼館のようにケバケバしい。

その装幀にふさわしい所持本を数点あげると、ポケットからの再リプリント版になるハーバート・アズベリーの『フレンチ・クォーター』と『バーバリイ・コースト』、ネルソン・オルグレンの『黄金の腕』、エドナ・ファーバーの『ジャイアンツ』などが即座に思い浮かぶ。ガードナー本も多数収録された。

それほど好きな銘柄ではなかったのに、「はじめに」でも触れたように二〇〇八年の五月、神保町の老舗のK書店で百十七点一気買いをさせてもらった蔵出し本の中に、非常に保存状態のよいカージナル版の文芸書が『嵐ケ丘』『レベッカ』『ジェーン・エア』『馬に乗った水夫』『剃刀の刃』など十四点もまじっていた。それらを並べても、私の本棚の品格がべつに向上するわけでもないのだが。

チャンドラーの年下の先輩、ダシール・ハメットとポケット・ブックとのかかわりも古い。ハメットの五作の長篇はすべてチャンドラーのデビュー前に発表されたが、ポケット・ブックでの刊行年はチャンドラー本と奇妙なほど重なっている。そして知名度、人気度から言えば当然のことだが、最初に収められたハメット本は『影なき男』だった。そのあとに『ガラスの鍵』がつづき、『マルタの鷹』は『赤い収穫』のあとになってしまった。

一方のチャンドラーのほうは長篇だけでなく短篇集も三点入っている。その中でとりわけ思い出深い一冊は、評論「単純なる殺人芸術」を題名に採った三つめの短篇集（カラー口絵13ページ下右）である。

ハードボイルド系の作家の正統派を意図的に売り出す作戦だったのだろうが、ポケット・ブックからは戦後派のウィリアム・P・マッギヴァーンやロス・マクドナルドのペイパーバック版も刊行された。マッギヴァーンは長篇デビュー作『囁く死体』以後、『虚栄の女』『殺人のためのバッジ』『ゆがんだ罠』『ビッグ・ヒート』『悪徳警官』『恐怖の限界』『最悪のとき』と切れめなくつづき、大きな成功をおさめた『ファイル7』『緊急深夜版』にいたった（そのあとの『明日に賭ける』はカージナル版）。

マッギヴァーンとほぼ同時期に、ロス・マクドナルドの初期五作もポケット・ブックから刊行された。

よく知られた話だが、ロス・マクドナルド（本名ケネス・ミラー）はデビュー時から数年間、ペンネイムのことでジョン・D・マクドナルドとのあいだに〝トラブル〟が生じ、何度も呼び名を変えるハメになった。事の起こりはポケット・ブックに初めて収められた『動く標的』だった。クノップからジョン・マクドナルド名義で出たこの長篇第一作はポケットでも同名義だったが、ジョン・Dの抗議をうけて二作めからはジョン・ロス・マクドナルドと改名し、非シリーズの『死体置場で会おう』までこのペンネームを用いた。そのあと、ペイパーバック版はバンタムへ移り、再版時からは〝ジョン〟を捨ててすべてロス・マクドナルドに統一された。一方のジョン・D・マクドナルドにも、ペンネイムが「ジョン・マクドナルド」となっている本があった（第三部第七章参照）ためにこういうややこしい話が生じたのである。

《マンハント》の頃からお馴染みだったエヴァン・ハンターは『ジャングル・キッド』だけだが、マクベイン名義の〈87分署〉シリーズはポケットとパーマ・ブックの看板だった。

そして、最後は思い出深いリチャード・スタークの〈悪党パーカー〉シリーズ（9ページ参照）。パーカーのPBOデビューは、てっきりポケット・ブックだと長いあいだ思いちがいをしていたが、確かめてみると初期八作中、第一作と第三、第四作はパーマ・ブック、残りはポケット・ブックというきわめて変則的なラインナップだった。ただし装画は全作ハリー・ベネットである。

3 マップバックから始まったデル・ブック

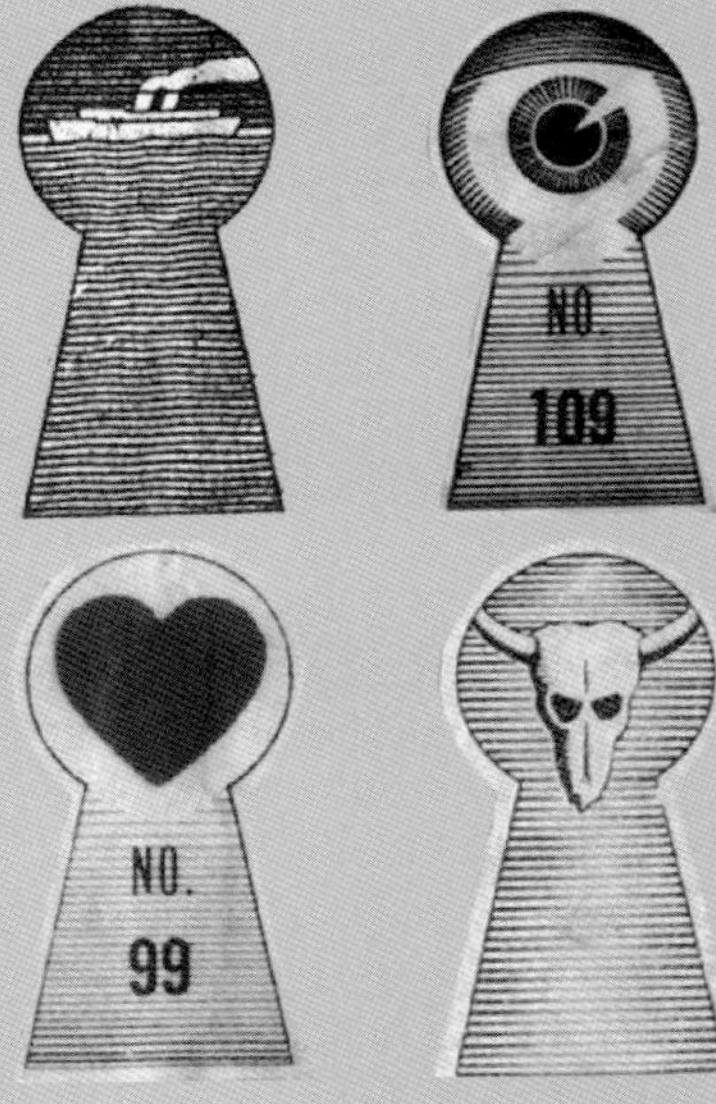

マップバック第1号
ジョージ・ハーモン・コックス『四人のおびえた女（仮）』

四つのジャンル表示マーク

ミステリ、ロマンス、ウェスタン、アドヴェンチュアなどの大衆読物のリプリント廉価本という営業方針のもとに戦時中の一九四三年から刊行を始めたペイパーバックのデル・ブックは、発足間もない#5から、裏表紙に本篇の舞台となる建物や集落の鳥瞰図（個別の建物の場合は間取り図）、あるいは物語の背景となる市街図を色刷りで配する独特のフォーマットを案出し、これをかたくなに約十年間継続させた（マップがバックに載っているのでマップバックと呼ばれた）。このデル・マップバックの総点数は約五百五十点。後期になるにつれて地図の簡素化が進み、やがてキャッチフレーズやブラーブの類にとってかわられる。

章扉に示した四つの重要なジャンル表示のマークはデル・ブックのよく知られた「鍵穴マーク」である。鍵穴の向こうに目玉があるのがたいていの場合は「ミステリ」。章扉に掲げたマークはA・A・フェアの#109『大当りをあてろ』からとったものだが、鍵穴からこっちをのぞいている目玉の絵にちょっとしたミステリがある。その謎とは何か？　別の書影のマークとよく見比べていただこう。

牛の頭蓋骨のマークは当然「ウェスタン（西部小説）」を指している。ごく当たりさわりのないペイパーバックの入門書や資料本の類には、「デルのマップバックの大半はミステリで……」といった記述がみられるが、これは大マチガイ。

まがりなりにもマップバックが載っているデル・ブックの中で私が所持している一番新しいものは#601（一九五二年刊）だが、念のために#640あたりまでをふくめたジャンルわけを試みると、確かに「ミステリ」は約三百七十点（六〇パーセント弱）とダントツだが、そのほかにもデルが売り物にした重要ジャンルがいくつかある。

その筆頭が鍵穴の中に赤いハートをおさめた「ロマンス」（七十五点）、ついで今記した「ウェスタン」（六十七点)、鍵穴の中から航海中の船が見える「アドヴェンチュア」(三十六点)、SFも七点おさめられているが、数が少ないために、これには特定のマークは用意されなかった。

これ以外にもユーモアやノンフィクションや歴史物など雑多なジャンルの作品が多く、「その他」でくると八十六点を数える。

ここに記した数字は、私が現物や資料本をもとにして、実際に数えたものである。これと並行してすすめたのが、再版本の数の確認だが、ざっと数えたところその比率は一〇パーセント程度だろう。この数字は予想よりずっと低かった。

さて、先ほどの「ミステリ」マークの目玉の謎だが、比較しておわかりのように、ほとんどの本では光は左から目玉に射しこんでいるのに、まれに右から射しこんでいるマークも存在する。これってたんに誤って逆版にしてしまっただけなのだろうか?

デルのマップバックの記念すべき第一号は220ページ(上右)に掲げたジョージ・ハーモン・コックスの『四人のおびえた女(仮)*Four Frightened Women*』だった。冒頭に記したように一九四三年の三月にデル・ブックの#5として刊行されたものである。

私もごく最近、かなりの高値で入手したのだが、マップバック#5の初版はこれがホンモノ。ネット上にはこれよりさらに高値のついた別の表紙の版が#5として売りに出ている。注文時には充分に吟味すべし(こんな本を欲しがる酔狂な人はいないだろうと思うけれど、念のため。#5のマップバックを本章の章扉に掲げた)。

ところでこのジョージ・ハーモン・コックスだが、中・短篇が十篇ほど訳されているだけで、私の知るかぎり、六十作以上ある長篇ミステリはただの一作も翻訳されていない。ボストンの報道カメラマン、フラッシュガン・ケイシーとケント・マードックという二本柱のシリーズ・キャラクターを三〇年代の半ばに登場させ、長期間、ヒーローとして活躍させたのに、なぜか日本では長篇は紹介されなかった。

いずれもデルのマップバックにおさめられているケント・マードック・シリーズの初期三作をひろい読みして

ダシール・ハメット短篇集のマップバック

装画／ルース・ビリュー

『スペードという男』

『ブラッド・マネー』

装画／マイク・ラドロウ

装画／ロバート・スタンリー（右も）

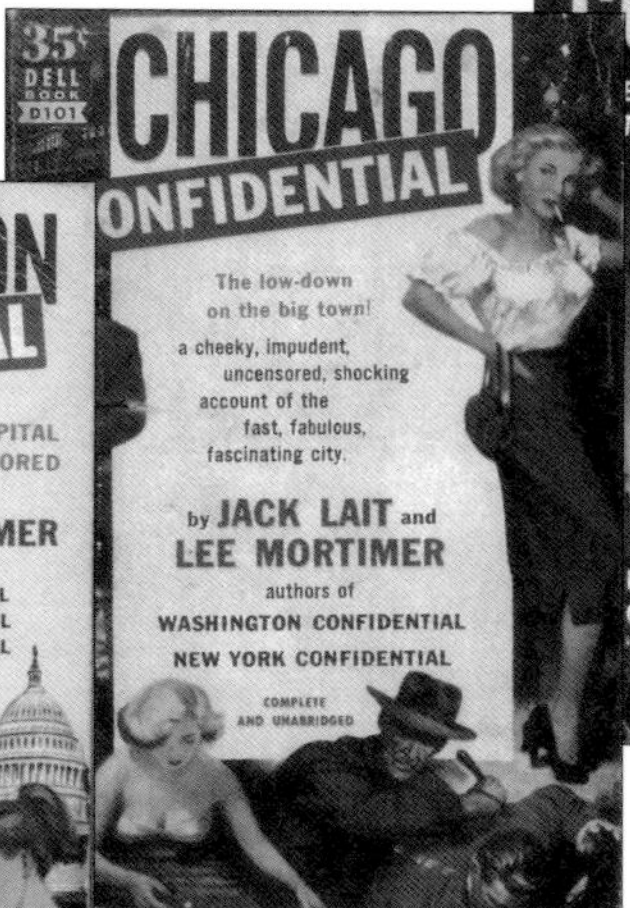

ジャック・レイト＆
リー・モーティマーによる
〈極秘情報〉シリーズ

50年代デルのベストセラー3部作

気づいたのだが、ケントにはバーレスクの踊り子だったヘスターというちょっとクセのある、個性的なキャラクターの美人妻が配されていた。ところがこの美人妻がシリーズ二作めには登場しない。かわりにケントは一作めで知り合ったジョイスという女性とハネムーンに出かけている。いったい何があったのか。そんなことも気になるので、日本では知られないままとうに世を去ってしまったプロ中のプロ作家、コックスについては、第二部第十四章で少しくわしく触れた。

話はマップバックのジャンル表示に戻るが、四つのマーク（もう一つ、資料本には「歴史物」のペンのマークも載っている）のほかに、ジャンル用語による分類も記されたことがある。「ミステリ」「ロマンス」「ウェスタン」「アドヴェンチュア」のほかに「スリラー」と「ノヴェル」（どちらにもマークはない）という分類があり、分類の理由は不明確だが、たとえば四七年刊のヘンリー・ケインのニューヨークの私立探偵ピート・チェンバース・シリーズ第一作『無名の栄光（原題）』（220ページ下左）が「スリラー」とされていたり、ヒッチコック選のアンソロジーやH・G・ウェルズの『透明人間』に「ノヴェル」と冠せられたりしている。

ところで、私のネットを通じてのマップバック・ショッピングの最近の最高の収穫は10ページ（上右）と11ページ（中左）に掲げたダシール・ハメットの二点。どちらも表紙絵が変えられた再版は持っていたが、初版を手にしたのは初めてだった。とくに『スペードという男』のほうはこれまで書影にお目にかかれなかった逸品である。サム・スペードが「スペード」の中にいることに注目！

デル・マップバックのベストセラー

五百点を超えるデルのマップバックの中で一番多く売れた本は何か？　こたえはジャック・レイト（一九五四年没）とリー・モーティマー（一九六三年没）というニューヨークのジャーナリスト・コンビがまとめた『ニューヨーク極秘情報（仮）』。書名や表紙絵からも察しがつくように並みのガイド・ブックではない。裏情報満載のいわばお上りさん向けの㊙観光ガイドだ。これがなんと初刷から一年半のあいだに百万部をゆうに超えるベストセラーになった。

装幀は同じだが、私が持っているのは第三版の二刷。デル・マップバックの初版は一九五〇年五月の刊行だった。この本は初めジフ・デイヴィス社から出版され（一九四八年）、同年にクラウンから再刊されたあと、デルのペイパーバックにおさめられ、超ベストセラーに大化けしたのである。

これをうけてすぐに登場した第二弾『シカゴ極秘情報（仮）』（一九五〇年、クラウン）はデルが新しく刊行を開始したDシリーズのトップバッターとして一九五二年一月に刊行され、四刷までいって、総部数は百三十万部を突破した。第一弾はマップバックのベストセラー第一位だが、マップバックがついていないDシリーズの第二弾が、レイト／モーティマーのいわゆるコンフィデンシャル・シリーズでは最もよく売れた本と言うことになる。柳の下の三匹目のドジョウを狙った第三弾『ワシントン極秘情報（仮）』はデルの初版七十五万部という記録は樹立したものの増刷は一度もなくミリオンセラーにはならなかった。

このコンビ作家の年長者、ジャック・レイトは、二十年間続けたシンジケート・コラム（All in the Family）や《ニューヨーク・デイリー・ミラー》紙の編集者として盛名を馳せ、ブロードウェイ上演の戯曲を五作書き、ウィル・ロジャーズ本二作をふくむノンフィクションや映画のノベライゼーション（W・R・バーネット原案の『街の野獣』など）、女ギャング、ポラック・アニーを主人公にした連作ギャング小説なども物した多芸多才な作家だった。

しかし、生涯を通しての大当たりと言えば、やはりこのコンフィデンシャル・シリーズにとどめをさす。二人のコンビによる第四弾『USA極秘情報（仮）』（五二年）、ジャック・レイトの死後刊行された『世界一周極秘情報（仮）』（五六年）、少年非行もので知られたモートン・クーパーを加えてつくられた『ハイスクール極秘情報（仮）』（五八年）などというキワモノまで登場した。この本はおそらく名義だけを貸したのだろう。

コンフィデンシャル・シリーズは五〇年代前半の流行現象のひとつとなり、第一弾を元にした「紐育秘密結社」（五五年作、日本公開五六年。ブロデリック・クロフォード、リチャード・コンテ主演）という映画もつくられた。愉快なことに「火星極秘情報」というパロディ記事まであらわれた。この記事が載ったSF誌《アメイジング・ストーリーズ》の一九五三年四／五月号にはネット古本市でかなりの高値がつけられている。セックス産業情報（ストリップ劇場など）やスラング集なども付録についているこのシリーズを、たぶん私は、一九六五年のアメリカ初旅行のときに大いに活用したのではないかと思う。

二冊のマップバック・ガイド本

ごく最近入手した貴重にして完璧な二冊のマップバック・ガイド本についてここで記しておく。

一冊めは、ウィリアム・H・ライルズ著の『デルをマップに載せる（仮）*Putting Dell on the Map*』（八三年）。「デル・ペイパーバックスの歴史」という副題がついている。二冊めは、同じ著者が編纂した『デル・ペイパーバックス *Dell Paperbacks, 1942 to Mid-1962*』（同）という詳細なインデックス本。版元はどちらもグリーンウッド・プレスなのでおそらく補い合う目的で同時刊行されたのだろう。

赤いクロス表紙のインデックス本は発足以降一九六二年半ばまでのデルの小型サイズ版のすべてが対象になっている。マップバックの大半をおさめた第一期のリプリント本シリーズだけでなく、デル・ファースト・シリーズなどのペイパーバック・オリジナル（ＰＢＯ）もふくまれているということだ。

これで再確認できたことのいくつかを挙げると、

●マップバックの総点数は五百七十七点。だがこれには二十五点の再版および二十四点の改変版がふくまれているので、オリジナルのマップバックの総点数は五百二十八点。

●ジャンル分類。ミステリ三百六十点（約六〇パーセント）、ノヴェル（ロマンスものをふくむ）百十七点（約二〇パーセント）、ウエスタン五十点（約八パーセント）、あとはその他。

●マンガ、パズル（このロゴもあった）、ジョーク・アンソロジーなどはPBO。約二十点。

完璧で貴重なと記したのは、デル小型版ペイパーバックのすべてについて、一点ずつのページ数、刊行年月、印刷部数、表紙アーティスト名、マップバック・アーティスト名、マップバック概要、増刷、再版、外国版概要がきちんと記されていることだ。これだけ完璧なリストはほかのブランドにはまだない。少なくとも私が調べたかぎりでは見つからない。

このガイド本をもとにいろいろ調べものをしたり、興味深い未入手本の新規注文に追いまくられることになりそうだ。

ライルズの二冊のガイド本と一緒に、私は〝書誌屋さん〟のクリストファー・スティーヴンスがまとめた*A Checklist of The Dell Mapbacks*という四十一ページのパンフレットも入手した。ライルズ本のインデックスのようなものだが、「この本のマップはライルズのマップ・リストに記載されていない」などとエラそうな注記もついている。ところが一方では、インデックス本であるにもかかわらず、誤植（ハミルトン→ハリデイ）、誤認（#700はマップバックではない）が目立つ。役に立つのは、簡略化されたあとのマップバックをDシリーズやデル・ファースト・シリーズまで丹念にひろっていることと、著者別索引が付せられていること。

その索引をもとにデル・マップバック時代のミステリ作家の収録作品数を見てみると、最も多いのは、マイアミの赤毛の私立探偵、マイク・シェインもので人気が高かったブレット・ハリデイと、第二部第十四章で紹介したジョージ・ハーモン・コックスの各十七点。そのあとにクリスティー（十六点）、ラインハート（十二点）、マクロイ、ヘレン・ライリー（各十一点）と女流がつづき、スタウト（十一点）、A・A・フェア（十点）があとを追っている。収録作品数のトップの座をブレット・ハリデイとわけあったコックスは、いわばデルの看板作家、西の正横綱だった。

四〇年代の半ばから五〇年代にかけての、ごく初期のペイパーバックはいったいどれくらいの数がマス・マーケットに流通していたのだろう。そんなこともライルズのガイド本は教えてくれる。コックスの場合は印刷部数

ルース・ビリュー
マップバック選（左下を除く）

H・W・ローデン『あなたは一度しか首を吊れない（仮）』

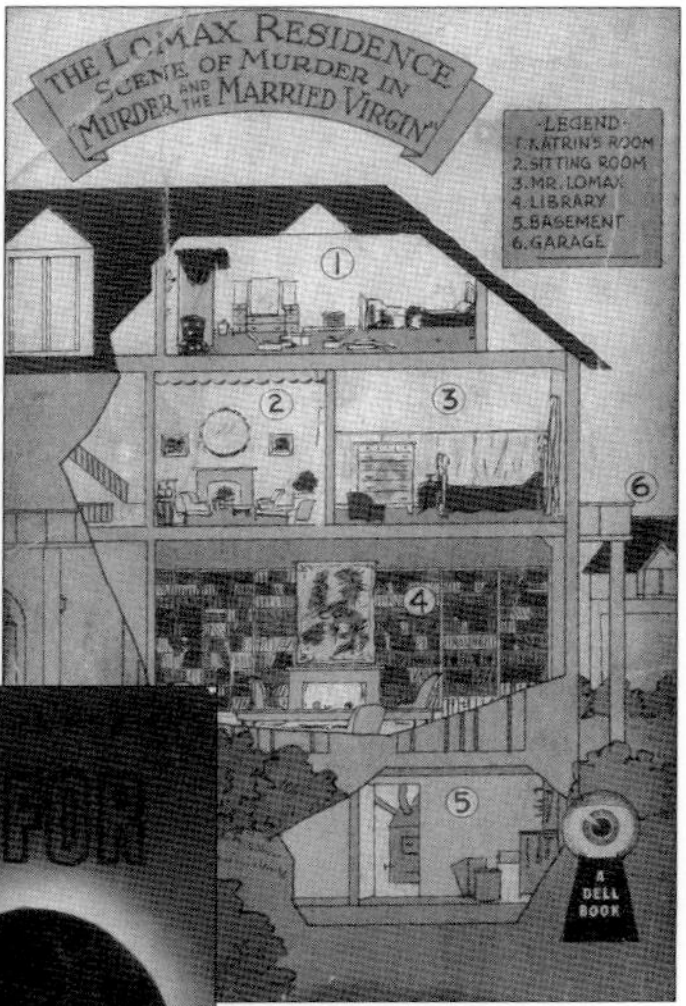

ブレット・ハリデイ『殺人と半処女』

装画／ジョージ・A・フレデリクセン（右）

レックス・スタウト
テカムス・フォックス・シリーズ第１作（未訳）
デル＃9（1943年刊）

デラノ・エイムズ『殺人は故郷で始まる（未）』

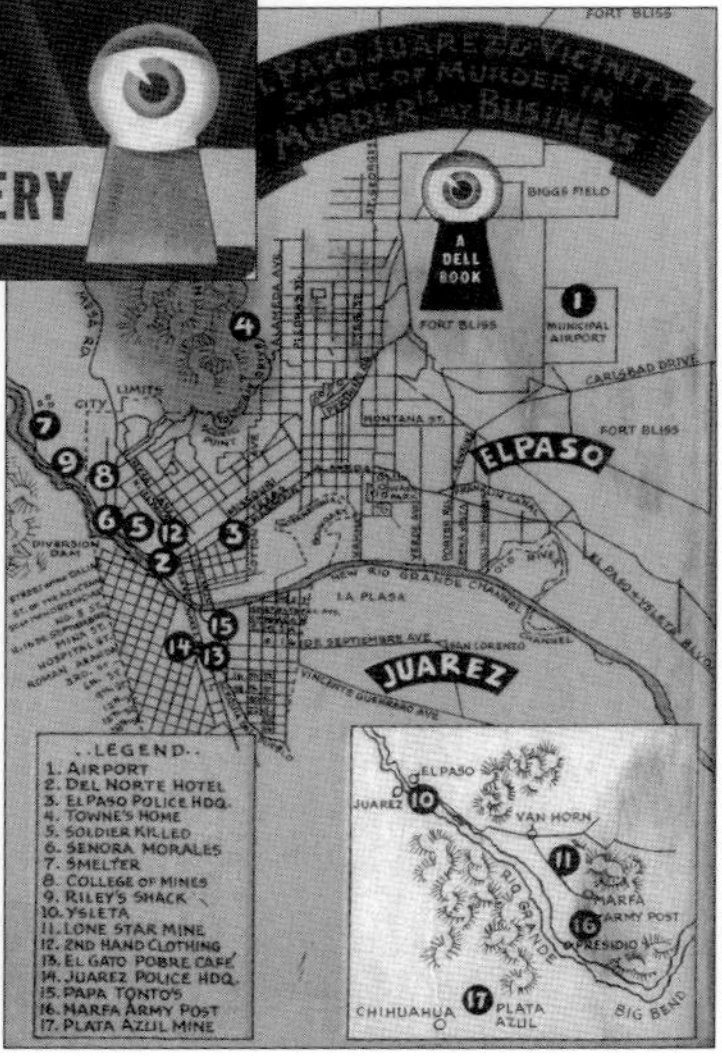

２つのエルパソ周辺マップ

ブレット・ハリデイ『殺人稼業』

十万部から始まり、デルでの五冊目となった処女作『写真つき殺人（仮）*Murder with Pictures*』で二十万部の大台にのり、四九年二月に刊行されたデルでの十一冊目『二人のための殺人（仮）*Murder for Two*』でついに印刷部数三十万部を超えた（東の正横綱ブレット・ハリデイはスタートが二十万部、四九年三月刊の十冊目で三十万部を突破後もその部数を維持したが、コックスは若干下降線をたどった）。

二人のカヴァー・アーティスト

デル・ブックのマップバック時代を代表する二人のカヴァー・アーティストの話をしよう。一人はいわば〝表〟の顔のジェラルド・グレッグ（一九八五年没）。ライルズのガイド本によればマップバック時代の五百数十点の表紙のうち、グレッグは二百二点の表紙絵を担当している。期間は初期の六年半（四三年三月刊の#5から四九年十月刊の#337まで）にしぼられるが、まぎれもなく彼はデル・マップバック・アーティストの第一人者である。

だが、マップバックそのもの、つまり〝裏〟の顔をおもに担当したのはルース・ビリュー（Ruth Belew）という女性アーティスト（生没年不詳）だった。ジェラルド・グレッグ自身も一点だけ（#34）マップバックを描いたが、ルース・ビリューは四三年七月に#4の再版でデビュー後、四四年五月刊の#37から四九年九月刊の#334まで断続的に百八十九点のマップバックを描いた（ジェラルド&ルースのコンビ本は百三十一点）。

しかし、マップバックの定番とも言える殺人現場の見取り図ふうの絵柄を創案したのは彼女ではなかった。ライルズのガイド本はコックスのマードック・シリーズ第三作『カメラの手がかり』のマップバック（205ページ下）のアーティストを〝不詳〟と記し、デル・ブック発祥の地、ウィスコンシン州ラシーンにあるウェスタン印刷・出版のデザイナーの仕事だろうと推測している。

ここに掲げた二点はルース・ビリューの典型的な殺人現場の鳥瞰図と断面図。ハリデイのマイク・シェインも

ジャック・アイムズ
『死が線を描く（仮）』

謎解きマンガの最終コマ

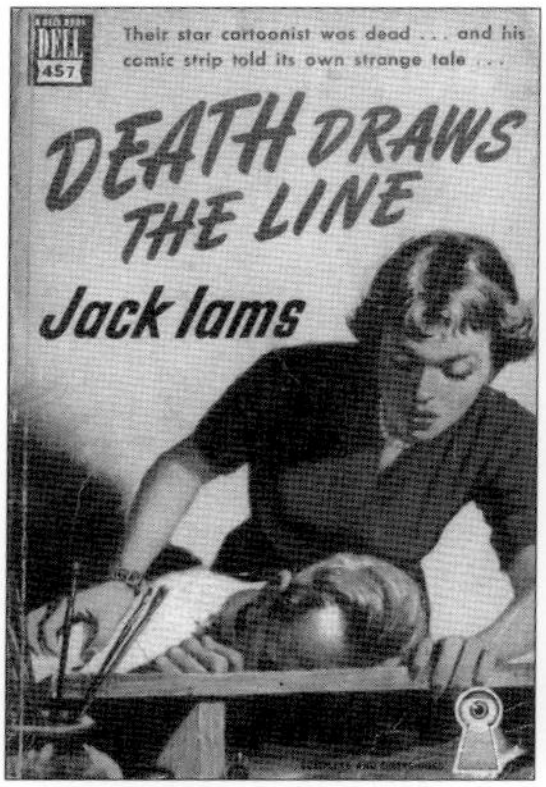

装画／ハリー・バートン

オリーヴ・ヒギンズ・プラウティ
『情熱の航路』（映画化題名）
装画／ジェラルド・グレッグ

装画／ロバート・スタンリー

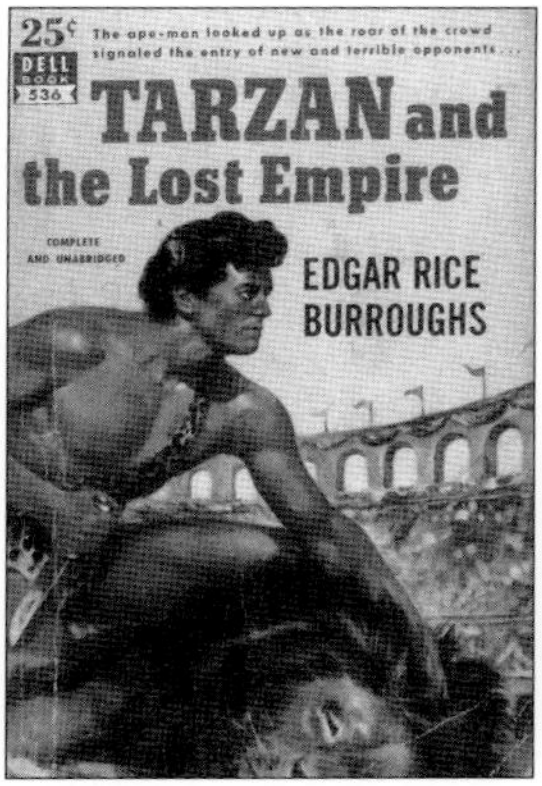

エドガー・ライス・バローズ
『ターザンと失われた帝国』

H・ライダー・ハガードの古典
『洞窟の女王』

ウィリアム・H・ライルズの２冊のマップバック・ガイド本（83年刊）

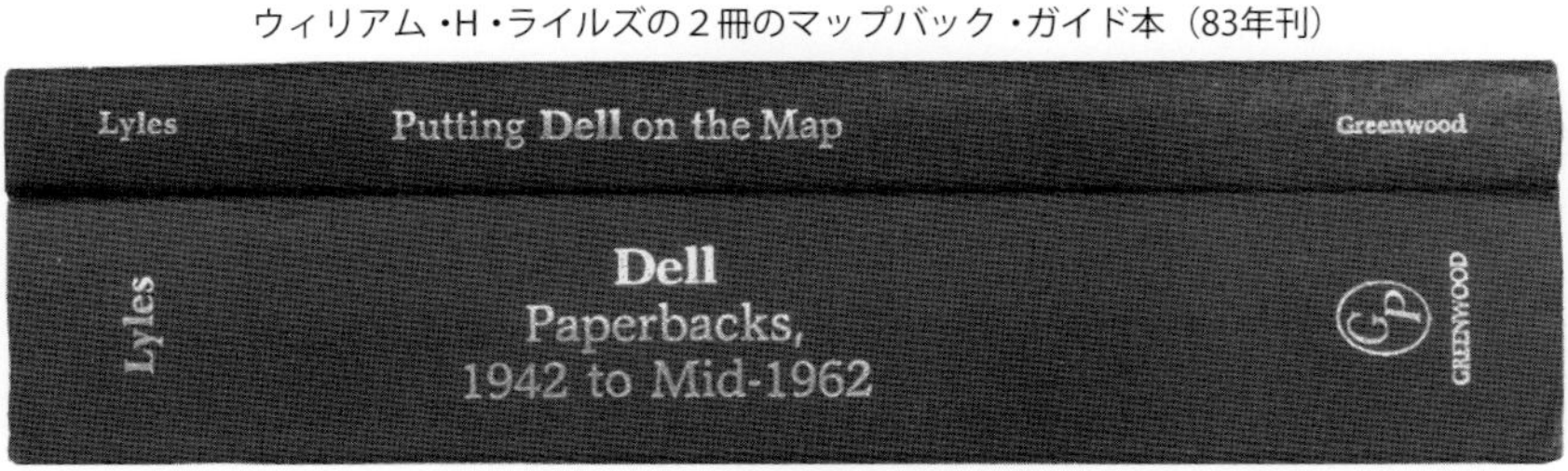

ののマップバックはほとんどがマイアミの地図なので、この『殺人と半処女』の断面図には希少価値がある。

一方の『あなたは一度しか首を吊れない（仮）』の原作者Ｈ・Ｗ・ローデン（一九六三年没）はヒュービン書誌によると食料品業界の重役が本職の作家で、ミステリは全部で四作。全作にユーモア好きな私立探偵、シド・エイムズが登場する。ただしシリーズ第一作のこの本の語り手は、シドの友人のＰＲマン、ジョニー・ナイトという設定になっている。ところが、オレゴン州セイラムの古本屋〈ブック・ビン〉でこの本と一緒に入手したシリーズ第三作『天使が一人足りない（仮）*One Angel Less*』にはＰＲマンのナイトは登場せず、記述は一人称から三人称に変わっていることを発見した。こんなのもめずらしい。

マップバック時代に二百点以上の表紙絵を描いたデル・ブックの〝表〟の顔、ジェラルド・グレッグの特徴のある作品は口絵（220ページ）にまとめて九点掲載した（下右の一点のみ推定）。ここに掲げた『情熱の航路（未訳、映画化題名）』もそのジェラルド・グレッグの表紙絵の一点である。

二〇〇七年末に翻訳が出たジェイムズ・クラムリーの遺作『正当なる狂気』に、禁煙中のシュグルーが映画の中のベティ・デイヴィスのヘヴィ・スモーカーぶりにいらいらさせられる場面がある。そのとき彼が観ていたのが「情熱の航路」だった。日本公開は終戦直後の一九四六年だが、私は観たおぼえがない。

この悲恋ものの原作者、オリーヴ・ヒギンズ・プラウティ（一九七四年没）は四十年間に十作ほどの小説を発表した女流で（最後の作品『フェビアの初恋』が村岡花子訳で出ている）、ベル・ベネット（一九二六）、バーバラ・スタンウィック（一九三七）、ベット・ミドラー（一九九〇）主演で三度映画化された『ステラ・ダラス』がよく知られている。

口絵のジェラルド・グレッグ装画集に話を戻そう。上段の左右の二点はジョージ・ハーモン・コックスのカメラマン、マードック・シリーズだが、それにはさまれているのはついに入手したレックス・スタウトの『料理長が多すぎる』の初版（四四年六月刊）である。「新・ペイパーバックの旅」の連載中に予測したとおり出来栄えはクラシックでみごとなものだった。これもそのときの予告通り、未入手だったほかの銘柄のネロ・ウルフもの

（ポケット二点、エイヴォン一点）もすでに入手ずみ。

カラー口絵の中段には大きな指（あるいは足）という同じモチーフで描かれた表紙絵をそろえたが、中央は同じネロ・ウルフ・シリーズの『シーザーの埋葬』の改題版（『赤い牡牛』）である。中段左はブレット・ハリデイのマイク・シェイン・シリーズの一篇『殺人稼業（仮）』。舞台はマイアミではなくニューメキシコでマップバックには国境の町エルパソの精密な市街図（装画／ルース・ビリュー）が描かれている。本章に掲げた書影（265ページ下右）をよく見るとインターステイト・フリーウェイはまだ町まで達していない（従ってその延長線上の新しい国境ゲートも存在しない）。四〇年代末のエルパソ＝ホワレスの町の詳細図として資料価値あり。

中段右のスチュアート・ブロックという作家の本とはじつは初対面。ミステリはぜんぶで四作しかない作家なのだが、〈ブック・ビン〉で一気買いをした本の中に、エイスとリーダーズ・チョイス・ライブラリーというめずらしい銘柄におさめられていたブロック本も一冊ずつまじっていた。しかもこの作家の本名はルイス・トリンブル（一九八八年没）だということもわかった。こっちのほうはエイスの常連作家として、昔から名前だけはよく知っていた。

口絵下段の三点はヘンリー・ケインの私立探偵ピート・チェンバース・シリーズ。美脚フェティシズムといったところか。

デルのマップバックについて話をしていると楽しくていつまでたっても終わりそうにない。話題もいろいろひろえる。

まずデラノ・エイムズの『殺人は故郷で始まる（仮）』（四九年）のマップバックについてひとこと。アメリカ人なのにほとんどイギリスとスペインで暮したデラノ・エイムズ（一九八七年没）のジェーン＆ダゴバート・ブラウン夫妻シリーズ全十二作中、アメリカを舞台にしているのは、私が知るかぎりこの一篇のみ。ニューメキシコの南部（ホワイト・サンズなど）とテキサス州エルパソが地図に示されている。半世紀後にクラムリーが『正当なる狂気』でエルパソを描き、このマップバックの中央に示されたアラモゴルドという地名を篇中で用いていたのが興味深かった。

本章掲載の最後の三点は、マップバックの異色本。邦訳がないのに、おそらく編者の好みで収録されたのだろうが、ジャック・アイムズ（一九九〇年没）は森英俊『世界ミステリ作家事典』に一項が立っている。この本はその項で紹介されている〝変わり種ミステリの決定版〟。全二十九章中、第二十七章と第二十八章とのあいだに謎解きに関わる十二ページのマンガが挿入されている（挿入図は最終コマ）。

つぎは『ソロモン王の洞窟』で知られるH・ライダー・ハガード（一九二五年没）の冒険小説（「洞窟の女王」の題名で戦前に公開され、戦後は英国で「炎の女」としてリメイクされた）。戦前版のトーキー映画ではランドルフ・スコットが探険家に扮した。

そしてトリをつとめるのは、エドガー・ライス・バローズ（一九五〇年没）のターザン。この多作な超大物の人気作家の作品は、なぜかデル・マップバックとは縁が薄く、ここに掲げたターザン・シリーズの一作と『石器時代へ行った男』（*The Cave Girl*）の二点しかおさめられていない。

4

シグネットの看板作家たち

D・H・ロレンス『チャタレー夫人の恋人』

米ペンギン版（1946年刊）
装画／ロバート・ジョナス

シグネット版（6刷、1950年刊）

同7刷（1953年刊）
装画／ジェイムズ・アヴァーティ

シグネット・ブック草創期のミステリ陣

シグネット・ブックの草創期と初期ＰＢＯの話から始めよう。シグネットが発足したのは一九四八年、主要銘柄の中では最後になってしまったが、実質的なスタートはずっと早くに切られていた。英国のペンギンがニューヨークに支社を置き（三九年七月）、イアン・バランタインというアメリカ人が支社長として雇われた時点からシグネットの歴史が始まる。ペイパーバック出版に野望を抱く若きバランタインは、輸入販売業務に飽き足らず、四二年三月にアメリカ版ペンギン・ブックの刊行を開始した。本番号＃５０１から＃６５９まで、四八年初めまでに刊行された米ペンギンが、内容も体裁もまさにシグネットの前身である。バランタインは四五年に退社し、すぐさまバンタム・ブックを創設したが、米ペンギンはしだいに力をたくわえ、ついに四八年に英国のペンギンと手を切ってＮＡＬ（ニュー・アメリカン・ライブラリ）を興し、シグネット・ブックを世に送りだした。

米ペンギンがシグネットの前身であるなによりの証拠は、本番号を継承したこと（＃６６０から）、過渡期の処置として約半年間、ペンギン・シグネットと表示された時期があったこと、アーティストのロバート・ジョナスがデザインした帯風フォーマットをそのまま踏襲したことなどがあげられる。

しかし、新しいホルロイドのガイド本を参照してもなお疑問が残る謎がいくつかある。たとえばシグネットは＃６６０から始まったとされていながら、私の手元にある＃６６１（コールドウェル）の初版初刷（四八年二月刊）の表紙はペンギンのままなのだ。＃６７１（ケストラー）は初版初刷（四八年三月）はペンギン・シグネットとなっていたのがのちにシグネットと表示が変更された。これは納得がいく。

ややこしいのはＤ・Ｈ・ロレンスの削除版『チャタレー夫人の恋人』だ。本番号は＃６１０でシグネットの名が表紙に刷りこまれている米ペンギン版の＃６１０は四六年九月刊。表紙はロバート・ジョナスの品のいいスケッチ画で、正真正銘のシグネット版の＃６１０の表紙とは別物である。つまり、この本には表紙の異なる二種の

#610が存在するということだ。こんなことを確認し、ひとり悦に入っているのだから私のペイパーバック考証癖もますます重症になりつつあるということだろうか。

ホルロイドのガイド本は現物主義に徹している。彼は私と同じように怪しい表示のシグネット版の#610を持っていて、〝飛び番号〟を承知の上で、シグネットの項にも記載したのだろう。ジェイムズ・アヴァーティ装画による同書のシグネット#1086（第七刷、五三年十一月刊）もある。装画は野原に横たわるコニーの顔に花を持った男の手が接近中だが、削除箇所は同じ。とすると、〝禁断〟の七カ所が初めてアメリカで活字になったのはいつだったのか。シグネット・クラシック版の初版が刊行された五九年末には解禁になっていたのか、ちょっと確かめてみたくなってきた。

シグネット・クラシックの新版（無削除改稿版、ジェフ・ダイヤー序文つき、二〇〇三年刊）を見ると、#610（親版はクノップ刊）における削除箇所は、現在確認ずみのものだけでも七カ所、合計で十ページ余にのぼっている。削除箇所の前後に発生する不自然な流れを目立たなくするために〝事後〟の、それ自体何のさしさわりもない描写までバッサリと切られていたり、“Ay really! Heart an' belly an'cock”という一文が最後の一語のために削られていることなどを知っておもしろかった。

米ペンギン期からうけついだもう一つの重要な出版方針は文芸路線の重視だった。米ペンギンから初期シグネットにかけて登場した作家群――ロンドン、ファーバー、ドライサー、スタインベック、フォークナー、サロイヤン、ラルフ・エリスン、リチャード・ライト、ジェイムズ・T・ファレル、オハラ、コールドウェル、ジェイムズ・M・ケイン、ホレス・マッコイ――は壮観だ。もちろん通俗読物やミステリ、西部小説もとりそろえられていた。

装画も魅力的だ。ペンギン・シグネットのスタイルをまず整えたのが前出のロバート・ジョナスで、四〇年代末までに八十点以上の表紙絵を描いた（西部小説には Rob-Jon のサインを用いている）。ジョナスの後を引き継ぐようにデビューしたのがジェイムズ・アヴァーティだった。裏街やスラム街を暗いムードでまとめるリアリズム描写がシグネットの装画の基調となった。アヴァーティは六〇年代にさしかかるまで、シグネットで百五十点以上の表紙絵を担当した。

基本的にシグネットはハードカヴァーのリプリントを出すブランドだった。従って、初めのうちはPBOにほとんど関心を向けていない。米ペンギン期の百五十九点中、PBOはわずかに五点。ソネット集、SFアンソロジー（ジュリアス・ファースト編）、犯罪実話集などのみだった。シグネットになってからはどうか？ PBOの数はやはり増えていない。アラン・ハインド『ピンカートン事件簿（仮）』のあと、『キンゼイ報告始末書（仮）』とロマンス小説が一点出て《アーゴシー》の西部小説集がつづいた。

ホルロイドのガイド本を参照すると四八年から六一年末までの約千四百点中（再版もふくむ）、PBOは約八十点にすぎない。ただし、PBO隆盛の兆しに合わせて一九五八年にシグネットからデビューしたカーター・ブラウンをPBOとみなせばその比率はぐっと上昇する。

話はいきなりシグネットの大看板作家、ミッキー・スピレインに飛ぶが、『チャタレー夫人の恋人』がまだ〝自主検閲〟の削除版でしか読めなかった時期に、スピレインの初期七作はすでに全作刊行ずみで空前絶後の超ベストセラーとなっていた。

創設五年めのシグネットの記念すべき#1000に選ばれたのはスピレインの七作め『燃える接吻』だったが、その前後にどんな文芸作品が配されていたかを見てみよう。シグネットの二人の看板作家、アースキン・コールドウェルとジェイムズ・T・ファレルの作品は五二年にそれぞれ三作ずつペイパーバックになっている。テネシー・ウィリアムズは『欲望という名の電車』他一作、ウィリアム・フォークナーは『征服されざる人々』、ほかにシムノン（『娼婦の時』『判事への手紙』など）が三作、モラヴィアが二作英訳されている。このあたりがシグネットが打ち出した文芸路線の主力作家だった。

一方ミステリ・ジャンルではウェイド・ミラー、サム・S・テイラー、アダム・ナイト、ブルノー・フィッシャー、ジェイムズ・ハドリー・チェイスなどが顔をそろえ、スピレインの『燃える接吻』の前座をつとめたのは

シグネットのタフな探偵たち

アラン・ハインド
『ピンカートン事件簿（仮）』
PBO（1946年刊）
装画／ロバート・ジョナス

〈ジミー・シャノン〉
クリーヴ・F・アダムズ
『私立探偵（仮）』

〈スティーヴ・コネイチャー〉
アダム・ナイト『走る女（仮）』
PBO（1956年刊）

〈ロッキー・スティール〉
ジョン・B・ウェスト
『警官を殺すな（仮）』
PBO（1961年刊）

〈ジョニー・エイプル〉
マイク・ロスコオ『地獄のきれっぱし』

装画／ロバート・マガイア（上と左右）

〈エド・ヌーン〉
マイクル・アヴァロン『ビロードの暴力（仮）』

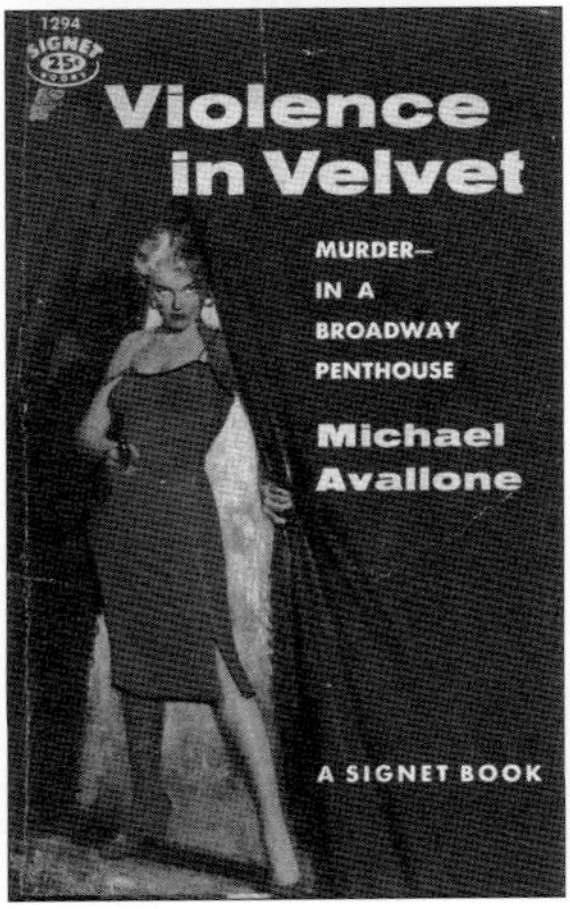

ハリイ・グレイの#999『ザ・フッズ』だった。ベストセラーとなったこの半自伝風のクライム・ノヴェルはのちにセルジオ・レオーネによって映画化（デ・ニーロ主演の「ワンス・アポン・ア・タイム・イン・アメリカ」）され、その話をサカナにして私も一章を費している（『ペイパーバックの本棚から』）。当時は未入手だった定価三十五セントの#999（341ページ下右）もいつのまにか私の書架におさまっているから妙だ。

ちなみに『燃える接吻』の後につづくシグネット#1001はサリンジャーの『ライ麦畑でつかまえて』だった。表紙の装画にべったりと長方形の宣伝文をのせられてアヴァーティがおかんむりだったという逸話が伝えられている因縁の一書である。

五〇年代の懐かしの私立探偵ヒーローを口絵（20、21ページ）でとりあげたが、シグネット系のヒーローはウェイド・ミラーの『罪ある傍観者』でデビューしたサンディエゴの復員GI探偵マックス・サーズディ（三人称記述）と、サム・S・テイラーの三部作に登場するLAの私立探偵ニール・コットン（一人称記述）の二人が顔をだしている。この二人以外にもシグネットには色とりどりのヒーローがいた。

パルプ出身の古参作家クリーヴ・F・アダムズはそのものズバリの題名『私立探偵（仮）』に登場するジミー・シャノンと他の四作に出てくるレックス・マクブライドというやはりLAの二人の私立探偵ヒーロー（三人称記述）を送り出した（本章書影）。

拳銃をかまえて妖艶な女が見得を切っている通俗ハードボイルドの定番のような表紙に飾られているのはマイクル・アヴァロンの『ビロードの暴力（仮）』。日本でも知られている私立探偵エド・ヌーンはこれがシリーズ四作めだが、シグネットからはこれ一作しかおよびがかからなかった。しかし同じように親しみのある一人称記述によるアダム・ナイトのスティーヴ・コネイチャー（スペルはConacherだがカナハーなのか？）のほうはほとんど知られていない。

作品は五一年作の『とびきり冷たいブロンド（仮）』（343ページ上中）などスティーヴが登場する全八作。最初の六作はハードカヴァーのリプリントだったが、『走る女（仮）』（五六年作）と五九年作の『トリプル・スレイ（仮）』の二作はPBOに〝格下げ〟になった。

アダム・ナイトはこのほかにも『シュガー・シャノン』（六〇年）という女私立探偵物をベルモントで一作書いたが（24ページ下中）、本名はローレンス・ライア（一九八一年没）という四〇年代初めにデビューした古手のミステリ・ライターで（ホーマー・ブル・シリーズなど九作）、マイクル・ローレンス名義でもジョニー・アムステルダムものの連作を書いていた。

同じ頃シグネットにおさめられたマイク・ロスコオという合作チームによるカンザス・シティのPI、ジョニー・エイプリル・シリーズ（一人称）や五〇年代末に登場したジョン・B・ウェスト（顔写真は黒人のように見えるハーヴァード出身の医療ビジネスマン）のロッキー・スティール（ニューヨークのPI、一人称）のシリーズなどもふくめて、シグネットのハードボイルド私立探偵物がほんの一部しか翻訳されなかったのは不運なめぐりあわせだったと嘆くしかない。

サム・S・テイラーはしゃれていたし、アダムズはとびっきりタフだった。アダム・ナイトは多芸多才、ロスコオも地方色をうまく生かしていたし、ウェストは専門知識をたくみに物語に盛りこんでくれたというのに、なぜだったんだろう。

カヴァー・アーティスト対決

この繰り言のこたえは、意外とすぐ身近のところにあったのかもしれない。なんのことはない、オーストラリア原産のカーター・ブラウンばかりがこの時期モテすぎてしまったためにシグネットの五〇年代作家の多くが影が薄くなり、忘れ去られてしまったのだ。

そのカーター・ブラウンのマッギニス装画本は新たに見つけた百一点めをふくめて口絵で大特集した（121〜125ページ）。どうしても百一点すべてをお目にかけたかったからだ。シグネットの初期CB本はバリー・フィリップスがひとりで装画を担当していたが、のちにもう一人のカヴァー・アーティスト、ロン・レッサーが現われた。次ページの『素肌』新旧対決の軍配はどちらにあがるのか。レッサーの十八番とも言える〝見返り美人〟の色気もなかなかのものである。

カヴァー・アーティストの話題ということなら、私のごひいきのロバート・マガイアの名前も落とせない。悪女ものが得意だったマガイアの数々の装画（口絵にも数多くとりあげた）は五〇年代のシグネット・ハードボイルド路線の傾向を端的に示している。いかにも、刺激と色気たっぷりなペイパーバック見本市といったところだ。ジョナスやアヴァーティの名前など知らなかった頃、私のお気に入りはマガイアであり、ミッキー・スピレイン大売出しに一役買ったルー・キンメルの装画だったのである。ところが問題は＃１０００の『燃える接吻』だ。絵柄もそっくりなので、長いあいだ私はこれも同じキンメルの装画だと思いこんでいたが（そんなふうに紹介したことも再三あった）、最近じっくりと表紙絵（15ページ上左）を点検したところ、なんと特徴のあるジェイムズ・ミースのサインを表紙絵の左下隅で発見してたまげてしまった。

スピレイン本の装画は長老バリー・フィリップスも手がけているが（『大いなる殺人』の第二十五刷、15ページ中右）、じつは御大ジェイムズ・アヴァーティも六〇年代の初めに初期七作のすべてに新しい装画をつけている。「おれにもスピレインをやらせろ」だったのか、「師匠にもぜひ一度スピレインを」だったのかは不詳だが、出来栄えはあまり芳しくなかった。

シグネットで活躍したその他のめぼしい作家を三人ほど挙げておこう。まずはジム・トンプスン。第二部第九章にも書影を掲げたが、トンプスンは口絵でスピレインのページと向きあっている（14ページ）。ごく最近ネット古本市で『罪人たち（仮）』をめでたく入手できたので、『ゲッタウェイ』『荒涼の町』とあわせてシグネット三部作が勢ぞろいした。いずれもＰＢＯとして二年おきに刊行されたトンプスンのこの三作は、異色のクライム・ノヴェルとして読者の関心を惹きつけたのではないだろうか。

ライオンのＰＢＯ時代の作品群と比べれば口当たりはいくぶんよくなっているとはいえ、ひと筋縄でゆくはずがない。それは三部作の三つめにあたる『罪人たち』についてとくに言えることだろう。

背景は例によってテキサスの小さな石油町。主人公は学識があり、名家の出身なのに無知で粗野な言動を身につけた保安官補、トム・ロード（そう、神様のロードと同じ）。とくれば『おれの中の殺し屋』の亜流とも読めるが、口当たりがよくなったぶんだけ錯綜した登場人物たちの行動と心理の綾が読みとりにくい仕上がりになっている。一つの事故死に端を発して、愛憎、復讐、背信、失意、不信などありとあらゆる人間心理の醜い渦の中で〝物語らしきものが〞どんどんねじれてゆくのだ。

装画／バリー・フィリップス

カーター・ブラウン
『素肌』
カヴァー・アーティスト対決

装画／ロン・レッサー
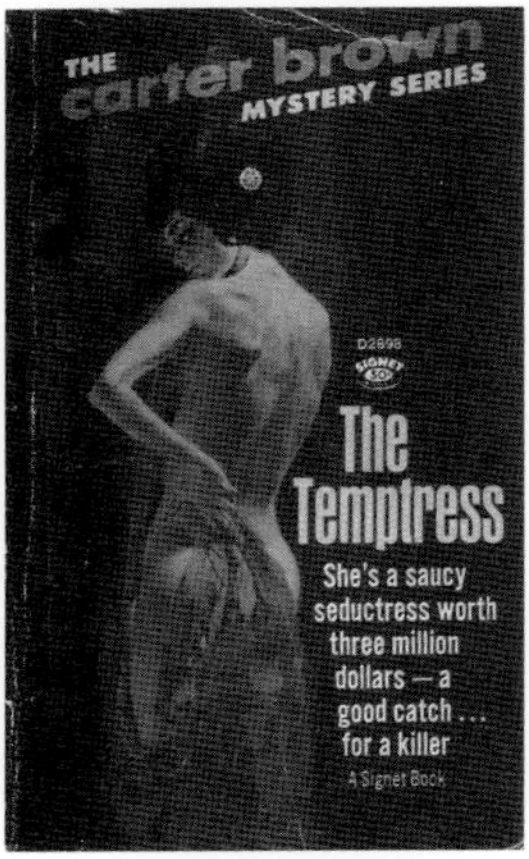

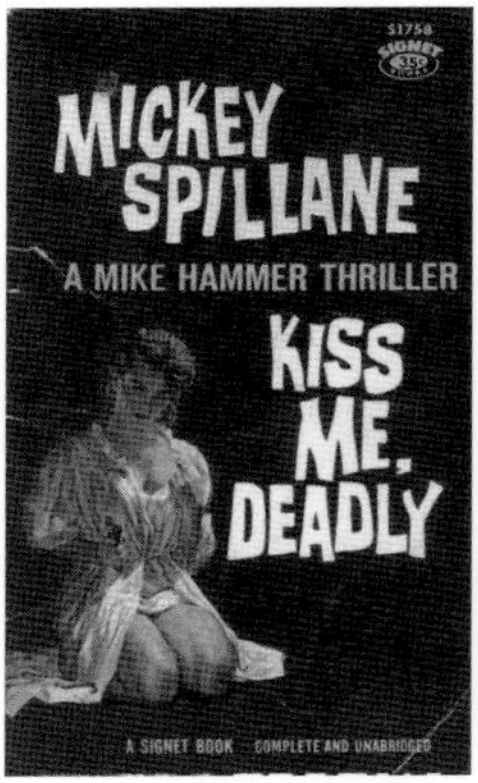

ミッキー・スピレイン『燃える接吻』
装画／ジェイムズ・アヴァーティ

チェスター・ハイムズ『素朴な人（仮）』
PBO（1956年刊）

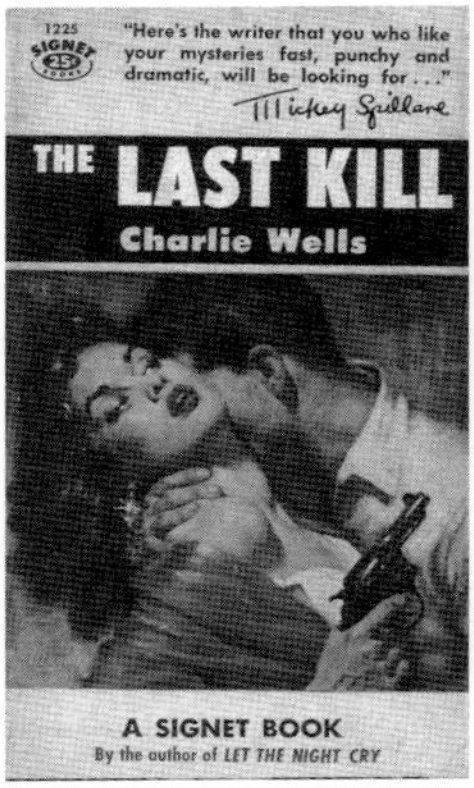

チャーリー・ウェルズ『最後の殺し（仮）』
装画／ロバート・マガイア
PBO（1955年刊）

チェスター・ハイムズの『素朴な人（仮）』（直訳すれば原始人）は、彼の未訳のシリアス・ノヴェル中ただ一冊のPBO。「ざっと数えたら寝た男の数は八十七人」だったという白人女性クリスとジェシー・ロビンスンという男が章ごとに交互に描かれる構成になっていて、結びの一節の「おれはニガーだ。いま白い女を殺した」というジェシーの台詞で終わる小説である。綿密に読んではいないが、私のカンでは、この最後の部分で、ジェシーが黒人だということが初めて明かされるのだろう。長いショートショートのようなものだ。

ジャック・ウェッブは連続TVドラマ「ドラグネット」で知られる刑事役の俳優兼監督とは同名異人。サミュエル・ゴールドウィンとそっくりなサミー・ゴールデンという名前のユダヤ系の部長刑事とカトリックの神父、ジョゼフ・シャンリー（名探偵役）の異色コンビが中心になって三人称多視点で描かれる捜査小説（130ページ上右の『ブロンドの悪女（仮）』がシグネットに八作おさめられた（九作めはリージェンシー刊のPBO）。大昔の失敗談（私のではない）になるが、このジャック・ウェッブの空港警察シリーズという連作短篇が《マンハント》に翻訳されたとき、解説では初め「ドラグネット」のウェッブと同一人という紹介がされ、一年半後に最後の四つめの短篇が翻訳されたとき、やっと小さな訂正記事が添えられた。

さて、シグネット表紙絵見本市のトリをつとめるのは売れっ子作家スピレインにちょうちんを持ってもらった二人の作家のPBO二点だ。一点めの『最後の殺し』は、ロバート・マガイアのあでやかな表紙に飾られ、サイン入りでブラーブをもらったチャーリー・ウェルズという作家の唯一のPBO。もう一冊でているハードカヴァー本と合わせて二作で消えてしまった。口絵（218ページ下右）に出てくるアール・ベイジンスキーも、「こいつはおれの戦友だった……おもしろい本だ」というちょうちん持ちの言葉をスピレインからもらったが、やはり二作きりで終わってしまった。そして、ジョナスのデザインによる表紙の帯が消えたのもこの頃のことである。

5

バンタム雄鶏号の華麗な挑戦

F・スコット・フィッツジェラルド『グレート・ギャツビー』

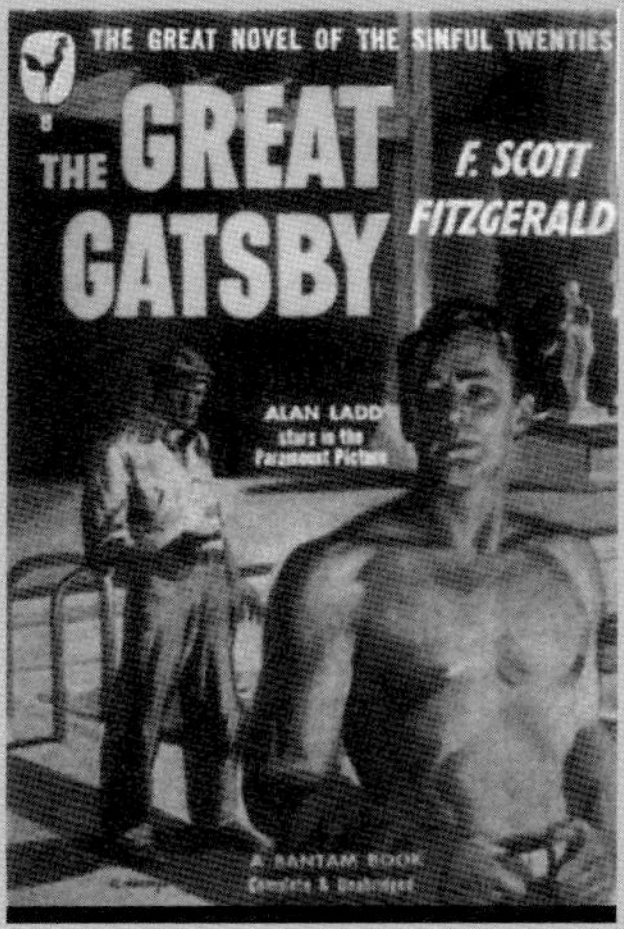
THE GREAT NOVEL OF THE SINFUL TWENTIES
THE GREAT GATSBY
F. SCOTT FITZGERALD
ALAN LADD
stars in the Paramount Picture
A BANTAM BOOK
Complete & Unabridged

バンタム初版のダスト・ジャケット
装画／ロバート・スケンプ

THE MOST HAUNTING LOVE STORY OF THE ROARING TWENTIES
THE GREAT GATSBY
F. SCOTT FITZGERALD
NOW A MAJOR PARAMOUNT PICTURE STARRING ROBERT REDFORD AND MIA FARROW
THE DAVID MERRICK PRODUCTION OF A JACK CLAYTON FILM
WITH 16 FULL-COLOR PAGES OF GLITTERING SCENES FROM THE MOVIE

映画タイアップ版（1974年刊）

〈軍隊文庫〉版

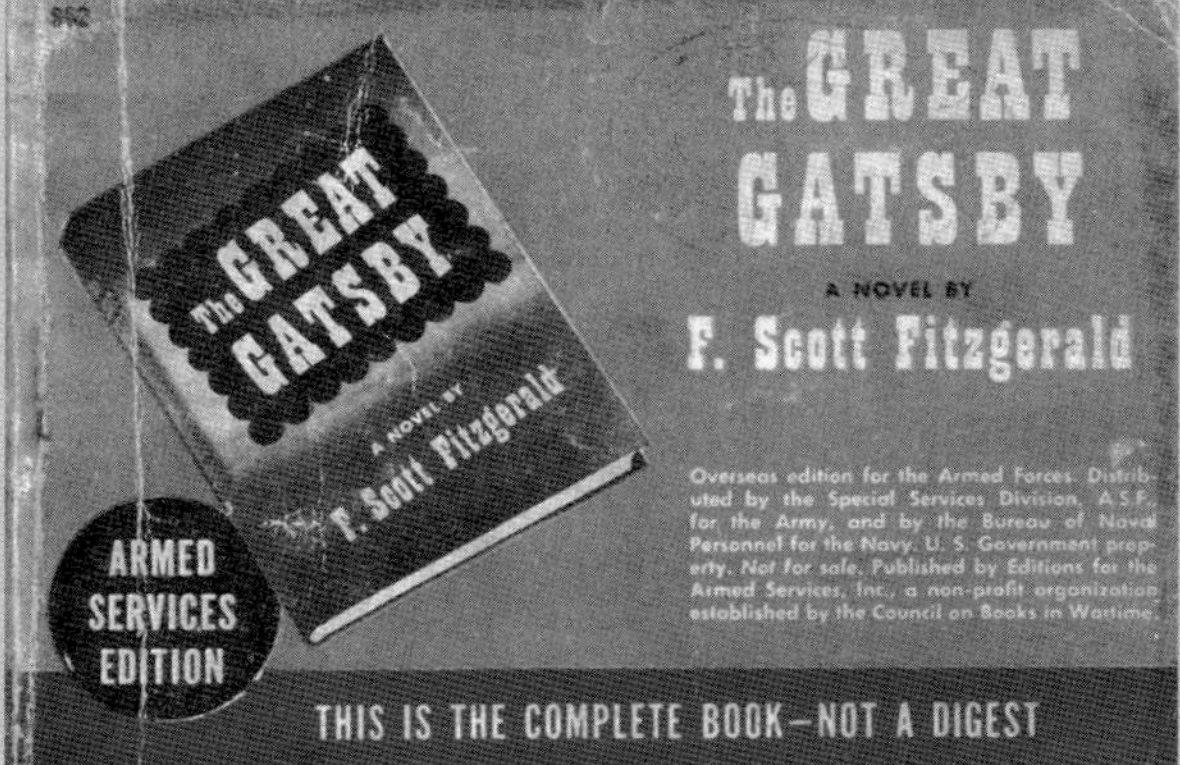
The GREAT GATSBY
A NOVEL BY
F. Scott Fitzgerald
Overseas edition for the Armed Forces. Distributed by the Special Services Division, A.S.F., for the Army, and by the Bureau of Naval Personnel for the Navy. U. S. Government property. Not for sale. Published by Editions for the Armed Services, Inc., a non-profit organization established by the Council on Books in Wartime.
ARMED SERVICES EDITION
THIS IS THE COMPLETE BOOK—NOT A DIGEST

雄鶏バンタムがカンガルーに挑戦

「ついにカンガルーが雄鶏との闘いに直面させられることになった」

ペイパーバック出版の草創期を概説した『バンタム物語（仮）』の第一章を著者クラレンス・ピーターセンはこの挑戦的な一文で結んだ。一九三九年に発足した最古参のポケット・ブック（カンガルーが商標）を追って、エイヴォン（四一年）、米ペンギン（四二年）、デル、ポピュラー（いずれも四三年）の四銘柄が名乗りをあげ、きびしい戦国時代にさしかかっていたペイパーバック市場に、米ペンギンを辞め、一九四五年、主要ハードカヴァー出版社との強固な協力体制を敷いて新たにバンタム・ブックを興した風雲児が前章で登場したイアン・バランタイン（一九九五年没）だった。彼は順調に船出させたばかりの雄鶏バンタム号（銘柄の商標）を七年後の五二年に下船し、自分の名前を掲げたバランタイン・ブックを世に送りだすのだが、それはまたあとの話だ。

バンタム・ブックがシグネットや五〇年からPBOをひっさげて登場したゴールド・メダルなどにならって判型を大型化したのは、イアン・バランタインが去った翌年（五三年）の初夏だったが、私はそれまでの小型本時代のバンタムに愛着をいだいている。エドガード・サーリン装画の『グレート・ギャツビー』（219ページ上左）を入手したのはいつだったのだろうか。五〇年代に手に入れたペイパーバックの裏表紙には鉛筆で〝10〟とか〝20〟と記されているのもある。古本屋の均一本の棚でアメリカのペイパーバックが十円ないし二十円で買えた時代があったことの証拠だ。同じサーリン装画によるジェフリー・ハウスホールドの『追われる男』（バンタム#9）は表紙裏の無地の見返しに〝30〟と値段がついている。この『追われる男』（カヴァー・アーティスト名鑑参照）をふくめて、私の手元には一九四五年十一月に一斉に店頭に並んだ二十点のバンタム・ブックのうち八点が集まっている。#20から見返しに登場したラファエル・パラシオスのマンガ調のイラストも楽しいオマケだった。

この見返しのイラストは私が確認したものだけで一ダースほどになり、メアリー・コリンズ、エリザベス・デイリー、レスリー・フォードといった女流やジェフリー・ホームズなどのミステリにつけられていた。バンタムの小型本にはペイパーバック・コレクターにとってのもう一つのオマケもついていた。ダスト・ジャケット（DJ。いわゆるカヴァー）である。DJつきのペイパーバックといえばポケット・ブック版『マルタの鷹』（口絵10ページ）がよく知られているが、初期のバンタムにはDJのついたものが三十点近くある。

なんのことはない、このダスト・ジャケットは返本の山を〝再販〞するための苦肉の策だったそうだ。そのおかげでコレクター泣かせの高値がつくようになり、私も泣いた一人だが、DJつきのハメット『マルタの鷹』はネット古本市で百ドル以上、状態がよいものには四百ドルの値がついている。

一方、私の手元にあるDJつきのバンタム本はたったの二冊。残念ながらそれはフィッツジェラルドの『グレート・ギャツビー』ではない。章扉に掲げた書影は新しいペイパーバック・プライス・ガイド本（*Gary Lovisi: Collectible Paperback Price Guide*）でたまたま発見したものである。ついでに、気になる値段を調べてみると、ホルロイドのプライス・ガイド本がDJつきで百二十五ドルから二百五十ドル、ロヴィッスィの新しいガイド本は高値を四百ドル、ネット古本市は六百ドルとしている（高値というのは、ほとんど新品同然、シミ一つない最高の保存状態のもの）。たまたま現物が手元にあった軍隊文庫版（章扉）は、ホルロイドが百〜二百ドルに対して、ロヴィッスィが四十五〜三百二十五ドルと幅をもたせている。もともとアメリカ国内には出まわらなかったために、有名作家の軍隊文庫版にはどれも高値がつけられるようになってきた。

だが高値と言ってもペイパーバックの高値はタカが知れている。ネット古本市を検索すると『グレート・ギャツビー』のまっさらなハードカヴァー初版本（スクリブナーズ、二五年刊）は五十万ドル！

次点は一気に一桁安くなって五万五千ドル。これにはこの小説の第一回映画化作品「或る男の一生」（二六年作、二七年日本公開、無声映画）で主役のジェイ・ギャツビーを演じたワーナー・バクスターのサインがあると謳《うた》われている。ちなみに二度目の映画化は、アラン・ラッド主演の「暗黒街の巨頭」（四八年作、五〇年日本公開）。人妻となった昔の女とよりをもどすが、〝巨頭〟は嫉妬に狂った夫に射殺されるという筋書きだった。そして三度目の映画化がレッドフォードの「華麗なるギャツビー」（七四年同時公開）。DJつきではなく、レッドフォードの表紙つきのバンタム版を物好きにも注文してしまった。

趣味のいいデザイン風の表紙やお遊びの見返しのイラストで品よくつくられたパッケージとはやや趣きを異にしていたのがミステリと西部小説の二大ジャンルだった。ミステリのほうは私立探偵ものとタフガイものが二本の柱になってバンタム・ブックを支えていた。

選別作業の初歩はジャンル分け

表紙絵をたよりに本漁りをつづけてゆけば、人気のある作家の顔ぶれとか、おもしろい話の傾向とかが自然に頭に入りはじめる。リストづくりが生来好きだったことも役に立ってくれた。そして、好みの中心となったハードボイルド系のコレクションが一番充実していった。端的に言えば、好みがはっきりしていたので、それ以外の本はどうでもよかった。六〇パーセントまでが、選ばれていま私の手元に残ったペイパーバックである。

集めた、という意識は希薄で、ただ棄てなかっただけだという言い方をしたこともあるが、これは残りの四〇パーセントについて言えることで大半は特定の好みのもとに選別したものなのだ。

では、手元に集まった本を、具体的にどう選別したのか。選別というよりこの時点ではまず単純に大まかなジャンル分けから作業は始まった。優先的に選ばれ、一ヵ所に集められたのは〝ミステリ〟だ。海外ミステリに関する基礎知識はすでに身についていたし、折しも業界は《EQMM》《マンハント》《ヒッチコック》三誌競合時代だった。どうしても好みに合わない本格謎解き物だけはあとまわしにしたが、ミステリ専門誌から入ってくる最新情報をたよりに、ハードボイルド系、アクション系のペイパーバックは、PBOであろうとなかろうとすべて買い漁った。

バンタムの
タフガイたち

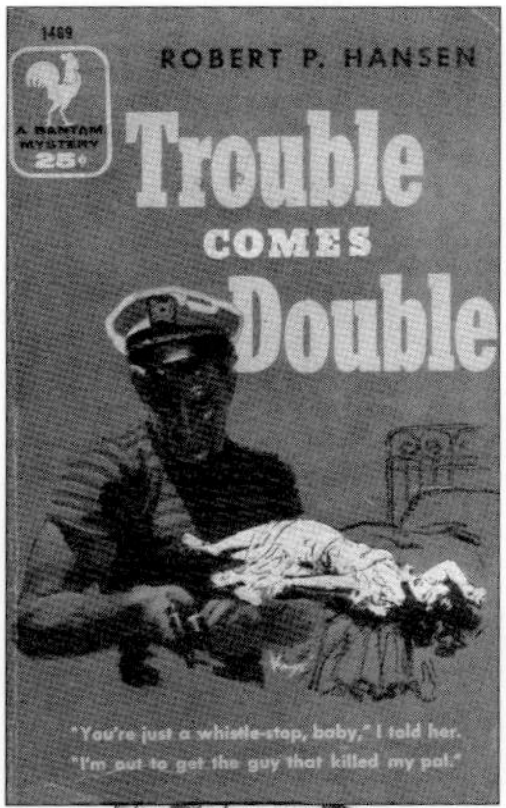
1469
A BANTAM MYSTERY 25¢
ROBERT P. HANSEN
Trouble COMES Double
"You're just a whistle-stop, baby," I told her. "I'm out to get the guy that killed my pal."

ロバート・P・ハンセン
『二倍のトラブル（仮）』
装画／バリー・フィリップス

バート・スパイサー『大金（仮）』
装画／ミッチェル・フックス

"TOUGH...WELL TOLD"
Atlantic Monthly
HIGH SIERRA
By W. R. Burnett, author of LITTLE CAESAR
Complete and Unabridged

W・R・バーネット
『ハイ・シエラ』
装画／ハリー・シャー

BART SPICER
THE LONG GREEN
CARNEY WILDE TANGLES WITH A CRIME WORSE THAN MURDER
Complete & Unabridged

A BANTAM MYSTERY 25¢
day of the ram
WILLIAM CAMPBELL GAULT
I'm a tough private eye— but no man alive is tougher than a forty-five in the hands of a killer.

ウィリアム・キャンベル・ゴールト
『ラムの日（仮）』

ジョン・オハラ
『親友・ジョーイ』
装画／バリー・フィリップス

John O'Hara
AUTHOR OF TEN NORTH FREDERICK
Pal Joey
Raucous, sometimes bitter, outrageously funny—the famous life, loves and hard times of a glittering, two-bit nightclub heel
A BANTAM BOOK TWENTY-FIVE CENTS

装画（2点とも）／ミッチェル・フックス

A1300
A BANTAM GIANT 35¢
Frankie Kane—the swarming city made him crooked, tough—and rich! This is the famous novel cheered by hundreds of thousands of readers.
Never Love a Stranger
HAROLD ROBBINS
AUTHOR OF "A Stone For Danny Fisher"

ハロルド・ロビンス『他所者を愛するな（仮）』

バッド・シュールバーグ
『群集の中の顔（仮）』

A BANTAM GIANT 35¢
BUDD SCHULBERG
SOME FACES IN THE CROWD
GI's, PRIZEFIGHTERS, TV STARS— 20 biting, revealing stories of heroes and heels
A BANTAM GIANT
COMPLETE AND UNABRIDGED

装画／チャールズ・ビンガー

いかにもそれふうに仕立てあげられていながら中身はたいしたことのない初心者泣かせのまがいものを何度かつかまされていくうちにしだいに選別眼も確かになってくる。

選んだりせずに、なぜ手当たりしだいに買ってしまわなかったのか。そのわけは明白だ。ペイパーバックの数が無限と思えるほど多く、しかも本代にまわす予算はきわめて乏しかった。目的をしぼりこみ、守備範囲を定めたのは、モノを書く方法でもあった。ワセダ・ミステリ・クラブの会誌《フェニックス》にハードボイルド・ミステリらしきものについて私は毎号書き続けた。『私のハードボイルド』に綿々と記したように、大学を卒業した年の初めから、私は原稿料を得るためのモノ書き稼業を始めた。ペイパーバック・コレクションは、その当初から、私にとっては仕事だった。これほど楽しいことを仕事としてやりつづけてゆくために、私は集めつづけた。いつ、どんなペイパーバックを、どのように読んだかといった教養主義的な記憶などほとんど残っていない。

さすがに人目につく棚には並べないが、ポルノグラフィの類は山のようにある。が、西部小説の数はきわめて少ない。ファンタジーやアンソロジー、短篇集はそろっていても、ハードSFの数はかぎられている。ごく最近になってリチャード・パワーズ装画本コレクションを始めたのは〝道楽〟にすぎない。

だから、たとえばフレドリック・ブラウンのような多才な作家はコレクター泣かせだった。現在私の手元にはブラウンのペイパーバックが二十七冊ある。銘柄は二十三冊がバンタム、あとはバンタムの傍系ペナント版の『まっ白な嘘』が一冊。ブラウンがバンタムの看板作家だということがよくわかる。残り三冊のうち一冊は五三年刊のデル・ファーストのPBOとなった『現金を捜せ！』（原題は*Madball*）、あとは七〇年代以降のSF短篇集とパルプ探偵小説集各一冊。この二点をのぞく二十五冊中六〇年代（前半）刊のものが五冊、あとは五〇年代に刊行されたヴィンテージ物ばかり。〈エド・ハンター〉シリーズの第一作は四八年刊でもちろんサイズは小型版である。

未訳一篇をのぞいてこのシリーズのほか六作はすべて創元推理文庫に収められているが、この第一作だけはまず《別冊宝石》一〇一号（六〇年七月刊）に『悪徳の街』として初紹介されたあと（訳者はなんと永井淳なのだ！　私はまだ大学生だった）、『わが街、シカゴ』と改題されてポケミスにも収められた。このシリーズは大型化後のバンタムで何度も再版され、表紙をこわもてのミッチェル・フックスが描いたりしたのにまどわされて買いこみ、どこが〝ハードボイルド〟なのかと首をひねったおぼえがある。

〈エド・ハンター〉シリーズ、非シリーズのサスペンス物、ＳＦ、ファンタジーの短篇集と、とにかくあれもこれも買わねばならない手間のかかる作家だった。

〔ブラウンのビル・プロンジーニ編パルプ探偵小説集（八四年刊）の表題作〝Homicide Sanitarium〟にエド・ハンターが登場すると記号で記している資料があるが、それは誤り。四四年にパルプに載った短篇で、主人公は私立探偵のエディ・アンダースンである〕

それに比べれば同じバンタムのミステリ部門の売れっ子でも、ベン・ベンスンやゴードン夫妻（ミルドレッド＆ゴードン・ゴードン）はわかりやすく、集めやすかった。ベン・ベンスンのほうは警察捜査小説の草分けの一人で、マサチューセッツ州の州警察の〈ウェイド・パリス警視〉シリーズが全十作。デビューは五一年刊の『夕暮れのアリバイ（仮）』だが、後期五作が創元推理文庫に収められた。その一冊『脱獄九時間目』をハラハラしながら原書で読んだ記憶だけはしっかりと残っている。確かな腕前の作家だということは一作読めばわかった。だがベンスンのもう一つのシリーズ（州警察の警官ラルフ・リンゼイ物、全七作）はついに翻訳されずじまいだった。

『ＦＢＩ事件簿（仮）』など連邦捜査官ジョン・リプレイのシリーズを五作書いたゴードン夫妻もやはり日本では紹介されなかったが、グレン・フォードがリプレイに扮したサスペンス映画「追跡」（ブレイク・エドワーズ監督）と「シャム猫ＦＢＩ」が公開されている。

ペイパーバックの中身の選別の手がかりになるのは表紙絵だけではない。表紙に刷りこまれているコピーも重要な役目を荷っている。

「おれはタフな私立探偵だ。だが殺し屋が構えている四五口径よりタフな人間はいない」などというコピーにそそのかされて、たぶん私はウィリアム・キャンベル・ゴールトの〈ブロック・キャラハン〉シリーズ（全十作）を買いつづけることになったのだろう（ゴールトの長篇はもう一人のシリーズ物の私立探偵ジョー・ピューマが登場する『百万ドル・ガール』が創元推理文庫に収められている）。

ペイパーバック・ヒーローの渡世

マイクル・アヴァロンのエド・ヌーンのようにいくつものペイパーバックの銘柄を渡り歩いた渡世人のような私立探偵ヒーローもまれにいるが、五〇年代から六〇年代にかけてのペイパーバック・ヒーローは、同じ銘柄から出つづけることで生存競争に耐えぬいた。

『恐怖のブロードウェイ』『街を黒く塗りつぶせ』の二作が翻訳されているブロードウェイの新聞記者（というよりコラムニスト）、バート・ハーディンのシリーズは、原作者のデイヴィッド・アリグザンダーの古くからのシリーズ・キャラクターであるロマノ警部補のシリーズと合体（『血のなかのペンギン』など、いずれもポケミス）したあともずっとバンタムから刊行がつづいた。

フレドリック・ブラウン同様、SFやファンタジー作家としても名をなしたロバート・シェクリイは、未来世界での追跡小説では飽きたらずに国際的スパイ探偵、スティーヴン・デインの新シリーズ（『50口径（仮）』など全五作）をバンタムのためにPBOで書き始めた。

振り返ってみると、同じサイズのポケット・ブックに勝負を挑んだ小型本時代のバンタム・ブックを私はそれほど身を入れて読んではいなかった。〈栄光〉シリーズ（全四作既訳）のジョン・エヴァンズ（第二部第三章）に目をつけたのも、このシリーズが大型本で再版された五八年以降のことだった。バート・スパイサーの『大金（仮）』がアリゾナのツーソンを舞台にした誘拐物だということを知ったのもつい先日のことである。

フィラデルフィアの私立探偵、カーニイ・ワイルドを主人公（一人称記述）にしたこのシリーズは五〇年代の

THIS WAS MURDER...
Now Wade Paris Was Playing For Keeps!
Alibi at Dusk
Ben Benson
Complete and Unabridged

ベン・ベンスン
『夕暮れのアリバイ（仮）』
装画／アル・ロッシ

〈ウェイド・パリス警視〉

新版３刷（1957年刊）

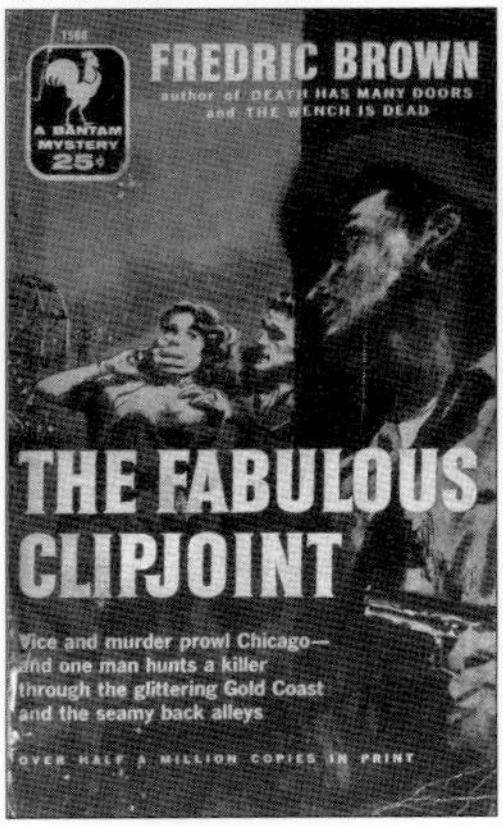
FREDRIC BROWN
author of DEATH HAS MANY DOORS and THE WENCH IS DEAD
A BANTAM MYSTERY
25¢
THE FABULOUS CLIPJOINT
Vice and murder prowl Chicago—and one man hunts a killer through the glittering Gold Coast and the seamy back alleys
OVER HALF A MILLION COPIES IN PRINT

フレドリック・ブラウン『わが街、シカゴ』

Murder in a Chicago Alley
THE FABULOUS CLIPJOINT
Fredric Brown
A BANTAM BOOK
Complete and Unabridged

初版初刷（1948年刊）
装画／エド・グラント

〈エド・ハンター〉

バンタムの人気シリーズ

〈バート・ハーディン〉

A BANTAM MYSTERY
25¢
die, little goose
Bart Hardin, Broadway's murder expert, solves the puzzle of the goosefeathers, the corpse, and the murderer who wasn't there
david alexander
AUTHOR OF PAINT THE TOWN BLACK

デイヴィッド・アリグザンダー『死ね、小さなガチョウ（仮）』

装画／ミッチェル・フックス

〈スティーヴン・デイン〉

BEGINNING A GREAT NEW SERIES OF INTERNATIONAL CRIME NOVELS. MEET STEPHEN DAIN, A NEW KIND OF DETECTIVE
BY ROBERT SHECKLEY
CALIBRE .50

ロバート・シェクリイ『50口径（仮）』

ゴードン夫妻FBIシリーズ
〈ジョン・リプレイ〉

1273
BANTAM BOOKS
25¢
We're giving you ten seconds
Ten seconds.....
You haven't got a chance.....
Come out with your hands up.....
or COME OUT SHOOTING!
Case File: FBI
A mystery novel you'll never forget
BY THE GORDONS

よくできたPI物の典型で、全七作。ついに一作も翻訳されなかったが、供養のために、ペイパーバックにならなかった最終作『駆けて、退場（仮）』をネット古本市で手に入れた。

表紙絵に描かれているヒーローたちはどれもペイパーバック・ハードボイルド・ミステリ特有のコワモテのする〝顔〟をしている。初めっからこんな顔で生まれてきたような面構えだ。みんな似たような顔つきになっているのは、ハリー・シャー、ロバート・スタンリー、バリー・フィリップスといったカヴァー・アーティストの猛《も》者《さ》連が装画を請負っているからだろう。とりわけ、バンタム・ブックの顔と呼ぶべきアーティストはミッチェル・フックスである。ボブ・マッギニスより三つ年上だが、当時としては若手といえるフックスは、五一年にデビュー後、六三年までにバンタムの表紙を約八十点こなした。同時に五六年から、ポピュラー（約百点）、ゴールド・メダル／クレスト（約四十点）、デル（約二十五点）と各銘柄から注文が殺到し、フックスはペイパーバック最盛期の看板画家の一人に数えられるようになった。

若きリュウ・アーチャーの面影を『わが名はアーチャー』の表紙絵で私の脳裏に刷り込んだのがこのミッチェル・フックスだとすれば、デル・ブックの看板ヒーローだったマイク・シェインのご面相を私に植えつけたのは、ローレンス・トリートの警察捜査小説シリーズ『大立者（仮）』の表紙を描いたロバート・スタンリーだった。このイメージによる刷り込みは私自身のハードボイルド・ヒーロー像の形成にも大きな影響力をもっていた。

こういったところがバンタム・ブックが小型本から大型本へ移行したころのミステリ、サスペンス、警察小説、スパイ小説部門のおもだった顔ぶれだった。手の内を知ってしまえば、どの作家も当り外れのないかなりの高さの水準を保ち、いっときの楽しみを保証してくれた。雄鶏《バンタム》は安全保証印でもあったのだ。米ペンギン＝シグネットからの出版が多かった私のお気に入りのフランク・グルーバーもときたまバンタムに姿を見せてくれた。

大物作家を挙げれば、レイ・ブラッドベリは『火星年代記』『刺青の男』（219ページ上右）がバンタムで版を重ね、『たんぽぽのお酒』『メランコリイの妙薬』なども収められた。エリック・アンブラーも『シルマー家の遺産』『夜来る者』『あるスパイの墓碑銘』『武器の道』の四作がバンタムに入っている。

ところで今挙げた『あるスパイの墓碑銘』だが、たまたま私はこの本のペナント・ブック版（＃3）も所持している。ハードカヴァー初版が五二年の春にクノップから刊行され、翌年の七月にはもうペナントに収められていた。この早さはペイパーバック化が商業的に軌道に乗っていたことを如実に示している。これをいつ、どこで入手したのかは明らかではないが、日本国内だったことはまちがいない。古本屋で書き込まれる値段の跡はなく、かわりにチャースル・E・タイルの横に細長い緑色のラベルがうしろの見返しの上部に貼られていた。

この事実からどんなことが推理できるか。翻訳権の交渉のために、出版エージェントのタトルからどこかの出版社に送りつけられたこの本が翻訳家に届けられ、期限切れになったころ人手に渡ったとも考えられる。この小説の初訳は一九六〇年（北村太郎訳、ポケミス）だが、すぐに創元から小西宏訳、新潮から木島始訳、しばらくのち筑摩書房から田村隆一訳がつづいた。翻訳権の交渉どころか、翻訳権そのものが発生しなかったのだと考えられる。

このペナントというのはバンタム・ブック社の一部門のシリーズで一九五三年から五五年にかけて、＃1から＃79までが刊行された。このうち十三点は欠番の可能性あり。私の所持本は全体の約四分の一。収書率が低いのは、もともとペナントが西部小説中心（半数以上）のシリーズだったからだ。PBOはほとんどなく、SFが三点、私の所持本は先ほどのベン・ベンスンが二点、W・R・バーネットが一点など。

五九年末に出たバンタムの記念すべき＃2000は、バンタムの本格ミステリ部門のトップの座をレックス・スタウトとわけあっていたJ・D・カーの『恐怖は同じ』（五六年作、カーター・ディクスン名義）だった。カーの作品は＃2000までに、ギデオン・フェル博士物を中心に毎年一点のペースでバンタムにおさめられている（全十四点と再版五点）。

バンタム・ブックは一九四五年の創業から十五年間で＃2000に達したことになるが、実際の刊行点数は再版もふくめて千六百二十五点にしかならない。四八年から四九年にかけてジャンル別に本番号を定めたために三百七十五点の欠番が生じているのだ。

ジャンル別は、一、西部小説、二、ミステリ、三、文芸作品、四、その他となっており、しばらくのちに売れ行き不振のために点数が大幅に減らされるまで、西部小説がバンタムの懐をうるおしていた時代があった。その牽引車は、超ベストセラーとなったゼーン・グレイの『ネヴァダ』である。もちろん文芸作品もバンタムのお家芸だった。

引っぱったのはスタインベックの『缶詰横丁』『怒りの葡萄』『気まぐれバス』やモームの『クリスマスの休暇』（バンタムでは『パリのエトランゼ』と改題）。『グレート・ギャツビー』のあと『夜はやさし』もバンタム入りをしたF・スコット・フィッツジェラルド、ジョン・ハーシー、ヘミングウェイ、グレアム・グリーン、リング・ラードナーと一流どころが顔を並べ、さらに『波止場』や『殴られる男』（131ページ）などの映画化路線のバッド・シュールバーグ、『大いなる野望』で知られるベストセラー作家、ハロルド・ロビンス、『親友・ジョーイ』の軽妙な短篇作家から売れ筋のメロドラマ作家に転じたジョン・オハラ（長篇は日本ではほとんど無視された）などがバンタム・ブックの隆盛に大きな貢献を果たした。

6

〈ビッグ7〉とマイナー・ブランドが1ダース

エイヴォンとポピュラー・ライブラリ

戦時中の〈軍隊文庫〉の話を皮切りに、ペイパーバックの代名詞ともいうべきポケット・ブック、独創的で楽しいデルのマップバック、米ペンギンから独立したシグネット、ポケット・ブックに挑戦状をつきつけたバンタム・ブックといった古参の大手銘柄のそれぞれについて、ここまで私自身の思い出話を織りまぜながら話をすめてきた。

古参銘柄ということなら、あと二つ、エイヴォン・ブックとポピュラー・ライブラリの話もしておかねばならない。

〝ペイパーバックの装いをしたパルプ〟と呼ばれたエイヴォン・ブックは創業が一九四一年だから、ポケットに次ぐペイパーバックの老舗銘柄である。シェイクスピアの生地を流れる名高い川の名にちなんだ叢書名を選んだエイヴォンは初期の頃はこの文豪の顔のスケッチ画をトレードマークにしていた。創業年に刊行された〝最初の一ダース〟にはシンクレア・ルイス、ヒルトン、ヘクト、フォークナーの文芸作品が並んだ。ミステリ陣はクリスティー、カー、クロフツ、R・オースティン・フリーマン。現在古本市で高値がついているのは、ウィルキー・コリンズが選んだ『幽霊ホテル』という怪奇小説アンソロジーだ（二百五十ドル）。ヴィンテージ本といえるのは本番号#500、五二年末あたりまでのものだが、この頃にはすでに別番号の再版本も顔を出し始めている。

大衆読物路線の看板作家は、チャータリス、クリスティーについで、犯罪ものもふくむ風俗小説のベストセラー作家、ドナルド・ヘンダースン・クラーク（十七作）とヘンリー・ケイン（十四作）、ピーター・チェイニー（十三作）といった取り合わせだった。パルプ出身のベテラン作家、スチュアート・スターリング（本名、プレンティス・ウィンチェル。他にスペンサー・ディーンほかのペンネイムあり）の私立探偵、ギル・ヴァイン・シリーズ（全七作）もエイヴォンに三点収められた。まさにごった煮のパルプ・シェイクスピア鍋といえそうだ。

装画／ロバート・マギイア

ヘンリー・ケイン
『マーティニと殺人と』
〈ピート・チェンバース〉

装画／アート・サスマン

ピーター・チェイニー『邪悪な殺人（仮）』

装画／ヴィクター・オルスン

ポール・ケイン
『裏切りの街』
〈ジョニー・ケルズ〉

エイヴォン

タフガイの競演

〈ギル・ヴァイン〉
スチュアート・スターリング
『14号室のブロンド（仮）』

装画／モート・エンゲル

ポピュラー・ライブラリ

M・E・チェイバー
『マーチに墓はない（仮）』（改題版）
〈マイロ・マーチ〉

〈ティモシー・デイン〉

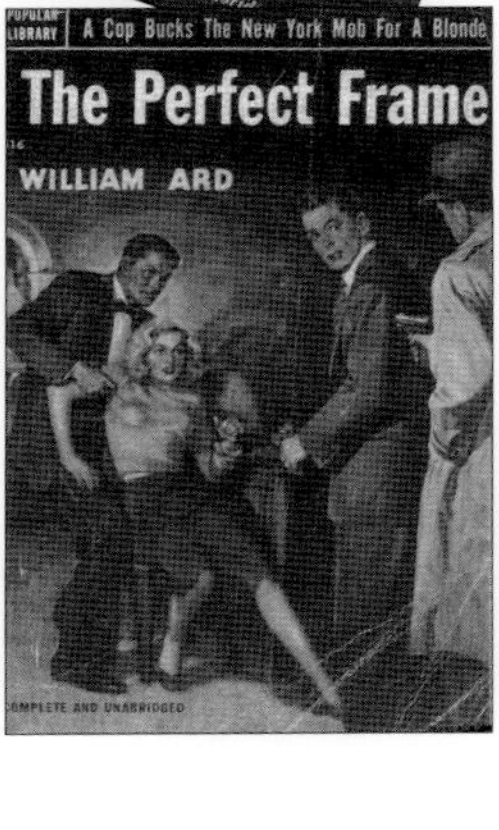

ウィリアム・アード『完璧な罠（仮）』

イアン・フレミング
『007／カジノ・ロワイヤル』
（改題版）
〈ジェイムズ・ボンド〉

のちにハースト傘下に組みこまれ（五九年）、現在はハーパー・コリンズと提携してロマンス小説部門の最大手の一つになっている銘柄である。

もう一つの大手の老舗ブランド、ポピュラー・ライブラリは、〝スリリング〟が誌名につくパルプ・マガジンの刊行人、ネッド・パインズが一九四二年に創設したミステリ中心の銘柄で、第一期は一九五八年まで（#835まで）つづき、しかも#550あたりまではポケットやデルと同じ小型版のペイパーバックだった。

この六つの銘柄に、一九五〇年からペイパーバック・オリジナルの刊行によって業界に殴り込みをかけたゴールド・メダル・ブックを加えた七銘柄をとりあえずアメリカン・ペイパーバック最盛期の〈ビッグ7〉と命名してもいいだろう。実際には吸収合併や買収、身売り、編集方針の大転換などがあちこちで発生し、現状は大きく様変わりしているのだが、少なくともペイパーバックが楽しいオモチャであった時代の〈ビッグ7〉だったことはまちがいない。

ゴールド・メダルについては次章でくわしくとりあげるが、その前に、最後の古参銘柄、ポピュラー・ライブラリのどんな作家に私が目をつけていたかをふりかえってみよう。

まず、昔から好きだったコーネル・ウールリッチとクレイグ・ライス。ウールリッチのほうはジョージ・ホプリー名義の『恐怖』とアイリッシュ名義の短篇集がポピュラーに四点入っている。ライスはH・L・ホフマンの独特の雰囲気がある表紙絵に飾られた『大はずれ殺人事件』『大あたり殺人事件』の二冊のお宝本のほかに、未訳の『きのうの殺人』（原題は ***Telefair*** ＝人名）。お宝本といえば、イアン・フレミングの007シリーズ『カジノ・ロワイヤル』が『自業自得』（***You Asked For It***）と改題されてなぜか一冊だけポピュラーにおさめられている（ネット古本市で六百ドルの高値がついている）。映画の大ヒットでブームになる七年以上前に刊行され、手に入れたときは私も中身さえ確かめなかったのかもしれない。そのかわりに早稲田の英文学科での卒業論文のネタにした〝少年非行〟もののハル・エルスンやアーヴィング・シュールマンのポピュラー本は六〇年代の初めに読み漁った。

だが、ポピュラー・ライブラリといえばまっさきに思い浮かぶのが、にぎやかな顔ぶれのB級ハードボイルド作家たちだ。五〇年代半ばにはまだそれほど売れていなかったジョン・D・マクドナルドがPBOを四点だしている。ヴェテラン作家、ケンデル・フォスター・クロッセンが五〇年代初めにM・E・チェイバー名義で書き始めたニューヨークの私立探偵、マイロ・マーチ・シリーズの初期三作も改題されてすぐにポピュラーからリプリント版が刊行された。このシリーズのペイパーバック版はのちにポケット・ブックに移り、そのあと六三年から六四年にかけて、ロバート・マッギニスの全二十五点の装画に飾られたペイパーバック・ライブラリ版（347ページ）が登場して話題を呼んだ。

マイロ・マーチと同じように五〇年代初めにハードカヴァーでデビューしたウィリアム・アードの私立探偵、ティモシー・デインのシリーズはデビュー作『完璧な罠（仮）』（これのみ一人称記述）から八作めまでがポピュラーでだされ、ポピュラーの〝顔〟になった。五七年刊の九作めだけはデルに移り、その三年後の六〇年にウィリアム・アードは四十歳の誕生日を迎えずに早逝した。アードにはポピュラーでPBOを四点だしたベン・カーとマイク・モーラン（PBO一点）というペンネームのほかにもう一つ、トマス・ウィルスという筆名もあり、この名前でライオン・ブックから刊行された『死への長い旅路』（《ハードボイルド・ミステリィ・マガジン》六三年十一月号）はのちにアード名義に戻されてバークリーにおさめられた（第四部第二章参照）。

〔そのバークリー版の扉をひらいてみたら、〝実働30時間〟という見憶えのある筆跡の書きこみを発見した。まちがいなくこの本の翻訳者が書き込んだものである〕

ポピュラー・ライブラリからではないが、ウィリアム・アードは亡くなる前年の五九年にマイナー銘柄のモナークで、私立探偵、ルー・ラーゴのシリーズも書き始めていた（売れゆきがよかったのか、アード名義のままで死後刊行された第三作はローレンス・ブロック、それ以後の三作はジョン・ジェイクスが代筆した。曰くつきのこのシリーズにも高値がついている）。

ティモシー・デイン、マイロ・マーチとはちがって、ポピュラーからPBOヒーローとしてデビューしたツワモノも二人いる。一人はジェイムズ・A・ハワードのスティーヴ・アッシュ（私立探偵ではなく犯罪リポーター）で四作に登場。もう一人は、シカゴのマック・シリーズで有名になったトマス・B・デューイが新たに売りだした私立探偵、ピート・スコフィールド。残念なことにピートは四作めからデルに移籍してしまった。

その他のマイナー・ブランド

こんなところがポピュラー・ライブラリの思い出話だが、もちろんこの〈ビッグ7〉以外にも、いままでてきたバークリーとかモナークといった気になるブランドがいくつもあった。ざっと数えるだけで一ダースを超えてしまうだろう。おもだったところをひろいあげてみると――

〈バランタイン・ブックス〉

一九五二年発足。初期シリーズは#778（六三年）まで。私の所持本は約二百点。これはおどろきの〝再発見〟だが、この大型版のブランドは大半がPBOだった。ハル・エルスンの〝少年非行〟ものやリチャード・マシスン（『夜の訪問者』）、ヘレン・ニールセン、リチャード・マーティン・スターン、ケネス・フィアリング（『大時計』）などのサスペンス・シリーズよりも、SFのPBO攻勢がすさまじかった。リチャード・パワーズ装画を主軸とした新鮮なデザインにくるまれて、ブラッドベリ、クラーク、スタージョン、シェクリイ、ポール、ファーマー、バドリス、アンダースンらの作家たちが書き下しをひっさげて一斉蜂起したのである。

〈ピラミッド・ブックス〉

一九四九年に小型版で登場。六〇年代末までに本番号は#2000に達した（約三分の一は再版）。『ゆがめられた昨日』や『さらばその歩むところに心せよ』などの話題作がポピュラーにおさめられたエド・レイシイの作品がそのあとも『リングで殺せ』、『褐色の肌』（ランサー）で紹介された黒人刑事、リー・ヘイズのデビュー作（PBO）などがこのブランドから刊行された。

クレスト

ウィリアム・キャンベル・ゴールト
（ジョー・ピューマ・シリーズ）
『百万ドルのアバズレ女（仮）』

装画／ミルトン・チャールズ

ピラミッド

エド・レイシイ
『さらばその歩むところに心せよ』
（改題版）

装画／ダーシー

バランタイン

シオドア・スタージョン
『人間以上』

装画／リチャード・パワーズ

ハンディ

エドワード・ロンズ
『暗い記憶（仮）』

装画／プリヴィッテロ

グラフィック

ロバート・O・セイバー
『殺しの時（仮）』

装画／ウォルター・ポップ

ライオン

シャーリイ・ジャクスンの
デビュー作（1948年刊）

装画／ハーヴェイ・キッダー

バークリー

アール・ノーマン
『トーキョーで殺して（仮）』

初期エイス・ダブル
（クライム＆ミステリ）

エイス・ダブル

ブルノー・フィッシャー
『密告された男（仮）』

装画／ノーマン
・ソーンダース

硬派のハードボイルド派に対抗して、ピラミッドのPBOで大人気を博したのがG・G・フィックリング夫妻の女私立探偵、ハニー・ウェストのシリーズだった。五七年の『ハニー貸します』から六四年刊の『ハニー、ナチスに挑戦』まで九作がポケミスで翻訳され（他に未訳二作）、アン・フランシス主演の連続TVドラマも評判になった。

『わが名はアーチャー』を真似たピラミッドの三点の『わが名は……』シリーズも楽しかった。二人の弁護士（ライスのJ・J・マローンとハロルド・Q・マスアのスコット・ジョーダン）の向こうを張って『わが名はチェンバース』をだしたヘンリー・ケインはハニー・ウェストばりの女私立探偵、マーラ・トレントもピラミッドから売りだした（24ページ中央）。マーラはのちにベルモントでピート・チェンバースと共演もしている。

エヴァン・ハンターがハント・コリンズ名義で書いたサスペンス小説（『ペイパーバックの本棚から』参照）のリプリント版を刊行したのもピラミッドだったが、このブランドのPBOではミステリ畑のデイ・キーンやハリー・ホイッティントン（各四作）よりも西部小説のジャクスン・コール（五〇年代前半に十九作）が群を抜いている。ただし、私の書棚には一冊もおさめられていない。

〈クレスト・ブック〉

ゴールド・メダル（フォーセット社）の傍系として一九五五年に発足。六〇年代末までに本番号は#1600を超えた。私の所持本は約二百点。リプリント（ゴールド・メダルの西部小説もふくめて）がおもで、PBOはそれほど多くない。マッギニス装画でも知られる『レッド・スカーフ（仮）』は非PBOだが（130ページ中央）、ギル・ブルワーの書下ろしが四作このブランドにおさめられている。私立探偵ものでは、ヴェテランのW・C・ゴールトがジョー・ピューマのシリーズをクレストのPBOで書き（全五作）、ジャック・ベインズのモロッコ・ジョーンズ・シリーズ（全四作）と競り合った。

こんなマイナーなシリーズまで全作買いつづけ、一冊も処分しなかったのだからあやうく本の山に埋もれかけたのも当然である。これも表紙をめくって発見したのだが、ジョー・ピューマのデビュー作『コールガールの最

ローレン・ボーシャン『内なる炎』(仮)
ミッドウッド(1961年刊)

ピーター・デンザー『情熱訓練』(仮)
モナーク(1960年刊)

オーリー・ヒット『セックス郡』(仮)
ビーコン(1960年刊)

装画/ロバート・マガイア（上段3点）

装画/ロバート・アベット
ナイヴン・ブッシュ『憎悪の商人』(仮)
マックファデン(1962年刊)

装画/ダーシー
フィリップ・レイス『ジョニーは死んで来た』(仮)
ヒルマン(1960年刊)

装画/ジェイムズ・バーマ
ジョゼフ・ヒルトン『大統領付諜報員』(仮)
ランサー(1963年刊)

装画/ボブ・シネラ
ダーウィン・テイルヘット『大ペテン』(仮)
ペイパーバック・ライブラリ(1965年刊)

装画/ケン・バー
ロバート・コルビー『金をめざして』(仮)
ベルモント・タワー(1960年刊)

装画/アル・ブルーレ
ジョン・シェパード『しらみ野郎の死』
ベルモント(1962年刊)

期（仮）』の見返しには〝86・5・30〟の日付け入りで私あてのビル・ゴールトの署名がある。自宅を訪れたときにいただいたことを思いだした。亡くなる十年前のことだった。

〈その他のブランド〉

一九五二年スタートのエイスのユニークなダブル・ブックにはここに掲げた背表紙に示されているようにギル・ブルワー、レスター・デント、スチュアート・スターリング、エドワード・ロンズ、ハリー・ホイッティントン、ミルトン・K・オザキなどの作家が名を連ねた。PBOが全体の約半数。SFや西部小説も多かった。

四一年発足の老舗のハンディ・ブック（若干横幅が広かった）、四九年組のライオン（ジム・トンプスンを生んだブランド）、グラフィック、ハーレクイン（昔はJ・H・チェイスやデイ・キーンなどがめだって多かった）、五〇年代半ばから後半にかけて登場したバークリー、ビーコン、ソフトコアのお色気本を中心にしたモナーク、ミッドウッドなどがペイパーバックの戦国時代の小大名たちである。そして六〇年代初頭に、ベルモント、ヒルマン、ランサー、ペイパーバック・ライブラリ、マックファデンなどの新銘柄が参入する。

表紙絵につられてこんなマイナー銘柄の本まで買いつづけたが、ブランドそのものに愛着をおぼえる前に先方の寿命が尽きてしまったものが多い。その中から主だった顔ぶれをひろいあげていったらちょうど野球のマイナー・リーグの一チームができあがった。

7 ゴールド・メダルＰＢＯの船出

ゴールド・メダルの最初の百冊

私が高校三年生のときに初めて読んだアメリカのペイパーバックは、シグネットのミッキー・スピレインだが、これは兄のおさがり。そのあと、やみつきになって、自分で集中的に買い漁るようになったのがゴールド・メダル・ブック、略してGMだった。ペイパーバック・オリジナル（PBO）の最大手としてGMが最盛期を迎えていた頃のことである。古本屋や露店に並べられていたペイパーバックの値段は一冊十円か二十円（二十五セントの新刊は百二十円）。当時の私にとっては、いくぶんいかがわしいアメリカの匂いがつたわってくるカッコのいい〝チープ・スリル〟の極上品だった。

発足後すでに七、八年が経過していたGMの新刊の刊行番号はその頃早くも五百番台にさしかかっていた。正式には#101から始まったGMの〝最初の百冊〟中、正真正銘の初版初刷本は当時入手したものではなく、いずれもネット上の古本市で最近購入したものである（第一部第三章）。例外は#102ぐらいのもので、実際に入手したのは大半が再版だった。〝最初の百冊〟がつぎつぎに再版されていた時期でもあったということだ。

一九三九年に創設されたカンガルー印のポケット・ブックについでペイパーバック市場に参入したのはエイヴォン（一九四一年）、デル（一九四三年）、ポピュラー（一九四三年）、雄鶏マークのバンタム（一九四五年）、そして米ペンギンから独立したシグネット（一九四八年）の五銘柄。そのあとを追って一九五〇年に登場したGMの版元は二〇年代から雑誌出版界で地盤を固めていたフォーセット社だった。これで、前章に記した〈ビッグ7〉が勢ぞろいしたことになる。

私が現物とケヴィン・ハンサーのプライス・ガイド本（*Price Guide to Paperback Books* 第三版、一九八〇年刊）とを照合したかぎりでは〔この時点ではホルロイドのプライス・ガイド本はまだ未入手だった〕、GMのペイパーバックは一九五〇年に三十六点、翌一九五一年に七十五点が刊行され、最初の半年間で総計九百万部の販売部数を記録した。予想を上まわるこの成功の要因は何だったのか。

　一つめは、老舗のフォーセット社がニューズスタンドを主軸にした全国的な販売網を持っていたこと。しかも先行するシグネットのペイパーバックをその販売網を経由して売りさばく契約を結んでいたこと。つまり、スピレインのマイク・ハマー・シリーズの大当たりをじかに目撃していたということだ。

　成功の二つめの要因は、シグネットとの契約にペイパーバックのリプリント版の出版を禁ずる条項があったために、彼らの商品が従来のリプリント版のみのペイパーバックとは決定的に異なるオリジナル商品だったこと。苦肉の策として企画されたパイロット版の第一号（221ページ上右）は、一九四九年五月に刊行された『《トルー》傑作選』だった。フォーセット社が一九三六年に創刊した男性雑誌《トルー》に載った十本の記事をまとめたアンソロジーである。C・S・フォレスターの戦記物、ポール・ギャリコの犯罪実話などにまじって収録されていたルイ・アームストロングの回想記「ブルースが生まれた町、ストーリーヴィル」がおもしろかった。貧しい少年時代を過ごしたニューオリンズの紅燈区の思い出をあけすけにしゃべるサッチモの語り口がユニークで楽しい。

　これと一緒に女性誌《トゥデイズ・ウーマン》掲載の〝結婚と性〟についての記事を集めたアンソロジー（同上左）も刊行されたが、この二冊のパイロット版には〈ゴールド・メダル〉の名称も刊行番号もついていなかった。その呼称が初めて記されたのは『パブリック・エネミー』で、#１０１という番号と金色の紋章が刷りこまれた。正式のトレードマークの「金メダル」が採用されたのは#１０２の『マン・ストーリー』だった（いずれも折り込み付録参照）。

〔ゴールド・メダルの#１０１から#３３１までは本書の折り込み付録として全書影をカラーで掲げた。右上から下へ順に本番号を追っていけば、ここで言及する本の表紙を見つけだせるようになっている〕
　#１０１の前付には©１９４９とあるが、刊行は一九五〇年の初め、#１０２は明確に一九五〇年三月刊と記されている。どちらも確かにペイパーバック・オリジナルだが、いわゆる〝文庫書き下し〟小説ではない。#１

01はアラン・ハインドによる五篇の犯罪実話（ディリンジャー、プリティ・ボーイ・フロイドなど）、#102は《トルー》に載った男っぽい短篇小説を集めたアンソロジーだった。

注目すべきは両書の表紙絵だ。一方には、すらりとした脚を大胆に組み、胸元がはだけたブロンドの姐御、他方には片方の乳房と下着をのぞかせた危難のブロンド娘が配されている。何を売ろうともくろんでいたかが、あっけらかんと示されているのだ。

そのセールスポイントは、一九五〇年五月に同時刊行されたGMの最初の四冊のPBOに明白に示されている。#103は無名の新人、ジョン・フラッグの『ペルシャ猫のような女（仮）』という活劇調サスペンス小説。不死身のヒーローは故国に帰りそびれてパリに居すわってしまった元GI。「ヒッチコック映画の観すぎだ」とか「すべてが《ブラック・マスク》調だった」などというセリフから察するところ、パルプ・マガジン・ライターの生き残りの一人だったのだろう。十年間に八作書いたこの作家のGM本はネット上の古本市でかなりの高値がついている。

#104のリチャード・ヒンメル（二〇〇〇年没）はペイパーバック・ライターとしてよりもインテリア・デザイナーとしてのちに殿堂入りの名声を博した変わり種。女好きな無頼派弁護士、ジョン・マガイアを主人公にしたシリーズ作品が七作。GMのシリーズ・ヒーローのトップ・バッターである。

その次の#105は古手作家、サックス・ローマーのサスペンス小説、#106はやはり古参のW・R・バーネットの西部小説。もちろんどちらも胸元をあらわにした表紙絵の美女が男性読者の目を惹きつけるシカケになっている。そのあとも#108のウェイド・ミラーのクライム小説では両肩をむきだしにしたバーの女、#109（装画／バリー・フィリップス）は透けたナイトウェアの女の上半身、#110では赤いブラウスの胸元をはだけたブロンド女の死体（？）が描かれている。

〔この章は二〇〇七年末の連載時の記述に拠っているので、実際には第一部第三章の〈ゴールド・メダル大作戦〉よりも先に書かれたことになる。そこでの記述と若干重複する箇所もあるが、本章の書影はすべて大作戦にて入手した初版を掲げた」

ＧＭの〝最初の百冊〟のジャンル分けをすると、ミステリ（五十七点）、西部小説（二十二点）、その他の小説（十一点）、ノンフィクション（ＵＦＯものなど十点）となる。さらに、ミステリ系の作家を収録点数順に見てみると、

エドワード・ロンズ（Ｅ・Ｓ・アーロンズ）……5

ジョン・Ｄ・マクドナルド、ウェイド・ミラー……各4

リチャード・Ｓ・プラザー、リチャード・ヒンメル、ジョン・フラッグ……各3

ブルノー・フィッシャー、チャールズ・ウィリアムズ、ギル・ブルワー……各2

となり、デイヴィッド・グーディス、ハリー・ホイッティントンも各一作ずつ顔をだしている。

ゴールド・メダルが成功した三つめの要因は原作者への印税の支払い方式だった。ＧＭは従来の売れ高払いではなく、印刷部数に応じて印税を支払う方式を打ちだし、一冊につき一セント、初刷の最低部数を二十万部と定めて、二千ドルを前払いした。しかもリプリントではないので全額が原作者に支払われる。既成作家、新人作家の注目が一斉にＧＭに集まったのは当然の成りゆきだった。

最初の半年で九百万部を売ったという期間を一九五〇年の五月から十月とみなすと、刊行点数は三十点にも満たないが、この中からすでに最初のミリオン・セラーが数点出ていた。一番手はシオドア・プラットの＃１１９『懊悩の果て（仮）』（319ページ上中）、次がブルノー・フィッシャーの『肉体の館（仮）』（＃１２３）で、後者は百八十万部まで記録をのばした。ついでチャールズ・ウィリアムズの『ヒル・ガール（仮）』（＃１４１）が百二十二万部、デイヴィッド・グーディスの『キャシディの女（仮）』（＃１８９）も百万部を突破した。

「何でこの程度の性描写が話題になったのか？」「これほど暗く、歪んだ設定の小説のどこが読者を惹きつけたのか？」と、粗筋を紹介しながら私が「50年代ペイパーバック・オリジナル小説と私」（『ジム・トンプスン最強読本』／扶桑社）の中で疑問を投げかけたのがこの三作だった。

それと同じような感想を新たに洩らすハメになったのが、二点のレズビアン小説である。いずれもネット上の〝レズビアン・パルプ・フィクション〟のサイトなどでクラシック扱いされている重要作品だが、五〇年代初めという刊行年代を考慮しても、小説としてはあまりに拙い。#132『女の兵舎』は第二次大戦直後のフランス軍の女性兵士用兵舎内の出来事を、体験をもとにして小説仕立てにした作品だが、おめあての赤裸々な記述はせいぜいが「小さく突きでた乳首」「異常な抱擁」どまり。これが、最初の五年間で二百万部、総計四百万部も売れるベストセラーになってしまったのだ。調べものをしているうちに、原作者のテレスカ・トレスに知恵をつけたのが、夫である作家、マイヤー・レヴィン（一九八一年没）だったことを知ったのがせめてもの収穫だった。〔『女の兵舎』は一九五三年に鱒書房（大庭さち子訳）から翻訳書が刊行され、日本でも話題になった〕

一方のヴィン・パッカーの#222『春の炎（仮）』は大学の女子寮が舞台になっている。パッカーはGMの多作な専属作家（後出）だが、レズビアン小説というより、若い女性を主人公にしたサスペンスものが多い。いずれにせよ、表紙絵以上に濃厚なシーンは出てこないことは保証しよう。少なくとも私にとっては、「悪いけど、わたしはレディじゃないわよ」という決めゼリフを吐いた初代ハードボイルド女私立探偵、『女には向かない仕事（仮）』（24ページ上中の書影は再版時のもので折り込み付録に収めた#114の初版とは絵柄がちがう）のミス・イーライ・ドノヴァン（ジェイムズ・L・ルーベル作）のほうがずっと魅力的だ。

五〇年代のペイパーバック・ヒーロー

カラー口絵ではゴールド・メダルの人気シリーズ・ヒーロー七人衆を見開き（18、19ページ）で特集したが、その七人の中にはジョン・D・マクドナルドのトラヴィス・マッギーは入っていない。デビューが一足遅れたからだ。

だがそのかわりに、初期ゴールド・メダルの看板作家として先陣を切ったジョン・Dの早い時期に刊行された粒揃いのクライム・ストーリーをひとまとめにして紹介した（17ページ）。ここで、そのジョン・Ｄについて、少しまとめて記しておこう。

ゴールド・メダルの記念すべき最初の百冊めとして刊行されたのは、ジョン・Ｄの『憐れみを私に（仮）』という、カネの亡者のような悪女がらみのサスペンス小説（同下右）だった。

ジョン・Ｄが自身初のシリーズ物の人気キャラクター（マイアミ在の回収屋、トラヴィス・マッギー）を世に送りだしたのは一九六四年だが、それ以前にも人情話めいたクライム・ノヴェルでかなりの成功をおさめていた。いわばパルプ出身の根っからのペイパーバック・ライターである彼の長篇デビューについてはちょっとした逸話がある。

一九四九年にパルプ雑誌用に書いた長めの中篇を、長篇としてペイパーバック出版社に売り込むから〝引きのばせ〟と指示したのはエージェントのジョー・ショーだった、という。「長いものを短くするのは簡単だが、水増しは苦手」だったジョン・Ｄはそれでもなんとか要望に応え、陽の目を見たのがデビュー作の『真鍮のカップケーキ（仮）』（同上右）だった。ここに出てくるジョー・ショーというのは、まちがいなくあのジョゼフ・Ｔ・ショー（一九五二年没）にちがいない。

ダシール・ハメットを筆頭とするハードボイルド派の大売り出しに最大の貢献を果たした《ブラック・マスク》の四代目編集長として十年間君臨（一九二六～一九三六）したショーはみずからも西部小説などを書いたが、作家としては成功しなかった。後世に名を残した著作物は序文も付した編書『ハードボイルド・オムニバス』（22ページ上右）のみで、晩年は自分が育てた作家たちの出版代理人をつとめたりした。ゴールド・メダルに売り込んだジョン・Ｄがあっというまに看板作家に出世するのを見とどけて、ショーはこの世を去った。

ショーについては肖像写真もふくめていろいろなデータがネット上で検索できる。業界誌《ライターズ・ダイジェスト》の一九三九年六月号に掲載された「ダイアローグ」という題名の小論もその一つで、ハメットの『影なき男』や《ブラック・マスク》の常連だったフレデリック・ニーベルなどの作中の台詞を材料にして小説の書

ジョン・D・マクドナルド『ネオン・ジャングル（仮）』の表紙変遷史

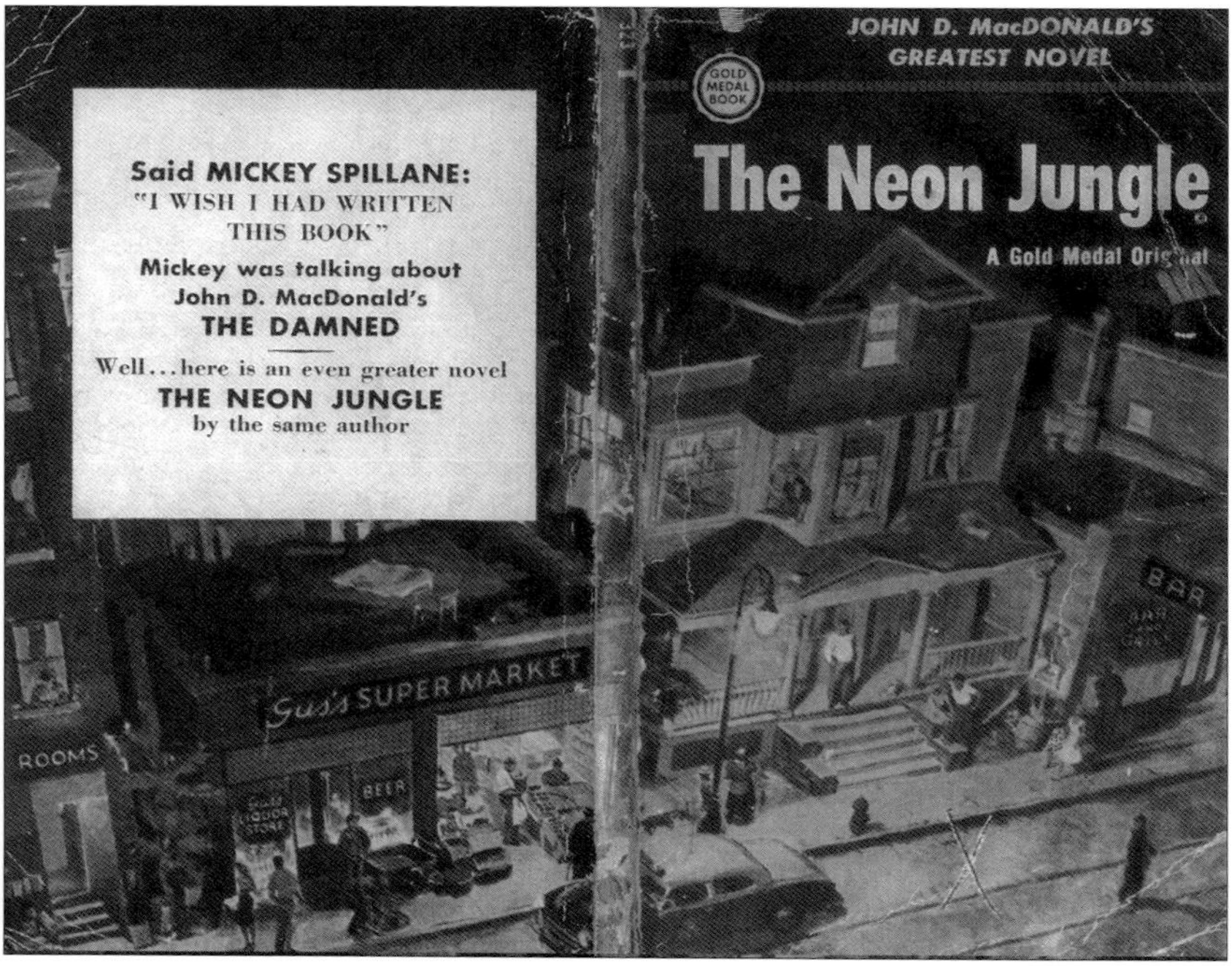

初版（1953年刊）

装画／ロバート・マッギニス

#3621（1976年刊）

#2331（1970年刊）

第２版（1958年刊）

き方を具体的に指南しているのがおもしろかった。講釈はできても、自分ではどうしてもうまく書けなかったということだろうか。

『真鍮のカップケーキ』については重大な発見がある。書影上部に「ハードボイルド」が三つ重なっていることは前に『ペイパーバックの本棚から』でこの作品を採りあげたときに指摘したが、初版にはちゃんと記されていたミドル・ネームのDが五五年四月刊の再版では欠けていたのである。これがロス・マクドナルドとのペンネイム上のトラブルにつながったのかもしれない。第三部第二章参照〕

ジョン・Dのゴールド・メダルでの初期の作品中、コレクターにとって見逃せないのは一九五三年八月に刊行されたGMでの七冊めのPBO『ネオン・ジャングル』（#323）である。この本がコレクターズ・アイテムとみなされているのは表紙が wrap-around だからだ。同じ頃、バランタインのSFの装画でリチャード・パワーズもひんぱんに用いたこの〝ラップアラウンド〟というのは、表紙絵が本をくるみこむように表から裏までつづくデザインのこと。『ネオン・ジャングル』では街灯がともる裏町の一角が俯瞰でとらえられ、バー、スーパーマーケット、リカー・ストア、ルームズなどの文字が赤いネオンで浮かびあがっている。

この本をかなりの高値で購入してわかったのだが、裏表紙にはミッキー・スピレインのブラーブまで刷り込まれていた。購入先の書店名はグレアム・ホルロイド（第一部第三章参照）だった。それまでにもめずらしい本を何冊も注文した相手だったので調べてみると、ニューヨーク州ウェブスターに本拠を構えるこのホルロイドという御仁がペイパーバックの新しいプライス・ガイド本を四年前に刊行していたことがそのとき判明した。

そして、またしてもことのついでにこのプライス・ガイド本（*Paperback Prices and Checklist*）を入手してびっくり！　大判で大都市の電話帳ぐらいの厚さがあり（七百六十ページ）、収録点数は四万点以上と謳われていたのである。

ホルロイドのプライス・ガイド本を入手したのにはこんな経緯があったのだが、この本が手元に届いたとたんに、私のペイパーバック・コレクションに〝革命〟が起こった。いまになって次々に新しい知識が増え、明るい陽が射しはじめたのだ。実証主義に徹しているためヌケも多いが、とにかく情報量がすごい。全般的にケヴィン・ハンサーのプライス・ガイドより充実している上に、なんと表紙絵の装画家（カヴァー・アーティスト）の人名索引までついていたのだ。

〔ゴールド・メダルのラップアラウンド表紙は初期二千点中二十四点。その第一号がジョン・D・マクドナルドの『ネオン・ジャングル』だった。本書にはほかに221ページに一点、本章にあと一点書影を掲げた。全二十四点中、一九五八年以降のものはリチャード・パワーズ（四点）とロバート・マッギニス（三点）の装画が大半を占めている〕

ところがこのプライス・ガイド本にも『ネオン・ジャングル』の〝ラップアラウンド〟のカヴァーを描いたカヴァー・アーティストの名前は記されていなかった。薄暗い雰囲気の表紙絵にくるまれた『ネオン・ジャングル』は、ちょっと読みかけてすぐわかったのだが、中身もかなり陰うつで、文体や語り口も読みやすい通俗小説にはなっていない。

プロローグは〝ザ・ネイバーフッド〟と題され（さしずめ浅草界隈などの〝界隈〟といった意味）、物語の舞台となる一帯が〝彼女〟という人称代名詞で語られる。「彼女には暴力とカネの匂いが漂うが、色どりも華やかだ」のあとに〝ネオン・ジャングル〟の住人たちが登場する。〝おぞましき四十代の終りが近づく色好みのやつれた女〟（いかにもジョン・Dらしい表現）、金貸し鮫《ローン・シャーク》、〝五つに六つの男たち〟(the six-for-five boys＝利息二十パーセントの高利貸し)、ポニー（コーラスガール）、ドリー（水商売の女）、ヒモ《ピンプ》、伊達男《シャーピー》、売春婦《フルーズィ》たちだ。

市井の俗な言葉がひんぱんにとびだし、ひと筋縄では読みこなせない小説だ。わかりやすいジョークを飛ばし、笑みをたたえつづけるシェル・スコットにうつつをぬかしていた私は、たとえ手にとってもすぐに放り出していたにちがいない。

ゴールド・メダルの人気ヒーローたち

さて、ゴールド・メダル・ブックの最初の十年間に登場した最も人気のあったヒーローたちの晴れ姿をカラー（18ページ）でもう一度ご観賞いただこう。最古参は上段中央で一番大きな顔をしているシェル・スコット。リチャード・S・プラザーが生みだしたLA在のプラチナ・ブロンドのタフガイだ。デビューは一九五〇年十月刊の『消された女』。

シェル・スコットとプラザーについては第二部第十章で紹介したが、初期の作品は第五作までが翻訳されている。シェル・スコットは《マンハント》の看板スターの一人でもあった。本家のGMではデビュー作のあと一九五一年にたてつづけに三作が刊行され、おりからのスピレイン旋風にも便乗して大いに売れ行きをのばし、五〇年代末には総部数二千万部突破！　とうたわれた。

五年後の一九六五年には二人のライバルがあいついでデビュー。エドワード・S・アーロンズ作の世界を股にかける筋金入りの諜報員、サム・デュレルとスティーヴン・マーロウ作の強面の私立探偵（のちに諜報員に転向）、チェスター・ドラムのご両人である。デュレルのデビュー作は『秘密指令—破壊』（＃491）で、既訳は他に三作（未訳が何と三十六作！）。だが一方のドラムのほうは第一作『二番目に長い夜（仮）』以降十四年がかりで二十作に登場しながら、ついにただの一度も翻訳されなかった。

下の中央はそのシェル・スコットが後輩のドラムと共演した一冊。作者たちは一章ずつ楽しげに、かわりばんこに執筆したと伝えられている。ちなみに、日本では出番がなかったドラムの似顔絵を描いたルー・キンメルは、シグネットでスピレインの初期六作を荒々しいタッチで仕上げたイラストレイターだった。

ここに似顔絵を掲げたなかではデビューが最も遅いドナルド・ハミルトンのマット・ヘルムは第二部第十二章で記したようにやはり初期の作品だけがスパイ小説ブームに乗って翻訳された。このヘルムより一足先、一九五八年にGMでデビューしたのが、ニール・マクニール作の私立探偵コンビ、トニー・コステインとバート・マッコールだった。第一作は『死の選択権（仮）』。九年後の第七作（最終作）では時勢にさからえずにスパイごっこを始めることになる。みかけは陽気で若々しいコンビだったが、作者のマクニールの正体が《ブラック・マスク》出身の古参作家、トッドハンター・バラード（一九八〇年没）だと知ったときは〝やられた！〟と思ったことをおぼえている。ジョン・シェパード名義で書かれた『しらみ野郎の死』（301ページ下右）というハードボイルド小説が翻訳されたが、陽気な二人組の私立探偵コンビのほうはついに紹介されずじまいだった。

さて、どんじりに控えしは、と言っても、もうおぼえている人はいないかもしれないが、五〇年代の最後に、マット・ヘルムより先にデビューし、三年間で五作の〝作戦シリーズ〟に出演したのが、リチャード・テルフェア（リチャード・ジェサップ）作の諜報員、モンティ・ナッシュだった。第一作が『メダリオン作戦』（村上博基訳）で、二つめの『コンプレックス作戦』を私がやり、シリーズ最終作の『アラビアン・ナイト作戦』を翻訳したのが、二〇〇七年十一月にひっそりと他界した大井良純さんだった。ご冥福を祈る。

［訃報をもう一つ。長い闘病生活のあと、スティーヴン・マーロウが二〇〇八年二月末に死去したしらせが、一段組み二十一行で報じられた（共同）。その死亡記事で意外だったのは、「五〇年代から六〇年代にかけ、私立探偵の主人公チェスター・ドラムが登場する一連のハードボイルド小説で人気を博した」という記述がされていたこと。それくらいのことはWikipediaにも当然ひろわれているが、だからこそベタ記事のほうもその情報を補うことになったのだろう。おかげで「私立探偵チェスター・ドラム」なんていう懐かしい名前が、日本の大新聞の紙面で活字になったのである］

ゴールド・メダルの忘れられたヒーローたち

ゴールド・メダルの看板スターの一人だったチェスター・ドラムは二篇の短篇が翻訳されただけで、長篇はつ

25¢
GOLD MEDAL BOOK
He wanted out
of the big rackets—
and the boys said okay
—feet first
dig my grave deep
PETER RABE

ピーター・レイブ
『俺の墓を深く掘れ（仮）』
装画／ルー・キンメル

GOLD MEDAL BOOK
RICHARD TELFAIR
25¢
THE BLOODY MEDALLION
"This Richard Telfair novel is as terrifying as anything I myself have ever written."
SAX ROHMER

リチャード・テルフェア『メダリオン作戦』

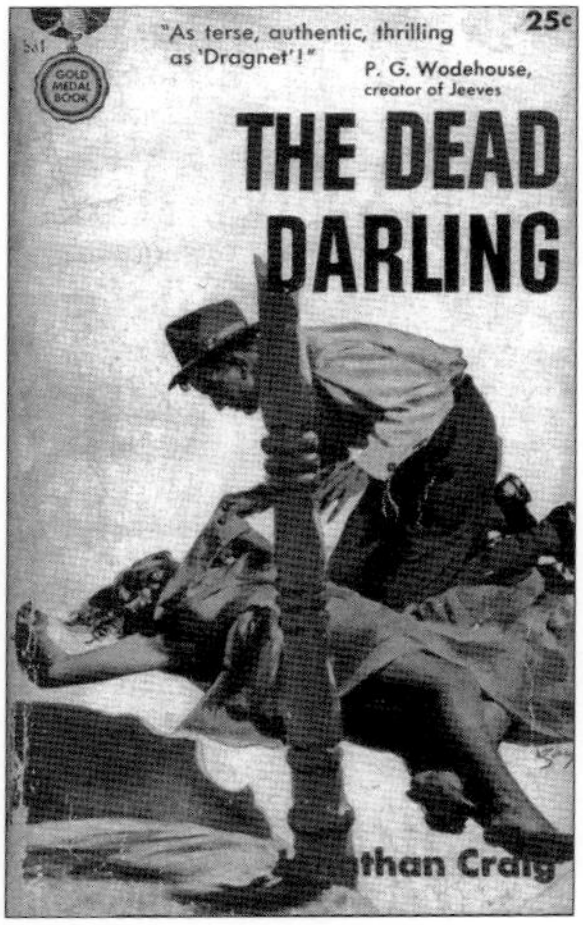
"As terse, authentic, thrilling as 'Dragnet'!"
P. G. Wodehouse,
creator of Jeeves
25¢
GOLD MEDAL BOOK
THE DEAD DARLING

ジョナサン・クレイグ
『死んだかわいい女（仮）』
装画／バリー・フィリップス
（左も）

GOLD MEDAL BOOK
THE HOODS COME CALLING
She knew too much—
far too much—
and she had to die
before she talked
NICK QUARRY

ニック・クォーリイ『やつらがやってくる（仮）』

カート・キャノン
（エヴァン・ハンター）
『酔いどれ探偵街を行く』
装画／ゲリー・パウエル

GOLD MEDAL BOOK
CURT CANNON
I LIKE 'EM TOUGH
Me? I'm a down-and-out private eye with nothing to lose but my life

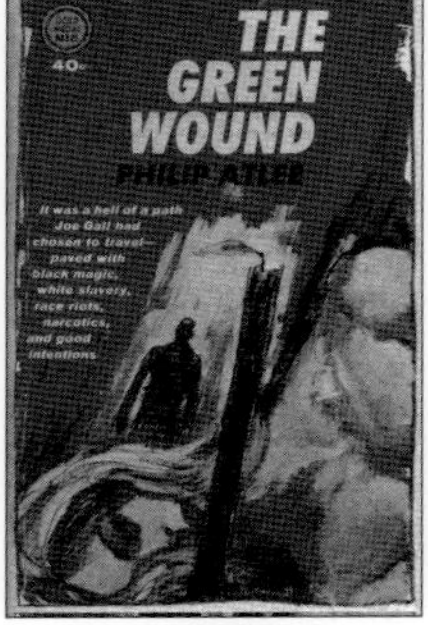
40¢
THE GREEN WOUND
PHILIP ATLEE
It was a hell of a path Joe Gall had chosen to travel—paved with black magic, white slavery, race riots, narcotics, and good intentions

装画
ハリー・ベネット

フィリップ・アトリー『緑の傷（仮）』

マイクル・アヴァロン
『ヴードゥー殺人事件（仮）』
装画／ミッチェル・フックス

GOLD MEDAL BOOK
25¢
THE VOODOO MURDERS
Death danced beside her

いに一作も翻訳されなかった。そういう不運なめぐり合わせになってしまったゴールド・メダルの忘れられたヒーローたちのことをまとめてとりあげておこう。

ジョナサン・クレイグ（一九八四年没）は《マンハント》の常連作家で短篇はかなりの数が紹介されたが、マンハッタンの六分署を舞台にした十作の長篇シリーズはとうとう陽の目を見なかった。

主人公は一人称で語り手をつとめる古参の平刑事、ピート・セルビイ。五五年刊のデビュー作『死んだかわいい女（仮）』で相棒として配属されてきたスタン・レイダー刑事と最終作『あつかましい女（仮）』まで十二年間コンビを組みつづけた。地味な作風だが、警察捜査小説の先駆的シリーズとして高く評価できる。

〔表紙絵はデビュー作をふくめてバリー・フィリップスが三点、最終作は初めてロバート・マッギニスが描いたが、のちにベルモントから再版されたとき、ロン・レッサーがあでやかなカヴァーを新たに描いた。これもカヴァー・アーティストの宿命の対決の一例〕

ニューヨークの女好きな貧乏探偵、ジェイク・バロウ（一人称記述）のシリーズ（五八年のデビュー作から四年間に六作）は私立探偵の〝私生活〟を物語の中心にすえた、いわば〝ネオ・ハードボイルド〟風のつくりが特長。自分の部屋に置きざりにされていた別居中の悪妻の死体を隠しながら犯人捜しと私立探偵事務所の開設資金の工面に追いまくられ、その一方で三人の女性と親しくなったりとお忙しい。原作者のニック・クォーリイは本名がマーヴィン・H・アルバート（一九九六年没）。アルバート（アル）・コンロイ、『セメントの女』のアントニー・ロームなどのペンネームを使いわけた超ベテラン作家だった。

一九五五年にデビューしたドイツ生まれのピーター・レイブ（一九九〇年没）もゴールド・メダルの看板作家の一人だったが、三十作近い長篇小説は全作未訳のままだ。どちらも長続きしなかった二つのシリーズがあり、『俺の墓を深く掘れ（仮）』で始まったやくざもの、ダニエル・ポート（三人称記述）のシリーズは五〇年代末まで全四作。もう一つのシリーズは六〇年代半ばに三作書き継がれたユーモア味のあるスパイ小説もので、弁護士マニー・デウィットが〝何も知らされない語り手〟役を一人称でつとめた。

おあとは日本でも翻訳が出ている二人の風変りな私立探偵。一方のマイクル・アヴァロンの脳天気なＰＩ、エド・ヌーンは五三年作のデビュー作『のっぽのドロレス』とシリーズ第六作の『でぶのベティ』が既訳（いずれも田中小実昌訳）。同シリーズは七〇年代末まで（全三十一作）つづいたが、パーマ、シグネット、エイス、カーティス、ベルモントと転々とし、ゴールド・メダルからもシリーズ第七作から第九作までの三作が刊行された。語り手がそのまま著者名になっているご存じカート・キャノン（エヴァン・ハンター）のほうは、長篇一作と短篇集一作のみ。数は少ないがいつまでも忘れられないシリーズだ。もちろん〝ネオ〟のハシリでもある。ゴールド・メダルのスパイ小説シリーズの両雄といえばドナルド・ハミルトンのマット・ヘルムとエドワード・Ｓ・アーロンズのサム・デュレルにとどめをさすが、チェスター・ドラムも、シェル・スコットとの競演（五九年）のあと、六〇年作の『危険はおれの仕事（仮）』『死はわが同志（仮）』のあたりから国際的な陰謀がらみの任務がほとんどになった。

そして、ドラムの諜報員への転向の直後にスパイ小説ブームに乗って新たにゴールド・メダルから名乗りを上げたスパイ・ヒーローがフィリップ・アトリー作のジョー・ゴールである。古参作家ジェイムズ・アトリー・フィリップス（一九九一年没）の手になるもので、シリーズは七〇年代の後半まで全二十二作つづいたが、これもついに日本では残念なことに未紹介に終わってしまった。「シリーズの前半は波瀾万丈のフレミング風、後半は重厚なデイトン、ル・カレ調に変身したアメリカ・スパイ小説のすぐれたシリーズ」（ジェフ・バンクス）という高い評価を得ている。実弟のデイヴィッドはケネディ大統領暗殺になんらかの関わりがあったらしい元秘密諜報部員だった。

そしてもう一人の転向スパイが、〈オペレーション〉シリーズの邦訳があるダン・Ｊ・マーロウ（一九八六年没）のアール・ドレイク。『終わりなき一時間（仮）』はデビュー作『ゲームの名は死』の七年後に刊行された曰くつきの〝続篇〟で、〝千の顔を持つ男〟の形成手術、脱獄、新しい銀行強盗の経緯が語られる。コワモテのプロの犯罪者ヒーローが諜報員に変身というユニークなシリーズである。

シリーズ物だけでなく、ゴールド・メダルには、ライオネル・ホワイト、デイ・キーン、ギル・ブルワーといったノワール系の多作なクライム・ライターたちもひかえていて、色とりどりの芸を披露して楽しませてくれた。ゴールド・メダルのペイパーバック・オリジナルとともに過ごした六〇年代は、私にとって至福の時代だった。

ゴールド・メダル大作戦の収穫

二〇〇八年の夏から本腰を入れて取り組み始めた〈ゴールド・メダル大作戦〉が大詰めにさしかかり、その頃にはいっぱしの通のバイヤーになっていた私は、少しでも保存状態がよく、しかも少しでも廉価な本を見つけようと涙ぐましい努力をしたあと、ついにあきらめて、ネット古本市にでていた高値本の注文を開始した。高値といっても二ケタどまりなのだが、たとえば『悪魔の館（仮）』（#129）のお値段は六十五ドル。作者のジョゼフ・ミラード（一九八九年没）は西部小説、SF、伝記（心霊術師エドガー・ケイシー伝）なども手がけたが、この本は全篇カラー・コミック仕立て（百九十二ページ）の珍本のために高値がついている。

ゴールド・メダル・ブックの初期二千点中に同題本が一組だけあることもわかった。タイトルは『鞭使い（仮）』。一方は西部小説、冒険活劇小説のベテラン、ジョゼフ・チャドウィックの一篇（#284）でわかりやすいが、#1087のW・フランクリン・サンダースのほうは曰くつきの一書。風変わりな一人称多視点形式のこのサディズム小説（六一年刊）のほんとうの作者（あるいは合作者）は、あのチャールズ・ウィルフォードだという説が広まっているのだ。篇中にはこんなシーン（次ページ下右）はでてこないが（実際に鞭をふるうのは彼女の父親）、大鞭を握る女の装画も話題になって七十五ドルの高値になった。

同じ中身でも表紙が変わると本番号も一緒に変わってしまうのがゴールド・メダルの悪いクセだ。だが、表紙絵の変わり方にもいろいろある。『おれはやくざだ（仮）』の初版（#171）の男の顔のモデルはヴィクター・マチュア（折り込み付録参照）だったが再版（#739）ではロバート・ミッチャムに変わってしまった。

25¢
The confessions of a crime czar who doesn't dare reveal his name
I, MOBSTER
ANONYMOUS
THIRD BIG PRINTING

『おれはやくざだ（仮）』3刷（1958年刊）

"A Daring Subject—Masterfully Told"
THE TORMENTED
Theodore Pratt
An original novel—not a reprint

装画／バリー・フィリップス（左右とも）

シオドア・プラット『懊悩の果て（仮）』初版3刷

MANSION OF EVIL
SOMETHING NEW! A COMPLETE NOVEL IN WORDS AND PICTURES, A THRILL ON EVERY PAGE

Mansion of EVIL

ジョゼフ・ミラードのコミック・スリラー『悪魔の館（仮）』（1950年刊）

流用された装画　（バリー・フィリップス）

She fled from the evil of men
Get Out of Town
PAUL CONNOLLY

Here's Shell Scott back—fast with guns and gals—fast with the answer to murder, too!
Case of the Vanishing Beauty
25¢
RICHARD S. PRATHER

リチャード・S・プラザー『消された女』（右）と
ポール・コノリーの『町を出る（仮）』（1951年刊）

W・フランクリン・サンダース
（チャールズ・ウィルフォード？）
『鞭使い（仮）』（1961年刊）

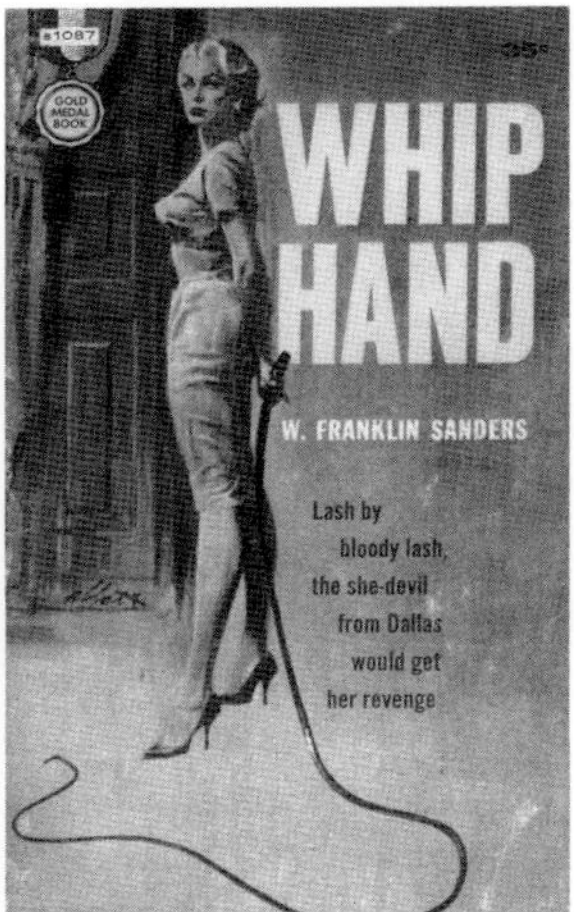
35¢
WHIP HAND
W. FRANKLIN SANDERS
Lash by bloody lash, the she-devil from Dallas would get her revenge

装画／ボブ・アベット

TRUE, the greatest man's magazine, guarantees these belly shakers
35¢
CARTOON FUN
"I hope you know how to steer this thing, Sam."
An Original Gold Medal Book

《トルー》掲載のカートゥーン集（1954年刊）

He risked his own life recklessly for a girl who wasn't worth it
WHIP HAND
JOSEPH CHADWICK
Author of DEVIL'S LEGACY
Original Gold Medal Novel—Not a Reprint

『鞭使い（仮）』（1953年刊）

シオドア・プラットのベストセラー風俗小説『懊悩の果て（仮）』（#119）の場合はもっとクセが悪い。初版三刷で表紙が変わっているのに本番号は同じなのだ。こういう記述を始めると、ペイパーバック収集術もいよいよ玄人話になってくる。たんに初版というだけでなく、初版初刷（1st printing）にしつこくこだわるコレクターがいるということだ。

ミステリ・ジャンルの本については、予想どおりめぼしいものはほとんど再版で入手ずみだった。さして大きな収穫はなかったのに、デイヴィッド・グーディス、チャールズ・ウィリアムズ、ブルノー・フィッシャーなど、ノワール系の作家の初版本やジョン・D・マクドナルド、リチャード・S・プラザーなどの看板作家の初版本を高値で購入せざるを得なかったのが、予算面でかなりキツかった。

だが、ゴールド・メダルがPBOとして出版した本の初版をすべて揃えるという〈大作戦〉をほぼ完了したおかげで、楽しい経験が何度もできたし、完了させていなければ絶対にわからなかった新事実の発見も多かった。だからどうした、と問い返されればこたえようもないのだが、たとえば前記の同題本ではなく同表紙本というのもみつかった。まったくちがう作品（作家も別）に同じ表紙がつけられている一組が存在したのだ。ポール・コノリーという作家（ゴールド・メダルに他に二作あり）のサスペンス小説『町を出る（仮）』（#188）に使われた装画（バリー・フィリップス）がそっくりそのままリチャード・S・プラザーの『消された女』の再版（#425）に流用されていたのである。

ゴールド・メダルにはこんな変わり種もまじっていたのか、という驚きを与えてくれる珍種や雑本も多かった。カラーの折り込み付録に載っているものの中から〝変わり種〟と呼べる本を順にひろってみよう。

まず#107（一列め最下段）。これはSFではなくUFOを題材にしたキワモノ風ノンフィクション。#112は育児書。このあたりはまだ方針が一定せず、あれこれ目先を変えている。#129は前出のコミック本。そのあとの#132がやはり前出の『女の兵舎』。ゴールド・メダルにはレズビアン小説という隠れた売れ筋のジャンルがあるが、この分野の先鋒となったのがこの『女の兵舎』とヴィン・パッカーの『春の炎』だった。

ヴィン・パッカーはデビュー作の『春の炎』（五二年刊）から一九六三年までにゴールド・メダルで十七作のＰＢＯを書いたが、本名はマリジェーン・ミーカー（一九二七年生まれ）といい、六歳年長のパトリシア・ハイスミスとの二年間のロマンスを回想記で告白して話題を呼んだ。彼女は同時期にゴールド・メダルからアン・アルドリッチ名義でもレズビアン小説『わたしたちだけの道（仮）』（＃５０９）を発表。六〇年代末までに『春の炎』は五版、『わたしたちだけの道』は三版を重ねた。

ゴールド・メダルにはこのほかにもアン・バノンの『のけ者の女（仮）』（＃６３５、ネット古本市で九十ドルの高値本）やヴァレリー・テイラーの『３Ｂ号室の女たち（仮）』（＃１５４５）などのレズビアン小説が収められている。傍系のクレスト・ブックにもロバート・マッギニス装画による『ライオンの館（仮）』（マージョリー・リー作、五九年刊）などがあった（いずれも書影参照）。

さて〝変わり種〟のつづきだが、＃１３５（五列め最下段）はめずらしいマンガ表紙の『酒場読本』、のちに続篇もでた。＃１６０はネコ写真集、＃１７７は『これがコステロだ（仮）』と題された犯罪ノンフィクション、つづいて＃１８０も犯罪実話で『個室の女（仮）』。原題名が ***The Girl in the*** ～で始まるこの犯罪実話シリーズはこのあと＃２９４、＃３０６を経て＃４８０の『悪夢の家の女（仮）』（五五年刊）まで十一巻が刊行された。

＃１８５（十三列め最上段）の戯画表紙本は側近が語った人間ヘンリー・フォード伝、＃１９１は公金をあの手この手で取り返す方法を伝授するマネー・ゲーム本。＃２４９は純然たる一齣マンガ本（カートゥーン）のハシリで、このあと＃３８３（書影参照）以降二十点近く刊行された。折り込み付録のうしろから三列めに載っている美しい装画（ジョン・フロハティ・ジュニア）の本（＃３１２）は『アメリカ詩集』で、刊行は五三年六月。表紙上右隅に〝35￠〟と記されているジャイアント版である。

ゴールド・メダルの最初の三年半の顔ぶれは折り込み付録で一望できるが、じつはこの『アメリカ詩集』の次の西部小説（＃３１３）の表紙は＃１３７と同一である。つまりこれがゴールド・メダルの初の再版本なのだ。このあと再版本は＃３１４（初版＃１４９で代用）、＃３２１（初版＃１０５で代用）、＃３２２（初版＃１３１

A. BANNON
35¢
Odd Girl Out
A confession of love—as shocking—and as honest—as SPRING FIRE

アン・バノン
『のけ者の女（仮）』

A story once told in whispers now frankly, honestly written
35¢
SPRING FIRE
Vin Packer
AN ORIGINAL NOVEL—NOT A REPRINT

ヴィン・パッカー
『春の炎（仮）』
装画
バリー・フィリップス
（左と下中央も）

装画／ジャック・フロハティ・ジュニア

35¢
Of the love that dwells in twilight —the "love that can never be told"
WE WALK ALONE
Through Lesbos' Lonely Groves
ANN ALDRICH

アン・アルドリッチ
『わたしたちだけの道（仮）』

レズビアン小説が半ダース

マージョリー・リー
『ライオンの館（仮）』

CREST BOOK
40¢
THE LION HOUSE
The novel that rocked Suburbia. A shockingly candid tale of misbegotten sexuality among upper-crust bohemians . . .
"A subtle and frightening novel."
NEW YORK HERALD TRIBUNE
MARJORIE LEE

装画／ロバート・マッギニス

テレスカ・トレス
『女の兵舎』

THE FRANK AUTOBIOGRAPHY OF A FRENCH GIRL SOLDIER
Women's Barracks
TERESKA TORRES

ヴァレリー・テイラー
『３Ｂ号室の女たち（仮）』

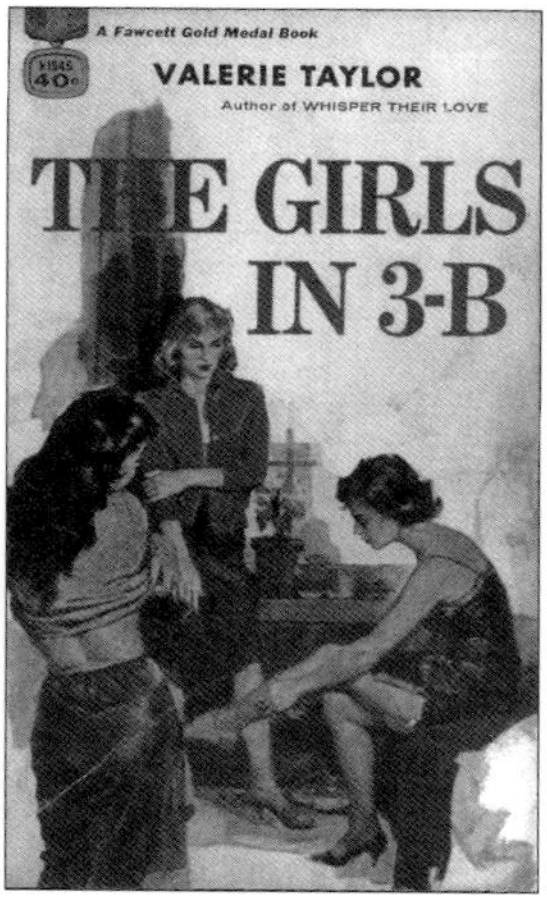
A Fawcett Gold Medal Book
40¢
VALERIE TAYLOR
Author of WHISPER THEIR LOVE
THE GIRLS IN 3-B

と同一表紙）、＃３２９（初版＃１４０と同一表紙）、＃３３０（初版＃１４６で代用）とつづく。

映画とのタイアップ表紙は＃１２８の『三つの秘密（仮）』（五〇年刊、エリノア・パーカー、パトリシア・ニール、ルース・ローマン共演のユナイト映画の原作）や＃２３６のボーデン・チェイス原作『栄光の星の下に（映画題名）』（クラーク・ゲイブル、エヴァ・ガードナー共演）があったが（折り込み参照）、その後『中共脱出』（＃４９９、ジョン・ウェイン、ローレン・バコール）やルイス・ラムーア原作の『見知らぬ渡り者』（ジョエル・マクレイ）、『ゴーストタウンの決斗』（ロバート・テイラー、リチャード・ウィドマーク共演）といった西部劇など映画タイアップ表紙が目立つようになった（＃１１００までに十作以上）。

そしてゴールド・メダル初のＳＦがリチャード・マシスンの『吸血鬼』（＃４１７）、二作めが同じくマシスンの『縮みゆく人間』（＃５７７）、初のＳＦアンソロジーがリーオ・マーガリーズ編の『無限の三倍（仮）』（＃７２６）だった。

本番号＃１１００〜＃１６００になると、この変わり種本の増加はいっそう顕著になる。だが主流はハードボイルド調のミステリ、西部小説、風俗小説の三本立で、ＳＦ部門がめざましく増大するというようなことはなかった。

この期間、映画（戦争物、コメディ、西部劇、歴史物、サスペンスなど）とのタイアップは十九点。戦記や伝記、実用書（髪の手入れ法やセックス指南書もふくめて）などノンフィクションが十七点。マンガとユーモア本が十五点。まっとうな珍本といえるのはクロスワード、奇談集、楽譜つき俗謡集（各二点）ぐらいなものだろうか。

ゴールド・メダルの初期二千点を全巻揃える〈大作戦〉を完了させてよくわかったのは、ＰＢＯの読物小説だけを売り物にしてこの店が繁昌していたのは六〇年代の半ばまでだったということである。

本番号＃１６０１から２１００までの最後の五百点にざっと目をやると、その半数近くは旧版の再版であり、以前は〝変種〟とみなされた雑本が百七十点以上まじっているのがわかった。ペイパーバックの各銘柄が独自の

MARVIN H. ALBERT
25¢
THE LAW AND JAKE WADE
Jack Wade was the law, respected law— until the dark past came to haunt him
READ THE BOOK THEN SEE MGM's EXCITING MOTION PICTURE
"A fine novel— Now, we feel, a great Western picture we both enjoyed making."
Robert Taylor
Richard Widmark

『ゴーストタウンの決斗』
原作／マーヴィン・H・アルバート

LOUIS L'AMOUR
25¢
Author of HONDO
THE TALL STRANGER
Louis L'Amour has created a hero as tough as his famous HONDO. Read the book. See the big Allied Artists' movie starring Joel McCrea

『見知らぬ渡り者』
原作／ルイス・ラムーア

BLOOD ALLEY
A. S. FLEISCHMAN
Read it—and see why we had to make this great novel into a motion picture—JOHN WAYNE

『中共脱出』
原作／A・S・フライシュマン

DEATH IS A LOVELY DAME
Matthew Blood
25¢

〝ラップアラウンド〟の装画（バリー・フィリップス）

マシュー・ブラッド『死は愛らしき女（仮）』

35¢
3 × ∞
THREE TIMES INFINITY
Edited by Leo Margulies

リーオ・マーガリーズ編
ＳＦアンソロジー（1958年刊）

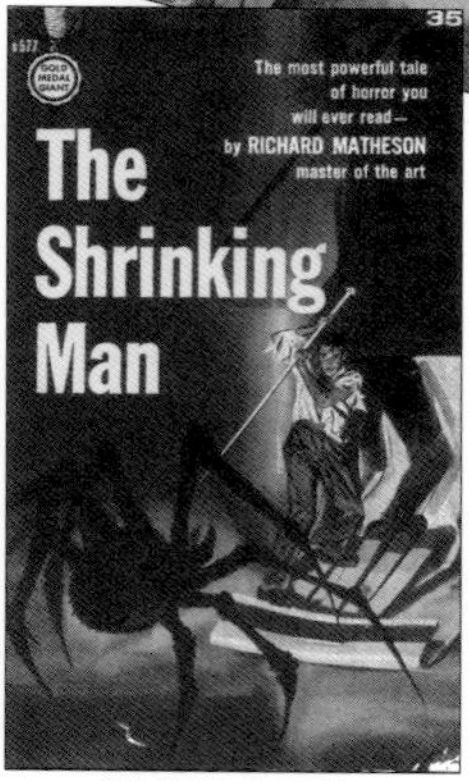
35
The most powerful tale of horror you will ever read—
by RICHARD MATHESON
master of the art
The Shrinking Man

『縮みゆく人間』
原作／リチャード・マシスン
装画／ミッチェル・フックス

25¢
I AM LEGEND
Richard Matheson

『吸血鬼』（ウィル・スミス主演でリメイクされた）
改題名『地球最後の男』
装画／スタンリー・メルツォフ

特長を売り物にするのではなく、逆に均質化への道を歩み始める転回点が近づいていたのだ。いわばペイパーバックのバラエティ・ショップ（雑貨屋）化の到来である。

これは後知恵だが、ゴールド・メダル大作戦をキリよく最初の千点にとどめておいても実質的な収穫は変わりなかったかもしれない。だがベストセラー作品の再版に目を向けるだけで、初めに予想したとおりの新しい楽しみが生じることにも気がついた。たとえば表紙絵は時代を反映して鮮かに変身してゆく。

その好見本として、ジョン・Ｄの『ネオン・ジャングル』の変身ぶりを眺めていただきたい（310ページ）。上段のラップアラウンドの初版は一九五三年刊。下段右の再版は一九五八年刊。この間に刊行されたエヴァン・ハンターの『暴力教室』が話題を呼び、少年非行小説がブームになっていた時代をまざまざと映しだしている。下段中央は六〇年代末か七〇年代初めの再版、そして下段左の七〇年代に刊行された新しい版（第六版か第七版）はロバート・マッギニスのあでやかな装画によって、きわめて現代風に〝再生〟されている（中央の男のご面相から察すると、マッギニスはアンソニー・クインがお気に入りだったのだろう）。

次ページには、そのマッギニスがゴールド・メダルのおもに千番台（一九六〇～六八年）で仕事をした単発作品から代表作品を選んでみた。本が揃えばこんな遊びもできる。〝お楽しみはこれから〟ということかもしれない。

原作／シオドア・プラット

THEODORE PRATT
GOLD MEDAL BOOK
35c
TROPICAL DISTURBANCE
A searing story of the crude passions that burst loose on a beach town during a raging hurricane

原作／ジョン・ブラムレット

40c
TROUBLE-TEXAS STYLE
An earthy, hard-nosed novel by
JOHN BRAMLETT

原作／チャールズ・ラニアン

A Fawcett Gold Medal Book
Violent death made them lovers and outcasts with—
NO PLACE TO HIDE
BY CHARLES RUNYON

原作／アン・バノン

50c
ONE WAY
Lost, lonely, boyishly appealing—this is
Beebo Brinker
—who never really knew what she wanted—until she came to Greenwich Village and found the love that smoulders in the shadows of the twilight world
A NOVEL BY ANN BANNON
AUTHOR OF I AM A WOMAN AND ODD GIRL OUT

原作／エルモア・レナード

A Fawcett Gold Medal Book
SHE DIDN'T NEED MONEY
SHE DIDN'T NEED ANOTHER MAN
SHE JUST NEEDED KICKS—
WHAT SHE CALLED...
THE BIG BOUNCE
A Novel by
ELMORE LEONARD
NOW A MAJOR MOTION PICTURE

原作／レイモンド・メイスン

Raymond Mason
35c
GOLD MEDAL s1248
Someone and Felicia Warwick
She was the kind of girl who begged for trouble, and he was the kind of trouble who begged for her

原作／ハル・G・エヴァーツ

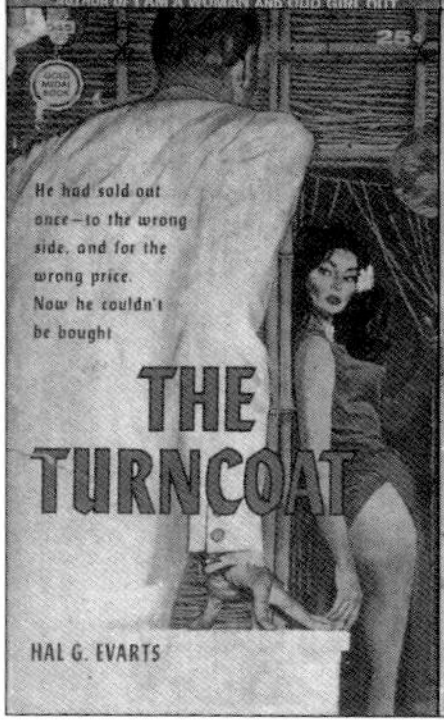
25c
He had sold out once—to the wrong side, and for the wrong price. Now he couldn't be bought
THE TURNCOAT
HAL G. EVARTS

原作／ジェイムズ・ブランズウィック

A Fawcett Gold Medal Book
ZUBARU
She was a dark promise—untamed, beautiful, and dangerous—like the new country that was ready to explode around them all
by James Brunswick

60年代ゴールド・メダル・ブック

ロバート・マッギニス装画単発作品代表作（エルモア・レナードは未訳デビュー作）

第4部

Part Ⅳ Target : Cover Arts

1. Barye Phillips v.s. Robert McGinnis
2. Masters of Cover Art
3. Who's Who of Cover Artists

1 新旧二人のカヴァー・アーティストの王様

25
206
BABY MOLL
STEVE BRACKEEN
She was the kind of woman a man would die for... and usually did

スティーヴ・ブラッキーン名義
『ベイビー・モル（仮）』
装画／バリー・フィリップス

HARD CASE CRIME
FIRST PUBLICATION IN 50 YEARS
From the best-selling author of 'The Fury' and 'The Corpse Next Door'
BABY MOLL
By John Farris
writing as "Steve Brackeen"

同ジョン・ファリス名義
装画／ロバート・マッギニス

良き時代を生きたバリー・フィリップス

古本屋の店頭に積みあげられているペイパーバックの山の中から一冊ひきぬき、表紙絵を眺め、タイトル、著者名、ブラーブ（惹句）にチラッと目をやり、パラパラとページを繰り、もう一度じっくりと表紙の装画を吟味する。一冊十円か二十円の古本のペイパーバックを買うために、どれほど楽しいムダな時間を費やしてきたかわからない。

時は五〇年代末の学生時代から、二足のワラジを一足にはきかえて物書き稼業に転じた六〇年代の終わりまで。アメリカのペイパーバックが一番楽しかった時代でもある。その時代は、独特の魅力を放っていたイラストレイションが表紙から姿を消すと同時に終局を迎えた。少なくとも私にとってはそうだった。

日本の古書市に流れつくまでの時差を考慮にいれても、私自身の楽しいペイパーバック漁りの時代は七〇年代の初めに終わりを告げていたのだ。中身を読むためだけにペイパーバックを買いつづけていたのではなかったことに初めてはっきりと気づいたのがそのときだった。表紙絵こそが要だったのである。

ペイパーバックがこの世に生をうけた四〇年代から、その全盛期と言うべき四半世紀のあいだに、この表紙絵を最も数多く手がけたカヴァー・アーティストは誰か？　正解は古参のバリー・フィリップスなのだろうか。グレアム・ホルロイドのガイド本の巻末に載っているアーティスト索引によると、バリー・フィリップスは生涯に五百点をゆうに超える表紙絵を描いた。

最も多かったのはもちろんゴールド・メダルで約二百八十点。そのあとにシグネット（約八十点）、バンタム（約四十点）、クレスト、ポケットがつづいている。

無我夢中になって買い集めていた頃は、表紙絵を描いたイラストレイターの名前には強い関心はいだいていなかったが、フィリップスが描いたヒーローの似顔絵、とりわけプラザーのシェル・スコットの笑顔は私の脳裏に

ライオネル・ホワイト
『デカいヤマ（仮）』
（1955年刊）

チャールズ・ウィリアムズ
『街の女（仮）』（1951年刊）

ギル・ブルワー
『悪魔は女（仮）』
（1951年刊）

バリー・フィリップス
初期ゴールド・メダル装画集

デイヴィッド・グーディス
『失われた者の街（仮）』
（1952年刊）

デイ・キーン
『おまけの殺人（仮）』

オヴィッド・デマリス
『スラッシャー（仮）』
（1959年刊）

鮮明に刷りこまれた。その笑顔が、数時間の読書の楽しみを完全に保証してくれたのだ。

この〝笑顔〟が初めて表紙絵に登場したのはデビューから七年後の一九五六年のことだった。それが18ページ（下右）に掲げた『悪《ワル》が多すぎる』（*Too Many Crooks*）である。この笑顔を、同じバリー・フィリップスが描いた『ライド・ア・ハイ・ホース』の表紙絵（175ページ上右）と比較していただきたい。これの表紙を変え、ついでに題名まで変えてしまったのが『悪《ワル》が多すぎる』だったのだが、旧版の現物が最近まで未入手だったために、なぜ改題されたのかがずっと気になっていた。この旧版では、主人公はシェル・スコットではないのかもしれないと疑心暗鬼にさえなっていたのだ。しかし現物を手にとってみると、本文は一行も変わっていない。当然、シェルも登場する。ちょっとだけ違和感があるのは装画の彼がいつものように笑っていないことだが、それが改題の理由とは考え難い。原題がわかりにくい（high horse は傲慢な態度という意味）ためか、誤解を招きやすい（性的もしくはドラッグの連想）からなのか、プラザーがただ嫌になったのか。現物を入手したばっかりに謎はいっそう深まってしまった。

〝ペイパーバックの王様〟と呼ばれたバリー・フィリップスがガンに冒されて世を去ったのは一九六九年。王様はペイパーバックの良き時代を心ゆくまで遊びつづけ、働きつづけて逝った。没年が一九六九年だったのは象徴的でさえある。

ジョン・Dのデビュー作『真鍮のカップケーキ』のあとフィリップスは早い時期に彼の三つの長篇小説やチャールズ・ウィリアムズ、デイ・キーン、オヴィッド・デマリス、ギル・ブルワー、ブルノー・フィッシャー、デイヴィッド・グーディスといったノワール系ゴールド・メダル作家の表紙絵を多数担当した。

だが、数の上からいうとバリー・フィリップスの上をゆくカヴァー・アーティストが一人だけいる。いうまでもなくロバート・マッギニスだ。マッギニスが表紙絵を描いたペイパーバックの総点数は千三百点に近づいている。そして一方のバリー・フィリップスは約五百点。マッギニスが断トツの一位なのだ。

ただし、ホルロイドのデータは実証主義に徹しているので、マッギニス資料本のデータほど正確ではない。未

ロバート・マッギニス

シリーズ作品装画集1

ペリイ・メイスン・シリーズ
Ｅ・Ｓ・ガードナー『色っぽい幽霊』

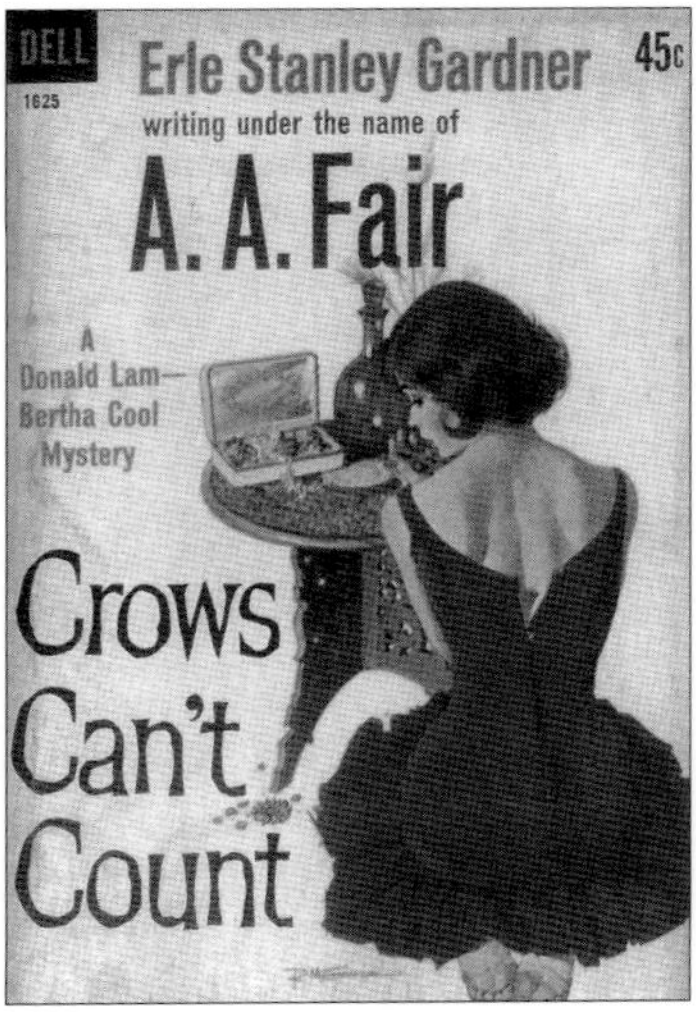

クール&ラム・シリーズ
Ａ・Ａ・フェア
『カラスは数をかぞえない』

87分署シリーズ
エド・マクベイン『通り魔』

マイク・シェイン・シリーズ
ブレット・ハリディ
『キース諸島から来た殺し屋たち（仮）』

見のものや未確認のものも数多いはずだから、フィリップスの表紙絵の数も実際にはゆうに千点を超えているのではないかと思う。没後四十年。おびただしい数の旧帝王の表紙絵は野に散ってしまった。

ゴールド・メダルの章（第三部第七章）で紹介したヴィン・パッカーの装画もバリー・フィリップスは手がけたことがある。ベストセラーになった『春の炎』だ。ヴィン・パッカー（本名、マリジェーン・ミーカー）は、アントニー・バウチャーにも認められたサスペンス小説におもに用いていたこの男名前のペンネイムを、GMで十二年間用いたあときっぱりと捨ててしまった。

パッカーの作品の装画はジェイムズ・ミースやボブ・アベットも試みているが、マッギニス装画本も二点ある。そのうちの一点『アダム・ブレッシングの破滅』はパッカーのGMでの第十四作めにあたる小説だが、語り口が凝っていて（二部にわかれ、エピローグが二つあり、ある殺人事件の謎を記した新聞記事が二つめのエピローグになっている）、たやすくは読み解けない構成をとっている。

老いてますます盛んなマッギニス

ここで、カヴァー・アーティストの新帝王、ロバート・マッギニスの話題に移ろう。ご存じの方も多いと思うが、長年親しまれてきた彼のネット上の画廊がつい最近〝閉館〟になった。ネット画面からの〝盗用〟に嫌気がさしたのか、あるいは老雄がとうとう事実上の〝引退〟を宣言したということなのか。

引退となると、新しいペイパーバック・シリーズとして話題を呼んできた〈ハードケイス・クライム〉での七点めの表紙絵が最後の仕事になるのだろうか。この七点めというのはジョン・ファリスの *Baby Moll*（一九五八年作）なのだが、じつはこの作品の表紙絵について旧帝王、バリー・フィリップスとの因縁話が生じていたことに気がついた。半世紀前に、スティーヴ・ブラッキーンというペンネイムを用いてクレストから刊行されたこの本の初版を見つけだして知ったのだが、小柄なあどけないブロンドの性悪女をあしらった表紙絵を描いたのが、

ロバート・マッギニス

シリーズ作品装画集2

61036
GOLD MEDAL BOOK
She stood between Sam Durell and his grim search for a U. S. space pilot, downed behind the Iron Curtain
ASSIGNMENT—
MARA TIRANA
EDWARD S. AARONS

サム・デュレル・シリーズ
『秘密指令―マーラ・ティラーナ（仮）』

CHESTER DRUM
tangles with
FRANCESCA
the exotic Italian sex bomb and actress, whose antics—when the cameras weren't looking—could make the French skiing team blush and nearly sizzle the snows off the Swiss Alps
STEPHEN MARLOWE

チェスター・ドラム・シリーズ
スティーヴン・マーロウ
『フランセスカ（仮）』

トラヴィス・マッギー・シリーズ
ジョン・D・マクドナルド
『焼けた砂色の沈黙（仮）』

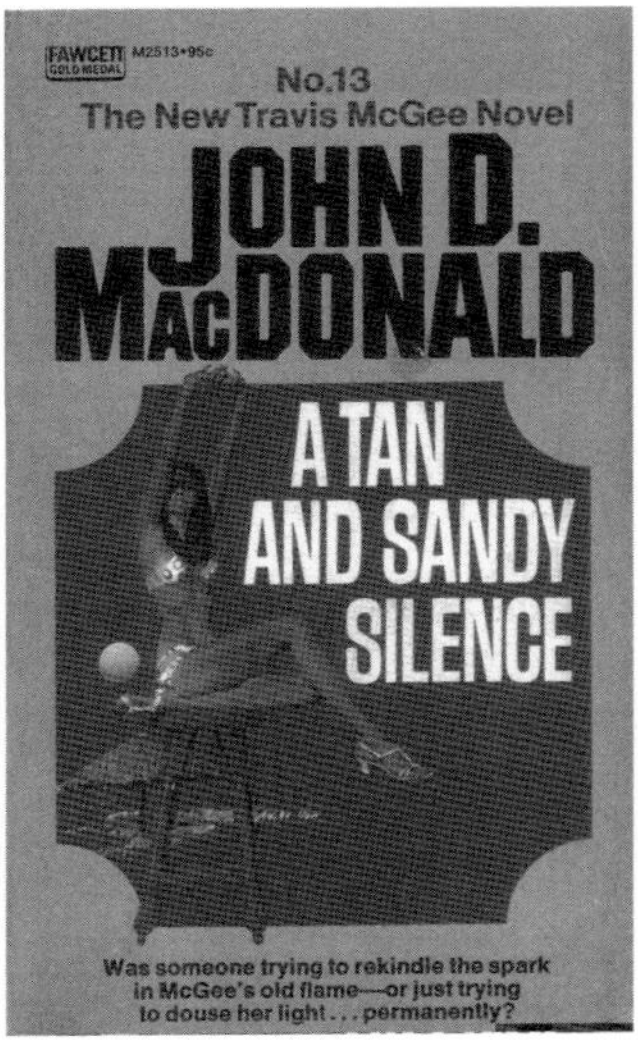
FAWCETT GOLD MEDAL M2513•95c
No.13
The New Travis McGee Novel
JOHN D. MACDONALD
A TAN AND SANDY SILENCE
Was someone trying to rekindle the spark in McGee's old flame—or just trying to douse her light . . . permanently?

アール・ドレイク・シリーズ
ダン・J・マーロウ
『フラッシュポイント作戦（仮）』

R2283 60c
Terror, intrigue, and a deadly masquerade...a lightning-paced novel of suspense adventure by the author of Operation Fireball
FLASHPOINT
by Dan J. Marlowe

ほかならぬフィリップスだったのである（章扉参照）。

因縁話をもうひとつ。シグネットが初めはバリー・フィリップスの装画で華々しく売り出したカーター・ブラウンものの表紙を、一九六一年からマッギニスがかわりにうけもつことになり、売れゆきがいっそう伸びたことはよく知られている。ところが新作だけでなく、初めはフィリップスの表紙だった旧作の表紙までマッギニスが請け負うという〝事件〟が起こったのである。さらに七〇年代の初めにはバリーの十八番だったシェル・スコットの装画もやることになった。さすがにフィリップスの死後の起用だったが、GMでのマッギニス版の出来栄えは芳しくなかった。むしろ失敗だったと言ってもいい。バリー・フィリップスが遺したシェル・スコットの似顔絵を借りてなんとかシリーズの雰囲気を継続させる苦肉の策に頼らねばならなかったのである。

とは言ってもゴールド・メダルはマッギニスが大のお気に入りだった。E・S・アーロンズのサム・デュレル、スティーヴン・マーロウのチェスター・ドラム、ジョン・Dのマッギー、ダン・J・マーロウのアール・ドレイクというドル箱の四つのシリーズものの仕事もまわってきた。そのほかにも、マッギニスには各社からシリーズものの装画の依頼が押し寄せた。デルはブレット・ハリデイのマイク・シェイン・シリーズとA・A・フェアのクール／ラム・シリーズ、ポケットはガードナーのペリイ・メイスン・シリーズを三十点以上、パーマからはエド・マクベインの87分署シリーズのマッギニス装画本が八点刊行された。まさにペイパーバック・ミステリ界の装画王といってもよいだろう。大物作家を総ナメにしている。

ご存じリチャード・スタークの悪党パーカーも、マイクル・アヴァロンのエド・ヌーン同様、一カ所に腰のすわらない股旅稼業の〝三度笠ヒーロー〟だったが、旧作の改題作もふくめ、ロバート・マッギニスの表紙絵に飾られて、ゴールド・メダルに六作おさめられている。そう言えばウェストレイクのポン友、ローレンス・ブロックの最も古いシリーズ、エヴァン・タナー物（これもマッギニス装画本）がなにかのはずみで甦り、うれしいことに『怪盗タナーは眠らない』と『タナーと謎のナチ老人』の二作が翻訳されてしまった。ここに掲げたのは〈怪盗タナー〉シリーズの第四作め。悪人ヒーローが女を屈服させ、泥棒スパイとなって美女を侍らせている図

ロバート・マッギニス

シリーズ作品装画集3

TWO FOR TANNER
by LAWRENCE BLOCK
Bring on the girls, then the axe— Tanner's scheduled to be a head shorter

エヴァン・タナー・シリーズ
ローレンス・ブロック
『タナーに二人を（仮）』

FAWCETT GOLD MEDAL
SHELL SCOTT
MURDER IS THE DEALER'S CHOICE
JOKER IN THE DECK
RICHARD S. PRATHER

シェル・スコット・シリーズ
リチャード・S・プラザー
『隠れたジョーカー（仮）』

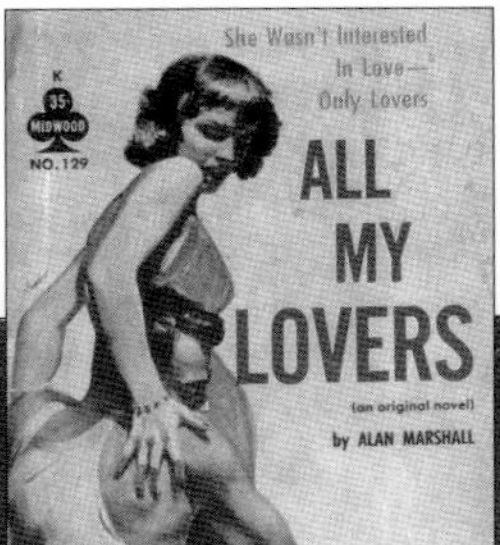
She Wasn't Interested In Love— Only Lovers
35¢
MIDWOOD
NO. 129
ALL MY LOVERS
(an original novel)
by ALAN MARSHALL
The Bizarre Story Of A Marriage Made In Hell!

ドナルド・E・ウェストレイクがアラン・マーシャル名義で書いたお色気本（1961年刊）（装画／ロン・レッサー）

『悪党パーカー／裏切りのコイン』

Here's Parker!
When he's not working he's as human as any of us.
But Parker's a professional thief—and on the job it's different...
The Rare Coin Score
Richard Stark

悪党パーカー・シリーズ
リチャード・スターク『人狩り』
映画タイアップ改題版

Here's Parker!
A bad man to cross and the last one you want to try to kill...
Point Blank!
Former Title: THE HUNTER
By Richard Stark

だ。おどろくべきは、どちらも四十年昔の表紙絵とは思えない新鮮さを主張していることだろう。名匠マッギニスの絵筆の力だ。

　ことのついでにここでドナルド・E・ウェストレイクの秘められたペンネイムについての新情報をまとめておこう。ホルロイドのプライス・ガイド本はもちろん作家索引も完備しているので、ドナルド・E・ウェストレイクが若い頃にアラン・マーシャル、エドウィン・ウェスト名義でソフトコア・ポルノを何作書いたとか、ローレンス・ブロックにはベンジャミン・モースなんていう医学博士をかたったペンネイムがあったなんてことまでわかってしまう（二人の合作本もあったらしい）。

　この索引にはアラン・マーシャル名義の作品（大半がソフトコア・ポルノ）が百四十点近く記載されているが、そのうち十三点はウェストレイクの名前が（　）内に明記されている。ほかにローレンス・ブロックとの合作が一、ネドラ・ウェストレイク名義（彼の最初の妻ネドラが書いたのかその名前を借りてウェストレイクが書いたのかは不明）が一作。おもにブロックが用いていたアンドリュー・ショー名義のウェストレイク作品も一点あり、逆にアラン・マーシャル名義のブロック作品もあるのでややこしい。エドウィン・ウェスト名義では五作書いていると記されている。おもな刊行先はモナーク、メリット、ビーコンなど。捨てずにしまっておいたこの手のお色気本をまたひっぱりだして調べ直すことになりそうだ。アラン・マーシャル名義の一冊『愛人たち（仮）』を〝装画、ロン・レッサー〟という情報につられて入手したが、こんな表紙（前ページ参照）ではちょっとまだ読む気になれない。ウェストレイクにもブロックにも稼がねばならない事情があったのだろう。

2

七つの棚を占拠した四人のアーティスト

ペイパーバック処理術

買ったりもらったりして集め揃えたペイパーバックをどう〝処理〟するか。〝処理〟という言葉を使うのなら、読み終わり眺め終えた本はさっさと処分してしまえばいいという単純なこたえもあるのだが、集めはじめて五十年、私には〝処分〟するという選択肢はなかった。

となれば〝処理〟の中身は当然、整理と収納方法になる。二〇〇二年の夏まで、私は所かまわず積みあげたペイパーバックの山に埋もれて日々を過ごしていた。壁際の書棚や書斎の中央に据えられたスチール製の物品整理棚に、ペイパーバックは二重にも三重にもなって積みかさねられていたのだ。

平積みにされた本や奥の列に追いやられた本は〝死んだ本〟に等しい。とりだすのもひと苦労なのでやがて生き埋めにされてしまう。なんとかして生き返らせたい。

所持しているペイパーバックのすべてを一列ずつ、平積みでなくタテに並べてやろう。それには一冊の例外もなくすべてのペイパーバックの背表紙が一望できる書架をつくるしかない。

その目的を達成するための書斎の大改造を二〇〇二年の夏から開始。収納スペースの確保のためにいくつもの方法を考案した。階下のベッドを撤去し、壁面を増やすために中二階の書斎に遠回りして昇る階段と書棚にはさまれた廊下を新設した。もちろん書棚は床面から天井まで立ちあがっている。もう一つの工夫は既存の書棚の前面にとりつけた三面（のちに階下の廊下に一面を追加）のスライド式の可動書棚だった。

収納能力を説明するために、このスライド式の書棚の寸法《サイズ》を測ってみよう。四面のうち最も横幅のある書棚（幅約百センチ）には一段に約九十冊のペイパーバックを並べられる。それより少し狭い二面は幅九十五センチで一段に約八十冊収納できる。

中二階の書斎にとりつけられたこの三面の書棚は各十段で合計三十段。大まかに言って二千五百冊の収納が可

ラファエル・サバティーニ
『シー・ホーク』（映画化題名）

イアン・フレミング
『００７／サンダーボール作戦』

ルーク・ショート
『帝国の烙印（仮）』

ロバート・マッギニス装画集

ジェイムズ・アヴァーティ装画集

ミッキー・スピレイン
『復讐は俺の手に』36刷
（1959年刊）

ライオネル・ホワイト
『愛の罠（仮）』
ＰＢＯ（1955年刊）

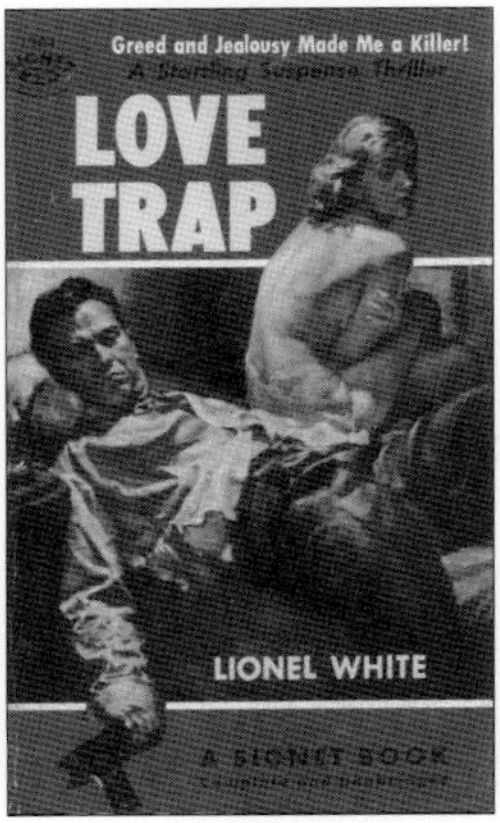

ハリイ・グレイ『ワンス・アポン・ア・タイム・イン・アメリカ』（映画化題名）

能だ。元寝室だった階下の壁面と廊下のスライド式書棚の収納能力は合計約百段でペイパーバックを六千冊収納できる。

これで合計約八千五百冊。充分に全点収納できると踏んで改造をすすめたのだが、その後も本のほうが増殖をつづけたために、収まりきらずに箱詰めにされるペイパーバックの山がしだいに増えつつあるというのが現状である。

とにもかくにも二〇〇三年二月に第一期の改造計画は完了、晴れて一列ずつタテに並べられる日を待っていたペイパーバックを書棚に収納する作業がはじまった。だが肝腎なのは収納そのものではなく、どのように整理して収納するかだ。収納方法は二つ。一つは一冊ずつのペイパーバックを情報としてコンピュータに入力してゆく方法である。

その作業は、私のコンピュータの〝先生〟であるSさんの指揮のもと、アルバイトの学生さんたちを動員してすすめられた（六年前にとりあえず約七千点の情報入力が完了したが、未入力のものが現在三千点近く残っている）。作業がほぼ完了したあと、こんどは実際にどの棚に何を収納するかの整理にとりかかった。

何をさておいてもまずきちんと並べてやりたかったのはハードボイルド系の作家たちだ。そこで、〈秘密指令〉シリーズのエドワード・S・アーロンズに始まってリチャード・ワームザーまで、ラスト・ネームのABC順でペイパーバックを並べ始めた。本を見つけやすいように、同一作家のほかのペンネイムで書かれた本も同じところにもってくることにしたので、アーロンズのすぐあとにエドワード・ロンズやウィル・B・アーロンズ（ご本尊の死後、シリーズを書き継ぐために別の書き手が用いたペンネイム。これがアーロンズの実弟の名前と同一だったために混乱が生じた）が並ぶことになる。

ヴェテラン作家のW・T・バラード（一九八〇年没）などはジョン・シェパードやゴールド・メダルで二人組の私立探偵シリーズを書くときに用いたニール・マクニールなどもここにくるので、ペンネイムを度忘れすると行方がわからなくなってしまうことがある。

ジョン・ディクスン・カー
『死時計』

アダム・ナイト
『とびきり冷たいブロンド(仮)』

チャールズ・ウィリアムズ
『スコーピオン暗礁』

ロバート・マガイア装画集

リチャード・パワーズ装画集

ジャック・フィニイ
『盗まれた街』

シオドア・スタージョン
『一角獣・多角獣』

エラリイ・クイーン
『犯罪カレンダー』

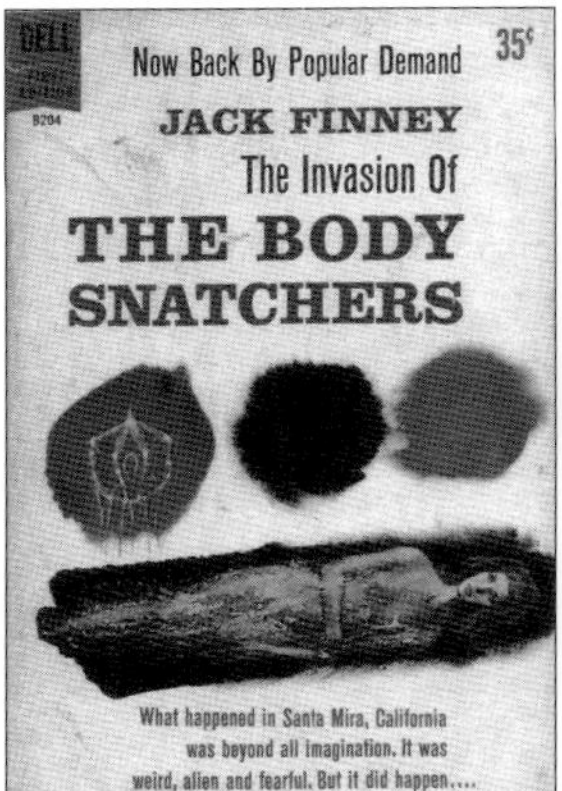

リチャード・パワーズ装画集

この棚に西部小説までは収めきれないので、第三部第六章に名前がでてきたウィリアム・アードのもう一つのペンネイム、ジョナス・ウォードのブキャナン・シリーズ（これも死後、ハウスネイムとなって長く書き継がれた）は一緒には並べていない。

ハメットやチャンドラーはいろいろな版をとりそろえねばならないし、ジョン・D・マクドナルドやブレット・ハリデイ、リチャード・S・プラザー、カーター・ブラウンなど一作家で一段以上を占拠してしまう多作家もいる。

主要作家からマイナー作家まで、ハードボイルド系の作家の本はスライド式の二面の書棚（約千六百点）に収められるだろう、という当初の読みは甘かった。現在、ABC順配列の本はスライド式の三つめの書棚の二段をすでに占拠している。

中二階の書斎には、南側の窓に面したつくりつけのデスクと部屋の中央に据えられたキャビネットつきのもう一つの大きな机（九十×百八十センチ）がある。この大きな机と向きあった三つめのスライド式書棚（全十段）の上二段を占めているのはカーター・ブラウンだ。しかも最上段にはロバート・マッギニス装画によるカーター・ブラウン本が百一点、居心地よさそうにおさまっている。

こんなふうに作家別に単独であちこちの棚に並べられているのが、ガードナー、スタウト、ライス、ブラッドベリ、フレドリック・ブラウン、クリスティー、チャータリス、クリーシー、チェイスなどの多作な大物作家たちの本。フレミング、ハイムズ、ピーター・チェイニーといったところもなんとなく単独のコーナーにおさまっている。

これ以外の残りの書棚は銘柄別に本番号順で配列され、ハンサーやホルロイドのプライス・ガイド本を照合すれば探している本はすぐに見つかる。

全百三十五段の書棚はこのようにABC順に配列された約二千点のハードボイルド系の作家の棚とアメリカン・ペイパーバックの〈ビッグ7〉および約一ダースのマイナー・ブランドの棚、そして約一ダースの大物作家の単独コーナーの三つに大別されている。

カヴァー・アーティスト別の専用棚

そして私のペイパーバックの本棚には、風変わりな分類法によって独立しているコーナーがもう一つある。ペイパーバックの〝顔〟である表紙絵の装画家のなかで、とりわけ愛着をもっている四人のイラストレイター（カヴァー・アーティストとも呼ばれる）の専用棚だ。

マッギニス、フィリップスの新旧二人の王様のあとにすぐつづくカヴァー・アーティストは三人いる。故人ではSFイラストで高名なリチャード・パワーズと悪女ものに秀作が多いロバート・マガイアが正大関といったところだ。パワーズ（一九九六年没）は総点数約三百七十点。最多はバランタイン（約百三十五点）。その他バークリー、デルなど。マガイア（二〇〇五年没）はペイパーバック二十銘柄以上にわたり、総点数は約四百点（モナーク、シグネット、ピラミッド、バークリーなどが多い）。そして荒々しい線画風タッチが売り物だったミッチェル・フックス（一九二三年生まれ）は張出大関格ということになるが、彼の専用棚はまだ設けられていない。

その専用棚が三段ではおさまりきらず四段めにはみだしかけているのが、書影の紹介が本書のなかで最も多いロバート・マッギニス（一九二六年生まれ）である。

ロバート・マッギニスが、カーター・ブラウンの装画（百一点）以外にも数多くのシリーズものの装画を手がけてきたことはこれまでにも何度か記したが、とりわけめだつのは、M・E・チェイバー（ケンデル・フォスター・クロッセン）である。トランプのカード仕立ての二十五点がペイパーバック・ライブラリから七〇年代の初めに一挙に刊行されたのだ。そのうちマイロ・マーチのシリーズが二十点。シリーズ最終作『首を吊られるために生まれた（仮）』だけがペイパーバックに収められていない。

マッギニスが手がけたシリーズもののいくつかは特設コーナー（54、55、58、59、347ページ）でお楽しみいただくことにして、ここではルーク・ショートの西部小説に登場する雇われガンマン、ピート・ヤード、ご存じ007、ジェイムズ・ボンド、そして〈海の鷹〉の異名をもつオリヴァー・トレシリアン卿という具合に、武器を携えた男っぽいヒーローの雄姿をそろえてみた。

ルーク・ショート（本名、フレデリック・D・グリッデン、一九七五年没）は二十代後半にデビュー以来四十年間に五十作以上の西部小説を書いたその道の第一人者だが、日本では短篇がいくつか翻訳されただけではないかと思う。「月下の銃声」「アパッチ族の最後」「死闘の銀山」など、彼の作品をもとにした西部劇映画は数多く観ているのに、小説を読んだ記憶は私もない。四十すぎの雇われ殺し屋という主人公の設定が興味深いので、もしかするとこの『帝国の烙印』でルーク・ショート初体験ということになるかもしれない。『スカラムーシュ』や『海賊ブラッド』で知られるラファエル・サバティーニ（一九五〇年没）の『シー・ホーク』ももちろんエロール・フリン主演のWB映画（四〇年公開）でしか知らないが、こっちのほうはたぶんこの先も読むことはないだろう。

専用棚を与えられた残り三人のカヴァー・アーティストは、シグネットでの仕事が多かったジェイムズ・アヴァーティ（二〇〇五年に九十三歳の高齢で亡くなった）と、私が初めて装画家の名前をおぼえたロバート・マガイア、すでに書棚を二段占有し、さらに増えつづけているSF装画の大物、リチャード・パワーズの二人の正大関だ。パワーズの装画はここでは少し毛色の変わった三点を紹介した。

ペイパーバック装画の最盛期に主軸となって精力的に活動したこの四人のカヴァー・アーティストのうち、アヴァーティとパワーズには表紙絵の装画を中心にした画集がある。そしてマッギニスには二冊の画集があるのに、私が古くからひいきにしていた旧帝王、バリー・フィリップスとロバート・マガイアの表紙絵画集はまだつくられていないようだ。マガイア装画によるアダム・ナイト（本名、ローレンス・ラライア、一九八一年没）の『とびきり冷たいブロンド（仮）』はニューヨークの私立探偵、スティーヴ・コネイチャー・シリーズの第一作。第三部第四章でも記したが、最後の二作は同じシグネットからPBOとして刊行された。

ロバート・マッギニス

シリーズ作品装画集４　　M・E・チェイバー　マイロ・マーチ・シリーズ（未訳）

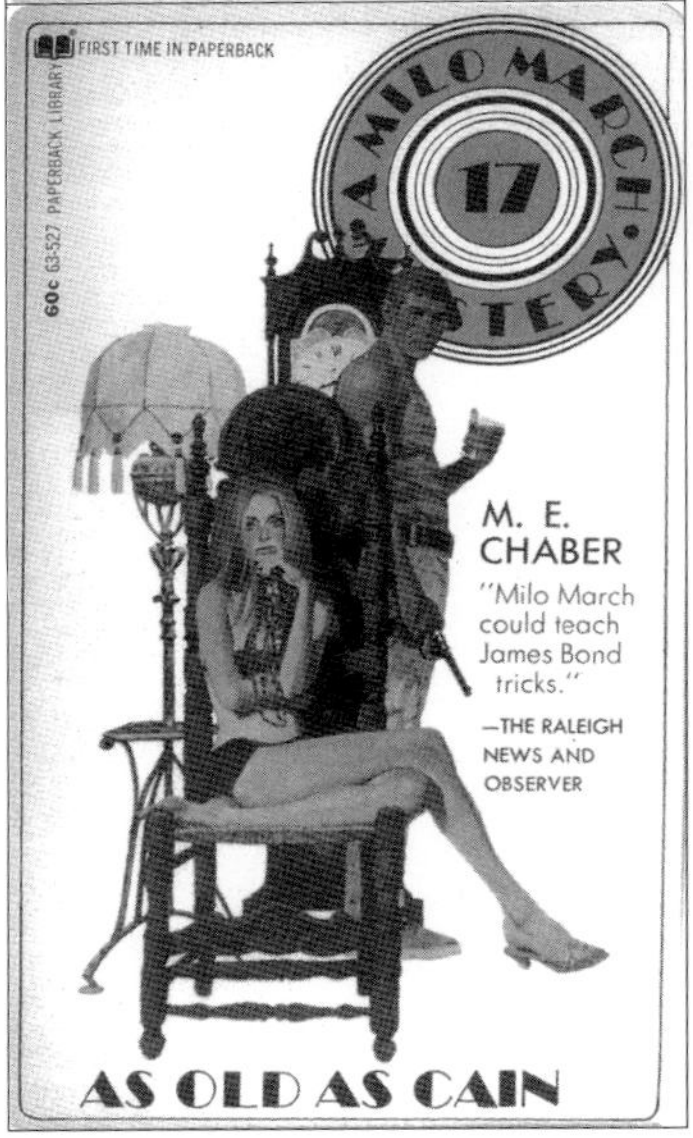

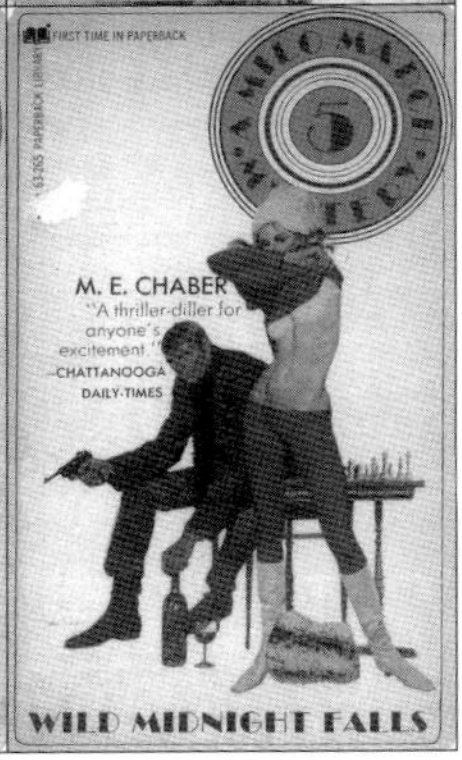

最後に、参考までにいま挙げた画集の原題名を記しておこう。このうちの三点は本章の章扉に、二冊めのマッギニス本は230ページ（下左）に掲げた。

●ジェイムズ・アヴァーティ　*The Paperback Art of James Avati* (2005)

●リチャード・パワーズ　*The Art of Richard Powers* (2001)

●ロバート・マッギニス　*The Paperback Covers of Robert McGinnis* (2001) / *Tapestry: The Paintings of Robert McGinnis* (2002)

ほかにも好きな装画家はたくさんいるが、少なくともここに挙げた四人だけは、持っていない表紙絵をみかけるだけでその本が欲しくなる。いわゆる〝ジャケ買い〟というやつだ。画集の巻末には彼らが表紙絵を描いたペイパーバックのリストがついているので、ついふらふらとネット古本市に目がいってしまう。私のペイパーバック道はまだ道遙かといったところだ。

3

カヴァー・アーティスト名鑑を
つくりたくなってきた

新・ペイパーバック・アーティスト名鑑

ここに「新」と記したのは、いまからちょうど二十年前に早川書房から刊行された私の『ペイパーバックの本棚から』の末尾にもアーティスト名鑑を載せたからである。そのときは書影は掲げずにアーティスト五十人の略歴のみを記したが、ここでは数を約半数にしぼり、新たに六人を加えて三十人に厳選した。

「一冊の古いペイパーバックをなにかのはずみで手にとる機会があったら／表紙絵のアーティストたちにもちょっぴり関心をもってあげてほしい。そこからまた新しい見方がひろがってくるかもしれない」

この旧名鑑の序の結びは私への励ましの言葉ともなった。個性豊かなカヴァー・アートに一冊でも多く触れたいという思いに駆られて、ペイパーバック収集道を積極的に再開させた結果が本書となって実ったのだから。

ひとつおことわりしておきたい。旧名鑑と重複している二十四人のアーティストの略歴についてはやむを得ず記述が重なった個所が多い。また、二十年が経過する間にここで採りあげたヴェテラン・アーティストの多くが世を去っている。また、もし存命であれば九十歳を超える長老たちの中には、ネット上にも最晩年の情報が伝えられていない人もいる。

人名の読み方についてもひとこと記しておく必要がある。人名の読み方には基本もあるし、例外もある。いずれ誰かにまとめて尋ねなければならないだろうと考えていた。そして今回、本書をまとめる過程で知り合った古書店主の一人、〈グリーン・ライオン〉のマーク・グッドマンに私は白羽の矢を立てた。

結果的にマークから教えられたのは作家名のコックス（Coxe）と、シャー(Schaare)、マーシェッティ(Marchetti)、ソーンダース(Saunders)の四人。カウファー(Kauffer)、カンスラー(Kunstler)、ケイリン（Kalin）の三人はマークも推定(assumed)とただし書きをつけてきたが、彼の読み方をそのまま採った。

では個性的な作品とともに名鑑のページを楽しんでいただきたい。（各項末尾の数字は書影掲載ページ）

James Avati

754
SIGNET
"LOVE AS HOT AS A BLOW TORCH . . . CRIME AS VICIOUS AS THE JUNGLE"
KISS TOMORROW GOOD-BYE
HORACE McCOY
SIGNET BOOKS

ホレス・マッコイ
『明日に別れの接吻を』

ジェイムズ・アヴァーティ　一九一二年、ニュージャージー生まれ。第二次大戦後、《マッコール》《コリアーズ》などの大衆誌で挿し絵を担当。一九四九年から創業間もないシグネット・ブックでコールドウェル、ファレル、マッコイ、ドライサー、サリンジャー、ハイムズ、オハラなどの文芸作品（モラヴィアや『罪と罰』『肉体の悪魔』なども）の表紙絵二百点以上を描いた。ペイパーバック装画の〝偉大なるパイオニア〟。二〇〇五年没。15・218・279・339・341

Robert K. Abbett

ROBERT CAINE FRAZER
35¢
THE NEW DETECTIVE-ADVENTURE STORY FEATURING THAT DASHING PRIVATE INVESTIGATOR—
MARK KILBY AND THE SECRET SYNDICATE

ロバート・ケイン・フレイザー
『秘密組織（仮）』

ロバート（ボブ）・K・アベット　一九二六年、インディアナ州ハモンド生まれ。《トルー》《アーゴシー》などの挿し絵を経て、五〇年代末からゴールド・メダルを皮切りにペイパーバック装画を手がけ始めた。バランタインでのバローズの火星シリーズ（全十二巻）の装画が有名。ホルロイドのガイド本は記していないが、ミステリ、SF、戦争小説、歴史小説などバンタム、ポケット、デルで各五十点以上の表紙絵を描いたという資料もある。14・131・301・319

Mort Kunstler

SHE KNEW HE WAS GUILTY OF EVERY SIN— LECHERY, RAPE AND NOW, INCEST
TOO BLACK FOR HEAVEN
35¢
DAY KEENE
A ZENITH ORIGINAL

デイ・キーン
『天国には黒すぎる（仮）』

モート・カンスラー　一九三一年、ドイツ生まれ。パルプ・メンズ・マガジン（〝メンズ・アドヴェンチュア・マガジン〟と総称され、*It's a Man's World* という資料ピクトリアル本も二〇〇三年に刊行）の表紙と挿し絵で六〇年代随一の売れっ子画家となる。おもな雑誌は私のガレージ内の書庫で眠っているダイヤモンド印の《メイル》《フォア・メン・オンリー》《スタッグ》など。八〇年代以降、南北戦争画の大家と目されるようになった。14下右・23下左

Victor Kalin

A・A・フェア
『ラム君、奮闘す』

ヴィクター・ケイリン　一九一九年、カンザス州生まれ。カンザス大学美術学部を卒業後、《ヤンク》の特派員として従軍。戦後、《コリアーズ》《エスクァイア》などで挿し絵を手がけ、一九四九年にペイパーバック装画に転身。エイヴォン、デルをおもな舞台にした売れっ子イラストレイターになった。一九九一年没。娘レベッカのホームページには「ユーモアのある楽しい父親」と書きこまれている。レコード・アルバムや抽象画にも意欲的だった。20・117

Gerald Gregg

クリーヴ・F・アダムズ
『曲がる指（仮）』

ジェラルド・グレッグ　一九〇七年、コロラド州ラマール生まれ。高校時代から絵画の修業をはじめ、一九二八年、ミルウォーキー美大を卒業後、近くのラシーンにあったウェスタン・プリンティング印刷会社でフリーランスとして働くうちにデル・ブックの装画の仕事がまわってきた。それが糸口となって、やがて装画の第一人者となり、デル・マップバックの〝表〟の表紙を二百点以上うけもった。一九八五年没。10・11・33・41・43・126・127・205・267

Lou Kimmel

ジョナス・ウォード
『一人で皆殺し（仮）』

ルー・キンメル　一九〇五年、ブルックリン生まれ。同地のプラット・インスティチュートで学び、《サタデイ・イヴニング・ポスト》などでおもに西部小説の挿し絵を描いた。一九五四年からゴールド・メダルの装画を始め（初仕事はギル・ブルワーのサスペンス小説）、シグネットではスピレインの初期七作中六作の表紙絵をうけもって名声を高めた。上掲はジョナス・ウォード（ウィリアム・アード）の人気シリーズ。一九七三年没。15・18・212・315

Harry Schaare

アダム・ナイト
『マダムのための殺人（仮）』

Edgard Cirlin

ジェフリー・ハウスホールド
『追われる男』

Ted Coconis

ウィリアム・ハーディ
『消えた女子大生（仮）』

ハリー・シャー（・アイランド）　一九二二年、ニューヨーク州ジャマイカ（ロング・アイランド）生まれ。プラット・インスティチュートで学び、パイロットとして従軍。戦後スタジオを開設。一九四九年、バンタムから装画家としてデビュー。エイヴォン、ピラミッド、ライブラリ、デル、シグネットなどほぼ全銘柄の装画（二百点以上）をこなした。ノワール、ウェスタン、サスペンス、ロマンスなど全分野、雑誌の挿し絵の仕事も多かった。23・285

エドガード・サーリン　一九一九年、カナダのモントリオール生まれ。家族とともにデトロイトに移り住み、当地の美術大学を卒業。四〇年代半ばは美術家仲間とグリニッチ・ヴィレッジで暮らし、やがてバンタム（『スカラムーシュ』など）と米ペンギン（『夜間飛行』など）の装画の仕事を請け負うようになった。四〇年代後半はクーパー・ユニオンで教壇に立ち、五三年にUCLAに移った。ペイパーバック装画は十一点のみ。一九七三年没。219

テッド・ココニス　一九二七年、シカゴ生まれ。旧名鑑以降に私が関心をもつようになったアーティストの一人。きっかけは上掲の美人画だったが、現在はネット上で一流画家のあつかいをうけている。シカゴ美大卒業後、パイロットとして第二次大戦に従軍。戦後、シカゴからサンフランシスコに移って精力的に仕事をはじめ、やがて映画ポスターや高級誌の細密画で評判になった。ペイパーバック装画の数は少なく、デルその他に数点のみ。128

Robert Stanley

ブレット・ハリデイ
『シェーン勝負に出る』

ロバート・スタンリー　一九一八年生まれ。ブレット・ハリデイのマイアミの私立探偵、マイク・シェイン・シリーズの装画で親しまれてきたデル・ブックの〝こわもての顔〟とも言える多作な人気装画家。四九年にバンタムの西部小説（フランク・グルーバー）でデビューしたが、その後はほとんどデル・ブックの専属画家になった（二百点以上）。その他、ライオン、モナーク、ポピュラーなど。最晩年の情報はない。10・11・20・23・33・75・117・132・208・267

Robert Jonas

ジェイムズ・M・ケイン
『セレナーデ』

ロバート・ジョナス　一九〇七年、ニューヨーク州生まれ。フォーセット美大を卒業後、ウィンドウ・ディスプレイをやりながらニューヨーク大で修業。一九四五年、米ペンギンの目にとまり、ペイパーバック装画を開始。ひきつづきシグネットでも主力アーティストとして活躍した。西部小説などには姓と名の短縮形、Rob-Jon のサインを用いた。草創期の代表的アーティストの一人。五〇年代後半からおもにハードカヴァーの装幀。37・101・218・271・275

Robert Schulz

エド・レイシイ
『左手から行け（仮）』

ロバート・シュルツ　一九二八年、ニュージャージー州生まれ。アート・スチューデンツ・リーグで絵画を学び、ポケット・ブックのアート・ディレクターもやっていたソル・インマーマンの目にとまり、一九五三年からペイパーバック装画をはじめた。ポケット、パーマ、シグネットなど百五十点以上。メンズ・パルプ誌での挿し絵や表紙絵も多かった。クライム、戦争小説、西部小説、ロマンスなど全分野。RESというサインもある。一九七七年没。132

Norman Saunders

TWO COMPLETE NOVELS 35c
She Was Fire and Ice—but He Was the Man Who Would Burn for Her Crime!
Nightshade
KILLER KNOWN
Police
An ACE Original by JOHN N. MAKRIS

ジョン・N・マクリス
『毒草（仮）』

ノーマン・ソーンダース　一九〇七年、ミネソタ州ミネアポリス生まれ。同地の美術学校で学び、一九二八年から告白雑誌《トルー・コンフェッション》の挿し絵を担当。三八年にフリーとなり、戦後、四八年からバンタムでペイパーバック装画をはじめた。エイス・ダブルの第一号（五八年）も彼の仕事だった。パルプ時代からの仲間の画家にラファエル・デソートがいる。一九八九年没。最後の単行本の仕事は*Hardboiled America*の表紙だった。47・223・231・299

Tom Dunn

Raymond Chandler
PICK-UP ON NOON STREET

レイモンド・チャンドラー
短篇集

トム・ダン　一九二三年、ニューヨーク州生まれ。第二次大戦に海兵隊員として従軍後、広告とTVの仕事にかかわり、ペイパーバック装画の初仕事（シグネット、五一年）を経て、ポケット、パーマ、カージナルの専属アーティストになった。上掲は五二年刊のチャンドラー短篇集（四短篇を収めたポケット初版）。チャンドラー、ジェイムズ・M・ケインのほか、ヘミングウェイの『持つと持たざると』やエヴァン・ハンター作品の装画も手がけた。12・253

Milton Charles

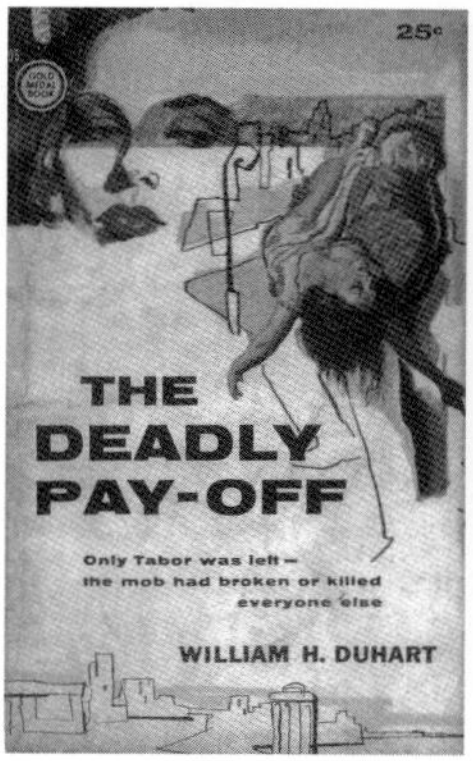
25c
THE DEADLY PAY-OFF
Only Tabor was left—the mob had broken or killed everyone else
WILLIAM H. DUHART

ウィリアム・H・デュハート
『死の報酬（仮）』

ミルトン・チャールズ　ミルトン・チャールズの装画も旧名鑑以降に私の目にとまったものだった。構図の特長は上掲のように絵の一部に線画を組み合わせていること（五八年のGMでの初仕事）。クセのある大きな文字（Charles）のサインが見当たらなくても彼の作品だということがすぐわかる。E・S・アーロンズの〈秘密指令〉シリーズ（二点）やポケット・ブックのペリイ・メイスン・シリーズで多数の装画をこなした。20・299

Mitchell Hooks

A BANTAM MYSTERY
WILLIAM HERBER
some die slow
"They killed my client right outside my office door—right under the sign Private Investigator. I couldn't hold still for that one!"

ウィリアム・ハーバー
『ゆっくり死ぬやつもいる（仮）』

Barye Phillips

D1619
SIGNET
JACK KEROUAC
ON THE ROAD
This is the bible of the "beat generation"—the explosive bestseller that tells all about today's wild youth and their frenetic search for Experience and Sensation.
A SIGNET BOOK • Complete and Unabridged

ジャック・ケルアック
『路上』

Richard Powers

DELL BOOK 802
The classic, shocking expose of life in a mental hospital
25¢
ASYLUM
By WILLIAM SEABROOK

ウィリアム・シーブルック
『精神病院（仮）』

リチャード・パワーズ　一九二一年、シカゴ生まれ。シカゴ美術学校で学び、四八年、ＳＦのダスト・ジャケットやＳＦ誌の表紙絵を担当した。ＳＦペイパーバック装画はバークリー、ゴールド・メダル（いずれも五一年）、デル（五二年）を手始めに、五三年からはバランタインで精力的に活動を開始。以後二十年間にわたってＳＦ装画界に君臨した。私は個人的にはファンタジー、クライム分野の作品にも愛着がある。一九九六年没。299・339・343

バリー・フィリップス　一九〇九年、ニュージャージー州生まれ。表紙絵の〝旧帝王〟として生涯を全うした（六九年没）。ポケット・ブックでの初仕事は『ハリケーン』（四二年刊）。戦後、ゴールド・メダルを主戦場とし、バンタム、シグネットでも数多くの装画をこなした。人望も厚く、ニューヨーク・イラストレイター協会の会長を二期つとめた。14・15・17・18・19・24・47・69・103・128・132・143・169・175・191・208・219・285・315・319・322・324・329・331

ミッチェル・フックス　一九二三年、デトロイト生まれ。雑誌の挿し絵の仕事からはじめ、ペイパーバック装画は五〇年のシグネット、五一年のバンタムを皮切りに、ポピュラー・ライブラリ、デル、ゴールド・メダル（いずれも五六年から）など、ほとんどすべてのブランドの表紙を飾った張出し大関格の多作家。こわもてヒーロー画が得意だった。二〇〇〇年にイラストレイター協会の名誉の殿堂入りを果たした。16・23・109・180・285・315・324

H.L.Hoffman

ダシール・ハメット
『影なき男』

H・L・ホフマン　生年不詳。パルプ・マガジンの挿し絵からスタート。ペイパーバック装画はポケット・ブックでは四二年から。四三年創業のポピュラー・ライブラリの初期表紙絵をほぼ一手にひきうけた。四五年創業のバンタムの第一号（マーク・トウェイン）の装画を手がけたのもホフマンだった。のちに大手出版社のダスト・ジャケットにも進出。業界初期の大立者の一人。ロング・アイランドのシークリフに住み、七六年没。12・69・75上・92・249

Rudolph Belarski

フランシス・クレイン
『ピンクの傘殺人（仮）』

ルドルフ・ベラースキー　一九〇〇年生まれ。ペンシルヴェニアの炭鉱で働いていたが、二十一歳のときニューヨークに出て、プラットで学び、やがて《ポピュラー・ディテクティヴ》などのパルプ・マガジンで挿し絵の仕事を開始。ペイパーバック装画は、戦後、四八年からおもにポピュラー・ライブラリの表紙絵を担当（コーエン、バウチャー、エバハート、カーなど約五十点）。パルプ時代の作品を〝再生〟したものもある。71・133・222

Harry Bennett

リチャード・スターク
『汚れた七人』

ハリー・ベネット　一九二五年、ニューヨーク州生まれ。シカゴの名門美大で学び、太平洋戦線に従軍。戦後、ペイパーバック装画に進出。ポケット、デル（いずれも五〇年）のあと、バークリー、エイヴォン、ゴールド・メダルでも数多くの装画を手がけた。『ペイパーバック大全』には総点数千四百点と記されているが、ホルロイドのガイド本にはそれだけの数は特定されていない。もし正しければ業界で一、二を競う多作家となる。9・21・119・315

Robert Maguire

M-3036
PERMA BOOKS
25¢
Visa to Death
(THE BEST THAT EVER DID IT)
The juiciest racket in town needed too many MURDERS!
ED LACY

エド・レイシイ
『死への旅券』

ロバート・マガイア　一九二一年生まれ。デューク大学卒業後従軍。戦後、アート・スチューデンツ・リーグで学び、パルプ・マガジンの仕事からフリーのアーティストに。ライオン（五一年から十四点）を皮切りに、ピラミッド（約五十点）、シグネット（約五十点）、エイス（約二十点）、デル（約二十点）、モナーク、バークリー（各約六十点）など約四百点。二〇〇五年没。13・14・20・21・24・128・130・133・134・218・222・223・279・295・301・343

Lou Marchetti

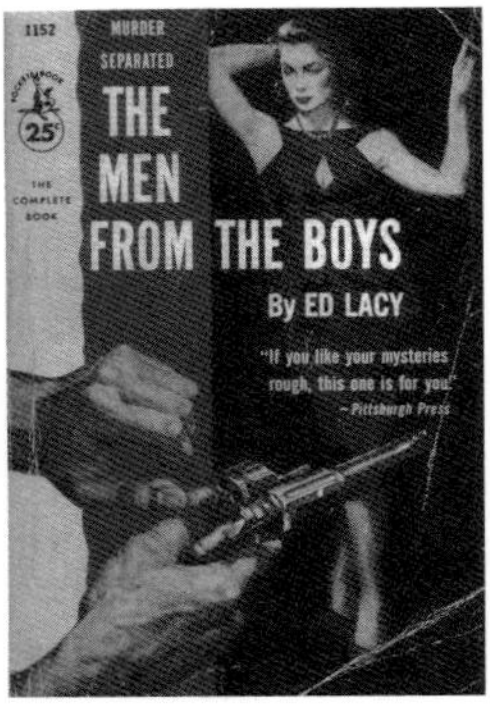
1152
MURDER SEPARATED
THE MEN FROM THE BOYS
25¢
THE COMPLETE BOOK
By ED LACY
"If you like your mysteries rough, this one is for you."
— Pittsburgh Press

エド・レイシイ
『一人前の男たち（仮）』

ルー・マーシェッティ　一九二〇年、イタリアのフォンディ生まれ。十四歳のときアメリカへ移民。アート・スチューデンツ・リーグで学び、ソル・インマーマンに認められるというお定りのコースを経て、フリーとして独立。アヴァーアーティの影響をうけたリアリスティックな画風でライオン（五一年）を手始めに、エイス（E・S・アーロンズなど）、エイヴォン、ポケット、ピラミッド、パーマ（87分署や００７シリーズ）など多くの銘柄の表紙絵を描いた。10

Frank McCarthy

Dorothy B. Hughes
IN A LONELY PLACE
She fled in terror with the killer at her heels.
COMPLETE AND UNABRIDGED

ドロシイ・B・ヒューズ
『孤独な場所で』

フランク・マッカーシー　一九二四年、ニューヨーク市生まれ。十四歳から絵筆を持ち、プラットで修業。戦後すぐにペイパーバック装画（ポケット、四六年）を手がけ、四八年にマンハッタンにスタジオを開設。《コリアーズ》《アーゴシー》《トルー》などの挿し絵の仕事もこなした。ポケットとゴールド・メダル（五四年から）が中心だったが、七四年に商業画をやめ、西部風景画家となった。九七年、殿堂入り。二〇〇二年没。

Robert McGinnis

デイヴィッド・ドッジ
『天使の身代金（仮）』

ロバート（ボブ）・マッギニス　一九二六年、オハイオ州生まれ。オハイオ州立大卒業後、ディズニー・スタジオで修業。五六年からペイパーバックの装画を手がけ、六一年からシグネットでカーター・ブラウン装画をスタート。《キャヴァリア》《アーゴシー》などの挿し絵、映画ポスターも多い。九三年殿堂入り。9・14・21・54・55・58・59・92・117・128・129・130・132・135・136・152・169・172・177・212・221・230・249・322・326・329・333・335・337・339・341・347

Leo Manso

ダシール・ハメット
『ガラスの鍵』

リーオ・マンソー　一九一四年、ニューヨーク市生まれ。三〇年代末にスタジオを開設し、大手出版社のハードカヴァー・デザインを手がけ、四三年、ハメットの『ガラスの鍵』（上掲）の装画でペイパーバックにも進出。独特の画風で衝撃をあたえた。四〇年代末には、装幀デザイナー協会創立者のひとりとなり、五〇年代にはコロンビア大、ニューヨーク大で絵画を教えるようになった。一流の教師であり、画人でもある。一九九三年没。10〜11・92・217・249

James Meese

ドナルド・M・ダグラス
『レベッカの誇り』

ジェイムズ・ミース　ルー・マーシェッティの先輩にあたる五〇年代の売れっ子アーティスト。経歴その他は不詳。いくぶん謎めいたところのある人物だが、ペイパーバック装画ではほぼ全銘柄で仕事をしている。ガイド本によれば最も古いのはデル（五一年からマッギヴァーンなど）、そのあとにポケット、パーマ、シグネット、エイヴォン、ゴールド・メダル（ギル・ブルワーやハリー・ホイッティントンなど）、クレストがつづいた。12・15・20・249

Ron Lesser

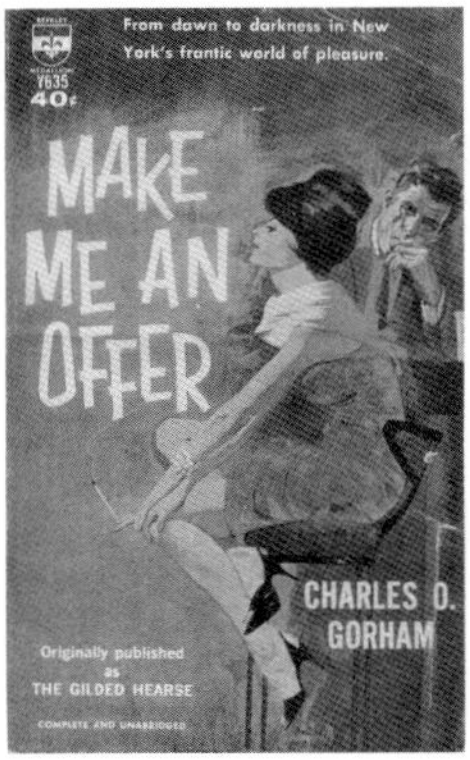

チャールズ・O・ゴーラム
『誘ってみたら（仮）』

ロン・レッサー　この新名鑑で採りあげた〝新顔〟の中で最も気になる存在のアーティストである。新顔と言ってもキャリアは長く、ニューヨークの音楽・美術高校を卒業後、有名なプラット・インスティチュートでフランク・J・ライリーに師事、六〇年代初めからパルプ・マガジンの挿し絵やペイパーバックの表紙絵の仕事に携った。歴史画家としても高名で西部劇映画のポスター画でも知られている。上掲書はホルロイドのガイド本欠。17・119・128・279・337

Stanley Meltzoff

ビル・S・バリンジャー
『煙で描いた肖像画』

スタンリー・メルツォフ　一九一七年、ニューヨーク市生まれ。当地の名門美術学校で学び、四〇年代初めに《ライフ》《スポーツ・イラストレイテッド》などの一流誌で挿し絵を担当。ポケット（四九年から）、ゴールド・メダルのあとシグネットでSFの装画にも手を染めた。九九年、名誉の殿堂入りを果たし、最も愛した海と魚の絵を晩年まで描きつづけた。二〇〇六年没。自分の名前を絵の中に書き込む茶目っけもあった（上掲の額縁）。10・324

George Mayers

ロバート・P・ウィルモット
『月曜日の殺人（仮）』

ジョージ・メイヤーズ　一九〇九年、カンザス・シティ生まれ。経歴は不詳だが（音楽界に同姓同名異人がいる）、ホルロイドのガイド本によれば、ペイパーバック装画の初仕事はエイヴォンの恐怖小説アンソロジー（四七年）、そのあと五一年からデル（女流ミステリ作家のエバハートやカー）、五二年からポケット（マッギヴァーンやアンブラー）、五六年からはポピュラー・ライブラリと広範囲の銘柄の装画を手がけた。13・132・253

あとがき

インターネット（ネット）古本市の総本山である〈エイブブックス　Abebooks〉のオフィシャル・サイト（Abebooks.com）をひらくと、買いたい本についての情報を入力する四つの窓がいきなり画面にあらわれる。著者名（Author）、書名（Title）、キーワード（Keyword）、ＩＳＢＮ（国際標準図書番号）の四つだ。買う本を探すためにこの四つの窓すべてに情報を打ち込む必要はない。著者名と書名がわかっていればその二つを打ち込むだけで、Abebooksのシステムに加入しているどの古書店が、その本のどんな状態の版（ハードカヴァー、ペイパーバック、保存状態など）をいくらで売りに出しているかという情報がただちに返ってくる。初めからほしい版が決まっているのなら、たとえばゴールド・メダル版という条件をキーワードの窓に指定してもいい。

Abebooksのサイトでは本の注文以外にもいろんな検索ができる。本書の〝主役〟に出世してしまったゴールド・メダル・ブックについての情報を得たければ、著者名も書名も無視して、キーワードの窓にGold Medal Bookと打ちこめばよい。なんと〝ヒット〟件数は一万六千六百四件におよぶ。つまりAbebooksを介したネット古本市で本日現在これだけの点数のゴールド・メダル・ブックが売りに出されているということだ。価格はピン（一ドル）からキリまで。高価格順に並べ替えてみると、最高値はアン・バノンのレズビアン小説（四百ドル）、リチャード・マシスンの『縮みゆく人間』、デイヴィッド・グーディスの『帰らざる街（仮）』『キャシディの女（仮）』などが各三百ドル、二百五十ドル・クラスにはジョン・D・マクドナルドのデビュー作『真鍮のカップケーキ（仮）』、W・F・サンダースの『鞭使い（仮）』、ジョゼフ・ミラードの『悪魔の館（仮）』などが並んでいる。ただし、この値段がつくのは新品同様の美麗本だけで、本書に書影を掲げた私の所持本には十分の一ぐらいの値しかつかないだろう。

検索する対象を狭めるために著者名の窓にさらにジョン・D・マクドナルドと打ち込むと千四百八十五件という数字が示される。現在ネット古本市にジョン・Dのゴールド・メダル本がこれだけの数出まわっているという意味だ。

具体的なまとめ買いの取り引きのためにもっと対象を狭めた検索をすることもできる。みごとなプライス・ガイド本をだしたグレアム・ホルロイド（書店）に対象を限定して同じことを調べてみると、ホルロイドはゴールド・メダルを四千百点あまりネット古本市に出していて、そのうちの三百七十点ほどがジョン・D本だということがわかる。ゴールド・メダルについて言えば、全ネット古本市の約四分の一をホルロイドが占めているということだ。

さて、私はAbebooksのネット古本市を〈重要指名手配本〉七点（60ページ参照）を探すために必ず週に一回チェックしている。いつかきっと網にかかるのではないかと、数カ月間つづけてきたルーティン・ワークである。この「あとがき」を書き始める直前にも、あまりあてもせずにお定りの検索をおこなった。

すると、何ということだろう。〝ひっそりと隠れていた〟七冊の本のうち二冊がひょっこり画面に姿を見せたのだ。話がうますぎると思われるかもしれないが、うそいつわりはない。その証拠につい今しがた私は＃１９０２の星座運勢本をアリゾナ州コットンウッドにある〈ブックロフト The Book Loft〉書店に十七ドル（本代は五ドル）で注文したばかりだ。ただし本番号の記載はなく、刊行年は一九六二年と記されている。プライス・ガイド本にはＰＢＯとは記されていないので（ゴールド・メダルの刊行年は一九六八年）、たぶんハードカヴァーで初版がでた年を指しているのだろう。〝ソフトカヴァー〟とも記されているが、サイズが４×７（インチ）であるから普通のペイパーバックサイズであることはまちがいない。

もう一冊見つかったのは＃１９１０の野球トリヴィア本。ペンシルヴェニア州ハリスバーグにある〈紙魚《しみ》書店 Bookworm Bookstore〉が、〝稀覯本〟、《サタデイ・イヴニング・ポスト》連載の野球クイズ（brain twister）

本として六十ドル（！）の高値をつけているのを見つけた。このサイトに現われたのはきょうが最初だったのかもしれない。ためらいもせずに私は即座に発注してしまった。あとは不吉なこと（本が見当たらないのでキャンセルされるとか、星座運勢本は初版のほうではなかったとか）が起こらないよう祈りながら待つだけだ。

きょうは何という良き日だったのだろう。これほどいい気分で「あとがき」を書けるなんてことはめったにあるもんじゃない。つい最近、ユニークなチェス小説アンソロジーを刊行された若島正さんに、新しい〝共編〟アンソロジーの話をもちかけたり、最後のハメットの長篇（『デイン家の呪い』）の刊行スケジュールが正式に決まったり、なんとも忙しい一日でもあった。本書の校正にやっとケリをつけ、体はへばりかけているのに、頭のほうは妙に冴えている。〝幸福症《ユーフォーリア》〟というおめでたい状態にいるのだろうか。

だが、校正用ゲラではなくこの本の完成版に実際にこの手で触れる瞬間の喜びと感動の大きさが、いまの私にはまったく予知できない。これまでたくさんの本をつくってきたが、これほど期待感が高まったことはなかった。天からの授かりものを待つ思いで、この本の誕生を待ちわびている。

二〇〇九年二月二十八日記

作家索引

●本名や他のペンネイムの項目がある場合はもっともよく使われる名前の項にのみその他すべての名義を併記。
●ゴチック数字は当該作家の独立した章の当該ページおよび当該作家の作品の書影収録ページを指す。
●折り込み付録および以下のページは本索引の対象外とした。
51, 219（下段）, 224, 225, 226（一部のみ）, 227〜229, 230〜232, 237, 299（エイス・ダブル）, 303

〔ア〕

〔カ〕

検印廃止

私《わたし》のペイパーバック
ポケットの中の25セントの宇宙
二〇〇九年三月二十日 印刷
二〇〇九年三月二十五日 発行
著者 小鷹《こだか》信光《のぶみつ》
発行者 早川浩
発行所 株式会社 早川書房
郵便番号 一〇一-〇〇四六
東京都千代田区神田多町二ノ二
電話 〇三-三二五二-三一一一(大代表)
振替 〇〇一六〇-三-四七七九九
http://www.hayakawa-online.co.jp
定価はカバーに表示してあります
©2009 Nobumitsu Kodaka
Printed and bound in Japan

印刷・製本/中央精版印刷株式会社
ISBN978-4-15-209015-7 C0095

乱丁・落丁本は小社制作部宛お送り下さい。
送料小社負担にてお取りかえいたします。

WISE
DERS

BANTAM BOOKS 25¢

GOLD MEDAL BOOK

BOOKS·TO·KEEP

CREST BOOK

AVON
25¢
874

SIGNET 25¢ BOOKS

K 25¢

GRAPHIC MYSTERY

POCKET BOOK

CARDINAL EDITION

Pennant Books

MERIT BOOK

A DELL BOOK
DELL
A DELL BOOK

BERKLEY

REGENCY

PYRAMID BOOKS

ACE 35¢ BOOK

35¢

WISDOM HOUSE